À PROPOS DE L'AUTEUR

Lectrice de romance depuis son plus jeune âge, Yvonne Lindsay a toujours su qu'elle finirait elle-même par en écrire. Ce qu'elle n'avait pas prévu, en revanche, c'est le succès qu'elle rencontrerait, qui la hisseraient parmi les meilleurs auteurs Harlequin !

Une héritière sous contrat

*

L'héritier des Sandrelli

*

Une proposition irrésistible

YVONNE LINDSAY

Une héritière sous contrat

INTÉGRALE
SCANDALEUSES UNIONS

Traduction française de
JOSÉE BEGAUD

◆ SAGAS ◆

HARLEQUIN

Collection : SAGAS

Titre original :
CONVENIENT MARRIAGE, INCONVENIENT HUSBAND

Ce roman a déjà été publié en 2009

HARPERCOLLINS FRANCE
83-85, boulevard Vincent-Auriol, 75646 PARIS CEDEX 13
Service Lectrices — Tél. : 01 45 82 47 47

www.harlequin.fr

ISBN 978-2-2804-1688-7 — ISSN 2426-993X

1

— Epouse-moi. Je te promets que tu ne le regretteras pas, dit une voix féminine.

Mais que diable faisait-elle ici ? Amira Forsythe — celle que tout le monde appelait la princesse Forsythe — n'avait vraiment rien à faire dans les toilettes pour hommes de la chapelle du lycée d'Ashurst. Et rien à faire dans sa vie, tout simplement. Brent Colby n'aurait pas su dire ce qui l'avait le plus désarçonné : qu'elle le demande en mariage, ou qu'elle ose le suivre jusqu'ici !

Fermant le robinet, il entreprit de se sécher posément les mains, prenant tout son temps avant de mettre la serviette mouillée dans un panier d'osier et de se tourner vers elle.

Il parcourut des yeux les vagues dorées de ses cheveux naturellement blonds, à la coupe raffinée, son maquillage immaculé, le tailleur noir haute couture qui soulignait ses formes généreuses et mettait en valeur sa peau crémeuse. Son parfum — un mélange intrigant de fleurs et d'épices — lui parvenait de l'autre côté de la pièce aseptisée. Sans réfléchir, il inspira, et s'en voulut aussitôt de cette erreur stupide en sentant son corps réagir au quart de tour.

Puis ses yeux se posèrent sur le cou mince de la jeune femme, où le pouls battait à toute allure sous un rang de perles magnifiques, étincelant sur sa peau nacrée. Elle avait peur ! Et toute son élégance était bien incapable de le cacher.

Peur de lui ? Il y avait de quoi. Depuis qu'elle l'avait laissé l'attendre en vain à l'autel, huit ans auparavant, une rage silencieuse bouillonnait au fond de lui. Quand elle lui avait fait clairement comprendre qu'elle ne présenterait pas la moindre excuse pour son comportement, il avait rebâti son univers, sans elle. Et c'était mieux ainsi.

Brent la fusilla délibérément du regard et fut ravi de voir ses pupilles se dilater, masquant presque les iris d'un bleu glacé, typiques de la lignée des Forsythe. L'épouser ? Elle ne pouvait pas être sérieuse.

— Non, répondit-il.

Il se dirigea vers la porte. Retourner dans la chapelle pour y retrouver tous ces gens qui échangeaient des platitudes, après le service religieux à la mémoire de l'épouse du professeur Woodley, serait encore préférable à ce tête-à-tête. Elle l'arrêta d'un geste, lui posant la main sur le bras.

— Je t'en prie, Brent. J'ai absolument *besoin* que tu m'épouses.

Il braqua ostensiblement les yeux sur la main d'Amira, dépourvue de toute bague, se gardant bien de montrer le moindre indice du tumulte que ce simple contact avait provoqué chez lui ; la tension immédiate de tous ses muscles, son cœur qui battait la chamade ; son envie irrésistible de glisser ses mains dans la masse soyeuse de ses cheveux et d'explorer de ses lèvres sa gorge lisse comme le marbre. Huit longues années avaient passé, mais elle lui faisait toujours cet effet.

Au lieu de le lâcher, elle resserra un instant son étreinte avant d'ôter sa main, et aussitôt, absurdement, il regretta de ne plus sentir sa chaleur. Il ignorait ce qu'elle avait en tête, mais une chose était sûre : il ne voulait pas en entendre parler.

— Quand bien même je serais prêt à discuter, Amira, ce n'est ni le lieu ni l'heure.

— Ecoute, Brent, je sais qu'il y a une certaine amertume entre nous…

Une certaine amertume ? Il avait attendu cette femme en vain à l'église, devant les deux cents invités à leur mariage, elle s'était contentée d'adresser un texto à son témoin ! Alors, oui, il y avait assurément « une certaine amertume » entre eux. Brent dut faire un gros effort pour ne pas lui éclater de rire au nez.

— Mais je t'en prie, écoute-moi jusqu'au bout, poursuivit-elle d'une voix légèrement tremblante.

Encore une entorse à la légendaire impassibilité des Forsythe. Si la grand-mère d'Amira avait été encore vivante, nul doute qu'elle aurait été profondément déçue de voir son unique petite-fille, et seule descendante en ligne directe de la famille, faire preuve d'une telle faiblesse.

— Si je me souviens bien, tu as eu l'occasion de m'épouser. Et tu l'as laissée passer. Nous n'avons rien à nous dire, répondit Brent d'une voix cinglante, se retenant à grand-peine de lâcher tout ce qu'il avait sur le cœur.

En deux pas, il arriva à la porte.

— Tu es le seul homme à qui je puisse faire confiance pour une chose pareille.

Il s'arrêta, la main sur la plaque métallique de la porte battante. Faire confiance ? C'était vraiment un peu fort, venant d'Amira.

— Tu t'apercevrais que tu te trompes. Si j'étais toi, je ne ferais pas confiance à un type comme moi ; je risquerais de t'extorquer jusqu'au dernier sou. Car c'est une histoire d'argent, n'est-ce pas ?

— Comment… comment as-tu deviné ?

Brent se retint de pousser un soupir, puis regarda Amira droit dans les yeux.

— Parce que c'est toujours de ça qu'il s'agit avec les gens comme toi.

Il aurait dû sortir de la pièce sans lui répondre. S'il y avait une chose dont il n'avait pas besoin, c'était une conversation avec Amira.

— Attends un peu. Donne-moi au moins une chance de m'expliquer. Je te promets que tu ne le regretteras vraiment pas.

— Et depuis quand tes promesses ont-elles la moindre valeur ?

— J'ai besoin de toi.

Il fut un temps où il aurait été prêt à se jeter dans les flammes pour l'entendre dire cela, mais ce temps appartenait à un lointain passé.

Les Forsythe de ce monde n'avaient besoin de personne. Ils utilisaient les gens, un point c'est tout. Et quand ils avaient fini de les utiliser, ils les jetaient. Mais le ton sur lequel elle avait dit cela, et les légères rides qu'il lui voyait autour des yeux, montrant à quel point elle était tendue, piquaient sa curiosité.

Il était clair qu'elle avait un problème. Et tout aussi clair qu'elle était convaincue qu'il pouvait le résoudre.

— Très bien. Mais pas maintenant. Je travaillerai demain chez moi. Retrouve-moi là-bas. A 9 heures et demie.

— 9 heures et demie ? J'ai…

— C'est 9 heures et demie ou rien.

Il n'en avait rien à faire de ses engagements mondains. Si elle voulait le voir, ce serait sur son territoire à lui, et selon ses conditions.

— Très bien. D'accord pour 9 heures et demie.

Et elle se dirigea vers la porte.

Typique ! Elle avait eu ce qu'elle voulait. Et elle le congédiait. Mais elle s'arrêta soudain et fit volte-face.

— Brent ?

— Oui ?

— Merci.

« Attends un peu pour me remercier ! » lui répondit-il en son for intérieur.

Il sortit derrière elle et traversa la chapelle du lycée d'Ashurst pour gagner la salle du Jubilé, où elle se fondit dans la foule. Il songea soudain que ce devait être elle, cette femme dont son assistante lui avait parlé et qui avait téléphoné à son bureau tous les jours, refusant de laisser un message lorsqu'elle avait appris qu'il était en voyage d'affaires à l'étranger. Comment avait-elle pu savoir qu'elle le trouverait ici ? Il était rentré tard dans la nuit, car il tenait absolument à assister à la cérémonie. Venir rendre un dernier hommage à Mme Woodley était un geste particulièrement important pour lui. Il en voulait à Amira d'avoir choisi ce moment, déjà difficile en soi, pour le harceler.

Il parcourut la salle du regard. Il n'avait même pas besoin de fermer les yeux pour revoir les rangées d'élèves, impeccablement mis dans leur uniforme, réunis pour l'assemblée matinale, pour réentendre la voix de stentor du directeur, et pour ressentir de nouveau ce sentiment de n'être pas à sa place.

Il n'avait jamais voulu venir à Ashurst, l'un des lycées de garçons les plus prestigieux de Nouvelle-Zélande. Mais son oncle, le frère de sa mère, avait insisté, affirmant qu'il méritait d'y recevoir son éducation, comme tous les hommes de sa famille maternelle, même s'il ne portait pas le nom de Palmer.

C'était le problème avec ces lignées de riches. Tout le monde s'estimait en droit d'imposer sa loi, de décider ce qui était bon pour les autres, même si le seul argument était que cela s'était « toujours fait ».

Brent ne voulait pas de leur aumône. Il avait bien vu combien son père avait souffert dans sa fierté de devoir accepter que les Palmer paient les études de son fils. Zack Colby n'avait peut-être jamais été aussi riche que la famille de sa femme, mais il avait appris à Brent qu'il valait mieux ne devoir son succès qu'à soi-même. C'est pourquoi Brent avait travaillé comme un fou pour obtenir une des rares bourses accordées par Ashurst aux élèves exceptionnels… et il avait remboursé son oncle jusqu'au dernier centime avant de quitter l'école.

Mais s'il avait été bon élève, il n'avait rien d'un saint. Ses deux meilleurs amis et lui s'étaient aussi distingués en faisant les quatre cents coups. Il jeta un regard autour de lui, cherchant à repérer ses deux complices — son cousin, Adam Palmer, et leur ami, Draco Sandrelli — parmi la foule des élèves, anciens ou actuels. Et il les aperçut, qui déjà se frayaient un chemin dans sa direction. Adam fut le premier à le rejoindre.

— Salut, cousin ! Dis-moi, j'ai rêvé, ou j'ai bien vu qui je pense avoir vu, sortant des toilettes des hommes à l'instant ?

— Aurais-tu besoin de lunettes ? rétorqua Brent avec un sourire forcé.

Il prit un verre d'eau minérale sur un plateau que lui tendait un serveur et but à longs traits.

— Très drôle ! Alors, que voulait Son Altesse ? insista Adam.

Brent hésita un instant à leur dire la vérité. Mais il n'y avait jamais eu de secrets entre eux jusque-là, et ce n'était pas le moment de faire une exception.

— Elle m'a demandé de l'épouser.

— Tu te moques de nous ? dit Draco en riant, son léger accent italien trahissant ses origines alors qu'il avait passé de nombreuses années à vivre et travailler en dehors de son pays natal.

— J'aimerais pouvoir te répondre oui. Mais j'en saurai plus demain.

— Quoi ? Tu as accepté de la revoir ? Après ce qu'elle a fait ? s'exclama Adam en secouant la tête.

— Eh oui ! Mais ne t'inquiète pas. Je n'ai pas l'intention de l'épouser de sitôt.

Brent chercha des yeux une tête blonde, mais Amira semblait avoir disparu.

— Tu sais pourquoi elle t'a demandé une chose pareille ? s'enquit Draco, incrédule et manifestement méfiant.

— Je n'ai plus jamais entendu parler d'elle depuis qu'elle m'a envoyé ce maudit texto à l'église, ajouta Adam.

Brent serra les dents en se rappelant la scène. Ils étaient tous les trois devant l'autel, échangeant des plaisanteries sur l'inévitable retard de la mariée, et sur ce qui attendait Brent dès qu'il aurait l'alliance au doigt, quand le téléphone portable d'Adam avait discrètement vibré à plusieurs reprises. Ils l'avaient ignoré. Les minutes s'étaient écoulées interminablement sans le moindre signe d'Amira, et Adam avait fini par consulter sa messagerie. Il avait pâli en prenant connaissance du texto.

Dis à Brent que je renonce. Amira.

Au début, Brent s'était demandé si les choses n'auraient pas tourné différemment s'ils avaient vu ce message plus tôt, s'il avait pu arriver chez elle avant qu'elle ne disparaisse avec sa grand-mère, mais il avait depuis longtemps décidé qu'il aurait dépensé son énergie pour rien.

Quand le choc avait laissé la place à une colère froide, implacable, il s'était traité d'imbécile d'avoir jamais cru Amira, quand elle prétendait avoir refusé de se couler dans le moule que lui imposait sa grand-mère.

A l'époque, elle affirmait que l'argent ne comptait pas pour elle, et il l'avait crue. Mais, dans les semaines qui avaient précédé le mariage, l'entreprise de Brent s'était retrouvée dans une situation catastrophique. Tout le stock de jeux vidéo pour jeunes adultes qu'il avait importé en Nouvelle-Zélande, et qui lui avait permis de bâtir sa fortune, s'était révélé défectueux. Il n'avait pas voulu inquiéter Amira en lui révélant tout de suite que son premier million de dollars s'évaporait à toute vitesse, au fur et à mesure qu'il rappelait les produits et remboursait ses clients. Il avait réussi à garder ce désastre secret pendant plusieurs jours, mais le jour même de leur mariage, la nouvelle avait fait la une de tous les quotidiens nationaux.

Et c'était là qu'il avait compris que l'argent comptait beaucoup plus pour elle qu'elle ne voulait l'admettre. Il l'avait appris à ses dépens quand elle lui avait envoyé ce texto, sans même avoir le courage de venir le voir pour lui dire face à face qu'elle mettait fin à leur relation. Brent n'avait jamais eu besoin qu'on lui dise les choses deux fois. La princesse Forsythe n'aurait pas une seconde occasion de chambouler sa vie… et son cœur.

— Je n'ai aucune idée de ce qu'elle manigance, répondit-il à Adam, mais je finirai bien par le découvrir. Quoi qu'il en soit, allons voir M. Woodley pour pouvoir ensuite filer.

Soudain, il n'avait plus envie que d'une chose : le ruban de la route devant lui, et le puissant vrombissement de sa moto Guzzi, l'emportant loin de tous ses démons.

Les trois hommes se frayèrent un chemin parmi la foule, sans remarquer les regards admiratifs que leur décochaient de nombreuses femmes, jeunes ou moins jeunes, et se rapprochèrent du professeur, qui conversait avec quelques personnes. Bientôt, ses interlocuteurs s'éloignèrent l'un après l'autre, les laissant seuls avec leur ancien tuteur, le préféré de toute leur scolarité.

— Ah, mes vauriens ! Merci d'être venus.

Brent se raidit de la tête aux pieds. Personne ne l'avait traité de vaurien depuis le jour où M. Woodley les avait surpris tous les trois à faire la course à moto sur une route sombre et sinueuse, à huit kilomètres de l'école. Il entendait encore, comme si c'était hier, les remontrances de l'enseignant à leur retour à l'internat, son ton déçu tandis qu'il leur reprochait d'avoir mis leur vie en danger.

« Tous les élèves de votre promotion sont des diamants… certains polis, d'autres encore un peu bruts. Tous, sauf vous trois. Vous, messieurs, vous êtes des vauriens. »

Ils en avaient été quittes pour être privés de sorties pendant un mois et perdre tous leurs privilèges, mais aucun d'entre eux ne s'était jamais pardonné de lui avoir fait de la peine en se conduisant aussi follement. Surtout lorsqu'ils avaient appris que son fils unique était mort sur ce même tronçon de route. Ils avaient passé toute la fin de leur dernière année à Ashurst à essayer de se racheter.

— Comment allez-vous, mes garçons ? Tous mariés, j'espère. Il n'y a vraiment rien qui égale l'amour d'une bonne épouse, ou le sentiment de pérennité que nous donne sa présence à nos côtés, dit leur ancien professeur, tandis que les larmes lui montaient aux yeux. C'est dans des instants comme celui-ci que je me rends compte à quel point elle va me manquer.

— Nous compatissons vraiment de tout notre cœur à votre deuil, répondit Adam avec la plus grande sincérité, parlant comme toujours en leur nom à tous les trois.

— Merci, mon garçon. Mais ne crois pas pouvoir me détourner de mon sujet aussi facilement, poursuivit-il avec un léger sourire. Etes-vous mariés, ou non ?

Voyant leur air gêné et la façon dont ils se tortillaient sous son regard scrutateur, il partit d'un rire tonitruant, attirant l'attention de toute la salle.

— Je vois ! La réponse est apparemment « non ». Mais peu

importe. Je vous fais confiance, mes garçons. Cela viendra quand vous serez prêts.

— Peut-être ne sommes-nous pas faits pour le mariage, répondit Brent, donnant ainsi l'occasion au professeur de prononcer une de ses célèbres leçons sur le caractère sacré du mariage.

Mais Brent ne l'écoutait plus, toute son attention tournée vers Draco, qui semblait avoir vu un spectre. Son ami ne tarda pas à s'excuser et à partir droit vers l'autre extrémité de la salle, où se tenaient les serveurs.

— Que lui arrive-t-il ? demanda Adam quand le professeur Woodley se tourna vers un autre groupe venu présenter ses condoléances.

— Je ne sais pas, mais ça a l'air prometteur, répondit Brent, fasciné par l'attitude de la grande jeune femme mince et brune, aux cheveux courts, qui semblait superviser l'équipe de restauration.

A en juger par la raideur de son maintien, elle n'était pas particulièrement ravie d'être retenue par Draco. Il lui souriait, usant de tout le charme pour lequel il était notoirement connu, mais la jeune femme le toisa d'un air dédaigneux et tourna les talons, lui donnant manifestement son congé.

— Ça ne va pas lui plaire, commenta Adam.

En effet, Draco n'hésita qu'une fraction de seconde avant de la suivre, une expression résolue sur le visage.

— Je crois qu'on peut l'oublier pour notre balade à moto, conclut Brent à regret.

Il était rare qu'ils parviennent à se voir tous les trois, à présent.

— Allez, viens ; j'en ai assez d'être ici.

En sortant du bâtiment, qui donnait sur une vaste demi-lune permettant l'accès des visiteurs en voiture, ils aperçurent Draco, qui semblait essayer de convaincre la jeune femme de rester. Apparemment en vain, car elle fit démarrer sa vieille camionnette et s'éloigna sur les chapeaux de roues, faisant jaillir une pluie de graviers.

— Surtout ne dites rien ! leur lança Draco en venant les rejoindre, la mine sombre, avant d'attraper son casque de moto.

Brent et Adam se contentèrent de hocher la tête et enfourchèrent leurs puissantes motos. En un rien de temps, ils se retrouvèrent sur la voie privée qui menait à l'autoroute, et de là à Auckland.

Depuis sa voiture, garée à l'ombre d'un vieux chêne, Amira aperçut Brent qui sortait de la salle du Jubilé. Elle tressaillit de la tête aux pieds, et ses mains se mirent à trembler sur le volant de son coupé BMW Z4. Et flûte ! juste au moment où elle commençait à recouvrer son calme.

Elle avait parcouru la distance qui séparait les toilettes des hommes et sa voiture sans même s'en apercevoir, stupéfiée par sa propre audace. Elle avait conçu le projet dès qu'elle avait vu l'annonce du décès de Mme Woodley dans les journaux. Brent avait toujours parlé de son professeur avec une telle ferveur, un tel respect, qu'elle s'était dit qu'il voudrait absolument assister au service.

C'était le seul moyen pour elle d'arriver à le prendre par surprise. Elle avait essayé d'imaginer leur rencontre, ce qu'elle allait lui dire. Mais elle n'aurait jamais cru qu'elle aurait le courage, ou le toupet, d'aller le trouver dans les toilettes des hommes.

Elle l'avait dévoré des yeux en le retrouvant : ses larges épaules, les reflets verts dans ses yeux noisette, ses cheveux bruns, expertement coupés, qui brillaient sous la lumière… Elle aurait voulu pouvoir écarter les mèches de son front, comme autrefois.

Les huit années passées semblaient l'avoir épargné, malgré les difficultés financières qu'il avait eues au moment de leur séparation. S'il fallait en croire le palmarès des plus grandes fortunes du pays, ces années avaient d'ailleurs fait plus que l'épargner. Il figurait désormais parmi les vingt Néo-Zélandais les plus riches. Elle se demanda s'il y attachait toujours de l'importance.

Autrefois, il aurait été prêt à tout pour accéder à ce genre de reconnaissance. Ce qui n'empêchait pas la vieille bourgeoisie d'affaires néo-zélandaise de continuer à refuser de l'accepter au sein de son cercle fermé, surtout depuis qu'elle avait renoncé à l'épouser.

Elle continua à l'observer tandis qu'il enfilait un blouson en cuir, manifestement beaucoup porté, et ajustait son casque, la visière teintée venant masquer ses traits finement ciselés. Qu'importe ! Elle l'aurait reconnu n'importe où. A sa façon de marcher. A son port de tête.

Sa silhouette était un peu plus massive qu'à vingt-cinq ans, mais cela lui allait bien. Il dégageait une telle aura de force, de pouvoir, qu'Amira ne s'était jamais sentie aussi ébranlée physiquement depuis huit ans qu'elle ne l'avait pas vu. Peut-être était-ce la seule explication nécessaire. Sa réaction personnelle, intime, à sa présence.

A sa masculinité.

Elle n'arrivait pas encore à comprendre comment elle avait trouvé le courage de le suivre dans les toilettes pour lui faire sa proposition. Mais jamais encore elle ne s'était retrouvée au bord de la ruine. « Nécessité fait loi », dit-on ; elle avait certainement le don de vous amener à faire des choses dont vous n'auriez jamais rêvé en temps normal, se dit-elle avec une grimace. Elle se sentait prête à tout pour convaincre Brent d'accepter.

Elle crispa les poings sur le volant pour essayer de contrôler ses tremblements. Elle devrait faire beaucoup mieux demain si elle voulait réussir. Mais puisqu'elle avait désormais franchi le premier obstacle, la deuxième étape ne devrait plus vraiment présenter de difficultés, non ?

Elle refusait d'envisager le contraire. Brent Colby avait brillamment réussi, mais il serait toujours considéré comme un parvenu s'il n'arrivait pas à se faire accepter par le réseau de la vieille bourgeoisie d'affaires qui contrôlait tout ce que la Nouvelle-Zélande comptait de gens influents. La grand-mère d'Amira avait toujours veillé à ce que cela reste hors de la portée de Brent.

A présent, Amira elle-même pouvait l'introduire dans ce cercle extrêmement fermé. Il ne lui restait plus qu'à espérer qu'il le veuille encore, autant qu'il l'avait voulue, elle, autrefois.

Son avenir, tout ce qui comptait pour elle, en dépendait.

Personne ne pouvait comprendre à quel point c'était important pour elle. Personne. Pour une fois dans sa vie, elle voulait être prise au sérieux, compter pour la société dans laquelle elle vivait, et pas seulement comme l'ambassadrice mondaine d'une œuvre caritative — le visage derrière lequel s'abritaient tous ceux qui œuvraient réellement pour cette cause.

Ce n'était pas la solitude liée à ce statut qui lui pesait — elle avait l'habitude d'être mise sur un piédestal, isolée. Mais elle ne pouvait supporter l'éventualité d'un échec. Il était vraiment trop important pour elle de réussir cette fois-ci, sans qu'elle ait à sentir l'influence de sa grand-mère en permanence au-dessus d'elle, comme une épée de Damoclès.

La mort d'Isobel Forsythe était le détonateur qui l'avait résolue à agir — et pas seulement sa mort, mais les termes draconiens du testament rédigé par la vieille femme.

Amira savait bien que sa grand-mère avait fait tout ce qui était en son pouvoir pour l'empêcher de mener à bien le projet qui lui tenait particulièrement à cœur, mais cela n'avait fait que renforcer son désir de réussir.

Elle ne partageait pas l'opinion d'Isobel, qui estimait déraisonnable de promettre le bonheur à ceux qui n'avaient pas eu autant de chance qu'elle dans la vie. Elle avait décidé que ce serait sa mission personnelle, afin de faire quelque chose d'utile de son existence.

Elle sursauta quand les trois motos passèrent près de sa voiture dans un grondement de moteurs. Son regard fut inexorablement attiré par la silhouette de Brent, faisant corps avec son engin, prenant la tête du groupe avec cette facilité qui le caractérisait en toutes choses.

Il s'était montré si froid, si hautain lorsqu'elle avait essayé de lui parler ! Cela n'avait rien de vraiment étonnant, vu leur situation, mais il avait été aussi distant que si une barrière s'était élevée entre eux. Ne montrant pas même la moindre colère, après ce qu'elle lui avait fait. Et pourtant, elle savait qu'il avait été en colère. Très en colère.

Elle avait appris la réaction de Brent grâce au notaire de sa grand-mère, Gerald Stein, qui se tenait sous le porche de l'église, attendant l'arrivée d'Amira pour la conduire à l'autel.

Son cœur se serra à ce souvenir. Il n'y avait pas eu de mariage à l'époque, mais elle devait à tout prix obtenir que Brent l'épouse cette fois-ci, sans quoi elle ne pourrait pas tenir sa promesse à la petite Casey — et à plus d'une douzaine d'enfants déshérités ou gravement malades.

Il fallait absolument qu'elle convainque Brent d'accepter. Elle n'avait pas d'autre solution.

2

Amira hésita devant le portail d'entrée de la propriété de Brent. Tout ce qu'elle avait à faire, c'était baisser sa vitre, et appuyer sur le bouton de l'Interphone pour que la grille s'ouvre. Une procédure parfaitement civilisée, alors pourquoi avait-elle l'impression d'entrer dans l'antre d'un fauve ?

Des haies parfaitement taillées délimitaient l'allée conduisant à la maison, en bordure du fleuve. Il n'y avait que six propriétés dans cette impasse privée menant à l'estuaire de la Tamaki. Brent avait vraiment fait du chemin, depuis le HLM où il vivait quand elle l'avait rencontré.

Les minutes passaient, et elle n'aurait pas été autrement surprise qu'il refuse de la recevoir si jamais elle était en retard. Elle se décida à appuyer sur le bouton.

— C'est Amira Forsythe.

Devait-elle ajouter autre chose ? Avait-il une employée de maison à plein temps, ou allait-il répondre lui-même ?

Personne ne répondit, mais un bourdonnement électrique signala l'ouverture du grand portail noir. Elle pénétra sur son territoire et remonta l'allée, les mains moites sur le volant recouvert de cuir.

La façade de la maison, dans le style d'un manoir du XVIIIe siècle, n'était pas moins imposante que l'accès à la propriété. Amira s'arrêta devant un garage prévu pour quatre voitures et se dirigea vers la porte d'entrée, ses talons résonnant sur le dallage en pierre naturelle. Elle admira d'un œil connaisseur les lignes élégantes de l'architecture et le toit en bardeaux. Le propriétaire n'avait manifestement pas regardé à la dépense.

Légèrement tremblante, elle s'apprêtait à sonner quand la porte s'ouvrit soudainement.

Elle en oublia presque ce qu'elle était venue faire en le voyant. Dans son costume Armani, il était absolument superbe. Amira ne put s'empêcher de penser que sa grand-mère elle-même n'aurait rien trouvé à lui reprocher en le voyant ainsi vêtu. Ses cheveux bruns lui dégageaient le front, sans la moindre mèche indisciplinée aujourd'hui. Il avait laissé sa chemise entrouverte au col, révélant un triangle de peau bronzée.

Si les circonstances avaient été différentes, elle aurait été dans ses bras depuis longtemps. Peut-être même aurait-elle déjà pressé ses lèvres contre ce triangle irrésistible et couvert sa gorge de ses baisers. Les muscles de son ventre se contractèrent douloureusement à cette image, et une vague de chaleur l'envahit.

Faisant appel à toute sa volonté, elle domina la réaction instinctive qu'il provoquait en elle et se concentra sur la raison qui l'avait amenée chez lui.

— Tu es à l'heure. Parfait. Entre !

— J'ai pour habitude d'être à l'heure. Surtout pour quelque chose d'aussi important, répondit-elle en pénétrant dans le hall, dallé de marbre noir.

— Vraiment, Amira ? Il me semble me rappeler au moins une occasion où tu as été en retard. Très en retard, en fait. Mais peut-être n'était-elle pas suffisamment importante à tes yeux.

Elle sentit tout son visage s'empourprer. Il ne lui avait pas fallu longtemps pour mentionner le jour de leur mariage. Mais c'était prévisible.

— Je voulais m'expliquer, Brent, dans les jours qui ont suivi. Mais je savais que tu ne m'écouterais pas.

— En effet, je ne t'aurais pas écoutée. On peut donc se demander pourquoi je t'écouterais aujourd'hui.

Il se tenait face à elle, les bras croisés sur la poitrine, fermement planté sur ses jambes, sans l'inviter à entrer plus avant. Il n'aurait pas été plus clairement sur la défensive s'il avait porté une armure et gardé son domaine le glaive à la main. Mais elle n'était pas là pour fantasmer, se reprocha-t-elle en le voyant serrer les mâchoires.

— Peut-être ai-je encore quelque chose à t'offrir. Pourrions-nous... pourrions-nous peut-être nous asseoir ? suggéra-t-elle avec un geste d'impuissance.

— Viens dans mon bureau.

Tournant les talons, Brent se dirigea vers un large escalier qui menait à l'étage supérieur et à son bureau, une vaste pièce lumineuse. Une épaisse moquette gris tourterelle étouffait leurs pas. Amira jeta un regard circulaire — tout l'aménagement reflétait l'homme qu'il était devenu aujourd'hui.

Ici non plus, Brent n'avait pas regardé à la dépense. Les meubles luxueux, l'équipement dernier cri, l'habillage des fenêtres, tout criait sa réussite et sa richesse. Oui, il était riche désormais, et tout ce qu'il avait, il l'avait acquis à la force des poignets, sans le soutien de son milieu.

Sur un point, au moins, il n'avait pas changé, et de grandes bibliothèques vitrées couvraient les murs. Il avait toujours énormément lu, et à voir les dos cassés de bien des livres, il était clair que ceux-là non plus n'étaient pas là pour le décor.

— Je vois que tu n'as pas perdu ton amour des livres, observa-t-elle en se perchant au bord d'un profond fauteuil en cuir, l'esprit soudain envahi par le souvenir d'innombrables après-midi passés au parc, ou à la plage, la tête de Brent sur ses genoux tandis qu'il dévorait sa dernière acquisition.

— Cet amour-là, non, en effet, répondit-il en allant s'asseoir derrière son bureau.

Elle fit de son mieux pour ne pas montrer à quel point ce nouveau sous-entendu l'avait blessée. Leur entretien s'annonçait plus difficile qu'elle n'aurait cru, tant l'hostilité de Brent était palpable.

Elle cligna des yeux, éblouie par la lumière intense qui

pénétrait par la fenêtre située derrière lui, et comprit qu'il l'avait délibérément mise en position de faiblesse. D'où elle était assise, elle ne pouvait lire dans son regard ce qu'il pensait, comme elle le faisait autrefois. Elle pencha légèrement la tête pour se protéger de l'aveuglante réverbération, mais se garda bien de dire quoi que ce soit.

Elle lui concéderait cet avantage mais ne lui céderait certainement pas un autre pouce de terrain. Trop de choses dépendaient de leur conversation, y compris sa propre existence, aussi mélodramatique que cela puisse paraître.

— Cette propriété est magnifique, dit-elle pour relancer la conversation.

Il n'était pas question de lui montrer à quel point elle était inquiète de l'issue de leur entretien. Pas question non plus de trahir sa gêne en sa présence. Il y avait un tel gouffre entre les souvenirs du passé qui l'avaient assaillie en le revoyant, et l'accueil glacial qu'il lui réservait aujourd'hui.

— Viens-en au fait, Amira. Nous savons l'un et l'autre qu'il ne s'agit pas d'une visite de politesse. Qu'y a-t-il derrière cette proposition absurde que tu m'as faite ?

Elle prit une grande respiration. Il avait raison, elle devait être franche et en venir au fait.

— L'argent. Comme tu l'as si bien deviné hier.

Brent eut un rire bref, totalement dépourvu d'humour.

— Comme c'est bizarre ! S'il y a une chose qui vous fait vivre, vous autres Forsythe, c'est bien l'argent. Au moins es-tu franche, cette fois-ci, dit-il d'un ton cinglant.

Amira se raidit sur son siège.

— Et toi, l'argent ne te fait pas vivre ? rétorqua-t-elle.

— Plus aujourd'hui.

— Je trouve cela difficile à croire.

— Crois ce que tu veux. Ça m'est parfaitement indifférent.

De même qu'elle lui était indifférente désormais.

Et dire qu'autrefois ils étaient tout l'un pour l'autre ! Leurs sentiments comme leurs rêves avaient volé en éclats le jour où elle l'avait humilié publiquement.

Quoi qu'il en soit, il était exclu de laisser sa conduite passée la condamner à l'échec aujourd'hui. Elle devait coûte que coûte le convaincre que ce mariage pouvait avoir des conséquences bénéfiques pour lui. Et si l'argent ne le motivait plus, elle devait espérer que la promesse de lui procurer son entrée dans un des cercles les plus fermés de Nouvelle-Zélande réussirait à le séduire.

— Bien.

Elle inspira à fond pour retrouver son calme. Elle desservirait sa cause plutôt qu'autre chose en se mettant en colère.

— Tu as probablement appris que ma grand-mère était décédée.

— Oui. Continue.

Pas un mot de condoléances ! se dit-elle avec amertume. Mais était-ce vraiment surprenant dans la mesure où sa grand-mère avait, au mieux, toléré Brent… et au pire fini par obliger Amira à renoncer à lui complètement ?

— Elle a soumis mon droit à l'héritage à certaines… certaines conditions.

— Lesquelles ? demanda-t-il en se renversant dans son fauteuil.

Il paraissait totalement détendu, mais elle ne s'y méprenait pas. Il l'écoutait très attentivement. Qu'il le veuille ou non, il lui était viscéralement lié physiquement.

Il en avait toujours été ainsi entre eux. Une attraction immédiate. Irrépressible. Aujourd'hui encore, elle ressentait ce frémissement de tout son être que sa proximité avait toujours provoqué en elle. Elle n'avait vraiment pas besoin de cela en ce moment !

Mais un coup d'œil à son visage impassible, distant, suffit à la ramener au présent.

— Des conditions très restrictives, malheureusement. Je dois être mariée avant l'âge de trente ans si je veux toucher l'héritage.

— Il ne te reste donc plus que dix-huit mois pour trouver un pauvre nigaud prêt à t'épouser, répondit-il en se penchant vers elle, la parcourant des yeux de la tête aux pieds. Vu tes attributs, ça ne devrait pas être trop difficile.

— Je ne veux pas de n'importe quel pauvre nigaud. Je te veux, toi.

Et flûte ! Elle n'aurait pas pu exprimer les choses de manière plus blessante. Ce qui montrait clairement à quel point elle était stressée, car elle était habituellement aussi sereine et diplomatique que le prétendaient les médias.

— Tu veux dire un nigaud aussi fortuné que moi ? rétorqua-t-il avec un léger sourire. Désolé de te décevoir, mais je ne suis plus candidat au mariage, encore moins s'il s'agit de t'épouser, toi.

— Non, ce n'est pas ce que je voulais dire, répondit-elle en cherchant désespérément les mots qui pourraient le convaincre. En fait, j'ai juste besoin d'un mari. C'est tout. Je ne suis pas intéressée par les à-côtés du mariage, ou par les complications d'une relation personnelle. J'ai suffisamment de soucis en ce moment, je n'ai pas besoin de ça en plus. Avec toi, je sais que je suis tranquille. Il n'y a pas d'autre homme à qui je puisse demander une telle chose sans avoir à craindre qu'il veuille plus que je ne suis prête à donner. Je ne pense pas me tromper en disant que tu n'as plus aucun désir pour moi, nous pourrions donc concevoir cela comme un contrat commercial.

— Un contrat commercial ?

Elle avait enfin réussi à le sortir de sa réserve, même si elle n'arrivait pas à déterminer s'il se moquait d'elle ou non.

— Oui, un contrat, entre de vieux amis.

Il la regarda d'un air dubitatif, sans l'ombre d'un sourire.

— Et qu'es-tu prête à accorder à ce vieil ami ?

— Dix pour cent de mon héritage…

Brent haussa les sourcils en entendant la somme qu'elle lui indiquait.

— Et l'entrée à la Ligue des entrepreneurs de Nouvelle-Zélande, en tant que membre platine.

— Tout cela en échange du plaisir de devenir ton mari… sur le papier ?

Le sarcasme était cette fois-ci flagrant. Elle sentit ses joues s'empourprer une fois de plus.

— Je sais bien que je ne vaux pas cher à tes yeux, Brent, mais tout ton argent ne t'a jamais permis d'entrer à la Ligue. Moi, je peux te garantir que ta candidature sera acceptée. Tu imagines les contacts que cela t'apportera ? Je sais que tu as un nouveau projet en ville et qu'on te refuse les autorisations nécessaires depuis un bon bout de temps. Les délais de ce genre, ça coûte cher. Il suffit d'un mot glissé à la bonne personne pour aplanir toutes tes difficultés. Je suis sûre que ton avocat peut nous rédiger un contrat prénuptial mentionnant la somme que je t'ai indiquée et ton entrée à la Ligue, en contrepartie de notre mariage.

— Et ma fortune ? Je suppose que tu veux ta part ? demanda-t-il d'un ton neutre, comme s'ils n'étaient pas en train de parler de millions de dollars.

— Pas du tout ! Je ne veux pas un sou de ta fortune. Ce n'est pas de cela qu'il s'agit. Tu m'apporteras tout ce dont j'ai besoin en devenant mon mari. Tu es le seul homme à pouvoir faire ça pour moi.

— Le seul ? répéta-t-il sur un tel ton qu'il transforma ces deux mots en insulte.

— Je te laisse réfléchir, répondit-elle en se levant et en posant sa carte de visite devant lui.

Elle n'allait certainement pas se laisser entraîner dans une discussion sans fin. Elle avait dit ce qu'elle avait à dire. A présent, c'était de lui que tout dépendait.

— Appelle-moi quand tu auras pris une décision, conclut-elle. Ne te dérange pas, je connais le chemin. Je ne veux pas prendre plus de ton précieux temps.

Brent la regarda sortir en silence. Il laissa sa carte de visite où elle était. Il n'en avait pas besoin pour connaître son numéro de téléphone. Il le connaissait depuis plus de huit ans, et malgré tous ses efforts, n'avait jamais réussi à l'effacer de sa mémoire.

Ainsi, elle croyait être « tranquille » avec lui ? Elle était vraiment à mille lieues de la vérité. « Tranquille » n'était certainement pas le premier mot qui lui venait à l'esprit quand il la voyait. Elle pouvait bien revêtir un tailleur gris de femme d'affaires, comme aujourd'hui, elle ne pouvait totalement masquer ses formes séduisantes, ou l'empêcher de vouloir troubler cette aura intouchable qu'elle opposait au monde.

Il était mortifié qu'elle le croie incapable d'obtenir seul ses entrées à la Ligue, et les autorisations nécessaires à son installation sur les quais d'Auckland. Il l'aurait crue mieux informée. Brent Colby n'avait besoin de personne pour réussir. Les autorisations étaient longues à venir, mais il ne s'en inquiétait pas.

Cela faisait simplement partie de ces petits jeux de pouvoir à l'œuvre dans toutes les municipalités, et il se moquait bien de devoir en passer par là du moment qu'il parvenait à ses fins. Depuis qu'il avait gagné et aussitôt reperdu son premier million de dollars, il avait appris la patience à ses dépens. Il n'avait certainement pas besoin de l'influence d'Amira Forsythe.

Il aurait dû lui dire non sans plus attendre. Sa proposition était complètement insensée et ne valait même pas la peine qu'il y réfléchisse. Ne l'avait-elle pas abandonné au moment où il avait le plus besoin d'elle ? Et tout ça pour une question d'argent ?

Il songea au montant qu'elle avait promis de lui verser s'ils se mariaient. C'était une somme rondelette, mais qui ne représentait qu'une goutte d'eau dans l'océan, comparée à sa fortune actuelle.

Amira avait manifestement retenu les leçons de sa grand-mère sur l'importance de la sécurité financière. Que lui importait de devoir sacrifier quelques millions si cela devait lui donner accès à une fortune dix fois supérieure ! Il n'avait aucun mal à imaginer les stratagèmes dont devait être capable une femme comme Amira pour mettre la main sur son compte en banque.

Qui sait, peut-être même lui proposer le mariage ?

Il y avait cependant quelque chose de bizarre dans cette histoire. Amira avait sa propre fortune. Les Forsythe faisaient partie des fondateurs de la Nouvelle-Zélande, et leur empire financier devait avoir aussi peu de limites que la philanthropie qu'on leur attribuait. Amira était la dernière de cette lignée. Ou du moins de la lignée légitime. Brent avait entendu parler d'un lointain cousin installé en Australie, une brebis galeuse que plus personne ne voulait accueillir, et à qui plus personne ne faisait crédit tellement il avait abusé du nom des Forsythe.

Un sixième sens avertissait Brent qu'Amira lui cachait quelque chose. Elle avait certes changé en huit ans, mais pas au point qu'il puisse se tromper là-dessus. Et cela titillait sa curiosité.

Brent se laissa aller contre le dossier de son fauteuil et se tourna vers la fenêtre. Il adorait la vue, une vaste pelouse parfaitement entretenue qui s'étendait jusqu'au court de tennis et à l'estuaire de la Tamaki. Jamais il n'avait autant conscience du chemin parcouru depuis qu'il avait quitté le HLM où il avait grandi, de l'autre côté du fleuve, que lorsqu'il contemplait ce paysage.

Les Amira Forsythe de ce monde ne pourraient jamais comprendre ce que cela signifiait de devoir travailler dur pour obtenir quoi que ce soit dans la vie, plutôt que de bénéficier dès sa naissance d'une immense fortune et de privilèges inestimables, simplement parce que le hasard en avait décidé ainsi. Il repensa à la grand-mère d'Amira, Isobel. Cette harpie avait eu le plus grand mal à supporter qu'Amira le fréquente, et encore n'avait-elle toléré Brent que parce qu'il était présenté par les journaux comme le futur entrepreneur prodige de Nouvelle-Zélande.

Mais tout cela avait changé quand l'intégralité du stock de produits importés qui lui avait permis de bâtir son empire s'était révélé défectueux. Il avait tenu à honorer ses engagements commerciaux et s'était retrouvé ruiné jusqu'au dernier sou, et même au-delà, après avoir remboursé tous ses clients. Oh, il aurait certes pu déposer le bilan. Et tant pis pour les clients qui lui avaient fait confiance en achetant ses produits ! Mais il n'était pas ce genre d'homme.

Il avait réussi *in extremis* à garder le titre de propriété de son appartement. Et c'était cet unique bien qui lui avait permis de rebâtir sa fortune, très graduellement. Une fortune plus importante et plus solide que jamais auparavant.

Pas de doute, il savait ce que travailler voulait dire. S'obstiner, recommencer inlassablement. Et c'était quelque chose qu'Amira ne comprendrait jamais, compte tenu du milieu dont elle était issue.

Isobel se serait assurément retournée dans sa tombe si elle avait entendu la proposition faite par son unique et précieuse petite-fille. Elle aurait été horrifiée de penser une seule seconde que son nom pouvait être souillé par une association avec lui.

Et dire qu'il s'était cru le plus heureux des hommes quand il avait rencontré Amira ! La princesse Forsythe. Vu son attitude altière, sa richesse, et les exigences bien connues de sa grand-mère, rares étaient les hommes à oser l'inviter à sortir. Mais Brent n'avait pas hésité un instant.

Amira n'avait pas caché sa surprise lorsqu'il l'avait abordée sur le champ de courses d'Ellerslie pendant les épreuves pour la Coupe d'Auckland. Elle avait été élue la femme la plus élégante du public, et avait dû fausser compagnie à une horde de photographes lorsqu'il l'avait saluée, prise par le bras et entraînée loin des flashs inquisiteurs des paparazzi. En guise de présentations, il lui avait promis un déjeuner loin de la foule des turfistes et du vacarme des chevaux sur l'hippodrome. A son immense surprise, elle avait accepté.

Leur histoire romantique avait fait la une des journaux pendant des semaines, tandis qu'ils goûtaient le bonheur de leur amour naissant. Choisissant tantôt d'échapper aux médias, tantôt d'exploiter cette publicité pour informer la terre entière de la chance qu'ils avaient d'être ensemble.

Il avait eu beaucoup de mal à croire à sa bonne fortune. Tête brûlée, manquant de raffinement, il était l'exact opposé de la famille d'Amira. Et pourtant elle l'avait aimé aussi passionnément que s'il avait été son égal. Ou du moins était-ce ce qu'il avait cru. Mais Amira avait prouvé qu'elle était bel et bien une Forsythe en rompant avec lui dès qu'elle avait appris ses problèmes financiers.

Au moment même où il aurait eu le plus besoin de son soutien et de son amour.

Il déglutit pour chasser l'amertume de ces souvenirs. Ses amis et sa famille s'étaient fait fort de souligner qu'il valait mieux qu'il ait découvert sa vraie nature avant, plutôt qu'après le mariage. Mais ce genre de maxime ne lui avait pas été d'un grand secours pour oublier sa peine ou son humiliation. Elle l'avait blessé, beaucoup plus profondément qu'il avait jamais voulu le reconnaître.

Il ne s'était jamais considéré comme quelqu'un de rancunier, mais il songea soudain, en observant le courant violent provoqué dans l'estuaire par la marée descendante, qu'Amira venait de lui donner une occasion en or de se venger.

Son cœur se mit à battre à tout rompre tandis qu'il réfléchissait. Elle lui avait clairement dit qu'elle ne voulait pas de relations charnelles dans leur mariage, mais il était à peu près sûr qu'elle ne résisterait pas longtemps. La séduire n'aurait rien d'une corvée. Huit ans auparavant, leur attirance mutuelle avait été telle qu'ils ne pouvaient rester en présence l'un de l'autre sans se toucher.

Oui, cela servirait parfaitement ses intentions.

Cette fois-ci, c'était lui qui l'abandonnerait sans prévenir, et il se réjouissait par avance de lui rendre la monnaie de sa pièce. D'autant qu'elle avait tout à perdre : le pouvoir, le prestige, et, surtout, la fortune associée au nom des Forsythe !

Brent se tourna de nouveau vers son bureau, mit son téléphone sur haut-parleur et composa le numéro de portable d'Amira.

— Amira Forsythe.

Le son de sa voix emplit toute la pièce, et il sentit quelque chose se nouer au plus profond de lui-même.

— C'est d'accord pour le mariage.

— Brent ? répondit-elle d'une voix hésitante.

— Tu t'attendais à quelqu'un d'autre ?

— Non. C'est juste que je ne pensais pas que tu te déciderais aussi vite.

— Craindrais-tu d'avoir perdu ton pouvoir de séduction ?

— Non, ce n'est pas ça. Je suis juste… surprise, c'est tout. Mais plaisamment surprise. Il faudrait bien sûr que nous nous voyions pour régler quelques points. Serais-tu libre ce soir ? Un dîner à 20 h 30, ça t'irait ?

Elle mentionna le nom d'un restaurant, sur le front de mer, qui avait été leur préféré autrefois.

— A condition que ça ne te gêne pas d'être vue en public avec moi dès maintenant. Es-tu sûre de vouloir répondre aux questions qui vont inévitablement fuser ?

— Mieux vaut ne pas attendre, tu ne crois pas ? demanda-t-elle du ton d'une parfaite femme d'affaires. A quelle heure peux-tu passer me chercher ? Il vaudrait mieux que nous arrivions ensemble.

Brent fixa leur rendez-vous de façon à leur laisser tout le temps de gagner le restaurant à partir de chez elle.

— Parfait. A ce soir, donc. Oh, au fait, Brent : merci d'avoir accepté ! Tu ne le regretteras pas.

Elle semblait si soulagée que son sixième sens lui souffla de se méfier. Aucun doute, elle n'avait pas été totalement franche et lui cachait quelque chose ! Brent sourit d'un air sombre en lui disant au revoir, et raccrocha.

Les regrets étaient pour les imbéciles, et personne n'avait jamais accusé Brent Colby d'être un imbécile.

3

Amira retourna à son appartement en fin d'après-midi. Elle avait réussi à terminer plus tôt que prévu à la fondation et se réjouissait par avance d'avoir un peu de temps pour elle avant de devoir reparaître en public avec Brent.

Elle s'était toujours félicitée d'avoir sa propre entrée et un appartement autonome dans l'hôtel particulier des Forsythe à Remuera, la banlieue ultrachic d'Auckland. Cela lui garantissait une intimité indispensable, lorsqu'elle pouvait être sûre qu'à chaque rencontre avec sa grand-mère, au cours de la journée, celle-ci allait la détailler de la tête aux pieds d'un air dédaigneux. Amira pouvait soigner sa tenue autant qu'elle le voulait, Isobel s'arrangeait toujours pour trouver une remarque désagréable à lui faire.

La plupart des gens auraient probablement envoyé la vieille femme au diable. Mais Amira n'était pas comme la plupart des gens. Elle savait qu'elle avait eu beaucoup de chance d'être recueillie par sa grand-mère après la mort prématurée de ses parents, dans un accident à bord de leur yacht dans le port de Waitemata. Son aïeule avait mis toutes les chances de son côté pour qu'elle se construise un avenir.

Elle n'était certes pas le petit génie dont avait rêvé sa grand-mère, et physiquement, elle ressemblait plus à sa mère qu'à son père, le fils d'Isobel. Mais elle avait aussi des atouts, et sa grand-mère n'avait pas rechigné à les exploiter quand il s'agissait de gérer les nombreuses œuvres de bienfaisance dont elle s'occupait. Amira avait toujours trouvé ce travail extrêmement gratifiant. Si ce n'est que parce qu'elle avait enfin trouvé un domaine où elle excellait.

Aujourd'hui encore, alors qu'elle n'avait plus besoin de se glisser furtivement chez elle pour échapper au regard de sa grand-mère, elle n'arrivait pas à en perdre l'habitude.

De toute façon, elle préférait son petit appartement à l'immense demeure historique, qui lui donnait plus le sentiment d'être dans un musée que chez elle. La plupart des visiteurs étaient très impressionnés, et il en avait été de même pour Amira autrefois.

Elle n'avait jamais réussi à oublier sa première impression, le jour où elle était venue vivre ici après une bataille acharnée devant la justice et dans les médias, entre Isobel et les tuteurs choisis par les parents d'Amira au cas où ils viendraient à décéder. C'était vraiment trop pour une petite fille de dix ans qui venait de perdre ses parents.

Isobel avait géré toutes les affaires des Forsythe d'une main de fer, jusqu'à sa première attaque. Pendant les six mois suivants, elle n'avait plus prononcé un seul mot, mais chacun de ses regards, jusqu'à sa mort, avait exprimé une critique cinglante.

Pour Amira, qui devait à la fois s'occuper des soins à domicile pour sa grand-mère, et de la gestion des œuvres de bienfaisance, cette période avait été extrêmement éprouvante.

Elle se débarrassa vivement de ses chaussures. Le répondeur clignotait, indiquant qu'elle avait un message, et elle appuya sur la touche de lecture. Une voix masculine — vaguement familière — lui parvint, si mielleuse qu'elle eut un rictus de dégoût.

« Amira, ma chérie. Je viens de recevoir la confirmation écrite des termes du testament de ma chère tante Izzy, et je voulais juste te dire comme je suis impatient d'emménager. Peut-être pouvons-nous parvenir à un accord, mutuellement satisfaisant, à propos de ton logement. Devoir attendre dix-huit mois me paraît si long… »

Frissonnante, elle s'empressa d'effacer le message, regrettant de ne pouvoir l'effacer du même coup de sa mémoire.

Roland Douglas, son cousin issu de germains, du côté d'Isobel, était à peu près aussi séduisant qu'un cancrelat… et il était tout aussi difficile de s'en débarrasser.

Isobel avait depuis longtemps coupé les ponts avec cette branche de sa famille, et pourtant, quelque temps avant l'attaque qui l'avait privée de la parole, elle avait inexplicablement ajouté un codicille à son testament, faisant de Roland son unique héritier si jamais Amira n'était pas mariée à l'âge de trente ans, ou si elle n'avait pas mis au monde un enfant vivant.

Personne ne saurait jamais pourquoi elle avait fait cela. Etait-ce pour inciter Amira à se dépêcher de se trouver un époux satisfaisant, à partir du moment où elle reprenait les rênes de l'empire des Forsythe ?

En tout cas, une chose était sûre : si Amira ne se dépêchait pas de se marier, elle perdrait tout, jusqu'à la rente annuelle qui couvrait ses frais de subsistance.

Lorsque Amira avait demandé si sa grand-mère pouvait être considérée comme saine d'esprit à l'époque où elle avait fait rédiger ce codicille, on lui avait appris qu'un neurologue avait certifié que sa paralysie n'avait en rien affecté ses facultés mentales. Amira n'avait donc pas le moindre espoir de faire invalider le testament.

Elle se dirigea vers la salle de bains, se sentant contaminée par le message de Roland. C'était vraiment un être sordide à l'extrême, et ses appels téléphoniques répétés confinaient au harcèlement. Si jamais le pire finissait par arriver et s'il touchait cet héritage, il était hors de question qu'elle arrive à un quelconque accord avec lui, satisfaisant ou non.

Un frisson la parcourut. Trop de choses dépendaient de cet héritage. Trop d'espoirs et de rêves. S'il fallait qu'elle se marie pour qu'ils se réalisent, eh bien, elle se marierait !

Elle se déshabilla rapidement pour prendre une douche. Le jet brûlant lui martelait les épaules, et peu à peu emporta les tensions accumulées de la journée.

Sa rencontre avec Brent avait été un moment difficile, même si elle avait été en partie soulagée lorsqu'il avait accepté de l'épouser.

Mais ce qui l'inquiétait le plus, c'était la fondation L'Espérance, l'œuvre de bienfaisance qu'elle avait elle-même créée afin de réaliser les rêves d'enfants malades ou mourants, et de leurs familles. Elle n'avait aucune marge de manœuvre financière, et elle avait près de quatre semaines de retard pour le paiement des salaires de l'équipe administrative.

Que ses employés n'aient pas encore démissionné en disait long sur la confiance qu'ils lui accordaient ainsi qu'à ce projet. Mais les difficultés pour assurer un financement régulier, alors que partout au monde les différentes œuvres rivalisaient entre elles pour trouver des mécènes, commençaient à compromettre sérieusement l'avenir de la fondation.

Elle devait absolument trouver les subsides pour régler les salaires en retard, et dans les plus brefs délais si elle ne voulait pas que le personnel soit obligé de chercher du travail ailleurs.

Son rendez-vous de ce soir avec Brent était une idée de génie. Les spéculations iraient bon train sur leurs retrouvailles, et elle avait bien l'intention de vendre leur histoire au plus offrant. Plus les rumeurs à leur sujet enfleraient, pendant le peu de temps dont ils disposaient avant d'annoncer leurs fiançailles, mieux ce serait.

Amira ferma les yeux et soupira, laissant le jet d'eau mouiller ses cheveux, puis elle commença son shampoing. Elle était passée par l'hôpital pour enfants d'Auckland, en rentrant du bureau, et elle ne parvenait pas à chasser le visage de Casey McLauchlan de son esprit.

Tout ce que désirait cette petite fille de cinq ans, qui avait déjà tant perdu dans sa courte vie, c'était aller à Disneyland avec sa nouvelle famille adoptive. Un rêve qu'elle ne réaliserait peut-être jamais si sa leucémie, en rémission fort heureusement, s'aggravait avant que la fondation ait assaini sa situation financière. Amira avait promis ce voyage à l'orpheline, mais elle craignait chaque jour davantage de ne pas être en mesure d'honorer sa promesse.

Brent avait dit oui, se répéta-t-elle pour s'encourager. Si tout se passait comme prévu, elle toucherait son héritage le jour du mariage, et tout s'arrangerait. Elle n'avait plus qu'à faire en sorte que ce mariage ait lieu.

Elle était presque rassérénée lorsqu'elle sortit de la douche. Elle enfila un pantalon de jogging léger et un débardeur. Elle avait deux heures devant elle avant de se préparer pour son dîner avec Brent, autant en profiter pour lire un peu.

Il y avait bien longtemps qu'elle n'avait pu s'offrir ce plaisir. Elle s'allongea sur le canapé et posa la tête sur une serviette-éponge ; ses cheveux naturellement bouclés pouvaient sécher à l'air libre. Elle essaya de se concentrer sur son roman, entamé depuis plusieurs semaines, mais les mots dansaient sous ses yeux.

Elle se réveilla en sursaut. La pièce était sombre, et la sonnette résonnait à la porte d'entrée. Elle se leva d'un bond et jeta un coup d'œil à l'horloge antique posée sur le manteau de la cheminée, tout en se dirigeant d'un pas mal assuré vers le vestibule. Et flûte ! Déjà 8 heures un quart ! Comment avait-elle pu s'autoriser à dormir si longtemps ?

Brent tapait du pied avec impatience en attendant qu'on réponde à son coup de sonnette. Il levait le doigt pour appuyer de nouveau quand la porte s'ouvrit brusquement. Il plissa les yeux d'un air appréciateur en apercevant Amira, plus séduisante que jamais avec ses cheveux lâchés sur les épaules en une masse luxuriante. La bretelle de son débardeur avait glissé le long de son bras, et ses yeux bleu clair le fixaient de ce regard vague qu'elle avait toujours en sortant d'un profond sommeil.

Elle se reprit en le reconnaissant, et la pointe de ses seins se dessina nettement à travers le mince vêtement. Elle avait vraiment besoin de parfaire le flegme légendaire des Forsythe !

— Brent ! Je suis désolée. Je me suis endormie. Je te demande dix minutes, le temps de me préparer. Entre, je t'en prie, et sers-toi un verre… Je suis sûre que tu te rappelleras où trouver ce dont tu as besoin, conclut-elle avec un geste vague en direction du salon.

— Je vais appeler le restaurant pour prévenir que nous aurons un peu de retard, répondit-il avec un regard appuyé, s'amusant de la voir aussitôt s'empourprer.

— Oui, bien sûr. Je suis vraiment désolée…

— Ne t'inquiète pas, et va te préparer.

Brent doutait fort qu'elle soit prête en dix minutes, comme elle l'avait promis, mais elle dut battre tous ses records personnels car elle fut presque aussitôt de retour dans le salon, vêtue d'une robe portefeuille bordeaux. Ses sandales assorties avaient de si hauts talons qu'elle était presque aussi grande que lui. Elle avait relevé ses cheveux en chignon, à l'aide de quelques épingles, et son maquillage était impeccable, comme d'habitude. La princesse Forsythe était de retour, totalement différente de la créature séduisante qui l'avait accueilli quelques instants plus tôt.

Il n'était pas dupe de cette *armure* qu'elle revêtait — c'était le seul mot qui lui venait à l'esprit. Du temps de leur première relation, il avait très vite compris que chaque fois qu'elle se sentait mal à l'aise, peu sûre d'elle-même, elle devenait plus impériale et plus intouchable que jamais. En fait, il avait appris à estimer son malaise en fonction de la hauteur de ses talons, et s'il fallait en croire ceux de ce soir, elle était loin d'être sereine.

— Je suis prête, allons-y ! proposa-t-elle, légèrement essoufflée.

— Juste une chose…

Il ne pourrait sans doute pas la convaincre de changer de chaussures, mais il pouvait au moins changer cela. S'approchant d'elle, il ôta les épingles qui retenaient ses cheveux et les laissa tomber à terre une à une. Des deux mains, il fit bouffer ses cheveux dorés comme les épis.

— Voilà, c'est mieux.

Quel idiot il avait été de la toucher ! Il gardait la douceur soyeuse de ses cheveux au bout de ses doigts, et tout son corps avait réagi avec une intensité brûlante qui ne pouvait que lui rendre la soirée très difficile.

— Si tu le dis…, rétorqua-t-elle avec un regard glacé avant de tourner les talons et de se diriger vers la porte.

Brent lui ouvrit la portière de sa Porsche 911 et entrevit ses jambes quand elle s'assit à l'avant. Il attendit un instant, comptant lentement jusqu'à dix pendant qu'elle arrangeait sa jupe pour cacher les courbes tentantes de ses cuisses bronzées.

Il aurait dû choisir une autre de ses voitures, un modèle plus spacieux que celui-ci, son dernier joujou, où ils allaient être beaucoup trop serrés l'un contre l'autre.

Il s'installa au volant et démarra, trop tendu pour apprécier le vrombissement du six cylindres turbo, et se reprocha de laisser Amira lui faire un tel effet. Heureusement, il n'y avait pas loin de Remuera à leur destination en bord de mer.

Moins d'un quart d'heure plus tard, ils se dirigeaient à pied vers le restaurant italien où ils avaient échangé tant de secrets, murmuré tant de paroles tendres, toutes ces années auparavant.

La salle bruissait du murmure des conversations, mais le maître d'hôtel les mena à une table pour deux un peu à l'écart. Brent passa le bras autour de la taille d'Amira et sourit légèrement en la sentant sursauter puis se détendre sous ses doigts. Il faudrait pourtant qu'elle s'y habitue si elle voulait jouer ce jeu-là ! Personne ne les croirait fiancés s'ils ne se touchaient jamais.

Les conversations s'arrêtèrent, et plusieurs têtes se tournèrent lorsqu'ils s'installèrent à leur table, puis les discussions reprirent de plus belle. Il entendit les gens chuchoter leurs noms, s'interroger. Les rumeurs iraient bon train demain matin.

Ce ne serait bien sûr pas la première fois qu'on parlerait de lui dans la presse, mais il avait horreur qu'on s'immisce dans sa vie privée pour le plaisir des autres. Il avait suffisamment connu cela quand sa première entreprise avait fait faillite, et le battage médiatique avait atteint son paroxysme quand Amira l'avait abandonné à la même époque. A présent, il ne s'en laissait plus imposer par les journalistes et n'acceptait qu'on parle de lui que si cela pouvait servir ses affaires.

Il se félicita qu'on leur ait accordé une certaine intimité en les installant derrière un grand palmier. Il se pencha vers Amira tout en prenant un menu des mains du serveur.

— On parle déjà beaucoup de nous, apparemment ; ça ne te dérange pas ?

— Bien sûr que non, répondit-elle, l'air surpris. Tu ne croyais pas que j'allais me sauver au premier signe d'intérêt ? Tu oublies que j'y suis habituée.

Il s'adossa de nouveau à son siège. Habituée ? Disons plutôt qu'elle avait l'air blasé.

— Ça ne te dérangera donc pas que nous soyons au centre de tous les potins demain matin.

— Il ne s'agira que de potins, en effet. Toi et moi le savons, c'est tout ce qui compte. De toute façon, ces rumeurs nous seront utiles quand nous annoncerons nos fiançailles.

— Utiles ? De quel point de vue ?

— Nous pourrons vendre notre histoire beaucoup plus cher si les gens se sont suffisamment interrogés sur notre nouvelle relation en nous voyant ensemble, tu ne crois pas ?

— Oui, bien sûr, répondit-il en se plongeant dans le menu.

Cette conversation lui avait fait l'impression d'une douche glaciale. Encore et toujours l'argent ! Il savait bien qu'il aurait dû s'y attendre, mais cela le mettait en colère de la voir incapable de se préoccuper d'autre chose, et de ne pas s'en cacher.

Lorsqu'elle lui avait ouvert la porte, une demi-heure plus tôt, il avait cru retrouver la femme dont il était tombé amoureux autrefois. La version intime, au naturel. Mais c'était la véritable Amira Forsythe qui se trouvait en face de lui en ce moment, comme elle venait de le lui rappeler par ses propos. Celle qui l'avait accueilli tout à l'heure n'était qu'une chimère.

Il n'était pas trop tard pour faire machine arrière. Il lui suffisait de se lever et de partir. Mais s'il faisait cela, il n'aurait pas la satisfaction de mener son projet à son terme, alors qu'il s'en était réjoui d'avance toute la journée.

Il voulait lui montrer à quoi elle avait réellement renoncé en abandonnant l'idée de l'épouser. Une fois qu'elle aurait pleinement conscience de ce qu'elle aurait pu avoir, il tiendrait sa revanche. Et peut-être réussirait-il par la même occasion à se débarrasser de son souvenir, une bonne fois pour toutes.

— Quand pouvons-nous annoncer nos fiançailles, à ton avis ? demanda-t-elle, interrompant ses réflexions. D'ici à une semaine, ça te paraît trop tôt ?

— Une semaine ? répondit-il, surpris qu'elle veuille aller aussi vite. Tu ne trouves pas ça précipité, aussi peu de temps après le décès de ta grand-mère ? Après tout, il remonte seulement à combien de temps ? Six semaines ?

— Hum…

Elle prit une bouchée du pain à l'ail qu'on leur avait apporté dans un panier en osier pendant qu'ils réfléchissaient à leur commande. Elle plissait légèrement le front d'un air soucieux.

— Ce n'est pas comme si nous venions juste de nous rencontrer, tu ne trouves pas ? Un mois, c'est vraiment trop ; que dirais-tu de deux semaines ?

— Deux semaines ?

Il prit une gorgée de l'excellent vin rouge versé par le sommelier, puis hocha la tête en signe d'approbation.

— Oui, ça me paraît bien.

— Et pour ce qui est du mariage… Nous sommes mi-mars, je n'ai guère de créneau libre avant la fin mai ou le début juin. Serais-tu libre le week-end de l'anniversaire de la reine ?

— Oui, pourquoi pas ?

Dans la mesure où ce mariage n'aurait pas lieu, il se moquait pas mal de la date.

— Si tu penses pouvoir tout organiser d'ici là, poursuivit-il, très bien. Parce que après, je vais être très pris par mes affaires, ce qui nous obligerait à repousser la cérémonie jusqu'à Noël.

Je suis sûr que tu n'as pas envie d'attendre la fin de l'année pour toucher ton héritage.

Il ne serait pas vraiment aussi pris que cela, mais il ne voyait pas de raison de ne pas l'obliger à tenir compte de son propre planning.

Amira jouait avec le pied de son verre à vin, et il contempla ses longs doigts effilés, manucurés à la perfection. Rien ne venait altérer la façade qu'elle présentait au monde, pas même un vernis à ongles écaillé. Il se demanda brièvement si elle réussirait à maintenir les apparences quand son monde s'écroulerait.

— Le problème, bien sûr, c'est que nous ne trouverons jamais un lieu acceptable dans des délais aussi courts.

Elle réfléchit quelques instants en se mordillant la lèvre.

— Nous pourrions toujours organiser la réception chez moi. Ce n'est pas la place qui manque, et nous n'avons pas besoin d'inviter autant de gens que la dernière fois. Je vais charger une agence de communication de nous organiser ça dès que possible.

— Une agence ?

La situation était déjà suffisamment insensée sans qu'on la transforme en véritable cirque.

— Entre ton calendrier et le mien, ça ne va vraiment pas être facile de tout organiser. Je veux que ce mariage ait le maximum d'impact. Après tout, ajouta-t-elle en le regardant après une brève hésitation, c'est un accord commercial. Nous ne pouvons pas prendre de risques.

— Certainement pas.

Il n'aurait pas dû être tellement surpris. Il la connaissait suffisamment pour savoir qu'elle excellait à tirer parti des médias. En tant qu'ambassadrice « de charme » des œuvres de bienfaisance de sa grand-mère, elle avait appris toutes les ficelles du métier.

Rien d'étonnant, donc, à ce qu'elle décide de soigner la publicité pour leur mariage.

Sans compter que ce nouveau mariage n'avait strictement

rien à voir avec le premier. Huit ans auparavant, ils avaient tout organisé eux-mêmes, ensemble… et quel succès cela avait été ! songea-t-il avec ironie.

Elle avait raison. Mieux valait confier ce travail à des tiers.

— Le mieux serait peut-être de trouver quelqu'un qui puisse se charger à la fois de l'organisation et des contacts avec la presse. Tu aurais un nom à suggérer ? Moins nous aurons d'intermédiaires, mieux ce sera. Il y aura moins de risques que la vérité soit ébruitée, suggéra-t-il.

— Je vais y réfléchir et te soumettrai quelques noms. Nous pouvons voir ces gens ensemble, si tu veux. Inutile de choisir quelqu'un avec qui tu ne te sentes pas à l'aise.

— Tu es trop bonne, ironisa-t-il. Nous pourrions peut-être appeler le serveur pour commander ?

— Juste une dernière chose.

— Oui ?

Amira inspira à fond avant de continuer :

— Il faut décider comment nous allons nous présenter en public. Je t'ai dit que je ne suis pas intéressée…

Elle eut l'air soudain mal à l'aise et se mit à rougir.

— Tu sais ce que je veux dire. Le côté physique des choses. Mais je crois qu'il vaudrait mieux que nous nous comportions comme n'importe quel couple d'amoureux.

Brent se pencha vers elle et lui prit la main, crispée sur la nappe. Il la caressa lentement de son pouce, s'amusant de la voir sursauter et étouffer un petit cri de surprise.

— Comme cela, tu veux dire ?

Elle s'humecta les lèvres, et il se surprit à fixer la pointe de sa langue rose avec un intense intérêt.

— Oui, exactement comme ça, finit-elle par bredouiller.

Il lui lâcha la main et se redressa.

— Pas de problème ! Je suis sûr que je peux convaincre n'importe quel observateur que nous rêvons de nous sauter dessus. Et toi ?

— Je… je devrais y arriver, répondit-elle en se cachant

derrière l'immense carte de menus du restaurant, l'empêchant ainsi de continuer à la provoquer.

Le reste de la soirée se passa plutôt bien, et ils convinrent de quelques sorties ensemble au cours de la semaine. Amira devait participer à de nombreuses soirées de bienfaisance, et elle lui fit clairement comprendre qu'elle avait besoin qu'il l'accompagne.

Brent s'occupait de régler la note quand un remue-ménage, à l'entrée du restaurant, attira son attention. Le maître d'hôtel se précipita vers lui, l'air soucieux.

— Je suis désolé, monsieur Colby. Je peux vous assurer que ce n'est personne d'ici qui les a appelés.

Un petit groupe de paparazzi se pressait non loin de l'entrée, et trois serveurs essayaient de les empêcher d'approcher plus.

— Pouvons-nous passer par la porte de service ? demanda Brent.

— Non, ne t'inquiète pas, intervint Amira. Nous allons passer par-devant. Mais ce serait peut-être une bonne idée de demander qu'on amène ta voiture. Cela nous évitera d'être pourchassés jusqu'au parking.

A la façon dont Amira dit cela, Brent fut tout de suite sur le qui-vive, et il l'observa avec attention en expliquant à un membre du personnel où était garée sa voiture et en lui remettant les clés.

— Tu ne parais pas très surprise, fit-il remarquer.

— Non. C'est moi qui les ai appelés cet après-midi.

— Toi ? Tu leur as demandé de venir ?

— Bien sûr. Ça te pose problème ?

Elle le regardait d'un air imperturbable, tel un cygne royal sur le miroir d'un lac. C'était grâce à elle qu'ils allaient être harcelés à la sortie du restaurant ! Il devait s'incliner. Elle avait vraiment tiré de cette situation tout ce qu'il était possible d'en tirer.

Un vrombissement de moteur, suivi par une cacophonie de klaxons, l'incita à se lever ; sa voiture, garée en double file, empêchait les autres véhicules de passer.

— Non… Viens ! ajouta-t-il en la prenant par la main. Autant en finir au plus vite.

Le maître d'hôtel les précéda, comme s'il pouvait les protéger des flashs et des questions qui fusaient de tous les côtés. Brent ouvrit la portière pour Amira, et eut envie de montrer les dents en la voyant prendre tout son temps pour s'installer.

Elle faisait mine de ne pas se préoccuper du branle-bas déclenché par leur apparition, mais il savait très bien qu'elle posait pour la photo, levant vers lui un visage radieux. Quand elle décida enfin que la séance avait assez duré, il contourna la voiture et se glissa derrière le volant.

Il démarra sur les chapeaux de roues et se glissa dans la circulation, s'éloignant aussi vite que possible de ce cirque qu'il abhorrait.

Si leur première soirée ensemble était un avant-goût de ce qui l'attendait, ce projet lui coûterait vraiment plus d'efforts que tout ce qu'il avait jamais réalisé dans sa vie. Il devait cependant reconnaître qu'il n'aimait rien tant qu'un véritable défi.

4

— Tu veux entrer prendre un dernier verre ? demanda Amira, brisant le silence tendu qui avait perduré entre eux pendant tout le trajet.

— Oui, pourquoi pas, répondit Brent, la prenant par surprise.

Il fulminait depuis qu'ils avaient quitté le restaurant. Les mâchoires crispées, les yeux obstinément fixés sur la route devant eux, il n'avait pas essayé une seule fois d'engager la conversation.

Lorsqu'ils se retrouvèrent dans son appartement, elle décida de prendre le taureau par les cornes.

— Tu es en colère contre moi, fit-elle remarquer en ôtant ses sandales Jimmy Choos et en remuant les doigts de pied sur la moquette, avant de se diriger vers le bar.

— Qu'est-ce qui te fait dire ça ? répondit-il d'un ton neutre.

— Nous ne nous sommes peut-être pas vus depuis huit ans, Brent, mais je sais toujours comment tu fonctionnes. Tu es dans une colère noire. Pourquoi ?

— Je n'aime pas être manipulé.

— Manipulé ?

Elle versa un doigt de son cognac préféré dans un ballon et le lui tendit, avant de se préparer un Baileys Irish Cream avec quelques glaçons.

— Je déteste qu'on me donne en spectacle.

— Ce n'était vraiment rien, et tu le sais très bien. Ce qui

t'a mis en colère, c'est que je te prenne par surprise. J'ai mal joué, et je te prie de m'excuser.

— Mal joué !

Amira hésita, son verre à la main. Le ton sur lequel il avait dit cela augurait mal de la suite. Elle posa son verre et s'assit sur le canapé.

— Qu'y a-t-il ?

— A t'entendre, on pourrait croire que je suis un pion sur un échiquier, Amira. Un pion que tu déplaces à ta guise. Nous sommes tous les deux concernés. Nous avons tous les deux quelque chose à gagner dans cette histoire. Si tu ne me préviens pas de tes intentions, ne compte pas sur mon soutien. Je peux sans problème renoncer à notre accord. Pas toi.

On en était donc là ! Il la menaçait déjà de se défiler. Amira repensa aux salaires impayés, aux familles qui avaient besoin de son aide. A la promesse qu'elle avait faite à Casey. Elle refréna un profond soupir, expression de tout ce qu'elle ne pouvait se permettre d'avouer, de tout ce qu'elle ne pouvait s'autoriser.

Elle se redressa, droite comme un I, comme si elle était assise sur une chaise à haut dossier plutôt que sur un canapé confortable, parfait pour la télévision.

— J'en ai parfaitement conscience, et je t'ai prié de m'excuser. Cela ne se reproduira pas. Tu sais bien que les enjeux sont trop importants pour moi pour que je compromette notre accord.

Elle se détendit un peu en voyant Brent venir s'asseoir près d'elle et boire une gorgée de son cognac.

— Pour être honnête, ta conduite m'a énormément rappelé ta grand-mère. Elle aimait être la seule à tirer les ficelles.

Amira eut l'impression qu'il l'avait giflée. Elle releva le menton, refusant de lui montrer à quel point il l'avait blessée.

— Je prends cela comme un compliment.

— Crois-moi, ce n'en était pas un.

Il se pencha vers elle et lui prit le menton dans la main, la forçant à croiser son regard. Amira se perdit malgré elle dans la contemplation de ses yeux bruns mouchetés de vert, à la pupille cerclée d'or, se rappelant avec quelle facilité, autrefois, ils communiquaient entre eux d'un simple regard, d'un bout à l'autre d'une pièce bondée.

Puis soudain il la lâcha, rompant le charme auquel elle avait succombé, la rappelant au présent et au gouffre qui béait désormais entre eux.

Lui rappelant sa mission.

Si elle excellait en quelque chose, c'était dans l'art de maintenir les apparences. Elle ne lui laisserait jamais deviner combien il venait de la troubler.

Isobel avait toujours détesté Brent et, malgré sa froideur, avait toujours été convaincue qu'elle agissait au mieux pour Amira. C'était en outre une femme de pouvoir, d'un pouvoir incroyable, qui se moquait de savoir si ce pouvoir lui valait des hordes d'ennemis.

— Quelle que soit ton opinion d'Isobel, elle était tenue en haute estime par les gens dont tu as besoin pour ton projet sur le front de mer. Savoir tirer les ficelles, c'est une qualité précieuse, tu ne crois pas ? lança-t-elle avec une désinvolture qu'elle était loin de ressentir.

— A ce propos, quand comptes-tu t'occuper de me faire entrer à la Ligue ?

— Je peux m'y mettre dès demain. L'admission demande parfois un peu de temps.

— Tu ne pourrais pas accélérer les choses ?

— Je vais faire de mon mieux. Le fait que l'on parle de nous dans les journaux, demain, ne peut que me faciliter la tâche. Ça tombera juste à point. La Ligue est un cercle extrêmement fermé, mais tu peux être sûr qu'ils se tiennent au courant de tout ce qui se passe en ville.

Elle avait beau être la petite-fille d'Isobel Forsythe, elle n'avait certainement pas la même influence que sa grand-mère. Il lui fallait donc espérer que les membres de la caste dirigeante accepteraient de l'écouter. S'ils voulaient bien oublier les ascendances et la réputation de Brent, ils ne pouvaient que le considérer comme un atout pour leur organisation.

Elle frissonna. Tout dépendait de ce mariage, jusqu'au toit

qui l'abritait, et cette pensée la glaçait. Au moindre faux pas, l'héritage irait directement à Roland, et ni la fondation ni elle n'auraient plus un sou. Littéralement.

Après le départ de Brent, Amira se dirigea vers la partie principale de l'hôtel particulier. L'air y était immobile, comme si la maison attendait la maîtresse des lieux.

Son regard fut irrésistiblement attiré par le portrait d'Isobel, grandeur nature, qui dominait l'escalier. Elle avait appris à respecter la vieille femme, mais leurs relations n'avaient jamais été empreintes de tendresse. La seule pensée qu'elle puisse devenir, ou soit déjà devenue semblable à sa grand-mère la terrifiait.

Allait-elle elle aussi repousser tous ceux qui l'entouraient, jusqu'au moment où elle mourrait, âgée et pratiquement seule ? Sans le moindre lien avec ceux qui auraient pu se tenir à ses côtés, si elle avait montré un minimum d'affection pour eux ?

Compte tenu de sa situation actuelle, Amira commençait à comprendre pourquoi sa grand-mère était devenue cette vieille femme glaciale, même si elle ne pouvait l'approuver.

Isobel était jeune lorsqu'elle avait épousé Dominic Forsythe, sans autre bagage qu'une licence des Beaux-Arts, et une dot considérable destinée à renflouer les coffres, alors un peu vides, de la famille Forsythe.

Leur union avait été dénuée de tout amour, dictée par la nécessité financière d'une part, et de l'autre par le désir du père d'Isobel de se faire accepter par les vieilles familles de Nouvelle-Zélande.

Il était ironique qu'Amira se retrouve dans une situation similaire, quoique inverse.

Dominic n'avait pas tardé à abdiquer devant sa jeune épouse, qui s'était révélée beaucoup plus douée pour les affaires que lui. Amira se demanda si son grand-père s'était jamais senti émasculé par la force de caractère d'Isobel, ou si leur mariage avait fini par se transformer en une relation confortable, à défaut de passion.

Son propre père était né alors qu'Isobel avait déjà près de

quarante-cinq ans. Il avait été adoré de ses parents, et lorsque Dominic était décédé, peu de temps après la naissance de son fils, Isobel était devenue encore plus possessive et autoritaire qu'auparavant.

Amira commença à gravir l'escalier, consciente à chaque pas du regard froid et désapprobateur de sa grand-mère. Sans s'arrêter sur le palier, elle monta la deuxième volée de marches jusqu'à l'endroit où le portrait de son père était accroché.

Enfant, elle s'était souvent glissée hors de son lit pour aller s'asseoir devant ce portrait, se demandant quel genre de vie elle aurait eu si sa mère et lui n'étaient pas sortis à bord de leur yacht en ce jour d'hiver où la tempête menaçait.

Sa grand-mère avait pour ainsi dire coupé tous les ponts avec son fils le jour où, sans sa permission, il avait épousé Camille du Toit, une jeune fille au pair employée pour seconder la gouvernante de la maison. Il était évident qu'Isobel ne pouvait se résoudre à le partager avec une femme susceptible de détourner son esprit de la gestion de leur fortune, mais elle avait dû réellement souffrir lorsqu'il avait refusé de capituler.

Quand elle avait enfin remporté sa bataille juridique pour obtenir la garde d'Amira, qui séjournait chez des amis de la famille depuis la mort de ses parents, Isobel avait manifestement décidé qu'elle avait trop aimé son fils et n'avait pas été assez ferme avec lui. Elle avait donc élevé sa petite-fille de manière austère.

Amira avait été brutalement sevrée de l'affection sincère de ses parents, et avait été dressée à essayer de satisfaire les attentes de sa grand-mère.

Malheureusement, elle n'avait révélé aucune aptitude particulière pour les études, et sa grand-mère lui avait très vite fait sentir que la seule façon de se racheter à ses yeux était de faire un bon mariage. Toute l'adolescence d'Amira avait été assombrie par ses tentatives, toujours infructueuses, pour conquérir l'approbation de sa grand-mère. Elle avait donc été extrêmement soulagée de s'apercevoir qu'elle était au moins douée pour s'occuper des œuvres de bienfaisance d'Isobel.

Lorsqu'elle avait soumis à sa grand-mère son idée pour la fondation L'Espérance, environ un an plus tôt, elle avait été atterrée de s'entendre dire qu'elle ne recevrait aucun soutien des nombreux bienfaiteurs aux petits soins pour Isobel. La vieille femme estimait qu'une telle œuvre créait des attentes déraisonnables chez « des gens comme ça ».

Mais Amira n'avait pas oublié ce que c'était que d'être une petite fille rêvant de choses impossibles. Et les enfants auxquels elle voulait venir en aide étaient si défavorisés par rapport à elle !

Elle s'était juré de tout faire pour la réussite de L'Espérance, quoi qu'en puisse penser sa grand-mère. Le nombre des donateurs grossissait lentement, mais la fondation avait toujours besoin de près de dix millions de dollars par an pour fonctionner.

Et c'est ainsi qu'Isobel, tenant toujours les rênes depuis la tombe, avait finalement contraint Amira à un mariage de raison.

Elle leva des yeux emplis de larmes vers le portrait de son père.

— Dis-moi que ça en vaut la peine, papa. C'est mon seul espoir.

— Je t'ai préparé une liste de quelques agences de communication qui accepteraient de se charger aussi de l'organisation, dit Amira en posant un dossier devant Brent et en s'asseyant dans le fauteuil réservé aux visiteurs.

Elle lui rendait visite ce matin avec la ferme intention de le forcer à prendre une décision, quoi qu'il en coûte. Ils étaient sortis ensemble à plusieurs reprises au cours des deux semaines précédentes, prenant part à diverses soirées mondaines, et un nombre considérable de messages s'était accumulé sur son répondeur.

Pour comble de malheur, son assistante personnelle, à la fondation, venait de donner sa démission, ce qui doublait la charge de travail d'Amira. Ce n'était pas la faute de Caroline. Personne ne pouvait se permettre de travailler sans rémunération.

Amira aurait volontiers vendu quelques-uns des meubles anciens qui se trouvaient dans son appartement, mais rien ne lui appartenait en propre. Tout ce qui se trouvait dans la maison faisait partie de l'héritage d'Isobel.

— Tu es sûre que tu ne préférerais pas que nous nous occupions de cela nous-mêmes ? demanda-t-il de sa voix grave, caché en grande partie à la vue d'Amira par son ordinateur portable.

— Ecoute, Brent, je n'ai vraiment pas le temps, et toi non plus. Si nous voulons que l'organisation soit parfaite, nous devons déléguer.

Il s'écarta de son ordinateur et se pencha vers elle.

— Très bien. Qui me conseilles-tu ?

Amira ouvrit le dossier et étala sur le bureau les différentes plaquettes puis en indiqua une du doigt.

— Elle. Marie Burbank.

— Pourquoi ?

— Elle a déjà une expérience de la publicité d'entreprise, mais sa spécialité, ce sont les organisations à but non lucratif ; j'espère d'ailleurs qu'elle se chargera des œuvres de bienfaisance dont je m'occupe, si nous nous entendons bien. En plus de cela, elle travaillait dans l'événementiel avant de monter sa propre agence.

— Elle a l'air jeune, fit remarquer Brent en feuilletant sa plaquette.

— Ce qui veut dire qu'elle n'était pas encore en activité à l'époque de notre premier mariage ; elle ne sera pas influencée par la publicité négative qu'il a provoqué. Elle est jeune, enthousiaste, et comme elle vient de créer son agence, elle pourra se consacrer exclusivement à nous. Pour moi, c'est un atout majeur, tu ne trouves pas ?

— Embauchée !

— Tu ne veux pas la rencontrer avant de prendre une décision ?

— Tu l'as rencontrée, j'imagine ?

— Oui, et elle m'a fait très bonne impression. Je l'ai trouvée sympathique, et je crois que nous pouvons lui faire confiance.

— Parfait. Dans ce cas, si tu es prête, allons-y.

— Aller où ? demanda Amira en consultant sa Rolex. Il est 9 heures, j'ai rendez-vous à 11 heures au centre-ville. Ce n'est pas trop serré ?

— Tout dépend combien de temps il te faudra pour choisir.

Brent referma son portable et le glissa dans son sac. Puis il enfila la veste de son costume. Il avait toujours le don de lui couper le souffle avec son physique impressionnant. Elle mourait d'envie de s'approcher de lui pour ajuster sa cravate, épousseter l'épaule de son vêtement… le toucher, une fois au moins, en sachant que ce n'était pas pour le bénéfice d'autrui.

Elle serra les poings. Elle devait absolument s'interdire ce genre de fantasme. Leur accord était uniquement commercial. Les émotions n'y avaient pas leur place.

Pour la première fois de sa vie, elle fut reconnaissante à sa grand-mère de la discipline qu'elle lui avait inculquée, et elle fit appel à toute sa maîtrise d'elle-même pour se lever d'un air désinvolte et ranger le dossier dans son attaché-case.

— Choisir quoi ? demanda-t-elle d'un ton distrait.

— Ton alliance et ta bague.

— Mon… Ce n'est pas nécessaire.

— C'est ce que tout le monde attend de nous, Amira. Les apparences à tout prix : n'est-ce pas ce qui compte ? J'imagine que le notaire d'Isobel n'aurait aucune confiance dans un mariage sans la moindre bague, tu ne crois pas ? Il me semble que ce n'est pas à moi de te rappeler de tels principes de base.

— L'alliance et la bague de la dernière fois, tu ne les as plus ?

— Non, répondit-il en s'arrêtant. Elles ont fait partie des premières choses que j'ai vendues. Tu te rappelleras sans doute que j'ai dû liquider mes actifs au plus vite, à la même époque.

Amira fut surprise d'éprouver un tel sentiment de perte. Bien sûr qu'il les avait vendues ! Un homme comme Brent ne s'encombrait pas des souvenirs du passé… surtout s'ils avaient des connotations aussi négatives. A quoi pensait-elle pour avoir jamais posé une telle question !

Elle inspira à fond pour calmer les battements de son cœur.

— Bien sûr, je suis désolée. C'était indélicat de ma part de te rappeler ces événements désagréables. Mais franchement, Brent, je préférerais que nous nous abstenions. Ce n'est pas comme si nous étions amoureux. Choisis pour moi, ça me conviendra parfaitement.

— Non. Nous irons ensemble. Tu ne l'as peut-être pas remarqué, mais la cote en Bourse de mes entreprises n'a cessé de grimper depuis que l'on nous voit ensemble. Je regrette infiniment de devoir l'admettre, mais tu me réussis.

Il se rapprocha d'elle, suffisamment près pour qu'elle respire son après-rasage. C'était toujours le même qu'autrefois. Celui qu'elle lui avait offert.

— Alors, qu'en dis-tu ? demanda-t-il d'une voix de basse qui la fit frissonner.

Elle aurait tout donné pour pouvoir se pencher vers lui, presser ses lèvres contre les siennes et dire oui. Oui à bien plus qu'au choix des bagues, songea-t-elle, bouleversée.

Oui à lui tout entier.

Chaque instant passé ensemble lui rappelait douloureusement ce qu'ils avaient partagé autrefois. Ce qu'elle avait perdu par sa faute.

Sa grand-mère était bien sûr intervenue, et Amira s'était rendu compte, trop tard, qu'Isobel l'avait manipulée avec un art consommé, afin de la forcer à faire ce qu'elle attendait d'elle. Tout cela au prix du bonheur de Brent et du sien.

Et dire qu'elle s'était bêtement, naïvement, laissé faire !

— Amira ?

— D'accord, allons-y. Je n'ai vraiment pas beaucoup de temps.

Elle fut heureuse qu'il s'éloigne enfin d'elle. En descendant l'escalier, elle se demanda si elle avait vraiment mesuré l'impact que ce mariage, et leur intimité forcée, aurait sur sa vie.

Depuis les jours sombres qui avaient succédé à la mort de ses parents, elle n'aspirait qu'à retrouver un sentiment de véritable appartenance ; le sentiment d'être aimée et désirée telle qu'elle était. Elle l'avait connu, trop brièvement, avec Brent, et avait laissé passer cette occasion d'être heureuse. Elle pensait s'être sevrée de ce besoin d'amour. Avoir appris à vivre sans.

Mais dès qu'elle se trouvait ainsi près de Brent, elle avait la preuve qu'elle s'était menti. Elle avait besoin d'amour, besoin de lui, plus que jamais dans sa vie, et le désespoir menaçait de l'envahir chaque fois qu'elle pensait qu'elle avait perdu son cœur à jamais.

Ce simulacre de mariage éveillait des océans de nostalgie et d'amertume qui menaçaient de la submerger. Elle devait lutter de toutes ses forces pour ne pas y sombrer et ne tenait le coup qu'en pensant aux enfants qui comptaient sur elle.

Elle n'était pas dupe quant à la distance affective de Brent. Sa bouche, sa merveilleuse bouche, souriait mais ses yeux ne se départaient jamais de cette expression froide et calculatrice d'un félin aux aguets. Sous son apparente gentillesse, il était sur ses gardes et attendait le coup suivant pour savoir quelle réaction serait la plus appropriée. Il n'était plus le jeune homme sincère et amoureux qu'elle avait connu. Quel océan les séparait !

5

Brent jeta un coup d'œil à son rétroviseur. Amira le suivait toujours dans sa BMW. Il avait été pris au dépourvu par sa réaction, tout à l'heure. Il s'attendait au contraire à ce qu'elle soit ravie par cette occasion d'ajouter à sa collection de clinquant. Ou plutôt de bijoux discrets et raffinés… et horriblement chers ! Comme elle.

Il repensa à sa question, à propos des bagues du premier mariage. Avait-elle vraiment cru qu'il pouvait les avoir gardées ? Il secoua la tête. Il n'avait eu qu'une hâte, s'en débarrasser, comme de tout ce qui était associé à elle. S'il avait gardé l'appartement — où pour la première fois il lui avait fait l'amour —, c'était par nécessité, et non pour des raisons sentimentales.

Il l'avait loué, et le montant du loyer lui avait en partie permis de rembourser ses dernières dettes. Cinq ans plus tard, il avait enfin pu le vendre, ce qui lui avait fourni un capital pour redémarrer. Et voilà qu'aujourd'hui il était l'image même de la réussite.

Solide financièrement, quoi que puisse lui réserver l'avenir.

Il se demanda brièvement si leur couple aurait eu une chance de survivre, s'ils s'étaient effectivement mariés. Si Son Altesse aurait supporté la médiocrité et l'exiguïté du minuscule appartement où il avait vécu pendant qu'il louait celui qui lui appartenait. Si elle aurait accepté de se nourrir de haricots en boîte plutôt que de dîner dans des restaurants quatre étoiles, tandis qu'il remboursait ce qu'il devait jusqu'au dernier sou.

Il se servit de nouveau de son rétroviseur. Il en doutait. Oh, bien sûr, elle aurait probablement dit oui au départ. Jusqu'à ce qu'un cafard traverse sous son nez la cuisine. Plus question d'altesse « sérénissime » à ce moment-là !

De toute façon, il ne servait à rien de faire toutes ces suppositions. L'important, désormais, était de mener ce projet jusqu'au bout, aussi amer soit-il. Et nul doute qu'il le serait. Ou du moins doux-amer en ce qui le concernait.

Il avait eu du mal à oublier l'effet qu'elle lui faisait autrefois, et plus de mal encore à oublier le coup terrible que lui avait porté le rejet de son amour pour elle. Il se rappelait encore la sensation d'être paralysé par un froid glacial qu'il avait expérimentée quand Adam lui avait montré le texto sur son téléphone.

Il ne savait vraiment pas comment il avait trouvé l'énergie d'annoncer qu'il n'y aurait pas de mariage ce jour-là. Il se souvenait encore de chacun des pas qu'il avait faits jusqu'à l'entrée de l'église, où ne se trouvait nulle fiancée prête à descendre la nef.

Après cela, ses souvenirs étaient beaucoup plus vagues. Draco et Adam l'avaient rattrapé sur le trottoir, au moment où il faisait signe à un taxi, et l'avaient emmené de force jusqu'à la voiture d'Adam. Les gens avaient entre-temps commencé à sortir de l'église. La plupart n'avaient toujours pas l'air remis de leur surprise. Les journalistes et photographes de presse eux-mêmes semblaient pris au dépourvu, n'ayant soudain plus à se disputer la première photo des jeunes mariés.

Elle avait eu recours à un texto pour le larguer ! Il n'arrivait toujours pas à le croire. Il avait demandé à Adam de le conduire à l'hôtel particulier des Forsythe, où la gouvernante les avait froidement informés que Mme et Mlle Forsythe étaient absentes et ne reviendraient pas dans l'immédiat.

Il était rentré chez lui sur ces entrefaites, certain de ne plus jamais vouloir la revoir ni l'entendre.

Ainsi s'était terminée une semaine déjà désastreuse à tous points de vue. Son univers tout entier s'était écroulé. Les retours des produits défectueux, d'abord sporadiques, s'étaient peu à peu amplifiés. Il avait en vain essayé de joindre son fournisseur étranger, et pour éviter de ruiner la réputation qu'il s'était acharné à se bâtir, il avait tenu à honorer personnellement toutes les demandes de remboursement.

Il avait passé des nuits entières penché sur les organigrammes et les budgets, pour trouver l'argent nécessaire au remboursement de ses clients. Il n'avait pas voulu inquiéter Amira sur le moment, et avait espéré parvenir à circonscrire les dégâts avant qu'ils ne deviennent catastrophiques.

Il n'avait naturellement pas prévu que les journaux feraient leurs gros titres du rappel de ses produits, et de sa ruine imminente, le matin même du mariage. Pas plus qu'il n'avait prévu qu'Amira lirait les journaux et déciderait qu'en fin de compte elle n'avait pas envie d'épouser un homme au bord du dépôt de bilan.

Brent leva le pied de l'accélérateur et entra dans un parking privé. Elle apprendrait que l'on ne pouvait pas traiter les gens d'une telle manière sans en payer les conséquences. Et elle n'aurait pas une seconde occasion de le prendre pour dupe.

Le joaillier les attendait en personne et les fit entrer dans une pièce à part, où il plaça devant eux une série d'écrins de velours noir. Brent observa le visage d'Amira tandis qu'on lui présentait un écrin après l'autre.

Il ne savait pas exactement à quoi il s'était attendu ; une lueur de cupidité, peut-être ? Mais non, Amira montrait le même détachement que si elle avait présidé une collecte de fonds.

— Qu'en penses-tu, Brent ? Toutes ces bagues sont magnifiques, et je suis bien en peine de choisir.

Elle se tourna vers lui en lui adressant un de ces sourires placides qu'il lui avait vus maintes fois quand elle n'avait pas l'esprit à ce qu'elle faisait.

Le sourire qu'elle avait mis au point pour toutes ces occasions où elle avait joué le rôle de pantin de sa grand-mère.

— Que dirais-tu de celle-ci ? proposa-t-il.

Brent choisit délibérément le plus gros solitaire de tous ceux qu'on leur présentait, le faisant chatoyer de tous ses feux sous les lampes. Prenant la main d'Amira, il lui glissa la bague au doigt. Seule sa respiration saccadée trahit son trouble, avant qu'elle n'ôte la bague de son doigt d'un geste gracieux et la repose sur l'écrin.

— Non, je ne crois pas.

— Peut-être un bijou un peu moins imposant ? suggéra le joaillier en lui présentant un autre modèle.

C'était un diamant taille princesse à la monture sertie de diamants baguette. Une pièce de toute beauté.

Brent la sortit de son écrin et la passa au doigt d'Amira. Elle lui allait parfaitement. L'anneau en or épousait parfaitement son doigt, mettant en valeur les tonalités chaudes de sa peau, et les pierres, taillées à la perfection, brillaient de mille feux.

— Nous la prenons, dit-il sans regarder Amira.

Comment aurait-il pu croiser son regard alors qu'il n'arrivait plus à penser à autre chose qu'au soir où il lui avait donné sa première bague de fiançailles ?

Il avait passé des jours à prévoir cette soirée dans ses moindres détails, préférant un cadre simple et romantique à un endroit luxueux. Il avait donc organisé un pique-nique sur un promontoire dominant le port d'Auckland. Lorsque le soleil avait commencé à décliner à l'horizon, il avait posé un genou à terre pour lui déclarer son amour et lui demander sa main. Il n'aurait jamais cru pouvoir être aussi heureux que lorsqu'elle avait dit oui.

Mais il était vrai qu'il n'aurait jamais cru qu'elle n'était pas sincère.

— Non !

L'exclamation d'Amira l'arracha à ses souvenirs.

— Pourquoi ? Que lui reproches-tu ? C'est un bijou magnifique, dont la valeur suffirait à bien des gens pour vivre pendant un an.

— C'est exactement ce que je lui reproche. Tu connais

les gens avec qui je travaille, les œuvres dont je m'occupe. C'est… c'est trop. Trop ostentatoire. Auriez-vous quelque chose de plus simple ? demanda-t-elle au joaillier. Une pierre de couleur, peut-être ?

Il acquiesça et alla chercher, d'un air plutôt chagrin, un assortiment de bagues serties de pierres semi-précieuses.

— L'une de ces bagues vous plairait peut-être davantage ?

Brent se renfonça dans son fauteuil et observa Amira, qui examinait les différents bijoux. Sa préférence allait manifestement aux aigues-marines.

— Veuillez nous montrer celles-ci, demanda-t-il.

Le joaillier prit un plateau et renferma les autres dans leur meuble.

— Celle-ci, je crois, dit Amira à voix basse en prenant une bague sertie d'une petite aigue-marine entourée de diamants minuscules.

— Non, intervint Brent avant qu'elle ait le temps d'essayer la bague. Celle-ci.

Il sélectionna un autre bijou comportant une pierre taillée de manière similaire, mais beaucoup plus grosse, entourée de diamants blancs. Il la lui passa au doigt et fit chatoyer la bague sous les lumières.

— C'est un excellent choix, monsieur. Une taille coussin, un peu plus de cinq carats d'une excellente pureté, et les vingt-quatre pierres qui l'entourent…

— C'est trop ! protesta Amira.

— Ecoute, tu pourras toujours dire aux gens que les pierres sont fausses, je m'en moque pas mal, dit Brent d'une voix contenue, sans se soucier du joaillier qui avait blêmi. Tu es ma fiancée, tu portes ma bague, tu crois vraiment que j'accepterais de te voir porter un bijou de ce genre alors que tu vas devenir ma femme ? poursuivit-il en désignant avec dédain la bague qu'elle voulait. Alors choisis : celle-ci, dit-il en reprenant l'énorme solitaire qu'il avait d'abord sélectionné et en le montrant à Amira, ou celle que tu portes au doigt.

Fausses. Le mot l'atteignit au plus profond d'elle-même.

Fausses comme leurs fiançailles. Fausses comme leur futur mariage. Elle eut soudain le sentiment qu'elle avait atteint ses limites. Tout cela était trop lourd.

C'était une chose de préserver les apparences en public, mais bien autre chose de poursuivre ce jeu de faux-semblants dans l'intimité de leur foyer, une fois mariés. Il n'y aurait jamais aucun répit.

Cette idée lui fit l'effet d'un coup de poignard, et elle resserra involontairement les doigts autour de ceux de Brent.

— Alors, que décides-tu ? insista-t-il.

Amira se demanda ce que le joaillier pouvait penser de leur attitude. Ce n'était pas le genre d'échanges auquel il devait s'attendre, de la part d'un couple d'amoureux.

— Celle-ci. Je prends celle-ci.

Elle retira sa main de celle de Brent et se leva, faisant mine d'ôter la bague de son doigt.

— Non, garde-la. Autant commencer à la porter tout de suite. Nous avons ce bal de bienfaisance, ce soir, n'est-ce pas ? Tu peux être sûre que quelqu'un la remarquera et que les rumeurs repartiront de plus belle. Qui sait, je gagnerai peut-être même un ou deux points en Bourse demain.

Ses remarques étaient empreintes d'un tel sarcasme qu'Amira frissonna. Il sortit sa carte bancaire avec une désinvolture qui disait clairement que le prix de cette bague serait une goutte d'eau dans son budget annuel.

Il aurait probablement agi de même si elle avait choisi le solitaire.

Elle repensa à la façon dont il avait insisté pour qu'elle prenne un bijou aussi ostentatoire que possible. Avait-il totalement oublié quel genre de femme elle était ? Que s'il y avait une chose qui la motivait, ce n'étaient certainement pas les signes extérieurs de richesse ?

Ils ressortirent et se dirigèrent vers leurs voitures.

— A ce soir, donc, dit Amira en déverrouillant sa voiture à distance.

— Mon chauffeur passera te prendre à 8 heures.

— Ton chauffeur ?

Ne viendrait-il donc pas la chercher lui-même ? Elle n'avait aucune envie d'arriver seule à l'hôtel. Certainement pas avec cette énorme pierre bleu clair à son doigt. Elle aurait le plus grand mal à conserver son masque quand, inévitablement, les questions commenceraient à pleuvoir.

— Je te retrouverai là-bas. Je suis pris en ville jusqu'à 6 heures, j'ai donc retenu une chambre à l'hôtel pour pouvoir me changer.

— Dans ce cas, c'est entendu.

En s'éloignant vers le centre-ville, pour son rendez-vous de 11 heures, elle jeta un coup d'œil dans son rétroviseur. Brent était toujours debout près de sa voiture, ses lunettes de soleil masquant ses yeux, qui continuaient sans doute à la suivre du regard.

Un sentiment de vertige s'empara d'elle. C'était d'elle qu'était venue l'idée au départ, mais soudain elle avait l'impression de ne plus rien contrôler, alors que c'était essentiel à la réussite de son projet. Sans cela, elle aurait sacrifié sa tranquillité d'esprit pour rien.

La Mercedes-Benz Classe E V8 s'arrêta devant l'entrée de l'hôtel, sur Symonds Street, et Amira attendit patiemment qu'on lui ouvre la portière. Elle sortit de la voiture et ajusta les plis de sa robe longue de soie blanche. Des gants longs assortis à sa robe s'étaient révélés la solution idéale pour masquer sa bague de fiançailles, et elle avait ajouté à la dernière minute une étole de fausse fourrure blanche pour compléter sa tenue. Elle leva les yeux en sentant une large main prendre la sienne.

— Tu es déjà là ! dit-elle en souriant.

— Je t'avais dit que je serais là, répondit Brent en l'attirant contre lui. Donnons-leur quelque chose à photographier, tu ne crois pas ?

Sans lui laisser le temps de respirer, il couvrit sa bouche de la sienne. Amira sentit tout son corps s'enflammer. Les lèvres de Brent étaient douces et fraîches contre les siennes. Elle se laissa aller contre lui, attirée par sa force et sa chaleur comme une abeille par le nectar d'une fleur, s'abandonnant à son baiser.

Il prit fin aussi vite qu'il avait commencé mais la laissa tremblante contre lui, tandis que les flashs crépitaient de tous côtés.

— Mademoiselle Forsythe, est-il vrai que vous avez renoué avec Brent Colby ?

— Depuis quand avez-vous recommencé à vous voir ?

— Amira ! Que dirait votre grand-mère de votre histoire d'amour ?

Les questions fusaient à n'en plus finir. Brent dirigea adroitement Amira vers l'entrée de l'hôtel.

— Entrons. Je crois que nous leur avons suffisamment donné de quoi se repaître pour ce soir, qu'en penses-tu ?

— En effet, répondit Amira en luttant pour ne rien trahir de ses sentiments.

Arborant un visage résolument souriant, elle entra à son bras dans l'hôtel. Pour ne plus penser à rien, elle se concentra de toutes ses forces sur les muscles puissants de son avant-bras, sur la coupe de son habit, sur les senteurs grisantes de son après-rasage.

— Quel dommage que nous n'ayons pas pu faire coïncider l'annonce de nos fiançailles avec ce bal, fit remarquer Brent en se penchant vers elle.

— Ce n'aurait pas été une bonne idée. Nous n'aurions pas pu vendre notre histoire après avoir annoncé nos fiançailles de manière aussi publique. Ou du moins, nous n'en aurions pas tiré autant, répondit Amira. Marie nous conseille d'attendre la semaine prochaine pour rendre la nouvelle publique, et je crois qu'elle a raison.

Elle sentit les muscles de son bras se crisper sous ses doigts.

— Je m'incline devant ton sens magistral des relations publiques, répondit-il avec urbanité, mais elle comprit clairement que sa réponse l'avait irrité.

Pourquoi ne pas tout lui raconter ? se demanda-t-elle intérieurement. Qu'était-ce donc qui la retenait de lui dire toute la vérité à propos de la fondation et des obstacles que sa grand-mère avait obstinément dressés pour empêcher sa réussite ? A propos des promesses qu'elle avait faites aux enfants ?

Sa fierté, sans doute ; la peur de l'échec ; et un désir brûlant de réussir au moins une chose dans sa vie. Quelque chose qui ne devrait rien à l'influence de sa grand-mère et qui apporterait l'espoir à des familles de tout le pays.

Quelque chose qui lui appartiendrait en propre, pour la première fois de sa vie depuis l'âge de dix ans.

Elle le regarda à la dérobée. Une expression orageuse durcissait ses traits, et ses yeux étaient plus verts que bruns ce soir sous l'effet de la colère.

Elle étouffa un soupir. Elle était seule responsable de cette situation. Brent était le seul homme qu'elle désirait à ses côtés. Elle avait bien sûr envisagé de choisir un autre homme comme mari, mais elle avait été sincère en disant à Brent qu'elle ne voulait pas des aspects physiques du mariage.

Quelque chose se noua au plus profond d'elle-même, et elle dut s'avouer qu'elle mentait. Pouvait-elle être suffisamment insensée pour rêver encore de transformer ce faux-semblant de mariage en une véritable relation ? De ressusciter l'amour de Brent pour elle ?

Un instant, elle se laissa aller au bonheur de ce rêve, avant que la réalité ne se rappelle durement à elle. Non, il ne lui pardonnerait jamais de l'avoir abandonné le jour de leur mariage. Jamais. Il n'avait accepté de jouer son rôle dans cette comédie que pour accroître une fortune déjà immense. Pour étendre son empire.

Elle avait elle-même créé cette situation et savait à quoi s'attendre. Il serait stupide de sa part d'entretenir d'autres espoirs et d'autres rêves. Pour une fois, Amira se félicita du pragmatisme de sa grand-mère et se promit de le faire sien.

Si Brent la soupçonnait jamais d'avoir rêvé de ressusciter leur amour passé, il se rirait d'elle. Mieux valait vraiment que cette comédie en reste une, se dit-elle pour se consoler. Ainsi, personne ne risquait d'en souffrir.

6

Ils traversèrent lentement la salle de bal, et Amira en profita pour présenter Brent à plusieurs membres de la Ligue. Pour l'instant, on lui avait seulement répondu que l'on « étudiait sa demande d'adhésion », et il n'avait donc guère d'autre choix que de se prêter à ces mondanités s'il voulait devenir membre platine, ainsi qu'Amira le lui avait promis. Il espérait seulement que la décision finale serait prise dès ce soir.

C'était une chance à saisir, de toute façon, car la situation tardait vraiment à se débloquer pour son projet de développement sur le front de mer. Un nouveau lieu de spectacle avait ouvert, et c'était l'occasion ou jamais de s'implanter commercialement. Plus vite il pourrait concrétiser son projet d'expansion, et mieux ce serait.

L'orchestre commença à jouer, et plusieurs couples se dirigèrent vers la piste de danse.

— Tu veux danser ? murmura-t-il à l'oreille d'Amira.

Elle se raidit momentanément et il crut qu'elle allait refuser, mais elle finit par accepter d'une légère et royale inclinaison de la tête.

— Laisse-moi juste le temps de poser mes affaires, dit-elle en montrant son étole et sa pochette argentée.

— Tu veux que je les mette au vestiaire, ou puis-je les laisser près de notre table ?

— Près de notre table. Il n'y a rien de valeur.

Rien de valeur ? Il aurait mis sa main au feu que chacune de ces babioles avait coûté plusieurs centaines de dollars. Ce genre de désinvolture l'irritait vraiment. Mais il se força à n'y plus penser et la débarrassa de son étole, respirant son parfum par la même occasion.

C'était toujours ce même mélange intrigant d'épices et de fleurs, et son corps réagit au quart de tour, le trahissant une fois de plus.

— J'en ai pour une minute, dit-il en prenant sa pochette.

Le court répit que lui offrit cet aller-retour à leur table lui permit de reprendre la maîtrise de ses sens. Il n'y avait entre eux qu'un contrat commercial, rien d'autre ! A part une bonne occasion de se venger, vint lui rappeler une petite voix alors qu'il prenait Amira par la main pour l'escorter jusqu'à la piste.

Elle se coula dans ses bras comme s'il faisait cela tous les soirs. Ce qui avait pratiquement été le cas autrefois. Lorsqu'elle venait le voir à l'appartement, il y avait toujours de la musique. Parfois un morceau de jazz tranquille, comme celui que jouait l'orchestre ce soir. Ou de la musique classique. Ses goûts musicaux étaient très éclectiques, mais quand il était chez lui, plutôt qu'à une soirée ou au bureau, il préférait un fond sonore calme et mélodieux. Cela l'aidait à se détendre après une journée de travail souvent stressante. Et plus encore quand elle était dans ses bras.

Ces dernières années, il avait pris grand soin de ne jamais apparaître en public plus de deux fois avec la même femme. Il n'avait aucune envie d'être associé à qui que ce soit pour le moment. Oh, bien sûr, il finirait bien par se marier et avoir des enfants ! Mais pour l'instant il préférait se focaliser sur son travail.

Sans compter qu'il avait bien d'autres façons d'occuper ses loisirs. Sa piscine privée lui permettait d'évacuer le stress en enchaînant les longueurs de bassin jusqu'à l'épuisement. Sinon, il invitait Draco et Adam pour une partie de tennis, et aucun d'entre eux ne mesurait ses efforts pour taper dans la balle.

Il n'avait vraiment plus besoin d'Amira et de musique

douce pour se faire plaisir. Même si son cœur s'était soudain mis à battre plus vite depuis qu'il l'avait prise dans ses bras pour danser.

Elle était particulièrement belle ce soir. Princière jusqu'au bout des doigts. Elle avait relevé ses cheveux, soulignant les lignes gracieuses de son cou, et ses pendants d'oreilles en diamants. Les fines bretelles de sa robe semblaient infiniment fragiles, mettant en valeur la courbe de ses épaules avec une élégance toute féminine, et il n'aurait pas demandé mieux que de remplacer leur caresse par celle de ses lèvres.

Il se raidit et écarta légèrement ses hanches du corps d'Amira. S'il ne contrôlait pas mieux son imagination, ses pulsions physiques finiraient par avoir le dessus, et il lui laisserait voir à quel point elle continuait à l'attirer et à le tourmenter.

Et ce jour-là, il pourrait dire adieu à ses rêves de vengeance. Il ne devait jamais perdre de vue que leur arrangement était purement commercial.

— Les dirigeants de la Ligue semblent en pleine discussion, dit Amira à voix basse, lui caressant l'oreille de son souffle. J'espère qu'il s'agit de ta candidature.

Il tourna légèrement la tête de façon à voir le petit groupe d'hommes d'affaires réuni à une table, apparemment occupé à déguster un whisky de cinquante ans d'âge. L'un d'eux riait et sembla les désigner d'un geste de la main. Brent s'empressa de détourner les yeux, non sans avoir remarqué les hochements de tête de plusieurs d'entre eux.

— S'ils sont réellement en train de parler de ma candidature, ça a l'air de bien se présenter, répondit-il.

— Je crois qu'oncle Don est favorable à ton admission. Si c'est le cas, les autres ne tarderont pas à se rallier à son avis.

— Oncle Don ? Je croyais que tu étais la seule survivante de ta famille ?

Elle crispa la main sur son épaule l'espace d'un instant, et il se reprocha de ne pas avoir songé plus tôt combien ce sujet pouvait être douloureux pour elle.

— C'est mon parrain. Ses parents et mes grands-parents

se voyaient beaucoup, et mon père et lui fréquentaient la même école. Ils se sont perdus de vue quand mes parents se sont mariés, et je ne l'ai finalement pas beaucoup rencontré depuis mon enfance. Mais s'il pense pouvoir me faire plaisir, il soutiendra ta candidature.

Le morceau de musique touchait à sa fin, et le maître de cérémonie prit le micro pour inviter les danseurs à s'asseoir.

Brent se détacha d'Amira, surpris par l'intensité de son sentiment de manque. Il l'escorta jusqu'à leur table, qu'ils partageaient avec plusieurs couples, et eut l'heureuse surprise de trouver parmi eux un entrepreneur avec qui il souhaitait nouer des relations d'affaires.

Au fil de leur conversation, il comprit que c'était sans doute à Amira qu'il devait cette opportunité. C'était en effet elle qui avait supervisé l'organisation de la soirée et les plans de table. Il était aussi prévu qu'elle prononce un bref discours de remerciement au nom de l'institut de recherche qui serait le bénéficiaire de ce bal.

Il dut reconnaître à contrecœur qu'elle faisait tout cela avec beaucoup de finesse. A la voir rire et converser avec les autres convives, personne n'aurait deviné qu'il lui avait fallu de nombreuses heures de travail pour faire de cette soirée une telle réussite… mais après tout, ce n'était sans doute pas elle qui avait fourni le plus d'efforts.

Comme il l'avait appris au fil des années, les femmes de son milieu se débrouillaient généralement pour déléguer un maximum, et n'auraient pour rien au monde manqué leur rendez-vous quotidien avec leurs semblables dans un café à la mode d'Auckland.

Le moment était arrivé où Amira devait s'adresser aux invités, et elle se dirigea avec grâce vers la scène. Sa robe du soir, échancrée en un V profond dans le dos, soulignait irrésistiblement les courbes de son corps. Elle avait fini par ôter ses gants, et ses bras sveltes étaient nus. Les projecteurs firent chatoyer sa bague à la main gauche, et Brent sourit avec satisfaction.

Il parcourut la salle des yeux. Comme il s'y attendait, tous les hommes la couvaient des yeux. Il essaya de se convaincre qu'il y était parfaitement indifférent, qu'il ne mourait pas d'envie de masquer son corps à leur regard, mais dut s'avouer lamentablement vaincu.

C'était vraiment ridicule ! Mais après tout, sa réaction était exactement celle qu'on aurait attendue de lui s'ils avaient été réellement fiancés. Et n'était-ce pas l'impression qu'ils devaient donner ?

Quand il croisa le regard particulièrement libidineux d'un des membres de l'assemblée, il se fit donc un plaisir de lui décocher un regard venimeux qui signifiait clairement : « Pas touche ! » Pour sa plus grande satisfaction, l'homme en question hocha la tête et détourna les yeux des formes tentantes d'Amira.

Et puis quoi ! leurs fiançailles n'étaient peut-être qu'un accord commercial, mais c'était aussi une comédie, alors autant entrer à fond dans son rôle. Il écouta Amira remercier les sponsors de la soirée et présenter les directeurs de l'institut de recherche, qui un à un montèrent sur la scène. Quand ils l'eurent tous rejointe, elle annonça la somme recueillie grâce à ce bal et offrit le chèque aux bénéficiaires.

Quand elle revint s'asseoir près de lui, Brent se pencha vers elle pour lui murmurer :

— Tu fais vraiment cela très bien. Même moi je m'y suis laissé prendre.

— Et pourquoi ne m'aurais-tu pas crue ? Je ne suis pas qu'une potiche, tu sais ? Quelles qu'aient pu être les raisons de ma grand-mère pour s'intéresser à ces œuvres, les miennes ont toujours été sincères.

— Tu veux dire, aider les infortunés ? demanda Brent avec une bonne dose de scepticisme.

— Eh bien oui, répondit-elle, le visage fermé. Même si je ne vois pas en quoi cela te concerne.

Il se pencha encore un peu plus vers elle, pour donner sans doute l'impression d'un dialogue intime entre amoureux à d'éventuels observateurs.

— Et tous ces millions qui te reviendront le jour où tu toucheras l'héritage ? Que comptes-tu en faire ? Allez, Amira ! Tu ne voudrais tout de même pas que je croie à ta philanthropie. C'est juste un jeu pour toi, non ? Une façon d'occuper tes journées. Je parie que tu as déjà prévu mille et une manières de dépenser cet argent, murmura-t-il à son oreille.

Amira eut le plus grand mal à garder son sang-froid en entendant ces insultes à peine voilées. Elle savait bien que les gens la considéraient souvent comme la digne petite-fille d'Isobel Forsythe, et refusaient de la voir telle qu'elle était, ou de reconnaître son travail.

Jusque-là, elle s'était assez peu souciée de ce qu'ils pensaient, du moment qu'elle pouvait être fière de son travail.

Mais les commentaires de Brent la touchaient au vif. Il fallait vraiment qu'il ait une très mauvaise opinion d'elle. Si c'était le cas, elle était contente que leur mariage ne soit que de façade. Elle aurait moins de mal à lui cacher ses sentiments en sachant qu'il la méprisait.

— Oh, tu sais ce que c'est, avec l'argent, se força-t-elle à répondre d'un ton détaché. On n'en a jamais assez.

— Voilà qui est honnête ! répondit-il en levant sa flûte de champagne en un hommage sarcastique.

Honnête ? Elle avait toujours été honnête avec lui. Le seul problème était que la seule fois où elle avait douté de ses sentiments à l'égard de Brent, douté de son propre cœur, elle avait commis la plus grande erreur de sa vie.

Le reste de la soirée se passa plutôt bien et se termina par une invitation, de la part des membres de la Ligue, à les rejoindre à leur table. Brent décocha un regard moqueur à Amira avant d'accepter. Elle fit les présentations puis s'esquiva, ayant accompli sa part du contrat. C'était maintenant à lui de les convaincre de l'accepter parmi eux.

Elle passa voir le personnel de l'hôtel pour vérifier que tout se déroulait comme prévu, puis s'accorda un moment de répit, à l'abri des regards. Encore une heure à tenir, et la soirée prendrait fin. Elle pourrait enfin abandonner son masque et rentrer chez elle pour prendre un bain relaxant avant de s'écrouler dans son lit.

Elle caressa du doigt la bague que Brent lui avait donnée quelques heures auparavant. Quelle différence avec le diamant simple de la première fois ! Comme leur situation était différente elle aussi ! Un sentiment de perte déchirant la traversa. Elle avait été stupide d'écouter Isobel, ce matin-là. Totalement stupide. Elle ne se le pardonnerait jamais.

Elle aurait dû deviner que Brent avait de bonnes raisons de ne pas lui parler de ses problèmes financiers. Elle aurait dû faire confiance à son instinct, qui lui disait qu'il n'avait jamais été attiré par sa réputation de riche héritière, ni par sa fortune.

Si seulement il avait su ! pensa-t-elle avec amertume. Elle n'avait droit à rien, en dehors du montant de l'assurance décès qui lui était revenu à la mort de ses parents. Isobel avait complété cette somme et laissé des instructions à son notaire pour que cette rente s'achève le jour où Amira aurait trente ans.

Bien sûr, elle s'était imaginé que sa petite-fille aurait depuis longtemps trouvé un mari, un rejeton de la haute bourgeoisie d'affaires néo-zélandaise, avec un compte en banque à l'avenant. Mais sur ce point, comme sur tant d'autres, Amira n'avait pas été à la hauteur des attentes d'Isobel.

Certes, elle avait son appartement dans l'hôtel particulier des Forsythe, et elle ne manquait de rien sur le plan matériel. Mais rien ne lui appartenait réellement. Les sommes symboliques qu'on lui versait pour son travail en faveur des diverses œuvres de charité d'Isobel allaient droit dans les caisses de L'Espérance. A vrai dire, sa situation financière était probablement pire que celle de Brent huit ans auparavant.

Comme lui, à défaut d'argent elle avait sa fierté. Elle devait absolument mener à bien ce projet, ou reconnaître une bonne fois pour toutes qu'elle avait échoué à tous points de vue.

Mais ce n'était tout simplement pas une option qu'elle pouvait envisager.

*
* *

Le lendemain matin, tous les journaux rivalisaient de conjectures à propos de Brent et d'Amira. Elle se prit à sourire de satisfaction en buvant sa tasse de thé Earl Grey et en picorant un toast. Les magazines féminins n'allaient pas tarder à se presser au téléphone, chacun voulant s'assurer une exclusivité sur leur histoire. Peut-être même parviendrait-elle à convaincre Caroline de renoncer temporairement à démissionner, si elle obtenait de quoi payer les salaires en retard et ceux des deux mois à venir.

Un instant, elle regretta qu'ils n'aient pas fixé une date plus proche pour le mariage. Mais non ! S'ils précipitaient trop les choses, les gens se poseraient des questions. Ces quelques mois d'attente, entre les fiançailles et le mariage, sembleraient raisonnables. Et à ce moment-là elle pourrait aussi tirer de l'argent de la vente des photos du mariage.

Un sentiment de profonde satisfaction l'envahit en songeant à Casey et à sa famille : elle allait enfin pouvoir fixer la date de leur voyage à Disneyland. Le bonheur de la petite fille compenserait tout.

Mêmc la douleur d'être mariée à un homme qui la méprisait.

Anticipant les appels des magazines, Amira changea le message de son répondeur, leur indiquant de contacter l'agence de communication. Cela suffirait à confirmer l'hypothèse des fiançailles avancée par l'un des journaux.

Elle songea à Brent. Ce serait probablement une bonne idée de lui suggérer de faire de même sur son propre répondeur. Elle prit son téléphone et composa son numéro.

— Colby, dit-il d'une voix brève.

— Bonjour, Brent. Je suppose que tu as bien dormi, en sachant que la situation va se débloquer plus vite que prévu pour ton projet ?

Avant leur départ, la veille au soir, il lui avait annoncé que la Ligue acceptait sa candidature et l'avait assuré de son soutien pour son projet sur le front de mer.

— Oui, merci. J'ai bien dormi, mais j'aurais pu me passer de la haie de photographes que j'ai trouvée sur mon passage quand je suis allé courir ce matin. Je crois que je me contenterai de faire du sport chez moi jusqu'à ce que les choses se soient un peu calmées. Et toi ? Tu es contente de la tournure que prennent les choses ?

Elle répondit par l'affirmative, mais elle fut frappée par cet échange de paroles creuses. On aurait cru entendre deux collègues, plutôt que deux personnes censées se marier prochainement.

— Tu devrais peut-être laisser un message sur ton répondeur avec les coordonnées de Marie, poursuivit-elle. Elle sera ravie de se charger des journalistes.

— Bonne idée.

— Au fait, je n'ai aucune soirée officielle de prévue cette semaine. Je me disais que ce serait peut-être une bonne idée d'aiguiser la curiosité du public en nous voyant un peu moins. Qu'en penses-tu ?

Il hésita un instant avant de répondre. Amira n'eut aucun mal à imaginer l'expression de son visage, tandis qu'il réfléchissait à sa suggestion. Il la soupçonnerait probablement d'avoir des intentions secrètes.

Et c'était peut-être le cas. Elle se demandait s'il ne serait pas plus simple d'éviter d'avoir à ruminer jour après jour ce à quoi elle avait renoncé, d'avoir à songer à quel point son existence était vide.

— Pas de problème. Je vais de toute façon être très occupé, à présent que le projet du front de mer peut avancer.

Amira eut à peine raccroché qu'elle commença à regretter sa proposition. Elle avait cru que ce serait plus simple. Mais au fond d'elle-même elle était heureuse de la moindre occasion de le voir, de le toucher, même si c'était uniquement pour la façade. Et voilà qu'elle n'aurait aucune excuse pour le voir pendant toute une semaine, et qu'en plus il serait très pris !

Eh bien, elle n'aurait qu'à s'occuper l'esprit autrement ! décida-t-elle.

*
* *

Au cours de la semaine, tous les principaux hebdomadaires de luxe contactèrent Marie pour réclamer une interview exclusive avec Brent et Amira. Ils proposaient tous à peu près la même somme faramineuse, chacun essayant de se démarquer par un bonus particulier.

— Alors, qu'en pensez-vous ? demanda Marie en leur montrant les différentes offres qu'ils avaient reçues. A quel magazine voulez-vous accorder cette interview ?

— Quel est celui qui a le plus fort tirage ? demanda Brent d'un air impassible.

— Celui-ci, répondit Marie en désignant une des offres.

— Alors c'est celui-là qu'il faut choisir.

— Non, intervint Amira alors que Marie commençait à rassembler les documents.

— Vous préférez un autre magazine ? demanda la jeune femme.

Amira se redressa sur son fauteuil et choisit ses mots avec soin, évitant de regarder Brent. Elle aurait beau essayer de présenter les choses au mieux, elle était sûre qu'il la mépriserait encore un peu plus. Mais si elle voulait éviter que ses employés démissionnent…

— Je trouve leur offre insuffisante. Pourquoi ne pas vendre notre histoire au plus offrant, comme pour une vente aux enchères ? proposa-t-elle.

— Des enchères… Je n'ai encore jamais eu l'occasion d'en organiser, répondit Marie en réfléchissant à toute allure. Je crois que vous avez raison, mademoiselle Forsythe. Nous pourrions certainement obtenir un meilleur prix. Je sais que vous m'avez interdit de parler de vos premières fiançailles, mais peut-être va-t-il falloir leur proposer plus, comme les raisons de votre rupture…

Brent se leva d'un bond, adressant à Amira un regard froid et dur.

— C'est vraiment ce que tu veux ? Remuer le passé pour faire monter les enchères ?

Son ton était si glacial qu'il aurait suffi à réfrigérer tout Auckland, songea Amira en rassemblant son courage.

— Si nous devons nous y résoudre pour faire monter le prix, oui, c'est ce que je veux.

— Alors fais comme tu veux, répondit-il, mais son regard semblait soudain éteint.

Marie les regarda l'un après l'autre.

— Bon… Je vais m'en occuper tout de suite, et je vous rappelle dès que j'ai une idée précise à vous proposer.

— Merci, Marie, répondit Amira sans détacher les yeux du visage crispé de Brent.

— Ne vous dérangez pas, je connais le chemin.

Amira attendit que Marie soit sortie pour reprendre la parole :

— J'espère que ce changement ne va pas t'inciter à renoncer à l'interview.

— Je viendrai pour l'interview, quoi que tu décides. Mais je ne crois vraiment pas que tu aies besoin de faire cela, Amira.

— J'en ai besoin, crois-moi.

Son visage disait clairement ce qu'il pensait d'une telle cupidité.

— Mais quand donc en auras-tu assez ? demanda-t-il d'un air las.

— Ne sais-tu pas que les gens comme moi n'en ont jamais assez ? rétorqua-t-elle en trouvant la force de rire pour cacher sa détresse, en voyant le dégoût qui se peignait sur son visage.

Elle ne pourrait jamais lui avouer à quel point elle restait prisonnière de sa grand-mère. Elle avait beau être sa plus proche parente, jamais elle n'avait réussi à conquérir le cœur de la vieille femme, ni à obtenir le soutien auquel elle aurait dû pouvoir prétendre.

Isobel avait préféré lui rappeler jusque par-delà la tombe que ses parents avaient été incapables de lui assurer un avenir.

— Si je n'avais pas l'impression de perdre mon temps, finit-il par dire les dents serrées, je crois que je pourrais te plaindre.

— Je n'ai jamais demandé à quiconque de me plaindre, rétorqua Amira d'un ton cinglant. Je fais ce que j'ai à faire, c'est tout.

— Pour cela, on peut te faire confiance, répondit-il en se détournant pour faire face à la fenêtre. Si tu n'as plus rien à me dire, tu ferais mieux de partir.

— Très bien. Je te contacterai quand Marie m'aura rappelée.

Il ne lui adressa même pas un signe de tête en guise de réponse, et elle eut le sentiment qu'il venait de lui arracher un autre lambeau de son cœur.

Un instant, elle eut envie de tout lui dire, de sortir son dossier avec tous les chiffres négatifs, les salaires manquants, les employés dévoués qui ne l'avaient jamais abandonnée.

Eux connaissaient la véritable Amira, celle qui se cachait derrière son apparence impeccable. Celle-là était capable de soulever des montagnes pour soulager les souffrances des enfants dont elle avait la responsabilité, insoucieuse du nombre d'heures passées à compulser les dossiers, les annuaires et les pages d'internet.

Elle qui avait dû s'aguerrir lorsqu'elle avait compris que tous les riches mécènes potentiels ne lâcheraient pas le moindre centime, par loyauté envers Isobel.

Isobel encore et toujours.

Non, elle ne dirait rien de tout cela. Elle ne gagnerait pas son estime de cette manière.

7

L'interview avec le magazine féminin se déroula à la perfection, et le reportage photo les montra tels qu'il devait les montrer : un couple amoureux, à qui la vie avait offert une deuxième chance d'être heureux.

Amira laissa tomber son exemplaire sur la table basse. Pourquoi n'était-elle pas plus heureuse ? En quelques heures, l'intégralité du tirage avait été épuisée, et Marie avait déjà reçu plusieurs propositions de magazines australiens qui souhaitaient reproduire l'interview.

Elle aurait dû être folle de joie. La somme payée par le magazine était allée aussitôt alimenter le compte bancaire de la fondation, et les salaires en souffrance avaient été payés, augmentés d'une généreuse prime pour remercier les employés de leur loyauté. Amira se croisa les bras sur la poitrine.

L'impression de vide douloureux qui l'avait envahie depuis plusieurs semaines, loin de se dissiper, semblait s'accroître jour après jour.

Ce couple souriant en couverture du magazine semblait irréel. Peut-être parce qu'il l'était, se dit-elle.

Quant à la tristesse qui l'habitait, sans doute était-elle en partie liée à cette enveloppe officielle qu'elle avait reçue quelques jours auparavant, et qui contenait le contrat prénuptial rédigé par l'avocat de Brent, comme elle le lui avait suggéré. Elle l'avait lu en diagonale avant de le retourner signé. Oh, elle savait bien qu'elle aurait dû le soumettre à son propre avocat avant de signer quoi que ce soit, mais les termes en étaient simples.

Brent acceptait de l'épouser, et en échange Amira lui garantissait son admission au sein de la Ligue des entrepreneurs de Nouvelle-Zélande, ainsi qu'une somme représentant au minimum dix pour cent du montant qu'elle toucherait à titre d'héritage de sa grand-mère. Rien ne pouvait être plus simple.

Gerald Stein, le notaire de la famille, ferait probablement une attaque quand il apprendrait ce qu'elle avait signé sans le consulter, mais il était absent, prenant des vacances par trop méritées en Europe.

Et de toute façon, elle était désormais maîtresse de sa propre vie.

Brent et elle avaient signé cet accord, et leurs fiançailles étaient désormais publiques. Bien entendu, cela voulait aussi dire que Roland ne tarderait pas à apprendre qu'il allait devoir renoncer à son projet d'emménager dans l'hôtel particulier des Forsythe.

Elle se demanda quel type de message il prendrait l'habitude de laisser sur son répondeur à partir de ce moment-là. Bénis soient les inventeurs des nouveaux téléphones qui affichaient le numéro de l'appelant.

La sonnerie retentit soudain dans l'appartement silencieux. Amira sursauta malgré elle, mais fut soulagée de voir s'afficher le numéro privé de Gerald Stein, et non celui de Roland.

— Bonjour, Gerald, comment allez-vous ? Comment se sont passées vos vacances ?

— Merveilleuses, merci. Mais dis-moi, petite, qu'as-tu inventé en mon absence ? Il faut absolument que nous nous voyions, de toute urgence.

Il dit cela sur un tel ton qu'Amira eut aussitôt les nerfs à fleur de peau.

Elle se força à prendre une longue inspiration avant de répondre :

— Inventé ? Mais rien, voyons, je me contente de satisfaire

aux exigences du testament de grand-mère. Je suppose que vous avez lu les journaux ?

— En effet. Ecoute, il faut absolument que nous nous parlions avant que tu fasses quoi que ce soit d'autre. Et n'accorde plus la moindre interview, je t'en prie, d'ici là. Je vais demander à Cynthia de me libérer un créneau pour toi à 15 h 30. A tout à l'heure.

Sans même attendre son assentiment, il raccrocha. Amira regarda son téléphone d'un air perplexe. Elle n'avait jamais connu Gerald aussi abrupt, aussi préoccupé. Pas même lors du décès d'Isobel, alors qu'ils se connaissaient depuis très longtemps. En fait, Amira s'était souvent demandé si leurs relations avaient jamais été autres que celle d'un notaire et de sa cliente.

Quoi qu'il en soit, c'était désormais son propre avenir qui était en jeu. Amira s'occupa de déplacer ses rendez-vous, afin de pouvoir se rendre chez Gerald à l'heure prévue.

Elle choisit une tenue très classique, un tailleur sombre dont la jupe lui arrivait au genou, et un chemisier de soie rose pâle. Des escarpins vernis et un sac à main assorti complétèrent l'ensemble. Elle s'attacha les cheveux en une longue tresse qui battait contre son dos à chaque pas.

Le cabinet de Stein, Stein & Stein, était situé en plein cœur d'Auckland, dans un des rares immeubles anciens encore debout sur Queen Street, une des seules rues à résister encore à la modernisation et à préserver la splendeur d'antan.

Enfant, Amira avait toujours été fascinée par les lambris qui recouvraient les murs des couloirs menant au bureau du notaire. Lorsqu'il arrivait par extraordinaire qu'Isobel l'amène avec elle en ville, elle était toujours très intimidée d'être invitée à prendre le thé avec Gerald dans son cabinet.

Elle se rendait bien sûr compte, à présent, à quel point son univers avait été limité. Sa grand-mère dirigeait chacun de ses pas et surveillait à chaque instant sa conduite. Mais cette éducation extrêmement contrôlée lui était désormais d'un grand secours.

Elle pouvait affronter toute la haute bourgeoisie de Nouvelle-Zélande et lui soutirer des dons généreux, sans avoir à craindre l'échec.

Du moins tant qu'il ne s'agissait pas de la fondation L'Espérance.

Elle se demanda si l'appel téléphonique de Gerald était lié à ses problèmes de trésorerie. Son cabinet s'occupait de tous les aspects juridiques de la fondation et s'était chargé de son enregistrement comme œuvre de bienfaisance. Se pouvait-il que quelqu'un ait déposé plainte contre elle ou contre la fondation ?

Gerald ne perdit pas de temps et alla droit à l'essentiel.

— Tu dois rompre tes fiançailles.

— Rompre mes fiançailles ? Mais pourquoi ? Vous savez bien que je dois être mariée pour pouvoir toucher l'héritage, Gerald. Brent et moi avons conclu un accord qui nous convient très bien à l'un comme à l'autre.

C'était peut-être une manière un peu exagérée de présenter les choses, reconnut-elle intérieurement. Mais ils avaient conclu un accord, qu'elle honorerait quoi qu'il puisse lui en coûter, et quand bien même elle regrettait désormais qu'il ne soit pas basé sur un respect ou même un amour mutuel.

— C'est impossible. Je suis désolé, mon enfant, mais tu n'as pas le choix, répondit le notaire en la fixant d'un air préoccupé, avant de rassembler les documents épars devant lui.

— Mais je ne comprends pas ! s'exclama-t-elle, une pointe d'inquiétude dans la voix. Ne m'avez-vous pas expliqué que je dois me marier si je veux toucher l'héritage de ma grand-mère ? C'est exactement ce qui est prévu d'ici à huit semaines.

— Je peux te garantir que si tu veux toucher cet héritage, tu n'épouseras pas Brent Colby d'ici à huit semaines.

Il ôta ses lunettes et entreprit de les nettoyer avec application.

— Ta grand-mère a été parfaitement explicite. Je n'ai pas cru nécessaire de te parler de cette condition, parce que je n'aurais jamais imaginé que Colby et toi puissiez jamais vous réconcilier. Tu sais quels étaient les sentiments d'Isobel à son égard. Et après la rupture de votre premier mariage… enfin, il est inutile d'épiloguer. J'ai simplement cru bien faire en ne réveillant pas ces vieilles histoires. D'autant que tu venais juste de perdre ta grand-mère. Cela dit, je t'ai rendu un très mauvais service. Je suis terriblement désolé, petite.

Un mauvais service ? Il lui avait tu l'existence d'une clause essentielle du testament de sa grand-mère. Et tout cela parce qu'il n'avait pas voulu lui être désagréable ? Un filet de sueur glacée lui coula le long de la colonne vertébrale. Qu'avait bien pu inventer Isobel pour l'obliger à rompre ses fiançailles avec Brent ?

— De quelle clause s'agit-il ? demanda-t-elle d'une voix contenue.

— N'oublie pas que ta grand-mère voulait protéger au mieux tes intérêts.

— Expliquez-moi de quelle clause il s'agit, répéta-t-elle d'un ton qui ne souffrait pas de contradiction.

— Bien sûr, bien sûr, répondit le vieil homme en fixant d'un air obstiné les documents devant lui avant de choisir un feuillet.

Il s'éclaircit la voix puis commença à lire :

— « J'ordonne en outre que ma petite-fille, Amira Camille Forsythe, ne puisse en aucun cas hériter de mes biens si elle décide jamais de renouer avec M. Brent Colby, ou si elle l'épouse. »

Amira eut le sentiment qu'on lui broyait le cœur dans un étau. C'était incroyable. C'est à peine si elle écouta les derniers mots lus par Gerald, car déjà elle essayait de comprendre toutes les implications de ces quelques mots.

Comment Isobel pouvait-elle avoir formulé une telle exigence ? Ne lui avait-il pas suffi d'avoir usé d'un chantage affectif pour contraindre Amira à renoncer à son mariage huit ans auparavant ? Fallait-il que depuis la tombe, elle la contraigne à présent à épouser n'importe qui sauf Brent Colby ?

— Ne me dites pas qu'une telle clause serait recevable en justice, finit-elle par dire d'une voix blanche.

— Ce n'est pas impossible. Mais quand bien même tu

obtiendrais gain de cause, as-tu vraiment le temps ou les moyens de contester ce testament en justice ?

Elle n'aurait jamais cru que sa situation puisse empirer encore, mais les paroles de Gerald venaient de sonner le glas de tous ses projets.

Elle n'aurait jamais suffisamment d'argent pour contester ce testament devant un tribunal, et déjà faudrait-il que l'affaire soit jugée suffisamment vite. Découragée, elle se laissa aller contre le dos du fauteuil où tant de fois, enfant, elle s'était perchée, les jambes ballantes. Jamais le contraste entre alors et maintenant n'avait été si évident.

Qui aurait pu penser qu'après toutes ces années elle ne serait toujours qu'un pantin manipulé par une vieille femme autoritaire ? Elle se prit à frissonner. Pas même la mort ne pouvait empêcher sa grand-mère de la priver de ses rêves, selon son seul caprice.

— Amira ? dit Gerald. Je conçois que cette nouvelle est un choc pour toi, mais puis-je te rappeler ce qui arrivera si tu ne respectes pas cette clause ?

— Quoi donc ? répondit-elle avec un rire cynique, la gorge nouée. La ruine ? Une vie de SDF ?

C'était la seule réponse qui lui venait en cet instant. Ce n'était pas seulement une question d'argent, quoi qu'en puisse penser Brent, même si l'avenir de la fondation dépendait de son héritage.

Sans cet argent, L'Espérance disparaîtrait, faute de financements. Et avec elle tous les rêves, et les emplois, qu'elle représentait.

Et Amira porterait seule la responsabilité d'un tel naufrage.

Quelle explication donner aux enfants et à leurs parents ? Comment annoncer la nouvelle à Casey ? Un sanglot faillit lui échapper, mais elle déglutit et ferma les yeux un instant, luttant désespérément pour refréner un cri de désespoir. Pourquoi fallait-il que toutes les portes, les unes après les autres, lui claquent à la figure ?

Et comment allait-elle annoncer la nouvelle à Brent ?

Pourrait-il jamais lui pardonner, ou même comprendre qu'elle était contrainte à le trahir de nouveau ? Des larmes brûlantes menaçaient de s'échapper de ses yeux, et elle baissa de nouveau les paupières, résolue à ne pas céder.

Gerald s'éclaircit la voix, ostensiblement mal à l'aise. Pour quelqu'un fraîchement revenu de longues vacances, il avait déjà le visage blême d'un homme épuisé par le stress.

— Je ne veux pas me montrer indélicat, mais te rappelles-tu l'autre partie de cette clause concernant ton héritage, dans le testament d'Isobel ?

— L'autre partie ? répéta Amira, incapable de songer à autre chose qu'à la mort de tous ses espoirs.

Gerald feuilleta le document devant lui et désigna du doigt un passage.

— Cet alinéa, envisageant le cas où tu aurais un enfant, toujours vivant, lors de ton trentième anniversaire.

Cette suggestion le mettait manifestement très mal à l'aise, à en juger par sa façon de fixer obstinément les papiers sur son bureau.

Un enfant ? Comment pourrait-elle trouver un homme pour lui faire un enfant alors que tout ce qu'elle voulait était ce qui aurait dû lui revenir de droit ? Et comment s'y prendre, de toute façon ?

Pas question de compter sur Brent ; lorsqu'il apprendrait qu'elle devait rompre leurs fiançailles cette fois encore, il ne voudrait pour rien au monde la toucher, et encore moins lui donner un enfant, sans compter qu'ils s'étaient mis d'accord pour que leurs relations soient strictement des relations d'affaires.

Alors, quelle autre solution ? Un donneur de sperme ? Une liaison sans lendemain, en croisant les doigts pour tomber enceinte du premier coup ?

Elle rejeta aussitôt ces deux hypothèses. Elle se sentait totalement incapable de concevoir un bébé en se soumettant à une froide procédure clinique, dans le seul but de toucher son héritage. Autant lui demander de s'envoler depuis le toit du plus haut gratte-ciel d'Auckland ! Et elle refusait de soumettre son enfant, ou elle-même, aux dangers d'une relation sexuelle avec un inconnu.

Non ! Si elle devait jamais avoir un enfant, par choix, ce serait celui de Brent. Ce qui ne lui laissait qu'une solution.

Et un seul homme.

Etait-elle capable d'une telle chose ? Capable de lui taire qu'elle envisageait de rompre leurs fiançailles, le temps de concevoir un enfant avec lui ?

Elle eut la nausée à l'idée d'utiliser Brent, froidement, délibérément. Mais serait-ce vraiment « froidement » ? Leurs relations, autrefois, avaient été passionnées. Pouvait-elle espérer réveiller l'attirance de Brent pour elle, de façon qu'il lui donne un enfant,

Elle songea à la petite Casey, une enfant qui n'avait déjà que trop souffert, entre la perte de ses parents et sa leucémie. Elle songea à tous les autres enfants qui mettaient leur espoir dans la fondation, et à leurs familles, désespérées, qui méritaient vraiment mieux que les mois ou les années de malheur infligés par les circonstances de la vie.

Elle revit soudain le visage de Roland, ravagé par sa vie dissolue, et les journaux qui récemment encore avaient fait leurs gros titres de ses dettes de jeu, de son alcoolisme et de ses innombrables liaisons.

Elle n'avait pas le choix. Elle devait séduire Brent afin qu'il lui donne un enfant.

8

— Deux contre un. Pas mal ! commenta Adam, un cognac à la main, en regardant Brent chercher le bon angle d'attaque au billard. Mais ta cote me plaît encore plus. Je crois que je vais me décider à parier. Qu'en dis-tu ?

En dépit des tentatives d'Adam pour le distraire, Brent empocha la bille marron et contourna la table pour le coup suivant. Il n'eut pas un regard pour l'immense télévision à écran plat qui occupait le mur en face de lui. L'animateur de l'émission, non content de pronostiquer à deux contre un qu'Amira se dédierait au dernier moment le jour du mariage, avait ensuite parié à dix contre un que ce serait Brent qui lui ferait faux bond.

— Tu ferais mieux de garder ton argent, répondit Brent, espérant que son cousin allait enfin se décider à changer de sujet. Mais si tu veux vraiment le dépenser, tu n'as qu'à parier sur cette partie de billard.

Adam se mit à rire.

— Allons donc, Brent. Tu crois que je n'ai pas deviné que tu n'avais aucune intention de te pointer à l'église ? On peut bien s'amuser un peu en attendant, non ? Ce n'est pas comme si j'avais la moindre chance de gagner un peu d'argent grâce à toi ce soir ; entre Draco qui nous a fait faux bon et…

— Ce n'est pas une plaisanterie, Adam, dit Brent d'une voix contenue.

— Je sais, je sais. Elle t'a vraiment fait passer un sale moment, la dernière fois. Mais comment ça se passe, pour l'instant ? On vous voit souvent ensemble. Ça s'arrange entre vous ?

Brent prit le cube de bleu sur un coin de la table. S'arranger ? Non. Aucun risque. Mais il commençait à avoir raison de ses grands airs.

Il repensa aux extraits de reportages que la télévision avait repassés ce soir. Sur l'un d'eux, en particulier, Amira avait été filmée à un moment où elle ne s'y attendait pas, et la façon dont elle le regardait trahissait clairement son attirance pour lui.

— Je ne sais pas ce que tu veux dire par « s'arranger », répondit-il, mais elle m'a invité à Windsong le week-end prochain.

Adam se redressa dans son fauteuil.

— A Windsong ? La retraite des Forsythe ? Eh bien, on dirait que ça promet.

Brent rit à son tour. Il ne savait pas si « ça » promettait, mais lui s'était certainement promis de mettre Amira dans son lit avant la fin du week-end. Il voulait l'attacher à lui de toutes les façons possibles. Comme cela, le jour où il la lâcherait, elle aurait une petite idée de ce qu'elle lui avait infligé huit ans auparavant.

— Bien ! dit Adam en voyant Brent empocher la dernière bille, ce n'est pas que je m'ennuie, mais je ferais mieux de me sauver. J'ai quelques problèmes à régler moi aussi.

— Je peux t'aider ?

— Non, non, rien ne me résiste. Et *elle* ne me résistera pas longtemps ! dit-il avec un sourire entendu. Merci pour le dîner. Il faudrait mettre la main sur Draco pour que ce soit lui qui nous invite la prochaine fois. Ça ne lui ressemble pas de ne pas profiter de son passage à Auckland pour venir nous voir. Tu crois que c'est lié à la fille qu'on a aperçue à Ashurst ?

— Va savoir ! Mais j'espère bien qu'il nous racontera. Je te tiens au courant s'il m'appelle.

— Et réciproquement !

Brent revint dans la salle de billard après avoir raccompagné Adam. On parlait toujours d'Amira et de lui à la télévision, et il éteignit avec impatience. C'était à croire que personne n'avait d'autre sujet de conversation que le mariage de la princesse Forsythe et du « roi Midas », comme l'avaient baptisé les journaux ces dernières années !

Il but une gorgée de cognac, mais les inepties de la télévision lui avaient vraiment gâché la soirée.

Le roi Midas ! Les journalistes adoraient ces surnoms, tous plus irritants les uns que les autres. Personne ne lui avait accordé le don de tout transformer en or. Tout ce qu'il avait gagné, il le devait à son obstination et à un travail acharné.

Et il avait bâti seul son empire, il en connaissait chaque millimètre.

Seul. Le mot résonna douloureusement en lui. A quoi aurait ressemblé leur vie si elle l'avait épousé huit ans auparavant, comme prévu ? Serait-elle toujours à ses côtés aujourd'hui ? Leur foyer résonnerait-il de rires d'enfants ?

Il se força à chasser ces pensées. C'était vraiment perdre son temps que de s'appesantir sur ce qui aurait pu être. Il n'avait pas constitué sa fortune en regardant en arrière.

Il se concentra sur son rendez-vous du lendemain avec Amira et Marie. Ils devaient absolument trouver le moyen de faire taire ceux qui prenaient un malin plaisir à suggérer qu'Amira ne se présenterait pas à l'autel cette fois encore.

Il en avait assez d'entendre ces suppositions.

Et surtout, il devait à tout prix éviter qu'un magazine lance l'hypothèse que ce serait lui, cette fois, qui se désisterait. Il ne fallait vraiment pas qu'Amira prenne peur maintenant. Même s'il aurait été prêt à parier la plus grande partie de sa fortune que pour rien au monde elle ne renoncerait cette fois-ci.

Pas avec un tel héritage à la clé.

Il était vraiment exaspéré par sa cupidité. L'histoire de leur réconciliation et de leurs fiançailles s'était vendue pour une somme exorbitante, et il était certain qu'elle avait tout fait pour cela.

C'était tout de même étrange. Elle n'avait jamais été aussi obsédée par l'argent autrefois. Il ne reconnaissait pas son amour d'autrefois dans cette femme cupide à l'extrême.

Mais c'était tout simplement qu'il avait été amoureux d'une chimère, se rappela-t-il. « L'amour rend aveugle », dit le proverbe, et il n'a peut-être pas tort.

De même que c'était une chimère de croire qu'il allait l'épouser dans quelques semaines. Il songea soudain que, le jour où il lui ferait faux bond à l'autel, elle serait sans doute capable de vendre cette histoire-là au plus offrant, une fois encore.

C'était si ironique qu'il arriva même à en sourire.

Il éteignit toutes les lumières du rez-de-chaussée et monta à l'étage. L'avidité d'Amira l'avait tout de même suffisamment étonné pour qu'il demande à un enquêteur privé de fouiller un peu dans ses finances. Le père d'Amira était l'enfant unique et adoré de ce vieux dragon d'Isobel et de son mari. Amira allait donc sans doute toucher un héritage colossal. A moins, bien sûr, qu'elle ne lui ait pas tout dit. Mais si c'était le cas, il en serait bientôt averti.

Il repensa au bal où ils s'étaient rendus ensemble, et où il avait été reçu au sein de la Ligue. L'élégance, la subtilité dont ellc avait fait preuve ce soir-là semblaient en contradiction totale avec son obsession récente pour l'argent.

Lorsqu'il était sorti de l'hôtel pour l'accueillir et s'était avancé vers elle, il s'était retrouvé le cœur battant à tout rompre en la voyant. Il avait dû lutter de toutes ses forces pour ne pas la prendre dans ses bras et l'emporter jusqu'à la suite réservée pour la soirée. Pour ne pas donner libre cours au désir silencieux et vorace qu'il masquait sous une apparente désinvolture.

Il enrageait de constater qu'elle exerçait toujours une telle fascination sur lui. Il avait vraiment cru que ces huit années avaient suffi à l'en débarrasser.

Au lieu de quoi il éprouvait pour elle un désir plus brûlant que jamais.

Il n'aurait jamais dû accepter qu'Amira lui impose un contrat « strictement commercial ». Il avait été si impatient de se venger contre la seule femme qu'il ait jamais aimée qu'il n'avait pas suffisamment réfléchi. Il avait sous-estimé la tension physique, mentale, que cela ferait peser sur lui. Et il en était au point où cette tension physique devenait insupportable.

Depuis une semaine, il n'y avait pas eu une seule nuit où il ne s'était pas réveillé en sueur, son lit transformé en véritable champ de bataille, souffrant d'une fièvre que seule Amira pouvait apaiser. Et il en serait de même ce soir, ce qui augurait mal des deux mois à venir. Mais il pouvait et devait se maîtriser s'il voulait lui donner cette leçon dont il rêvait depuis huit ans.

Lui montrer qu'elle ne pouvait pas impunément piétiner les gens comme elle l'avait fait avec lui.

Un courriel du détective privé l'attendait le lendemain matin. Il fut surpris par sa rapidité, mais plus surpris encore par ce qu'il avait à lui dire.

Surpris, mais aussi préoccupé.

Amira Forsythe était à ce jour la seule donatrice de la fondation L'Espérance. Il avait entendu parler de cette œuvre, et avait cru qu'Amira lui servait comme d'habitude d'ambassadrice de charme, son rôle étant avant tout d'attirer l'attention du public et des mécènes grâce à sa notoriété.

L'enquêteur détaillait aussi les objectifs et les statuts de la fondation. Brent se surprit à applaudir des deux mains à la raison d'être de cette œuvre, mais il fut horrifié par le bilan prévisionnel et sa situation financière à cette date.

Où étaient les sommes que la famille d'Amira était supposée consacrer aux œuvres de son choix ? Il aurait pu, sans le moindre effort, en nommer au moins dix auxquelles les Forsythe contribuaient avec plus ou moins de générosité. Comment se faisait-il que ce ne soit pas le cas pour celle-ci ?

Apparemment, c'était le projet exclusif d'Amira.

Il se versa une nouvelle tasse de café et poursuivit sa lecture. Isobel n'avait apparemment pas caché, dans son milieu, qu'elle estimait cette fondation totalement irréaliste, et Brent en fut surpris.

Pourquoi ce projet-là ? La vieille femme était-elle si résolue à contrôler tout ce que faisait Amira qu'elle ait écrasé toute velléité d'autonomie de sa part ? Le fait qu'Amira ait malgré tout créé sa fondation, et apparemment remué ciel et terre pour essayer de mener son projet à bien, montrait une force de caractère dont elle n'avait jamais fait preuve dans son expérience.

Le paragraphe suivant lui arracha un léger sifflement de surprise. Il ne voulait vraiment pas savoir comment le détective avait pu dénicher une telle information. Il faisait certes payer ses services à prix d'or, mais une information aussi confidentielle lui vaudrait une prime généreuse.

Amira n'avait apparemment aucun revenu propre, en dehors d'une petite annuité générée par l'assurance décès de ses parents. Sa grand-mère avait complété cette somme, afin de compenser l'inflation, mais cette rente prendrait fin le jour du trentième anniversaire d'Amira. Entre-temps, il semblait que l'intégralité de ce qu'elle touchait était reversé à L'Espérance.

Comment cette fondation pouvait-elle fonctionner ? Les donations du public étaient dramatiquement faibles. Sans le soutien financier d'un ou de plusieurs donateurs privés particulièrement riches et généreux, le projet n'allait pas tarder à sombrer.

Comment Amira pouvait-elle jouer ainsi avec la vie des gens ? Ce qu'elle faisait revenait à promettre la lune à ces enfants et à leur famille, alors qu'elle ne pouvait pas même leur offrir une poignée de terre.

La colère l'envahit, et il crispa les poings. C'était totalement irresponsable de la part d'Amira ! Il savait trop ce que le mot « privation » voulait dire, et à quel point c'était humiliant de devoir accepter l'aide financière d'autrui pour réaliser son potentiel.

Il avait certes remboursé à son oncle toutes les dépenses qu'il avait consenties pour son éducation, mais sans lui, il n'aurait jamais eu les moyens d'aller à Ashurst, n'aurait jamais été en mesure de décrocher la bourse qui lui avait permis de le rembourser. Les gens pouvaient bien dire que l'argent ne déplaçait pas les montagnes, c'était faux. Sans argent, on était vulnérable, et L'Espérance était là pour les plus vulnérables d'entre eux.

La fondation promettait des bourses d'études, des vacances en famille, tout ce dont un enfant pauvre pouvait rêver. Et vu ce que ces gens avaient déjà souffert, la moindre des choses aurait été de leur éviter une déception supplémentaire. Amira n'avait-elle donc pas la moindre idée des concessions d'amour-propre qu'il fallait faire pour accepter un don ? De l'humiliation que ces gens ressentiraient si les promesses auxquelles ils avaient cru n'étaient pas tenues ?

Amira avait eu des opportunités sans nombre dans sa vie, servies sur un plateau, mais elle se moquait pas mal de celles des autres, de même qu'elle s'était moquée de lui avoir promis de l'épouser… de l'aimer. Il était clair que la fondation n'était pour elle qu'un passe-temps. Un jeu. Cela le rendait malade de voir qu'elle pouvait prendre à la légère un projet aussi important.

Il pouvait faire en sorte que cette fondation ait un avenir. Aider ces gens à réaliser leurs rêves, offrir le bonheur à des enfants qui n'avaient connu que la maladie ou la misère. Il se mit à bâtir le projet dans sa tête à toute vitesse, puis rédigea un courriel à l'intention de son comptable et de son notaire, leur donnant des instructions.

L'Espérance finirait par donner tout son potentiel. Mais ce jour-là, Amira Forsythe ne serait plus à sa tête.

Amira arpentait nerveusement son salon. Un bébé. Elle devait avoir un bébé avec Brent. Elle posa la main sur son ventre, essayant d'imaginer ce qu'elle ressentirait si un jour elle mettait l'enfant de Brent au monde. Une vague de chaleur la parcourut de la tête aux pieds. Que ressentirait-elle si elle se retrouvait dans ses bras… dans son lit ?

Un désir presque douloureux l'envahit. Ses seins s'alourdirent, devenus soudain démesurément sensibles à la caresse de la soie sur les mamelons.

Elle eut l'impression de sentir les mains de Brent sur son corps, le goût de sa peau sous sa langue, son sexe au plus profond d'elle-même… Un gémissement lui échappa, et elle serra le poing sur ses lèvres. Aurait-elle vraiment la force d'aller jusqu'au bout ?

Elle avait huit semaines, en tout et pour tout, pour mener son plan à bien. D'après ses calculs, et si son cycle maintenait sa régularité d'horloge, le meilleur moment pour concevoir serait le week-end prochain. A défaut, elle pourrait retenter le mois suivant, et ce serait terminé.

Aurait-elle suffisamment de chance pour tomber enceinte du premier coup ? Elle avait tellement entendu de femmes dire qu'elles avaient dû attendre des années avant d'être fécondées.

Mettre au monde un bébé sans être motivée par l'amour allait à l'encontre de tout ce en quoi elle avait toujours cru. De tout ce dont elle avait jamais rêvé. Mais l'idée de tenir son enfant dans ses bras, un petit être qui serait à elle, qui ne la jugerait pas, ne lui adresserait ni critiques ni reproches, cette idée était presque irrésistible.

Mais elle n'en était pas là. Elle devait d'abord réussir à séduire Brent et l'amener à faire l'amour avec elle sans aucune protection. Elle devrait lui mentir, l'utiliser, mêler son souffle et son corps au sien…

De nouveau tout son être réagit à cette seule image. Mais pour parvenir à ses fins, elle avait intérêt à prévoir leur rencontre dans ses moindres détails. Après tout, prévoir, organiser, c'était son domaine d'excellence. Avec un peu de doigté, elle devait pouvoir amener Brent à faire exactement ce qu'elle voulait. Elle était sûre d'en être capable, et de toute façon elle n'avait pas le choix.

Il ne lui pardonnerait jamais quand il comprendrait qu'elle l'avait manipulé. Un léger tremblement la parcourut en imaginant sa colère. Ce serait pire encore que lorsqu'elle l'avait laissé l'attendre à l'autel. Mais quelle importance, si cela devait lui permettre de tenir les promesses qu'elle avait faites aux enfants ? De porter l'enfant de Brent ?

C'était cependant si injuste ! A quoi avait bien pu penser sa grand-mère quand elle avait inclus cette clause dans son testament ? Certainement pas au bonheur de sa petite-fille ! Mais ce bonheur avait-il jamais été sa motivation première ?

Amira repensa à son enfance. Elle avait toujours désespérément désiré l'affection d'Isobel, désespérément essayé de trouver grâce à ses yeux, de se faire pardonner les fautes de ses parents. Quand elle avait commencé à travailler pour les œuvres de bienfaisance, elle avait cru qu'elle allait enfin atteindre son objectif… jusqu'à ce qu'Isobel lui refuse son soutien pour la fondation L'Espérance.

Comment une femme pouvait-elle devenir si amère qu'elle refuse de donner de l'espoir aux autres ? Le devoir était-il tout ce qui comptait ?

En l'occurrence, oui. Amira avait le devoir de concevoir ce bébé, car c'était son seul espoir de tenir ses engagements envers les bénéficiaires de la fondation.

Son cœur se serra. Comment pouvait-elle faire une chose pareille ? Elle avait été tellement privée d'affection qu'elle s'était promis avec ferveur que ses propres enfants, le jour où elle en aurait, connaîtraient la joie d'être aimés par leurs deux parents, comme elle l'avait été, trop brièvement.

Et d'un autre côté, comment pouvait-elle renoncer à le faire ? Une fois qu'elle aurait touché son héritage et qu'elle aurait garanti le financement de la fondation à perpétuité, elle pourrait sans problème vivre des revenus d'un petit capital placé à bon escient. Même après avoir versé à Brent ce qu'elle lui avait promis, elle pourrait donner à son enfant tout ce dont il aurait besoin.

Tout, sauf des parents qui s'aimaient.

Mais de très nombreux enfants, dans le monde entier, étaient élevés par un seul de leurs parents ! Et puis ce n'était pas comme si elle pouvait être certaine que Brent refuserait de s'occuper de son enfant. En fait, elle était à peu près sûre du contraire.

Le risque était même qu'elle se retrouve à l'affronter devant les tribunaux pour obtenir la garde de leur enfant.

Chaque chose en son temps. Elle s'occuperait de ce problème le jour où il se produirait. Dans l'immédiat, le plus important était de se retrouver enceinte.

9

Le samedi matin, Amira se tenait à l'extrémité de la jetée, respirant à fond dans l'espoir de contrôler la nervosité qui lui faisait battre le cœur à tout rompre. Elle n'arrivait toujours pas à croire que Brent avait accepté ce week-end à Windsong.

La crique et la plage privées appartenaient à sa famille depuis plusieurs générations. A l'origine, la seule habitation avait été un modeste cabanon puis un autre avait été construit, puis un autre, jusqu'à ce qu'Isobel fasse construire à leur place une demeure de deux étages, de style néoclassique.

C'était un lieu d'une tranquillité parfaite, où l'on ne pouvait accéder que par la mer ou par les airs. Les quelques employés qui veillaient à l'apparence immaculée de la maison et du parc logeaient aux confins de la propriété.

Les palmiers qui ornaient la façade de la maison, tournée vers la mer, bruissaient sous la brise automnale, et leur murmure se mêlait à celui des vagues.

Amira goûta la sensation de l'air chaud venant caresser son ventre entre un chemisier de mousseline blanche simplement noué et une longue jupe de coton. Le vent faisait flotter ses vêtements, et elle devait garder la main sur le stetson en paille dont elle s'était coiffée quand le skipper du yacht l'avait appelée pour lui dire qu'ils étaient à dix minutes du ponton.

Les nuages s'amoncelaient, commençant à chasser le

magnifique soleil qui brillait depuis l'aube. La pluie serait manifestement violente quand elle se mettrait à tomber.

Amira frissonna en pensant à ce qui l'attendait, l'appréhension laissant bientôt la place à l'excitation quand elle vit le yacht passer la pointe et s'approcher du ponton. Le moment était venu. Brent était là. Tout dépendait désormais du succès de cette journée, de cette nuit.

Une seule nuit, mais chargée de possibilités infinies.

Au départ, il avait été prévu qu'il arrive la veille, et elle avait un peu paniqué quand il l'avait appelée pour lui dire qu'un problème professionnel l'empêchait de se libérer dès le vendredi. Mais elle s'était consolée en se disant qu'il lui restait encore ce soir et même la journée du lendemain, si les choses se passaient comme prévu.

Il fallait que ce soit suffisant.

Elle l'apercevait à présent sur la passerelle haute, près du skipper du yacht, ses cheveux bruns ondoyant sous la brise. Il portait des lunettes noires pour se protéger les yeux, et son visage était indéchiffrable à cette distance.

Soudain, l'attente lui parut insupportable. Elle aurait voulu qu'il soit déjà là, pouvoir déjà le toucher.

Mais elle ne pouvait précipiter les choses.

Vu l'accord qu'ils avaient conclu, les contacts physiques entre eux avaient été limités. Il l'avait certes embrassée le soir du bal, mais c'était uniquement pour la galerie, même s'il avait pris l'habitude de montrer en public, par sa façon de la toucher, qu'elle était sienne. Pour autant, elle ne pouvait pas se permettre d'aller trop vite aujourd'hui, ou bien elle risquait de compromettre définitivement son projet.

Elle ôta son chapeau, les doigts crispés sur le bord. Il était essentiel que tout se passe à la perfection. Elle devait en rester à ce qu'elle avait prévu. Exciter son désir, jusqu'au moment où ils tomberaient dans les bras l'un de l'autre, où le gouffre qui s'était creusé entre eux cesserait momentanément d'exister.

*
* *

En apercevant Amira qui l'attendait sur le ponton, Brent sentit tout son corps se raidir. Elle semblait détendue, bien différente de la femme qu'il avait escortée d'une soirée à l'autre ces dernières semaines. Ses vêtements eux-mêmes ressemblaient plus à ceux de l'Amira d'autrefois. Combien de visages pouvait-elle avoir ? Il y a huit ans, il avait cru qu'il la connaissait.

Il savait à présent qu'il s'était leurré.

Il savait aussi qu'il ne pouvait pas lui faire confiance. L'état catastrophique des finances de la fondation le prouvait bien.

Il avait été intrigué par cette invitation à Windsong pour le week-end, même si elle avait prétexté qu'ils y seraient plus au calme pour fixer les derniers détails de leur mariage, et finaliser la liste des invités. Il n'y avait ni paparazzi ni journalistes de la presse people, ici. En fait, aucune raison, financière du moins, à ce qu'ils soient ensemble.

Pour un couple normal, la question ne se serait jamais posée dans ces termes. Mais ils n'étaient pas un couple normal. Il eut un sourire de dérision. Elle tramait encore quelque chose. Peut-être avait-elle pris peur en entendant cet animateur de télévision lancer des paris et insinuer que l'un d'eux se dédierait avant le grand jour.

Elle voulait peut-être le rassurer quant à ses intentions, ou, qui sait, se rassurer quant aux intentions de Brent !

Il parcourut du regard les palmiers, l'immense pelouse parfaitement entretenue, la façade de la maison, avec ses colonnes et ses frontons. Il n'avait encore jamais été invité ici, mais il en avait beaucoup entendu parler. Cela lui paraissait parfaitement extravagant de se faire construire une maison de week-end avec neuf chambres et six salles de bains, sans compter deux bureaux tout équipés, mais Isobel avait toujours été connue pour ne reculer devant rien pour se démarquer du commun des mortels. Elle était tellement au-dessus !

Le yacht vint heurter doucement les pneus qui protégeaient

le ponton. Brent remercia le skipper et dégringola l'échelle de la passerelle supérieure. Il attrapa son sac dans la cabine principale et sauta sur le ponton où l'attendait Amira.

Dès la première seconde, tout son corps fut en alerte. Amira n'avait pas encore perdu son hâle doré de l'été, et il ne put s'empêcher de la dévorer des yeux, s'attardant sur le décolleté profond de son chemisier, noué sous sa poitrine galbée et qui dénudait partiellement son ventre. Instinctivement, il effleura sa peau du bout des doigts.

Il se ressaisit, mais il avait distinctement perçu le frémissement qu'avait éveillé en elle sa caresse.

— Remontons à la maison, veux-tu ? proposa-t-elle. J'ai préparé le petit déjeuner. Ou bien as-tu déjà mangé ?

— Non, pas encore. Allons-y.

Amira avait préparé le petit déjeuner ? Cela voulait-il dire qu'elle n'employait personne ici ?

Il la laissa passer devant lui sur l'étroite passerelle ; ses pieds nus ne faisaient presque aucun bruit sur le bois. Ses hanches se balançaient légèrement à chaque pas, et il dut se forcer à regarder ailleurs. Si elle ne lui avait pas clairement signifié qu'elle ne voulait pas de relations physiques entre eux, il aurait pu croire qu'elle faisait tout pour l'exciter.

Il revint à sa hauteur quand ils eurent atteint la pelouse.

— Tu veux aller poser ton sac pour commencer ? demanda-t-elle quand ils pénétrèrent dans la vaste entrée.

— Oui, bonne idée.

Son ton amical et chaleureux le prenait au dépourvu. Il s'était habitué à ses airs de princesse, froide, détachée, cupide.

La chambre qu'elle lui avait préparée à l'étage était à l'image du reste de la maison. Un lit immense, dont le linge couleur café se mariait aux murs et contrastait parfaitement avec une moquette crème, occupait la place d'honneur. Face à lui s'ouvraient des portes-fenêtres donnant sur un grand balcon avec vue sur la baie.

— Très agréable, commenta-t-il.

— C'est la chambre de maître. Je me suis dit que tu y serais bien.

— Tu ne prends pas cette chambre pour toi ?

— La mienne est un peu plus loin, répondit-elle en se penchant vers le lit pour effacer un pli imperceptible.

Il n'avait pas été certain qu'elle ne portait pas de soutien-gorge sous son chemisier, jusque-là, mais il l'était à présent. Douloureusement certain. Elle se pencha un peu plus, exposant quelques centimètres supplémentaires de peau bronzée et laissant deviner un mamelon rose.

Brent sentit son corps réagir au quart de tour. Il posa précipitamment son sac sur un coffre, au pied du lit, et y prit sa trousse de toilette. Voulant à tout prix mettre un peu de distance entre eux, il se dirigea droit vers la salle de bains et disposa ses affaires sur le meuble de toilette en marbre clair.

Venir ici pour le week-end était conforme à ses plans. Le jour où il la priverait de tous ses rêves de mariage, il la voulait à sa merci. Physiquement et émotionnellement.

Elle avait certes essayé de maintenir une distance entre eux depuis qu'ils se revoyaient, mais il avait clairement perçu qu'elle n'était pas aussi indifférente qu'elle voulait le faire croire.

Et comme elle restait toujours aussi séduisante, quelle que soit la punition qu'il voulait lui infliger, il avait vraiment du mal à contrôler sa libido. Il la désirait en fait avec une telle ardeur qu'il n'aurait pas besoin de se forcer pour passer à l'étape suivante de sa revanche.

Un bruit léger derrière lui l'amena à lever les yeux vers le miroir. Amira se tenait sur le seuil, et la lumière venant de la chambre dessinait sa silhouette sous ses vêtements, créant un halo autour de ses cheveux. Il crispa les poings sur le rebord du lavabo.

Elle était magnifique. Dommage que cela se limite à son apparence. Mais cela lui faciliterait la tâche le moment venu. Les femmes comme Amira devaient apprendre que la fortune était un privilège, et que les privilèges créaient des responsabilités à l'égard des personnes moins favorisées par le sort.

— Si jamais tu as oublié quelque chose, tu devrais trouver des produits de toilette dans les tiroirs ou le meuble. N'hésite pas à prendre ce qu'il te faut.

Il la regarda jouer avec le nœud de son chemisier, torturer le pan de tissu libre à l'infini. Aucun doute, elle était nerveuse. Prendre ce qu'il lui fallait ? Il savait très bien par quoi il aurait voulu commencer. Ici, avec elle, sans plus attendre.

Il déglutit et se tourna vers elle.

— Merci, je suis sûr que ce sera parfait.

— Bien. Dans ce cas, je descends mettre la cafetière en route. Viens me rejoindre quand tu seras prêt. En bas des escaliers, tourne deux fois à gauche ; la cuisine est à l'arrière de la maison.

Brent suspendit les deux tenues de rechange qu'il avait apportées. Il eut fini en deux temps trois mouvements ; après tout, ils n'étaient pas ici pour un défilé de mode. D'ailleurs, pour quoi, exactement, étaient-ils ici ?

La nervosité d'Amira semblait cacher quelque chose, mais il n'arrivait pas à deviner quoi.

Il en aurait mis sa main au feu qu'elle ne souhaitait pas seulement discuter des préparatifs du mariage.

Il n'eut aucun mal à trouver la cuisine. Il lui suffit de se laisser guider par le délicieux arôme qui en émanait. Des gaufres fraîches attendaient sur une assiette, au centre d'une table en pin marquée par l'usage, et une cafetière italienne crachotait bruyamment sur une plaque électrique.

— Je n'étais pas sûre de tes préférences pour les gaufres, dit Amira en l'invitant d'un geste à s'asseoir. Il y a de la crème, des fruits frais et du sirop. A toi de choisir !

Il y avait de quoi nourrir une armée. Garnissant généreusement son assiette, Brent ne put s'empêcher de penser qu'elle essayait de lui donner le change ; mais pourquoi ?

— Qu'as-tu prévu pour aujourd'hui ? demanda-t-il en se versant un deuxième café. Tu veux que l'on commence par la liste d'invités ?

— Nous avons tout le temps de nous en occuper. Je me disais

que nous devrions profiter qu'il fasse encore beau pour aller à la plage. Il y a un scooter des mers dans la remise à bateaux. Je peux t'emmener faire le tour de la péninsule, si tu veux, le temps de digérer. Et après ça nous pourrions nous baigner ?

— Bonne idée, ça me va !

Elle remettait donc déjà à plus tard leurs préparatifs pour le mariage. Intéressant, vu que c'était la raison qu'elle avait avancée pour le convaincre de venir à Windsong pour le week-end.

Ils se changèrent après le petit déjeuner. Amira reparut en short et haut de maillot de bain, Brent en short de bain et en T-shirt. Il ne pouvait détacher ses yeux de son ventre bronzé. Plus que tout il attisait son désir, attirant son attention sur sa taille mince et ses hanches rondes. Il n'était que trop facile de l'imaginer totalement nue.

Ils grimpèrent à bord du scooter des mers, et Amira se tourna vers lui.

— Tu ferais mieux de me passer les bras autour de la taille, proposa-t-elle avec beaucoup de naturel. On va être secoués dans le chenal.

En toute autre occasion, il n'aurait pas hésité un instant, mais à la seule idée de se rapprocher d'elle, de glisser les jambes de chaque côté de ses fesses arrondies, il sentait son sexe durcir.

Son hésitation faillit lui être fatale quand elle mit les gaz à fond et se dirigea vers la baie. Se tenir à elle était la seule option raisonnable, mais il n'était pas question qu'il se colle à elle pour autant. C'était à lui de la rendre folle de désir, et non l'inverse.

Elle se montra une excellente guide, lui désignant plusieurs propriétés appartenant à différents membres de l'élite néo-zélandaise, et quelques sites importants pour l'histoire du pays.

Comme ils revenaient vers leur crique, il commença à se décontracter… et termina à l'eau quand Amira vira de bord pour se diriger vers le hangar à bateaux. Elle éclata de rire en le voyant remonter à la surface après avoir bu la tasse.

— Scélérate ! Tu vas me le payer, lança-t-il en riant et en se dirigeant vigoureusement à la nage vers le scooter.

Elle avait réussi à le prendre par surprise, mais il était à présent sur ses gardes. Il lui attrapa le pied avant qu'elle puisse se sauver, et soudain elle se retrouva dans ses bras, les globes de ses seins pressés contre sa poitrine, ses jambes s'emmêlant aux siennes sous l'eau.

Son corps réagit aussitôt et sa respiration s'accéléra. Il resserra les bras autour d'elle, emprisonna ses jambes. Elle ne pouvait se méprendre sur l'intensité de son désir pour elle.

Il plongea son regard dans le sien et vit quelque chose changer dans son expression. Le rire y laissa la place à un sentiment plus primitif, une faim dévorante. Il cessa de battre des pieds, et ils commencèrent à lentement s'enfoncer sous l'eau. Aussitôt, il la lâcha et elle refit surface. Quand il émergea à son tour, il la vit se hisser à bord du scooter.

— Je… je vais le remettre dans le hangar. Veux-tu rentrer, ou préfères-tu continuer à te baigner ?

Elle évitait son regard et leva les bras pour tordre ses cheveux trempés. Son geste fit remonter son haut de maillot de bain et découvrit légèrement la base de ses seins ronds.

Brent n'hésita plus un seul instant. Arrachant son T-shirt, il le mit en boule et le lança sur le scooter.

— Tu veux bien me le prendre ? Je vais nager un peu, histoire de perdre les calories du petit déjeuner.

Et de calmer un peu la frustration qui menaçait de le rendre fou.

Elle acquiesça d'un signe de tête et pointa le scooter en direction du hangar. Brent ne put s'empêcher de la dévorer des yeux tandis qu'elle s'éloignait le long du ponton, s'arrêtant juste un instant pour enlever son short mouillé. Elle descendit sur la plage et alla accrocher les vêtements trempés aux branches d'un pohutukawa. « Nage ! » s'enjoignit-i.

Aussi longtemps qu'il le faudra.

On était déjà début avril, et l'automne néo-zélandais était bien avancé, mais la température de l'eau était encore supportable. Brent traversa la crique à un rythme digne d'un championnat du monde, puis fit de même dans l'autre sens. Il finit par ralentir un peu la cadence et se tourna vers la plage, où Amira s'était allongée sur une chaise longue. Il sentit qu'elle l'observait, ce qui ne fit rien pour dissiper la tension douloureuse qui l'habitait.

Quand il sortit de l'eau, il entendit qu'elle riait.

— Tu es censé être ici pour te reposer, pas pour t'éreinter à ne plus pouvoir marcher !

Elle se leva en souriant et ramassa la serviette de Brent sur le sable.

Elle s'approcha en la dépliant, mais quand il fit mine de la prendre, elle ignora son geste et se mit à le sécher elle-même. Des traînées de feu lui sillonnèrent le corps tandis qu'elle lui passait la serviette sur les bras, puis sur le torse. Il sentit ses mamelons se contracter tandis qu'elle lui essuyait la poitrine puis descendait lentement vers le plexus, la taille…

— Merci ! dit-il en lui prenant vivement la serviette et en se détournant pour qu'elle ne s'aperçoive pas du tumulte qu'elle avait provoqué en lui.

— Pas de quoi, répondit-elle d'un ton clairement amusé.

Amusé, mais pas seulement. Il lui jeta un coup d'œil. Aucun doute, il n'était pas le seul à être excité. Sous les triangles blancs de son haut de maillot de bain, ses bouts de sein étaient aussi durs que les siens, et on aurait pu croire, à sa respiration saccadée, que c'était elle qui venait de battre le record du quatre cents mètres crawlé.

Que lui arrivait-il ? Elle avait été si détachée, si lointaine ces deux dernières semaines. Voilà qu'elle se transformait en tison, que le moindre souffle de sa part semblait pouvoir enflammer.

Leur proximité lui avait-elle été aussi pénible qu'à lui ? Ou bien avait-elle secrètement prévu de le séduire, afin d'éviter qu'il ne se dédise avant le mariage ? Les mauvaises plaisanteries de l'animateur de télévision avaient-elles eu raison du flegme légendaire de la princesse Forsythe, au point qu'elle était prête à se compromettre avec lui une nouvelle fois ?

Il continua à réfléchir à ces hypothèses, tandis que son corps ne cessait de lui rappeler que le moindre geste d'Amira avait suffi à allumer un véritable brasier en lui. Si elle avait l'intention de le séduire, il ne s'opposerait certainement pas à ses projets. Oh, non !

Il avait même hâte qu'elle lui fasse comprendre sans la moindre ambiguïté ce qu'elle cherchait. Peut-être pourrait-il alors se libérer enfin d'une partie de la tension accumulée depuis leur rencontre dans les toilettes de la chapelle d'Ashurst.

Amira observa Brent tandis qu'il finissait de se sécher. Il étala la serviette sur le sable puis s'allongea dessus. Etait-elle allée trop loin en le séchant elle-même ? Elle ne voulait surtout pas l'effaroucher. Un petit sourire lui échappa. Effaroucher quelqu'un comme Brent Colby ? S'il fallait une définition au mot « impossible », c'était un exemple tout trouvé.

Elle n'en devait pas moins se montrer très prudente. Elle devait le séduire par petites touches et non lui sauter dessus sans lui laisser le temps de respirer, même si tout son corps réclamait le contraire.

Elle s'étira voluptueusement sur la chaise longue et soupira. Qui aurait jamais pu penser que ce pouvait être aussi difficile ? Ce n'était pas comme s'ils étaient physiquement étrangers l'un à l'autre, et les semaines passées avaient prouvé qu'ils faisaient un bon couple — au moins pour la façade.

— C'est la troisième fois que tu soupires en moins de deux minutes, dit la voix de Brent. Qu'y a-t-il ?

— Oh, rien, s'empressa-t-elle de répondre avec un petit rire, en s'arrachant à ses pensées. J'ai juste plus de mal à me détendre et à profiter du beau temps que je ne l'aurais cru.

— C'est peut-être que tu réfléchis trop, lui répondit-il en se tournant sur le côté pour la regarder. Nous devrions sans doute retourner à la maison et nous occuper des préparatifs du mariage. Tu aurais moins de mal à te détendre après ça.

— Oui, tu as raison.

Dieu sait que pour l'instant, se détendre était hors de question.

Comme elle se redressait pour rassembler ses affaires, une

énorme goutte de pluie lui tomba pile entre les omoplates et elle poussa un petit cri de surprise.

— Nous ferions mieux de nous dépêcher, dit Brent en se mettant debout d'un bond. Ces nuages vont éclater d'un moment à l'autre.

Il avait à peine fini sa phrase que le ciel réalisa sa prédiction et, en quelques secondes, ils se retrouvèrent trempés de la tête aux pieds. Brent ramassa hâtivement sa serviette et, prenant Amira par la main, se mit à courir vers la maison. Elle perdit l'équilibre et tomba lourdement dans le sable, l'entraînant dans sa chute.

— Regarde-moi ça ! dit-elle en riant. Couverts de sable ! Nous ferions mieux de passer par-derrière, dit-elle en se remettant debout et en traversant la plage. Il y a une douche près de la piscine. Ça nous permettra de nous débarrasser du sable.

— Et nos affaires ?

— Elles sont déjà trempées, ce n'est pas un peu de pluie qui changera grand-chose. On les reprendra plus tard.

Ils traversèrent la pelouse en courant, et elle désigna le côté droit de la maison.

— Par là ! On sera plus abrités.

Leurs pieds mouillés dérapant sur le carrelage, ils s'arrêtèrent juste à l'intérieur du portique qui masquait la douche extérieure. Un treillis ouvragé, entre des colonnes étroites, permettait d'être à l'abri des regards. Même si, en l'occurrence, il n'y avait pas grand monde pour les observer.

— Passe le premier, dit-elle en faisant couler la douche. Je vais prendre des serviettes dans le pool-house.

Elle revint presque aussitôt et posa les serviettes propres sur les étagères, près de la porte. Dehors, une pluie torrentielle continuait à tomber. Elle se tourna vers Brent et regretta presque de ne pas avoir attendu dehors qu'il ait fini.

Il se rinçait les cheveux, et ses bras levés dessinaient ses trapèzes et tous les muscles de son dos. Son maillot de bain lui collait au corps, moulant ses fesses et le haut de ses cuisses.

Elle aurait voulu avoir le courage de tendre la main pour suivre du doigt les filets d'eau qui descendaient jusqu'à sa taille.

— Je… Hm, j'ai apporté les serviettes.

— Tu veux venir sous la douche avec moi ?

Amira déglutit. Le voulait-elle ? Oh, oui, plus que toute autre chose. Mais, une fois encore, n'était-ce pas aller trop vite ?

Il ne lui laissa pas le temps de se perdre en réflexions et lui tendit la main. Elle le rejoignit sous la douche, laissant l'eau chaude lui inonder les cheveux et le visage. Brent prit un peu de gel douche et commença à lui passer le savon aux parfums d'épices dans le dos, jusqu'à la taille, avant de remonter le long de son ventre jusqu'à ses épaules.

Elle ferma les yeux, goûtant la double caresse de l'eau et de sa main, puis les rouvrit brusquement quand Brent défit les nœuds de son haut de maillot de bain.

— Que fais-tu ?

— Tu dois avoir plein de sable là-dedans. Tu veux être à l'aise une fois sèche, non ?

Elle perdit l'usage de la parole quand Brent, achevant de dénouer les liens, permit à son Bikini de tomber à terre.

10

— Tourne-toi, Amira, dit-il d'une voix rauque.

Incapable de la moindre pensée, elle se tourna lentement vers lui. La respiration lui manqua en voyant l'expression de son visage.

— Tu as toujours été plus belle que ne sauraient le dire tous les mots de la terre, murmura-t-il, avant de tendre la main vers son sein pour en effleurer la pointe.

Amira sentit aussitôt son mamelon se durcir, et le désir déferla sur elle comme une vague.

— Brent ?

C'était à la fois une question et une prière. Il y répondit en penchant sa tête brune pour prendre la pointe de son sein entre ses lèvres. Il la caressa de sa langue, avec une lenteur insoutenable, et elle sentit ses jambes se dérober sous elle. Son bras puissant lui enlaça la taille, l'attirant contre lui, la serrant contre cette partie de son corps qui ne lui laissait aucun doute sur l'intensité de son désir.

Elle le voulait, elle ne voulait plus que lui. C'était si bon de se retrouver dans ces bras qu'elle n'aurait jamais dû quitter, de sentir ses muscles sous sa main. Tout son corps se lovait contre celui de Brent comme s'ils n'avaient jamais été séparés, sa peau réclamait ses caresses, sa bouche ses baisers.

Il se mit lentement à caresser son autre sein, cueillant de la langue les gouttes d'eau qui s'y déposaient, transformant tout son corps en une spirale infinie de sensations.

Elle ne pouvait plus attendre, il fallait qu'elle le touche à son tour. Elle glissa les doigts sous la ceinture de son short et prit son sexe brûlant dans sa main. Il tressaillit sous sa caresse, et un doux grondement monta de sa gorge.

S'écartant légèrement d'elle, il plongea un regard brûlant dans le sien.

— Es-tu sûre que c'est ce que tu veux ?

— Oui…

— Attends, murmura-t-il en plaçant ses lèvres contre les siennes pour l'empêcher de finir. Ne me réponds pas oui à la légère, car je ne pourrai plus m'arrêter.

Elle frissonna irrépressiblement. Qu'il s'arrête ? Oh, non, elle aurait voulu qu'il continue à jamais, sans plus jamais s'arrêter.

— Oui, répéta-t-elle en caressant doucement ses lèvres de sa langue. Oui, je te veux. Je ne veux pas que tu t'arrêtes.

Il frémit de tout son corps et lui prit les lèvres avec une passion si féroce que tout le reste cessa d'exister. Il la pressa contre le mur carrelé de la douche et défit rapidement les liens de son maillot de bain.

Elle écarta légèrement les jambes pour laisser le tissu mouillé glisser jusqu'au sol, pour sentir le corps de Brent contre le sien, s'exposer à sa caresse.

Il fit danser ses doigts sur sa toison bouclée, doucement. Si doucement qu'elle aurait voulu lui crier de la posséder. Mais en cet instant son geste se fit plus possessif, et elle gémit de plaisir en tremblant de tout son corps.

— Depuis quand… depuis quand n'as-tu pas senti un tel plaisir ?

Il glissa un doigt entre les lèvres pour la caresser plus intimement.

— Depuis toujours, murmura-t-elle d'une voix entrecoupée.

Elle n'avait pas connu d'autre homme depuis que Brent et elle avaient fait l'amour, dans la semaine qui aurait dû précéder leur mariage. Elle savait qu'aucun homme n'aurait pu lui offrir le plaisir qu'elle ressentait en cet instant. Qu'aucun homme n'aurait jamais pu rivaliser avec lui. Ses jambes se mirent à trembler quand il commença un lent mouvement de va-et-vient.

Elle ne voulait plus penser, ne voulait plus être que sensations. Et ses sensations s'amplifièrent quand il se mit à effleurer son petit bouton de chair, l'entourant de sa caresse avant de se glisser de nouveau dans son intimité.

Il avait toujours su exactement comment l'amener aux sommets des sensations. Comment la plonger dans un univers où plus rien ne comptait hormis le plaisir qu'il lui donnait.

— Viens, murmura-t-elle en se pressant contre la paume de sa main. Je te veux en moi.

Il l'avait déjà presque amenée au paroxysme, mais elle voulait le sentir en elle quand elle connaîtrait l'orgasme. Par ses caresses, elle avait déjà fait glisser son short le long de ses cuisses, et il s'en débarrassa vivement avant de la soulever dans ses bras.

Elle lui entoura les reins de ses jambes et sentit son sexe dur, brûlant, à l'entrée de son corps.

Il hésita, et elle gémit de frustration.

— Préservatif, marmonna-t-il d'une voix étranglée.

— C'est bon, je me protège, répondit-elle, demandant intérieurement pardon de son mensonge.

En un instant il fut au plus profond d'elle-même, l'emplissant délicieusement, allant et venant en elle avec une telle fougue qu'elle ne pouvait plus que l'étreindre toujours plus étroitement, jusqu'au moment où il l'amena à un paroxysme qui la fit crier de volupté. Il plongea encore en elle une fois, deux fois, puis la rejoignit sur cette mer éphémère de plaisir et de sensations qui déferlait en vagues successives.

Le soleil de l'après-midi, déjà bas à l'horizon, essayait de percer les nuages quand Amira se réveilla. Elle contempla Brent, qui continuait à dormir, et sourit. Après avoir fait l'amour sous la douche, ils avaient réussi à gagner l'étage, ce qui l'étonnait presque quand elle se rappelait dans quel état d'épuisement il l'avait laissée.

Ils avaient continué dans la chambre, se redécouvrant mutuellement, tantôt avec lenteur et douceur, tantôt avec une ardeur presque désespérée, comme cette première fois près de la piscine.

Elle se sentait le cœur plein de tendresse en le regardant, cherchant à graver dans sa mémoire chacun des traits de son visage, la façon dont ses mèches lui retombaient sur le front, ses lèvres pleines et sensuelles.

Elle posa la main sur son ventre. Le processus miraculeux de la création d'un enfant avait-il commencé ? Elle l'espérait vraiment, car Brent ne manquerait pas de rentrer dans une colère noire quand elle lui dirait qu'ils ne pouvaient plus se marier. Tellement en colère qu'il était probable qu'il ne voudrait plus jamais la voir ni lui parler.

Mais si elle portait son enfant en elle, elle garderait près d'elle, à jamais, une partie de lui.

Elle roula sur le côté et regarda le réveil. Presque 17 heures. Pas étonnant qu'elle se soit réveillée : elle mourait de faim ! Elle se glissa hors du lit et se dirigea, toujours nue, vers la porte dans l'intention d'aller prendre un peignoir dans sa propre chambre.

— Où vas-tu ? demanda Brent d'une voix ensommeillée.

— Juste passer un vêtement et nous préparer à manger.

— Non.

— Tu ne veux pas manger ?

— Non, tu n'as pas besoin de vêtement.

Brent se redressa et s'assit sur le bord du lit. En un rien de temps il l'avait rejointe et prise dans ses bras pour l'embrasser, l'enlaçant d'un geste possessif pour l'attirer contre lui.

— Je vais t'aider.

— M'aider ? répondit-elle en riant. Plutôt me distraire, oui.

Elle lui échappa et enfila le couloir avant de descendre en courant les escaliers, Brent toujours sur ses talons. Il la rattrapa dans la cuisine, l'emprisonnant entre son corps et le plan de travail. Elle sentait son sexe dressé contre ses fesses et se recula instinctivement vers lui.

— Te distraire, disais-tu ? murmura-t-il, lui chatouillant l'oreille de son souffle brûlant.

Elle n'avait plus aucune volonté entre ses bras, plus aucune volonté de refuser ce qu'il lui promettait en explorant son cou de ses lèvres. Lorsqu'il glissa doucement son genou entre ses jambes pour les écarter, et l'attira contre lui pour la pénétrer, elle s'agrippa au plan de travail, contenant le gémissement de plaisir qui montait du plus profond d'elle-même.

Comment avait-elle pu garder sa raison en étant privée de cette intensité entre eux ? Ils avaient un besoin insatiable d'être ensemble, de se fondre l'un dans l'autre. Il fit glisser ses mains sur ses hanches, enveloppa son ventre d'une caresse et remonta vers ses seins, agaçant la pointe entre ses doigts et son pouce.

S'abandonnant à ses caresses, elle reconnut intérieurement qu'elle l'avait toujours aimé et ne cesserait jamais de l'aimer.

Une onde de chaleur se répandit en elle, jusqu'au plus profond de son intimité. Elle se pressa contre lui, accordant son rythme au sien, l'incitant à accélérer toujours son mouvement jusqu'au moment où, palpitant en elle, il poussa un cri rauque, lui apportant une jouissance qui sollicita toutes ses sensations, toutes ses émotions.

Comblée, épuisée, elle se laissa aller contre le meuble. Elle ne pourrait plus jamais venir dans cette cuisine sans se rappeler cet instant.

Brent lui passa le bras autour de la taille et l'aida à se redresser, la tournant vers lui. Il attendit quelques instants que son cœur retrouve son rythme normal, songeant que la satisfaction sexuelle ne devait pas lui faire oublier la tâche qu'il s'était fixée.

Il serait si facile de laisser ce désir insatiable qu'ils avaient l'un de l'autre séduire son esprit, comme il avait séduit son corps. Il devait garder la main haute, se rappeler qu'il s'était promis de se venger de ce qu'elle lui avait infligé.

Ne pas oublier qu'elle avait compromis la fondation L'Espérance par son imprudence et son insouciance.

Il la regarda et lissa de la main ses mèches blondes, les écartant de son front, puis leva son visage vers le sien pour un baiser.

— Ça va ? C'était…

Il n'alla pas plus loin, incapable de trouver les mots qui auraient pu rendre justice au besoin dévorant qu'il avait ressenti de la posséder.

Il pensait son désir un peu rassasié par les longues heures qu'ils avaient déjà passées à faire l'amour, et le découvrait plus intense que jamais.

— Oui, c'était…, répondit-elle en souriant. Ça va. Et toi, tu as faim ?

— De toi, toujours, mais je ne dirais pas non à un en-cas avant de continuer, répondit-il en l'embrassant.

Il s'adossa au plan de travail pendant qu'elle ouvrait le frigo et en sortait un assortiment de fromages qu'elle posa sur un plateau. Elle y ajouta une salade de fruits, une miche de pain, des biscuits salés et des condiments.

— Il y a du vin au frigo, et des verres dans le placard du haut. Tu peux t'en charger ? J'emporte le plateau là-haut. Ça devrait nous suffire jusqu'au dîner.

— Je m'en charge ! répondit-il en attrapant la bouteille de chardonnay mise au frais, et deux verres à pied.

Vu la lueur dans les yeux d'Amira, il espérait bien qu'elle avait eu la même idée que lui sur la façon d'occuper les heures jusqu'au dîner. Il sourit, et entreprit de la suivre à l'étage.

Quand le yacht arriva pour les ramener à Auckland, le dimanche, ils avaient fini leurs préparatifs pour le mariage, et finalisé la liste des invités. Plus d'une fois, Brent avait dû se rappeler à l'ordre en se surprenant à regretter de lui préparer une déconvenue cuisante.

C'était pourtant ce qu'il avait prévu dès le départ. D'une façon ou d'une autre, c'était donc ce qui lui arriverait, de manière à lui faire passer à jamais le goût de détruire la vie des autres.

Il fut surpris de voir qu'Amira avait prévu deux voitures pour les ramener chacun chez eux.

— Tu ne veux pas venir chez moi ? proposa-t-il.

Amira baissa la tête et sembla éviter de croiser son regard.

— Désolée, pas ce soir. J'ai rendez-vous de très bonne heure demain matin.

— Moi aussi, répondit-il, avec le sentiment qu'elle lui cachait quelque chose mais sans parvenir à deviner ce que c'était.

A quelques mètres de l'endroit où ils se tenaient, il aperçut un photographe particulièrement obstiné qui les suivait à la trace depuis déjà plusieurs semaines.

— Tiens, regarde, il est là ! dit-il en le désignant d'un geste du menton. Offrons-lui le scoop qu'il attend depuis si longtemps !

Il attira Amira contre lui et l'enlaça étroitement. Elle s'ouvrit à lui, mêlant sa langue à la sienne, toute réticence disparue dès qu'il l'avait touchée. Grand Dieu, il n'était jamais rassasié du goût de sa bouche, du velours de ses lèvres. Quand il mit fin à leur baiser, sa respiration était haletante et il était proche de l'hypertension.

— Si je n'avais pas un avion à prendre pour Sydney demain matin, je ne te tiendrais pas quitte d'un seul baiser, murmura-t-il d'une voix rauque contre ses lèvres.

— J'attendrai ton retour pour la suite, répondit-elle en lui caressant la joue et en lui baisant rapidement les lèvres avant de grimper dans la limousine qui devait la ramener chez elle.

Brent resta un instant encore à fixer la voiture qui disparaissait au bout de la rue, ayant toujours l'impression de sentir son corps contre le sien.

Ce n'était pas la seule chose à laquelle elle devait s'attendre dans les semaines à venir, se dit-il d'un air sombre en tendant son sac au chauffeur qui patientait près de la voiture.

11

Amira regarda la couleur changer sur la bandelette de son test de grossesse. Son cœur battait à tout rompre quand elle le posa à côté des trois autres déjà alignés sur le meuble de toilette. Elle s'assit par terre, les jambes repliées sous elle, en pensant à tout ce qu'impliquait cette série de tests positifs.

Enceinte. De l'enfant de Brent.

Elle se posa une main sur le ventre, comme si elle avait déjà pu sentir les changements qui se produisaient en elle. Les larmes se mirent à rouler sur ses joues. Elle n'aurait jamais cru que ce pouvait être aussi facile, que le temps qu'ils avaient passé ensemble sur l'île, à Windsong, lui donnerait aussi vite le résultat qu'elle avait souhaité.

L'une des si nombreuses fois où ils avaient fait l'amour, pendant ce week-end voué au plaisir, avait produit ce miracle. Elle n'avait pas voulu croire que ses vœux pouvaient s'être réalisés aussi vite. Elle s'était même farouchement refusée à espérer, la première fois où ses règles n'étaient pas survenues quand elles auraient dû, après leur week-end sur l'île.

Ce n'était qu'aujourd'hui, après avoir attendu ses règles en vain pour la deuxième fois, qu'elle avait commencé à se dire que son rêve s'était peut-être réalisé.

Depuis un mois, Brent et elle avaient passé beaucoup de temps ensemble, redevenant très proches l'un de l'autre, lui semblait-il. Le sentir aussi proche lui était à la fois amer et doux, car elle savait que cela ne durerait pas, même si elle rêvait du contraire. Presque tous les jours, ils avaient partagé le repas du soir, partagé un lit — se retrouvant pour le simple plaisir d'être ensemble.

Il lui fallait maintenant briser tout cela et lui dire qu'elle ne l'épouserait pas dans deux semaines. Ses larmes redoublèrent et un sanglot s'échappa de sa gorge. Elle aurait dû être heureuse, follement heureuse, même. Avant la fin du mois de décembre, elle serait mère, bien avant son trentième anniversaire, comme l'exigeait le testament d'Isobel. Ses rêves pour la fondation L'Espérance se réaliseraient.

Et pourtant, elle ne sentait en elle-même qu'un vide horrible. Un sentiment de deuil. Comment allait-elle jamais pouvoir trouver le courage d'annoncer à Brent que leur mariage n'aurait pas lieu ? Il devenait urgent de le lui annoncer. Plus que deux semaines avant la date fixée pour la cérémonie. A quelques jours près, elle aurait pu se retrouver contrainte de l'abandonner à l'autel une fois encore. Elle eut presque la nausée à cette idée et dut se concentrer sur sa respiration en attendant que cela passe.

Peu à peu, ses larmes tarirent, et elle retrouva un certain calme. La première chose à faire était d'aller voir un médecin pour qu'il lui confirme qu'elle était enceinte.

Elle se remit debout et jeta à la poubelle les tests et les emballages. Elle aurait intérêt à prendre ses précautions si elle voulait pouvoir consulter l'un des meilleurs obstétriciens d'Auckland sans que les médias l'apprennent et que la nouvelle soit immédiatement diffusée par la rumeur et la presse.

Elle se regarda dans le miroir et releva le menton. Elle n'était pas une Forsythe pour rien. Elle ferait jouer toutes ses relations afin de garantir le secret de sa vie privée, même si elle devait pour cela faire venir tout le monde chez elle plutôt que l'inverse.

*
* *

Installée à une table de l'Okahu Bay, un célèbre restaurant de fruits de mer d'Auckland situé sur le front de mer, Amira regardait en direction de la mer. C'était une journée d'automne parfaite. Une brise légère ridait la surface de la mer, et une dizaine de petits voiliers essayaient de profiter au maximum du vent dans la baie et près du port. De l'autre côté de la rue, un groupe d'écoliers, équipés pour le kayak, formaient une tache colorée se détachant sur le bleu de la mer. Au loin, les tours d'Auckland ponctuaient l'horizon d'un bleu intense.

Elle soupira. Une journée parfaite, mais ce qui l'attendait serait son action la moins parfaite de toute son existence. Elle allait annoncer à Brent que leur mariage n'aurait pas lieu — face à face.

Pas de texto, cette fois.

Elle avait délibérément choisi un lieu public parce qu'elle savait qu'il ne lui ferait pas une scène ici. Non pas qu'elle ait vraiment à craindre qu'il lui fasse une scène où que ce soit, mais tous ces gens autour d'eux leur permettraient au moins de ne pas franchir les limites de la civilité.

Un picotement dans la nuque l'avertit qu'il était arrivé. Elle se retourna et lui sourit tandis qu'il se dirigeait vers elle, immaculé dans son costume noir parfaitement coupé et sa chemise turquoise, à rayures noires et blanches. Ses habituelles lunettes noires lui cachaient les yeux, mais il semblait clairement heureux de la voir.

Il lui sourit en retour et se pencha vers elle pour l'embrasser.

Son baiser fut bref, mais elle le ressentit dans tout son corps et l'enfouit précieusement dans sa mémoire. Ce serait leur dernier contact intime. Elle pensa au petit être qui se développait en elle.

Lui, au moins, serait toujours là pour elle.

— Tu as déjà fait ton choix ? demanda Brent en s'asseyant près d'elle et en s'emparant de la carte des vins.

— Pas encore. J'ai préféré t'attendre.

— Pour moi, c'est facile, ce sera l'assortiment de fruits de mer. Tu devrais essayer leurs coquilles Saint-Jacques. On m'a dit qu'elles étaient délicieuses.

Elle opina de la tête, et il fit signe à un serveur pour lui passer leur commande. Il lui désigna ensuite un pinot gris qui était devenu leur vin favori ces derniers temps.

— Pas de vin pour moi, merci, s'empressa-t-elle de dire quand Brent voulut demander une bouteille. Juste de l'eau minérale, aujourd'hui.

— Tu es sûre ? Dans ce cas, je me contenterai d'un verre pour le moment, dit Brent au serveur. Mais il y a quelque chose qui ne va pas ? demanda-t-il à Amira. Je te trouve un peu pâle.

— Tout va bien. Je suis juste un peu fatiguée, répondit-elle, les mots se bousculant un peu dans sa bouche.

Elle ne s'était pas rendu compte qu'elle était tendue au point d'en ressentir déjà les effets physiques. Ils bavardèrent de tout et de rien jusqu'à l'arrivée du plat principal. Amira se sentait bien incapable de goûter les coquilles Saint-Jacques grillées, délicatement épicées, accompagnées d'une sauce légère au citron vert et à la crème de noix de coco.

Elle se contenta de les faire glisser des brochettes et de les pousser machinalement d'un bord à l'autre de son assiette. Elle sursauta quand Brent posa sa main sur la sienne.

— Qu'y a-t-il ? Je vois bien que quelque chose te tracasse.

Une sensation de nausée faillit l'envahir et les mots qu'elle aurait dû prononcer refusèrent de passer. Les larmes lui brûlaient les paupières quand elle leva les yeux vers lui. Elle ne pouvait pas reculer plus longtemps.

Elle devait le lui dire.

— Je vais annuler le mariage. Je ne peux pas t'épouser.

Voilà, elle l'avait dit. Elle prit son verre d'eau minérale et but une gorgée, surprise de constater que sa main tremblait à peine quand elle le reposa sur la table.

— Quoi ?

Sa voix était d'une froideur glaciale, mais le rouge qui lui montait peu à peu aux joues trahissait sa colère. Une colère volcanique qui n'allait pas tarder à exploser.

Il la fixa d'un regard de panthère prête à bondir sur sa proie. Amira lutta contre le tremblement qui menaçait de l'envahir tout entière et se concentra sur sa respiration, essayant de contrôler les battements effrénés de son cœur.

— J'ai demandé à Marie de préparer un communiqué de presse disant que nous avons décidé d'un commun accord de mettre fin à nos fiançailles.

Brent sentit une lave brûlante se répandre en lui, qui risquait d'avoir raison du calme dont il faisait habituellement preuve dans sa vie professionnelle.

Il réprima sa fureur avant qu'elle ne puisse exploser. Depuis combien de temps, exactement, avait-elle pris sa décision ?

Il pesa chacun de ses mots et exerça toute sa maîtrise de lui-même pour ne pas monter le ton.

— Tu en as parlé à Marie avant de me l'annoncer ?

— Il le fallait.

— Il le fallait, répéta-t-il avant de boire une longue gorgée de vin. Et au nom de quoi as-tu décidé qu'il *fallait* que tu mettes fin à nos fiançailles ? Voyons… Aux dernières nouvelles, mes finances étaient toujours intactes. On t'a peut-être fait une meilleure offre ?

Il la vit accuser le coup, et une once de satisfaction se mêla à sa rage. Sa vengeance lui échappait, et il était impuissant à l'empêcher.

Et ce n'était pas son genre de se montrer impuissant.

— Ta situation financière n'a rien à voir là-dedans, Brent. Ecoute, pouvons-nous rester courtois, s'il te plaît ?

— Courtois ? Tu veux que je me montre courtois ? Et si tu me donnais une raison, Amira ? Je n'ai pas été à la hauteur la nuit dernière, c'est ça ?

Il se pencha vers elle et lui dit d'une voix contenue à l'extrême, afin qu'elle seule puisse l'entendre :

— Ne t'ai-je pas donné du plaisir au point que tu ne savais plus où tu en étais quand nous avons fait l'amour, quand je t'ai caressée ? Partout ?

Il eut la satisfaction de la voir rougir, et serrer les lèvres pour réprimer un petit cri. Ces mêmes lèvres qui à leur tour s'étaient posées sur des parties de son corps qui réagissaient et s'embrasaient dès qu'Amira le touchait, avec une telle ardeur qu'il se consumait d'un désir pour elle qui semblait ne vouloir jamais s'éteindre.

Pas même en cet instant.

— Je pensais que j'étais à même de t'épouser, mais je ne le suis pas.

Elle prit la serviette de lin blanc posée sur ses genoux et s'essuya les lèvres, les jointures blanches tellement elle serrait le tissu amidonné.

— C'est fini, Brent. Je t'en prie, ne rends pas les choses plus difficiles que nécessaire.

Elle fit glisser la bague de fiançailles de son doigt et la posa entre eux sur la table. Il se recula sur sa chaise et l'observa attentivement.

Elle refusait de croiser son regard.

— Plus difficiles que nécessaire ? Tu plaisantes. Et qu'en est-il de l'argent que tu me dois ? J'ai accepté tes conditions, et nous avons signé un contrat. Si tu n'honores pas les termes de ce contrat, je te poursuivrai en justice jusqu'au dernier centime, et je ne suis pas sûr que tu apprécieras le battage médiatique, cette fois.

Il n'aurait peut-être pas la satisfaction de lui infliger ce qu'elle lui avait infligé huit ans auparavant, mais il y avait un certain réconfort à penser qu'elle serait ruinée si elle devait honorer les termes de leur contrat.

— Je tiens mes engagements.

— Vraiment ? lui lança-t-il avec une expression de dédain et d'incrédulité. Et ce que tu fais aujourd'hui, tu appelles ça comment, dans ce cas ?

Amira se leva, laissant tomber sa serviette sur sa chaise, et prit son sac à main. S'il l'avait jugée pâle auparavant, elle était encore plus pâle à présent.

Il étouffa un sentiment de compassion. S'il l'avait secouée en exigeant qu'elle honore leur contrat, très bien ! Elle apprendrait de toute façon très vite qu'elle ne pouvait pas y échapper. Qu'elle était liée par chacun des mots de ce contrat.

— J'ai honoré la première partie de notre accord. Tu as reçu les autorisations dont tu avais besoin, et tu recevras ton argent. Je te le garantis personnellement.

Sur ces mots, elle tourna les talons et se dirigea droit vers l'escalier et la sortie. D'où il était, en terrasse, il la vit se diriger vers sa BMW, ses talons claquant sur le trottoir, puis monter en voiture avec grâce avant de démarrer en souplesse. Pas le moindre signe d'émotion. Avait-elle prévu d'agir ainsi dès le début ?

Si oui, il l'avait gravement sous-estimée.

Brent se répéta intérieurement ses dernières paroles. « Tu recevras ton argent. Je te le garantis personnellement. » Comment pourrait-elle jamais tenir parole ? Il savait pertinemment qu'elle n'avait pas la moindre fortune personnelle. Aucun compte offshore contenant les millions de dollars nécessaires à leur accord. Elle n'était pas à même de garantir personnellement quoi que ce soit.

Alors, que pouvait-elle bien mijoter ?

Amira prit la direction du centre-ville, serrant le volant de toutes ses forces. Elle l'avait fait. Elle avait réellement rompu leurs fiançailles. Elle aurait dû se sentir plus légère, soulagée. Alors qu'en fait elle devait lutter pour ne pas éclater en sanglots.

Pour la seconde fois de sa vie, elle avait rejeté l'homme qu'elle aimait plus que tout autre.

Pour la seconde fois, à cause de l'emprise de sa grand-mère.

— Tu n'auras désormais plus aucune emprise sur moi, grand-mère, jura-t-elle à haute voix, la gorge serrée par l'émotion. C'est la dernière fois que tu fais de moi ton pantin.

Elle descendit dans le parking souterrain de l'immeuble où se trouvait le cabinet du notaire et se gara sur une des places réservées aux visiteurs. Pendant quelques instants, elle resta assise immobile, sous les lumières blafardes du parking, se forçant à respirer à fond pour calmer son tremblement.

Elle avait accompli le trajet depuis le restaurant jusqu'ici dans une sorte de brouillard, sans aucun souvenir des rues qu'elle avait pu emprunter. Elle en fut effrayée. Elle ne pouvait plus se permettre de se déconnecter ainsi de la réalité, se morigéna-t-elle.

Il y avait désormais un autre être humain à prendre en considération, et elle n'avait pas le droit de faire courir le moindre risque à cette petite vie.

Elle prit l'ascenseur pour le huitième étage. Elle jeta un coup d'œil au miroir de la cabine. Rien ne semblait avoir changé dans son apparence depuis qu'elle était partie de chez elle ce matin. Elle était toujours aussi posée et calme. Rien n'aurait permis de deviner qu'elle venait de réduire son cœur et ses rêves en lambeaux. Elle pouvait au moins remercier Isobel pour lui avoir inculqué l'art de préserver les apparences, reconnut-elle en secouant la tête.

A défaut d'autre chose.

Dès son arrivée, un des assistants de Gerald Stein prévint le notaire de son arrivée. Gerald se leva pour l'accueillir et, lui mettant les mains sur les épaules, l'embrassa sur le front.

— Comment vas-tu, ma chérie ?

Pouvait-elle vraiment lui répondre qu'elle était totalement brisée ?

— J'ai rompu mes fiançailles avec Brent Colby. Et ceci, dit-elle en prenant dans son sac la lettre de l'obstétricien, vous confirmera, je crois, que je pourrai néanmoins me conformer aux dernières volontés de grand-mère.

Elle s'assit et observa Gerald pendant qu'il parcourait la lettre, son visage perdant son calme habituel pour s'empreindre d'une expression de totale incrédulité.

— Tu es enceinte ?

— Oui.

Ne trouvant rien à répondre, Gerald se rassit, secouant la tête, interdit.

— Je ne peux pas croire que tu aies fait une chose pareille.

— Les termes du testament de grand-mère étaient clairs, non ? Soit j'étais mariée, soit je mettais au monde un enfant vivant avant l'âge de trente ans. Gerald, je ne peux pas épouser le premier homme venu simplement pour me plier à ses exigences. Quelle que soit son emprise sur moi, j'en suis incapable. Et je ne peux pas non plus laisser Roland mettre la main sur l'héritage qui me revient. Vous savez aussi bien que moi qu'il dilapidera les fonds disponibles en un rien de temps avant de commencer à vendre les autres biens. Un homme comme lui commettrait des dommages irréparables, et avec tout ça, que deviendraient les œuvres de grand-mère ?

Sans compter la fondation L'Espérance, ajouta-t-elle en son for intérieur.

— De cette façon, j'évite au moins de me retrouver liée à quelqu'un pour qui je n'ai ni amour ni respect, et je peux continuer à m'occuper des œuvres de bienfaisance de grand-mère à sa place. C'était ce qu'elle voulait, non ?

— Oui, bien sûr. Mais, écoute, Amira, avoir un bébé alors que tu vis seule, ce n'est vraiment pas rien. Es-tu sûre d'avoir pris la bonne décision ? Et qui est le père de cet enfant ?

— Le père du bébé est sans importance.

Elle eut l'impression que l'on venait de lui transpercer la poitrine.

Sans importance ? C'était tout sauf vrai.

— Et puis, de toute façon, grand-mère ne m'a laissé aucune autre solution.

Elle prit dans son sac à main son exemplaire du contrat signé avec Brent et le posa sur le bureau.

— Maintenant, comme je suis enceinte et que je vais pouvoir me conformer à ses dernières volontés, je voudrais que vous contractiez un emprunt en mon nom, pour cette somme, continua-t-elle en montrant du doigt la somme inscrite en lettres et en chiffres au milieu de la page. Et je souhaite que vous la versiez à Brent Colby.

— Quoi ? Mais tu ne parles pas sérieusement, Amira !

C'est une somme énorme, et ce n'est vraiment pas comme si Colby en avait besoin.

— Qu'il en ait besoin ou non, c'est ce dont nous étions convenus quand nous nous sommes fiancés. La rupture de nos fiançailles ne me délie pas de mes obligations aux termes de ce contrat.

Amira essaya de faire abstraction de la douleur qui lui vrillait le cœur. Comme elle aurait voulu que les choses soient différentes !

— Il doit bien y avoir une faille ou une clause de sauvegarde, répondit-il en la regardant par-dessus ses lunettes. Oh non, Amira, ne me dis pas que tu as signé sans consulter un avocat ?

— J'ai lu ce document attentivement. Il reprenait tout ce dont nous étions convenus. Il n'y a pas de failles. Ecoutez, Gerald, épouser Brent ne me posait pas de problème jusqu'à ce que vous me parliez de cette clause supplémentaire. Si j'en avais connu l'existence dès le début… eh bien, les choses se seraient obligatoirement déroulées différemment, n'est-ce pas ?

— Mais, Amira, cet accord ne mentionne pas que tu n'auras pas à tenir tes engagements si le mariage n'a pas lieu.

Il lut à voix haute la clause qui semblait à deux doigts de provoquer chez lui un infarctus.

Qui plus est, Mlle Amira Camille Forsythe versera à M. Brent Colby une somme d'argent ne pouvant être inférieure à dix pour cent du montant dont Mlle Amira Camille Forsythe hériterait à l'occasion de son mariage.

— « Hériterait » ! Mais c'est désastreux.

Gerald posa le document sur son bureau et se massa le menton avant de continuer :

— La formulation est tellement générale que cette clause se serait appliquée quel que soit l'homme que tu épouses, et que tu te sois mariée ou non. Amira, tu es obligée de verser cet argent à Colby, quoi qu'il arrive.

Un silence s'installa, le temps qu'Amira comprenne réellement ce que Gerald venait de lui dire. Brent l'avait dupée sur toute la ligne.

Qu'elle se marie avec lui ou non, il était assuré d'un gain énorme.

Amira eut vite fait de prendre sa décision. Peu importaient les raisons de Brent, les siennes n'avaient pas été des plus honnêtes non plus. Elle avait promis de lui verser cet argent, et à présent elle en avait les moyens. Quelle que soit la transaction, on y laissait toujours quelques plumes.

A présent, elle pouvait tourner la page, passer à autre chose.

— Gerald, vous êtes mon notaire. La succession de grand-mère prévoit que vous serez payé pour suivre mes instructions, sauf si je ne me conforme pas aux clauses régissant mon héritage. C'est bien cela ? demanda-t-elle, luttant de toutes ses forces pour s'accrocher au peu de maîtrise d'elle-même qui lui restait.

— C'est cela, en effet. Mais je suis plus que ton notaire, ma chérie, et tu le sais bien.

— Dans ce cas, évitons sur ce point, je vous en prie, de mêler les émotions à ce qui nous occupe. Je voudrais que vous contractiez un emprunt correspondant au montant que j'ai promis à Brent, et je vous demande de faire en sorte qu'il reçoive cet argent le plus vite possible. Pour le remboursement de l'emprunt, je vous prie de fixer le terme à deux semaines après la date prévue pour la naissance de mon bébé.

— Si c'est ton dernier mot…

— Oui. Je suis désolée de devoir être aussi abrupte, Gerald, mais vous savez que je n'ai pas le choix.

Elle n'avait de toute façon jamais eu le choix, tel qu'elle comprenait ce mot.

Mais cela changerait avec l'arrivée de cette nouvelle vie, de ce nouvel espoir pour son avenir, se dit-elle en pressant sa main contre son ventre.

12

— Quelle somme a été déposée ? demanda Brent au gestionnaire de son compte bancaire, en se retenant de crier au téléphone.

L'employé répéta le montant. Brent le remercia et reposa le téléphone. Comment diable avait-elle pu réunir une telle somme d'argent en moins de quinze jours ? Ils auraient dû se marier le lendemain ; et c'est le lendemain qu'il aurait porté le coup de grâce à leurs relations. Il aurait enfin exercé sa vengeance.

Mais elle l'avait empêché de réaliser son plan, et il semblait à présent qu'elle avait anéanti en amont les efforts de Brent pour la conduire à la ruine financière.

Tout cela cachait quelque chose. Il s'approcha de la fenêtre de son bureau et porta ses regards vers l'estuaire et au-delà. Elle aurait dû être affolée et sans un sou, et au lieu de cela elle déposait calmement plusieurs millions de dollars sur son compte bancaire.

Il devait y avoir autre chose, dans le testament de sa grand-mère, que ce qu'elle avait bien voulu lui dire. Peut-être une clause lui donnant un autre moyen d'accéder aux fonds dont elle avait désespérément besoin.

Mais que pouvait bien prévoir cette clause ?

Brent retourna à son bureau et composa rapidement un numéro de téléphone avant de mettre le haut-parleur. Quand le détective privé répondit, il alla droit au but.

— J'ai besoin de voir une copie du testament d'Isobel Forsythe. Que faut-il faire pour ça ?

— C'est assez simple. Vous envoyez votre demande au tribunal d'instance, avec un chèque couvrant les frais de copie, et on vous l'envoie.

— Alors qu'attendez-vous pour le faire ?

— Je vais faire la demande, monsieur, mais ça peut prendre un peu de temps.

— Je ne vous paie pas pour me faire attendre.

— Très bien. Pour quand le voulez-vous ?

— Hier ! lança Brent avant de couper la communication.

Il se passa les mains dans les cheveux puis se croisa les bras derrière la nuque et s'étira pour combattre la raideur de ses trapèzes.

Qu'est-ce qu'Amira avait bien pu fabriquer ?

En fin d'après-midi, il reçut un courriel avec un exemplaire scanné du testament de feu Isobel Forsythe en pièce jointe. Brent parcourut rapidement les clauses fondamentales — legs à ses employés et à diverses œuvres de bienfaisance — avant d'atteindre le passage qu'il cherchait.

Il sentit tout le sang se retirer de son visage en lisant les conditions qu'Amira devait remplir pour pouvoir toucher son héritage, et en découvrant, noir sur blanc, qu'elle ne devait l'épouser dans aucune circonstance.

Cette vieille harpie et lui ne s'étaient certes jamais particulièrement aimés, mais ça ?

C'était la preuve que cette femme n'était qu'un monstre manipulateur. Comment pouvait-elle oser jouer avec le bonheur et la vie d'Amira de cette façon ?

Il comprenait mieux désormais pourquoi Amira avait annulé leurs préparatifs de mariage et avait refusé de tenir ses engagements en vertu du contrat qu'ils avaient signé. Il refusait de ressentir de la pitié ou de la compassion pour elle, mais cette façon grossière de vouloir lui dicter son existence était incroyable.

Il était convaincu depuis longtemps qu'Isobel avait mené

Amira à la baguette pour ses propres besoins, comme une marionnette personnelle qui devait faire ses quatre volontés.

Cette clause du testament ne faisait que confirmer sa théorie.

Une autre question lui vint à l'esprit. Depuis quand Amira savait-elle cela ? Elle avait sûrement vu un exemplaire complet du testament. Elle avait bien dû savoir, avant même de lui faire sa proposition, qu'elle ne pouvait à la fois l'épouser et toucher son héritage.

Alors qu'avait-elle bien pu chercher en lui faisant signer ce contrat ?

Il restait encore quelques lignes. Brent les lut, et son dégoût pour les procédés de la vieille femme fut rapidement remplacé par une rage sans précédent, dont il ne se serait d'ailleurs jamais cru capable.

« Mettre au monde un enfant vivant. » Les deux mots lui dansèrent devant les yeux.

Qu'elle aille en enfer, et plutôt trois fois qu'une ! Elle lui avait délibérément laissé croire qu'il l'avait séduite afin de concevoir un bébé qui lui donnerait accès à l'héritage. Elle avait joué les princesses de glace, inaccessibles, de façon à le rendre fou, répétant à l'envi que leur accord était purement commercial, alors qu'elle avait dès le départ prévu de mettre au monde son enfant.

Il serra ses mains férocement l'une contre l'autre pour essayer de contrôler son envie d'attraper son ordinateur portable dernier cri et de le balancer par la fenêtre la plus proche.

Aucun doute, Amira était la digne descendante de sa grand-mère. Il doutait même qu'Isobel eût accepté un homme dans son lit dans le seul but d'avoir un enfant et de pouvoir ainsi toucher une fortune.

Un bébé. Son bébé.

Une vague d'émotion déferla sur lui. Le sentiment qu'un lien l'unissait déjà à son fils ou à sa fille encore à naître. Amira aurait beau faire, jamais il ne lui permettrait d'avoir la garde de cet enfant après sa naissance.

Pour rien au monde il ne permettrait que l'influence d'Isobel, transmise par sa machiavélique petite-fille, vienne contaminer son enfant.

Il se passa de nouveau les mains dans les cheveux et poussa un juron retentissant. Amira regretterait de l'avoir trompé, d'avoir jamais songé à rouler Brent Colby dans la farine une fois de plus.

Elle lui paierait toutes ses tromperies.

Très cher.

Il reprit son téléphone et composa le numéro de portable d'Amira, mais une série de bips l'avertit que le numéro n'était plus attribué. Il essaya son numéro personnel et obtint le même résultat.

Il finirait bien par lui mettre la main dessus. Elle pouvait s'enfuir, mais elle ne pouvait pas lui cacher sa résidence à jamais.

Le vent fouettait le promontoire, faisant danser les arbres de Windsong dans un froissement de palmes étourdissant. Amira se leva de son bureau, dans la grande pièce où elle avait choisi de travailler depuis son départ d'Auckland.

Elle avait souhaité échapper au cirque médiatique provoqué par l'annulation du mariage. Elle avait beau avoir demandé, en termes soigneusement choisis, que l'on respecte leur vie privée après leur séparation, les journalistes n'en avaient eu cure, et sa demande avait probablement été mise au panier comme les gobelets à café hors d'usage.

Deux semaines après le communiqué, il lui était devenu impossible de rester plus longtemps à Remuera. Avec les paparazzi qui campaient devant les grilles, il devenait dangereux de quitter la propriété, car elle était sûre d'être suivie par une horde de photographes qui la poursuivaient par tous les moyens de locomotion possibles.

C'était seulement le jour où elle avait évité de justesse de renverser un photographe, dangereusement perché à l'arrière d'une moto, qu'elle avait compris qu'elle ne pouvait rester chez elle sans risques pour le bébé et pour elle-même.

Elle avait fait venir un camion de déménagement en pleine nuit pour l'emmener à Mechanics Bay, et de là, un hélicoptère de location l'avait déposée sur l'île.

Depuis un mois, elle n'en avait pas bougé. Les seuls êtres humains avec qui elle était en contact, physiquement, étaient les quelques employés qui s'occupaient de l'entretien du parc et de la maison. Son existence était solitaire, mais c'était un mal nécessaire.

Personne n'avait songé à vérifier si elle vivait à Windsong, et elle avait fait circuler la rumeur qu'on l'avait aperçue à Sydney, Paris ou Londres pour détourner l'attention des journalistes.

Elle se demanda ce que pouvait penser Brent. S'il avait essayé de la contacter après avoir reçu l'argent. Il lui manquait douloureusement, aussi bien mentalement que physiquement.

C'était pire que la première fois. Elle avait essayé de s'occuper et s'était immergée dans les tâches administratives dont elle pouvait s'occuper pour la fondation L'Espérance, tout en suivant semaine après semaine avec joie l'évolution de sa grossesse.

Son ventre avait déjà commencé à s'arrondir, et même si ses lectures lui avaient appris que c'était peu probable, elle avait été certaine l'autre jour que le mouvement ténu qu'elle avait ressenti en elle, comme les ailes d'un papillon, était celui de son bébé.

Si seulement elle avait pu partager son excitation avec Brent ! Mais elle ne devait jamais lui laisser apprendre l'existence de leur bébé. Elle n'avait pas oublié la formulation de l'accord ; il avait beau affirmer qu'il n'avait pas besoin de cet argent, il avait sciemment fait en sorte de pouvoir le lui prendre, quoi qu'il arrive.

S'il apprenait l'existence du bébé, elle était sûre qu'il ferait tout son possible pour le lui enlever. C'était une perspective qu'elle ne supportait pas. Cet enfant était le sien. Il lui appartiendrait. Elle l'aimerait et il l'aimerait en retour avec un amour sans bornes.

Les larmes lui montèrent aux yeux, comme elles le faisaient si fréquemment depuis quelque temps, et lui dégoulinèrent sur les joues. Elle les essuya du revers de la main et se concentra sur la lettre qu'elle devait renvoyer par courriel à son bureau d'Auckland.

Grâce aux liaisons électroniques et satellitaires installées à la demande d'Isobel, Amira était restée en contact avec ses employés à la fondation L'Espérance. Elle leur avait promis une prime importante, à condition qu'aucune information sur son lieu de résidence ne filtre à l'extérieur. Jusque-là, tout s'était bien passé.

Jusqu'à hier matin.

Elle s'était réveillée avec des crampes dans le bas du ventre. En allant aux toilettes, elle avait été horrifiée d'apercevoir quelques gouttes de sang. Une terreur primitive l'avait envahie. A quatorze semaines de grossesse, elle avait cru avoir dépassé la période la plus dangereuse, au cours de laquelle les risques de fausse couche étaient les plus élevés. Elle savait bien que les statistiques révélaient que près d'une grossesse sur quatre se terminait prématurément, avant le cap des vingt semaines, mais elle s'était sentie si bien. Tellement en sécurité.

A présent, cependant, elle était terrifiée. Elle était aussitôt retournée se coucher et avait appelé le cabinet de l'obstétricien. L'infirmière avec laquelle elle s'était entretenue s'était montrée rassurante, lui déclarant que les symptômes qu'elle avait observés pouvaient tout à fait se calmer, mais elle avait conseillé à Amira de passer voir le spécialiste dès que possible. Ils lui feraient passer une échographie pour vérifier que tout allait bien.

Amira avait ensuite appelé la compagnie de transport par hélicoptère qui l'avait amenée sur l'île. En raison de vents violents, il était trop dangereux d'envoyer un appareil à Windsong. De même, la mer était trop grosse pour qu'un yacht puisse venir la chercher.

Son paradis insulaire, le sanctuaire où elle s'était réfugiée loin de l'attention du public, s'était transformé en cauchemar.

Elle était restée au lit toute la journée, et ce matin, fort heureusement, le vent s'était suffisamment calmé pour qu'un hélicoptère puisse venir la chercher et la ramener à Auckland.

Elle renvoya la lettre par courriel à son assistante et ferma son ordinateur. Elle attrapa ses affaires. Il était temps de se rendre à l'aire d'atterrissage, à l'arrière de la maison, pour attendre l'appareil.

Elle avait parfaitement calculé les délais. Elle avait à peine sécurisé la porte de derrière qu'un hélicoptère noir apparut au-dessus de la crête et s'immobilisa dans les airs avant de descendre se poser sur le H découpé dans la pelouse arrière. Curieusement, ce n'était pas le même logo que la dernière fois. Elle était certaine que ce n'était pas la compagnie auprès de laquelle elle avait retenu un hélicoptère.

Une haute silhouette sombre sauta de l'hélicoptère. Elle la reconnut aussitôt et eut l'impression qu'une pluie glaciale venait de s'abattre sur sa tête.

Brent.

Il l'avait retrouvée.

Il couvrit la distance qui les séparait en quelques pas, son blouson flottant autour de lui, agité par les tourbillons créés par les pales des rotors. Manifestement, il était en colère. Très, très en colère.

N'ayant nulle part où aller, nulle part où se cacher, Amira le regarda d'un air résolu, luttant contre la nausée qui venait de l'envahir.

— Amira ! Tu t'enfuyais de nouveau, à ce que je vois ? dit-il en montrant le nécessaire de voyage que l'infirmière avait recommandé à Amira d'apporter au cas où elle devrait être hospitalisée au moins une nuit.

— En quoi mes déplacements te regardent-ils, répondit-elle d'un ton sec. Je n'ai pas de comptes à te rendre.

— Vraiment ?

— Oui, vraiment. Et maintenant, quitte ma propriété, lui ordonna-t-elle en essayant de se montrer aussi hautaine que l'était sa grand-mère.

— Ah, mais ce n'est pas encore ta propriété, me semble-t-il, rétorqua-t-il.

Un vertige la prit, et elle vacilla légèrement, luttant pour ne pas perdre l'équilibre. Le symptôme se calma, mais la nausée persistait.

Elle était terrifiée.

— Quoi qu'il en soit, tu n'as rien à faire ici. Va-t'en, s'il te plaît.

Elle s'aperçut avec contrariété que sa voix tremblait.

— Nous devons discuter de certaines choses.

— Absolument pas. J'ai rempli mes obligations envers toi selon les termes de notre accord. Tu as les autorisations nécessaires. Tu as ton argent. Maintenant, va-t'en.

La douleur dans son ventre s'accentua, et l'amertume de la peur lui envahit la bouche. Où pouvait bien être l'hélicoptère ? Il fallait absolument qu'elle voie le spécialiste. Elle en était sûre.

— Et mon bébé ?

Il savait ? La nouvelle l'atteignit de plein fouet. Le souffle lui manqua ; des mouches se mirent à danser devant ses yeux. Brent s'approcha d'un pas, fronçant les sourcils, la fixant d'un regard dur qui exigeait des réponses.

— Avais-tu l'intention de me payer pour mon bébé aussi ?

Il dit cela d'un ton si désinvolte que n'importe quel étranger aurait sans doute pensé qu'il plaisantait, jusqu'à rencontrer son regard noir qui lançait des éclairs.

— C'est ridicule. Je ne suis pas enceinte, dit-elle en reculant d'un pas, avant de poursuivre mécaniquement, dans l'espoir qu'il la croirait : Comment pourrais-je l'être ? De toute façon, je n'ai pas le temps pour un bébé. Je suis beaucoup trop occupée.

Tout ce qu'elle voulait, c'était mettre de la distance entre eux, mais il se rapprochait de nouveau, si près d'elle qu'elle discerna les éclats jaunes dans ses yeux verts, reconnut l'odeur de son après-rasage, sentit la chaleur émanant de son corps.

— Ne me mens pas, Amira. Je connais toutes les conditions fixées par Isobel dans son testament. Je sais que tu m'as utilisé, puis jeté comme un vieux vêtement défraîchi. Et puis, n'oublie pas que je te connais. Intimement. Je vois bien que tu as changé, je peux même le sentir.

Il posa sa main sur la légère protubérance de son ventre, la chaleur de sa main traversant le tissu de sa robe d'hiver jusqu'à sa peau. Le battement d'ailes de papillon revint, suivi par un nouveau coup de poignard.

— Tu ne me connais pas. De toute façon, tu m'as grugée en connaissance de cause. Tu n'as jamais eu l'intention de m'épouser toi non plus, n'est-ce pas ?

Il pinça les lèvres, maintenant un silence plus éloquent que tous les mots.

— Va-t'en ! Laisse-moi ! cria-t-elle en laissant échapper un sanglot.

Il retira sa main et fit un pas en arrière.

— Tu n'en seras pas quitte à si bon compte. Je me battrai jusqu'au dernier souffle contre toi plutôt que d'accepter que tu aies la garde de mon enfant.

Il tourna les talons et commença à s'éloigner. Amira leva une main vers lui en un geste de prière muette, sentant le vertige revenir, la douleur s'accroître.

— Brent ?

Il se retourna au son de sa voix. Quelque chose n'allait pas. Elle n'était plus en colère ou sur la défensive. Elle avait peur.

Et soudain il eut peur lui aussi. Elle vacilla, ses paupières battirent à toute vitesse. Il franchit les quelques pas qui les séparaient en un instant et l'attrapa dans ses bras au moment où elle perdait conscience. Il l'allongea doucement sur le chemin, appuyant sa tête contre lui, et vérifia son pouls, sa respiration. C'est alors qu'il remarqua le sang, et une peur comme il n'en avait encore jamais connu le frappa en plein cœur.

Le pilote de l'hélicoptère s'approchait déjà en courant, une mallette de premiers secours à la main. Mais Brent sut instinctivement que c'était beaucoup plus grave.

— Appelez l'hélicoptère de sauvetage. Tout de suite !

Brent écarta les cheveux d'Amira de son visage et la tint

contre lui, souhaitant désespérément pouvoir lui communiquer sa propre santé, sa vitalité. Jamais encore il n'avait prié de sa vie, mais il était soudain prêt à promettre n'importe quoi pour préserver la petite vie qu'il savait en danger.

13

Amira observa la chambre d'hôpital où elle se trouvait, et lutta pour ravaler le chagrin qui menaçait de l'étouffer. Elle ne pouvait plus se raccrocher à aucun espoir de voir ses rêves d'avenir se transformer en réalité.

Elle avait tout perdu. Son héritage, la fondation L'Espérance, l'homme qu'elle aimait, et surtout, son bébé.

Et tout était sa faute.

Oh, bien sûr, le spécialiste lui avait assuré que même si elle était arrivée un jour plus tôt, il n'aurait rien pu faire pour elle. Que certaines grossesses étaient simplement vouées à une fin prématurée. Mais au fond d'elle-même elle savait qu'elle ne se le pardonnerait jamais.

Elle refusait toutes les visites, sauf celles de Gerald. Les compositions fleuries et colorées qu'on lui avait apportées tous les jours blessaient ses yeux las, qui avaient déjà versé beaucoup trop de larmes, et elle avait systématiquement demandé aux infirmières de les remporter, de les offrir à un autre patient, à un autre service où les gens les apprécieraient plus qu'elle.

Elle se leva et se dirigea vers la fenêtre, sans voir le ciel plombé, les nuages qui filaient à toute vitesse, poussés par des vents puissants. Elle n'était toujours pas très solide sur ses jambes. L'hémorragie qui avait emporté son bébé avait aussi failli lui coûter la vie. Parfois, elle aurait presque souhaité que ce soit le cas, car que lui restait-il ?

Les nuages éclatèrent, et une pluie diluvienne se mit à tomber. Les gens qui se trouvaient dans les allées se précipitèrent à l'abri. En les regardant, jamais Amira ne s'était sentie autant à l'écart du reste du monde qu'aujourd'hui.

— Es-tu prête à partir, ma chérie ?

La voix de Gerald la remit en mouvement. A l'entendre, on aurait dit qu'il avait vieilli d'un millier d'années en quelques jours.

Et c'était à peu près son sentiment à elle aussi.

— Oui, je suis prête.

— Tu es sûre de vouloir retourner chez toi ? Les journalistes multiplient les conjectures sur les raisons de ton hospitalisation. Certains ont même parlé d'une fausse couche. Ils ne te laisseront pas tranquille.

Amira tressaillit, puis se força à se décontracter et à parler d'une voix égale.

— Qu'ils fassent toutes les conjectures qu'ils veulent. Ils cesseront vite de s'intéresser à moi.

Elle se dirigea vers la porte, mais Gerald l'arrêta en lui montrant une carte de vœux sur sa table de chevet.

— Tu ne veux pas l'emporter ?

Amira fixa la carte colorée que la petite Casey McLauchlan avait dessinée pour elle et lui avait envoyée quand les médias avaient parlé de son hospitalisation. Gerald ôta la carte du meuble et la lui tendit, mais Amira secoua la tête.

— Non, je préfère que vous la laissiez.

— Mais… ne t'a-t-elle pas été envoyée par un des enfants ?…

Gerald la posa doucement à l'envers sur le lit.

— Ah, je vois !

Mais il ne voyait pas. Il n'avait jamais compris quel effet dévastateur avaient produit en elle ces vœux de la part d'une enfant à qui elle avait promis monts et merveilles, avant de l'abandonner à son sort. Elle avait échoué en cela comme en tout.

Sa grand-mère avait toujours eu raison.

Gerald la ramena à son appartement et prit une chaise posée près du canapé où elle s'était assise en arrivant.

— Je déteste te parler de cela maintenant, Amira, mais il y a un point que nous devons évoquer ensemble.

— Je sais. L'emprunt. Je ne peux pas réfléchir à cela pour le moment. Pouvez-vous demander encore quelques jours de grâce à la compagnie financière ?

— Je vais voir ce que je peux faire, mais je dois te prévenir qu'ils insistent pour obtenir une réponse.

— Gerald, je vous en prie ?

— Je sais, ma chérie, je sais, répondit-il en lui tapotant le bras. A présent, si tu es sûre que je ne peux rien faire pour toi dans l'immédiat ?

— Non, rien. Merci de m'avoir ramenée, et merci pour les repas qui m'attendent dans le frigo. Je ne crois pas que je serai capable d'aller où que ce soit pendant quelques jours au moins.

— Bien sûr que non, répondit-il, lui tapotant la main d'un air absent. Ne bouge pas, je n'ai pas besoin que tu me raccompagnes. N'hésite pas à m'appeler si tu as besoin de quelque chose.

Amira sourit en réponse. Elle ne l'appellerait pas. Ce dont elle avait besoin, il ne pouvait tout simplement pas le lui procurer.

Peu importait comment les choses se passeraient au cours des mois qui lui restaient avant son trentième anniversaire, elle savait qu'elle ne répondrait jamais aux conditions fixées par Isobel. Elle ne voulait pas s'infliger la peur et les soucis d'une nouvelle grossesse simplement pour satisfaire aux exigences de sa grand-mère. Elle ne voulait pas non plus épouser qui que ce soit.

L'avenir s'étendait devant elle, morne et silencieux, avec pour principale inquiétude la question de l'emprunt qu'elle devait rembourser.

Le crépuscule envahit la pièce, puis la nuit, sans qu'elle bouge d'où elle était. Elle finit par sortir de sa léthargie et se rendit dans la cuisine pour se faire une tasse de thé. En passant près du téléphone, elle remarqua que le voyant clignotait, indiquant qu'elle avait un message. Elle appuya sur le bouton, et eut un sursaut en entendant la voix de Roland.

« Je suis tellement désolé d'avoir appris ta fausse couche, ma chérie. Mais, ce n'est pas grave. Si tu es gentille, je pourrais t'autoriser à vivre avec moi. J'ai toujours eu tellement de fantasmes à propos de toi. Tu veux les entendre ? Laisse-moi te raconter… »

Sans le laisser achever ses abominables suggestions, Amira arracha l'appareil de la prise et le jeta à l'autre bout de la pièce avec un cri de pure douleur. Tremblante, elle se laissa glisser contre le mur, et s'effondra par terre.

Qu'allait-elle bien pouvoir faire ?

Le lendemain, Amira se força à se montrer dans les bureaux de la fondation. Quiconque la voyant dans sa robe immaculée, ses bas et ses bottes à hauts talons, n'aurait jamais imaginé quel tumulte masquait cette apparence.

Elle ouvrit la porte d'entrée du bureau en inspirant profondément, redressa les épaules et se répéta mentalement la façon dont elle allait annoncer à ses employés que le moment était probablement venu pour eux de se chercher un nouveau travail.

Après cela, elle devrait trouver la force de contacter personnellement chacune des familles inscrites sur leurs livres, et de leur présenter ses excuses pour avoir été incapable de tenir les promesses qu'elle leur avait faites.

— Amira ! Je suis contente de vous voir. J'ai essayé de vous appeler toute la matinée.

Caroline, son assistante, s'approcha d'elle d'un pas vif, le visage illuminé d'un sourire.

— Vous n'allez jamais me croire. Je ne voulais pas y croire non plus au début. Mais c'est une nouvelle absolument merveilleuse ! poursuivit Caroline, débordant manifestement de joie, les yeux brillants et le visage éclairé par un immense sourire.

— Que devrais-je croire ? demanda Amira. Racontez-moi. Que s'est-il passé ?

L'enthousiasme de Caroline était communicatif, et l'espace

d'un instant Amira parvint à oublier son chagrin. Une esquisse de sourire releva ses lèvres.

— Venez voir sur mon ordinateur ! proposa Caroline en prenant Amira par le bras et en l'entraînant vers son poste de travail.

Tous les autres employés avaient eux aussi un grand sourire aux lèvres et le même air d'excitation contenue.

— Tenez, installez-vous ici.

Caroline l'invita à s'asseoir et lui montra l'écran de l'ordinateur.

— Là. Vous voyez ?

Amira fixa l'écran. Caroline s'était connectée au site de leur banque et avait affiché le relevé désastreux de leur compte de résultats. Mais… comment était-ce possible ?

Amira cligna des yeux pour s'éclaircir la vue et regarda de nouveau. Ce n'était pas possible. Le crédit de leur compte était énorme. Une somme à sept chiffres. Une excitation nouvelle l'envahit quand elle comprit ce que cela voulait dire. La fondation pouvait continuer, au moins pendant quelque temps. Mais ce devait être une erreur. La banque avait dû faire une bourde quelque part.

— Vous avez… ?

— Vérifié auprès de la banque ? Oui. Ils m'ont dit qu'un versement avait été autorisé par un donateur qui souhaite rester anonyme.

Un donateur anonyme. Amira se tassa sur son siège. Pouvait-elle vraiment y croire ? Leur campagne de sensibilisation, invitant les gens à leur adresser des dons, avait-elle enfin porté ses fruits ? Ses fruits ? allons donc, c'était un verger au grand complet.

— C'est incroyable, murmura-t-elle d'une voix faible.

Elle se remit debout pour se tourner vers ses employés, tous ces gens qu'elle avait craint de devoir renvoyer, seulement quelques minutes auparavant.

Près d'elle, Caroline se mit à applaudir, et bientôt toute l'équipe de la fondation L'Espérance se retrouva debout, applaudissant à tout rompre.

Amira sentit ses yeux s'emplir de larmes qui se mirent à couler sur ses joues — des larmes de joie, cette fois-ci, et la douleur qui l'habitait commença à se dissiper un peu.

Elle n'avait peut-être pas prévu cette solution aux problèmes financiers de la fondation, mais elle n'allait certainement pas commencer à émettre des réserves.

— Allez, au travail, tout le monde ! finit-elle par dire à travers ses larmes. Ce n'est pas l'ouvrage qui nous manque !

Tout le monde l'acclama et les employés retournèrent à leurs bureaux. Caroline prit Amira dans ses bras et la serra contre elle à l'étouffer.

— Vous avez réussi. Je suis désolée d'avoir pu croire que vous n'y parviendriez pas, murmura-t-elle. Je suis si fière de vous et de ce que nous faisons ici.

— Moi aussi, répondit Amira, goûtant le réconfort de cette étreinte. Moi aussi.

Amira s'installa à son bureau et commença à trier les lettres non ouvertes qui attendaient son retour. L'une, en particulier, retint son attention. Marquée « Personnel et confidentiel », elle portait le logo d'un des cabinets d'avocats du centre-ville. Curieuse, elle la décacheta et en sortit une seule feuille de papier.

Elle lut rapidement le contenu : on l'informait de l'existence d'un donateur anonyme et de sa généreuse donation. Elle regarda la date de la lettre : elle avait été écrite juste avant son hospitalisation. Pas étonnant que la somme sur leur compte en banque ait procuré une telle surprise à ses employés. Aucun d'entre eux ne se serait permis d'ouvrir son courrier personnel. Le petit sourire sur son visage se figea quand elle reprit sa lecture et arriva à la phrase suivante :

Cette donation est faite à la condition qu'Amira Forsythe démissionnera de la fondation L'Espérance et cessera toute activité en son nom, à compter de la date de dépôt des fonds.

Il y avait quelques phrases supplémentaires, mais les mots dansaient sous ses yeux et elle ne les vit pas.

Son sang se figea dans ses veines. Qu'elle démissionne ? Immédiatement ? Elle n'aurait pas cru que quoi que ce soit puisse lui faire plus de mal que ce qu'elle endurait déjà, mais ce projet, la fondation, était tout ce qui lui restait.

Et pourtant, la lettre était claire : si elle restait, l'aide financière serait totalement annulée ; si elle partait, la fondation serait assurée de recevoir régulièrement des fonds lui permettant de poursuivre sa mission au sein de la communauté.

Amira recula sa chaise et se mit debout, les jambes tremblantes. On lui demandait seulement de contresigner au bas de la lettre et de la renvoyer par télécopie au cabinet d'avocats, afin de signifier son acceptation des conditions. Elle signa d'un geste machinal et accomplit automatiquement les actions nécessaires à l'envoi d'une télécopie.

Elle réussit tant bien que mal à terminer la journée, dans un état d'engourdissement qui lui évitait de sentir ou de penser. Rien ne parvint à traverser la carapace gelée où elle s'était réfugiée, pas même la voix excitée de Casey quand elle lui donna les détails du voyage qu'elle allait faire avec sa famille pour réaliser son rêve.

A la fin de la journée, elle fut la dernière à sortir des bureaux. Elle posa l'original de la télécopie envoyée aux avocats du donateur anonyme sur le bureau de Caroline. Ils apprendraient tous la nouvelle le lendemain, et ce serait mieux ainsi.

Pour la dernière fois, elle déambula dans les bureaux déserts, éteignit les lumières et referma la porte d'entrée, glissant sa clé par la boîte aux lettres pour la faire tomber silencieusement sur le paillasson, à l'intérieur de la porte.

Elle rentra enfin chez elle, se moquant pas mal d'offrir très peu de ressemblance avec la couverture de mode, parfaitement coiffée, qui avait quitté son appartement ce matin-là. Ses cheveux pendaient à la diable, son rouge à lèvres avait depuis longtemps disparu sur le bord d'innombrables tasses de thé, son mascara formait un dépôt bleuâtre sous ses yeux.

Plus rien n'avait d'importance.

Elle monta en traînant les pieds les quelques marches qui menaient à son entrée privée et inséra la clé dans la serrure. En ouvrant la porte, elle songea qu'elle était véritablement et complètement seule.

Seule et ruinée.

L'espace de quelques secondes, aujourd'hui, elle avait pensé que la fondation n'aurait plus besoin de son annuité pour fonctionner, mais elle avait toujours son emprunt à rembourser.

Cette annuité représenterait une goutte d'eau par rapport à la somme qu'elle devait, et tous les espoirs d'avenir qu'elle avait pu nourrir étaient morts. Pendant très longtemps, tout ce qu'elle gagnerait, tout l'argent qu'elle posséderait ne pourrait servir qu'à rembourser son emprunt.

Mais du moins la fondation était-elle assurée de survivre. Elle devait se raccrocher à ce rêve. Qu'importait que ce ne soit plus son rêve à elle — c'était grâce à elle qu'il était devenu réalité. Grâce à elle qu'il avait vu le jour.

Une fois à l'intérieur, elle se força à prendre une douche dans l'espoir de se réchauffer. Elle passa ensuite un sweat-shirt en laine polaire et un pantalon de sport avant de s'asseoir avec une énième tasse de thé, un bloc et un stylo. Il était temps de réfléchir sérieusement à la manière dont elle allait pouvoir se débrouiller — ou plutôt survivre.

Mais elle avait l'esprit totalement vide, et sa feuille de papier resta vierge. Amira se décida finalement à se rendre dans la partie principale de l'hôtel particulier, emportant avec elle sa tasse de thé.

Les meubles étaient recouverts de housses, et jamais la maison ne lui avait paru plus inquiétante. Elle avait essayé de venir dans la maison au moins une fois tous les quinze jours pour vérifier que tout était en ordre, mais cette fois-ci, il y avait beaucoup plus longtemps qu'elle n'était pas venue.

Sans s'occuper du rez-de-chaussée, elle gravit lentement l'escalier, s'arrêtant brièvement pour porter un toast à sa grand-mère, sur le palier.

— Une fois de plus, tu l'emportes, grand-mère. J'espère que tu es heureuse, où que tu sois.

Elle but une gorgée de thé et se demanda une fois encore ce qui avait pu pousser Isobel à être aussi dure envers son unique petite-fille. Quelle que soit l'explication, Amira ne la connaîtrait sans doute jamais.

Elle continua jusqu'au second palier où était suspendu le portrait de son père, et se laissa tomber à terre, cherchant désespérément à se sentir un lien avec ce bel homme souriant, dont les yeux ressemblaient tant aux siens.

Les choses auraient-elles été très différentes, se demanda-t-elle, si sa mère et lui n'étaient pas morts dans cet accident ? Elle secoua la tête. Elle ne pouvait pas plus changer le passé qu'elle ne pouvait satisfaire les exigences posthumes d'Isobel.

Elle fouilla dans sa mémoire pour essayer d'y retrouver le son de la voix de son père, la sensation de ses bras autour d'elle, mais elle avait perdu tout cela au cours de ces dix-huit dernières années, sans même s'en apercevoir. Tout cela, et bien plus encore.

Pourtant, à la périphérie de sa mémoire, subsistait la sensation d'avoir été aimée, et heureuse. Elle voulait retrouver ce miracle : oh, comme elle aurait voulu sentir tout cela de nouveau !

— Amira ?

Elle renversa sa tasse de thé sur le tapis de l'escalier en essayant de se remettre debout, les jambes complètement engourdies d'être restée assise si longtemps dans la même position.

— Brent ? Mais comment… ?

Elle le contempla avec avidité. Vêtu d'un jean délavé et d'un gros pull noir en laine, il offrait un spectacle dont elle ne pouvait se rassasier. Mais elle devait se rappeler sa trahison, sa colère. Elle se força à contenir le raz-de-marée émotionnel qui montait en elle.

— Tu n'as pas répondu quand j'ai sonné… comme ce n'était pas fermé à clé, je suis entré. Je m'inquiétais pour toi. Tu as refusé de me voir à l'hôpital. J'ai voulu vérifier par moi-même que tu allais bien.

Elle se redressa de toute sa taille et croisa son regard, appelant à son secours tous les vestiges du flegme des Forsythe qui lui restaient.

— Eh bien, c'était inutile de t'inquiéter. Comme tu peux le voir, je vais bien.

« Et maintenant, je t'en prie, va-t'en. Avant que je ne craque une nouvelle fois. »

— Je… je voulais te dire que j'ai eu tort et que je suis désolé, dit-il en poussant un profond soupir.

« Désolé » ? Le mot lui coupa totalement la respiration, lui interdisant de parler. Il passa d'un pied sur l'autre, mal à l'aise sous son regard incrédule, comme si, pour une fois dans sa vie, il n'était plus cet homme fort et sûr de lui qu'elle connaissait. Tandis qu'elle l'observait, il fit mine d'ajouter quelque chose, puis renonça en secouant la tête, et fit demi-tour pour redescendre les marches.

— Attends ! s'écria-t-elle, une colère immense venant se substituer au chagrin qui seul l'avait habitée jusque-là.

Brent s'arrêta sur les marches.

— Tu ne peux pas te contenter de dire que tu es désolé et partir. Ainsi donc, tu es désolé. Et alors ? Pourquoi ? Tu as été parfaitement clair quant à ton opinion de moi. Tu as même sciemment fait en sorte que j'échoue en tout. Est-ce pour cela que tu es désolé ? Parce que, si c'est tout, tu peux prendre tes excuses et aller…

Brent grimpa l'escalier à la vitesse de l'éclair et l'attrapa par les épaules, la secouant un peu avant de l'attirer, tremblante, contre lui.

— Je sais. J'ai été un salopard. Un vrai, un pur salopard. Je ne pourrai jamais te demander de me pardonner, ni même espérer que tu le fasses de toi-même. Ce que j'ai fait, et ce que j'avais l'intention de faire, était inexcusable. Mais, Amira, je t'en prie, donne-moi, donne-nous une autre chance.

Elle se dégagea de son étreinte.

— Et pourquoi le ferais-je ? Comment pourrais-je avoir jamais confiance en toi ? Comment puis-je être sûre que tu ne me réserves pas un autre coup de poignard dans le dos ?

— J'ai besoin que tu me fasses confiance, comme j'aurais dû avoir confiance en toi. Je t'en prie, descendons chez toi pour parler.

Amira répondit d'un signe de tête et se pencha pour ramasser sa tasse avant de le précéder dans l'escalier. Ils rejoignirent son appartement. Elle se laissa tomber dans un fauteuil et lui adressa un regard menaçant.

Elle n'arrivait toujours pas à croire qu'il était là, devant elle. Son cœur sautait de joie dans sa poitrine, mais son esprit lui recommandait de ne pas aller trop vite.

— Vas-y, lui dit-elle d'un ton neutre. Parle.

Brent s'installa sur le canapé, dominant la pièce de toute sa présence.

— J'ai beaucoup de choses à te dire, mais avant que je commence, peux-tu me dire pourquoi tu as renoncé à notre mariage ?

— Le mariage ? répéta-t-elle, interloquée. Tu le sais, pourquoi. A cause de cette clause dans le testament de grand-mère. Quand j'en ai été informée, il était trop tard… mais de toute façon, pour l'importance que ça aurait eu.

— Non, pas celui-là. Notre premier mariage.

— Quelle différence cela ferait-il ? Tu n'as pas cherché à savoir à l'époque. Pourquoi le voudrais-tu aujourd'hui ?

— Je suis venu droit ici en sortant de l'église. Le savais-tu ?

A l'expression d'Amira, Brent comprit qu'elle l'avait totalement ignoré, ce qui lui confirmait son hypothèse qu'Isobel avait manigancé le tout avec un art de stratège digne des meilleurs généraux. Elle avait même obtenu de ses employés de maison qu'ils lui mentent.

— Pourquoi ? demanda-t-elle, sans lui céder une once de terrain.

— Pour essayer de te convaincre de ne pas renoncer à ce mariage, notamment.

— Si tu tenais tant à me convaincre de ne pas renoncer, pourquoi n'as-tu pas essayé de me contacter à notre retour ?

— Parce que j'étais en colère. Contre toi, contre Isobel. Contre le monde entier ! Quand votre gouvernante m'a dit que ta grand-mère et toi étiez en voyage, je me suis demandé depuis combien de temps tu avais prévu de m'abandonner. Tout cela semblait trop bien organisé pour être une réaction spontanée. On m'a dit que vous étiez parties pour l'aéroport, et que vous ne seriez pas de retour avant un mois ou plus. Du coup, j'ai déversé toute ma frustration dans mon travail. Quand tu es enfin revenue, j'étais si occupé à essayer de sauver mon entreprise que je n'avais aucune envie d'écouter les excuses de quiconque. J'ai eu tort. Mais j'ai juste essayé de protéger mon nom et mon avenir.

Il se leva et se mit à arpenter le tapis.

— Je n'essaie pas de dire que j'ai eu raison. Je suppose que, dans le fond, c'était une réaction totalement immature. Mais c'est le passé. Je ne peux pas le changer, mais je reconnais que j'ai très mal géré la situation.

— Pourquoi ne m'as-tu pas parlé de tes problèmes financiers ?

Il s'immobilisa et enfonça ses mains dans ses poches.

— A l'époque, je ne voulais pas t'inquiéter. Quand j'y repense aujourd'hui, je me dis que j'étais sans doute trop peu sûr de moi pour souhaiter que tu l'apprennes… je craignais de te donner une excuse pour te dédire. Ta grand-mère m'avait si souvent fait comprendre que je n'étais pas quelqu'un de bien à ses yeux, et que ma fortune était une simple goutte d'eau comparée à votre propre fortune. Je savais que si elle découvrait les problèmes de mon entreprise avant le mariage, elle ne nous laisserait jamais aller jusqu'à l'autel. Je ne voulais pas prendre ce risque.

Il s'assit dans un fauteuil, juste en face d'Amira, et se pencha en avant, les avant-bras posés sur les cuisses.

— Je ne voulais pas te perdre, Amira, mais je n'étais pas de force à me mesurer avec elle, n'est-ce pas ?

Une rougeur couvrit la gorge d'Amira, et ses lèvres se mirent à trembler.

Et mince ! il n'avait vraiment pas voulu lui faire de la peine.

— Elle m'a dit que tu m'avais délibérément caché ces informations. Dès l'instant où je me suis réveillée, ce matin-là, elle n'a pas cessé de me le répéter, me brandissant le journal sous le nez et me rappelant qu'il n'était pas trop tard. J'avais enfilé ma robe, j'étais prête pour le photographe. Nous étions toujours en train de nous disputer à ce sujet quand elle a commencé à se plaindre d'avoir des douleurs dans la poitrine. Notre médecin est venu aussitôt et a insisté pour qu'elle se fasse hospitaliser. Mais elle refusait d'y aller si je ne lui promettais pas de renoncer à notre mariage. Je n'ai pas eu le choix, Brent. J'étais terrifiée à l'idée de la tuer en m'obstinant à t'épouser. J'étais incroyablement blessée par le fait que tu ne m'aies pas parlé de tes difficultés. Je me suis dit que si tu me cachais cela, tu pouvais bien me cacher des tas d'autres choses. Que grand-mère avait peut-être toujours eu raison de penser que la seule chose qui t'intéressait, dans notre mariage, c'était la fortune et la position sociale de ma famille. Tu étais mon premier véritable petit ami, et mon premier amour. Nous étions sur le point de nous marier. Si je ne pouvais pas te faire confiance, alors à qui d'autre pouvais-je faire confiance ? Et voilà, je t'ai envoyé ce message. Après ça, nous sommes allées à l'hôpital et on lui a fait passer des examens. Quand j'ai appris que les examens n'avaient rien décelé, et que nous ne rentrions pas à la maison parce qu'elle avait déjà demandé qu'on nous apporte nos bagages à l'hôpital et qu'une voiture nous attende pour nous emmener à l'aéroport, j'ai compris qu'elle avait tout manigancé. Quand je lui ai demandé des explications, elle m'a répondu qu'elle savait que tu finirais par m'abandonner. J'ai fini par la croire.

Brent poussa un grognement d'exaspération. En essayant de protéger Amira, il avait fini par les détruire tous les deux.

— J'avais mes raisons, un certain manque de confiance en moi, dit-il à voix basse. Elles ont été pour moi un moteur, qui m'a permis de réussir. J'étais trop stupide pour comprendre que, par la même occasion, je creusais un fossé entre nous.

Il repensa à la manière dont il avait été élevé. Au sentiment qu'il avait toujours eu d'être redevable à son oncle pour son éducation, et à son obstination à le rembourser jusqu'au dernier centime. Il avait toujours refusé de se reposer sur qui que ce soit, de demander de l'aide sous quelque forme que ce soit.

— Comment aurais-je pu te parler de mes craintes les plus profondes ? poursuivit-il. Je pensais que tu ne comprendrais pas, vu le milieu riche d'où tu venais.

— Mais c'est ce que font les couples ! Ils se soutiennent, s'entraident. S'unissent pour faire face à leurs peurs, protesta Amira.

— Je voulais pouvoir te donner ce que tu avais déjà, et bien plus encore. Je ne sais pas si tu t'imagines ce que j'ai ressenti quand j'ai compris que j'allais perdre tout ce que j'avais acquis en travaillant d'arrache-pied. Je ne pouvais pas me permettre de te perdre toi aussi.

— L'argent n'est pas tout. Nous nous serions débrouillés.

— Tu dis ça alors que tu n'as jamais manqué de rien. Tu n'as jamais eu besoin de vérifier le prix sur l'étiquette, jamais pensé à ce que coûtent les vêtements que tu portes, ta voiture, ce que tu manges, dit Brent en se levant une fois de plus pour faire les cent pas. J'avais le sentiment que je devais essayer de rivaliser avec tout ça, et quand toutes les unes des journaux ont annoncé ma débâcle ce matin-là, j'ai essayé de me raccrocher à l'espoir que tu m'aimais suffisamment pour m'épouser, quoi qu'il arrive. J'avais besoin de toi plus qu'à tout autre moment de notre vie commune. C'est pour ça que j'ai saisi l'occasion que tu m'as offerte de me venger, de te rendre la monnaie de ta pièce, puisque tu avais préféré l'argent à moi.

Amira blêmit et serra les poings sur ses cuisses. Brent se pencha vers elle et lui prit les mains, déroulant lentement les doigts crispés avant de les enlacer avec les siens.

— Crois-moi, dit-il. Je suis profondément désolé de ce

que je t'ai fait subir. Aussi bien il y a huit ans qu'aujourd'hui. J'aurais dû deviner qu'Isobel ne t'aurait pas laissé le choix.

— J'aurais dû refuser de me soumettre, murmura Amira.

— Comment aurais-tu pu refuser, alors qu'elle te manipulait depuis des années ? Elle n'est plus là maintenant. Elle n'a plus aucune prise sur toi.

Amira se mit à rire, d'un rire désespéré qui le frappa en plein cœur.

— Plus aucune prise sur moi ? Tu sais parfaitement qu'elle a toujours prise sur moi. Tu as lu son testament. Jusque dans la mort, elle essaie de me contraindre à devenir une mère ou une épouse, mais pas celle de l'homme que j'aime. Je reconnais que je t'ai utilisé pour concevoir un bébé, mais c'était parce que je ne pouvais pas supporter l'idée d'épouser qui que ce soit d'autre.

Brent se raccrocha désespérément à ces mots qu'il avait espéré entendre, contre toute vraisemblance.

« L'homme que j'aime. »

— Dans ce cas, Amira, puisque tu te sens incapable d'épouser quelqu'un d'autre, serais-tu toujours prête à m'épouser ?

— Arrête !

Elle lui retira ses mains et se couvrit le visage, les épaules secouées par des sanglots qui ébranlaient tout son corps.

— Tu as dit qu'Isobel essayait de te contraindre à épouser quelqu'un que tu n'aimes pas. Mais si tu le pouvais, m'épouserais-tu ? insista-t-il, résolu à entendre sa réponse.

— Oui.

C'est à peine s'il comprit ce qu'elle avait dit à travers ses larmes. Son cœur se serra de voir qu'une fois encore il lui causait tant de chagrin ; mais sa réponse réveilla ses espoirs.

Elle l'aimait.

Il avait soudain l'impression d'être un géant invincible de trois mètres de haut. C'était ce qui lui avait manqué dans sa vie. Ce qui avait fait de leur week-end à Windsong un moment si à part, quand il s'était laissé aller à oublier ses serments de se venger.

Et il savait sans l'ombre d'un doute qu'il l'aimait lui aussi. Il ne lui restait plus qu'à l'en convaincre.

— Amira, regarde-moi.

Il lui prit les deux mains, les écartant de son visage marbré de larmes.

— Nous ne pouvons pas l'autoriser à remporter la victoire. Pas aujourd'hui. Pas alors qu'il nous reste tout le reste de notre existence à partager. Je t'aime trop pour accepter que tu m'échappes cette fois encore.

Il la sentit se raidir à ces mots. Sans se laisser découragé, il continua :

— J'étais tellement obsédé par l'idée de me venger de ce qui s'était passé il y a huit ans, que je n'ai plus eu d'autre idée que te revoir quand j'ai compris que tu devais être enceinte. J'avais besoin de vérifier, de mes propres yeux, que tu m'avais caché l'existence de notre bébé. S'ajoutant à tout le reste, c'était vraiment la pire des trahisons. Je reconnais volontiers que tout ce que je voulais, à ce moment-là, c'était t'arracher tout ce à quoi tu pouvais tenir. Je connaissais déjà l'existence de la fondation L'Espérance, et j'avais commencé à faire en sorte que tu sois privée de ton poste d'administratrice.

Amira ne put retenir un cri de surprise et de douleur, et il pressa fermement ses mains entre les siennes, les portant à ses lèvres et y déposant un baiser.

— C'était toi ? Tu m'as pris cela aussi ?

Elle se libéra brusquement et se leva, tremblante.

Il essaya de la prendre dans ses bras mais elle lui échappa, lui lançant un regard plein de douleur et de reproches.

— Je ne pouvais plus penser qu'à ma vengeance, dit-il pour se justifier. Je n'ai absolument pas pensé à ce que tu ressentirais ; je voulais juste te prendre la fondation parce que je savais que tu y attachais une grande importance, personnellement. Je voulais que tu connaisses un sentiment de perte totale, comme celui que j'avais éprouvé quand tu m'as abandonné il y a huit ans. Ces dernières années, chaque fois que je voyais ta photo dans les journaux ou à la télévision, tu servais toujours d'ambassadrice de charme. Je me suis imaginé que ça se limitait à ça. Te prendre la fondation n'aurait posé aucune difficulté, surtout compte tenu de sa position financière. J'ai donné des ordres pour une donation substantielle, en l'accompagnant d'une condition : que tu renonces à ton poste.

— Comment as-tu pu me faire une chose pareille ? C'était tout ce qui me restait.

Elle lui tourna le dos.

— Va-t'en. S'il te plaît, va-t'en et laisse-moi tranquille.

— Non ! J'ai compris que j'avais été totalement stupide. Je me suis aperçu que tu étais bien plus qu'une ambassadrice pour toutes ces œuvres de bienfaisance auxquelles tu contribues. Elles font autant partie de toi que tu fais partie d'elles et de leur réussite. Je ne pouvais pas t'enlever cela aussi. J'ai honte d'avoir jamais eu un tel projet.

Il se leva, fixant son dos, ne sachant quoi faire. Il ne rêvait que d'une chose en cet instant : la prendre dans ses bras, et essayer de la réconforter, lui faire oublier l'enfer qu'il lui avait fait subir, se faire pardonner le mal qu'il lui avait fait. Mais il lui restait tant de choses à dire pour la convaincre qu'ils s'appartenaient mutuellement.

— Crois-moi, Amira. Cette dernière semaine, j'ai beaucoup appris sur moi. Et surtout des choses qui ne me font pas honneur. Mais une des choses que j'ai apprises, c'est à quel point tu comptes pour moi. A quel point je t'aime. Quand tu t'es évanouie à Windsong, j'ai eu peur comme jamais je n'avais eu peur de ma vie. Je me sentais totalement terrifié, impuissant. C'est le genre de rappel à l'ordre que j'espère ne jamais recevoir de nouveau. J'ai cru que j'allais te perdre. Un instant nous étions en train de nous quereller. L'instant suivant, tu es tombée, inconsciente, en sang. J'aurais donné toutes mes richesses et mon bras droit pour que l'on me dise que tu allais bien. Je t'ai accompagnée à l'hôpital, mais ils n'ont pas voulu me laisser rester avec toi aux urgences.

— Je ne me rappelle rien de tout ça. La première chose que

je me rappelle, c'est d'être revenue à moi en salle de réveil. Et le médecin m'a dit…

Elle ne put continuer et se couvrit la bouche de son poing.

Brent eut le cœur en lambeaux en voyant son geste, en percevant son sentiment d'impuissance dans sa voix. Il la prit dans ses bras pour essayer de la réconforter.

Mais tout son corps restait raide, refusant son étreinte.

— Je t'en prie, Amira. Ne me rejette pas à présent. J'ai essayé de te voir à l'hôpital. J'ai attendu tous les jours devant ta porte, mais ils refusaient de me laisser approcher de toi. Je voulais absolument te voir. Te dire que j'avais été stupide. Te dire à quel point je t'aimais, à quel point j'étais désolé pour tout. Et surtout la perte de notre bébé.

— Mais tu ne comprends pas que ça ne servirait à rien ? s'écria Amira. Plus rien de tout ça n'a d'importance. Il ne me reste plus rien. Tu m'as dépouillée de tout ce qui m'appartenait.

— Mon avocat m'a dit, cet après-midi, que tu avais retourné la lettre accompagnant la donation, signée. Je lui ai demandé de la déchirer. Cette fondation n'est rien sans toi. Et j'ai demandé à mon comptable de te rendre l'argent que tu m'avais versé. Ton notaire devrait déjà l'avoir reçu et mis sur son compte de fidéicommis. Je n'aurais jamais pu garder cet argent. Pas même si notre bébé avait vécu. Accepte que je répare mes erreurs et mes fautes envers toi. Laisse-moi t'aimer comme tu le mérites. Je t'en prie, Amira, donne-moi encore une chance.

— Je ne suis pas sûre d'en être capable. D'être capable de te faire de nouveau confiance.

— M'aimes-tu ?

— Quel rapport ? Je t'ai toujours aimé, même quand tu m'as fait du mal. Franchement, quel genre de personne cela fait-il de moi ?

— Le genre de personne qui mérite le meilleur en tout. Le genre de femme avec qui je veux passer le reste de mon existence. Epouse-moi, Amira. Oublions le passé. Oublions Isobel et ses diktats ridicules. Je t'en prie, si ton cœur peut me pardonner, je te promets que tu ne le regretteras pas.

Elle éclata d'un rire nerveux qui résonna en elle quand il lui répéta les mots qu'elle lui avait adressés quelques mois plus tôt.

— Je ne veux pas le devoir à toi si je ne le regrette pas.

Brent laissa retomber ses bras et la lâcha, le cœur lui battant à grands coups.

Il l'avait perdue. A jamais.

Sa douleur était indescriptible. Il s'éloigna d'elle, mais chaque cellule de son corps lui clamait que c'était une erreur.

— Je suis désolé. Tu ne sauras jamais à quel point je le suis.

Il se dirigea lentement vers la porte.

— Je ne te dérangerai plus.

— Brent, arrête.

Elle courut vers lui et lui jeta les bras autour du cou.

— J'ai dit que je ne voulais pas le devoir à toi si je ne le regrette pas. Je n'ai pas dit que je ne voulais pas que tu m'aimes toute ma vie. Nous ne pouvons pas changer ce que nous nous sommes infligé mutuellement. Mais c'est plus que suffisant pour moi d'être la femme que tu aimes. Je t'aime. Je t'aimerai toujours, chaque heure du jour et de la nuit, pour le restant de ma vie.

— Acceptes-tu de m'épouser, même si cela veut dire abandonner tout ça ? demanda-t-il en désignant la maison où elle avait vécu pendant dix-huit ans.

Et Amira comprit soudain que ces murs ne représentaient rien pour elle. Certes, c'était ici qu'elle avait grandi. Elle était la dernière de la lignée des Forsythe. Et cela s'arrêtait là.

Avec elle. En cet instant.

— Oui.

Elle jeta un regard circulaire. En dehors du portrait de son père, dans l'escalier, il n'y avait rien ici qu'elle ait envie de garder, rien qui lui appartienne vraiment. Rien, sauf l'homme qu'elle tenait dans ses bras.

— Ça n'a plus d'importance. Roland peut bien le prendre. Qu'il prenne tout ! Du moment que je t'ai, je n'ai besoin de rien d'autre.

— Je prendrai soin de toi, tu sais, de toi et de la famille

que nous allons fonder ensemble. Et si tu veux, nous pouvons faire une offre très généreuse à Roland afin qu'il te laisse cette maison. Gerald Stein m'a parlé de tes projets ; il m'a dit que tu voulais transformer cette maison en un refuge et y installer les bureaux de la fondation. C'est encore possible. Si c'est ce que tu veux, je le ferai pour toi.

Amira lui caressa le visage, ce visage qui lui était si cher. Elle lui tendit la bouche et l'embrassa, essayant de lui faire comprendre par ce baiser qu'elle avait été sincère au plus haut point en lui disant qu'elle n'avait besoin de rien d'autre que lui.

Il le comprit.

Elle le sentit dans son corps puissant, dans la façon dont il l'embrassa, dans sa manière de l'enlacer.

— Je te veux, dit-elle doucement.

— Rentrons à la maison, dans ce cas.

Il la prit par la main et l'entraîna vers sa voiture. Marchant avec lui dans la nuit, Amira comprit que la sensation de joie et de légèreté qui l'habitait tout entière était la liberté. Elle s'était libérée des attentes d'Isobel, libérée de la nécessité de faire ce que d'autres avaient toujours attendu d'elle.

Elle était libre d'aimer le seul homme qu'elle ait jamais voulu.

YVONNE LINDSAY

L'héritier des Sandrelli

INTÉGRALE
SCANDALEUSES UNIONS

Traduction française de
FRANÇOISE HENRY

♦ SAGAS ♦

HARLEQUIN

Titre original :
SECRET BABY, PUBLIC AFFAIR

Ce roman a déjà été publié en 2017

1

— Écoute, Draco, tu es un amant plaisant, et j'ai trouvé très agréable de coucher avec toi, mais c'est tout !

Enfin, c'était tout ce qu'elle s'autoriserait jamais à ressentir.

Julia soutint le regard de Draco Sandrelli, tout en priant pour qu'il s'éloigne avant qu'elle ne fasse quelque chose de stupide, comme s'évanouir, ou restituer son repas sur ses chaussures de cuir soigneusement cirées. Cependant, son estomac, tout retourné depuis le petit déjeuner, se serra d'une manière totalement différente quand il lui adressa un sourire ; le même sourire que celui qu'il lui avait décoché juste avant qu'ils ne se retrouvent ensemble au lit pour la première fois.

— *Cara mia*, tu sais que je représente bien plus pour toi.

Sous les intonations vibrantes de sensualité de la voix de Draco, Julia sentit une douce chaleur se répandre dans ses veines. Encore maintenant, elle se réveillait la nuit en se remémorant le son envoûtant de sa voix au timbre grave, semblable au grondement distant du tonnerre par un soir d'orage. Mais il y avait pire, car elle se remémorait aussi la sensation grisante de son corps puissant étreignant le sien, le pénétrant.

Elle contint le sourd gémissement qui montait dans sa gorge. Soudain, l'envie de revivre ces moments la submergea, et elle sentit s'épanouir en elle les vrilles du désir.

Les paillettes d'or des yeux verts de Draco étincelaient tandis qu'il guettait sa réaction, et un petit sourire joua au coin de ses lèvres. Pour quelqu'un qui la connaissait si peu, il semblait lire en elle avec une facilité déconcertante.

Le cœur battant, elle l'examina. Pour assister à la cérémonie commémorative organisée à la mémoire de Mme Woodley, il n'avait même pas pris la peine de raser la barbe de trois jours qui bleuissait d'ordinaire ses joues. Seule concession à la solennité du moment, il avait attaché sa chevelure brune sur sa nuque, dégageant ainsi son visage trop parfait. Et ce qui, sur tout autre, aurait pu paraître ridicule, avait une classe folle sur Draco.

La bouche soudain sèche, Julia déglutit.

Avait-on idée d'être aussi beau ? C'en était presque indécent et, en aucun cas, elle ne devait se laisser tenter de nouveau. Elle avait cédé sur un coup de folie, lors de ces vacances, alors que ça ne lui ressemblait absolument pas et, à présent, elle devait garder la tête froide. Pourtant, en dépit de ses beaux raisonnements, elle n'en avait pas moins le pouls qui battait à un rythme accéléré.

— Dîne avec moi ce soir, suggéra-t-il d'une voix caressante.

— Non, vraiment, Draco. Considère qu'il s'agissait d'une amourette de vacances, et que l'histoire est close. Je suis à la maison maintenant, et j'ai repris mes occupations. Ce qui me rappelle que j'ai pas mal de choses à faire. Et toi aussi, j'en suis certaine.

Même si les raisons de la présence de Draco en Nouvelle-Zélande intriguaient Julia, elle ne lui poserait certainement pas la question. La vie vous jouait de ces tours, parfois... Parce que, franchement, les probabilités pour que le héros de son aventure de vacances se présente aujourd'hui à Ashhurst Collegiate étaient pratiquement inexistantes. À une cérémonie commémorative, en plus. Elle-même avait accepté d'en assurer la restauration parce que Mme Woodley avait été une grande amie de son père.

Quoi qu'il en soit, même si tout son corps lui criait de se laisser tenter par une réédition de ses exploits avec le dernier héritier de l'empire Sandrelli, Julia avait des choses plus importantes en tête.

Reprenant son sang-froid, elle tourna les talons et s'éloigna.

Elle sentit plus qu'elle n'entendit le moment où il décida de la suivre, au frisson qui lui parcourut la nuque. Accélérant l'allure, elle passa l'angle du couloir et se jeta dans l'embrasure de la porte de l'immense cuisine de Jubilee Hall, où se tenait la réception. Quand elle fut à l'intérieur, tout en espérant qu'il ne l'avait pas vue s'y glisser, elle s'aplatit contre le mur et ordonna à son cœur de se calmer.

Elle tremblait de tous ses membres. À vrai dire, elle n'avait pas été aussi bouleversée depuis le jour où elle avait surpris Rhys, son fiancé, avec Alicia, sa meilleure amie, dans le cellier de la villa qui abritait le Carson, son restaurant. La douleur de perdre l'homme avec lequel elle avait bâti des projets d'avenir et l'amie censée se tenir à son côté dans l'église, quelques jours plus tard, avait été indicible. Et, chaque fois qu'elle y repensait, la double trahison la faisait toujours abominablement souffrir.

C'était pour tenter de distraire son chagrin qu'elle avait décidé de s'envoler pour l'Italie. Là, elle avait entrepris une visite culinaire de la Toscane, rencontré Draco Sandrelli et était promptement tombée sous son charme.

D'accord, c'était un amant plaisant. Un amant généreux, envoûtant, époustouflant, même. Exactement ce qu'il lui fallait pour restaurer une estime d'elle-même défaillante. Mais rien de plus.

Elle s'écarta du mur, récapitulant ce qu'elle devait faire avant de regagner le Carson pour les derniers préparatifs avant d'accueillir la clientèle du soir. Avec soulagement, elle constata que ses ustensiles personnels avaient été soigneusement emballés et rangés dans leur caissette, et une rapide inspection lui montra que tout était à sa place. Rien ne la retenait donc plus ici. L'équipe engagée pour s'occuper de la réception terminerait les rangements et rapporterait plus tard la vaisselle au restaurant.

Julia lissa son uniforme composé d'un chemisier blanc

ajusté, à manches courtes, et d'une jupe noire épousant de près ses hanches minces, et ce contact familier la réconforta.

Ensuite, calant la caissette sur sa hanche, elle sortit de la cuisine par la porte arrière et longea l'allée gravillonnée pour rejoindre l'endroit où elle avait garé son break. Elle examina d'un œil critique le vieux véhicule à la peinture écaillée. Si elle ne s'était pas offert le voyage en Toscane, elle aurait pu remplacer sa bonne vieille voiture. Seulement, si elle ne s'était pas changé les idées, elle aurait continué de ruminer la perfidie de Rhys et Alicia, et en serait tombée malade. Son voyage lui avait permis d'en apprendre plus long sur la femme qu'elle pouvait être, et qu'elle avait été.

Et cette révélation avait permis à Julia de comprendre qu'elle ne pouvait pas tout avoir. Elle n'était pas le genre de femme capable de mener de front vie professionnelle et vie privée. Il lui paraissait impossible de développer son affaire dans le but de devenir la meilleure sur son créneau et trouver le temps de se consacrer à un homme. Vraiment, elle trouvait excellente sa décision de cesser toute relation avec Draco. Désormais, sa vie serait tout entière vouée au travail.

Pour ce qui était de l'intermède toscan, eh bien, toute femme avait droit à une aventure avec un Draco à un moment de son existence, non ? Seulement, l'intensité de leur passion était si vive qu'elle l'aurait totalement consumée si elle était restée plus longtemps avec lui. Cette certitude lui avait permis de relativiser. À maintes reprises, elle avait vu son père succomber à la passion, s'aliénant chaque fois un peu plus, et elle s'était juré de ne jamais devenir la proie d'une pareille obsession.

La descente sur terre s'était effectuée un matin où elle s'éveillait dans les bras de Draco, les draps entortillés autour de leurs corps nus, repus d'amour. Soudain, elle s'était rendu compte qu'elle n'avait pas pensé au Carson depuis trois jours. Et elle avait éprouvé un choc très rude en constatant qu'elle vivait son histoire avec Draco avec la passion habituellement réservée à son métier.

Non, il n'y avait décidément pas de place pour un grand

amour et une carrière professionnelle dans sa vie. Or, son métier comptait à ses yeux plus que tout. Ce qui lui permettait de s'accomplir, c'était sa réussite dans la branche qu'elle avait choisie, non la satisfaction de quelque chose d'aussi éphémère que l'attirance physique entre deux adultes consentants.

À l'issue de ces réflexions, Julia s'était levée et avait fait ses bagages, fermant l'oreille aux discours enjôleurs de Draco qui cherchait à la retenir plus longtemps. Aussi délicieux qu'aient été ces moments passés avec lui, ils ne pouvaient en aucun cas permettre d'envisager un avenir. On ne construit rien de durable sur un volcan ; elle avait tiré la leçon du passé douloureux de son père comme du sien.

Désormais, une seule chose comptait vraiment pour elle : voir *Fine Dining*, le fameux magazine de critique gastronomique, accorder au Carson la consécration de ses cinq étoiles. Ç'avait été le rêve de son père jusqu'à ce que la maladie le contraigne à prendre une retraite prématurée. Il avait confié les rênes du restaurant à Julia, et c'était devenu son rêve à part entière. Elle avait cru le réaliser avec Rhys et Alicia à ses côtés et, à cause de ça, avait doublement souffert de leur trahison. Pourtant, malgré leur défection, elle se promettait bien d'atteindre quand même son but. Le Carson deviendrait le restaurant à la mode d'Auckland ; c'était une certitude. Et Draco Sandrelli ne serait plus qu'un vague souvenir.

À la porte de la cuisine, Draco hésita. Il avait parcouru le couloir dans un état d'agitation extrême, sans trouver trace de Julia. Elle n'avait pourtant pas pu disparaître ? Inconsciemment, il redressa les épaules. Il fallait qu'il lui parle, qu'elle le veuille ou non. Quand Julia avait quitté son lit, ce matin-là, en Toscane, il était prêt à remuer ciel et terre pour obtenir qu'elle reste. Malheureusement, un appel urgent provenant de la maison de ses parents, située quelques kilomètres plus loin, sur le domaine Sandrelli, l'avait contraint d'abandonner la partie. Et, bien sûr, le temps qu'il revienne du chevet de son père malade, Julia avait quitté le palazzo sans laisser d'adresse.

La revoir ici, aujourd'hui, lui avait causé un choc. Mais il n'était pas homme à se laisser déconcerter. Une deuxième chance lui était offerte, et il comptait bien la saisir. L'alchimie entre eux avait été immédiate, et il savait sans doute mieux que d'autres que ce genre d'attirance était exceptionnelle. Beaucoup de gens se conforment à ce que la société, ou leurs proches attendent d'eux, et choisissent un partenaire faute de mieux. Il était passé par là, par respect pour sa famille et son frère mort, et le résultat avait été catastrophique. Jamais il ne recommencerait.

L'attirance entre Julia et lui était trop forte.

Il poussa la porte à doubles battants de la cuisine et entra juste à temps pour voir Julia fuir par la porte opposée. Cependant, grâce à ses grandes enjambées, il la rattrapa au moment où elle déposait une caisse dans le coffre d'un véhicule qui tenait plus de l'épave que du moyen de transport.

— Julia !

— Je n'ai rien à ajouter, Draco.

Avec un soupir, elle ouvrit la portière et se glissa derrière le volant.

Comme elle s'apprêtait à refermer sa portière, Draco l'arrêta d'un geste.

— Possible, mais tu n'as pas entendu tout ce que *moi* j'avais à dire.

— Franchement, ça ne m'intéresse pas.

Elle tenta de refermer de force la portière, et y renonça avec un soupir exaspéré en constatant qu'il ne céderait pas. Croisant les bras sur sa poitrine, elle fixa obstinément le pare-brise.

— Où est le problème, Draco ? Tu ne supportes pas qu'on t'éconduise ? Je me doute que ça n'a pas dû t'arriver souvent dans la vie, mais tu peux bien faire un effort, pour une fois !

L'animosité de Julia le fit sourire. On aurait dit un chaton en colère.

— Écoute, je veux juste parler. Tu as quitté si soudainement le palazzo ! Nous n'avons pas pu nous dire au revoir correctement.

Draco nota avec satisfaction que son allusion avait suscité une réaction de la part de Julia. À travers le coton de son chemisier, il voyait les pointes de ses seins se dresser contre le tissu arachnéen du soutien-gorge. Un soutien-gorge qu'elle portait, il était bien placé pour le savoir, en concession à la bienséance plus que par nécessité. Il aimait ses petits seins attachés haut. Il aimait les réactions qu'il lui arrachait rien qu'en en mordillant les pointes roses. Il n'avait jamais connu de femme aussi sensible dans cette région. Il n'en avait jamais apprécié une comme il appréciait Julia. Et il la voulait, encore et toujours.

Levant la tête, Julia croisa son regard fermement rivé à ses seins.

— Oh ! pour l'amour du ciel, Draco.

Elle tendit la main vers la clé de contact.

— Il n'y a rien à ajouter, reprit-elle. Du moins, pour ma part. Je te l'ai dit, tu n'as représenté qu'une amourette de vacances. Appréciable au lit, et appréciable pour mon ego, mais c'est tout ! C'est fini, Draco. Et maintenant, lâche ma portière, s'il te plaît, avant que j'appelle les services de sécurité.

— Je ne suis pas du tout d'accord avec toi, *delizia*. C'est loin d'être fini entre nous. Je vais te laisser partir, mais sois assurée que tu me reverras, et que nous terminerons cette conversation dans les règles.

Il s'écarta de la voiture, et la vit claquer la portière sans un mot. Quand elle démarra dans une gerbe de gravillons, il grimaça en entendant protester le vieux moteur, indigné par l'effort brutal qu'on exigeait de lui.

Il la regarda s'éloigner, un sourire de satisfaction aux lèvres. Il avait eu le temps de graver le numéro de sa plaque d'immatriculation dans sa mémoire. Elle pouvait toujours s'imaginer lui échapper, il avait de la suite dans les idées ! Maintenant qu'il l'avait retrouvée, il la mettrait de nouveau dans son lit.

Très bientôt.

Un mouvement attira son attention. Tournant la tête, il vit Brent Colby et Adam Palmer, ses grands amis, auprès des motos Guzzi qu'il avait fait importer en Nouvelle-Zélande afin que tous trois puissent revivre les frissons de leur folle jeunesse. Ils avaient parcouru un long chemin depuis que, adolescents indisciplinés, ils avaient passé leur soirée de remise de diplômes à sillonner à moto les alentours de leur prestigieuse école privée. Il fallait reconnaître que rien ne valait la sensation de voler au-dessus de la route, un moteur puissant entre les jambes.

Brent s'était fait tout seul et, si Draco ne lui avait déjà accordé toute son estime et son affection, il les aurait gagnées lorsqu'il avait perdu une fortune chèrement acquise pour la rebâtir, encore plus impressionnante qu'avant. Adam, cousin de Brent, avait des origines sociales différentes. Il provenait d'une famille de « vieil argent » néo-zélandaise, qui, si elle ne pouvait prétendre remonter aussi loin que la lignée Sandrelli, possédait tout de même un grand prestige. Les Palmer étaient très influents dans l'industrie néo-zélandaise, et leurs intérêts répandus dans le monde entier.

Penser à sa famille fit tomber un linceul de plomb sur les épaules de Draco. Car il ne dépendait que de lui que la lignée Sandrelli s'éteigne ou perdure. Comme son père malade le lui avait fait observer plus d'une fois ces derniers temps, il tenait entre ses mains le destin de sa famille. Ce qui rendait ses projets vis-à-vis de Julia d'autant plus intéressants. Car, pour peu qu'il obtienne qu'elle accepte de le revoir, il réussirait l'exploit de joindre l'utile à l'agréable.

Julia croyait s'être débarrassée de lui alors qu'elle n'avait fait que raviver son intérêt. Peu importait qu'elle croie pour le moment dominer la situation. Il savait qu'elle n'était pas plus capable de lui résister qu'il ne l'était de s'éloigner d'elle. Et il aurait été bien sot de laisser passer cette deuxième chance qui s'offrait à lui.

Le seul vrai problème était de savoir s'il arriverait à satisfaire le vœu le plus cher de son père avant qu'il ne soit trop tard. La dernière crise de M. Sandrelli avait été mineure, mais les médecins avaient prévenu qu'il pouvait subir une attaque grave, ou fatale, à tout moment.

Son père verrait son vœu réalisé, Draco en faisait le serment. Les Sandrelli régnaient sur cette partie du pays depuis des siècles. Et, même si le poids de la succession était tombé par défaut sur ses épaules, à cause de la mort de son frère dix ans plus tôt, il ne serait pas celui qui verrait leur fin. Son mariage avec Julia Carson donnerait à ses parents les petits-enfants qu'ils réclamaient, et, si l'on en jugeait par l'attirance incendiaire qui crépitait entre eux, ce ne serait pas trop difficile de parvenir au résultat.

Allons, songea-t-il avec un sourire. Il était temps d'aller chez Brent pour se désaltérer, et jouer aux cartes. Et sur le chemin du retour à Auckland, il aurait tout loisir de réfléchir à un plan.

2

— Il est encore là ! Ça fait sept soirs de suite, trésor.

Gustav, le serveur gay — et qui ne s'en cachait pas — venu transmettre une commande dans la cuisine, sourit à Julia tout en haussant comiquement un sourcil. Et le couteau de cette dernière glissa, heurta avec bruit la planche à découper, manquant de peu son doigt. Depuis la cérémonie commémorative, Draco s'était présenté tous les soirs au restaurant, pour dîner, seul. Ce soir, il était arrivé plus tard que d'habitude, et ne pas savoir s'il finirait par venir, ou s'il était reparti en Toscane, avait mis les nerfs de Julia à rude épreuve. La dispersion de son attention, combinée au fait qu'un cuisinier avait pris un congé pour maladie, avait provoqué un retard tout à fait inhabituel dans le service.

Ce n'était sûrement pas là le comportement d'un chef de restaurant primé, se dit Julia, tentant de se ressaisir. Elle ne devait avoir qu'une seule priorité, et ce n'était certainement pas Draco Sandrelli.

— Qu'a-t-il commandé ? demanda-t-elle en priant pour qu'il s'agisse d'un plat rapide à confectionner, qui lui permettrait de le voir partir rapidement.

— *Scaloppine alla Boscaiola*, avec petits légumes sautés. Pour un grand gars comme ça, je trouve qu'il mange léger. Je parie qu'il réserve son appétit pour d'autres domaines.

Et Gustav lui expédia un clin d'œil taquin avant de prendre

une commande qui attendait sous la rampe chauffante et de repasser les portes à doubles battants menant à la salle.

Julia poussa un soupir de soulagement. Le plat, à base de côte de porc et de champignons, était simple à préparer, de même que les légumes. Il faisait partie des nombreuses recettes qu'elle avait appris à confectionner durant son séjour culinaire en Toscane. Séjour durant lequel elle avait accompli un détour inattendu des marchés et des cuisines dans le lit de Draco…

Tout en faisant chauffer l'huile d'olive dans une poêle de fonte, Julia essaya de ne pas penser à ce détour. Ni à l'attirance invincible ressentie à l'instant où son regard avait croisé celui de Draco, à la descente du bus, devant le palazzo Sandrelli. Pas plus qu'elle ne voulait se rappeler la nostalgie poignante qui l'avait saisie devant ce lieu à la splendeur séculaire, avec ses marches usées par les pas des générations qui s'y étaient succédé. Elle aurait tant aimé connaître autour d'elle une telle continuité.

Quand ses parents s'étaient séparés, elle avait mené avec son père une existence nomade, voyageant d'une ville à l'autre, suivant le flot des touristes en période de vacances, pour trouver du travail. Le Carson avait été la seule constante de sa vie. C'était son foyer, son port d'attache. Et si elle voulait assurer sa survie, se rappela-t-elle sévèrement, elle ferait mieux de cesser de contempler les étoiles et de se mettre à l'ouvrage.

Elle mit les tranches de porc dans la poêle et s'occupa des légumes. Ce ne fut que quand elle disposa les escalopes sur une assiette qu'elle autorisa de nouveau ses pensées à divaguer vers Draco. Tous les soirs, selon un rituel immuable, il lui avait fait parvenir ses compliments. Selon les convenances, elle aurait dû aller le voir, et s'entretenir personnellement avec lui, mais elle redoutait trop de l'affronter. Elle redoutait trop ses propres sentiments.

Et s'il s'entêtait, comme il l'en avait menacée lors de la cérémonie commémorative ? Et s'il en voulait davantage ? Rien que de savoir qu'il se trouvait sous le même toit qu'elle la faisait frémir de la tête aux pieds, penser qu'il dînait seul, de l'autre côté des portes, mettait ses sens en ébullition. D'autant qu'elle savait qu'il attendait son heure. Les hommes comme Draco ne renonçaient pas si facilement ; elle le savait d'expérience.

Bizarrement, alors qu'elle jurait ne plus vouloir entendre parler de lui de sa vie, elle mourait d'impatience de connaître son impression sur son repas. Comme si son opinion comptait de quelque manière que ce soit ! se morigéna-t-elle, tout en apportant la touche finale aux desserts commandés par les six personnes de la dernière table occupée.

— Julia ?

Levant la tête, elle vit l'expression pleine de malice de Gustav.

— S'il te plaît, ne me dis pas qu'un bus chargé de touristes vient d'arriver et qu'ils réclament tous de l'osso bucco ! implora-t-elle.

Car l'osso bucco avait été terminé une heure plus tôt.

— Non, rien d'aussi simple. C'est M. beau gosse. Il tient à te parler *personnellement* devant un verre de porto.

Le cœur de Julia fit un bond dans sa poitrine.

— Et, bien sûr, tu lui as expliqué que c'était impossible ?

— Pas du tout. Je lui ai dit que tu arrivais.

— Gustav !

— Écoute, il est 23 h 30, le restaurant est pratiquement vide. Il ne reste à servir que les desserts et les cafés de la 10. Tout marche comme sur des roulettes. Alors, je ne vois pas pourquoi tu ne passerais pas quelques moments agréables avec lui avant la fermeture. Allez, va ! Il est temps de profiter de la vie !

Julia gémit silencieusement. Depuis sa rupture avec Rhys, et le licenciement immédiat de Rhys et Alicia — licenciement qui lui avait coûté très cher parce qu'elle n'avait pas respecté le droit du travail —, Gustav la poussait continuellement à se détendre et à voir du monde.

S'il savait, pensa-t-elle. Elle avait déjà eu tout le plaisir dont elle pouvait rêver. Et tout l'amusement qu'elle pouvait se permettre. Raison pour laquelle elle s'était jetée dans le travail dès sa descente de l'avion, quelques semaines plus tôt.

Gustav tira sur les cordons du tablier de Julia et arracha le mince carré de lin de ses hanches. Après quoi, il lui tendit le tube de rouge à lèvres qu'elle gardait dans un tiroir en prévision de ses rencontres avec les clients.

— Va, insista-t-il. Ça ne te tuera pas. Écoute, trésor, si je pensais avoir ma chance, je serais déjà à sa table ! Mais il a très clairement fait comprendre que c'était toi, et toi seule, qu'il voulait !

À contrecœur, Julia prit le tube et s'enduisit les lèvres de fard.

— Là, tu es content ? demanda-t-elle d'un ton irrité.

— Pas tout à fait, chérie.

Il retira la toque qui maintenait ses cheveux et les ébouriffa doucement.

— Voilà, maintenant, je suis content.

Sur ces mots, il la prit par les épaules et la poussa vers la salle du restaurant.

— Ne t'inquiète pas pour la cuisine. Nous nous occupons de tout. Profite juste du moment.

Comme la porte se refermait derrière elle, Julia aurait juré entendre les applaudissements étouffés des membres de son personnel. Comme elle jetait un rapide regard derrière elle, à travers le hublot de la porte, elle vit Gustav esquisser une révérence. Ravalant un sourire, elle tourna son attention vers l'homme qui attendait à une table à l'écart, dans le renfoncement d'une baie vitrée de la vieille villa.

En voyant Julia avancer vers lui, Draco se leva. L'espace d'un instant, il s'était demandé si le serveur ne lui avait pas donné de faux espoirs en affirmant que Julia allait le rejoindre. Mais elle était là. Enfin.

Il la détailla du regard, prenant note de la lassitude qui crispait ses traits. Elle ne possédait pas une beauté classique, mais l'arc fourni des cils bruns au-dessus des yeux sombres et la ligne droite du nez donnaient du caractère à un visage qui aurait pu, par ailleurs, passer pour ordinaire.

Elle marchait avec une grâce naturelle malgré la grosse veste et le pantalon ample — uniforme de rigueur chez les chefs néo-zélandais —, qui dissimulaient sa longue et mince silhouette, et ses seins si parfaits dont, il l'aurait parié, les pointes roses s'étaient dressées. Une soudaine rougeur monta à ses pommettes bien dessinées, et ses yeux brillèrent de la flamme d'une passion qui, il le savait, répondait à la sienne.

L'anticipation faisait battre le cœur de Draco. À la fin de la soirée, Julia serait dans son lit. Il le savait aussi précisément qu'il connaissait les collines et les vallées de son corps. Et il mourait d'impatience de la sentir sous lui, de nouveau. Il restait tant de travail inachevé entre eux…

Julia Carson apprendrait à ses dépens qu'on ne pouvait le fuir sans s'attendre à être poursuivi.

S'il avait suivi son instinct, il l'aurait prise par la main, entraînée à sa voiture. Il aurait roulé à tombeau ouvert vers son appartement de Viaduct Basin. Là-bas, il l'aurait déshabillée, offerte à son regard, à son désir. Et il aurait satisfait leur envie, à tous deux.

Il frissonna, plein du regret de devoir renoncer temporairement à ce beau programme. Elle avançait vers lui avec la grâce d'une gazelle prête pour la fuite, et l'effaroucher était bien le dernier de ses souhaits. Elle lui avait échappé une fois, à lui de s'assurer qu'elle ne réitérerait pas l'expérience.

Elle s'arrêta à hauteur de la table et lui tendit la main.

— Il paraît que vous avez apprécié le repas, monsieur Sandrelli.

Draco sourit. Il vit alors les pupilles de Julia se dilater, ses lèvres se pincer devant le peu d'effet que produisait sur lui sa tentative de rester sur un plan strictement professionnel.

Il lui prit la main, et l'attira à lui afin de la gratifier d'un baiser sur chaque joue, à la manière européenne. Après quoi, il l'invita d'un geste à prendre place sur le siège voisin du sien.

— J'apprécie toujours les fruits de ton labeur, Julia. Tes talents culinaires ne sont surpassés que par tes…

— Veux-tu boire quelque chose ? coupa-t-elle hâtivement. Gustav a mentionné un porto. Est-ce ce que tu désires ?

Elle faisait déjà le geste de se lever, mais il lui saisit fermement la main.

— Reste. Gustav va nous apporter nos boissons. Je voudrais d'abord disposer d'un peu de temps avec toi. Pour parler.

— Si tu y tiens, dit Julia à contrecœur.

— Tu as tiré parti de ton séjour en Toscane. Le plat que tu as servi ce soir, tu as appris à le cuisiner chez Lucca, *si* ?

— Oui. J'ai ajouté quelques recettes toscanes à notre menu. Elles rencontrent un franc succès.

— J'ai l'impression que tu te surmènes, Julia. Tu sembles fatiguée.

Doucement, il posa une main sur sa joue et caressa du pouce le cerne bleui sous son œil.

En tressaillant, elle s'écarta, brisant le contact.

— Je vais bien. De toute façon, mes choix ne regardent que moi.

Ah ! voilà, on y était. Elle ressortait son grossier système de défense.

— Possible, mais tout le monde a besoin d'un peu de répit de temps à autre. Dis-moi, *cara mia*, que fais-tu pour te détendre ?

— Pour l'amour du ciel, Draco ! Je reviens juste de vacances ! Je n'ai pas besoin de me détendre comme tu dis.

Il émit un reniflement peu élégant.

— Des vacances ? Allons, Julia, il s'agissait d'un séjour culinaire. Difficile d'appeler ça des vacances. Sauf pour ce qui était de…

— Ah ! voilà le porto, interrompit Julia, prenant les verres de cristal que Gustav apportait sur un plateau.

Notant la curiosité qui brillait dans l'œil du serveur, elle le chassa du regard.

— Tiens, dit-elle à l'intention de Draco. *Salute* !

Draco prit le verre qu'elle lui tendait, et le posa devant lui. Il voyait clair dans son jeu. Elle s'imaginait qu'en obtenant qu'il boive son porto, elle couperait court à la conversation et se débarrasserait de lui ensuite. Elle était bien loin du compte ! Quand il quitterait le restaurant, tout à l'heure, elle l'accompagnerait. Docile et consentante.

Il joua avec le pied du verre, admirant la pureté du cristal. Il fallait avouer que Julia ne lésinait pas sur la qualité. Ameublement, vaisselle, décoration, partout le raffinement était au rendez-vous. Non, vraiment, Julia Carson ne faisait pas les choses à moitié, et il appréciait beaucoup ce trait de caractère.

Quand elle but une gorgée de porto, l'alcool laissa un léger voile sur ses lèvres, et, comme elle y promenait le bout de sa langue pour les essuyer, les doigts de Draco se crispèrent instinctivement sur son verre. Il mourait d'envie de la voir avaler une autre gorgée, afin de pouvoir se pencher, et goûter le porto sur ses lèvres du bout de sa propre langue.

— Que veux-tu de moi, Draco ? demanda-t-elle brusquement, le prenant de court. Que dois-je faire pour que tu me laisses tranquille ?

Tentant de ne pas se laisser distraire par la pointe de désir qui le tenaillait, il déclara :

— Qu'est-ce qui te fait croire que j'abandonnerai la partie ?

Elle secoua la tête.

— Allons, je sais bien que tes affaires te réclament en Toscane. Depuis combien de temps es-tu là, déjà ? Une semaine ? J'imagine que tu ne peux guère t'attarder plus longtemps. Tout ce que je veux, c'est faire en sorte d'accélérer ton départ.

— Viens avec moi.

— Au palazzo ? Je suppose que tu plaisantes ?

En réalité, c'était son but. Il voulait qu'elle revienne là où était sa place, près de lui. Mais, en attendant, il se satisferait de demi-victoires.

— Viens chez moi, ce soir.

Il prit sa main, et la porta doucement à ses lèvres. Et le contact lui causa un choc semblable à une décharge électrique. Décidément, le courant passait toujours entre eux avec autant d'intensité.

— Juste ce soir ? demanda-t-elle d'une voix légèrement tremblante. Et après, tu me laisses tranquille ?

C'était un début. Il inclina la tête.

— Tu m'as manqué, Julia. Laisse-moi te montrer à quel point.

— Je… je ne sais pas si…

— Je ne suis pas homme à supplier, *cara mia*. Mais, tu vois, je te supplie maintenant. Tu ne peux pas combattre notre mutuelle attirance. Tu dois même admettre que ce qui se passe entre nous est rare et précieux. Je suis sûr que tu n'as partagé ça avec personne, pas même avec Rhys. Je me trompe ?

Il sentit les doigts de Julia frémir dans les siens, et sut qu'elle était à lui.

Pour ce soir, du moins.

— D'accord, juste pour ce soir, dit-elle enfin. Attends-moi, je prends quelques affaires.

— Prends tout ce que tu voudras, afin de rester chez moi le plus longtemps possible.

Elle lui retira sa main.

— Non. Je n'emporte d'affaires que pour une nuit. Donne-moi ton adresse, s'il te plaît. Je vais prendre ma voiture.

— Inutile. J'ai une voiture avec chauffeur à ma disposition. Où habites-tu ?

Déjà Draco s'était levé. Il voulait faire vite, de crainte que Julia ne change d'avis.

— À l'étage. J'y occupe un petit appartement. L'escalier aboutit à l'arrière de la cuisine.

— Je t'attends ici.

Il se pencha et effleura ses lèvres d'un baiser. Fatale erreur, car à la seconde où il sentit le souffle chaud de Julia sur ses lèvres, il lui sembla que ses sens s'embrasaient. Ce qui était supposé n'être qu'une innocente caresse provoqua une éruption volcanique dans tout son corps. Alors, loin de s'écarter comme il l'avait prévu, il referma sa main sur le cou de Julia, ses doigts s'emmêlant dans les cheveux de sa nuque, et il lui inclina la tête pour l'embrasser. Avec un petit cri plaintif, elle écarta les lèvres, et sa langue s'empressa au-devant de la sienne. Le goût affolant de la bouche de Julia faisait battre son pouls sur un rythme frénétique.

Il en avait été ainsi au premier contact. Il avait éprouvé le même besoin dévorant d'obtenir davantage d'elle. De prendre ce qu'elle avait à lui offrir et de le lui rendre au centuple. Jamais il n'avait connu un tel état de passion, pas même avec Marcella. Et la constatation était à la fois inquiétante et séduisante.

La réaction si spontanée de Julia lui fournissait les réponses aux questions qu'il s'était posées. Il avait eu raison de la poursuivre, raison d'attendre le bon moment pour agir. L'alchimie opérait sa magie, sur elle, comme sur lui. Son plan d'être présent, chaque soir, au restaurant, et de ne pas prendre contact avec elle, de ne pas la toucher, avait marché au-delà de toutes ses espérances. Bien sûr, la démarche avait un côté calculateur. Seulement, il n'avait pas trouvé d'autre moyen de lui prouver que leur attirance mutuelle ne devait pas être ignorée, mais qu'elle était là, au contraire, pour qu'on s'y abandonne.

Dio ! Jamais il ne se rassasierait d'elle, se dit-il en mordillant sa lèvre. Il en savoura le contact ferme et souple, absorba avec délice le cri de ravissement qui émanait de sa gorge.

Un cliquetis de vaisselle le ramena soudain à la réalité. Une dernière fois, ses doigts testèrent la douceur de sa nuque avant qu'il ne s'oblige à la lâcher.

— Dépêche-toi, je ne veux pas perdre un instant, dit-il d'une voix si basse que seule Julia pouvait l'entendre.

Elle vacilla légèrement, comme sur le point de perdre l'équilibre. Et, à dire vrai, il ne se sentait pas beaucoup plus assuré sur ses jambes.

Cependant, se ressaisissant, sur un petit signe de tête, elle s'éloigna d'un pas décidé.

3

— Il fait chaud ici, ou ça vient de toi ? demanda Gustav en s'éventant de manière théâtrale, alors que Julia poussait les portes à battants de la cuisine et se dirigeait vers le fond de la pièce.

— La ferme, Gustav ! Tu peux être content de toi. Tu as obtenu ce que tu voulais.

— À vrai dire, pas *exactement*. Mais toi, oui. Ça paraît évident. Va, Julia, il est temps. Et pars l'esprit tranquille. Je fermerai le restaurant.

La main sur la poignée de la porte, Julia hésita.

— Que veux-tu dire par : « Il est temps » ?

— Tu sais bien. Depuis cette histoire avec Rhys et Alicia, c'est comme si ton enthousiasme pour le restaurant s'était envolé je ne sais où.

Était-elle si transparente ? La rupture avec Rhys, à laquelle s'était surajoutée la trahison d'Alicia, et la bataille juridique qui s'était ensuivie, à cause de l'illégalité de leur renvoi, l'avaient épuisée. Cependant, pas un instant elle n'avait songé que cette lassitude retentirait sur son travail, et, par ricochet, sur le restaurant.

— Depuis ton retour d'Italie, poursuivit Gustav, on dirait qu'il y a une nouvelle vie en toi, et ça se ressent dans ta cuisine, partout. Tout le monde est plus heureux. C'est une très bonne chose et, tout à fait franchement, si c'est ce type qui a eu cette influence sur toi, alors je lui adresse toutes mes félicitations ! C'est lui, n'est-ce pas ? Celui que tu as rencontré au cours de ton voyage ?

— Oui, c'est lui. Tu ne crois pas que je commets une erreur ?

— Une erreur ? Tu plaisantes ! File d'ici avant que je ne te le fauche !

— Merci, Gustav, je te revaudrai ça.

Julia poussa la porte et grimpa l'escalier arrière qui menait à l'appartement de l'étage lui tenant lieu de foyer quand elle ne travaillait pas.

D'un placard, elle sortit un sac de voyage, y plaça affaires de toilette et vêtements de rechange, puis elle échangea prestement sa tenue de travail contre un pull et une jupe de coton à l'ourlet asymétrique. Ensuite, elle passa de jolies sandales à talons plats. Elle aurait aimé avoir le temps de prendre une douche afin de se débarrasser des odeurs de cuisine, mais elle avait la nette impression que Draco la prendrait sous son bras, et la jetterait mouillée et nue dans sa voiture si elle le faisait attendre plus longtemps.

Un élancement de désir fit frémir tout son corps. Un baiser, il avait suffi d'un baiser pour la mettre sens dessus dessous, et la faire frissonner dans l'attente des délices sensuels promis par ses baisers voluptueux et ses caresses habiles.

Elle éteignit rapidement les lumières et ferma la porte derrière elle. Ses sandales claquaient sur les marches de bois tandis qu'elle descendait l'escalier en toute hâte.

Pour rejoindre Draco.

À la seconde où elle pénétra dans la salle du restaurant, Draco se leva, et son estomac se contracta. Ne commettait-elle pas une erreur ? Gustav ne semblait pas le penser. Et Draco encore moins. Cependant, il ne fallait pas oublier qu'elle se remettait tout juste d'une grosse déception. Elle connaissait la violence de la flamme qui les avait dévorés en Italie. Elle était même partie avant que celle-ci ne cause de sérieux dégâts. Cette nuit, qu'elle avait accepté de passer avec lui, ne la laisserait-elle pas blessée et pleine de regrets ? Pire, parviendrait-elle seulement à s'éloigner de lui, le matin venu ?

Mais Draco ne lui laissa pas le temps de la réflexion. En un instant, il l'avait prise par le bras pour la pousser à l'extérieur, puis ils s'étaient assis dans la limousine qui s'était approchée doucement du bord du trottoir à l'instant où il avait mis le pied hors du Carson. Julia avait l'impression d'être une boule de nerfs hypersensibilisée au pouvoir contenu et à la force de l'homme assis près d'elle.

Draco jeta un ordre bref en italien. Le chauffeur actionna la commande remontant la vitre fumée qui le séparait des passagers arrière et, démarrant doucement, se glissa dans la circulation, fluide à cette heure tardive, de Ponsonby Road.

Julia posa une main sur la cuisse de Draco et y promena ses doigts. Aussitôt, elle sentit ses muscles se contracter sous le léger contact.

— Ne fais pas ça, dit-il d'une voix étranglée. Si tu me touches maintenant, je ne pourrai pas me retenir, et je me suis promis d'attendre que nous soyons dans mon appartement.

Le souffle de Julia se bloqua dans sa poitrine, et elle sentit frémir d'anticipation un endroit bien précis, dans le bas de son ventre. Elle remit sa main sur ses genoux, tout en cherchant le regard de Draco dans la pénombre de la voiture. Savoir qu'elle pouvait l'affecter aussi profondément était grisant. Alors que, en Toscane, la force de ses sentiments l'avait effrayée, jetée hors du lit de Draco et expédiée sur le pénible vol de retour depuis l'Europe, à présent, plus rien ne lui faisait peur.

Le trajet du Carson à Viaduct Basin ne prit que dix minutes, et pourtant, quand le chauffeur gara la voiture sur le parking de l'immeuble, Julia se disait qu'elle ne supporterait pas d'attendre une minute de plus pour se retrouver seule avec Draco.

Le chauffeur vint ouvrir sa portière, et la lui tint. Comme elle descendait du véhicule, elle entendit les deux hommes entretenir une brève conversation en italien avant que le chauffeur et la limousine ne s'évanouissent dans la nuit.

Un frisson de malaise courut le long de son dos pendant

qu'elle attendait, sous le porche de l'immeuble situé en front de mer. Où avait-elle la tête ? Une semaine plus tôt, elle assurait à Draco qu'il n'était qu'un amant de passage. Quinze jours auparavant, elle l'avait quitté, bien décidée à ne pas succomber à son charme et, malgré tout ça, elle s'apprêtait à aller de nouveau au lit avec lui.

Mais soudain, une émotion toute différente l'assaillit, une émotion qui n'avait rien à voir avec sa nervosité, et tout avec l'expression de désir primitif se lisant sur le visage de celui qui venait vers elle.

Malgré son air farouche, il ne la toucha pas. Sans mot dire, il ramassa son sac que le chauffeur avait déposé sur le trottoir, et se dirigea vers la porte d'entrée. Julia le suivit, un peu déconcertée par son silence. Aurait-il, par hasard, changé d'avis ?

Tout le long du chemin jusqu'à son appartement, elle sentit peser sur elle son regard brûlant. Brièvement, elle leva la tête pour croiser son regard, et ravala convulsivement sa salive sous l'intensité de la passion qui brûlait dans les prunelles émeraude.

Les portes de l'ascenseur s'ouvrirent dans un chuintement, et Julia suivit Draco dans le couloir revêtu d'une épaisse moquette. Tout au bout, se dressait une imposante porte à doubles battants. En glissant une carte magnétique dans un boîtier, il en commanda l'ouverture et, s'effaçant, lui fit signe d'entrer.

Tout en pénétrant dans une vaste entrée au parquet luisant, elle entendit vaguement la porte se refermer derrière elle. Il y eut le son étouffé de son sac que Draco posait au sol, et puis, elle sentit une main impérieuse lui enlacer la taille et se poser sur son ventre. Des bras puissants l'enveloppèrent, une bouche chaude et humide se posa au creux de son cou, et une langue traça un chemin exquis vers son oreille.

Le sexe en érection de Draco se pressait contre ses fesses et, quand elle remua, son geste lui arracha un grondement guttural.

Il la fit pivoter pour qu'elle se retrouve face à lui, et insinua sa cuisse entre ses jambes, frottant délicieusement cette partie enflammée d'elle-même qui implorait qu'il la touche. Julia se retrouva plaquée contre le mur lambrissé derrière elle. Elle posa ses bras sur les épaules de Draco avant de glisser ses doigts dans ses cheveux pour attirer sa bouche sur la sienne.

Brusquement, tout le désir refréné ces dernières semaines fusa sous l'assaut fougueux des lèvres de Draco. L'espace et le temps s'anéantirent. Plus rien n'existait que cet instant, et cet homme. Une nuit. Elle lui donnerait une nuit. Ce serait la dernière, mais la meilleure.

La jupe de Julia se souleva sous la poussée des mains de Draco. Il fit remonter ses mains le long de ses jambes, leurs larges paumes sculptant ses cuisses avant d'agripper la rondeur des fesses et de la plaquer contre la ligne dure de son érection. Et le plaisir tourbillonna dans son propre sexe, prélude aux délices à venir.

Ils agissaient de façon insensée, mais Julia avait perdu l'usage de la raison. Draco prenait possession de ses sens, de ses pensées, et de son corps. Quand il baissa son slip, et glissa la main en coupe entre ses jambes, ses doigts habiles s'insinuant dans son sexe humide de son désir pour lui, elle frissonna longuement. Il la frotta du dos de la main, et elle cria tandis que des petites fusées de volupté explosaient en elle.

— S'il te plaît, implora-t-elle. Encore !

Elle entendit ces mots qui restaient suspendus dans l'air, pleins d'un désir qui s'affirmait sans honte, et elle sentit qu'elle ne pouvait différer plus longtemps l'instant de l'assouvissement. Elle tâtonna à la recherche de la ceinture de Draco, défit la boucle et fit glisser la fermeture de son jean. Alors, telle une véritable furie rendue folle par le désir, elle glissa la main sous la ceinture du boxer, pressée de sentir la douceur satinée de son sexe dans sa main.

À l'instant où elle le libéra du carcan de ses vêtements, il la souleva contre le mur. Aussitôt, elle referma ses jambes sur sa taille et affermit sa prise tandis que, sans la lâcher, il sortait un préservatif de sa poche. Il l'enfila, puis Julia glissa une main entre eux pour le guider vers son sexe et, d'un puissant coup de reins, il les réunit de la plus intime façon qui soit.

Elle s'agrippa à ses épaules pendant qu'il plongeait en elle, ressortait, l'assiégeait, l'amenait par vagues de plus en plus brutales toujours plus près de la jouissance. Et soudain, un flot de sensations l'emporta dans son tourbillon. Son corps se convulsa autour de lui, ses ongles s'enfoncèrent dans ses épaules, et ses cuisses serrèrent comme un étau les hanches de Draco.

Avec un sourd cri de triomphe, il plongea à son tour dans le torrent de plaisir qui les emportait, l'écrasant de tout son poids contre le mur, sa respiration forte et saccadée, son cœur tambourinant dans sa poitrine.

Lentement, Julia reprit conscience de l'endroit où elle se trouvait. Pour l'amour du ciel ! Ils n'avaient pas fait trois pas depuis la porte ! Heureusement que Draco avait eu la présence d'esprit de la refermer derrière eux. Tout son corps tremblait des suites du plaisir, elle haletait encore de façon désordonnée.

— J'ai l'impression d'avoir manqué de délicatesse, chuchota Draco à son oreille.

— J'en ai aussi l'impression, répondit-elle en effleurant son cou de ses lèvres.

Caresse dont il la récompensa en s'arc-boutant contre elle, envoyant une nouvelle secousse de plaisir déferler sur son corps.

— Je me rattraperai, tu verras, dit-il.

— Je ne crois pas pouvoir en supporter davantage. C'était si… si…

Les mots lui manquèrent pour exprimer sa pensée.

— Si libérateur ? suggéra Draco.

Il avait raison ; l'acte sexuel avait été libérateur. Malgré l'heure tardive et le fait qu'elle avait passé toute la soirée debout, devant ses fourneaux, elle se sentait toute revigorée. Et soudain, elle se rendit compte qu'elle attendait avec impatience que Draco tienne sa promesse de réitérer l'opération avec plus de douceur.

Il la souleva légèrement pour se séparer d'elle. Détachant ses jambes de sa taille, elle les laissa glisser à terre, et eut la stupéfaction de constater qu'elle tenait encore debout. Sa jupe se rabattit sur ses cuisses quand elle s'écarta du mur. Pendant ce temps, Draco se rajustait.

— Viens, dit-il. Je crois qu'une douche nous fera le plus grand bien.

Julia ramassa son sac et se laissa conduire par la main à travers l'appartement. D'immenses baies offraient une vue inoubliable sur le port et sur Viaduct Basin. Les lumières des immeubles, des yachts de luxe et des bateaux de croisière amarrés dans le port se reflétaient en une myriade d'étoiles dans les eaux noires de l'océan. La vue paraissait irréelle, tout comme paraissait irréel le fait qu'elle vienne de s'abandonner à une passion qu'elle commençait tout juste à reconnaître.

Draco lui fit traverser la salle de séjour puis la poussa dans sa chambre et, encore plus loin, dans la salle de bains. Une pièce sobre, dont les murs gris tourterelle adoucissaient le noir du marbre des tablettes et des carreaux du sol.

Julia posa son sac sur un plan de marbre tandis que Draco manipulait les boutons de la massive cabine de douche. Quand il se retourna, même sans l'évidence de son érection visible sous le pantalon, à son expression, elle aurait pu dire qu'il la désirait de nouveau. Il prit son visage dans ses mains et l'embrassa, doucement cette fois, prenant le temps de savourer à fond la douceur de ses lèvres avant de s'écarter.

Il saisit alors le bas du pull de Julia et le fit passer par-dessus sa tête. Du doigt, il suivit le motif de dentelle rose de son soutien-gorge, effleura le léger renflement du mamelon avant de pencher la tête pour poser ses lèvres là où son doigt s'était promené.

D'une main experte, il défit l'agrafe du dos, et le sous-vêtement qui avait si bien su parer Julia glissa pour la révéler à son regard avide.

— Tu es si belle, si parfaite, murmura-t-il en faisant rouler les pointes de ses seins entre le pouce et l'index avant de pencher sa tête brune pour lécher d'abord un bouton, puis l'autre du bout de la langue.

Il glissa les mains autour de sa taille pour dégrafer sa jupe qui tomba à terre avec un bruit sourd, bientôt suivie de sa culotte de dentelle. Elle était maintenant debout devant lui, uniquement vêtue de ses sandales. Il s'agenouilla devant elle, et elle posa ses mains sur ses épaules tout en lui tendant un pied pour qu'il défasse la boucle de la cheville. Leurs gestes étaient mesurés, délibérés, en total contraste avec le déchaînement de passion de leur précédente étreinte. Mais, tout au fond d'elle-même, Julia sentait renaître la flamme, et elle comprit que la promesse de se rattraper de Draco allait donner des résultats spectaculaires.

Quand elle fut complètement nue, il se débarrassa à son tour de tous ses vêtements, à la hate. Puis il la poussa dans la cabine de douche et dirigea les multiples jets sur son corps.

— Oh ! que c'est bon, gémit Julia comme les jets massaient son dos.

En souriant, Draco versa du gel douche dans ses mains et entreprit d'étaler le produit sur les épaules de Julia et le long de ses bras, puis il remonta aux épaules. Il répéta plusieurs fois le mouvement avant de faire courir délicatement ses mains sur sa poitrine. Alors, il prit ses seins en coupe et les manipula avec tendresse.

Avant Draco, Julia n'avait jamais eu l'impression de posséder assez d'avantages pour satisfaire un homme. Tous ceux qu'elle avait connus avant de le rencontrer l'avaient taquinée sur la modestie de la taille de ses seins. Pas méchamment, bien sûr, mais cela suffisait à raviver le douloureux souvenir des railleries entendues à l'adolescence. Cela suffisait à lui donner le sentiment de n'être pas une vraie femme. Pourtant, sous les caresses de Draco, elle ne doutait pas d'avoir tout ce qu'il fallait pour lui plaire. L'intérêt qu'il portait à ses seins, à leurs pointes durcies, ne laissait planer aucune ambiguïté à ce sujet.

Il reprit du gel douche et continua ses soins, glissant une main vers le bas de son corps pour l'inciter à écarter les jambes. Puis, doucement, il la lava d'une façon terriblement intime, d'une manière qu'elle n'avait jamais expérimentée avec un autre. Mais, bien sûr, Draco Sandrelli n'était semblable à aucun autre, et c'était précisément pourquoi il la fascinait et la terrifiait à la fois.

Ce serait si facile de succomber à son charme, à son habileté sexuelle… Si facile de se perdre dans ses beaux yeux verts. Non, quels que soient les délices qu'il lui réservait, et elle savait qu'elle ne serait pas déçue, elle devait rester forte. Elle prendrait ce qu'il lui offrait ce soir et, ensuite, retournerait à la vie qu'elle avait choisie.

Un frissonnement de plaisir monta en elle, simples prémices de ce que les caresses de Draco lui promettaient, elle le savait. Il glissa ses mains sur ses fesses, les malaxa doucement, avant de descendre vers ses cuisses. Alors, il se laissa tomber à genoux, ses mains continuant de caresser amoureusement ses jambes, et elle s'émerveilla d'arriver à rester debout quand il approcha sa bouche du creux de ses cuisses et posa ses lèvres sur le renflement si sensible du sexe.

La langue de Draco se darda vers le cœur de son être, d'abord délicatement, puis avec plus d'insistance. Julia referma ses doigts sur ses cheveux, l'attirant à elle comme il accentuait la pression, puis la relâchait afin d'attiser sa flamme.

Quand il se mit à la lécher, les jambes de Julia tremblèrent, tout juste capables de supporter son poids. Les sensations voluptueuses se succédaient, aiguës, intenses. Brusquement, elle laissa sa tête retomber en arrière, et un cri de plaisir jaillit du fond de sa gorge pendant que l'orgasme la faisait exploser en mille morceaux.

Draco se redressa, et soutint Julia dont le corps était agité de frémissements nerveux. Il éprouvait un vrai bonheur de pouvoir réveiller sa passion et lui donner autant de plaisir. Il découvrait, extatique, chez cette femme si hermétiquement refermée sur elle-même, une sauvage sensualité. Quel gâchis qu'elle déverse cette passion dans son travail alors qu'elle aurait pu régner sur l'univers si seulement elle l'avait voulu !

Il ferma les robinets de la douche, et la souleva dans ses bras. Elle était si mince, elle ne pesait pas plus qu'une plume. Elle avait dû perdre du poids depuis son retour d'Italie, estima-t-il. Et pourtant, elle était déjà si mince alors qu'elle pouvait difficilement se permettre d'en perdre. Mais la connaissant comme il croyait la connaître, il imaginait sans peine qu'elle s'était jetée de façon effrénée dans l'action. Et s'il ne se trompait pas, elle était au bord de l'épuisement. D'ailleurs, il n'était pas normal que leurs ébats sexuels l'aient laissée si molle et si brisée dans ses bras.

Il l'enveloppa dans une épaisse serviette gris tourterelle et la sécha avec un soin minutieux.

— Draco ?

Au son de sa voix, il leva les yeux.

— Oui ? fit-il tout en s'emparant d'une serviette propre pour lui sécher les cheveux.

— Tu vas prendre froid, sèche-toi plutôt que de t'occuper de moi.

Il sourit.

— Plus tard. Pour le moment, il faut te reposer. *Si* ?

— Je suis navrée. Je…

Il posa un doigt sur ses lèvres.

— Chut…

Il la guida vers la chambre et repoussa la couette de duvet et le drap de coton frais avant de la pousser doucement sur le lit. Elle n'était pas plus tôt allongée qu'elle s'endormait, ce qui le conforta dans l'idée qu'elle se surmenait. Il fallait tout de même plus que la langueur d'après l'amour pour provoquer chez elle une pareille somnolence.

Il jeta sa serviette humide dans un coin de la chambre et grimpa dans le lit à côté d'elle. La tête posée sur sa main, il l'observa pendant qu'elle dérivait dans un sommeil de plus en plus profond. À la fin, il éteignit les lumières, s'installa confortablement sur son oreiller et, prenant Julia contre lui, tira le drap sur eux avant de sombrer à son tour dans le sommeil.

*
* *

Ce fut un contact léger comme une plume qui l'éveilla, deux heures plus tard. À un moment de la nuit, Julia avait échappé à son étreinte et il avait roulé sur le ventre, position qui devenait de plus en plus inconfortable à mesure que son corps réagissait à ses caresses.

Agenouillée près de lui, Julia faisait aller ses doigts le long de ses jambes si légèrement que parfois ils le frôlaient, parfois ils s'en écartaient. Elle l'avait exploré des chevilles au creux de ses genoux et, maintenant, elle remontait vers les cuisses. Un afflux de sang pulsa dans le sexe de Draco quand elle se mit à effleurer l'intérieur de ses cuisses dans un lent mouvement de va-et-vient. Chaque fois, elle remontait un peu plus haut et il sentait sa peau se couvrir de chair de poule dans l'anticipation de son prochain geste.

Le matelas bougea presque imperceptiblement quand elle se déplaça, et s'assit sur lui, maintenant ses jambes prisonnières du poids de son corps. Il sentait ses fesses fermes sur ses cuisses, la chaleur de son sexe contre sa peau nue. Et c'était à la fois une torture et un régal.

Elle caressait maintenant plus fermement la longue ligne des muscles, de chaque côté de l'épine dorsale, s'arrêtant ici et là pour reprendre ses caresses légères comme une plume qui menaçaient de le rendre fou. Il crispa ses poings sous l'oreiller pour résister à l'envie de la saisir, de la faire basculer sous lui et de lui rendre la pareille.

— Es-tu réveillé ? demanda-t-elle d'un ton moqueur.

Il sourit.

— Oui, je suis réveillé, murmura-t-il tandis que les doigts de Julia descendaient plus bas, toujours plus bas, jusqu'à atteindre la naissance des fesses.

Il la sentit remuer sur ses jambes.

— Dans ce cas, tu ferais mieux de te retourner, conseilla-t-elle.

Sans se faire prier, il obtempéra, et sa respiration se fit

sifflante quand elle empoigna son membre dressé et le caressa tout en tendant l'autre main vers le préservatif qu'elle avait eu soin de placer sur la table de nuit. Sur les charbons ardents, il la regarda déchirer la pochette avec ses dents, sortir la protection de son emballage et la mettre en place avec soin.

Quand elle se dressa au-dessus de lui, au-dessus de son sexe gorgé de désir, il la saisit par les hanches.

— Laisse-moi faire, chuchota-t-elle en posant ses mains sur les siennes. À mon tour de m'occuper de toi.

Il n'avait pas pour habitude d'abandonner la maîtrise des opérations à un autre, que ce soit dans un bureau ou au lit. Mais, si Julia y tenait, il se plierait à sa volonté. Quand elle abaissa un peu son corps pour prendre seulement l'extrémité de son sexe en elle, il crut devenir fou. Son instinct mâle lui commandait de prendre les choses en main, de se ficher en elle, et de les amener tous deux au fulgurant plaisir qui, il le savait, les attendait. Et ce fut au prix d'un héroïque effort qu'il réussit à demeurer passif.

Un gémissement rauque émana de sa gorge quand elle inclina les hanches, le prenant un peu plus profondément en elle, puis encore un peu plus, jusqu'à ce que, enfin, il se retrouve exactement là où il rêvait d'être, c'est-à-dire au plus intime d'elle-même. Il la sentait se contracter autour de lui, puis relâcher la pression tout en faisant aller et venir ses hanches très souplement. Puis elle accéléra le rythme jusqu'à ce qu'un voile de sueur couvre leurs corps.

Incapable de se retenir de la toucher plus longtemps, il tendit les mains, et ses doigts se refermèrent sur les globes menus de ses seins, les pressèrent alors qu'elle se projetait en avant, titillant de ses pouces les pointes dressées. Et puis, il perdit tout contrôle de lui-même et le plaisir déferla sur lui avec la violence d'un raz-de-marée. D'un coup, il se projeta vers le haut et fut récompensé par le cri de bonheur de Julia. Il sentit ses spasmes se déclencher autour de lui, encore et encore, et son corps trembla.

Il la soutint tandis qu'elle jouissait pour finir par l'allonger sur lui. Paresseusement, il lui caressa le dos, savourant le sentiment d'achèvement qui s'infiltrait par tout son corps.

Au bout d'un moment, Julia se redressa et s'occupa de lui ôter le préservatif. Un geste tout simple, mais qu'aucune femme n'avait pris la peine de faire pour lui. Quand elle revint dans la chambre, elle grimpa sur le lit et se nicha étroitement contre lui. Rassuré de savoir qu'elle le désirait tout autant qu'il la désirait, Draco se laissa glisser dans le sommeil.

4

Julia s'éveilla au bruit que faisait Draco en se déplaçant dans la chambre. Gardant les yeux fermés, elle s'efforça de continuer à respirer régulièrement. Elle n'avait pas envie de l'affronter. Pas maintenant. Pas à la froide lumière du jour. Elle avait donné son accord pour une nuit, mais, le connaissant, elle se doutait qu'il exigerait davantage. Et il n'était pas du genre à accepter un refus.

Elle entendit le doux chuintement d'un tiroir qui se refermait, puis le bruit étouffé de ses pas sur l'épaisse moquette, et elle attendit que la porte de la salle de bains se referme pour ouvrir les yeux. Elle éprouvait un irrésistible besoin de s'enfuir.

Oui, cette nuit d'amour avait été proprement magique, mais Draco n'accepterait pas que l'histoire s'arrête là. Il en voudrait toujours plus, il aurait toujours *besoin* de plus. À cause de la position qu'il occupait chez lui, en Italie, on s'attendait à ce qu'il fonde une famille. Or, Julia n'était pas du tout la femme qu'il lui fallait. Et, d'ailleurs, elle n'avait aucune envie d'être cette épouse. Elle n'avait rien à offrir à un homme.

L'échec de sa relation avec Rhys le prouvait amplement. Et si elle se référait à la vie sentimentale passablement tumultueuse de son père, de ce côté non plus, ce n'était pas concluant. Non, mieux valait ne pas s'engager dans cette voie. De plus, comment une fille élevée dans son milieu parviendrait-elle à s'adapter aux traditions ancestrales qui avaient cours dans la famille de Draco ? Non, c'était beaucoup, beaucoup mieux pour tout le monde qu'elle disparaisse avant qu'il ne réussisse à la persuader d'en vouloir davantage ; de le vouloir *lui*, de nouveau.

Elle glissa ses jambes hors du lit, appréciant la sensation de la moquette moelleuse sous ses pieds nus. On était loin des parquets cirés de son petit appartement. Encore un exemple du fossé séparant leurs modes de vie. En se levant, elle fut assaillie par des courbatures qui provoquèrent une flambée de désir en elle quand elle se rappela comment elle les avait obtenues.

Elle regarda autour d'elle, cherchant ses vêtements, et se rembrunit en se rappelant que Draco l'avait déshabillée dans la salle de bains, et qu'elle y avait laissé également son sac. Comment faire ? Rentrer chez elle enveloppée d'un drap ? Pas très envisageable malgré le sentiment d'urgence qui la taraudait. Sans compter que Draco pouvait bien déboucher à tout instant de la salle de bains. À pas feutrés, elle traversa la chambre pour aller coller son oreille contre la porte. Le bruit de l'eau qui coulait la rassura momentanément.

Il ne lui restait plus qu'à emprunter des vêtements à Draco, décida-t-elle, et à les lui renvoyer plus tard. De toute façon, elle doutait qu'il remarque que quelque chose manquait. En fouillant les tiroirs de la commode de merisier, elle trouva un T-shirt et un pantalon de toile retenu à la taille par un cordon qui pourraient peut-être convenir. Draco était plus grand qu'elle, soit, mais il suffirait de remonter les jambes du pantalon. Rapidement, elle passa les vêtements. Dommage qu'elle ne puisse récupérer ses sandales, regretta-t-elle fugitivement.

Bon, d'accord, Draco n'était pas tellement plus grand qu'elle, mais il était incontestablement plus costaud. Le T-shirt pendait sur elle tel un haillon, et, bien qu'elle en ait serré au maximum le cordon à sa taille, le pantalon menaçait de prendre son indépendance d'une minute à l'autre. Elle se pencha pour rouler le bas des jambes et fit un nœud dans le dos au T-shirt. Voilà, c'était mieux.

Mais que mettre à ses pieds ? Un rapide regard dans le bas de la penderie lui confirma qu'aucune des paires de chaussures de Draco ne tiendrait à ses pieds fins. Il allait falloir oublier les chaussures pour le moment, et prier tout bonnement le ciel de n'avoir pas à marcher trop loin pour trouver un taxi.

Notant le brusque silence qui émanait maintenant de la salle de bains, elle se crispa. Pour l'amour du ciel ! Draco était sorti de la douche. Il n'y avait pas une minute à perdre !

Julia traversa comme une flèche l'appartement. Elle se glissa par la porte d'entrée, courut le long du couloir jusqu'à l'ascenseur et appuya sur le bouton d'appel sans quitter du regard la porte de Draco. Quand les portes de l'ascenseur s'ouvrirent derrière elle, elle fit un bond, puis tourna en dérision son émotivité. À quoi s'attendait-elle ? Qu'il jaillisse de l'ascenseur et la traîne jusque chez lui pour en faire son esclave sexuelle ?

En croisant son reflet dans la porte qui se refermait, elle grimaça. Levant les yeux au ciel, elle glissa ses doigts dans ses cheveux pour y remettre un peu d'ordre.

Il lui avait demandé une nuit. Il l'avait eue. Il faudrait bien que ça leur suffise, à tous les deux.

Certains parleraient de fuite, d'autres… eh bien, « repli stratégique » furent les mots qui vinrent immédiatement à l'esprit de Julia. Si elle n'était pas à l'appartement ou au restaurant, Draco ne la trouverait pas. Et c'était exactement ce qu'elle voulait.

Rentrée chez elle, elle se doucha et se changea, heureuse d'enfiler des sous-vêtements propres et de se débarrasser de la sensation de picotement que provoquaient les vêtements de Draco sur sa peau nue.

Elle jeta les vêtements dans un sac, et les ajouta à la pile destinée à être ramassée par la blanchisserie. Ensuite, elle rassembla vivement quelques affaires, de quoi tenir deux jours, et se hâta vers la porte.

Elle n'avait pas rendu visite à son père depuis son retour de Toscane, et le moment semblait aussi bien choisi qu'un autre pour le faire. Les lundis et mardis étant censés être ses jours de repos, même si elle les prenait rarement, son absence ne paraîtrait pas étrange. Enfin, pas complètement, se dit-elle en jetant son sac sur le siège du passager de son break et en démarrant. Deux jours au bord de la mer lui feraient le plus grand bien.

Comme elle remontait l'allée défoncée menant à la maison que son père louait près de la plage de Kaiaua, sur la côte Seabird, au sud-est d'Auckland, elle sentit qu'elle avait pris la bonne décision. Déjà, les sons apaisants de la mer, les cris des mouettes qui tourbillonnaient dans le ciel et la douce brise venant de l'océan la revigoraient comme son retour au travail n'avait pas réussi à le faire.

Elle descendit de voiture et s'élança en courant vers la maison. Ignorant les deux marches menant au ponton patiné par les intempéries, elle atterrit avec un bruit sourd sur les planches de bois et courut à la porte-fenêtre de la salle de séjour qui, elle le savait, serait grande ouverte sur l'océan.

— Papa ? appela-t-elle en entrant.

Alléchée par une délicieuse odeur, elle se dirigea vers la cuisine, au-delà de la vaste et lumineuse salle de séjour qui faisait face à la mer.

— Je pensais bien que tu viendrais aujourd'hui, dit M. Carson, sans se retourner.

— Bonjour à toi aussi, papa, dit Julia, souriant devant cette manifestation du naturel taciturne de son père.

Même sa visite surprise n'arrivait pas à soutirer un sourire à son visage marqué par les soucis. Mais soudain, elle se figea.

— Qu'est-ce qui t'a fait croire ça ? demanda-t-elle.

Son père désigna son ordinateur portable ouvert sur la table de la cuisine.

— Regarde.

Julia s'assit et consulta l'écran. Même si son père habitait désormais à une heure de la ville, il aimait se tenir au courant des derniers événements, surtout ceux concernant le domaine de la restauration et du spectacle. Et le cœur de Julia se mit à cogner dans sa poitrine quand elle se reconnut sur l'écran, en compagnie de Draco. La photo montrait Draco portant sa main à ses lèvres, et, plus accablant encore, dévoilait l'expression de désir flagrant de son visage.

Le texte accompagnant la photo était plein de conjectures et d'allusions à « Un mets nouveau et excitant » que la propriétaire des lieux pourrait bien vouloir mettre au menu du Carson.

L'estomac de Julia se contracta. Mais il y avait pire : le journaliste était allé jusqu'à souligner le titre et les propriétés dont Draco hériterait à la mort d'un père malade. Et elle savait qu'il détesterait ce genre de publicité.

— Je croyais que tu en avais fini avec les hommes, fit laconiquement remarquer son père, quand elle eut terminé de lire l'article.

— Tu ne te trompais pas.

— Alors, qu'est-ce que ça signifie ?

— C'est lui.

— Celui que tu as rencontré en Toscane, au palazzo Sandrelli ? Sa famille n'appartient-elle pas à la noblesse ?

— Noblesse ancestrale, mais ils n'ont pas utilisé leur titre depuis des années.

Elle soupira.

— Ce qui ne change rien, ajouta-t-elle.

— T'aurait-il suivie ici ?

— Non. Il assistait à la cérémonie commémorative organisée en l'honneur de Mme Woodley. Crois-moi. J'ai fait mon possible pour le dissuader de me revoir.

— Manifestement, ce n'était pas encore suffisant.

M. Carson se retourna vers le fourneau.

— Eh bien, un parrainage de cette qualité ne peut que servir le restaurant ! Comptes-tu le revoir ?

Julia se leva pour aller chercher une tasse dans le placard et se servir à la cafetière que son père maintenait constamment pleine. Il lui déplaisait qu'il songe en premier lieu au bénéfice que le restaurant tirerait de cette publicité. Apparemment, ses sentiments vis-à-vis de Draco importaient peu à ses yeux.

— Non. Je n'ai accepté de le revoir que pour un soir.

Son père se retourna et fixa sur elle un œil inquisiteur.

— Bien vrai ?

— Oui, papa. Bien vrai.

— Quel dommage ! Tu devrais faire un effort, ne serait-ce que pour le bien que ça ferait au tiroir-caisse. Tu veux petit déjeuner avec moi ?

Comment ? La séance d'inquisition était déjà terminée ? Julia n'arrivait pas à croire que son père abandonne aussi aisément le sujet. Ça lui ressemblait si peu ! D'autant qu'il semblait considérer les ragots propagés par le magazine électronique comme une occasion inespérée d'attirer l'attention du public sur le Carson.

— Volontiers ! Je meurs de faim.

M. Carson éclata d'un rire évoquant le bruit du vent dans un tas de feuilles mortes.

— Tu meurs toujours de faim ! Il est temps que tu mettes un peu de chair sur cette carcasse, jeune dame.

— Tu peux parler ! rétorqua Julia en riant.

Sa minceur était un héritage direct de son père. Du moins supposait-elle qu'elle ne la tenait que de lui. Elle ignorait à quoi ressemblait sa mère, n'en possédant aucune photo, et n'en conservant que de très vagues souvenirs. La sensation d'une brève étreinte, d'une bouffée de parfum s'attardant dans l'air, d'un éclat de rire amusé, puis d'un bruit de sanglots, tard, dans la nuit.

Soudain, le café prit un goût amer dans la bouche de Julia. Qu'avaient-ils donc, son père et elle, pour n'être pas capables de trouver le bonheur dans un amour stable ? Elle n'aurait même pas su faire le compte des relations dans lesquelles, au long de son enfance et de son adolescence, son père s'était investi pour renoncer peu après. Souvent, ils s'étaient raccrochés l'un à l'autre, rassurés de savoir que, même si les autres ne faisaient que passer dans leur vie, ils seraient toujours là l'un pour l'autre.

Mais le seraient-ils vraiment ? Julia se sentait de plus en plus vulnérable. Une crise cardiaque avait contraint son père à une retraite prématurée. En réalité, c'était seulement parce qu'elle avait repris à son compte ses rêves pour le Carson qu'il avait accepté de lâcher les commandes du restaurant. Par la même occasion, il avait également dû quitter Auckland, parce qu'il n'aurait jamais été capable de se tenir à l'écart de la cuisine s'il était resté en ville. Et s'il avait été ravi de retrouver sa place durant le voyage de Julia en Toscane — voyage qui, comble de l'ironie, aurait dû être celui de sa lune de miel —, elle avait pu constater à son retour que la reprise de ses activités avait fatigué son père.

Elle devait à son père de voir son rêve pour le Carson — le sien aussi, en vérité — devenir réalité. Et si elle voulait atteindre ces cinq étoiles qui se dérobaient toujours, il lui fallait tout mettre dans la balance.

Ce qui signifiait reléguer Draco, et les souvenirs de la dernière nuit, dans le passé.

À son retour à Auckland, le mercredi midi, Julia se sentait regonflée à bloc, et recentrée sur son projet. Un appel de Gustav avait confirmé les prévisions de son père, à savoir que l'article paru sur le Net allait avoir des retombées très positives sur leur chiffre d'affaires. Alors que le lundi et le mardi étaient des soirées traditionnellement calmes, cette semaine, le restaurant avait tourné à plein tous les soirs.

Elle chantonnait en descendant l'escalier qui menait au restaurant, et chantonnait toujours en vérifiant que tout était bien en ordre pour le repas du soir. Cependant, à l'entrée du petit bureau jouxtant la cuisine, où elle passait les appels aux fournisseurs et élaborait les menus, elle s'arrêta abruptement. Sur sa chaise était posé un paquet en provenance de la blanchisserie. Au-dessus, se trouvait une feuille de papier portant ces mots accompagnés d'un gros point d'interrogation :

Pas à toi, je présume ? G.

Diable ! Elle avait complètement oublié les habits de Draco

expédiés au nettoyage ! Lui avaient-ils fait défaut ? Probablement pas, étant donné la quantité de vêtements entraperçus dans ses tiroirs. Ce qui ennuyait le plus Julia, c'était qu'en lui réexpédiant ses affaires, elle risquait de raviver l'intérêt que lui portait Draco.

Elle prit le paquet et remonta chez elle, où elle le mit dans un placard en se disant qu'elle réfléchirait à la question plus tard. Pour le moment, elle ne se sentait pas prête à affronter Draco.

La soirée démarra dans l'effervescence habituelle, et Julia apprécia d'être de retour dans sa cuisine. Pendant les deux jours passés avec son père, elle avait eu le sentiment d'être une apprentie cuisinière. Car aussi capable soit-elle, son père était toujours le maître, et cette tendance était encore plus marquée maintenant qu'il ne régnait plus que sur la petite cuisine de son bungalow de bord de mer.

Elle s'immergea donc avec bonheur dans l'agitation bourdonnante de la cuisine, préparant les plats, dressant les assiettes avec l'expérience apportée par les années d'entraînement et le plaisir qu'elle prenait à exercer ce métier.

Quand la porte se fut refermée sur le dernier client, et que les membres du personnel eurent tous regagné leur domicile, elle prit le temps de s'asseoir à une table et de savourer le silence enfin revenu.

Cependant, un soudain tambourinement à la porte d'entrée la fit bondir.

Qui pouvait frapper à sa porte à cette heure ?

Elle se dirigea vers la porte et, écartant légèrement le rideau qui masquait la vitre, scruta la pénombre extérieure.

Draco…

Son cœur se mit à palpiter.

— Laisse-moi entrer, Julia, pria-t-il. Nous devons parler.

— Nous nous sommes tout dit, Draco. Une nuit, tu te souviens ?

— Avec en parfaite limpidité. Et toi, te souviens-tu aussi, *cara mia* ? Aimerais-tu que je te raconte mes moments préférés ?

Je suis sûr que le journaliste assis dans la voiture, juste derrière moi, serait ravi d'obtenir tous ces détails.

Le journaliste ?

Plissant les paupières, Julia examina la rue. Derrière la haute silhouette de Draco, une voiture était garée le long du trottoir, et elle entrevit un appareil photo par la vitre baissée. La pensée des gros titres, dans la rubrique mondaine du lendemain, suffit à la persuader d'ouvrir la porte à toute vitesse et tirer Draco à l'intérieur, pas assez vite cependant pour éviter l'éclair aveuglant d'un flash.

— Au nom du ciel, qu'est-ce qui t'a pris d'amener ce journaliste ? demanda Julia, crispant les poings pour éviter que ses mains n'aillent se promener là où il ne fallait pas.

— Je ne l'ai pas amené. À mon arrivée, il était déjà là, en train d'attendre. Tout comme les paparazzis garés devant chez moi, qui ne lâchent pas mon chauffeur d'une semelle depuis lundi matin à l'aube.

Draco se rapprocha et glissa un doigt sur sa joue.

— Tu as bronzé. Où t'es-tu cachée ces deux derniers jours ?

Instantanément, Julia se hérissa. Cachée, elle ?

— Pour ta gouverne, Draco Sandrelli, je ne me cachais pas ! Je suis allée rendre visite à mon père, ce qui se produit fréquemment mes jours de congé.

— Je suis impressionné d'apprendre que tu t'octroies des jours de congé, dit Draco, accompagnant sa remarque d'un petit sifflement approbateur. D'après ton personnel, le fait est exceptionnel. Tu voudrais sans doute me faire croire que c'est une coïncidence si tu as disparu après t'être glissée hors de mon appartement sans dire au revoir et avoir filé sans me laisser la possibilité de te joindre ? Eh bien, moi, j'appelle ça se cacher.

— Je me moque de ce que tu penses ! Que veux-tu, de toute façon ? Comme tu le vois, le restaurant est fermé.

— Ce que je veux ? Une question majeure, non ?

Soudain, il prit Julia dans ses bras et, avec la familiarité d'un amant, approcha la bouche de son oreille.

Un frisson d'anticipation parcourut Julia quand elle sentit son souffle chaud sur sa peau.

— Je vais te montrer ce que je veux, déclara-t-il d'une voix sourde.

Et, du bout de la langue, il chatouilla le lobe de son oreille. Elle se mit à trembler et, instinctivement, posa les mains sur les épaules de Draco. Tout de suite, cependant, la raison lui revint. Ils étaient dans son restaurant, avec les paparazzis qui guettaient au-dehors. C'était totalement irresponsable !

— Non, Draco. Arrête, s'il te plaît !

Tout en protestant, Julia rassembla ses forces pour le repousser.

— On ne peut pas…, bredouilla-t-elle. Pas avec…

D'un geste, elle désigna la rue. Puis, à bout de ressources, secoua la tête. Pourquoi sa vie était-elle devenue si compliquée ?

— Très bien, dit-il. Allons donc dans un endroit moins public. Ton appartement, peut-être ?

— Pour parler, dit Julia d'un ton ferme.

— Si tu veux.

Un petit sourire fleurit sur les lèvres de Draco. Et la vue de leur courbe sensuelle troubla brusquement Julia. Elle repoussa la sensation, refusant de laisser son désir pour Draco lui dicter sa conduite. En silence, il la suivit dans la cuisine.

Elle sentait sa présence derrière elle, comme une boule de feu marquant son dos de son empreinte. Troublée, elle alla déverrouiller la porte arrière, et elle s'apprêtait à l'ouvrir quand Draco posa sa grande main sur la sienne.

— Attends. Nous allons l'ouvrir tout doucement pour vérifier qu'aucun journaliste ne s'est glissé dans la cour.

Tout en hochant la tête, Julia regarda des deux côtés avant de lui signaler que la voie était libre. Ils grimpèrent alors en silence jusqu'à l'étage. Au moment où elle ouvrait sa porte, elle prit soudain conscience du gouffre séparant leurs deux existences.

Draco était issu d'une famille jouissant depuis des siècles d'argent et de privilèges. Malgré ses lignes modernes et dépouillées, très éloignées de l'opulence de celles du palazzo, son appartement d'Auckland sentait le luxe. Elle sourit intérieurement. *Le palazzo.* Combien de gens sur terre pouvaient considérer un palais comme étant leur foyer ?

Oh, oui, ils étaient différents. Curieusement, elle n'y avait pas attaché d'importance quand elle était en Toscane, aveuglée sans doute par la force de l'attirance qui les poussait l'un vers l'autre et par le simple bonheur de se faire mutuellement plaisir.

Cependant, même alors, elle avait su que l'histoire ne durerait pas. Rien ne durait jamais dans sa vie. De toute façon, Draco menait une existence aux antipodes de la sienne et, visiblement, personne ne lui avait jamais rien refusé.

— Veux-tu boire quelque chose ? proposa-t-elle.

De la porte, Draco examinait les lieux. À ses yeux, son installation devait paraître bien rudimentaire, et même un peu misérable. Mais pour elle, vu le temps qu'elle passait dans cet appartement, cela lui convenait très bien.

— Non. Je ne suis pas venu boire un verre avec toi.

— Pourquoi es-tu venu, alors ?

Le regard âpre de Draco la cloua sur place, diffusant dans tout son corps une lente chaleur. Il la désirait, tout simplement. Et, mauviette qu'elle était, elle le désirait aussi.

— Viens chez moi, pria-t-il d'une voix légèrement étranglée. Viens et reste jusqu'à mon départ pour l'Italie.

— Impossible.

— Mais pourquoi ? Les services de sécurité de mon immeuble te protégeront des entreprises des paparazzis. De plus, je sais que tu en as envie. Regarde-toi. À la façon dont tes yeux brillent, je vois déjà que tu es excitée. Si je te touche, ta peau sera brûlante sous mes doigts, et si je prends ton sein au creux de ma main, je sentirai les battements désordonnés de ton cœur sous ma paume.

Julia poussa un long soupir. Elle sentait presque le contact de sa main tant son ton était évocateur.

— Viens chez moi, répéta-t-il d'une voix enjôleuse.

— Combien de temps ? demanda Julia, essayant de rassembler les lambeaux de sa raison.

D'une manière ou d'une autre, elle devait trouver le courage de lui résister. Si elle ne lui résistait pas, elle courait au-devant d'un gros chagrin d'amour.

— Quinze jours, peut-être trois semaines.

L'idée de reprendre où ils en étaient restés l'autre nuit lui donna un coup au cœur. Que se passerait-il, si elle acceptait ? Car elle en avait envie, c'était indéniable… Après tout, se dit-elle pour se rassurer, cette histoire ne durerait pas éternellement. Ils partageraient un petit bout de route, et puis chacun repartirait de son côté.

Elle examina son appartement. Il reflétait si peu sa personnalité que, à part quelques affaires qu'elle allait emporter, rien ne lui manquerait. Oui, mais, si elle acceptait une aventure passagère, car c'était exactement de cela qu'il s'agissait, serait-elle capable d'en sortir indemne ?

— Julia ?

— Laisse-moi rassembler quelques affaires, dit-elle. Je n'en ai pas pour longtemps.

Devant le sourire de Draco, Julia sentit son cœur battre d'excitation. Il paraissait si heureux de sa décision. Et elle l'était elle aussi, malgré son trouble. Ses mains tremblaient, oh ! très légèrement, pendant qu'elle plaçait vêtements et affaires de toilette dans un sac. Elle était folle. Totalement, irrémédiablement folle d'agir ainsi. Mais ne méritait-elle pas de connaître le bonheur elle aussi, même s'il n'était que passager ?

5

Les quinze jours qui suivirent l'emménagement de Julia chez Draco la virent atteindre l'apogée de sa créativité. Après des nuits passées à faire l'amour, elle s'attendait, le matin, à gagner le restaurant épuisée. Mais, en réalité, c'était l'inverse qui se produisait. De sa vie, elle ne s'était sentie si dynamique. Elle souffrait encore, de temps en temps, de nausées ou de vertiges, séquelles des troubles digestifs dont elle avait souffert quelques semaines plus tôt, supposait-elle, mais, dans l'ensemble, elle se sentait plus en forme que jamais.

Ce soir, la salle du restaurant bruissait de monde, comme tous les soirs, depuis un certain temps. Cette semaine, en particulier, le Carson avait battu des records d'affluence. L'histoire d'amour de Brent Colby, ami multimilliardaire de Draco, avec une riche héritière avait fait la une des magazines à sensation. On aurait dit que le moindre aspect de la vie de Draco représentait une manne pour les journaux, et, par ricochet, les détails de la propre vie de Julia également.

Tous les soirs, les journalistes s'agglutinaient devant le restaurant. Cependant, au lieu d'épuiser leur inventivité en gros titres du genre : « Le Carson va-t-il devenir italien ? » ou bien, « Étalon italien au menu ? », ils s'axaient plutôt sur le nombre sans cesse croissant de célébrités qui tenaient à être vues dans ce qui devenait rapidement l'endroit à la mode.

En se retournant pour vérifier la liste des commandes

apportées par son personnel, Julia sentit soudain le sol de la cuisine tanguer sous ses pieds, et elle dut attraper la barre d'acier poli qui encerclait le plan de travail pour ne pas tomber.

— Ça va, trésor ?

L'air inquiet, Gustav hésitait devant elle, les mains et les bras surchargés d'entrées à porter à un groupe d'acteurs d'un très célèbre feuilleton néo-zélandais qui fêtaient leur nomination à une récompense décernée par la télévision.

Julia ravala le goût de bile qui était monté à sa gorge lors de son étourdissement, et aspira une grande bouffée d'air.

— Ça va aller. Dépêche-toi de leur porter leurs commandes, ajouta-t-elle en désignant les assiettes qui encombraient les bras de Gustav. Les clients, c'est sacré, n'est-ce pas ?

— Tu devrais consulter. Qui sait ? Tu as peut-être ramené davantage de ton voyage en Toscane qu'un bel Italien musclé…

Gustav lui adressa un de ses sourires taquins dont il était coutumier. Cependant, sous son amusement, elle le devina inquiet.

Elle s'empara de la bouteille d'eau qu'elle gardait toujours à portée de main et en but une longue gorgée. Ce malaise avait été pire que tout, fut-elle obligée de reconnaître. Peut-être devrait-elle effectivement voir un médecin pour détecter la cause de ces troubles. Elle ne se sentait pas malade ; seulement, avoir des vertiges dans une cuisine où l'on s'affairait risquait d'être dangereux dans les moments d'affluence. Et on était dans un moment d'affluence, songea-t-elle en souriant.

Les affaires n'avaient jamais aussi bien marché. Et, chaque soir, après une soirée bien remplie, Draco l'attendait pour l'emmener chez lui où ils dégustaient un souper tardif avant d'aller au lit. Ce qui ne signifiait pas que la journée était finie, loin de là.

L'après-midi suivant, quand Julia arriva au restaurant, elle trouva les membres du personnel en ébullition parce que le bruit courait que le critique gastronomique de la revue *Fine Dining* viendrait dîner le soir même, en compagnie d'amis. En prenant conscience de ce que sa venue pouvait signifier,

Julia sentit sa nervosité pulvériser tous les records de l'échelle de Richter.

Ce soir serait peut-être celui où elle verrait son rêve se concrétiser. Sinon, il scellerait son destin en la maintenant éternellement dans la catégorie des « presque consacrés ». Il était donc impératif de s'attacher à la perfection du moindre détail.

Elle passa et repassa en revue les contenus de la réserve et de la chambre froide, vérifiant que les produits commandés étaient de la meilleure qualité et de première fraîcheur.

Draco se glissa par la porte arrière du restaurant et adressa un signe de la main à Phil, le sous-chef de Julia, occupé à superviser les préparations des employés pour le menu du soir. Il fut surpris de ne pas voir Julia dans la cuisine, mais l'aperçut bientôt dans la petite pièce qui lui tenait lieu de bureau.

Il parcourut la distance qui les séparait sur la pointe des pieds. Elle tournait le dos à la porte et était si absorbée par l'écran de son ordinateur qu'elle ne l'entendit pas venir. En approchant, il vit qu'elle étudiait la version en ligne du magazine *Fine Dining*.

Il posa les mains sur ses épaules et caressa ses bras avant de se pencher pour poser un baiser appuyé sur sa nuque.

Elle fit brusquement pivoter son fauteuil.

— Draco ! s'écria-t-elle avec un sourire heureux. Quelle bonne surprise !

Elle prit son visage dans ses mains et l'attira à elle. Le pouls de Draco s'accéléra quand elle posa ses lèvres sur les siennes, puis les écarta pour qu'il profite mieux de la douceur satinée de sa bouche. *Dio*, il semblait impossible qu'il se rassasie jamais d'elle. Et cela rendait la nouvelle qu'il apportait plus pénible encore à annoncer.

— Alors, demanda-t-elle quand ils mirent fin au baiser, qu'est-ce qui t'amène ici à cette heure-ci ?

— Pas de bonnes nouvelles, j'en ai peur.

— Oh ?

Elle esquissa une moue, qui rendit ses lèvres encore plus désirables.

— Je dois m'absenter quelques jours pour me rendre à Adélaïde. Mon directeur d'affaires australien a malheureusement été victime d'un accident et doit séjourner quelque temps à l'hôpital. Il faut que je rencontre certains de nos exportateurs.

Soudain, il parut frappé par une idée.

— Pourquoi ne m'accompagnerais-tu pas ? Tu pourrais confier le restaurant à Phil et prendre quelques jours de vacances. Il fait beau dans les collines d'Adélaïde, à cette époque de l'année. Tu adoreras.

— Quand pars-tu ?

— D'ici à deux heures. J'ai affrété un avion. Mais je peux appeler la compagnie et demander un délai pour que tu aies le temps de te préparer. Allons, Julia ! Il ne te reste plus qu'à accepter !

Soudain, l'envie qu'elle l'accompagne devenait insupportable. Ce serait un moment hors du temps, pour tous les deux. Naturellement, il devrait assister à des rendez-vous d'affaires et à des dîners, mais il pourrait remplir ses devoirs mondains avec Julia à son bras. Tout son corps frémissait d'impatience dans l'attente de ces instants. De plus, ce serait une excellente chose de l'arracher au Carson. Elle travaillait comme une forcenée, et il désirait plus que tout revoir la jeune femme qui l'avait tant fasciné pendant son séjour au palazzo Sandrelli.

Il étudia son expression, espérant y voir s'allumer un reflet de son excitation. Mais tout ce qu'il obtint, ce fut un froncement de sourcils.

— J'adorerais Draco, vraiment. Mais c'est impossible. Je dois absolument être présente ce soir. Ce sera probablement le moment le plus décisif de l'existence du Carson.

— Pourquoi ce soir ? demanda-t-il, ravalant tant bien que mal sa frustration.

Il n'avait pas l'habitude de voir ses suggestions si abruptement écartées.

— C'est à cause de Bill Alberts, tu sais, le critique de la revue *Fine Dining*. Eh bien, tout porte à croire qu'il va venir dîner au Carson ce soir. Tu te rends compte ! C'est une occasion unique de faire monter notre cote auprès de lui ! Nous devons lui montrer que nous sommes les meilleurs !

Elle paraissait extatique. Cependant, malgré ses efforts, il ne voyait pas en quoi la venue de ce critique l'empêchait de l'accompagner. Sûrement, elle faisait confiance à son personnel pour maintenir le même niveau de qualité, qu'elle soit là ou pas ?

— Très bien. Ce Bill Alberts a donc réservé ?

— Pas nommément. C'est un de ses associés qui a réservé une table pour six. Mais c'est sa façon de procéder. Je sais juste que ce soir sera le grand soir ! Je tiens à être là ; c'est capital pour moi.

Il prit de nouveau sur lui, malgré sa déception. D'autant que bien que Julia ne se soit pas éloignée physiquement, il sentait la distance se creuser entre eux.

Elle repoussa sa chaise et se leva.

— Quand penses-tu être de retour ? demanda-t-elle.

— Je serai absent cinq jours.

Il la prit par les hanches et l'attira à lui.

— Est-ce que je vais te manquer ?

Il la sentit frissonner contre lui.

— Tu sais bien que oui. Mais je survivrai, ajouta-t-elle, avec un rire qui sonnait un peu faux. Ce n'est pas comme si nous avions un arrangement permanent. Maintenant, si tu veux bien m'excuser, j'ai à faire. Tu comprends, je veux que le dîner soit parfait !

Elle s'apprêtait à se dégager, mais, au lieu de la laisser aller, il la plaqua contre lui tout lui pétrissant le dos. Ses petits seins durs étaient pressés contre son torse, différents et pourtant semblables. Un nouveau soutien-gorge, peut-être ? Il brûlait d'envie de le lui ôter et de les examiner de plus près. Malheureusement, en attendant, il lui faudrait se contenter d'un baiser qui devrait lui durer les cinq nuits de son absence.

Il prit ses lèvres avec feu, déterminé à la marquer de son

sceau, au moral comme au physique. Qu'elle fasse passer son travail avant lui le contrariait plus qu'il ne voulait bien l'admettre. Cependant, il se rappela que c'était son enthousiasme, son ardeur au travail, son dynamisme, qu'il avait trouvés si attachants la première fois qu'il l'avait vue, dans les cuisines de l'aile du palazzo qui accueillait les stagiaires. Elle se tenait à l'écart des autres, toute vibrante d'une énergie passionnée, au milieu de gens qui jouaient seulement à être de grands chefs.

Troublé, il frotta ses hanches contre les siennes et glissa sa langue dans sa bouche, dans une pâle imitation de ce qu'il mourait d'envie de faire à son corps. À présent, elle n'était plus du tout raide et réticente. Tout au contraire, elle s'abandonnait à son étreinte, docile, consentante.

Un toussotement derrière eux les ramena sur terre.

— Dites donc, vous deux, vous voulez peut-être une chambre ? fit la voix gouailleuse de Gustav.

— Nous nous disions juste *arrivederci*, dit Draco.

À contrecœur, il lâcha Julia, et le sentiment de vide qui s'abattit alors sur lui le stupéfia. Rien d'étonnant pourtant à ce qu'il se sente déjà en état de manque : ils avaient été à deux doigts de faire l'amour dans ce réduit.

Une intense rougeur monta aux joues de Julia.

— Tu arrives bien tôt, Gustav, constata-t-elle.

— Je ne voulais manquer le spectacle pour rien au monde, répliqua son serveur en chef. Celui de tout à l'heure, je veux dire. Avec Bill Alberts en clou de la soirée.

— Vous n'avez même pas de certitude qu'il vienne ce soir, intervint Draco. Pourquoi êtes-vous si… si…

Les mots lui manquant, il esquissa un geste du bras.

Julia lui prit les mains.

— Parce que nous travaillons depuis des mois pour être prêts au cas où il nous rendrait visite. S'il ne vient pas, tant pis, ce sera une soirée de répétition.

— Mais n'est-ce pas répétition tous les soirs ?

— Oui, bien sûr. Mais cette fois est peut-être la bonne ! Nous sommes plus près de notre objectif que nous l'avons jamais été. Bon, écoute, je suis sûr que tu as des affaires à régler avant ton départ. Et comme, de mon côté, j'ai pas mal de choses à superviser…

Draco n'en revenait pas. Elle le chassait ? D'habitude c'était lui qui choisissait le moment d'effectuer sa sortie. Il hésita entre contrariété et amusement. Cependant, ne voulant pas que leur séparation, même brève, soit entachée de dures paroles, il choisit le silence. Mais à son retour, il avait bien l'intention d'exiger toute son attention, au point qu'elle finirait par ne plus supporter l'idée d'être séparée de lui.

— *Ciao, bella.* À mercredi !

— Prends soin de toi, Draco.

Il n'avait pas plus tôt quitté le bureau qu'elle reportait déjà son attention sur l'écran de l'ordinateur.

— C'est agaçant, n'est-ce pas ? fit Gustav qui marchait au côté de Draco.

— Quoi donc ?

— Qu'elle soit si absorbée par son travail.

— C'est un petit problème, *si*. Mais rien qui ne puisse s'arranger, décréta Draco avec confiance.

Avec un peu de chance, les prochains jours, il lui manquerait autant que, il le savait déjà, elle lui manquerait. Et cela la rendrait d'autant plus perméable à sa proposition.

— Eh bien, bonne chance, mon vieux, dit Gustav. Vous en aurez besoin. Elle est mariée au restaurant, vous savez.

— C'est à voir.

Et c'était tout vu, se dit Draco pendant que son chauffeur démarrait.

Julia saisit le téléphone et composa le numéro de son père, impatiente de lui apprendre que le moment tant attendu était enfin arrivé.

— Papa ! s'exclama-t-elle à la seconde où il décrocha.

Et, sans même attendre son salut bourru, elle lui expliqua que Bill Alberts pourrait bien leur rendre visite le soir même.

La nouvelle remplit M. Carson de surexcitation, mais aussi d'inquiétude pour sa fille.

— Bonne chance pour ce soir, ma chérie, dit-il à la fin de la conversation. J'aurais aimé être parmi vous ce soir. Et ton homme, sera-t-il là ?

— Draco n'est pas *mon homme*, papa. C'est juste…

Julia hésita. Quel titre lui donner ? Et, d'ailleurs, elle n'avait pas envie de lui en donner un. Elle n'avait pas envie de définir le rôle que Draco jouait actuellement dans sa vie, encore moins de se pencher sur ses sentiments naissants à son égard, ou de songer au déchirement que ce serait quand il regagnerait son pays.

— Un ami ? suggéra son père en éclatant de rire. Prends garde, Julia, il ne me paraît pas le genre d'homme à prendre « l'amitié » à la légère.

Julia soupira.

— Je sais, mais tout se passera bien. De toute façon, il n'est pas là en ce moment. Quand il reviendra ? Eh bien, il sera temps d'aviser.

Quelques minutes plus tard, tout en raccrochant, Julia resta quelques instants songeuse. Dans quelle mesure serait-il seulement possible d'aviser avec un homme comme Draco ? Si différent d'elle. Si… sûr de lui. Trop. Le souvenir de la manière dont il s'était conduit tout à l'heure, en macho persuadé qu'elle était prête à tout laisser tomber pour lui, quelles que soient ses occupations, l'agaça. S'imaginait-il qu'elle était à sa disposition ?

Et pourtant, c'était cet homme-là qui la rendait folle de désir… et faisait tourner son cœur. Avec un soupir, elle examina le calendrier mural. Il était parti pour cinq nuits. Cinq longues nuits de solitude. Bien qu'elle ait la clé de son appartement, elle ne prendrait pas la peine d'aller chez lui. Si elle devait être seule, elle préférait la familiarité de son appartement.

Elle jeta un coup d'œil à l'horloge. Il était temps de se mettre en tenue de travail, pensa-t-elle quand soudain son regard dériva de nouveau sur le calendrier où un détail avait inconsciemment retenu son attention. Quelque chose clochait. Elle passa en revue les deux derniers mois. D'habitude, elle notait le jour du début de ses règles, discrètement, bien sûr, mais c'était un moyen sûr de savoir où elle en était. Or, constata-t-elle, depuis son retour de Toscane, aucun signe n'apparaissait.

Elle fouilla sa mémoire. Avec toutes ces péripéties, aurait-elle, par hasard, oublié de noter ?

Un frisson d'appréhension la parcourut soudain. Non, elle n'avait pas eu ses règles depuis la semaine précédant son départ. Pourtant, elle avait scrupuleusement pris ses pilules. Par quel miracle serait-elle enceinte ? Elle compta sur ses doigts. Quinze jours après le début de ses dernières règles… et son doigt s'arrêta en plein milieu de la semaine passée au palazzo Sandrelli. La semaine qui n'aurait jamais dû exister. Celle où elle avait sacrifié son circuit culinaire pour le plaisir d'être avec Draco. D'un autre côté, elle avait plus appris des chefs de son palais qu'elle n'aurait pu espérer le faire ailleurs.

Alors, que s'était-il passé ? Son cycle avait-il été perturbé à cause du voyage, ou du surcroît de travail subi ces derniers temps ? Mais elle était toujours sous pilule.

Son estomac se contracta violemment et, soudain, elle se rappela ses nausées, ses vertiges.

Non, ce n'était pas possible…

Elle ne pouvait pas être enceinte.

6

— Vous voulez dire que parce que je n'ai pas pris mes pilules exactement à l'heure où je les prenais ici, en Nouvelle-Zélande, je n'étais plus protégée ?

Tout en tentant de résumer le plus clairement possible les explications que la gynécologue venait de lui donner, Julia refoulait ses larmes. Elle avait remis un échantillon d'urine à l'infirmière, mais, si la théorie du médecin était exacte, elle n'avait pas besoin des résultats du test de grossesse pour poser son diagnostic.

— Écoutez, Julia, vos pilules sont très faiblement dosées. Vous l'avez toujours su, n'est-ce pas ?

— Oui, oui. Bien sûr.

Elle le savait si bien que son téléphone portable était programmé pour sonner tous les jours à la même heure, lui rappelant ainsi l'heure de prendre sa pilule. Seulement son portable ne bénéficiant pas d'un accès aux communications internationales, elle l'avait laissé à la maison.

Pendant leur brève liaison italienne, Draco avait utilisé des préservatifs. Cependant, Julia se souvenait que, certaines nuits, emportés par la passion, ils s'étaient montrés moins prudents. Il lui avait juré ses grands dieux être parfaitement sain et, sachant qu'elle n'avait pas non plus de problèmes de ce côté, elle n'en avait conçu aucune inquiétude.

C'était évidemment sans compter avec la possibilité d'une grossesse.

La sonnerie du téléphone fit sursauter Julia. Et son regard se riva au médecin qui répondait.

— Oui, oui. Merci, mademoiselle.

Le visage impénétrable, la gynécologue se tourna vers elle.

— Vous dites que vos dernières règles remontent à la deuxième semaine de février ? dit-elle.

Julia hocha la tête. C'était, en tout cas, ce qui avait été noté sur son calendrier. Très raide, elle se redressa sur sa chaise pendant que le médecin consultait son dossier.

— Eh bien, Julia, déclara enfin cette dernière, vous êtes enceinte de dix semaines.

Devant l'expression choquée de Julia, le médecin sourit gentiment.

— Je vois que la nouvelle vous prend de court. Je suppose que le père ne fait pas partie du tableau ?

Incapable de prononcer un mot, Julia secoua la tête. C'était un véritable cauchemar ! Comment avait-elle pu se laisser surprendre de cette manière ? Elle mesurait seulement maintenant l'étendue de son imprudence.

L'esprit vide, elle subit l'examen demandé par la praticienne et, à la fin de la consultation, prit machinalement l'ordonnance prescrivant des examens sanguins qu'elle lui tendait.

— Tout semble aller parfaitement jusqu'ici, Julia. Nous allons prendre rendez-vous afin de vous faire passer une échographie qui permettra de confirmer la date présumée de l'accouchement. Mais, dès maintenant, je pense pouvoir dire sans grand risque d'erreur que votre bébé naîtra vers la mi-novembre.

La mi-novembre… Ça paraissait si lointain et si proche à la fois. Rentrée chez elle, Julia se blottit dans son fauteuil préféré et essaya de se persuader de la réalité de l'information. Elle était enceinte. Elle portait *l'enfant de Draco*.

Seigneur ! *Draco*. Il serait de retour dans deux jours. Comment lui annoncer la nouvelle ? Il appartenait à cette catégorie d'hommes pour qui la famille était sacrée ; elle l'avait tout de suite compris, et voyait d'ici le tableau. Par exemple, il ne supporterait pas qu'elle continue à travailler. Leurs façons d'appréhender la vie étaient aux antipodes l'une de l'autre. Lui appartenait à un monde figé dans des valeurs d'un autre siècle, tandis qu'elle vivait dans un monde moderne, en constante évolution. À ses yeux, la vie n'avait de sens qu'à travers les défis à relever. Et il lui restait beaucoup à faire pour le Carson. Il n'avait pas atteint son apogée et, comme il ne tournait que depuis une année sous sa seule autorité, elle désirait plus de temps pour faire ses preuves.

Avec les milliers de projets de développement du restaurant qui tourbillonnaient dans sa tête, il n'y avait pas de place pour un enfant. Un *enfant*. C'était tellement énorme qu'elle ne voulait même pas y réfléchir maintenant. Ce n'était pas possible que sa vie change soudain de direction à cause d'une seule maudite erreur !

Soudain, elle éprouva le besoin de se replonger dans un univers familier et, bien que ce soit son jour de congé, elle décida de se rendre en cuisine ce soir-là. Elle ne supporterait pas de rester seule avec ces horribles pensées.

Elle arracha le pansement appliqué par l'infirmière à l'endroit où elle avait prélevé du sang dans sa veine. Qu'on lui pose des questions à son sujet était bien le dernier de ses souhaits. Elle affronterait la question de sa grossesse, et de sa relation avec Draco, le plus tard possible.

En constatant que Julia refusait de le voir, Draco éprouva une vive colère. Bien que fatigué et désorienté par le décalage horaire, son premier souci, à sa descente d'avion, avait été de lui téléphoner. Il mourait d'envie de la revoir, et de la mettre dans son lit. Malheureusement, elle ne semblait pas partager son état d'esprit.

Qu'elle puisse se montrer si désinvolte par rapport à leur

relation le mettait hors de lui. Même avec Marcella, il n'avait jamais ressenti un tel bouillonnement intérieur.

— Je ne te manque donc pas, Julia ? demanda-t-il, à bout d'arguments.

— Si. Seulement, le Carson connaît une affluence invraisemblable en ce moment. Nos tables sont réservées pour des semaines. Nous avons même une liste d'attente. Tu peux le croire ? Pour tout dire, le soir, je suis si fatiguée que j'arrive tout juste à me hisser dans l'escalier et à m'effondrer sur mon lit.

Il trouva à sa voix une intonation cassante qui lui déplut profondément.

— Tu m'envoies promener, c'est ça ?

— Bien sûr que non ! Que tu es bête ! C'est vraiment comme je t'explique. Je suis tellement occupée que je n'ai pas un moment à moi. Et puis, franchement Draco, je dois avouer que je n'ai pas l'esprit à ça.

— Tu me préfères donc ton travail ? demanda-t-il d'un ton qu'il réussit à garder naturel en dépit de la colère qui bouillonnait en lui. Ton dévouement est admirable, mais t'arrive-t-il de penser à toi ?

— Je vais bien, tu sais. Je ne suis jamais aussi heureuse que quand je m'affaire. Et puis, j'ai tellement espéré cette consécration pour le Carson. Le bruit court que Bill Alberts a été très favorablement impressionné par sa visite ici. Sa revue en ligne doit sortir cette semaine. Je suis impatiente de savoir s'il nous accorde ses étoiles.

De nouveau, il trouva que quelque chose sonnait faux dans son discours.

— Julia, j'ai l'impression que tu me caches quelque chose ! Tu sembles toute changée. Je t'en prie, laisse-moi passer te prendre ce soir, et m'occuper de toi.

En se remémorant leur première nuit, il sentit le trouble l'envahir. Se pouvait-il que leur rencontre ne remonte qu'à trois semaines ? On aurait dit qu'elle datait de bien plus longtemps. Tout comme les cinq jours et les cinq nuits passés à Adélaïde lui paraissaient une éternité. Julia lui avait manqué sur tous les plans, et il avait projeté des retrouvailles qui la combleraient, et qui leur permettraient à tous deux de tenir le coup quand il devrait repartir en Italie, ce qui ne saurait tarder très longtemps. Et il était profondément déçu que sa proposition rencontre aussi peu d'enthousiasme.

— Julia ? insista-t-il devant son silence.

Il l'entendit pousser un profond soupir.

— Écoute, Draco, cela vaut sans doute mieux. Le restaurant accapare tout mon temps désormais, et même au-delà. De plus, tu vas bientôt repartir, et nous devrons de nouveau nous dire adieu. Je crois qu'il vaut mieux couper les ponts avant que ça ne devienne trop compliqué.

— Trop compliqué ? répéta-t-il.

— Tu sais bien, que les émotions interviennent, et tout ça.

Elle trouvait donc que leur relation si colorée, si passionnée, manquait d'émotions ? Il ravala une riposte cinglante. Il tenait par-dessus tout à lui prouver qu'elle avait tort, et à l'amener, grâce à ses cajoleries, à reconnaître cette vérité qu'elle refusait de regarder en face.

Il avait déjà aimé, et perdu l'être cher. La mort de Marcella l'avait profondément affligé, mais sa souffrance était entachée de culpabilité. Il éprouvait le remords de ne pas l'avoir assez aimée, ou assez connue, pour comprendre qu'elle irait jusqu'à risquer sa vie pour lui donner ce qu'il voulait. Et le souvenir raviva sa douleur. Ce n'était pas seulement une vie qui avait été effacée de la surface de la terre, mais deux.

Jamais Marcella n'aurait dû être enceinte. Seulement, elle lui avait caché la déficience cardiaque congénitale qui rendait une grossesse risquée. Et, dans le second trimestre, elle avait payé de sa vie son amour pour lui. Au moment où la plupart des femmes s'épanouissent et irradient le bonheur, Marcella avait souffert d'hypertension, et d'une grande fragilité. Et puis, son cœur généreux avait lâché, emportant sa vie et celle de leur enfant à naître. Draco avait alors juré d'honorer sa mémoire et de ne plus s'attacher à quiconque, au risque de décevoir.

Seulement, s'il n'était pas prêt à aimer, il ne nierait certainement pas l'alchimie existant entre Julia et lui.

Il s'éclaircit la gorge.

— Tu essaies de me dire qu'il n'y a rien d'émotionnel dans notre relation, c'est ça ?

— C'est impossible, tu le sais bien. Je ne suis pas ce genre de personne. Les émotions empiètent trop sur moi, et sur mes projets.

— Nieras-tu que, depuis que nous sommes ensemble, ta créativité a atteint des sommets et que, désormais, les gens font la queue pour l'apprécier ?

— Tu es ridicule.

— C'est ridicule de trembler de plaisir dans mes bras ? Il est ridicule le lien si fort qui se crée entre nous quand nous faisons l'amour ?

— Draco, je t'en prie, arrête ! implora Julia d'une voix tremblante.

— C'est drôle, Julia. À l'instant, quand tu m'as supplié d'arrêter, j'aurais juré entendre de l'émotion dans ta voix. Sans émotion, *cara mia*, on ne vit pas vraiment. Crois-moi, j'en sais quelque chose.

— Moi aussi, je sais de quoi je parle. Je ne veux pas de lien affectif. Désolée, Draco. C'est vraiment un adieu.

La tonalité résonnant à son oreille marqua la fin de la conversation. L'espace d'un instant, Draco ressentit une terrible impression de vide, et il cramponna le téléphone si fort que ses jointures en blanchirent. Puis, lentement, délibérément, il replaça le combiné sur son socle.

Sa décision était prise. Comme aimait à le répéter son vieux professeur, qui veut la fin veut les moyens.

Julia sortit du bureau de poste où elle venait de prendre son courrier et, distraitement, examina les enveloppes tout en se dirigeant vers sa voiture. Des factures, encore des factures, toujours des factures. À une époque, elle en aurait été malade, mais les temps avaient changé. Les recettes battaient tous les records, et la consécration tant attendue du célèbre critique gastronomique avait été annoncée sur le site Web de *Fine Dining*. La vie était vraiment belle.

Enfin, elle aurait été belle si le nuage de sa grossesse n'avait obscurci son ciel. Une semaine s'était écoulée depuis que sa gynécologue lui avait causé le choc de sa vie, et cinq jours depuis qu'elle avait rompu les liens avec Draco. Elle se demandait toujours avec angoisse si elle devait ou non lui parler de sa grossesse. En ce moment, elle penchait pour le silence, tout en jugeant sévèrement ce choix. Draco avait le droit de savoir. Seulement, elle redoutait de lui annoncer la nouvelle. Elle savait pertinemment qu'elle n'aurait pas plus tôt ouvert la bouche qu'il prendrait les choses en mains. Et elle ne supportait pas l'idée qu'il dirige sa vie quand tout se déroulait comme elle l'avait rêvé en prenant la succession de son père à la tête du Carson.

Julia s'immobilisa brusquement en apercevant une enveloppe d'excellente qualité, portant son adresse rédigée à la main. Elle la retourna, et fronça les sourcils en découvrant qu'elle provenait du cabinet juridique de sa propriétaire. Quand son père avait pris sa retraite, et qu'elle avait dû reprendre le bail de location de la villa à son nom, elle était entrée en contact avec eux. Mais l'affaire était réglée depuis un an, et elle ne voyait pas ce qu'ils pouvaient bien lui vouloir.

Parvenue à sa voiture, elle s'installa au volant et déposa son courrier sur le siège du passager, hormis la fameuse lettre. Glissant un doigt dans l'interstice de l'enveloppe, elle la déchira et en sortit un feuillet. Rapidement, elle le parcourut des yeux, puis le relut plus lentement. Et les mots se frayèrent un chemin jusqu'à son cerveau avec une brutalité effrayante.

La propriétaire de la villa qui abritait le Carson informait ses avocats que son bien était mis en vente.

Dans sa frustration, Julia frappa violemment le volant tout en jurant sans retenue, ce qui lui attira les regards curieux de certains passants. Et si le nouveau propriétaire voulait utiliser la villa à d'autres fins que commerciales ? Le contrat passé avec l'actuelle propriétaire, une veuve âgée, ne l'engageait en rien.

Elle relut attentivement la lettre, cherchant une indication qui la mettrait sur la piste d'un éventuel acquéreur, et n'en trouva aucune. Pour en savoir plus long, elle serait contrainte d'appeler les avocats. Il fallait qu'elle s'informe sur le prix demandé par la propriétaire. Peut-être, juste peut-être, en mettant en avant son succès actuel, parviendrait-elle à obtenir de la banque un emprunt qui lui permettrait d'acheter la villa avec l'argent qu'elle avait patiemment mis de côté.

Le lendemain, bien que n'ayant pas réussi à entrer en contact avec l'avocat s'occupant des affaires de sa propriétaire, rassemblant tout son courage, Julia se rendit chez son banquier. Elle lui exposa sa situation, lui présenta ses comptes, ainsi que le montant des recettes du dernier mois. Après de longues discussions, et un numéro de jonglage avec les chiffres, le directeur de la banque se renversa dans son fauteuil et joignit ses mains sur poitrine.

Et Julia eut l'impression que son estomac se nouait encore un peu plus.

— Eh bien, mademoiselle Carson, je pense que nous devrions pouvoir faire quelque chose pour vous.

Il énonça un chiffre qui emplit d'espoir le cœur de Julia, en même temps que son cerveau se recroquevillait d'horreur à l'idée du fardeau qu'un tel emprunt ferait peser sur ses épaules. Elle n'arrivait même pas à imaginer comment elle honorerait ses mensualités si elle devait ralentir son activité à cause de sa grossesse, ou comment elle assumerait la direction du restaurant une fois le bébé né.

— Maintenant, je vous suggère de faire une offre à l'avocat de votre propriétaire, sur la base des chiffres dont nous sommes convenus.

Il se leva, lui tendit la main.

— Bonne chance, mademoiselle Carson. J'attends de vos nouvelles pour monter le dossier.

— Merci beaucoup. Vous n'avez pas idée de ce que ça représente pour moi.

— Qui sait ? À présent, allez vite faire votre offre, et appelez-moi dès que vous en savez plus long, d'accord ?

— Oui, oui, bien sûr.

Complètement surexcitée, Julia courut d'une traite à sa voiture. Le trajet de retour au restaurant se déroula dans une sorte de brouillard. Arrivée à bon port, elle grimpa quatre à quatre les marches qui menaient à l'étage, ouvrit sa porte à la volée et, cette dernière à peine refermée, décrocha le téléphone.

Tout en tapotant du bout des doigts la tablette supportant l'appareil, elle attendit qu'on veuille bien prendre son appel. La petite musique de mise en attente lui portait à tel point sur les nerfs qu'elle faillit raccrocher quand une voix se fit entendre à l'autre bout de la ligne.

Et Julia se jeta à l'eau.

— Julia Carson à l'appareil. Je viens de recevoir une lettre de votre cabinet m'informant de la mise en vente de la villa que je loue à Mme Whitcomb. Après concertation avec ma banque, j'aimerais faire une offre.

Julia énonça la somme pour laquelle le directeur de la banque avait donné son accord. Il lui avait suggéré de proposer un montant inférieur et de monter si le vendeur se montrait réticent, sauf que Julia voulait tellement la place qu'elle alla directement à son enchère maximum. Et puis, elle enroula nerveusement le cordon du téléphone autour de ses doigts en attendant la réponse de l'avocat.

— Je suis navré, mademoiselle Carson. Mme Whitcomb a déjà accepté une offre.

— Mais c'est impossible ! J'ai reçu votre lettre hier seulement !

— Oui, c'était une formalité exigée par votre contrat de location. Cependant, à l'heure où cette lettre a été écrite, la propriété était déjà vendue.

— Mais…

— Je vous le répète, mademoiselle Carson, je suis vraiment

désolé. L'offre a transporté Mme Whitcomb d'aise, et elle a signé les papiers sans discuter.

— Qui… qui a acheté la propriété ? demanda Julia, des larmes de colère et de frustration aux yeux.

— Pour le moment, je n'ai pas le droit de vous révéler son identité.

— Et ses projets pour la villa ? A-t-il dévoilé ses intentions ?

— Pas encore, mademoiselle Carson. Mais je ne puis trop vous conseiller, par mesure de précaution, de réfléchir à un endroit où vous pourriez vous replier, le cas échéant.

Sans même saluer son interlocuteur, Julia raccrocha, et tomba à genoux, la tête dans ses mains. Un flot de larmes jaillit. Déménager ? Ce n'était pas envisageable. Ponsonby était un quartier très coté, jamais elle n'aurait les moyens de relouer un bâtiment convenable. Quant à s'exiler dans un autre quartier alors que sa clientèle prospérait, ç'aurait été signer la ruine du Carson.

En prenant la mesure des conséquences de cette vente, Julia sentit le désespoir la gagner, et ses sanglots redoublèrent. Que faire à présent ? De sa vie, elle ne s'était sentie aussi désemparée ; même la trahison de Rhys et Alicia ne l'avait pas laissée dans un tel état d'accablement.

Le temps qu'elle finisse par se ressaisir, l'après-midi était déjà bien avancé. Du rez-de-chaussée montait le brouhaha familier des préparatifs culinaires. Ce serait encore une soirée chargée ; il lui fallait se préparer à descendre.

Après avoir pris une douche, Julia passa sa veste croisée de chef, son pantalon et ses chaussures. Un certain fatalisme s'emparait peu à peu d'elle. Après tout, se ronger les sangs ne changerait rien à la situation. Ce qui devait être serait. Et puis, elle trouverait le moyen d'embobiner le nouveau propriétaire, quelles que soient ses intentions. D'ailleurs, pourquoi supposer qu'il ne voudrait pas la garder ? Le Carson était un excellent locataire.

Un peu ragaillardie à cette idée, elle s'engagea dans l'escalier. En l'apercevant, Gustav grimaça.

— Que se passe-t-il, trésor ? On dirait que tu es passée dans l'essoreuse à linge. C'est ton Italien ? Tu veux que je m'occupe de lui ?

— Non, non, ce n'est pas Draco. Nous avons cessé de nous voir, de toute façon. C'est…

Le menton de Julia se mit à trembler. Doucement, Gustav la guida vers son bureau et la fit asseoir dans son fauteuil. Ensuite, il s'accroupit devant elle et prit ses mains dans les siennes.

— Allons, trésor, laisse-toi aller. Dis-moi ce que tu as sur le cœur.

— La villa est vendue. J'ai tenté de l'acheter mais l'avocat m'a dit que l'affaire était conclue.

— Mais c'est illégal ! protesta Gustav. Ne devais-tu pas être avertie ?

— J'ai reçu la lettre hier et je pensais que, en tant que locataire, j'étais bien placée pour acquérir la propriété, mais c'était trop tard.

— Et pour la location ?

— Le contrat ne concerne que le précédent propriétaire.

— Donc, c'est simple. Nous renégocierons avec le nouveau propriétaire. Tu vois ? Pas besoin de te mettre dans des états pareils. Ce serait folie de leur part de nous chasser.

— Mais s'ils veulent affecter la villa un autre usage ? Si…

— Chut… Tout va bien se passer, Julia. Et maintenant, tu vas me sécher ces yeux, et filer dans la cuisine. Une soirée éprouvante nous attend encore.

— Hé ! Qui est le patron ici ?

— C'est moi, riposta Gustav avec un sourire impertinent. Simplement, la plupart du temps, pour te faire plaisir, je te laisse croire que c'est toi.

Il s'apprêta à quitter le bureau.

— Gustav ?

Il se retourna.

— Merci, dit Julia. Je vais très vite demander une entrevue au nouveau propriétaire, et essayer de renégocier la location.

— Je reconnais bien là ma princesse, dit Gustav en lui adressant un clin d'œil.

La soirée fut trépidante mais très satisfaisante. Quand Julia finit par poser la tête sur l'oreiller, elle était trop épuisée pour penser, et encore moins pour tirer des plans sur la comète.

Le matin se leva, vif et clair. C'était un de ces matins d'automne de l'hémisphère sud, incroyablement frais, avec un ciel si bleu qu'on avait l'impression qu'on pourrait se perdre dans son immensité.

Julia reprit contact avec l'avocat afin d'obtenir un rendez-vous aussi proche que possible avec le nouveau propriétaire. L'avocat la prévint qu'il lui faudrait un peu de temps pour mettre l'entrevue sur pied, mais il rappela, juste avant qu'elle n'entre en cuisine, pour lui annoncer, aussi surpris qu'elle, que le propriétaire acceptait de la rencontrer dès le lendemain matin.

Ce soir-là, Julia éprouva les plus grandes difficultés à se concentrer sur son travail tant elle appréhendait l'issue de la rencontre. Elle essaya néanmoins de se laisser contaminer par l'optimisme de Gustav, comme si, en croyant à une issue positive, elle pourrait influencer le destin.

La nuit lui parut interminable. Elle avait fait sa dernière ronde et vérifié que tout était bien fermé, elle avait pris une douche, et puis, allongée dans son lit, pendant des heures, elle contempla le plafond au-dessus d'elle.

Finalement, l'aube parut. Elle se vêtit avec un soin particulier, tenant à donner la meilleure impression d'elle-même et du restaurant.

Le propriétaire et elle étaient convenus de se rencontrer à 10 heures dans la salle à manger et, à l'heure dite, Julia faisait les cent pas entre les tables, se demandant pour la énième fois si elle n'aurait pas dû échanger son unique tailleur, noir, d'une coupe sévère, accompagné d'un chemisier de soie bleu glycine acheté en Italie, de bas noirs et de chaussures à talons plats pour une tenue moins austère. La ceinture de sa jupe la serrait un peu, première indication sensible de sa grossesse.

Elle posa une main sur son ventre. Son bébé, le bébé de Draco, grandissait. Elle ne pourrait plus l'ignorer bien longtemps.

Un coup frappé à la porte la fit sursauter. D'un coup sec, elle tira sur le bas de sa veste afin de la rajuster avant de traverser la pièce pour accueillir le nouveau propriétaire des lieux.

Mais quand elle ouvrit la porte, tout le sang se retira de son visage, et elle se mit à trembler. Car c'était la silhouette de Draco qui se découpait dans l'embrasure de la porte, et son visage, sombre comme un jour d'orage, n'augurait rien de bon.

— Toi ?

7

— Qui veux-tu que ce soit ? C'est le seul moyen que j'ai trouvé pour que tu acceptes de me rencontrer. Quand nécessaire, je ne dédaigne pas user de ma fortune et de mon influence. À l'avenir, tu feras aussi bien de t'en souvenir, *cara mia*.

— Ne m'appelle pas comme ça ! Je ne suis pas à toi ! Je ne te suis rien !

Soudain, Julia songea que provoquer aussi brutalement Draco n'était sans doute pas la meilleure conduite à adopter, étant donné les circonstances. Mais à ce moment, une nausée lui tordit l'estomac. Se détournant, une main sur la bouche, elle courut aux toilettes, le visage ruisselant de larmes, et, tombant à genoux, restitua le contenu intégral de son estomac.

— Prends, fit la voix de Draco derrière elle.

Il lui mit une serviette dans la main. Oh ! non. Draco ne l'avait tout de même pas suivie ? Il n'avait pas assisté à l'horrible scène ?

— Quand ça ira mieux, rejoins-moi au bar. Je t'y attendrai.

Le ton était sec. Visiblement, il la mettait en garde de ne pas le faire attendre trop longtemps. Aussi vite qu'elle put, elle se rafraîchit le visage, remit sa veste d'aplomb, et s'examina dans le miroir.

Ses bas étaient filés aux genoux. À cela, un seul remède : s'en débarrasser. Mieux valait toutefois ne pas perdre un instant. Quand Draco voulait quelque chose, c'était tout de suite.

Sur des jambes plutôt assurées malgré sa faiblesse, elle sortit des toilettes. Draco l'attendait, accoudé au bar dans une pose élégante, comme toujours. Cependant, sous la façade apparemment nonchalante, elle sentait bouillonner une vive agitation. À son approche, il s'écarta du bar et l'attendit, bras croisés, pieds écartés et fermement plantés au sol.

Aujourd'hui, il avait repoussé ses cheveux de son front, et son visage n'en apparaissait que plus sévère. Ses épais sourcils se fronçaient légèrement, ses yeux verts se rétrécissaient entre ses paupières plissées tandis qu'il la détaillait de la tête aux pieds. Soudain, elle craignit qu'il ne décèle les menus changements survenus dans son corps, et qu'elle tentait si énergiquement d'ignorer. Et son estomac se contracta de nouveau.

— Combien de temps comptais-tu encore attendre avant de m'en informer ? demanda-t-il d'une voix coupante.

Julia songea d'abord à louvoyer, mais, changeant abruptement de tactique, choisit de contre-attaquer.

— Je pourrais te poser la même question ! Combien de temps allais-tu attendre avant de me dire que tu as acheté la villa ? Combien as-tu offert au juste à Mme Whitcomb ? Beaucoup trop pour que je puisse espérer remporter la vente, je suppose ?

— Tu l'aurais su en temps voulu, Julia. Et maintenant, revenons à nos moutons. Tu n'es jamais souffrante, c'est pourquoi je ne vois qu'une raison à tes malaises, et je te repose la question. Combien de temps comptais-tu encore me cacher la vérité ?

En un éclair, il fut devant elle, la prit par la taille et la maintint prisonnière contre lui. Maudit soit-il ! Et maudit soit son propre corps qui réagit instantanément à son contact et à sa chaleur. Quand la main de Draco se glissa sous le revers de sa veste et effleura la soie de son chemisier, les pointes de ses seins se dressèrent instantanément, comme si elles cherchaient la douceur de sa paume.

— Crois-tu que je n'ai pas remarqué que tes seins étaient plus pleins ? demanda-t-il.

Sa main glissa le long de son torse pour venir se poser sur son ventre.

— Que ta taille s'épaissit parce que mon enfant croît en toi ?

Julia frissonna de la tête aux pieds. Sa voix contenait une note menaçante, une âpre revendication de la propriété de son enfant.

— Cette grossesse change tout, déclara-t-il. Je m'apprêtais à te laisser un peu d'espace, pour te permettre de réfléchir à notre relation. Mais plus maintenant. Pas quand mon enfant est impliqué.

Julia eut soudain l'impression que ses pires craintes étaient en train de se réaliser.

— Que fais-tu de moi ? protesta-t-elle. À t'entendre, j'ai l'impression que mes souhaits n'entrent pas du tout en ligne de compte dans ta décision !

Les lèvres de Draco se pincèrent tandis qu'il la dévisageait. Ses yeux avaient pris la couleur d'une mer d'orage, et elle frissonna de nouveau. Seulement, cette fois, c'était moins d'appréhension qu'en réaction physique à l'intensité du regard fixé sur elle.

Une femme moins forte se serait effondrée, réduite à sa merci. Mais, se rappela-t-elle froidement, une femme moins forte aurait sans doute accepté avec joie les manières possessives de Draco.

— Alors, insista-t-elle. Je n'ai pas mon mot à dire ?

— L'enfant est un Sandrelli, et lui ou elle sera élevé dans le respect des droits et des devoirs dus à ses origines, répliqua Draco, d'une voix qui coupait court à toute discussion.

Julia se libéra de son étreinte.

— Que veux-tu dire ?

— J'ai une responsabilité vis-à-vis de ma famille, et des générations de Sandrelli qui se sont succédé avant moi. Par sa naissance, ce bébé, notre enfant à tous deux, disposera d'un héritage qui remonte à plusieurs siècles, et il naîtra où je suis né, ainsi que mon père et mes ancêtres avant moi.

*
* *

Draco lutta pour contrôler la vague de pure joie qui montait des tréfonds de son être. Un bébé. Un enfant. Son enfant. Enfin, il pourrait apporter du bonheur dans la vie de ses parents, assombrie par tant de chagrins. D'abord, la mort de Lorenzo, son frère aîné, survenue dix ans plus tôt, et, plus récemment, celle de Marcella et de leur enfant à naître, et puis la maladie de son père.

Que ça plaise ou non à Julia, l'enfant naîtrait dans le berceau de sa famille, au cœur de la Toscane.

— Tu déraisonnes, dit-elle. Et c'était exactement ce que je craignais si je t'annonçais ma grossesse ! Tu ne sais même pas si l'enfant est de toi que déjà tu fais preuve d'une impardonnable grossièreté à mon égard, prenant des décisions à son sujet sans te soucier aucunement de savoir dans quelle mesure elles m'affectent.

Draco s'était raidi.

— Tu as eu des relations sexuelles avec d'autres hommes depuis notre rencontre ?

Les paupières de Julia papillotèrent, lui dérobant le fond de sa pensée. Impossible, désormais, de tricher. Elle ne pouvait nier que l'enfant était de lui, pas plus qu'elle nc pouvait l'empêcher d'agir comme bon lui semblait.

— Tu vas immédiatement engager un chef pour te remplacer, dit-il fermement.

— Certainement pas ! riposta-t-elle avec feu. Le Carson est mon restaurant. C'est moi qui en ai la responsabilité, pas toi. De plus, je *suis* le Carson, comme mon père l'était avant moi !

Tandis qu'elle lui crachait ces mots au visage, il réprima un sourire. Comme si ses revendications à un lignage familial pouvaient faire le poids, comparées à des traditions remontant à des générations et aux responsabilités qui retombaient sur ses épaules à lui !

— Tu ne peux argumenter avec moi sur ce point, Julia. Ce serait une perte de temps et d'énergie.

— Comment oses-tu ? Si tu t'imagines pouvoir m'imposer l'endroit où je devrais vivre, tu te trompes lourdement ! J'ai une affaire à diriger ici, mon foyer est en Nouvelle-Zélande, et mon bébé naîtra dans mon pays !

— Si tu veux jouer au plus fin avec moi, Julia, vas-y, tu ne me fais pas peur. Si tu n'es pas d'accord pour rentrer en Toscane avec moi, et avoir notre enfant là-bas, où sont ses racines, je résilie le bail de ton restaurant. Maintenant, la balle est dans ton camp. Je reviendrai demain pour avoir ta réponse.

Sur ces mots, il sortit. C'était préférable car il n'était pas certain de se maîtriser s'il restait plus longtemps en sa présence. Il avait déjà perdu un enfant ; lui vivant, il n'en perdrait pas un deuxième.

Tandis que le chauffeur lui ouvrait sa portière, il réfléchit, puis, une fois installé sur le siège de cuir de la limousine, il sortit son portable de sa poche de poitrine et l'ouvrit.

— Trouvez-moi l'adresse du père de Julia, ordonna-t-il à son correspondant. J'en ai immédiatement besoin.

Dix minutes plus tard, son chauffeur s'engageait sur l'autoroute du sud pour conduire Draco à une entrevue à laquelle il ne comptait pas mettre fin avant d'avoir obtenu satisfaction.

M. Carson ne ressemblait pas du tout à ce qu'imaginait Draco. Sa maison n'était guère plus qu'un bungalow de bord de mer, du genre de ceux qu'on utilise en vacances. Si ses renseignements étaient exacts, M. Carson la louait mensuellement. C'est-à-dire qu'il menait un genre de vie dépourvu de la stabilité qui régnait dans l'univers Sandrelli, et que Draco jugeait indispensable à l'éducation de son futur enfant.

La ressemblance entre le père et la fille était frappante. Même traits, même taille, même carrure. Sauf que l'homme qui s'avançait vers lui se tenait légèrement voûté, et que ses cheveux bruns se parsemaient de gris.

Draco lui tendit la main et, sans s'embarrasser de civilités, alla directement au vif du sujet.

— Ainsi, vous dites que ma fille serait enceinte ? fit le père de Julia, l'air incrédule.

— Oui, monsieur, et ce serait une immense joie pour mes parents si je pouvais ramener Julia chez moi, en Toscane, afin que le bébé naisse là-bas. Seulement, vous connaissez ses sentiments vis-à-vis du Carson. Elle ne supporte pas l'idée de le confier à d'autres mains. Je crois avoir compris que vous avez supervisé sa bonne marche pendant son voyage, en février ?

Le père de Julia hocha la tête, et un sourire éclaira son visage.

— C'est exact. Et j'ai beaucoup apprécié de reprendre mon activité.

— Dans ce cas, serait-ce trop vous demander de me rendre le même service pendant qu'elle séjournera en Toscane en attendant la naissance du bébé ? Je ferai en sorte que vous y trouviez votre compte.

Et Draco énonça un chiffre astronomique.

— Je souhaite que vous repreniez la direction du restaurant le plus tôt possible, ajouta-t-il, car mes affaires me réclament de façon urgente en Italie, et j'aimerais que Julia fasse le voyage avec moi. Naturellement, je sais que votre état de santé vous interdit d'assumer l'intégralité des tâches que Julia endossait ces derniers temps, mais je compte sur vous pour engager un chef qui lui donnera la tranquillité d'esprit nécessaire pour qu'elle accepte de s'éloigner.

— J'ai l'impression que vous êtes prêt à remuer ciel et terre pour ma fille, monsieur Sandrelli.

— Draco, s'il vous plaît. Et vous pouvez me croire si je vous dis que je ferai tout ce qui est en mon pouvoir pour protéger Julia durant sa grossesse. Toutes ces heures de travail harassant, ces écrasantes responsabilités, la tension des moments d'affluence, sont nocives dans son état. Et ce sera encore bien pire quand elle aura pris de l'embonpoint.

Une image de Julia, arrondie par la croissance de son enfant, jaillit dans l'esprit de Draco, et il éprouva une fierté si vive qu'elle en était presque douloureuse.

— Vous avez raison. Eh bien, Draco, dit M. Carson en lui tendant la main, marché conclu !

— Merci, monsieur. Vous ne savez pas ce que ça représente pour moi.

— Et Julia ? Je suppose qu'elle ignore encore vos projets ? Préparez-vous au pire, Draco, parce que je sais à quel point elle peut se montrer têtue, et je la connais trop pour penser qu'elle va adhérer sans rechigner à vos projets.

Draco sourit. Effectivement, son père la connaissait bien.

— Je prendrai soin de Julia, dit-il encore. Vous pouvez en être sûr.

À 10 heures, le lendemain matin, Draco se gara devant le restaurant. Cependant, avant qu'il ait l'occasion de frapper à la porte, celle-ci s'ouvrit sans douceur.

— Qu'as-tu fait ? demanda Julia, l'air furieux.

— Je t'avais prévenue qu'il ne fallait pas me sous-estimer. Tu croyais peut-être que je parlais à la légère ?

— Comment oses-tu agir derrière mon dos alors que je ne t'ai pas encore donné ma réponse ?

Draco entra et attendit que Julia referme la porte derrière lui avant de répondre.

— J'ai fait le nécessaire.

— Le nécessaire ? Dois-je te rappeler qu'il s'agit de *mon* restaurant ?

— Pas du tout. Pas plus que je ne dois te rappeler que je possède le toit qui abrite ton restaurant, les murs qui l'entourent et le sol qui le supporte. Tu veux que le Carson poursuive sa carrière ? Alors, oui, il la poursuivra. Mais je saurai t'empêcher de mourir d'épuisement dans sa cuisine.

— Mon père ne se porte pas bien. On ne peut décemment pas lui demander de reprendre la direction du Carson à plein temps. Ce serait d'une imprudence folle !

— Je suis bien conscient de l'état de santé de ton père, Julia. Contrairement à ce que tu crois, je ne suis pas un monstre. Je lui ai demandé d'engager un chef pour le seconder. En même temps, je pense que ça lui fera le plus grand bien de s'activer plutôt que de croupir dans son bungalow.

— Comme tu y vas ! Il ne croupit pas, il jouit d'une retraite bien méritée !

— Dis-moi, Julia, est-ce que ton père te semble vraiment le genre d'homme capable de se contenter du repos dû à son âge ?

Draco comprit qu'il avait marqué un point quand elle cessa d'arpenter la pièce et que ses mains, si animées quand elle parlait, retombèrent, inutiles, à son côté.

Il se rapprocha et lui prit le menton pour la forcer à le regarder.

— Alors ? Réponds-moi !

Le soupir de frustration qui s'échappa des lèvres délectables de Julia signa sa défaite.

— Non, il ne s'en contente pas.

— Dans ce cas, l'affaire est entendue. Nous partons en fin de semaine prochaine.

— Si tôt ?

— Nous n'avons pas de raison de nous attarder, Julia. Tout sera sous contrôle ici. Qui est plus qualifié que ton père pour assurer la bonne marche de l'établissement ?

— Moi. Je suis plus qualifiée que lui. Je suis plus jeune, en bonne santé, et c'est mon restaurant.

La voix de Julia avait grimpé dans les aigus, et son ton s'était fait véhément.

— Tu es aussi enceinte, fit remarquer Draco. Enceinte de mon héritier. C'est une responsabilité que tu dois prendre en compte.

Les yeux bruns de Julia jetèrent des éclairs tandis qu'elle ravalait sa fureur.

— Très bien ! Je retournerai à ton cher palazzo avec toi, et j'y mettrai ton enfant au monde. Seulement, sache que, après la naissance, je rentrerai dès que possible chez moi, en Nouvelle-Zélande !

Draco retint un instant son souffle, et sa mâchoire se crispa tandis qu'il refoulait la réplique qui lui brûlait les lèvres. Il parvint néanmoins à se contenir et, quand il s'exprima, ce fut d'une voix égale.

— Si tu rentres en Nouvelle-Zélande, ce sera sans l'enfant.

— Q'importe, si cela me permet d'être débarrassée de toi !

8

Un tourbillon d'activités marqua les jours qui suivirent. Draco réquisitionna si bien Julia qu'elle eut à peine l'occasion de mettre les pieds au restaurant. Il alla même jusqu'à la forcer à aller chez le médecin, le lundi matin, avant leur départ, et à l'accompagner, bien sûr.

Julia éprouva une drôle de sensation en entrant dans le cabinet en compagnie de Draco, sa main glissée sur sa taille. Dans ces circonstances, on aurait dit un couple normal venant effectuer une visite prénatale, mais Julia savait que ce nc serait jamais aussi simple entre eux.

— Vraiment, Draco, fit-elle remarquer, quinze jours seulement se sont écoulés depuis ma dernière visite. Tout va bien ! Je ne devais pas consulter avant quinze autres jours.

— Permets-moi de juger de ce qui est bien ou pas, répliqua-t-il sèchement.

Exaspérée, Julia leva les yeux au ciel.

— Tu es médecin, maintenant ?

— Non, mais je suis sur le point de devenir père, et il est de mon devoir de m'assurer que mon fils ou ma fille va bien.

— Franchement, tu en fais trop. Je suis seulement enceinte de douze semaines, et en excellente forme physique, mise à part ma légère fatigue…

Voyant qu'il s'apprêtait à répliquer, elle leva une main pour l'interrompre.

— À ce stade, affirma-t-elle, ma grossesse se déroule parfaitement bien.

— Mademoiselle Carson ? Le médecin va vous recevoir, dit la réceptionniste, interrompant toute éventuelle discussion entre eux.

Dès l'instant où Draco s'assit dans le bureau du médecin, Julia eut la sensation d'être devenue invisible, car il submergea la praticienne sous un feu roulant de questions à propos de sa santé et de celle du bébé.

— Vous m'assurez donc qu'il n'existe aucun problème susceptible de mettre en danger Julia ou le bébé ? finit-il par demander.

— Rien, en tout cas, que nous ayons détecté, monsieur Sandrelli. Le dernier bilan de santé de Julia indique une jeune femme en excellente santé. Sa tension artérielle, ses taux de cholestérol et de sucre sont tout à fait normaux. Il n'y a donc aucune raison de craindre que cette grossesse ne se déroule pas sous les meilleurs auspices.

À cet instant précis, Julia doutait que sa tension artérielle soit normale. L'intérêt de Draco pour sa condition physique tournait véritablement à l'obsession, et cet aspect de sa personnalité, passé inaperçu jusqu'à présent, commençait à la mettre mal à l'aise. Elle avait l'impression d'être réduite au rôle de réceptacle.

— En conclusion, je vous le répète, reprit le médecin, tout va très bien.

Draco jeta à Julia un regard si sombre qu'elle en eut le cœur serré.

— Pardonne mon inquiétude, *cara mia*, mais il faut absolument que je m'assure que le bébé et toi ne risquez rien durant cette grossesse.

L'usage du mot doux, évidemment destiné à mettre le médecin de son côté, fit se hérisser Julia.

— C'est très louable de votre part, monsieur Sandrelli, reprit la praticienne, mais laissez-moi vous répéter que je ne redoute aucune complication pour Julia, et je suis sûre que lorsque vous serez chez vous, en Italie, vous saurez l'entourer de toutes les attentions nécessaires. En attendant, voici un peu de littérature pour vous donner idée du régime alimentaire le plus approprié pour Julia, et des aliments qu'il vaut mieux éviter de consommer. À mon avis, il est plus agréable pour les futures mères que toute la famille adopte le même régime. Julia reçoit déjà des suppléments de vitamine B, calcium et fer. Elle est très bien informée, et vous pouvez lui faire confiance pour prendre soin de sa santé aussi bien que vous.

Vraisemblablement habituée à traiter avec des pères un peu trop anxieux, le médecin adressa à Julia un sourire complice.

— Merci, docteur, dit Draco. Vous me voyez rassuré.

— Parfait. Et maintenant, je suis sûre Julia doit attendre avec impatience son échographie. Passons donc en salle de radiologie.

Julia aurait embrassé le médecin. Elle aurait bien voulu voir Draco rester tranquillement assis avec une vessie distendue pendant qu'elle n'en finissait pas de poser des questions stupides. Alors qu'ils se dirigeaient vers les salles d'examen radiologiques, le médecin continua de s'entretenir avec Draco.

— Ou bien je tiens une copie du compte rendu d'échographie à votre disposition avant votre départ pour l'Italie, dit-elle, ou bien je l'envoie au médecin que vous aurez choisi là-bas et dont vous me communiquerez l'adresse.

— Nous aimerions l'emporter, répondit Draco sans laisser la chance à Julia de placer un mot.

Il tendit une carte de visite au médecin.

— Envoyez-le, s'il vous plaît, à cette adresse. Nous partons à la fin de la semaine. Je pense que, d'ici là, vous pourrez me faire parvenir ce compte rendu ?

— Oui, oui, absolument.

Le médecin conduisit Julia et Draco à la radiologue chargée de procéder à l'échographie. Silencieux, contrairement à son habitude, Draco s'assit près de Julia tandis que la radiologue la préparait en enduisant son ventre de gel. La jeune femme décrivait les différentes étapes du processus, ce dont Julia lui fut reconnaissante. Elle avait l'impression de s'aventurer dans un territoire inconnu et plutôt effrayant. Quinze jours plus tôt, elle n'imaginait même pas l'éventualité d'une grossesse. À vrai dire, elle évitait avec soin le sujet. Et maintenant, c'était une réalité. Et cela le devenait de plus en plus à mesure que les images se précisaient sur l'écran.

— Nous y sommes, dit la radiologue avec un grand sourire. L'heure est venue de faire la connaissance de votre bébé.

Julia riva ses yeux sur l'écran tandis que la radiologue désignait le bébé, *son* bébé, ses jambes, ses bras, sa tête. C'était difficile de croire que ce minuscule être humain grandissait et bougeait dans son corps, alors que, extérieurement, aucun signe de son existence n'était décelable.

— Eh bien ! s'exclama Julia, il semble très affairé, n'est-ce...

Cependant, comme elle se tournait vers Draco, elle s'interrompit devant son expression.

Il y avait de l'émerveillement dans son regard, mais aussi une expression de tristesse qui la bouleversa. Et l'animosité qui s'attardait entre eux fondit comme neige au soleil. Elle lui prit la main dans l'espoir de le soulager du poids de l'angoisse qui semblait l'accabler.

À son contact, l'expression de Draco se modifia. Il se tourna vers elle et la regarda intensément. Choquée de voir des larmes briller dans ses yeux, elle tressaillit et comprit soudain ce que signifiait pour lui la réalité dévoilée par les images.

Il aimait déjà le bébé. Le bébé faisait déjà partie de lui alors que sa propre grossesse lui semblait encore étrangère. Même les images qui la matérialisaient gardaient pour elle quelque chose d'irréel.

Le sentiment qu'un fossé énorme se creusait entre Draco et elle submergea Julia. Comme s'il devinait ses pensées, il lui pressa doucement la main avant de la lâcher. Mais cela ne suffit pas pour effacer les terribles craintes qui étreignaient Julia. Et si elle n'aimait pas son enfant ?

À cet instant, elle n'eut plus qu'une envie : se retrouver dans sa chambre et se recroqueviller dans le recoin le plus sombre pour pleurer. Mais elle ne pourrait même pas s'offrir ce luxe puisque son père s'était déjà installé dans son petit appartement, en prévision de sa reprise en mains du restaurant. Elle avait donc dû s'installer chez Draco et, si l'on en jugeait par son actuel sentiment de dépossession, aller vivre au palazzo, d'ici quelques jours, serait encore bien plus pénible.

Draco se renfonça contre le dossier du confortable siège de cuir de l'avion qui le ramenait chez lui, Julia à son côté. La semaine avait passé dans un tourbillon d'agitation. Ayant eu à régler les derniers détails relatifs à ses entreprises néo-zélandaises et australiennes, il n'avait guère eu l'occasion de passer du temps avec Julia, mais il supposait que, de toute façon, elle s'en souciait peu.

Toute la semaine, il avait pensé sans relâche à l'échographie et à l'émerveillement que cela avait représenté. Il avait même demandé une copie au médecin, qu'il gardait en permanence dans sa poche depuis qu'il l'avait reçue. Durant la grossesse de Marcella, pris en permanence par ses affaires, il n'avait assisté à aucun de ses rendez-vous médicaux. Elle ne lui avait adressé aucun reproche, ne s'était pas plainte, n'avait jamais réclamé sa présence. Aujourd'hui seulement, il commençait à comprendre tout ce qu'il avait perdu. Sans que cela n'enlève rien au chagrin de la disparition de Marcella et de l'enfant, il se jura de se montrer plus attentif cette fois.

Le temps qu'ils atteignent l'aéroport privé, à la périphérie de la propriété Sandrelli, près de San Gimignano, ils étaient tous deux horriblement las. Les haltes, sur le trajet, n'avaient pas permis de briser la tension qui régnait entre eux et, même si Julia avait réussi à dormir un peu dans l'avion, elle semblait sur le point de s'effondrer de fatigue. Et il nota dans un coin de sa tête de faire venir au palazzo le gynécologue qu'il avait retenu pour elle.

Les douaniers qui les accueillirent à l'aéroport noyèrent Draco sous des souhaits de bienvenue émis dans un italien volubile. Petit à petit, il reprenait contact avec les rythmes de sa terre natale, et il éprouva, comme chaque fois qu'il revenait en Italie, le sentiment d'être de retour au bercail. Son cœur se dilata à l'idée que, un jour, son enfant connaîtrait le même sentiment. Après avoir embrassé le vaste monde dans toute sa gloire, il éprouverait l'envie irrésistible de retourner à ses racines.

Six semaines s'étaient écoulées depuis son départ. Le pays était sorti de la froidure tardive de l'hiver. Autour d'eux, les champs flambaient du feu des coquelicots et de l'or de la moutarde sauvage.

Oui, c'était bon d'être de retour. Dans son foyer. Et il espérait que Julia finirait par ressentir la même chose que lui. La première fois qu'elle était venue au palazzo, c'était en touriste, mais cette fois, c'était différent. Le palazzo allait devenir son foyer, à elle aussi. Et Draco comptait bien qu'elle le considère comme tel.

Une fois les formalités remplies, il poussa Julia dans la limousine qui les attendait. Tandis qu'ils roulaient vers le palazzo, il examina le paysage avec la plus grande attention, notant l'état des diverses plantations à la base des entreprises commerciales de Sandrelli Corporation. Telle une armée géante, les luxuriants vergers d'oliviers marchaient à l'assaut des collines ondulantes tandis que les rangées de vignes s'étiraient sous les murs de pierre édifiés au XVIe siècle pour protéger le palazzo des attaques des brigands.

Le palazzo. Le berceau de sa famille. Dieu que c'était bon de renouer avec les riches racines de son héritage.

Souriant, il jeta un coup d'œil à Julia, et son enthousiasme fut aussitôt douché. Pâle et raide sur son siège, elle regardait fixement par sa fenêtre. Elle était demeurée quasi muette depuis le départ de l'aéroport. Restait à espérer qu'elle parviendrait à se détendre une fois installée au palazzo. Pour son bien, et celui de l'enfant.

Quand ils eurent pénétré dans la digne demeure, il la conduisit à sa chambre.

— Je ne loge pas au même endroit que la première fois, constata-t-elle comme ils montaient un vaste escalier conduisant au premier étage.

— Non. Cet escalier mène à mes appartements privés. La première fois, tu avais une chambre dans l'aile réservée à nos hôtes, qu'ils soient en relation avec les affaires ou avec l'industrie du tourisme.

— Je ne m'étais pas rendu compte que cette demeure était si vaste, dit Julia.

Draco hocha la tête avec un sourire satisfait. Les cuisines où avaient lieu les cours, et les chambres d'hôtes, n'occupaient qu'une petite partie de l'ensemble.

— Je te ferai faire une visite complète du palazzo quand tu seras reposée. Demain, peut-être ?

— J'en serais ravie.

Lui signifiait-elle par sa nouvelle douceur son intention d'enterrer la hache de guerre ? Elle devait se sentir complètement perdue, se dit-il. Même la chambre où elle allait dormir lui était inconnue. Il en poussa la lourde porte. Dans la douce clarté du soir, les tentures roses bordées de franges dorées, retenues par des cordelières aux montants des fenêtres à meneaux, offraient une ambiancc chaleureuse et accueillante, ainsi que l'antique lit à baldaquin dont la présence imposante dominait la pièce.

— Seigneur ! On se croirait dans un musée, s'exclama Julia avec un rire nerveux. Tu es sûr que c'est ma chambre ?

— Les meubles appartiennent à ma famille depuis… eh bien, leur origine. Et nous les utilisons. C'est dans ce but qu'ils ont été fabriqués.

Draco fit signe à un domestique de déposer les bagages de Julia dans une pièce attenante.

— Une femme de chambre va venir t'aider à défaire tes bagages, dit-il.

— Non, non, c'est inutile ! protesta Julia. Je peux très bien le faire toute seule.

— C'est très utile, au contraire. Tu sembles épuisée. Pourquoi ne pas te coucher tôt ? Comme ça, demain matin, tu seras fraîche et dispose, et nous pourrons repartir du bon pied. Qu'en dis-tu ?

Quelque chose dans le regard de Draco alla droit au cœur de Julia. Repartir du bon pied ? Elle ne demandait que ça. Si seulement elle pouvait rayer tout ce qui s'était passé depuis son dernier séjour ici, en février. Où en seraient-ils aujourd'hui ? À coup sûr, elle ne se trouverait pas au palazzo, mais au Carson, occupée à faire ce qu'elle aimait… À cette simple idée, elle eut de nouveau envie de se réfugier dans son lit et de ne plus jamais en sortir. Sauf qu'une fois de plus, ce n'était pas possible. Pas alors qu'elle était à des milliers de kilomètres de sa chambre, de sa maison, de son pays… Et qu'elle allait devoir rester encore un bon moment sur cette terre étrangère.

Très bien, se dit-elle en redressant la tête, il fallait réagir. Elle avait le choix : ou bien elle décidait de jouer les victimes tout le temps de son séjour en Toscane, ou bien elle choisissait d'en tirer le maximum. Et la dernière solution paraissait de loin la plus intelligente.

— C'est une bonne idée, dit-elle.

Il approcha sa main de sa joue et, du bout du doigt, en dessina le contour. Instantanément, elle sentit son corps s'émouvoir. Il ne l'avait pas touchée depuis ce bref moment, quand ils s'étaient pris la main, dans la salle d'échographie. Soudain, elle se rendit compte que son contact lui avait terriblement manqué. Qu'il lui avait terriblement manqué. Les larmes jaillirent de ses yeux. De stupides larmes qui reflétaient mal le maelström d'émotions qui se déchaînait en elle.

— Je te laisse te reposer, dit Draco.

— Draco, attends ! Où seras-tu ?

À sa grande horreur, Julia entendit une note de panique dans sa propre voix.

— Je vais rendre une visite rapide à mes parents et puis je regagnerai mes appartements. Ma chambre est à deux portes de la tienne, un peu plus loin dans le couloir. Ne t'inquiète pas, Julia. Je ne te perdrai pas de vue.

Trop émue pour parler, Julia se contenta de hocher la tête.

— *Buona sera*, Julia. Dors bien. Et ne t'inquiète pas pour la femme de chambre. Pour ne pas te déranger, elle utilisera la porte qui ouvre directement du couloir sur ton dressing-room.

— Un dressing-room, balbutia Julia. Je n'ai même pas de quoi remplir les tiroirs d'une commode et je vais disposer d'un dressing-room ?

— Si tu veux, nous nous rendrons en avion à Milan pour faire les magasins. Tu vas avoir besoin d'une nouvelle garde-robe, surtout quand le bébé va grossir.

L'excitation qui commençait à bouillonner en elle retomba subitement quand il lui rappela par ces quelques mots que le véritable but de sa présence ici était le bébé, et seulement lui.

— Comme tu voudras, répondit-elle d'un ton morne.

Parce qu'elle se souvint soudain très clairement que, en dépit du délicieux ameublement, et de l'élégance cossue de son nouveau foyer, elle n'était là que contrainte et forcée.

— Julia ? Les choses ne se passent pas comme j'aimerais qu'elles se passent. J'aimerais penser que toi aussi, tu attends avec impatience ce bébé. L'autre jour, nous nous sommes jeté de cruelles paroles à la tête, c'est vrai, mais je suis sincère en suggérant que nous prenions un nouveau départ. Réfléchis-y, s'il te plaît.

Après le départ de Draco, Julia passa quelques minutes à se familiariser avec sa chambre. La vaste salle de bains attenante était aussi luxueusement équipée que la chambre, bien que nettement plus moderne, nota-t-elle avec un certain soulagement. Puis, après avoir sorti son nécessaire de toilette et une chemise de nuit de ses bagages, elle se prépara pour la nuit.

Les paroles de Draco résonnaient encore dans sa tête. Prendre un nouveau départ. Ce serait tellement merveilleux d'y parvenir. Oui, mais alors, que deviendraient ses ambitions ? Elle aurait fini par obtenir pour le Carson la consécration des cinq étoiles uniquement pour le remettre à d'autres mains ? Et que ces mains soient celles de son père n'atténuait en rien son impression d'avoir été lésée.

Elle se glissa entre les draps de coton fin qui dégageaient une fraîche odeur de lavande et posa la tête sur l'oreiller. Elle avait cru dominer la situation, mais elle s'était lourdement trompée. Car, qui orchestrait le bal, maintenant ? Draco. Et avec quelles armes aurait-elle lutté contre l'héritier de siècles et de siècles de pouvoir ?

Devant Draco, elle demeurait impuissante.

Totalement impuissante.

9

Le lendemain matin, Julia fut réveillée par un cliquetis de vaisselle.

— *Buon giorno*, mademoiselle Carson. J'espère que vous avez passé une bonne nuit ?

Une femme de chambre en uniforme pénétra avec entrain dans la chambre, et vint déposer un plateau sur une table.

— Voici votre petit déjeuner. Je dois également vous transmettre un message du *signore* qui voudrait que vous soyez prête d'ici une heure pour la visite de la propriété. Et, mademoiselle Carson, le café est décaféiné, suivant les recommandations de votre médecin.

— Merci.

Julia se redressa contre ses oreillers et huma l'air chargé de l'arôme du café fraîchement passé. Ses yeux tombèrent sur des pâtisseries disposées dans une corbeille, sur le plateau.

— Ce sont des *cornetti* ?

— À la framboise. Vos préférés, *si* ? Cristiano, notre cuisinier s'en est souvenu. Et, mademoiselle Carson, il y a également un petit présent pour vous. Un cadeau de bienvenue au palazzo de la part du *signore*.

À la fois intriguée et affamée, Julia repoussa les couvertures et se leva. Avec un sourire enjoué, la femme de chambre se retira.

Un écrin de velours bleu, de forme rectangulaire, était posé sur une serviette blanche, à côté de la corbeille de *cornetti*.

La curiosité l'emportant sur la faim, elle le prit et l'ouvrit. À l'intérieur, reposant sur du satin blanc, elle découvrit un exquis bracelet d'argent. Elle le prit avec précaution entre ses doigts et le souleva, s'extasiant sur les délicates breloques disposées à distance égale, sur toute la longueur.

Habituellement, elle ne portait pas de bijoux qui représentaient une source de gêne dans une cuisine. Pourtant, dans l'immédiat, elle brûlait d'impatience de porter le ravissant bijou. Elle se battit quelques instants avec l'attache avant de parvenir à le fixer à son poignet. Elle tourna alors son bras en tous sens pour mieux admirer le reflet de la lumière sur l'argent, et écouter le doux tintement des breloques qui s'entrechoquaient.

C'était si gentil à Draco de lui offrir ce présent. Malheureusement, son côté cynique reprenant le dessus, elle se demanda s'il n'avait pas un placard plein de cadeaux destinés à ses invitées de passage. Draco n'était-il pas un homme que les milieux mondains se disputaient ? Elle avait lu les articles parus sur lui, en Nouvelle-Zélande, souvent accompagnés de photos des anciennes conquêtes de Draco, côte à côte avec celles prises de leur couple par les paparazzis…

Allons, tenta-t-elle de se raisonner, ce n'étaient que de stupides articles de tabloïds. Rien qui justifie qu'elle se mette dans tous ses états. Alors elle allait profiter de son cadeau, un point c'est tout : elle aimait le bracelet, et serait heureuse de le porter.

Les grondements de son estomac lui rappelèrent les délices qui l'attendaient. L'eau à la bouche, elle prit une pâtisserie et croqua dedans. L'espace d'un instant, son cerveau critique de chef lui-même se désintéressa de la question tandis que le gâteau fondait sur sa langue. Le temps qu'elle ait fini la dernière miette, et savouré le délicieux café au léger goût de noisette, elle était prête à affronter la journée.

Après une douche rapide, elle passa une robe couleur framboise, boutonnée sur le devant, et assez ample, car la journée promettait d'être chaude. Pour ajouter un peu de piquant à sa tenue, elle s'empara d'une longue écharpe multicolore qu'elle ajusta sur sa tête et noua sur la nuque, les pans retombant sur ses épaules. Elle étudia le résultat dans le miroir, et conclut que le style rétro, années soixante, lui allait bien. Et puis, il lui donnait une confiance en elle dont elle avait bien besoin.

Elle consulta le réveil. Il était encore tôt.

Durant quelques minutes, elle arpenta sa chambre avant de s'installer finalement devant les vastes fenêtres et d'admirer la superbe vue sur la vallée. Dans le lointain, les ombres plus sombres des collines surplombaient le luxuriant paysage, métamorphosé depuis qu'elle l'avait vu, lors de son précédent séjour, sous son manteau neigeux.

Devait-elle attendre Draco, ou aller voir s'il était dans sa chambre ? Attendre ne l'enchantait guère. Par ce temps magnifique, l'envie la démangeait de sortir dans le soleil de ce qui s'annonçait comme une superbe matinée de printemps. Avec un sourire, elle se dirigea vers la porte.

La veille au soir, Draco avait dit que sa chambre se trouvait à deux portes de la sienne. Elle foula le tapis au petit point qui étouffait le bruit de ses pas, trouvant presque sacrilège de marcher sur le délicat ouvrage d'artiste. Deux portes, songea-t-elle avec un sourire désabusé. Il avait oublié de préciser la distance que représentaient « deux portes » dans ce monumental couloir.

En atteignant enfin une porte lambrissée, crème et or, jumelle de la sienne, Julia hésita avant de frapper timidement. Presque aussitôt, la porte s'ouvrit.

— *Buon giorno*, Julia. Tu parais beaucoup mieux ce matin.

— Merci. J'ai fabuleusement bien dormi ! Et je voulais te remercier pour ceci…

Elle agita son poignet.

— Tout le plaisir est pour moi, Julia. Entre. Je suis prêt dans un instant.

Sur ces mots, Draco s'écarta pour la laisser passer. Elle pénétra dans un confortable salon. Malgré les chaises lourdement rembourrées et recouvertes de tissus aux riches motifs floraux qui auraient pu donner une touche féminine à la pièce, les murs lambrissés et les tableaux représentant des scènes de chasse conféraient à l'ensemble une ambiance très masculine. Virile. Comme Draco.

Soudain, elle le sentit s'arrêter derrière elle.

— Tu es très belle, et tu sens merveilleusement bon aujourd'hui.

Un frisson la parcourut quand il pencha la tête et approcha les lèvres de sa nuque. Sa main descendit le long de son bras. Lui prenant le poignet, il le souleva.

— Chaque breloque possède une signification particulière pour notre région, expliqua-t-il, et pour la place que nous y occupons.

Il désigna une petite bouteille de vin, près de la fermeture.

— Celle-ci représente le vignoble où nous produisons notre propre Vernaccia.

— C'est le vin blanc que j'ai bu lors de mon dernier séjour, n'est-ce pas ? J'ai essayé de m'en procurer en Nouvelle-Zélande, mais notre fournisseur en vins a été incapable d'en dénicher.

— Nous verrons ce que nous pouvons faire pour en procurer à ton père.

L'espace d'un instant, Julia eut envie de crier devant cette preuve manifeste qu'elle n'avait plus son mot à dire à propos du Carson, alors qu'au contraire, le choix d'un nouveau vin à la carte de son restaurant n'aurait dû revenir qu'à elle. Cependant, elle fut rapidement distraite de son irritation par la caresse du doigt de Draco à l'endroit où battait son pouls, à l'intérieur du poignet.

Tout en détaillant les différentes breloques, il lui maintint légèrement le bras, et sa voix envoûtante la charma si bien qu'elle s'aperçut au bout d'un moment qu'elle s'était laissée aller contre lui, et que son torse imprimait à travers la robe sa chaude empreinte le long de son dos.

Elle se redressa brusquement, échappant à son étreinte. Il lui déplaisait d'être retombée avec une telle facilité sous son emprise. La veille, il avait suggéré un nouveau départ, et elle avait approuvé. Cependant, à la pleine lumière du jour, elle n'était plus aussi convaincue que ce soit une bonne idée. Il était le seigneur et maître des terres qui s'étendaient à perte de vue au-delà des fenêtres du palazzo. Quelle place pourrait-elle jamais tenir à son côté ? Et comment assumerait-elle ses responsabilités vis-à-vis du Carson si elle se laissait attendrir ?

— Je voudrais utiliser le téléphone pour prévenir papa que nous sommes bien arrivés, dit-elle, et que je me porte bien. J'en ai vu un dans ma chambre, mais je n'étais pas sûre de pouvoir m'en servir pour un appel international.

— Pas de problème, je l'ai déjà appelé. Il était heureux de savoir que tu étais bien installée, et que tu allais pouvoir te remettre des fatigues du voyage. Il m'a raconté que, lorsque tu étais revenue d'Italie, en février, tu étais épuisée, et qu'il t'avait fallu plusieurs jours pour surmonter le décalage horaire. J'espère que, cette fois-ci, tu ne seras pas aussi affectée.

— Après le luxe de ce vol ? J'en doute.

Julia dissimula derrière un sourire son irritation de découvrir qu'il s'était entretenu avec son père sans la consulter. Elle aurait aimé lui parler personnellement, savoir comment il s'en sortait au restaurant sans elle.

— Tu t'inquiètes pour ton précieux restaurant, je me trompe ?

Elle étouffa un soupir. Était-elle si transparente ?

— Oui, et pour papa aussi. Quand nous sommes partis, il n'avait encore accompli aucune démarche pour trouver un chef. J'ai peur qu'il ne se surmène.

— Julia, ton père n'est plus un enfant ! Il est tout à fait à même de prendre ses décisions.

— C'est bien ce qui m'inquiète. Ce sont ses décisions qui ont été à l'origine de son malaise, la dernière fois.

— Mais il est sous traitement, *si* ?

— Oui, mais c'est une tête de mule…

« Comme toi », acheva-t-elle pour elle-même.

— Pourquoi ne l'appellerais-tu pas ce soir, vers 22 heures ? Il sera alors 8 heures, le dimanche matin, en Nouvelle-Zélande.

— J'avais oublié le décalage horaire, marmonna Julia.

C'était ce même oubli du décalage horaire qui l'avait mise dans la situation où elle se trouvait, se rappela-t-elle.

— Pourquoi pas maintenant ? reprit-elle. C'est le soir, non ? À peu près 19 heures ?

— Ne seront-ils pas trop occupés au restaurant ? Ton père risque de n'avoir pas le temps de te parler, et il sait déjà que tout va bien pour toi.

Évidemment, Draco n'avait pas tort.

— Très bien. Je téléphonerai ce soir, dit Julia, vaincue.

Draco lui offrit un magnifique sourire, puis il lui prit la main.

— Et maintenant, *cara mia*, par quoi aimerais-tu commencer notre visite ? Le palazzo ou le domaine ?

— Oh ! le domaine, s'il te plaît. Il fait si beau !

— Vos désirs sont des ordres, princesse, répondit Draco avec un sourire qui envoya une décharge d'adrénaline dans le cœur de Julia.

Il lui offrit son bras, qu'elle accepta bien volontiers. Tout en se dirigeant vers l'escalier, Draco lui raconta au passage l'histoire de certaines pièces d'ameublement et de décoration.

— Ne crains-tu pas que des objets soient brisés ? demanda Julia. Ne devraient-ils pas se trouver dans un musée ?

La remarque le fit rire.

— C'est qu'ils font partie de la famille, vois-tu. S'ils sont cassés, eh bien, tant pis. Bien sûr, nous prenons toutes les précautions pour que ça ne se produise pas et, parmi les pièces qui possèdent le plus de valeur, certaines sont serrées dans des vitrines, comme celles que tu as sans doute vues dans le salon, la dernière fois que tu es venue.

Elle se souvenait très bien de ces vitrines. De tout ce qu'elle avait vu au palais, c'étaient sans doute ces vitrines abritant des œuvres toutes plus sublimes les unes que les autres qui l'avaient le plus impressionnée. Et lui avaient donné l'impression d'évoluer dans un musée. Et non dans une maison à vivre…

Une fois de plus, elle envia à Draco l'aisance avec laquelle il évoluait dans son univers. Aussi accueillant et confortable soit le palazzo, elle doutait de pouvoir jamais s'y sentir chez elle. Elle qui n'avait jamais rien conservé de toute sa vie ! Une vie mouvementée dont elle ne gardait aucune trace, aucun repère, pas même une photo de classe. Alors que Draco... Elle examina les portraits accrochés entre les fenêtres du couloir. Draco pouvait faire remonter ses origines presque jusqu'au Moyen Âge.

Ils quittèrent le palazzo et se dirigèrent vers une décapotable étincelant de tous ses feux.

— Nous allons nous déplacer en voiture ? demanda Julia, surprise parce qu'elle s'attendait à marcher dans la nature.

— Je pensais t'emmener d'abord au point le plus éloigné du domaine, mais peut-être préfères-tu rester aux environs de la maison ?

Tandis qu'il l'aidait à prendre place dans la voiture, Julia jeta un coup d'œil dubitatif à la masse imposante de la construction. *La maison.* Celle de Draco, oui. Elle ne pensait pas pouvoir un jour se référer au palazzo comme étant « la maison ». Mais c'était bien un foyer qu'il représentait aux yeux de Draco.

— Non, non ! dit-elle très vite. C'est parfait, ça ira très bien.

Draco s'installa à la place du conducteur, et posa ses mains fortes et capables sur le volant. Et Julia se rendit compte que c'était la première fois qu'elle le voyait conduire.

— Tu ne conduis pas en Nouvelle-Zélande. Y a-t-il une raison à ça ?

— Se garer est un tel casse-tête là-bas que je préfère ne pas avoir à m'en soucier quand je travaille. En général, j'y garde une voiture pour mon usage personnel, mais, pour le plaisir, quand je suis à Auckland, je préfère me servir de ma moto.

— Tu as une moto ?

La surprise de Julia était grande. Draco lui avait toujours paru si lisse, si raffiné. L'imaginer chevauchant une puissante cylindrée, revêtu de cuir noir, lui paraissait le comble de l'étrange.

— Mais oui ! Brent, Adam et moi avons le même modèle de moto Guzzi. Et quand nous nous retrouvons tous ensemble à Auckland, nous programmons des balades à moto, pour nous aérer l'esprit. Cette fois, nous n'y sommes pas parvenus, mais ce n'est que partie remise.

Brent Colby et Adam Palmer, les amis de Draco qu'on retrouvait régulièrement dans les journaux, l'un à la rubrique affaires, l'autre dans les pages mondaines. Et, à en juger par le tsunami médiatique déclenché par la liaison de Brent Colby et d'Amira Forsythe, une riche héritière, juste avant leur départ d'Auckland, cette popularité n'était pas près de s'éteindre.

— Comment vous êtes-vous rencontrés tous les trois ? Vous étiez à la cérémonie commémorative organisée en l'honneur de Mme Woodley, si je ne me trompe. Aurais-tu fréquenté l'école d'Ashhurst ?

— Oui. Mes parents jugeaient important que mon grand frère et moi fassions l'expérience d'une éducation en pays étranger. Il s'est expatrié en Australie, moi, en Nouvelle-Zélande.

— Ton frère ?

— Lorenzo. Il est mort il y a dix ans, dans un stupide accident. Un de ces drames qui peuvent parfaitement s'éviter. Il faisait du ski nautique avec des amis, au large de la côte d'Amalfi. Malheureusement, le conducteur de l'autre bateau, qui était ivre, a trouvé drôle de foncer sur le bateau qui remorquait Lorenzo pour jouer à celui qui se dégonflerait le premier. Lorenzo a eu le cou brisé dans le choc. Il est mort instantanément.

Julia en eut les larmes aux yeux.

— Oh ! Draco, je suis désolée. Quelle tragédie pour tes parents et toi.

Il se tourna vers elle, et essuya délicatement les larmes qui roulaient sur ses joues.

— Nous avons énormément souffert, mais nous avons fini par comprendre que la vie doit continuer. Et maintenant, nous attendons une nouvelle vie, notre bébé. Tu ne peux pas imaginer ce que cette naissance va représenter pour mes parents.

— Tu ne leur en as pas encore parlé ?

— Non. Quand je les ai vus, hier soir, je n'ai pas trouvé le moment bien choisi pour leur annoncer la grande nouvelle.

Mon père était fatigué, et ma mère se faisait du souci pour lui. Mais je les mettrai bientôt au courant. Et maintenant, si nous partions faire cette promenade ?

Comme Julia hochait la tête, il démarra, et les graviers jaillirent sous ses roues tandis qu'ils franchissaient le massif portail d'entrée du palazzo.

La diversité du paysage surprit Julia, ainsi que celle des cultures. Comme ils traversaient les différentes parcelles, elle se rappela les breloques du bracelet que Draco lui avait offert, le matin même, et dont chacune représentait une branche des activités agricoles de la famille Sandrelli. Et elle sentit naître un tout nouveau respect pour lui, et pour les responsabilités qui pesaient sur ses épaules.

En faisant découvrir à Julia la terre qui faisait tout autant partie de lui que le sang qui coulait dans ses veines, Draco ressentit son habituel élan de fierté. Il éprouvait toujours un vrai bonheur à voir le domaine à travers d'autres yeux. Mais, cette fois, l'enjeu était vital. Il fallait absolument que Julia comprenne bien ce que signifiait l'appartenance à la famille Sandrelli, et ce qu'elle signifierait pour leur fils ou leur fille.

Ils se trouvaient à peu près à mi-chemin du retour, quand il quitta la route pour s'engager sur une voie privée menant à une imposante oliveraie.

— Aimerais-tu que nous nous arrêtions pour déjeuner ? demanda-t-il.

En se tournant vers elle, il eut la surprise de la surprendre à bâiller. Elle rit, les joues rouges d'embarras.

— Oh ! oui. J'aimerais beaucoup.

Draco tourna sur un chemin à peine visible et gara la voiture à l'ombre des arbres.

— Quand il a su que nous partions pour la journée, Cristiano nous a préparé un pique-nique. Donne-moi une minute, le temps d'installer tout ça.

— Je peux t'aider ? demanda Julia.

Debout à côté de la voiture, elle s'étira, les bras levés au-dessus sa tête. Et le désir frappa Draco avec la vivacité d'une décharge électrique. Malgré la nouvelle plénitude de son corps, Julia le troublait infiniment. Peut-être même encore plus qu'avant.

En s'apercevant qu'il l'observait, elle se figea.

— Il y a un problème ?

— Non, pas du tout. C'est que je te trouve superbe aujourd'hui. Le cadre te va à merveille.

— Flatteur ! dit-elle en riant.

Elle s'approcha pour lui prendre une couverture des mains et, après l'avoir secouée, l'installa au soleil.

— C'est la vérité, dit Draco. J'ai horreur de mentir ; ça représente une perte de temps.

— J'ai remarqué, dit Julia.

Tout en se demandant ce qu'elle avait pu remarquer d'autre à son sujet, Draco eut un sourire légèrement crispé.

Il sortit la glacière du coffre et la posa près de la couverture. Julia, qui s'était déjà assise en tailleur, prit le couvercle de la glacière et s'en servit comme d'une table pour disposer les assiettes et les récipients contenant la nourriture. Draco sortit les petites miches de pain que Cristiano avait fait cuire le matin même, et les posa près d'elle.

Pendant le repas, Draco expliqua à Julia le processus de fabrication de l'huile d'olive en Toscane. Elle n'avait pas assisté au ramassage, qui avait lieu en automne, car les fraîches vallées de la région exigeaient une récolte plus précoce que dans d'autres endroits du bassin méditerranéen. Le récit qu'il lui faisait avait l'air de la passionner, et pourtant, à un moment, il la vit se remettre à bâiller.

— Je suis désolé, Julia. Je ne voulais pas te fatiguer pour ta première journée en Toscane.

— Vraiment, j'ai apprécié tout ce que tu m'as fait découvrir aujourd'hui. Mais je suppose que je n'ai pas encore récupéré du voyage.

— Alors, il faut dormir.

— Ici ? demanda Julia, désignant d'un air étonné leur environnement de la main.

— Pourquoi pas ? Nous ne serons pas dérangés. Le soleil est chaud. Allonge-toi et détends-toi.

— Je ne peux pas ! protesta-t-elle. Je ne fais jamais de sieste. C'est tellement…

— Décadent ? suggéra-t-il en souriant.

Bien sûr, il aurait parié qu'elle ne se laissait jamais aller dans la journée. Pourtant, si elle voulait agir au mieux pour l'enfant, il allait falloir qu'elle apprenne à ralentir ses activités.

— Eh bien, sois décadente, pour une fois ! reprit-il. Allons, allonge-toi et ne pense plus à rien.

— Je n'arriverai jamais à m'endormir !

— Pas sûr. Écoute les bruits de la campagne. Laisse le soleil caresser ta peau, abandonne-toi à la quiétude ambiante.

Il vit ses paupières papilloter, puis se fermer, mais son corps demeurait tendu, comme si tous ses muscles étaient perpétuellement bandés, pour parer à toute demande d'activité.

Peu à peu, pourtant, sa respiration se fit plus régulière, et ses muscles se relâchèrent. Et quand, finalement, elle s'endormit, il hocha la tête.

Tout en prenant grand soin de ne pas la toucher, il s'allongea près d'elle, et l'observa. Quand elle était allongée sur le dos, il était plus aisé de remarquer les subtils changements que la grossesse avait produits sur son corps. La plénitude des seins, le petit renflement du ventre, la nouvelle rondeur des joues, d'ordinaire plutôt sèches, trahissaient la future mère.

Il aimait ces changements. Il aimait sa transformation. Elle lui paraissait ainsi moins intouchable. Et, justement, il mourait d'envie de la toucher, de la voir nue, de renouer avec l'intimité qu'ils avaient partagée.

Quand elle se réveillerait, tout à l'heure, il avait une idée assez précise de ce qu'ils pourraient faire…

10

Quand Julia ouvrit les yeux et reprit conscience de son environnement, Draco se pencha et effleura ses lèvres d'un baiser. Bien que léger, le contact eut le pouvoir d'arracher un gémissement de volupté à Julia. Ses yeux s'assombrirent, le noir des pupilles dévorant presque le noisette de l'iris, et un soupir franchit ses lèvres.

Il se pencha de nouveau, prenant cette fois le temps de rendre un hommage appuyé à ses lèvres, les mordillant, goûtant la tendre chair, léchant leur splendeur du bout de la langue.

Un frisson le parcourut quand Julia lui rendit la pareille. Avide d'en avoir toujours davantage d'elle, il sonda plus intimement sa bouche tout en se plaçant au-dessus d'elle, en appui sur ses bras, et il sentit sa chaleur se diffuser à travers ses vêtements et se répandre contre sa peau.

Julia fit aller ses mains sur les muscles de ses bras, et il se délecta de la caresse, et de son enthousiasme, tandis que leurs lèvres luttaient pour mieux se prendre. Cette attirance qui les unissait, il pouvait la comprendre. Elle était aussi élémentaire et vitale que l'énergie de la terre qui palpitait sous eux.

Supportant son poids d'une main, il entreprit de l'autre de déboutonner la robe de Julia tout en parsemant de baisers les morceaux de peau qu'il découvrait. Bientôt, les pans de la robe s'écartèrent, révélant un soutien-gorge de dentelle blanche qui étreignait des seins dont les pointes roses se dressaient comme pour implorer la caresse. Il suivit attentivement le motif festonné du sous-vêtement, puis plongea brusquement sur le bouton durci qui se pressait contre le fin tissu. Il referma ses lèvres sur lui et l'aspira entre ses lèvres.

Julia laissa échapper un cri. Tout son corps s'arc-bouta pour venir à sa rencontre tandis qu'il titillait longuement la pointe rosée de son sein, avant de passer à l'autre. Dans le plaisir, elle crispa avec force ses mains sur ses épaules. Demain, il porterait les traces de ses ongles, c'était certain, et l'idée le fit sourire.

Il continua de déboutonner sa robe, mettant finalement au jour sa fine culotte de dentelle. Il posa la main en coupe sur son sexe et y pressa sa paume, savourant son humidité, sa chaleur. Elle s'agita contre sa main et, soudain, il lui fut impossible de se contrôler plus longtemps.

Il allait remettre à une autre fois son projet de prendre son temps, de l'amener tout doucement au plaisir. À une fois où, peut-être, elle ne le rendrait pas fou de désir. Si ce genre de chose était possible…

Mû par un impérieux besoin de sentir sa peau contre la sienne, il tira brutalement sur les pans de sa chemise pour l'ouvrir, si bien que les boutons volèrent en tous sens. Il se pencha alors pour entrer en contact avec elle, mais grommela parce qu'il restait la barrière du soutien-gorge. L'aidant à se redresser, il fit glisser les bretelles de sa robe sur ses épaules et, habilement, défit l'agrafe du sous-vêtement.

Elle frissonna quand il l'en débarrassa.

— Es-tu certaine de le vouloir ? demanda-t-il d'une voix étouffée.

Elle pouvait encore refuser, il parviendrait à se contenir.

— Je le veux. Je… te veux.

En entendant ces mots, il eut l'impression de perdre la tête. Emmêlant les doigts dans ses cheveux, Julia attira son visage à elle, et il gémit contre sa bouche quand les pointes de ses seins se pressèrent contre son torse, et que leurs chaleurs se combinèrent pour allumer le désir fou de posséder un peu plus de l'autre.

Les mains de Julia glissèrent le long de son dos, malaxant ses muscles, comme si elle n'arrivait pas à se satisfaire de son contact. Et puis, elles se dirigèrent vers la ceinture de son pantalon, la défirent avec une dextérité dont il doutait d'être encore capable, et elles se mirent à caresser son sexe raidi à travers son boxer, lui tirant des grognements de plaisir.

Il se plaqua contre elle, incapable de se maîtriser. Pour sa plus grande frustration, une couche de tissu s'interposait encore entre eux, lui interdisant d'atteindre son but.

Il s'agenouilla et tira la culotte de Julia le long de ses jambes. Dieu ! qu'elle était belle, ainsi baignée d'ombre et de lumière. Un nœud se serra dans sa poitrine. Il hésita encore un instant, savourant sa beauté, puis son désir reprit une fois encore le dessus. Se débarrasser de ses chaussures et de ses vêtements ne lui prit qu'une seconde.

Puis il la recouvrit de son corps et se pressa entre ses jambes, savourant d'avance le moment où il allait enfin la pénétrer.

— C'est vraiment ce que tu veux, *cara mia* ? demanda-t-il encore, repris d'un scrupule.

— Draco, je t'en prie ! Je le veux. Je le veux tellement !

— Dans ce cas, je vais te donner ce que tu veux, grogna-t-il.

Il la prit par les fesses et, doucement, s'enfonça en elle. En même temps, son regard croisa le sien, le soutint, et l'intimité de cet échange visuel augmenta encore l'intensité du moment qu'il était en train de vivre. Il était en train de la posséder, et il pouvait lire au fond de ses yeux l'effet que cela lui faisait. Le même effet qu'il ressentait à travers son propre corps brûlant de désir. Mon Dieu, c'était encore meilleur que dans son souvenir…

Mais il devait lutter contre l'envie impérieuse de la prendre sans ménagement. Résister à son désir primitif afin que l'acte dure le plus longtemps possible. Doucement, tout doucement, il pénétra plus profondément en elle, sans jamais la quitter des yeux.

Mais quand Julia noua ses jambes à sa taille, le liant à elle, et se pressa à sa rencontre, il sut qu'il n'allait pas pouvoir se contrôler longtemps. Submergé par la passion, il lui agrippa les hanches, et se souleva pour mieux replonger ensuite. Jamais il n'avait ressenti de pareilles sensations avec une autre femme. Jamais il n'avait expérimenté ce sentiment de vulnérabilité, ce niveau de nécessité. L'instinct prima la raison tandis qu'il s'installait dans un rythme qui devait les expédier au paradis des sens. Et il atteignit le plaisir au moment même où il la sentit se contracter et se cambrer sous lui, et il s'abandonna aux pulsations du plaisir qui vibrait entre eux.

Il tremblait de tous ses membres quand il s'allongea et attira Julia sur lui pour qu'ils puissent rester unis un peu plus longtemps. Elle s'affaissa contre lui, le cœur battant furieusement dans sa poitrine, la respiration hachée à l'image de la sienne.

C'est ça la vie, pensa-t-il en lui caressant le dos et prenant ses fesses pour mieux la serrer contre lui, souhaitant garder cette position à jamais. C'était ça vivre. Tout ce qu'il avait fait avant aujourd'hui, avant cet instant, n'avait été que répétition.

Ils sommeillèrent au soleil, oublieux de tout ce qui n'était pas le retour au calme de leur respiration, le rythme régulier des battements de leurs cœurs, la langoureuse chaleur qui les enveloppait. Pourtant, même dans cet état d'euphorie, une ombre rôdait à la périphérie des pensées de Draco. Il n'arrivait pas écarter l'idée que Julia était déterminée à retourner en Nouvelle-Zélande après la naissance du bébé.

Aussi parfaite que soit leur entente charnelle, elle n'envisageait pas de rester et de fonder une famille avec lui. Le rappel était attristant, et gâchait le plaisir de l'instant présent.

Draco remua, aussi incommodé maintenant par la dureté du sol dans son dos que par ses pensées. Il avait besoin d'un peu de distance avec Julia, pour remettre de l'ordre dans ses idées, se rappeler que leur couple était condamné.

— Viens, dit-il en caressant ses courts cheveux bruns d'une main ferme. Il faut songer à rentrer.

*
* *

Avec un gémissement de protestation, Julia se libéra de l'étreinte de Draco et se laissa glisser à terre. Puis, tout en se rhabillant, elle jeta un regard de biais à Draco.

Où cela les menait-il ? Tout son être vibrait de satisfaction sensuelle, mais son esprit nageait dans la confusion. Poursuivre leur liaison quand Draco se trouvait à Auckland était une chose, mais ce qui s'était passé aujourd'hui changeait encore une fois la donne. Quand Draco l'avait pratiquement forcée à le suivre en Toscane, jamais elle n'aurait imaginé que, moins de vingt-quatre heures après leur arrivée, ils feraient l'amour. Et pourtant… Et il ne l'avait pas forcée, au contraire. Il s'était montré si respectueux, si tendre, si attentionné… À tout instant, elle aurait pu lui demander d'arrêter, elle l'avait senti, mais n'en avait eu aucune intention.

À vrai dire, c'était même tout le contraire. Elle avait encore envie de coucher avec lui. La sensibilité exacerbée de sa peau, de ses seins, de son corps entier, avait rendu l'expérience inoubliable, et elle brûlait de recommencer. Et cela ne faisait qu'ajouter à sa confusion. Car coucher avec Draco n'arrangerait en rien la situation.

Mais comment pourrait-elle désirer autre chose, songea-t-elle en admirant sa silhouette athlétique. Il avait rangé les reliefs du repas et la glacière dans le coffre de la décapotable et, maintenant, grand, torse nu, et terriblement beau, il regardait au loin. Tournant la tête, il surprit son regard et un petit sourire joua sur ses lèvres, rallumant follement son désir.

S'efforçant de dissimuler son trouble, Julia se leva, passa ses sandales, puis entreprit de replier la couverture. Quand Draco la lui prit des mains pour la ranger dans le coffre, leurs doigts se frôlèrent, et il suspendit son geste pour garder le contact quelques instants de plus.

— Nous recommencerons avant qu'il ne fasse trop chaud, murmura-t-il.

— J'aimerais bien, répondit Julia sans le quitter des yeux.

Mon Dieu, que n'aurait-elle donné pour qu'il comprenne, en un simple regard, à quel point elle était perdue ! Qu'elle mourait d'envie de refaire l'amour avec lui, certes, mais qu'elle attendait aussi bien plus de lui. Beaucoup plus…

Troublée, elle laissa ses yeux dériver sur le torse lisse et bronzé, et machinalement, elle se lécha les lèvres.

— Si tu continues de me regarder comme ça, nous ne rentrerons pas avant la nuit, prévint-il d'une voix amusée.

Cependant, sous l'humour, il y avait un autre sentiment que Julia n'arrivait pas à analyser. On aurait dit qu'il avait jeté une barrière mentale entre eux, et elle sentit la distance grandir encore quand il lui ouvrit sa portière et lui fit signe de grimper. Durant le trajet du retour, il demeura silencieux, et quand ils rentrèrent au palazzo, il s'excusa de la quitter en prétextant qu'il avait du travail.

Dépitée, Julia le regarda s'éloigner.

— Draco ?

Il hésita un instant, mais se retourna, le visage impénétrable.

— *Si* ?

— Il y a un problème ?

— Mais non ! Que vas-tu chercher ? Je te verrai au dîner, à 20 heures. Si tu as besoin de moi dans l'intervalle, tu trouveras le numéro de mon bureau sur la liste, près du téléphone de ta chambre.

Julia hocha la tête. Il s'attendait donc à ce qu'elle passe le restant de la journée dans sa chambre. Elle était punie, peut-être ?

Certes, elle avait besoin de prendre une douche et de se changer, mais du diable si elle allait rester terrée dans sa chambre jusqu'au soir, aussi belle soit-elle ! Il y avait encore des tas de coins à explorer avant de retrouver Draco pour le dîner.

Quand elle se fut rafraîchie, elle regagna le rez-de-chaussée du palazzo et prit ce qu'elle espérait être la direction de la cuisine. Cristiano s'y trouvait sans doute, affairé à préparer le repas, et elle avait envie de lui proposer de l'aider. Et si elle ne pouvait aider, elle apprendrait peut-être quelques recettes qui lui seraient utiles, à son retour en Nouvelle-Zélande.

De vastes portes vitrées menaient à une galerie et, plus loin, à un spacieux patio carrelé où elle aperçut une piscine.

Et l'éclat du soleil de fin d'après-midi qui miroitait sur l'eau la détourna momentanément de son but. Des orangers traités en topiaires et plantés dans des bacs délimitaient un agréable espace de détente. À quelques mètres de là, s'élevait un bâtiment, une ancienne écurie apparemment, dont les murs de briques prenaient un éclat doré aux rayons du soleil. Tout en flânant le long de l'allée, intriguée, Julia s'en rapprocha.

Par les profondes fenêtres voûtées, elle jeta un coup d'œil à l'intérieur. Un équipement de gymnastique ultramoderne occupait l'espace dont le sol avait été recouvert d'une moquette. À défaut de passer ses journées avec Draco, comme elle l'avait imaginé, voilà un lieu où elle trouverait de quoi s'occuper. Entre le gymnase et la piscine, au moins parviendrait-elle à garder la forme.

À Auckland, prise dans le tourbillon de ses activités, elle n'avait jamais eu à se soucier de son état, mais maintenant qu'elle était condamnée à de longues vacances en attendant la naissance de l'enfant, il faudrait bien qu'elle fasse de l'exercice sous peine d'échouer à reprendre le rythme du travail à son retour.

Julia poursuivit le long de l'allée et constata avec satisfaction qu'elle menait exactement à l'endroit qu'elle cherchait : la cuisine du palazzo. La porte en était grande ouverte et, au-delà, Julia distingua des récipients de cuivre étincelants et une grosse cuisinière à charbon noire.

— Il y a quelqu'un ? demanda-t-elle depuis la porte.

— Mademoiselle Carson ! Quel plaisir de vous revoir !

Avec élan, Cristiano traversa la cuisine au sol pavé de tommettes et serra Julia sur sa corpulente poitrine.

— Appelez-moi Julia, Cristiano, je vous en prie ! Je suis également heureuse de vous revoir. Je venais voir si, par hasard, vous n'auriez pas besoin d'un coup de main. L'inaction me pèse. Je vais devenir folle si je ne trouve pas une activité !

Avec un reniflement peu élégant, le cuisinier plaqua ses mains sur la grande table de bois qui trônait au milieu de la pièce.

— Asseyez-vous, asseyez-vous ! Vous n'êtes pas ici pour

travailler, mon petit ! Vous allez vous contenter de regarder, et d'apprendre, ajouta-t-il avec un clin d'œil.

Sans protester, Julia prit place à la table, sur une chaise de bois cannelée. Le temps passa rapidement tandis que Cristiano la mitraillait de questions sur ce qu'elle était devenue depuis qu'elle avait quitté le palazzo, en février. Elle avait du mal à croire que moins de trois mois seulement s'étaient écoulés depuis son départ, et, encore plus, à se persuader qu'elle était de retour.

Les exclamations, les rires volubiles du cuisinier ponctuant son récit des derniers succès du Carson amusèrent Julia, mais pas assez pour oublier que l'envie de passer un tablier et de s'activer près de Cristiano la démangeait.

Une idée jaillit de son esprit et, avant de se laisser le temps de la réflexion, les mots sortaient de sa bouche.

— Écoutez, Cristiano, si je ne cuisine pas durant mon séjour au palazzo, à coup sûr, je vais devenir folle ! De plus, il faut absolument que je retourne chez moi avec de nouvelles recettes pour le restaurant. Pouvez-vous me donner des leçons ? Je sais que vous animez souvent les stages culinaircs destinés aux visiteurs du palazzo. Est-ce que ce serait trop vous demander de me donner des cours privés ?

Le cuisinier ouvrait la bouche quand son regard se posa sur un point, derrière elle.

— Tu n'es pas ici pour travailler, Julia.

Au son de la voix de Draco, elle se leva brusquement. Si brusquement que de petites taches noires passèrent devant ses yeux, et qu'elle dut se raccrocher au dossier de sa chaise pour ne pas tomber. Le temps que son malaise se dissipe, Draco était à son côté.

— Comment te sens-tu ? demanda-t-il d'une voix inquiète.

— Bien. Je me suis levée un peu trop vite, c'est tout.

Après quelques secondes, elle ajouta :

— Évidemment, j'aurais dû me douter que tu m'interdirais de m'instruire avec Cristiano.

Cristiano s'apprêtait à parler, mais Draco lui ferma la bouche d'un regard.

— Nous en reparlerons, dit-il à Julia. Pour le moment, nous avons des choses plus importantes à voir. Peux-tu venir avec moi ou préfères-tu rester assise encore un peu ?

— Je ne suis pas invalide, Draco. Je te l'ai dit, ça va.

À grand-peine, elle ravala les larmes qui montaient déjà à ses yeux. Des larmes de rage ou de tristesse, elle n'aurait su le dire. Où était donc passé l'homme qui s'était montré un amant si tendre, cet après-midi ? Le Draco qu'elle voyait maintenant ressemblait au tyran qui avait fait main basse sur son restaurant, et, en exerçant un chantage sur elle, l'obligeait à vivre et à porter son enfant où bon lui semblait.

Il adressa quelques mots dans un italien rapide à Cristiano qui répondit sur le même ton avant de reprendre ses occupations.

— Viens avec moi, dit Draco à Julia.

Il lui tendit le bras. Irritée par son attitude despotique, Julia le suivit, mais en refusant de le toucher. Il la guida vers un salon ouvrant sur le patio qu'elle avait visité plus tôt. Des ronds de lumière provenant de la piscine se reflétaient sur le plafond richement orné. Par bien des côtés, Julia éprouvait la sensation d'avoir pénétré dans un autre monde. En tout cas, ce n'était sûrement pas le sien.

Elle s'assit au bord d'un canapé généreusement rembourré et désigna les anciennes écuries, au-delà du patio.

— J'espère que tu ne verras pas d'inconvénient à ce que j'utilise le gymnase ?

Draco fronça les sourcils.

— Le gymnase ?

— Oui, et la piscine aussi, s'il ne fait pas trop froid. Si je ne peux rien faire d'autre, j'aimerais au moins faire régulièrement de l'exercice.

— La piscine est chauffée, mais il faut d'abord attendre l'avis du spécialiste. Je t'ai pris un rendez-vous pour demain.

Julia bondit sur ses pieds.

— Comment ça, un spécialiste ?

Comment osait-il lui prendre des rendez-vous sans même lui en parler avant ?

— Mais pourquoi ? s'écria-t-elle. J'ai une santé de fer, et je me sens bien. Je n'ai aucune envie que tu m'entoures de spécialistes à ne plus savoir qu'en faire ! D'ailleurs, je te préviens : il est hors de question que j'accouche dans une structure ultra-médicalisée. D'autant plus qu'il y a des maternités très bien équipées dans la région, j'ai vérifié sur le Net avant notre départ.

— Des maternités ?

— Oui, dirigées par des sages-femmes. C'est très sûr. L'environnement idéal pour mon accouchement.

La mâchoire de Draco se contracta. Tic qu'elle avait appris à interpréter comme étant le signe d'une colère rentrée. Il passa une main nerveuse dans ses cheveux.

— Tu es certaine d'être en parfaite santé ? demanda-t-il d'un ton coupant. Il ne peut rien arriver, ni à toi, ni au bébé, c'est une certitude ?

Il criait presque. Julia le dévisagea avec surprise. Pourquoi se mettait-il dans cet état ? Mais il fallait qu'il sache qu'il ne l'impressionnait nullement. Toutefois, avant qu'elle puisse placer un mot, il lui prit la main et, la retournant, en caressa la paume du pouce.

— Je te prie de m'excuser, Julia. Je ne voulais pas élever la voix. Mais j'insiste quand même pour que tu voies un spécialiste. Le bébé et toi méritez les meilleurs soins. Je ne veux prendre aucun risque, tu comprends, ni devoir faire face à une urgence de dernière minute, si c'est possible de l'éviter.

Sous la caresse de Draco, Julia sentit sa peau prendre vie. Mais son émoi n'était rien comparé à l'étonnement qui montait en elle.

La voix de Draco vibrait d'émotion. Pour une mystérieuse raison, il était terrifié. D'une manière qui n'avait rien à voir, à l'évidence, avec les angoisses qu'elle-même éprouvait face à sa grossesse. Alors que, le reste du temps, Draco était un roc, dès qu'il était question du bébé et de sa santé, il se révélait terriblement vulnérable.

C'était incompréhensible.

11

Le visage de Julia avait reflété toute une gamme d'émotions. Irritation d'abord, puis surprise, et enfin un sentiment sur lequel il n'arrivait pas à mettre de nom. Il n'eut cependant pas à attendre longtemps pour savoir de quoi il retournait.

— Très bien, dit-elle, j'accepte de voir ton spécialiste si, et seulement si, tu consens à ce que Cristiano me donne des cours le temps de mon séjour. Je ne le gênerai pas, je ne ralentirai pas son travail, mais j'ai besoin de garder la main, et d'apprendre de nouvelles recettes à rapporter au Carson quand je rentrerai.

Il combattit la bouffée de colère qui s'empara de lui en l'entendant évoquer son départ. Elle n'était pas arrivée depuis une journée que, déjà, elle donnait l'impression d'avoir mis en route le compte à rebours. D'un autre côté, qu'est-ce que ça lui coûtait de la laisser s'amuser dans la cuisine ? De cette façon, elle serait exactement là où il souhaitait qu'elle soit, c'est-à-dire en sécurité entre les murs du palazzo. Et, quand sa grossesse serait connue de tout le personnel, et pas seulement de la femme de chambre affectée à son service, elle serait dorlotée et empêchée de se surmener.

Finalement, il hocha la tête en guise d'assentiment.

— Je tiens aussi à fréquenter le gymnase, reprit Julia. Je veux un accès libre aux équipements. Le travail de restaurant est beaucoup plus physique qu'on ne l'imagine, et je ne peux pas me permettre de devenir une chiffe molle.

— Si le spécialiste est d'accord, alors, je n'y verrai pas d'inconvénient. Je t'engagerai un entraîneur personnel, comme ça, nous serons sûrs que tu n'en fais pas trop pour toi ou le bébé.

Il fut soudain récompensé d'un sourire.

— Ce n'est pas trop douloureux de céder à mes caprices ? demanda-t-elle sur le ton de la plaisanterie.

Il sentit son cœur se serrer. Pourquoi ses caprices ne correspondaient-ils pas aux siens ? Pourquoi se cramponnait-elle à ses ambitions professionnelles ? Bon, accepter ses conditions, pourvu qu'elle soit suivie par un spécialiste pendant la durée de sa grossesse, était faisable. Sa santé et celle du bébé passaient avant tout. Cependant, si un enfant pouvait vivre heureux avec un seul parent, avec deux parents, il vivait deux fois plus heureux. Était-ce si égoïste de sa part de vouloir que son enfant connaisse l'amour d'un père et d'une mère, le même que celui qu'il avait lui-même connu ? Il ne trouvait pas.

Secrètement, il avait espéré réussir, au cours des prochains mois, à convaincre Julia d'abandonner le Carson. Mais si elle tenait tant à pratiquer et à s'instruire dans son domaine, comment croire encore la chose possible ?

Le reste de la semaine, Julia et Draco s'installèrent dans une confortable routine. Le matin, ils prenaient leur petit déjeuner ensemble, avant que Draco ne parte s'occuper de ses affaires, en général pour la journée. Parfois, il revenait à l'heure du déjeuner pour lui faire visiter d'autres parties du domaine ou de la région. Elle avait beaucoup apprécié une excursion à San Gimignano, où elle s'était émerveillée devant les tours anciennes, et la variété de boutiques installées dans les rues étroites.

Avec la bénédiction du spécialiste, Julia passait ses matinées au gymnase. Gabbi, l'entraîneure engagée par Draco pour superviser ses exercices, parlait un excellent anglais, et les deux heures passées ensemble étaient une partie de plaisir pour les deux jeunes femmes. Les séances de mise en forme n'étaient ni contraignantes, ni fatigantes, et Julia se sentait plus forte chaque jour.

Ses après-midi, elle les passait avec Cristiano, dans la cuisine. Et c'étaient des moments bénis. La cuisine était probablement le seul endroit où elle se sentait vraiment chez elle au palazzo. Peu à peu, elle réunissait une collection de recettes et de pratiques à mettre en œuvre au Carson, encore que, le temps passant, son retour à Auckland lui paraissait de plus en plus aléatoire.

Comme Draco passait la plupart de ses après-midi dans son bureau, ou à visiter les différentes unités de production du domaine, Julia se délassait une heure ou deux dans la piscine avant le repas du soir. Son rythme de vie était fondamentalement différent de ce à quoi elle était accoutumée et, jour après jour, elle sentait s'évacuer sa tension.

Ils n'avaient pas refait l'amour depuis l'après-midi dans l'oliveraie, et elle n'arrivait pas à décider si elle en était contrariée ou non. Une certitude : tous les soirs, elle éprouvait un sentiment de manque quand, après dîner, elle regagnait sa chambre, et que Draco se dirigeait vers la sienne, à deux portes de là.

Un matin, au petit déjeuner, Julia trouva Draco anormalement distrait.

— Il se peut que je doive m'absenter dans les prochains jours, déclara-t-il. Des questions requièrent mon attention dans nos bureaux de Londres, et il m'est impossible de les régler d'ici.

— Quand sauras-tu si tu pars ? demanda Julia en triturant sa serviette de lin.

Même si leurs rapports étaient froids, ce serait bien pire quand elle serait seule.

— Nous devrons remettre notre voyage à Milan, je suppose, ajouta-t-elle.

— Oui, et je m'en excuse. J'aurais souhaité que les choses soient différentes J'espérais ne pas avoir à voyager durant ton séjour, vois-tu.

Julia sentit la confusion la gagner. Il n'aurait pas pu mieux lui rappeler que sa présence au palazzo n'était que temporaire. Mais pourquoi est-ce que la constatation l'ennuyait autant ? N'attendait-elle pas avec impatience l'heure de son départ ? Même si son séjour en Toscane était idyllique, aussi fantastiques soient les paysages, elle s'ennuyait de sa patrie et du Carson. Enfin, elle avait accepté de passer le temps de sa grossesse ici, et d'y mettre son enfant au monde. Après, et seulement après, elle pourrait retourner chez elle.

Son enfant ? Voilà qui était nouveau. Depuis quand tenait-elle ce langage ? Julia posa une main sur le renflement de son ventre qui passait pratiquement inaperçu sous les vêtements, mais se rappelait à son souvenir par le nombre de jeans et de shorts devenus impossibles à fermer.

Jusqu'à présent, elle avait réussi à écarter le bébé de son esprit, à le considérer uniquement comme l'enfant de Draco. Cependant, quelque chose avait changé au fil des jours. Soudain, c'était aussi son bébé.

Parviendrait-elle à tenir parole, le moment venu ? Réussirait-elle à abandonner son enfant ? Et l'homme qu'elle aimait ?

Le regard de Julia se porta sur Draco assis en face d'elle, de l'autre côté de la table. Seigneur ! pensa-t-elle en frissonnant. Elle l'aimait ?

Chaque atome de son corps réagissait à sa présence. Le soleil brillait plus fort quand il était là. Et entre sa vie d'avant lui et celle qu'elle menait maintenant, il y avait autant de différence qu'entre un plat de pâtes et les spaghettis *allo scoglio* dont Cristiano venait de lui enseigner la recette, et qui mêlaient les délicates saveurs des cèpes et des moules du jour.

Tous les matins, elle attendait avec impatience de voir Draco, et elle s'attristait de le quitter le soir. Au long de leur tumultueuse relation, leur attirance s'était modifiée, transformée en un sentiment plus profond. À moins, se demanda-t-elle, qu'elle ne l'ait aimé depuis le début et qu'elle ait lutté bec et ongles contre ses propres émotions ? Peut-être pour se protéger, après sa désastreuse expérience avec Rhys, aussi bien sur le plan sentimental que financier. Et puis, les vues de son père sur la vie et sur l'amour avaient depuis longtemps influencé les siennes, la rendant méfiante, attentive à ne pas s'engager totalement.

D'ailleurs, rétrospectivement, elle se rendait compte que c'était probablement sa défiance qui avait poussé Rhys dans les bras d'Alicia. Pouvait-elle espérer qu'il en irait différemment avec Draco ? Et surtout, s'investir dans une histoire avec Draco signifierait prendre un risque, le plus gros risque de son existence. En était-elle capable ?

— Quelque chose ne va pas ? demanda Draco.

Pas très sûre de sa voix, Julia se contenta de secouer la tête. Depuis le jour où ils avaient fait l'amour, Draco s'était éloigné d'elle. Il restait amical, bien sûr, se conduisait en hôte parfait. Mais il se murait dans l'indifférence. Il était différent du compagnon de son premier séjour en Toscane, ou de l'homme retrouvé à Auckland. La réplique qu'elle avait lancée sous le coup de la colère quand il avait découvert sa grossesse l'avait rendu amer, et avait créé un fossé entre eux qu'elle devait décider de combler, ou de laisser pour toujours béant.

Certes, l'après-midi suivant leur arrivée, il avait laissé tomber sa garde et, en l'espace de quelques heures, ils avaient recréé un lien entre eux. Malheureusement, par maladresse, elle avait gâché cette intimité, et il s'était retranché derrière les exigences de ses affaires. Naturellement, elles étaient nombreuses, et disséminées aux quatre coins de la planète. Il n'empêchait qu'elle avait perdu quelque chose de précieux, qu'elle n'avait pas su partager avec lui, et dont la disparition laissait un trou béant en elle.

— Je te verrai ce soir, dit-il en reposant sa tasse de porcelaine fine sur la soucoupe.

Il se leva.

— Tu ne reviens pas déjeuner ? s'enquit-elle.

— Malheureusement non. Je dois me rendre à Florence, mais je serai de retour pour le dîner.

— Florence ? Est-ce que je peux t'accompagner ? J'en ai pour une minute à me préparer.

Elle aurait adoré cette occasion d'acheter des vêtements et de traîner dans les ruelles de la ville.

— Peut-être la prochaine fois. J'ai des rendez-vous prévus pour toute la journée, et je n'aimerais pas te laisser livrée à toi-même.

— Je suis une grande fille, tu sais, Draco ! Je sais m'occuper toute seule.

— Je sais, mais je préfère te faire visiter la ville quand nous aurons tout notre temps. J'aimerais la voir à travers tes yeux quand tu la découvriras pour la première fois.

Il lui adressa un sourire qui fit tressauter le cœur de Julia dans sa poitrine. Quand il quitta la pièce, elle dut ravaler sa déception et le ridicule sentiment d'abandon qui s'abattit sur elle. Aujourd'hui n'était pas différent des autres jours, se réprimanda-t-elle. Elle allait se préparer pour sa séance avec Gabbi, et puis savourer le reste de la journée, comme elle avait savouré les précédentes. Alors, quelle importance si elle se retrouvait seule pour déjeuner avant sa leçon avec Cristiano ? Comme elle l'avait dit à Draco, elle était une grande fille maintenant. De plus, elle avait matière à réfléchir avant de le revoir.

Julia exécuta une nouvelle longueur de piscine, savourant le doux glissement de l'eau sur son corps. Elle n'était pas plus avancée dans ses réflexions que le matin. Elle s'était même montrée si distraite cet après-midi qu'elle avait fini par faire perdre patience à Cristiano lui-même. À la fin, plaidant la fatigue, elle lui avait abandonné son royaume et s'était autorisée une sieste exceptionnelle à l'ombre, près de la piscine. Elle s'était réveillée des pensées plein la tête, mais, à présent, l'activité physique l'aidait à dissiper la confusion de son esprit.

Après avoir effectué encore une longueur, Julia prit appui sur le bord de la piscine. Elle s'apprêtait à se hisser en dehors quand elle s'aperçut qu'elle n'était plus seule.

Sur une chaise de repos, était installée une femme impeccablement vêtue et qui présentait un air de ressemblance évident avec Draco. Sa mère, très certainement. Voyant que Julia l'avait remarquée, la nouvelle venue se leva. Elle s'approcha d'un pas gracieux, et lui offrit sa main.

— Laissez-moi vous aider, ma chère.

— Merci, dit Julia en prenant la main tendue.

Elle regrettait amèrement de n'avoir pas choisi de porter son maillot une pièce au lieu de ce Bikini dont le bas cachait mal l'épaississement de sa taille, et le haut paraissait presque indécent sur la nouvelle plénitude de ses seins.

Elle prit la serviette-éponge blanche et moelleuse que lui tendait la mère de Draco et s'en enveloppa. Mais le regard évaluateur de la visiteuse prouvait que rien ne lui avait échappé.

— Vous devez être Julia, dit-elle avec un sourire aimable. Je suis Sabina Sandrelli, la mère de Draco.

— Je suis navrée, je n'attendais personne…, commença Julia.

— J'aurais dû appeler avant de venir vous rendre visite, je sais, mais j'en avais assez d'attendre que Draco fasse les présentations. C'est bien ce que je pensais. Vous êtes enceinte, n'est-ce pas ?

Un flot de sang colora les joues de Julia.

— Je…

— N'ayez crainte, la nouvelle me remplit d'aise, encore que j'aurais préféré l'apprendre de la bouche de mon fils plutôt que d'être obligée de venir m'en assurer par moi-même.

Sabina tapota le bras de Julia.

— Et Umberto, le père de Draco, sera également ravi. Il a essayé de me dissuader de venir aujourd'hui, mais Draco vous a gardée assez longtemps pour lui tout seul ! Il était grand temps que vous fassiez connaissance avec la famille, enfin, avec ce qu'il en reste.

— Le père de Draco est également ici ? demanda Julia, regardant autour d'elle.

Sabina sourit.

— Il est dans la cuisine, occupé sans aucun doute à rendre

Cristiano fou en soulevant les couvercles pour voir ce qu'il y a au menu du dîner. J'ai entendu l'hélicoptère de la compagnie atterrir il y a peu. Si vous alliez vous habiller, que nous accueillions Draco ensemble ?

Sans attendre de réponse, Sabina s'éloigna, son élégant pantalon de soie grège, et la veste assortie, flottant dans la brise. Ebahie, Julia la regarda s'eloigner. La mère de Draco... Eh bien, quelle expérience ! Visiblement, cette femme avait l'habitude de tout diriger. « Telle mère, tel fils », songea Julia avec une légère amertume, tout en regagnant sa chambre.

Quand elle se fut douchée et séchée, elle commença à s'inquiéter de ce qu'elle allait porter pour le dîner. À en juger par l'élégance de la tenue de Sabina Sandrelli, celle-ci devait s'attendre à ce que Julia s'habille pour le dîner. Aussi finit-elle par opter pour un pantalon à larges jambes et à taille élastique, et un haut un peu lâche, mais quand elle passa du dressing à la chambre, elle vit deux boîtes posées sur le lit, accompagnées d'une brève note rédigée de la main de Draco.

J'ai pensé à toi quand je les ai vus.

Elle souleva le couvercle de la première boîte et écarta le papier de soie. Un soupir de ravissement s'échappa de ses lèvres quand elle découvrit une ravissante chemise de nuit vert menthe, coupée dans un tissu si léger qu'elle en paraissait presque indécente. Il avait pensé à elle en la voyant ? Dans ce cas, tout espoir n'était peut-être pas perdu...

En dessous de la chemise de nuit, il y avait un peignoir assorti, qu'elle tint un instant devant elle. Elle mourait d'envie de porter l'ensemble, mais doutait que ce soit le genre de tenue à laquelle l'élégante Sabina s'attendait...

Julia ôta le couvercle de la seconde boîte et en tira une robe bleu cobalt. Elle la plaqua contre elle, pour se rendre compte de l'effet obtenu, et tourbillonna devant le miroir. La couleur lui allait bien au teint; quant à la forme empire, elle était parfaite, non seulement pour maintenant, mais elle le serait aussi durant les mois d'été, lorsque son ventre aurait pris un certain volume. Elle se vêtit rapidement et passa des chaussures noires à hauts talons.

Un coup frappé à la porte l'arracha à la contemplation admirative de son reflet dans le miroir.

Draco entra dans la pièce et referma la porte derrière lui.

— Elle est encore mieux sur toi que sur le modèle ! déclara-t-il.

Elle le dévora du regard. Revêtu d'un complet gris anthracite, il était à la fois imposant et indéniablement séduisant. Soudain, elle eut une conscience presque douloureuse de sa présence. Pour se donner une contenance, elle tapota sa robe.

— Merci, elle est adorable.

— Je suis heureux que tu l'aimes. J'ai remarqué que tu n'as pas porté de boucles d'oreilles depuis ton arrivée, et pourtant, tes oreilles sont percées. Alors, j'espère que ceci te plaira.

Joignant le geste à la parole, il tira un écrin de la poche de sa veste et l'ouvrit. Et devant les boucles d'oreille de platine serties de diamants, Julia sentit sa respiration se couper.

— Je peux ? demanda Draco.

Il posa l'écrin sur la table, près de lui, puis sortit une boucle de son nid et en ouvrit l'attache. Tandis qu'il la plaçait à son oreille, ses doigts frôlèrent le cou de Julia, et elle eut la sensation que tout son corps s'embrasait. Quand il eut attaché la seconde boucle d'oreilles, il la fit pivoter pour qu'elle se regarde dans le miroir.

Elle porta une main tremblante à son oreille. Jamais elle n'avait possédé d'objet de valeur. Et, tout en examinant son reflet, elle eut du mal à reconnaître la jeune femme qui était arrivée au palazzo une semaine auparavant. Sa peau possédait un éclat qui trahissait la bonne santé retrouvée, et les cernes de ses yeux s'étaient estompés. Revêtue de l'élégante robe, et arborant ces somptueuses boucles d'oreilles, Julia aurait presque pu se persuader qu'elle appartenait à ce milieu, qu'elle pouvait légitimement évoluer entre les meubles de prix, au côté de l'homme si distingué dont l'image se reflétait près d'elle.

Mais elle savait que ce n'était qu'un rêve futile.

— Merci, Draco, elles sont superbes. Mais je ne peux pas accepter un tel cadeau. Vraiment.

Le regret tremblait dans ses paroles. Malgré sa toute récente sophistication, elle restait Julia Carson, chef cuisinière. Ce titre et son appartenance au Carson la définissaient ; elle n'était rien d'autre que cela.

— Elles sont à toi, fais-en ce que tu veux, répliqua Draco d'un ton sec.

La lumière, dans ses yeux, s'était éteinte.

— Et maintenant, rejoignons mes parents au rez-de-chaussée, ajouta-t-il.

Julia baissa les yeux pour qu'il ne voie pas l'inquiétude se peindre sur son visage. Comment lui avouer qu'elle appréhendait beaucoup de rencontrer son père ? Surtout après l'impression que lui avait faite sa mère. Une femme charmante, mais indéniablement d'un autre monde que le sien. Un monde où elle n'aurait jamais sa place…

— Elle sait, dit-elle enfin en relevant les yeux. Ta mère sait que je suis enceinte. Elle a deviné.

— Je n'en attendais pas moins d'elle. Ne t'inquiète pas ; ce n'est pas un problème, au contraire.

Julia l'espérait de tout son cœur. Elle espérait aussi que les parents de Draco ne la mettraient pas dans une situation difficile.

Au rez-de-chaussée, ils rejoignirent Sabina et Umberto dans le salon d'apparat que Julia avait seulement entrevu du seuil.

— Vous êtes superbe, ma chère ! s'exclama la mère de Draco en se levant de sa chaise et en traversant la pièce pour venir prendre Julia par la main. Umberto, viens faire la connaissance de Julia.

Presque paralysé de la moitié du corps et contraint de se déplacer très lentement, le père de Draco n'était certainement plus que l'ombre de l'homme qu'il avait été. Mais on devinait qu'il avait dû être magnifique dans sa jeunesse. Une marque de fabrique familiale, ne put-elle s'empêcher de songer.

Une fois les présentations faites, Sabina attira Julia dans

un coin, la poussa sur un fauteuil installé près d'une immense fenêtre cintrée, et prit le siège qui lui faisait face.

— Laissons les hommes discuter entre eux, dit-elle sur un ton de conspiration. S'ils règlent tout de suite leurs affaires, ils nous laisseront peut-être tranquilles pendant le repas !

Julia sourit d'un air contraint. Quelque chose chez Sabina lui donnait l'impression de n'être pas à sa place. Rien de flagrant, juste une sensation. Sans doute était-elle ridicule, cependant, comme Sabina lui posait des questions sur elle et sa famille, Julia se sentait dégringoler de plus en plus sûrement dans son estime.

D'un point de vue logique, c'était elle qui aurait dû assumer le rôle d'hôtesse, mais Sabina avait vécu au palazzo jusqu'à ce qu'Umberto et elle se retirent, quelques années auparavant, dans une demeure de taille plus modeste, et elle était et resterait la véritable maîtresse des lieux. Son air d'autorité mettait Julia sur la défensive, une position qu'elle n'appréciait guère.

— Dites-moi, quand le bébé doit-il naître ? demanda Sabina après avoir épluché l'arbre généalogique de Julia.

Démarche qui, soit dit en passant, avait été rapidement cxpédiée.

— Pas avant la mi-novembre, répondit Julia, sans parvenir à se débarrasser de sa raideur.

— Ah ! un bébé d'hiver. Pas de problème, la nurserie est parfaitement isolée. Vous n'aurez donc pas à craindre qu'il ait froid.

— Il y a une nurserie ? demanda Julia sans réfléchir.

Bien sûr qu'il y avait une nurserie au palazzo. Des générations de Sandrelli y avaient été élevées ; il était bien normal qu'il existe des pièces réservées à l'usage des enfants.

Julia reçut un coup au cœur en se rappelant que son enfant serait élevé ici, loin d'elle. Malgré l'arrangement passé avec Draco, elle ne supportait plus l'idée de laisser son bébé derrière elle. La seule perspective l'emplissait d'une terrible angoisse.

— Les hommes ! fit Sabina en levant les yeux au ciel. Je n'arrive pas à croire que Draco ne vous ait pas montré la nurserie ! Après le dîner, je vous la ferai visiter. Maintenant, dites-m'en un peu plus sur vous. Comment mon fils et vous vous êtes-vous rencontrés ?

Sabina savait écouter. Peu de temps après, elle connaissait tout des circonstances de leur rencontre, de la façon dont Draco était réapparu dans la vie de Julia après son retour en Nouvelle-Zélande. Elle secoua la tête en souriant.

— C'est mon fils tout craché ! Incapable de renoncer ou d'attendre le bon vouloir des gens. Pourtant, malgré ce trait de caractère, c'est un bon garçon.

Julia refréna un sourire. Draco, un *garçon* ? En ce qui la concernait, il s'agissait d'un homme, dans tous les sens du terme. Et ce constat rendait la distance entre eux plus difficile à supporter… Car elle devait bien se l'avouer : leurs étreintes lui manquaient. Terriblement.

Au prix d'un grand effort, Julia tenta de se concentrer sur le babil de Sabina. Et au bout de quelques minutes, elle finit par se laisser captiver par tout ce que cette dernière lui racontait sur son fils bien-aimé. Derrière les anecdotes et les louanges à l'évidence peu objectives d'une mère, elle entrevit de nouvelles facettes de la personnalité de l'homme qu'elle aimait. Il était évident qu'il aurait fait n'importe quoi pour ses parents. Il leur portait un amour et un respect immenses. Par exemple, bien que son père ne soit plus capable de gérer activement les affaires de l'empire Sandrelli, Draco le consultait régulièrement sur les décisions à prendre.

— Bien sûr, disait Sabina, quand Marcella est morte, nous avons éprouvé un profond chagrin. Et Umberto et moi sommes heureux qu'il ait retrouvé quelqu'un d'exceptionnel.

Julia se redressa brusquement.

— Marcella ? répéta-t-elle d'un air étonné.

— Naturellement, dit Sabina avec irritation. Draco ne vous a pas parlé d'elle.

Elle soupira.

— Eh bien, maintenant que j'ai mentionné son nom, il ne me reste plus qu'à satisfaire votre curiosité.

— Je ne…

— Allons, ma chère, tranquillisez-vous. Votre curiosité est toute naturelle, et si mon fils et vous devez vous marier, il faut bien que vous connaissiez l'histoire de sa fiancée défunte.

Se marier ? Avant que Julia ne détrompe la mère de Draco, une autre idée s'imposa à son esprit. Draco avait été fiancé ?

— Ce fut d'une tristesse infinie, reprit Sabina. Marcella était une charmante jeune femme. Et aucun de nous ne soupçonnait qu'elle souffrait d'une malformation cardiaque.

— Est-ce que… Se sont-ils fréquentés longtemps ?

Julia était partagée entre l'envie de savoir et celle de se boucher les oreilles. Elle se doutait bien qu'elle ne sortirait pas victorieuse d'une comparaison avec la femme que Draco avait suffisamment aimée pour la demander en mariage.

— Oh ! oui. C'était la fille de très bons amis à nous. Nous avions toujours souhaité une alliance entre nos deux familles, mais, malheureusement, ce beau rêve ne devait pas se réaliser.

Sabina marqua un petit silence avant de reprendre.

— C'est pourquoi je voulais vous voir de mes propres yeux, vous comprenez. Quand Draco m'a dit qu'il vous avait installée au palazzo, j'ai tout de suite compris que vous étiez davantage qu'une amie de passage. Et puis, quand je vous ai vue, j'ai deviné que vous étiez enceinte. Je suis si heureuse qu'il puisse avoir enfin l'enfant qu'il n'a pas pu avoir avec Marcella. Celui qu'elle a entraîné avec elle dans la mort.

Un long frisson glacé courut le long du dos de Julia.

— Elle était enceinte ? demanda-t-elle.

— Oui. Elle connaissait l'importance de la famille pour Draco et savait que, après l'accident survenu à Lorenzo, la responsabilité d'en assurer la descendance retombait sur ses épaules. Elle n'a pas voulu attendre leur mariage pour commencer à fonder une famille. Bien sûr, ses parents ont été scandalisés quand elle a annoncé qu'elle portait l'enfant de Draco, mais, très vite, ils se sont mis à attendre la naissance avec autant d'impatience que nous.

— Vous avez parlé d'une malformation cardiaque ? Marcella était-elle au courant ?

— Apparemment, oui. Les médecins l'avaient prévenue qu'elle ne pourrait pas avoir d'enfant, mais je pense qu'elle craignait de perdre Draco si elle ne lui donnait pas d'héritier. Alors, elle a joué le tout pour le tout. Malheureusement, le risque était bien réel, et nous les avons perdus tous deux. J'ai cru que Draco allait devenir fou de chagrin.

De nouveau, Sabina se tut. Puis elle poussa un gros soupir et redressa les épaules.

— Mais tout ça, c'est le passé. À présent, nous avons une naissance en perspective. Et un mariage ! ajouta-t-elle en frappant dans ses mains. Avez-vous fixé une date ?

— Non, *mamma*.

Au son de la voix de Draco, les deux femmes tournèrent la tête. Il tendit un verre de vin blanc à sa mère et un verre de jus de fruit à Julia. Avait-il ou non entendu leur conversation ? Devant son air impénétrable, Julia n'aurait su le dire. Mais quand il lui jeta un regard pénétrant, elle se recroquevilla sur elle-même. S'imaginait-il un instant qu'elle avait raconté à sa mère qu'ils faisaient des projets d'avenir ? Il fallait absolument qu'elle mette les choses au clair.

— En réalité, nous ne sommes pas fiancés, expliqua-t-elle.

Sabina haussa ses sourcils parfaits.

— Vous n'êtes pas fiancés ? répéta-t-elle en jetant un regard sévère à son fils.

— Non, *mamma*, répondit Draco d'un ton qui coupait court à toute discussion.

En claudiquant, Umberto Sandrelli les rejoignit, et la conversation dériva sur des sujets plus généraux. Malgré tout, tout au long de la soirée, dans l'esprit de Julia tourbillonnaient mille questions au sujet de la fiancée disparue de Draco.

Soudain, l'attitude si directive et inquiète de Draco à propos de sa grossesse lui devenait plus intelligible. Elle comprenait mieux ce que signifiait pour lui d'attendre cet enfant, la violence de sa réaction en découvrant qu'elle était enceinte, et pourquoi il tenait tant à lui offrir les meilleurs soins que l'argent puisse procurer. Non que sa fortune ait pu sauver la pauvre Marcella, songea-t-elle avec tristesse. Qu'est-ce qui avait bien pu pousser cette dernière à entreprendre délibérément une grossesse, en sachant les risques qu'elle courait ? Mon Dieu, comme elle devait l'aimer, pour avoir préféré tout risquer plutôt qu'envisager de le perdre si elle ne lui donnait pas de descendant…

L'espace d'un instant, Julia se sentit terriblement jalouse de Marcella, parce qu'elle avait aimé Draco et en avait été aimée en retour. Puis elle éprouva de la honte. Il fallait tomber bien bas pour être jalouse d'une morte.

Que Draco aime déjà l'enfant à venir ne faisait aucun doute dans l'esprit de Julia. Mais elle savait que cet amour ne s'étendrait pas jusqu'à elle. La dernière fois qu'elle s'était crue amoureuse d'un homme, sa meilleure amie s'était interposée dans leur relation. Cette fois, c'était un bébé, et le souvenir d'une morte. Comment espérer vaincre de tels rivaux ?

Du moins avait-elle le Carson. C'était une des constantes de sa vie, elle le retrouverait quand tout ceci serait fini. Il fallait s'accrocher à cette idée. Ce serait la seule lueur d'espoir qui pourrait l'aider à traverser cette épreuve.

Sauf que ce n'était pas ce qu'elle désirait, au fond d'elle, elle le savait. Elle voulait bien plus que le Carson dans la vie. Elle voulait Draco, elle voulait ce qu'il avait partagé avec Marcella, elle voulait rêver d'un avenir avec lui. L'idée la terrifiait et l'enivrait en même temps. Car que pouvait-elle espérer de la part de cet homme ? Il voulait un enfant, et il l'aurait. Mais il ne l'aimait pas. Il ne l'aimerait jamais.

Elle joua avec le bracelet qu'elle portait constamment depuis le jour où il le lui avait offert, et elle songea aux boucles qu'il avait accrochées à ses oreilles. Il ne l'aimait pas, mais on ne pouvait guère le taxer d'indifférence vis-à-vis d'elle. Et elle se prit à espérer que, peut-être, quelque chose était possible entre eux…

*
* *

Il était tard quand Umberto et Sabina se retirèrent et que Julia gagna sa chambre. Durant la visite de la nurserie, avec Sabina, Julia s'était étonnée que, étant donnée la taille du palazzo, les parents de Draco n'y aient pas conservé une suite. Alors, Sabina avait expliqué que, toute sa vie, elle s'était conformée à ce qu'on attendait d'une Sandrelli et que, maintenant que Draco avait repris les rênes de l'affaire, il était temps pour elle et son mari de mener une vraie vie de couple. Ce qui impliquait d'avoir un foyer bien à eux, ainsi que des projets personnels. De plus, avec son infirmité résultant d'une série d'attaques mineures, Umberto évoluait avec plus de facilité dans un logement de plain-pied.

Les explications de Sabina avaient touché une corde sensible chez Julia. En dépit de l'espoir de Sabina que Draco et son père auraient réglé leurs problèmes avant le dîner, celui-ci avait été dominé par des discussions d'affaires, et Julia comprenait très bien que Sabina ait voulu mettre un peu de distance entre vie privée et vie professionnelle. Mais c'était surtout la compassion et l'amour évident qu'elle portait à son mari qui la touchaient. Cette femme, qui était la maîtresse incontestée des lieux, avait abandonné son rôle pour que son mari jouisse d'une relative indépendance.

Et Draco, se demanda-t-elle en poussant la porte de sa chambre, comment se comporterait-il quand l'enfant serait né ? Il n'allait sans doute pas lever le pied de son travail, si bien qu'il n'aurait guère de temps à consacrer à leur enfant. Une idée désespérante envahit alors son esprit et elle se laissa aller sur son lit. Si elle-même n'était pas là pour s'en occuper, qui le ferait ?

Raison de plus pour trouver le moyen de combler le fossé entre eux, décida-t-elle, et de passer sur leurs différences. L'idée que, si elle n'arrivait pas à persuader Draco qu'elle tenait désormais à faire partie de la vie de son enfant, ce dernier serait élevé par une cohorte de nurses, lui était intolérable.

Elle n'avait peut-être pas connu l'amour de sa mère, et son père avait été très pris par ses occupations professionnelles, mais, d'une manière ou d'une autre, il avait tout de même été présent dans sa vie.

Aussi devait-elle parler à Draco. Ce soir, avant que son courage ne la déserte. Il fallait le convaincre d'envisager un avenir commun.

Elle se releva et, avec précaution, elle ôta la robe que Draco lui avait offerte et la suspendit sur un cintre. Après quoi, elle se débarrassa de ses sous-vêtements et passa la chemise de nuit et le peignoir qu'il lui avait offerts. Sa peau réagit aussitôt à la texture soyeuse de l'ensemble, et elle frémit à ce délicieux contact.

Elle sourit à son reflet dans le miroir, passa ses doigts dans ses cheveux pour y remettre de l'ordre et pinça ses joues qui lui semblaient soudain bien pâles.

Il fallait que ça marche, pensa-t-elle.

Avant d'avoir le temps de changer d'avis, elle sortit de sa chambre et, pieds nus, se dirigea vers la porte de Draco. Résolument, elle y frappa et, sans attendre de réponse, entra.

12

— Il y a un problème ?

Draco se détourna du bureau devant lequel, debout, il lisait un document. Reposant le feuillet et le coupe-papier de cristal sur la surface polie du bureau, il s'approcha d'elle, l'air inquiet.

— Non, non, je vais bien. Je voulais juste te parler quelques instants.

Maintenant qu'elle se trouvait au pied du mur, Julia éprouvait de la nervosité Une chose était certaine, elle n'aurait pas dû se présenter à lui dans cette tenue provocante. Si l'idée lui avait paru bonne sur le coup, à présent, elle avait l'impression de s'exhiber alors qu'elle désirait l'attention sans partage de Draco. Et pas de ce genre d'attention.

— L'ensemble te va très bien, constata Draco.

Devant la flamme admirative qui brûlait dans ses yeux, Julia se troubla.

— Merci, dit-elle d'une voix étranglée.

Évitant le regard de Draco, elle s'assit sur un confortable canapé, et s'éclaircit la gorge.

— Ta mère m'a parlé d'un certain nombre de choses, commença-t-elle.

— Je n'en doute pas un instant, répliqua Draco avec un sourire. Ma mère a toujours beaucoup à raconter, quel que soit le sujet.

— Elle m'a parlé de Marcella.

Voilà, elle l'avait prononcé. Le prénom de sa fiancée était sorti de sa bouche sans guère plus qu'une pointe de cette sotte envie qu'elle portait à la disparue.

Le regard de Draco se rétrécit entre ses paupières.

— Qu'est-ce que ma mère t'a exactement raconté ?

C'était peut-être une erreur après tout. Julia lissa un pli imaginaire sur sa manche et prit sa respiration.

— Elle m'a dit que tu étais fiancé à Marcella et qu'elle était morte alors qu'elle était enceinte, avant que vous ayez eu le temps de vous marier.

— Et ?

Julia lui jeta un regard, mais le visage de Draco demeurait impénétrable. S'il portait encore de l'amour à Marcella, il ne se lisait pas sur ses traits.

— Je… je me demandais si tu pouvais me parler d'elle, bredouilla Julia. Cela pourrait m'aider à te comprendre un peu mieux.

— Me comprendre ?

Draco se mit à arpenter le parquet devant elle.

— Qu'y a-t-il à comprendre ? Ma vie avec Marcella n'a rien à voir avec toi et moi. Marcella m'aimait, nous devions nous marier et, oui, elle était enceinte de mon enfant quand elle est morte d'une malformation cardiaque dont elle avait omis de me faire part. Si j'avais su…

Draco se tut brusquement, égrena un chapelet de mots dans un italien rapide, puis s'arrêta devant Julia.

— Si tu avais su ? insista-t-elle, souhaitant ne pas s'être lancée dans cette discussion.

L'entendre parler de Marcella, parler de l'amour qu'il avait eu pour une autre, lui brisait le cœur. Que s'était-elle donc imaginé ?

Draco poussa un soupir.

— Si j'avais su, je me serais montré plus prudent, poursuivit-il d'un ton amer, et elle ne serait jamais tombée enceinte. Nous nous serions mariés, aurions vieilli ensemble, et ç'aurait été bien suffisant.

— Peut-être ne partageait-elle pas cet avis. Elle savait à quel point tu étais attaché à ta famille et, avec la mort de ton frère, elle pensait n'avoir pas le choix.

— Le choix ? Et à moi, a-t-elle laissé le choix ? Elle savait que l'état de son cœur ne lui permettrait pas de mener une grossesse à bien et, pourtant, elle a passé outre sans m'en informer.

— Je suis désolé, Draco. Sa mort a dû être si cruelle pour toi.

— Cruelle pour mes parents et moi, c'est certain. Ils attendaient le bébé avec tant d'impatience. Avec Lorenzo, une part d'eux-mêmes était morte, et savoir Marcella enceinte leur avait causé une joie immense. Mais sa disparition a tout anéanti. Dis-moi, Julia, comment un homme est-il censé réagir quand la femme qu'il aime lui cache une telle vérité et, en agissant ainsi, perd non seulement la vie, mais entraîne aussi son enfant dans la mort ?

Devant la souffrance contenue dans la question de Draco, Julia sentit sa gorge se serrer.

— J'étais tout pour Marcella, reprit-il. Elle m'était toute dévouée, et son dévouement lui a coûté la vie. Est-ce ce que tu voulais savoir ? Non, jamais Marcella n'aurait fait passer son travail avant moi ou le bébé. Surtout pas le bébé.

Julia se raidit.

— Est-ce une critique ?

— Prends-le comme tu voudras, dit-il d'un ton las, mais sois au moins honnête avec toi-même. Je sais que tu ne pourras jamais aimer quelqu'un autant que Marcella m'aimait, ou faire preuve d'autant d'abnégation, parce que tu n'as qu'un intérêt dans ta vie, ton précieux restaurant. Mais c'est égal. Sur ce point, tu ne mens pas, et nous savons tous deux où nous en sommes. Et nous savons aussi que tu n'as pas l'intention d'être une vraie mère pour cet enfant.

Julia sursauta comme s'il l'avait frappée.

— Et dis-moi, Draco, quand penses-tu au juste, dans ton emploi du temps surchargé, trouver le temps d'être un vrai père ? Je t'ai à peine vu depuis mon arrivée. Alors, réponds ! Quel genre de père seras-tu ? Toi qui es si prompt à critiquer mon désir de faire carrière, peut-être devrais-tu commencer par balayer dans ton propre jardin ?

En réaction aux durs propos de Draco, Julia tremblait, d'abord de colère, mais celle-ci avait été remplacée par une autre émotion. À ce moment précis, elle n'avait pas très envie d'analyser ses sentiments, mais une vérité s'était imposée à son esprit : jamais il n'envisagerait une relation à long terme avec elle. Et sa certitude fut encore renforcée par ce qui suivit.

— Mon devoir sera toujours, avant tout, pour ma famille, reprit-il. N'en doute jamais. Je serai là pour ce bébé, beaucoup plus que toi. Réfléchis donc un peu avant de me jeter la pierre. Tu as très clairement exprimé que ta carrière comptait plus qu'une relation avec ton enfant ou avec moi. Même ici, tous les jours, tu travailles à ton but de retourner à ta cuisine !

Impossible de nier. Tous les jours, elle prenait des leçons avec Cristiano. Pourtant, ces deux derniers jours, son enthousiasme à trouver de nouvelles recettes pour le Carson s'était quelque peu émoussé. Quand elle téléphonait à son père, en soirée, il ne cessait de lui expliquer qu'il s'en sortait admirablement, et que tout marchait sur des roulettes au restaurant. Pour tout dire, elle ne l'avait pas trouvé aussi heureux et comblé depuis bien longtemps. Bien sûr, elle continuait à se faire du souci parce qu'il n'avait pas engagé de chef, mais elle se consolait en se disant que ce n'était qu'une question de temps.

— Au moins, j'ai un but, répondit-elle le plus crânement qu'elle put. Ma vie n'est pas tout entière définie par un mari ou un enfant !

Voyant Draco se figer, Julia comprit qu'elle était allée trop loin.

— J'ai pitié de toi, dit-il entre ses mâchoires crispées. Comment oses-tu t'abaisser à insulter une femme qui était une sainte, comparée à toi ? Une femme qui a donné sa vie pour essayer de me satisfaire ? Rappelle-toi, Julia, c'est toi qui as choisi ta situation. C'est toi qui as préféré n'être rien de plus que celle qui apportera la sécurité au nom des Sandrelli, plutôt que de devenir femme et mère. Alors, quand tu auras rempli ta promesse, tu retourneras à ton restaurant, et nos vies reprendront leur cours.

Un froid mortel s'abattit sur Julia. Draco n'aurait pu s'exprimer plus brutalement. Sa famille appartenait à cette terre comme jamais elle ne pourrait y appartenir. Les Sandrelli faisaient partie du pays, partie des gens qui le peuplaient, partie les uns des autres. Mais si elle devait rester à tout jamais exclue de ce cercle, du moins son bébé y aurait-il sa place.

Elle refoula les larmes qui lui brûlaient les paupières. Elle avait été folle de songer à parler à Draco d'un avenir. De toute façon, envisager une vie commune aurait été aller au-devant de l'échec. Probablement avait-elle juste l'esprit sentimental à cause de sa grossesse, du style de vie, de l'environnement flatteur. Et elle avait osé rêver de ce qu'elle ne pourrait jamais avoir, ni être.

S'efforçant de dissimuler son amertume, Julia se leva. Le doux tissu de la chemise de nuit et du peignoir frôla son corps avec la tendresse des mains d'un amant, et elle frissonna de penser que, si les choses avaient été différentes entre Draco et elle, il lui aurait déjà ôté ses vêtements.

Mais au lieu de faire des projets d'avenir, elle se raccrocha au dernier lambeau d'amour-propre qui lui restait et, redressant la tête, croisa le regard étincelant de Draco.

— Merci de me l'avoir rappelé, dit-elle. Tu as raison, naturellement. Pour être honnête, j'attends avec impatience que tout ceci…

Elle désigna son ventre.

— … soit derrière moi, et que je puisse reprendre ma vie d'avant.

Elle vit le visage de Draco se décomposer. Bien sûr, elle lui avait porté un coup, mais, par la même occasion, elle s'en était porté un tout aussi cruel.

Elle était tombée amoureuse d'un homme qui ferait toujours passer d'autres, leur enfant, sa famille, avant elle. Or, pour une fois dans sa vie, elle désirait follement être la première dans la vie d'un homme ; malheureusement, elle ne pouvait espérer que cet homme soit Draco.

Elle se força à mettre un pied devant l'autre pour atteindre la porte, agrippa la poignée, et la tourna maladroitement. Tout son être lui disait de s'arrêter, de se retourner et de regarder Draco. De voir s'il s'était un peu adouci, s'il restait une chance qu'il change d'idée à son propos et à celui de l'enfant. Mais les hommes comme Draco prenaient leurs responsabilités trop au sérieux pour faire preuve de ce qu'ils auraient considéré comme une marque de faiblesse.

— Je suis navrée pour toi, Draco, dit-elle sans se retourner. Moi, du moins, j'avance dans la vie. Toi, tu es juste prisonnier du passé…

Elle referma la porte derrière elle et regagna sa chambre d'un pas incertain. Une fois à l'intérieur, elle arracha si violemment peignoir et chemise de nuit qu'elle les entendit se déchirer dans sa hâte à échapper à leur douceur, à leur sensualité, au rappel de ce qu'ils représentaient et qu'elle n'était pas. Les mains tremblantes, elle retira les boucles d'oreilles que lui avait offertes Draco, et défit l'attache de son bracelet. Elle n'avait pas besoin de ces bijoux. C'étaient des pièges destinés à une autre, une autre qu'elle ne serait jamais. Elle était Julia Carson, chef cuisinière, et sacrément fière de l'être.

C'était ce qu'elle ne cessait de se répéter en passant un vieux T-shirt et en se glissant sous les couvertures. Son bébé et elle n'avaient besoin de rien ni de personne.

Et certainement pas de Draco Sandrelli.

Les jours suivants s'écoulèrent avec une lenteur désespérante. Draco se montrait froid et distant et, les rares fois où leurs chemins se croisaient, il était douloureusement clair qu'il ne restait rien de la camaraderie qu'ils avaient provisoirement établie.

Julia se jeta dans ses cours avec un regain d'enthousiasme. Elle avait besoin de quelque chose, n'importe quoi, pour se focaliser sur son avenir. Le temps qu'elle passait dans la cuisine et à parcourir les marchés avec Cristiano devenait salvateur pour son âme à vif, à tel point que, le matin où elle sentit un léger mouvement se produire dans son ventre, elle demeura interdite. À tout juste quatre mois de grossesse, c'était trop tôt pour ressentir les mouvements du bébé, se dit-elle, et elle rejeta tout d'abord l'origine de la sensation sur des problèmes digestifs. Mais, quand le phénomène se reproduisit, elle fut bien obligée d'admettre la vérité.

Posant une main sur son ventre, elle attendit que la sensation se renouvelle, mais rien ne se passa. Pourtant, le soir, au moment de se mettre au lit, elle sentit de nouveau s'agiter le petit être. Les larmes aux yeux, elle se caressa le ventre, soudain liée à son enfant comme elle n'aurait jamais cru possible de l'être.

Comme les choses auraient été différentes si elle avait pu partager cette expérience avec Draco, pensa-t-elle avec tristesse. Et ses larmes, jusqu'ici contenues, inondèrent ses joues.

Le lendemain matin, elle fut surprise de trouver Draco dans la cuisine, qui l'attendait. Ils avaient à peine échangé une demi-douzaine de mots depuis le soir où Umberto et Sabina Sandrelli étaient venus leur rendre visite.

— Je pars pour Londres dès que l'avion sera prêt, annonça-t-il. Mais je serai de retour à temps pour t'accompagner chez le médecin pour l'examen du quatrième mois.

— Si tu n'es pas revenu, ce n'est pas grave. Je peux y aller toute seule, dit Julia d'un ton ferme.

En réalité, étant donné l'état de leur relation, elle aurait préféré qu'il ne l'accompagne pas.

— J'ai dit que je serai de retour ; je serai donc là. Je tiens toujours parole, Julia. Mieux vaut que tu t'en souviennes.

En rougissant, Julia jeta un coup d'œil à Cristiano qui, dos tourné, préparait une omelette à la sauge pour le petit déjeuner. Elle trouvait détestable que Draco s'arroge le droit de lui parler sur ce ton en présence de son personnel.

— Si tu y tiens, dit-elle en haussant les épaules. Personnellement, ça m'est égal.

C'était mesquin et puéril de répliquer ainsi, mais le ton sec et autoritaire qu'il employait avec elle lui donnait justement l'impression d'être une enfant. Elle s'assit à la table et joua du bout de la fourchette avec le contenu de son assiette. Et elle demeura tendue, les épaules nouées, jusqu'à ce qu'il sorte de la pièce.

Elle entendit ronfler le moteur de sa voiture tandis qu'il s'éloignait du palazzo et, tout au fond d'elle-même, une petite fille pleurait qu'ils en soient arrivés là.

À la fin de la semaine, Julia s'était habituée au frémissement qui, de temps à autre, trahissait les mouvements du bébé. Les sensations étaient encore légères, mais pour la première fois depuis longtemps, son impression de solitude s'allégeait. Draco ne lui avait donné aucun signe de vie depuis son départ. Mais si l'on tenait compte de sa dernière réplique, ce n'était pas tellement surprenant. Elle avait espéré se sentir plus détendue au palazzo en son absence, mais, tout au contraire, elle avait le sentiment d'être une intruse qui s'approprierait les lieux. Normal. Elle n'appartenait pas à cet endroit. Comme il l'avait si sommairement résumé lors de cette horrible soirée, elle était ici pour accoucher. Et, sitôt fait, elle rentrerait chez elle.

Elle était dans le jardin potager, cueillant du persil plat pour agrémenter les croquettes de pommes de terre dont elle expérimentait la recette quand elle entendit la sonnerie lointaine du téléphone. Depuis le départ de Draco, il n'avait pratiquement pas sonné et son cœur bondit d'anticipation à l'idée qu'il puisse l'appeler. Mais comme elle entrait dans la cuisine, elle repoussa l'idée. Il n'allait pas plus l'appeler qu'il ne se mettrait à genoux devant elle pour la supplier de rester.

Elle secoua la tête, se traitant de folle. Malgré la manière dont les choses avaient tourné entre eux, elle devait bien s'avouer qu'il lui manquait terriblement. C'était même difficile d'admettre qu'elle désirait autant sa présence. Elle qui n'avait besoin de personne avait apparemment beaucoup plus besoin de lui qu'elle ne le croyait.

— *Signorina* ! Le téléphone pour vous, cria une domestique en désignant le téléphone accroché au mur de la cuisine.

— Merci, dit Julia.

L'appréhension lui noua l'estomac. Serait-il arrivé un malheur ? S'agissait-il de Draco ?

La voix, à l'autre bout de la ligne, la renseigna tout de suite.

— Mademoiselle Carson ? Dr Featherstone, d'Auckland City Hospital, à l'appareil. Votre père vient d'être admis chez nous à la suite d'une crise cardiaque. Il est actuellement dans un état stationnaire et doit subir une opération. Malheureusement, il semble être plus concerné par son restaurant que par sa santé, et refuse d'y consentir. Tout à fait franchement, s'il s'entête, il n'aura peut-être pas autant de chance la prochaine fois.

Le cœur de Julia sombra. Une crise cardiaque ? Seigneur ! Elle n'aurait pas dû s'éloigner. Elle aurait dû se douter que son père endosserait la responsabilité entière de la conduite du restaurant, qu'il refuserait d'engager un chef, voire de simplement partager le travail avec le sous-chef. Tout était sa faute — et celle de Draco.

— Puis-je lui parler ? parvint-elle à demander du fond de sa détresse.

— Il est sous sédatif, mais je peux lui transmettre un message.

— S'il vous plaît, dites-lui de ne pas s'inquiéter au sujet du Carson. Dites-lui que je prends le premier avion et que je m'occupe de tout. Il ne doit plus penser qu'à son rétablissement.

Elle s'entretint encore quelques instants avec le médecin, puis raccrocha, et se laissa aller contre le mur. Une crise cardiaque. Elle ferma les yeux. Son père aurait pu mourir, et tout ça parce que Draco tenait absolument à ce que son bébé naisse dans sa bien-aimée Toscane. Eh bien, c'était à elle de décider et sa décision était prise : le bébé ne naîtrait pas ici. Son père avait besoin d'elle et, comme Draco aimait tant à le rappeler, la famille passait avant tout.

Son devoir vis-à-vis de son père n'était pas moindre que celui de Draco envers sa famille, si illustre soit-elle.

Tentant de rassembler ses idées, elle reprit le téléphone afin de se renseigner sur les horaires de vols pour la Nouvelle-Zélande. Elle devait rentrer le plus tôt possible. La santé de son père, sa vie même, en dépendait.

13

Quand Julia grimpa les marches qui menaient à son appartement, au-dessus du restaurant, elle était rompue de fatigue. Elle avait dû voyager de Rome à Londres pour prendre un vol pour la Nouvelle-Zélande avec escale à Hong Kong. Au passage, l'ironie du sort, qui avait voulu qu'elle se retrouve dans la même ville que Draco, même temporairement, ne lui avait pas échappé. Avec le nombre de fuseaux horaires franchis, elle avait l'impression d'avoir voyagé plusieurs jours, alors que le trajet n'avait duré qu'un peu plus de trente heures. Mais enfin, elle était chez elle. À la maison. Là où on avait besoin d'elle, là où elle était désirée.

Même si l'heure du déjeuner approchait, elle n'avait qu'une envie, se coucher et dormir. Elle appela l'hôpital et demanda à être mise en relation avec son père, mais son appel fut intercepté par une infirmière qui lui dit qu'il se reposait. Déçue de ne pouvoir lui parler, elle laissa un bref message pour son père. Elle ne réussit à dormir que quelques heures avant de se retrouver aux commandes du restaurant. Rappeler son père devrait attendre le lendemain. Mais enfin, il savait qu'elle était arrivée et prenait les choses en mains. Maintenant, il consentirait à l'opération qui le garderait près d'elle plus longtemps.

À part la lassitude du premier jour de son retour, Julia retomba dans la routine du restaurant avec une incroyable facilité. L'opération de son père devait avoir lieu plus tard dans la semaine et, si tout se passait bien, il pouvait espérer un prompt rétablissement. Mais on l’avait averti qu’il ne pourrait pas retourner au Carson et y reprendre la même activité qu’avant. Car l’opération ne ferait pas de miracle, et jamais il ne retrouverait assez de force pour tenir bon face au stress engendré par la direction d’un restaurant au faîte de sa popularité.

Deux jours plus tard, à la fin de son service, Julia monta l’escalier et s’effondra avec reconnaissance sur le canapé-lit qu’elle n’avait pas eu le courage de replier le matin. Elle envoya promener ses chaussures et commença à se masser les pieds.

Mon Dieu, cela faisait un bien fou ! songea-t-elle en soupirant d’aise. Le soir, seul ce petit massage lui permettait de soulager l’enflure de ses pieds et de ses chevilles. Pourtant, en dépit de ce petit désagrément, elle avait le sentiment de plutôt bien réussir son retour dans une cuisine survoltée. Même si, au fond d’elle, elle avait toujours l’impression que quelque chose lui manquait…

C’était curieux. Le rythme trépidant du restaurant n’arrivait plus à attiser sa flamme comme par le passé. Sans doute s’était-elle amollie au palazzo. Mais ça n’cxpliquait pas la sensation d’avoir le cœur serré dans un étau, ni le sentiment qu’elle passait à côté de l’essentiel. Elle poussa un nouveau soupir. Allons, ce devaient être ses hormones qui la travaillaient. Et puis, elle devait bien l’admettre, être amoureuse d’un homme qui vous considérait comme une sorte de poulinière, même si elle ne pouvait s’en prendre qu’à elle, n’avait rien de particulièrement enthousiasmant. Pas étonnant qu’elle se sente un peu déprimée. Bon, d’accord, plutôt très déprimée. Mais après un voyage de trente heures, l’angoisse éprouvée pour son père, suivie d’une immersion directe dans le travail, elle avait bien le droit de se sentir à plat.

Elle se demanda si Draco était de retour au palazzo. Nul doute qu’il avait dû être livide en découvrant sa disparition. Peut-être même avait-il déjà entamé les démarches pour l’expulser du restaurant. Mais peu importait. En ce moment, seul son père comptait aux yeux de Julia. Et, pour qu'il aborde l'opération avec sérénité, elle devait continuer à faire tourner le restaurant.

Le Carson conservait ses cinq étoiles sur l'échelle du *Fine Dining* mais cette consécration lui paraissait désormais bien dérisoire. Ce n'était, après tout, que l'avis d'une seule personne. Pourquoi y avait-elle attaché tant d'importance alors que, maintenant, elle mesurait la vanité d'un tel honneur ? Pendant toutes les années où son père avait dirigé le Carson, il s'était battu pour obtenir ces étoiles, et, quand ils s'étaient associés, tout naturellement, c'était devenu leur ambition à tous deux. Et puis, quand son père avait pris sa retraite, Julia avait repris l'objectif à son compte, s'exhortant avec son équipe à atteindre les sommets qui leur donneraient accès à la récompense tant convoitée.

Et pour quel résultat ? Pour obtenir une chose qu'un autre avait voulue ? Le désir d'obtenir ces étoiles avait régi la vie de son père, orienté sa créativité, façonné l'homme et le chef qu'il était. Même si les années précédentes avaient été transitoires, il avait toujours couru après cette gloire, elle le savait. Mais elle, cherchait-elle tellement à s'identifier à lui qu'elle en avait perdu de vue qui elle était, ce qu'elle voulait ?

Durant ses années d'enfance et d'adolescence, elle avait passionnément souhaité connaître la stabilité d'un foyer, et un revenu régulier, ce que le Carson lui avait offert. Mais le lui avait-il vraiment offert ? Alors, à un moment de son existence, elle avait rêvé d'amour, elle avait osé croire qu'elle pourrait conjuguer carrière et couple et, peut-être un jour, famille. Sauf qu'elle ne s'en était jamais donné la possibilité, car les choix de vie qu'elle avait faits avaient toujours été calqués sur les rêves de son père, et non sur les siens.

Elle se mit à masser son second pied, aussi douloureux que le premier. Comme il aurait été agréable d'avoir un partenaire pour le faire ! Non, corrigea-t-elle, plus qu'un partenaire. Plus que ce qu'elle avait jamais permis à Rhys d'être. Elle voulait une âme sœur. Quelqu'un sans qui la vie perd ses couleurs, quelqu'un auprès de qui les étoiles sont tellement plus brillantes dans le ciel nocturne, et le monde un endroit plus heureux.

Allons, songea-t-elle en secouant la tête devant le cours pris par ses pensées, elle avait intérêt à oublier ce genre de rêves. Personne n'allait venir la masser. Ni partenaire, ni âme sœur. À l'heure actuelle, la seule chose sur laquelle elle pouvait compter, c'était une cuvette qu'elle était invariablement trop fatiguée pour tirer du placard afin de se préparer un bain qui délasserait ses pauvres pieds endoloris.

Une idée s'imposa soudain à son esprit. Pour l'instant, elle était encore capable de se débrouiller toute seule, mais comment allait-elle s'arranger d'ici quelques semaines, quand elle aurait pris de l'embonpoint ? Il ne fallait pas compter que son père reprenne le travail. Ce matin, le médecin avait été catégorique : pas question que son patient reprenne au même rythme après l'opération. Et il lui avait clairement fait comprendre que le mieux serait encore que son père se tienne complètement à l'écart du restaurant. Elle soupira. Il faudrait penser à passer une annonce dans le journal local pour trouver quelqu'un qui pourrait partager la tâche avec elle. Elle avait cru que Phil saisirait la chance de monter en grade, mais quand elle avait abordé le sujet, il lui avait expliqué qu'il avait une femme, un petit garçon et un bébé en route, et qu'il tenait à profiter de sa toute jeune famille.

Julia sentit de nouveau le pincement de la jalousie envahir son cœur. Quelle chance avait l'épouse de Phil ! Cette femme, elle, avait quelqu'un pour veiller sur elle. Pour les aimer, elle et son bébé. Mais elle, qui veillerait sur elle ? Elle essaya d'écarter l'idée, mais celle-ci revenait sans cesse la hanter. Qu'allait-elle devenir après la naissance du bébé ? Selon toute vraisemblance, Draco en exigerait la garde. Et, pour être honnête, elle savait déjà qu'elle ne pourrait maintenir le même rythme de travail et pouponner en même temps.

C'était inextricable.

*
* *

— Que voulez-vous dire par elle est partie ? tonna Draco en traversant le salon du palazzo à grands pas. Pourquoi ne m'a-t-on pas prévenu ?

— Mlle Carson a demandé qu'on ne vous dérange pas, *signore*.

La pauvre domestique qui informait le maître des lieux de la désertion de Julia semblait au bord des larmes.

Ne pas le déranger ? Elle ne voulait pas le déranger ? C'était d'une drôlerie irrésistible si l'on songeait qu'elle avait hanté la moindre de ses pensées, et qu'il se réjouissait de la savoir en sécurité au palazzo.

— Quand est-elle partie ? demanda-t-il en s'efforçant de prendre un ton plus doux.

— Vendredi dernier, *signore*.

— Merci, Maria. Je vous prie de m'excuser d'avoir élevé le ton.

Ses excuses lui valurent un sourire timide de la part de la jeune femme, et une bonne dose de remords. Il y avait bien longtemps qu'il n'avait été énervé au point de perdre son sang-froid avec un membre du personnel.

Il consulta sa montre. Midi, c'est-à-dire 22 heures en Nouvelle-Zélande. Avec un peu de chance, le moment n'était pas si mal choisi pour joindre Julia au restaurant. Car il ne doutait pas un instant qu'elle s'y trouvait.

Deux heures plus tard, Draco refermait son portable avec humeur. Ainsi, Julia était trop occupée pour venir lui parler au téléphone ? Eh bien, il allait mettre de l'ordre à ça. Naturellement, il avait été choqué d'apprendre que M. Carson avait eu une crise cardiaque, et qu'il se trouvait à l'hôpital dans l'attente d'une opération. Seulement, il ne comprenait pas pourquoi le père comme la fille éprouvaient le besoin de se tuer au travail. Ses instructions au père de Julia avaient été très explicites. Il devait engager un chef pour le soulager de la charge de travail.

Qu'il ait jugé bon de passer outre, et de mettre la santé de Julia et de l'enfant en danger, le mettait hors de lui.

Draco composa le numéro de l'appartement de Julia et laissa sur le répondeur un message qui ne lui laisserait rien ignorer de ses intentions.

— Nous avions un accord, Julia. Je ferai tout ce qui sera en mon pouvoir pour m'assurer que tu arrêtes de travailler jusqu'à la naissance de mon enfant. Sois-en sûre, et attends-toi à me voir très bientôt.

Le lendemain matin, il se prépara pour le long vol vers la Nouvelle-Zélande. Mais avant de rejoindre la voiture où un domestique avait porté sa valise, il fit halte dans la chambre de Julia. Il n'y avait pas mis les pieds depuis le jour de son retour de Florence, quand il lui avait offert les boucles d'oreilles et les vêtements. Une trace de son parfum flottait dans l'air, et il s'en remplit les poumons.

Il n'avait pas voulu l'admettre, ni même le croire, mais Julia lui avait terriblement manqué durant son séjour londonien. C'était une douleur physique qui s'infiltrait dans son corps et son esprit. Ne pas l'appeler lui avait beaucoup coûté, mais ils s'étaient quittés en si mauvais termes… Qu'aurait-il pu lui dire au téléphone qui ne pouvait être dit les yeux dans les yeux ? Oui, elle lui manquait, d'accord. Elle lui manquait assez pour qu'il comprenne combien il avait été dur avec elle, le soir où elle lui avait posé des questions sur Marcella.

Dur ? Il s'était montré cruel, oui. Il avait délibérément déversé son chagrin, sa déception, son sentiment de n'être pas à la hauteur, sur Julia.

Mais parler de Marcella avait été comme plonger un couteau dans une plaie. Et puis, par-dessus tout, il avait dû refréner le désir qui le consumait chaque fois que Julia se trouvait dans les parages.

Assise là, dans sa délicieuse tenue de nuit, sa peau comme éclairée de l'intérieur à travers le voile arachnéen, elle ne ressemblait en rien à la femme qu'il avait promis d'épouser, et en tout à celle qu'il aimait.

La prise de conscience avait été aussi douloureuse qu'efficace. Il n'avait pas aimé Marcella aussi fort qu'il aimait Julia. Ce qu'il avait ressenti pour sa fiancée de l'époque n'était qu'une pâle comparaison des émotions qui le submergeaient aujourd'hui. Et, à cause de ça, il se sentait encore plus responsable, si possible, de la mort de Marcella. Elle était prête à faire n'importe quoi pour lui, même à risquer sa vie pour lui donner ce qu'il voulait, et comment l'en avait-il récompensée ? En travaillant tous les jours que le Seigneur avait faits, en étant, au mieux, un fiancé fantôme. Et cependant, elle s'était accrochée à lui, elle l'avait aimé, lui qui ne méritait même pas une miette de son amour.

Marcella méritait mieux que lui. Il ne l'avait pas protégée comme il aurait dû le faire. Mais une chose était certaine, il protégerait Julia et leur enfant de toutes ses forces. Pour commencer, il la ramènerait à la maison, ici, en Toscane, et cette fois, il la garderait en sécurité dans le cercle de ses bras et de son amour.

Persuader Julia que sa place était à son côté ne serait pas un jeu d'enfant. Le Carson était toute sa vie, il en était maintenant convaincu. Il avait bien compris son désir de rentrer chez elle pour être au chevet de son père après sa crise cardiaque, mais, grâce à sa brève conversation avec le personnel du restaurant, il avait appris qu'elle passait tout son temps en cuisine. Julia était là pour le restaurant. Elle vivait pour lui, par lui. Et ce n'était pas la rapide visite à son père, le matin en revenant du marché, qui allait changer ça. Elle mesurait ce qu'elle était à l'aune du restaurant et, quelque part, Draco trouvait plus décourageant, s'il voulait obtenir le cœur de Julia, de devoir se battre contre *quelque chose* plutôt que contre quelqu'un.

Il examina les bijoux qu'elle avait laissés sur la commode. Ce geste était parfaitement explicite ; elle ne voulait rien de lui. Eh bien, il était désolé pour elle, mais il allait falloir qu'elle songe à réexaminer la situation.

*
* *

Il était presque 2 heures du matin quand l'avion de Draco survola l'aéroport international d'Auckland. Comme l'appareil roulait vers le terminal privé, Draco bouillait d'impatience. Quand enfin, il débarqua, il maudit les formalités de douane et d'immigration, pourtant rondement menées, qui le retardaient encore. Son chauffeur, qui l'attendait dans le hall du terminal, s'avança pour prendre sa valise et le conduire à la limousine.

Draco rongeait son frein tandis que tous les feux de George Bolt Memorial Drive semblaient s'être donné le mot pour passer au rouge devant eux. Il avait demandé à se faire conduire chez lui car il était trop tard pour se présenter chez Julia et lui parler, mais il avait bien l'intention d'être là dès le matin, avant qu'elle ne se rende à l'hôpital pour voir son père et que ce dernier ne soit conduit en salle d'opération.

Soudain, son téléphone portable sonna. Le numéro affiché à l'écran correspondait à celui de son bras droit néo-zélandais.

— Sandrelli à l'appareil, dit-il, prenant la communication.

Sa voix résonna sèche et froide dans l'enceinte du luxueux véhicule, mais la nouvelle que lui communiqua son interlocuteur lui causa une telle frayeur qu'il changea de ton en un instant.

— Un incendie au Carson ? Quand ? Y a-t-il des blessés ?

Draco eut soudain la sensation que la main d'un géant lui broyait le cœur. Si le feu avait démarré dans la cuisine, Julia était en première ligne dans son petit appartement de l'étage. Avait-elle eu le temps de descendre ?

Puis lui parvint la nouvelle qu'il redoutait.

Il y avait des victimes.

Les pompiers luttaient pour contenir l'incendie.

Chaque nouvelle lui assénait un coup, mais aucune ne lui apprenait ce qui lui tenait vraiment à cœur.

— Julia Carson. Savez-vous où se trouve Julia Carson ? demanda-t-il d'une voix déformée par la peur.

— Je ne sais rien d'elle. Désolé.

Après avoir refermé le téléphone d'une main tremblante, Draco ordonna au chauffeur de changer de direction et de se rendre à Ponsonby. Il fallait qu'il aille là-bas, qu'il se rende compte de la situation, qu'il constate par lui-même que Julia était indemne. Il ne voulait même pas envisager d'autre issue ; le cœur lui aurait manqué.

L'accès à la route du Carson était bloqué par de gros tuyaux d'eau serpentant sur le bitume, et le chaos organisé des véhicules de secours. Deux ambulances stationnaient au bord de la route. À son arrivée, les portes de l'une d'elles se refermèrent, et elle démarra toutes sirènes hurlantes. Avant même que la limousine soit complètement arrêtée, Draco en sauta et courut vers le restaurant.

Avec une fascination horrifiée, son regard fut attiré par le monstre de feu qui, malgré les lances à eau braquées sur lui, continuait de dévorer le restaurant avec un appétit inégalé. Un policier s'approcha de lui.

— Reculez, monsieur, s'il vous plaît !

— Savez-vous où est Julia Carson ?

Une violente explosion ébranla soudain l'air, et une fusée de feu s'éleva vers le ciel. Les pompiers continuaient de diriger leurs tuyaux vers les flammes, mais Draco voyait déjà que c'était uniquement pour circonscrire l'incendie au Carson et protéger les maisons voisines. Pour ce qui était du restaurant, il ne restait aucun espoir de sauver quelque chose.

En surprenant l'expression de pitié du policier, il eut l'impression que le monde basculait sous ses pieds.

— Je vous en prie, implora-t-il, dites-moi qu'elle n'est pas restée prisonnière des flammes !

— Je vais aller aux nouvelles, mais il faut reculer, monsieur.

Le policier repoussa doucement Draco qui obtempéra tout en adressant au ciel les plus ferventes prières de sa vie.

14

Combien de temps il demeura au bord de la route, Draco n'aurait su le dire, mais soudain, un mouvement à l'arrière de l'ambulance qui stationnait non loin de là attira son attention. Bouleversé, il reconnut la silhouette de Julia.

Julia ! Le ciel soit loué, elle était sortie de l'enfer !

Il courut à toute vitesse vers elle, pour la prendre dans ses bras, s'assurer qu'elle était saine et sauve. Son visage était maculé de suie, ainsi que ses vêtements, et un masque à oxygène posé sur son visage confirmait qu'elle venait de frôler un terrible danger.

Comme il avançait les mains vers elle, elle le repoussa avec la plus extrême violence.

— Comment oses-tu ? cracha-t-elle d'une voix éraillée par la fumée.

Et des larmes tracèrent un sillon pâle sur ses joues.

— C'est donc à ça que tu pensais quand tu m'as prévenue que tu m'empêcherais de travailler ? demanda-t-elle encore, rendue complètement hystérique par le chagrin. C'était à ça ?

— Non, Julia, non ! Comment peux-tu penser une chose pareille ? Je n'aurais jamais agi ainsi, voyons. Jamais ! insista-t-il avec véhémence.

Elle se mit à tousser, et un auxiliaire médical vint l'inciter à s'asseoir sur la marche arrière de l'ambulance. Il replaça le masque à oxygène sur son visage et lui parla doucement pendant quelques instants. Quand il se redressa, Draco s'approcha de lui.

— Pourquoi est-elle encore là ? Ne devrait-elle pas être hospitalisée ? Elle est enceinte de quatre mois. Il faut l'examiner !

— Mlle Carson a refusé de se rendre à l'hôpital pour subir des examens. Pour le moment, je la garde donc sous oxygène.

— C'est vrai, Julia ? Tu refuses d'aller à l'hôpital ?

Les larmes continuaient de couler le long des joues de Julia. Voyant cela, Draco s'accroupit près d'elle et lui prit les mains.

— *Cara mia*, il faut voir un médecin.

— Je ne peux pas, dit-elle d'une voix étouffée par le masque. Pas tant que tout ne sera pas fini.

Ses yeux demeuraient rivés sur le cataclysme qui lui avait dérobé sa fierté, son foyer et sa raison de vivre. Draco comprenait son besoin d'être présente jusqu'au bout, même si son instinct lui criait de la pousser dans l'ambulance et d'ordonner qu'on l'évacue au plus vite vers l'hôpital.

Il s'assit près d'elle sur la marche de l'ambulance, passa un bras autour de ses épaules et l'attira à lui. Et il demeura immobile, observant, attendant.

Une bonne heure plus tard, comme l'aube pointait au-dessus de la rue inondée, Draco se leva. Satisfaits par l'auscultation de Julia, les ambulanciers étaient repartis, et Draco avait réussi à la convaincre d'attendre dans la limousine le temps que les pompiers en terminent avec l'incendie.

À la froide lumière de l'aube, on prenait crûment la mesure de l'étendue des dégâts. Les poutres calcinées s'enchevêtraient suivant des angles étranges et des morceaux de ferraille pendaient en rubans tordus et noircis sur ce qui restait du sol du restaurant. Dans l'air flottait l'odeur âcre de la lutte impitoyable qui avait opposé le feu et les pompiers.

Il y aurait une enquête, avait-on dit à Draco, et, même si la villa était assurée, et si Julia avait souscrit une assurance couvrant la perte de son moyen d'existence, la vision de la ruine calcinée et fumante disait avec brutalité son malheur. Et la manière dont elle fixait les décombres disait encore plus fort son anéantissement. À cet instant, Draco aurait tout donné pour effacer de son beau visage cette expression de désespoir.

Quand les pompiers établirent un cordon autour des ruines de ce qui avait été son foyer et son gagne-pain, Julia sortit de la voiture. De grands frissons secouaient son corps. Il ne restait rien, absolument rien. Elle vacilla, ses jambes refusant soudain de la porter, mais de grands bras forts se refermèrent sur elle, la soulevèrent, et la remportèrent à la limousine.

Elle ne trouva même pas l'énergie de protester. À quoi bon ? La dernière chose à laquelle elle attachait du prix était irrémédiablement partie en fumée.

Draco la ramena chez lui. En sortant de la voiture, elle aspira une grande bouffée d'air marin, mais l'odeur des rêves perdus restait incrustée dans ses narines. Elle le suivit sans rechigner jusqu'à l'appartement, et, docile comme un nouveau-né, se laissa guider vers la salle de bains. Il la fit entrer dans la douche tout habillée, et y pénétra à son tour, vêtu lui aussi. Il entreprit alors de la déshabiller sous le jet chaud.

Il jeta leurs vêtements hors de la douche, en tas, mais elle était trop fatiguée pour s'en formaliser. Avec des gestes très doux, il lui lava les cheveux et les rinça avant de répéter l'opération. Ensuite, avec un gant et du gel douche, il lui frotta le corps jusqu'à ce que l'eau coule claire.

Quand elle fut propre, il ferma les robinets et l'essuya. Après lui avoir passé un de ses T-shirts, il la glissa entre les draps de coton de son lit. Alors, et alors seulement, elle laissa son esprit dériver loin des horreurs de la nuit et plongea dans le sommeil.

Elle s'éveilla des heures plus tard, au son d'un bruit de voix masculines qui lui parvenaient de la pièce voisine. Sa gorge était toute desséchée et elle trouva avec reconnaissance la bouteille d'eau que Draco avait placée à sa portée durant son sommeil. Et tout en laissant l'eau délicieusement fraîche couler dans sa gorge, elle entendit la voix de Draco qui demandait :

— Et le bébé ? Le bébé n'aura pas souffert ?

Il avait sans doute appelé un médecin. Elle entendit le brouhaha des voix s'éloigner et le bruit de la porte d'entrée qui s'ouvrait et se fermait.

Elle se renversa contre l'oreiller, plus seule et plus perdue qu'elle ne l'avait été de sa vie entière. Le bébé demeurait l'unique préoccupation de Draco. Naturellement, elle savait que ç'aurait dû être la sienne aussi, mais elle trouvait injuste de n'être jamais au centre des pensées de personne. Était-ce trop demander que de vouloir une fois, rien qu'une fois, être celle qui comptait ?

Elle jeta un regard embué au réveil posé sur la table de nuit et s'assit d'un coup de reins en découvrant l'heure. L'opération de son père devait être terminée. Et elle lui avait promis d'être près de lui avant l'anesthésie et de se trouver à son chevet quand il reprendrait connaissance…

Elle balança ses jambes par-dessus le bord du lit, posa les pieds sur le sol. Cependant, avant qu'elle puisse se lever, Draco apparaissait près du lit.

— Tu veux aller à la salle de bains ? Je vais t'aider.

Elle secoua la tête. Elle n'avait pas besoin de sa sollicitude. Ce n'était pas comme s'il tenait vraiment à elle.

— Non, dit-elle d'une voix rauque. Il faut que j'aille à l'hôpital voir mon père. Il doit s'inquiéter.

Draco la repoussa doucement sur le lit.

— Ton père a parfaitement supporté l'intervention, tu peux être rassurée à ce sujet. Et le chirurgien lui a expliqué les raisons de ton absence. Pour le moment, il dort, mais j'ai laissé quelqu'un à l'hôpital qui nous préviendra dès qu'il se réveillera. Si tu es d'attaque, je t'emmènerai le voir plus tard.

Julia laissa Draco lui soulever les jambes et les reposer sur le lit, puis rabattre la couverture sur elle. À sa surprise, alors qu'elle croyait qu'il allait la laisser, il s'assit au bord du lit.

— On peut le reconstruire, tu sais, murmura-t-il.

— Quoi ? Le restaurant ?

L'image des ruines fumantes de la villa se forma dans la tête de Julia. Pour reconstruire le Carson, il faudrait beaucoup de temps et d'argent, et elle ne disposait ni de l'un ni de l'autre. Mais, après tout, le bâtiment ne lui appartenait pas. Il appartenait à Draco.

Elle se rappela les dures paroles qu'elle lui avait assénées quand il était arrivé sur le lieu du drame et ne put s'empêcher de rougir. Il avait fallu qu'elle soit à bout de nerfs pour aller à de telles extrémités. Pourquoi Draco aurait-il mis le feu à sa propriété, au risque de blesser des gens, ou pire ? Elle voulut s'excuser mais les mots ne franchirent pas sa gorge.

— Oui, le restaurant. Il en existe des tas de photos. On pourrait utiliser des poutres de récupération, rester fidèles à la construction originelle. Ce serait même mieux qu'avant car on pourrait faire en sorte que le restaurant ait le charme de l'ancien avec la fonctionnalité du neuf. Qu'en dis-tu ?

Elle le regarda un long moment, silencieuse, puis elle demanda d'une voix hésitante :

— Tu le veux vraiment ? demanda-t-elle.

— Comment pourrais-je ne pas le vouloir, Julia, quand c'est si important pour toi ?

Il prit ses mains dans les siennes et les porta à ses lèvres. Et, sous la tendresse de ses baisers, Julia eut la sensation, toute nouvelle pour elle, d'être chérie. Toute sa vie, elle avait dû endosser des responsabilités, s'assumer. Mais à présent, elle se sentait… protégée. À cette idée, une douce chaleur l'envahit. Mais elle se força à la rejeter, à ne pas se laisser prendre par l'illusion du moment. Car ce n'était qu'un moment.

— Tu sais, Julia, je ne peux pas t'expliquer ce que j'ai ressenti quand j'ai débarqué à Auckland et qu'on m'a mis au courant de l'incendie. Ils disaient qu'il y avait des blessés, mais je ne savais pas si tu en faisais partie. Le trajet depuis l'aéroport a été le plus long de ma vie. Et puis, quand je suis arrivé au restaurant, je ne t'ai vue nulle part, et j'ai cru mourir d'inquiétude. Pour tout dire, j'ai été soulagé de t'entendre me jeter tes accusations à la tête !

— Je te prie de m'excuser. J'étais complètement retournée. Je n'aurais jamais dû proférer ces horreurs.

Bien sûr qu'il avait été soulagé de la voir saine et sauve. Après la disparition de Marcella et de son enfant, perdre un deuxième bébé aurait été pour lui un drame, elle le comprenait bien. C'était juste qu'elle désirait follement qu'une toute petite fraction de ses attentions ait été adressée à elle, rien qu'à elle.

— Ne t'excuse pas, dit Draco.

Lui lâchant les mains, il se mit à arpenter la pièce.

— Ce serait plutôt à moi de m'excuser, reprit-il. Je me suis conduit en seigneur féodal avec un de ses serfs. Un vrai tyran ! Je t'ai vue, je t'ai voulue, c'était aussi simple que ça. Et quand j'ai découvert que tu portais mon enfant, j'ai été prêt à tout pour te garder.

Une lueur d'espoir s'alluma dans l'âme tourmentée de Julia. Se pourrait-il que Draco éprouve un peu plus pour elle que l'attirance physique qui, à cet instant, bouillonnait encore sous la surface ?

— Je me suis montré injuste quand tu m'as posé des questions sur Marcella, dit-il. À dire vrai, j'ai beaucoup de mal à parler d'elle, mais pas pour les raisons que tu imagines sans doute. Oui, je l'ai aimée. Qui ne l'aurait aimée ? Mais étais-je amoureux d'elle ? Est-ce que le soleil se levait et se couchait avec elle ? Est-ce que, quand nous étions séparés, j'attendais avec impatience le moment de la retrouver ?

Il secoua la tête, son visage exprimant le dégoût de lui-même.

— Non, conclut-il. Je ne l'aimais pas de cette façon. Elle aurait pourtant mérité qu'on l'aime à la folie. Mais il a fallu qu'elle m'aime, moi. Et parce qu'elle m'aimait, moi, elle a voulu me donner ce qui, croyait-elle, m'attacherait plus sûrement à elle. Elle a décidé de faire un enfant au péril de sa vie, en espérant que je l'en aimerais davantage.

» J'ai vécu trop longtemps avec ce poids sur la conscience, Julia. Après avoir traité de façon si désinvolte les sentiments de Marcella, je ne me croyais plus digne d'aimer et d'être aimé. Et puis, je t'ai croisée, et tu as illuminé ma vie. Tu te souviens, *si* ? Quand tu es arrivée au palazzo avec ton groupe, je sortais de la maison. Mais je t'ai vue descendre du bus, et j'ai eu la sensation d'être frappé par la foudre, et j'ai trouvé de bonnes raisons de rester au palazzo. Je t'ai tout de suite désirée, Julia, et je te désire toujours, encore plus aujourd'hui qu'alors. »

— Comment pourrais-je oublier ? demanda Julia dans un souffle.

Entendre Draco évoquer leur première rencontre, c'était revivre l'exquise sensation d'être désirée au premier coup d'œil.

— J'ai pensé que le ciel me donnait une deuxième chance, reprit Draco, d'une voix presque inaudible. Mais tu étais censée passer une seule journée au palazzo. Quand je t'ai demandé de prolonger ton séjour et que tu as accepté, je ne pouvais en croire ma chance. Ma vie a pris un nouveau tournant, mais tu es repartie. Tu étais si obsédée par ton travail et par le restaurant que je n'arrivais pas à imaginer te persuader de rester avec moi pour toujours. Je voyais si bien à quoi aurait pu ressembler ma vie. C'était comme si le destin me jouait un tour cruel en me faisant subir un juste retour des choses. J'avais considéré comme acquis l'amour que Marcella me portait, et m'étais immergé dans mon travail. Et soudain, même si je n'avais pas encore bien conscience que ce que j'éprouvais pour toi était de l'amour, voilà que tu me rendais la pareille.

Il l'aimait ? Julia porta une main à son cœur. Si elle avait deviné la profondeur des sentiments de Draco, aurait-elle agi différemment ? Elle en doutait. Elle était encore trop imprégnée des vues de son père sur l'amour, trop obsédée par sa carrière, trop traumatisée par l'échec douloureux de sa propre relation avec Rhys pour être capable d'envisager une relation durable.

— N'es-tu pas trop dur avec toi-même, Draco ? Comment Marcella pourrait ne pas t'avoir aimé ? Tu irradies la force, tu réussis tout ce que tu entreprends, tu es si beau que j'en ai mal chaque fois que je te vois. Et ta passion pour tout ce que tu aimes est comme une drogue qui donne envie à ceux qui t'entourent de faire partie de cet amour, partie de toi.

Elle s'interrompit un instant et sourit en voyant le visage de l'homme qu'elle aimait s'illuminer sous l'effet des mots qu'elle venait de prononcer.

— Tu me terrifiais, reprit-elle, et, en même temps, tu m'attirais comme un aimant. Grâce à toi, j'ai compris des choses terribles à mon sujet, des choses que je refusais de regarder en face. Et j'ai appris à identifier mes propres rêves et mes espérances…

— Le Carson, l'interrompit Draco en s'asseyant au bord du lit. Je le rebâtirai pour toi, je te le promets, Julia. Tu peux me faire confiance.

Julia posa un doigt sur les lèvres de Draco.

— Non, Draco, ce n'est pas ce que je désire. C'est vrai, j'ai cru que le Carson était tout pour moi, que je n'avais pas d'autre rêve à cultiver, d'autre but vers lequel tendre. Et j'ai mis très longtemps à comprendre que le Carson était le rêve de mon père, et de lui seul. J'ai fait miennes ses ambitions, parce que je n'espérais rien d'autre, tout comme il s'est immergé dans ses projets quand ma mère l'a quitté. C'était tellement plus simple de mettre sa ferveur dans le travail plutôt que d'aller au-devant d'un nouvel échec sentimental. Et, crois-moi, il les collectionnait.

Avec un sourire, elle prit la main de Draco et la pressa tendrement. Puis elle reprit :

— Je crois que l'exemple de mon père m'a enseigné qu'on peut contrôler certaines choses dans la vie. On peut avoir la maîtrise de ses actes si ce n'est celle de ses sentiments. Et, parce que je me croyais inapte à l'amour, j'ai suivi la voie qu'il avait tracée. Mais, tout au fond de moi, je n'ai jamais cessé de rêver au prince charmant. Je voulais ce que mon père était incapable d'avoir : un compagnon qui se tiendrait à mon côté, contre vents et marées, qui m'épaulerait, qui m'aimerait, et que j'aimerais en retour. Mais c'était tellement plus facile de ne pas prendre le risque. L'amour fait mal. Il vous laisse à vif, vulnérable, et il exige votre confiance.

Elle s'interrompit et leva les yeux vers lui. Puis elle posa un baiser sur ses lèvres. Comme un souffle, qui lui donna l'impression de revivre. Elle mourait d'envie d'approfondir ce baiser, mais elle avait encore tant à lui dire qu'elle quitta ses lèvres délicieuses, à regret.

— Je ne veux pas être comme mon père et m'investir tellement à fond dans un projet que j'oublierais de vivre. Que tu reconstruises ou non le Carson m'est désormais indifférent. Il ne compte plus pour moi.

Draco lui prit le menton pour amener son visage à hauteur du sien.

— Qu'est-ce qui compte pour toi ? demanda-t-il.

— Toi. Toi, notre enfant, et la vie que nous pouvons mener ensemble si tu me veux toujours. Je t'aime, Draco. Je me suis battue bec et ongles contre mes sentiments, mais c'est fini. Je ne peux nier plus longtemps.

— Je t'aime, *cara mia*, n'en doute jamais. Je t'aime plus que je n'aurais jamais cru possible d'aimer une femme. Et je ne veux pas te perdre. Toi, et toi seule, es l'amour de ma vie, ma raison d'être, et, si tu le permets, je passerai le restant de mes jours avec toi. Je vieillirai avec toi. Je t'aimerai.

Julia referma ses bras autour du cou de Draco et l'attira à elle.

— Montre-moi tout de suite comment tu m'aimes, murmura-t-elle contre ses lèvres.

Draco rejeta les couvertures et la repoussa doucement contre les oreillers. Il promena les doigts sur ses bras, ses jambes, avant de soulever le bas de son T-shirt et de l'exposer devant lui, nue, mis à part l'aura d'amour qui les enveloppait.

Julia vibrait de désir, mais, cette fois, c'était différent. Et quand il se déshabilla et se glissa sur elle, elle comprit en quoi. Cette fois, elle avait l'absolue certitude d'être en sécurité avec lui. Elle lui avait offert son cœur et savait, au plus profond d'elle-même, qu'il chérirait et protégerait éternellement ce cadeau.

Et comme leurs corps se mettaient à bouger en parfaite harmonie, Julia se promit de chérir également le don qu'il lui faisait de lui-même.

À jamais.

YVONNE LINDSAY

Une proposition irrésistible

INTÉGRALE

SCANDALEUSES UNIONS

Traduction française de

SYLVETTE GUIRAUD

♦ SAGAS ♦

HARLEQUIN

Titre original :
PRETEND MISTRESS, BONA FIDE BOSS

Ce roman a déjà été publié en 2017

1

Indifférent comme à son habitude aux regards appréciateurs des femmes, tous âges et statut conjugal confondus, Adam Palmer se tenait un peu à l'écart derrière la foule des joueurs éparpillés devant lui comme un paquet de cartes colorées.

Ses invités, des hommes d'affaires, s'étaient joyeusement laissé prendre au piège tendu par Dame Chance à l'une des tables de jeu du Sky City Casino d'Auckland, en Nouvelle-Zélande. Comme si leur vie en dépendait, ils avaient tous les yeux braqués sur les gestes du croupier en train de battre les cartes.

La soirée se déroulait à la perfection. Adam aurait dû être satisfait si seulement Lainey Delacorte, son assistante personnelle, n'avait pas trouvé autre chose à faire. Il en était ulcéré. Depuis quand faisait-elle passer sa vie privée avant son travail ? Depuis deux ans et demi qu'elle travaillait à ses côtés, cela ne lui était sûrement pas arrivé ne serait-ce qu'une seule fois, au point qu'Adam en était venu à faire une absolue confiance à son entière disponibilité.

Enfin, il avait déniché une assistante dont l'éthique professionnelle était égale à la sienne. La surpassait même à l'occasion, songea-t-il en se remémorant le nombre de matins où, arrivant au bureau, Lainey l'y avait déjà devancé — pour lui offrir une tasse de café de son mélange spécial et la presse internationale qu'il parcourait au début de chaque journée.

Pourtant, il aurait eu bien besoin d'elle ce soir. Elle l'aurait aidé à s'assurer que tous les désirs de ses clients, et plus important encore, de leurs épouses, étaient satisfaits. L'expérience lui avait appris l'importance d'avoir des clients heureux. Quand Adam Palmer désirait séduire son monde, il faisait tout son possible pour plaire avant tout aux personnes qui détenaient les rênes du pouvoir et, sur ce point précis, Lainey était devenue son arme secrète.

A sa manière discrète, elle faisait en sorte de rendre les choses agréables à chacun — depuis les P-DG les plus autoritaires, grands gosses accrochés en permanence à leurs jeux vidéo. C'était aussi son flegme et sa force tranquille qui invariablement les poussaient à la confidence. A fournir des informations qu'autrement Adam ne recueillerait sans doute jamais. Des informations qui le mettaient chaque fois en posture de gagnant-gagnant de chaque côté de la table lorsque venait l'heure de la négociation.

Mais sacré nom, ce qu'elle pouvait lui manquer ce soir !

Un mouvement de l'autre côté de la pièce attira soudain son attention. Un éclair rouge, l'éclat d'une peau douce et bronzée, le flamboiement d'une chevelure d'une somptueuse teinte châtaigne rehaussée de reflets cuivrés sous les subtils éclairages venus du plafond.

Le radar interne d'Adam se braqua sur la femme. Grande et élégante, elle se déplaçait avec une grâce qui lui parut vaguement familière. L'envie le prit qu'elle se retourne afin de juger si elle était aussi attirante de face que de dos. Histoire aussi de voir s'il la reconnaissait.

En dépit de la manière dont son corps réagissait à la présence de cette femme, il était tout à fait certain de ne l'avoir jamais connue sur un plan personnel. En général, Adam préférait les petites brunes — le type de femme qui donnait l'impression d'avoir besoin d'être protégée par quelqu'un dans son genre, un homme de haute taille, plein d'énergie, et maîtrisant complètement la situation. La femme en rouge n'avait pas du tout le comportement d'une personne en quête de protection. Elle se déplaçait comme si tout lui était acquis et qu'elle n'avait qu'à faire son choix. Adam examina les escarpins qu'elle portait et d'après la hauteur de ses talons en déduisit que l'inconnue serait à sa hauteur et allait le regarder en face. Une pensée qui, étrangement, lui parut tout à fait séduisante.

Il savoura la sensation qui réchauffait son corps, comme si soudain il renaissait à la perspective d'une chasse dont l'issue satisferait chacun des partenaires. La manière dont l'étoffe luxueuse de sa robe caressait les courbes voluptueuses laissait peu de doute à l'imagination et n'offrirait sans doute aucune difficulté pour exposer un peu plus cette délicieuse peau crémeuse, centimètre par centimètre, dans l'intimité de l'appartement qu'il gardait en ville pour des nuits telles que celle-ci.

Sa main se crispa autour de la base de son verre de whisky. Il adorait les femmes, chaque nuance d'elles, chaque différence, chaque nouvelle découverte. Par malheur, chaque fois qu'il concluait, les choses ne fonctionnaient pas comme il l'avait prévu. Tout le monde ne souhaitait pas avoir la relation libre de toute attache qu'il avait perfectionnée au fil des années. Mais, pour l'instant, la fin était encore loin. Pour l'instant, la seule chose qui l'intéressait était de prendre un nouveau départ. Il y avait des mois qu'il ne s'était pas permis un peu plus qu'un flirt courtois et il était tout à fait prêt à aller plus loin.

Le mois dernier, dans son ancienne école, la cérémonie à la mémoire de l'épouse de son ancien professeur préféré lui avait une fois de plus démontré, à son retour chez lui, à quel point il était devenu un être très solitaire. Le professeur Woodley avait arboré l'expression d'une personne qui a perdu la meilleure partie d'elle-même. Oh bien sûr, il ne s'était pas totalement effondré, mais Adam devinait dans le comportement de son ancien professeur un profond chagrin que nul ne pourrait jamais apaiser. Et, à cause de tout cela, Adam l'avait envié d'avoir éprouvé et partagé ce genre d'amour au cours de son existence. Cette dévotion qui fait de deux personnes un couple.

Il doutait pour sa part de jamais éprouver avec quelqu'un d'autre ce sentiment d'appartenance.

De l'autre côté de la salle, la femme en rouge se déplaçait au milieu de la foule. Comme fasciné, Adam suivait des yeux chacun de ses mouvements. Comment serait-elle au lit ? se demandait-il. Conquérante ? Drôle ? Ou peut-être plus en phase avec ce style élégant et sensuel avec lequel elle se déplaçait.

Nonchalant, langoureux.

Il avala une lampée de whisky, laissant la brûlure du moelleux liquide malté s'enrouler autour de sa langue avant de l'avaler. Peu importait après tout ce qu'elle était, car il allait, il n'en doutait pas, très bientôt le découvrir, *la* découvrir.

Posant son verre sur le bar derrière lui, il s'avança.

Il était temps de faire les présentations.

A mi-chemin, il hésita et une grimace lui tordit la bouche en voyant un homme courtaud et lourd s'approcher d'elle et glisser son bras sous le sien. Lee Ling ! Dans cet univers, l'homme fendait la foule comme un grand requin blanc. Rien de trop évident bien entendu, sinon il aurait été dès le départ inscrit sur la liste noire, mais quiconque s'aventurait dans l'univers du jeu savait que s'il lui manquait quelques milliers de dollars en cours de soirée, Lee était homme de la situation.

Adam réprima sa déception. Il n'existait qu'une seule sorte de femme capable de s'associer de son plein gré à Lee Ling et cette femme-là n'était pas du genre avec lequel il était prêt à badiner. Pas même pour une nuit. Déçu, il commençait à se détourner, quand le visage de la femme en rouge se pencha vers celui de son compagnon. Instantanément, il reconnut son profil, avant qu'il ne soit en partie voilé par le rideau splendide de sa chevelure.

Lainey ?

D'un seul coup, il eut la sensation que tout son sang se glaçait dans ses veines. Que diable faisait-elle ici ? Et, en particulier, que diable faisait-elle avec Ling ?

En un clin d'œil, la chaleur bouillonnante du désir se confondit avec le feu de la colère. Si, d'une manière ou d'une autre, Lee

Ling avait quelque chose à voir avec Palmer Enterprises, Adam pouvait dire adieu aux négociations potentiellement lucratives dont cette soirée était la promesse. L'homme là-bas n'était pas au-dessus d'une information industrielle négociée en échange de l'effacement d'une dette, et Lainey était tout à fait au courant de cela. Alors, à quoi diable jouait-elle donc, pendue à son bras comme si cet homme était la cible de tous ses désirs ? Surtout avec l'allure qu'elle avait ce soir.

Le couple se retourna et Adam eut l'impression que l'air refluait de ses poumons. Vue de face, la robe de Lainey était en tout point aussi aguichante que de dos. Un bustier défiant toutes les lois de la physique soutenait des seins ronds et fascinants.

Qui pouvait deviner qu'elle possédait ce genre de silhouette ? Adam ne pouvait plus empêcher ses yeux de courir sur le corps fait au moule. Si, d'aventure, elle s'était un jour habillée ainsi pour aller au bureau, songea-t-il, il était sûr et certain que personne ne travaillerait. Il ne fallait donc pas s'étonner qu'au bureau elle s'enveloppe de vêtements qui ne faisaient absolument rien pour mettre en valeur sa délicieuse et attirante féminité !

Adam se rendit compte qu'il crispait les poings comme s'il pouvait ainsi nier le criant désir de ses mains de se tendre vers la profusion soyeuse de sa chevelure d'or bruni. Une chevelure en général retenue en chignon serré sur sa nuque.

Cette femme avait donc une double personnalité : la sirène qui, même maintenant qu'il l'avait identifiée, mettait le feu à sa libido, et sa bosseuse d'assistante, satisfaite au bureau de rester à l'arrière-plan.

Le bureau. Ce rappel lui fit l'impression de recevoir un jet d'eau glacée. Lainey était censée travailler ici ce soir. Pour lui. Et non pas d'orner le bras d'une fripouille comme Ling.

Maintenant, Lainey et Ling s'avançaient vers lui, s'arrêtant de temps à autre pour que Ling puisse échanger quelques mots avec l'un ou l'autre avant de poursuivre son chemin. Travaillant la pièce, nota Adam avec un mauvais goût dans la bouche. Tout en n'étant pas lui-même étranger aux jeux de hasard, il savait prendre des risques calculés, sans risquer les hauts et les bas d'un véritable joueur ou d'un flambeur — ces gens sur le dos desquels des hommes comme Ling bâtissaient leur fortune.

Adam posa de nouveau les yeux sur Lainey, depuis ses pieds chaussés d'argent et de zircons jusqu'au sommet de sa tête savamment ébouriffée et si sexy. Qui était exactement cette version de Lainey Delacorte ? Il le découvrirait bien assez tôt, se dit-il comme la distance entre eux se raccourcissait pas après pas.

L'instant où elle prit conscience de sa présence sur son chemin ne fut pas perdu pour Adam. Sous le choc, les prunelles vertes parurent s'agrandir, se dilater presque au point d'en faire disparaître la teinte couleur de claire émeraude. Emeraude ? D'habitude, elle avait les yeux marron. Un marron neutre et sans prétention aucune. Tout était-il donc mensonge en elle, jusqu'à la couleur de ses yeux ?

Adam grinça des dents jusqu'à s'en faire mal à la mâchoire. Une désagréable sensation qui lui rappela de se détendre, de ne surtout pas trahir à cet instant la profondeur de sa colère.

A quel autre mensonge Lainey s'était-elle livrée à son encontre ? Elle qui était son bras droit, d'un seul coup elle lui inspirait une telle méfiance qu'il allait devoir se demander si sa main ne tenait pas un couteau. Si elle était capable d'atteindre ce niveau de duplicité, l'était-elle assez pour vendre les secrets de Palmer Enterprises ? Sa loyauté n'était-elle donc qu'une façade ?

Le couple n'était plus loin maintenant et Adam put distinguer la peur qui contractait les traits de Lainey au fur et à mesure que se profilait l'inévitable confrontation. Il vit sa main se crisper sur le coûteux tissu de la manche de Ling. Alors il laissa un léger sourire flotter sur les lèvres. Lainey pouvait bien penser ce qu'elle voulait, ce n'est pas un Lee Ling qui pourrait l'empêcher d'exiger des réponses.

Il fit un pas en avant, leur bloquant le chemin, et adressa un mouvement de tête à l'autre homme.

— Ling.

— Ah, monsieur Palmer, je crois ? Comment allez-vous ce soir ?

Les yeux de l'usurier brillaient comme s'il se demandait si Adam avait besoin ou non de ses services personnels.

— Je suis très intrigué, Ling. Pourquoi ne pas me présenter à votre…

Adam laissa volontairement sa voix traîner et en fut récompensé par un éclair vert dans les yeux de Lainey où son insulte délibérée allumait la colère.

— Bien entendu. Mademoiselle Delacorte, monsieur Palmer.

Au même moment, l'attention de Ling fut attirée par un homme apparu à côté de lui. Au terme d'un échange à voix basse, il se retourna vers Adam.

— Si vous voulez bien m'excuser un moment, je vais vous confier Mlle Delacorte. Les affaires, vous comprenez.

Adam pensa qu'il était plus sage d'acquiescer de la tête au lieu de s'essayer à proférer le moindre mot.

Mal à l'aise, Lainey se déplaçait d'un pied sur l'autre. De tous ceux qu'elle n'aurait pas voulu croiser ce soir, son patron était en toute première place sur la liste. Evitant le regard perçant de ses yeux bleus, elle se creusa la tête à la recherche d'une quelconque explication susceptible d'apaiser la colère qu'elle y percevait.

Adam ne perdit pas de temps pour en venir au fait.

— Ainsi donc, vous aviez un engagement prévu de longue date avec Ling ?

Au ton qu'il avait employé, Lainey poussa un bref soupir et fit appel à tout son sang-froid.

— En fait, oui.

Que cet engagement ait été le résultat d'un chantage était une chose qu'elle ne pouvait dévoiler.

— Vous êtes censée travailler pour moi, pas pour lui, je vous le rappelle.

— Qui dit que je travaille pour lui ?

Adam renifla, un bruit peu élégant qu'elle ne lui avait jamais entendu produire jusqu'à présent.

— Je vous en prie, ne m'insultez pas en essayant de me convaincre qu'il n'y a pas quelque chose entre vous. Je sais parfaitement qui est Ling. Ce que j'aimerais savoir, c'est ce qui vous lie à lui.

— Je travaille pour vous de 9 heures à 18 heures, du lundi au vendredi et je crois bien le faire de façon satisfaisante, n'est-ce pas ? Alors, avec tout le respect que je vous dois, mes activités en dehors de ces heures ne vous regardent en rien. C'est mon affaire et seulement mon affaire.

Comme Adam faisait encore un pas dans sa direction, Lainey s'obligea à garder une contenance. Les senteurs mêlées de bois et de citron de son eau de toilette lui chatouillèrent les narines, comme une invite à se laisser pénétrer plus profondément par la tiède fragrance. Elle s'en défendit avec vigueur. Il était son patron. Ils n'avaient jamais franchi cette limite et elle n'était pas sur le point de le faire maintenant.

Pas quand elle avait plus besoin que jamais de son salaire.

— Et si je veux en faire MON affaire ? rétorqua Adam dont la voix emplit l'air autour d'eux d'une vibration basse.

Lainey rassembla le peu de courage qui lui restait.

— Dans ce cas, vous seriez bien déçu.

Elle recula d'un pas, cherchant Lee du regard. Qui aurait pu imaginer qu'elle était plus qu'heureuse de le voir revenir vers elle ? Et ce pour la sauver d'un homme qu'elle avait toujours admiré.

C'était même curieux cette manière qu'ils avaient de travailler chaque jour l'un à côté de l'autre, se touchant parfois incidemment, parfois partageant le même espace d'une manière bien plus intime qu'en cet instant précis. Pourtant, elle n'avait jamais rien ressenti pour lui. Rien au-delà du respect dû à son employeur et à l'un des plus brillants hommes d'affaires de Nouvelle-Zélande.

Mais ce soir ? Ici ? Maintenant ? Oh, Dieu, c'était une tout autre histoire.

A peine leurs yeux s'étaient-ils croisés quelques instants auparavant, qu'elle avait eu l'impression d'être toute nue. Elle avait ressenti la chaleur de son regard examinant centimètre par centimètre sa tenue, son apparence. Sa propre réaction physique l'avait choquée — cette sensation bizarre tout à coup d'être à l'étroit dans sa peau, ce bouillonnement de désir primitif qui s'était accru, remontant du plus profond d'elle-même. Certes, elle avait toujours trouvé Adam séduisant. Qui ne l'aurait fait ? Mais elle avait toujours sublimé cette attirance. Jusqu'à maintenant.

Etait-elle allée trop loin en l'enjoignant de s'occuper de ses propres affaires ? Elle espérait bien que non. Ses paroles n'avaient pas eu l'air de trop lui plaire, mais que pouvait-il faire ? Elle avait été dans son droit en lui rappelant que la manière dont elle occupait son temps libre lui appartenait et qu'elle travaillait assez dur pour s'assurer qu'il n'ait rien à lui reprocher, aussi longtemps que son rôle d'assistante personnelle était en question. Et puis enfin, son job ne pouvait tout de même pas être en danger parce qu'il l'avait vue ce soir en compagnie de Lee ?

Adam avait lui aussi noté le retour de Ling et une profonde ride lui barra le front, telle une menace.

— Ne croyez pas que nous en ayons terminé, Lainey. Vous me devez une explication et je l'aurai. Demain, première heure.

Un faible frémissement la parcourut, tandis qu'il se détournait et se frayait un chemin vers la table de jeu autour de laquelle Lainey reconnut des hommes d'affaires européens arrivés le jour même à son invitation. Elle aurait dû savoir qu'elle le croiserait ici ce soir et qu'elle aurait dû remettre son engagement avec Lee. Mais elle savait aussi qu'à moins d'être sérieusement malade, Lee ne lui accorderait pas la latitude dont elle avait besoin.

Pas quand il y avait tant d'argent en jeu, et certainement pas quand elle s'était juré de tout faire pour le rembourser.

Plaquant un sourire sur son visage, elle s'empara une nouvelle fois de son bras pour entamer un nouveau tour de salle et, pour la première fois, elle souhaita ne pas avoir à subir une telle contrainte de sa part. L'argent était une chose mais ceci — l'attitude qu'il attendait d'elle à l'égard de ses clients — était un élément tout à fait différent.

La nuit allait être longue, aussi interminable qu'une condamnation à perpétuité, et la perspective d'avoir à affronter Adam dès le lendemain prit de telles proportions qu'à la fin, Lainey le comprit, elle ne lui laisserait aucun répit cette nuit.

2

— Verts.

L'accueil d'Adam fit sursauter Lainey.

— Je vous demande pardon ?

— Hier soir, vous aviez les yeux verts. Maintenant, ils sont redevenus marron. Quelle est leur véritable couleur ?

Posté derrière son bureau, il la fixait d'un regard sévère. Et Lainey eut l'impression qu'il ne se contentait pas de parler de la couleur de ses yeux.

— En réalité, ils sont verts, répondit-elle. Ici je porte des lentilles de contact.

Cela allait être plus dur que prévu. Outre les événements de la nuit dernière et son manque de sommeil, elle avait redouté cette convocation matinale. Elle avait fait de son mieux pour arriver au bureau avant Adam mais, aujourd'hui, il avait dû se lever au petit jour pour la prendre de vitesse.

Le café, qui était en général sa toute première occupation avant d'examiner le courrier et de classer les papiers d'Adam, emplissait déjà le bureau de son arôme exquis. Un fait qu'elle avait remarqué presque dès l'instant où elle était sortie de l'ascenseur, à l'étage privé d'Adam dans la tour Palmer.

— Alors pourquoi les dissimuler ?

Abandonnant son siège, Adam vint se placer juste devant elle ; la chaleur de son corps l'enveloppa à la minute où il franchit la frontière invisible de leurs espaces personnels et que ses longs doigts frais lui relevèrent le menton afin de plonger son regard droit dans le sien.

— Pourquoi toutes ces cachotteries ?

Lainey s'arracha au contact de sa main et, ayant fait un pas en arrière, lissa d'un geste nerveux la veste de son ensemble beige.

— J'ignore de quoi vous parlez.

— N'essayez pas de jouer au plus malin avec moi, Lainey. Vous savez très exactement à quoi je fais allusion. A ceci…

Il fit un geste vers son ensemble qui, malgré une bonne coupe, était trop large d'une taille et donnait l'impression d'une silhouette plus lourde qu'en réalité.

— … et à ceci.

Cette fois, il désignait ses cheveux et sa main s'y faufila, tirant sur la longue épingle dentée qu'elle avait utilisée pour fixer l'habituel chignon réservé aux heures de bureau. Quand ses cheveux croulèrent sur ses épaules, Lainey capta dans les yeux d'Adam la même trace de brûlant intérêt, celui-là même qui l'avait arrêtée net la nuit précédente au casino.

Ce regard presque féroce de possessivité ou tout au moins de désir de possession qui l'avait tout à coup excitée et en même temps terrifiée.

— Je ne cache rien. Suggérez-vous que je devrais venir travailler vêtue comme je l'étais hier soir ?

Adam partit d'un rire brusque.

— Eh bien, voilà qui rendrait les choses un peu plus intéressantes ici, n'est-ce pas ? Mais non, ce n'est pas ce à quoi je pensais. Je travaille avec vous depuis plus de deux ans et pourtant, après la nuit dernière, je n'en sais pas plus. Laquelle de vous deux est la vraie vous ?

— Est-ce vraiment important ? répliqua Lainey d'un ton las. Quand je suis ici, j'exécute mon travail. Vous êtes content, vos clients sont contents, je m'y emploie. La manière dont je m'habille en dehors du bureau n'a aucun rapport.

— Vous trouvez ? Et les gens avec qui vous vous associez en dehors du bureau ? Pensez-vous vraiment que d'être aperçue en compagnie d'un homme tel que Lee Ling soit une bonne chose pour Palmer Enterprises ?

— Vous exagérez. Lee ne sait même pas que je travaille pour vous, alors en quoi cela pourrait-il avoir des incidences ici ?

— Il ne vous vient donc pas à l'esprit qu'aucun de nos clients ne souhaiterait vous apercevoir un jour en compagnie d'un homme comme lui ? Des clients dont vous connaissez parfaitement les affaires personnelles, dans la mesure où vous êtes mon assistante particulière ?

Adam prit un ton contrarié.

— Cela doit cesser, Lainey. Je ne sais pas ce qu'il en est pour vous, mais vous ne pouvez plus voir Lee.

— C'est ridicule. Vous ne pouvez pas me dicter qui je dois voir ou ne pas voir pendant mes heures de liberté.

— Vraiment ? Alors que dites-vous de ceci ? Au cours du dernier mois, j'ai noté un manque d'attention dans l'exécution de votre travail. Vous avez commis des erreurs. Oui, je sais, vous les avez corrigées, mais ne croyez pas une minute que je n'aie rien remarqué. Tout ce que vous faites en dehors des heures de bureau a un impact sur votre travail. Considérez ceci comme un avertissement verbal, Lainey. Si ces erreurs venaient à se reproduire, le prochain avertissement sera écrit. Vous ne pouvez pas mettre en danger la qualité de votre travail avec vos activités extra-professionnelles. Je ne le tolérerai pas.

Lainey étouffa une exclamation. Ce n'était pas possible, il n'était pas sérieux ?

— Vous réagissez avec trop de vigueur, Adam. Sans doute n'appréciez-vous pas les gens que je fréquente, mais vous ne pouvez pas sérieusement vous attendre à ce que je cesse de voir quelqu'un sous prétexte que vos clients risquent d'être contrariés de me voir avec lui.

— Croyez-vous ? C'est à vous de choisir. Continuez votre petit manège, Lainey. Vous savez à quel point il est important que vous fonctionniez à cent dix pour cent chaque jour. Quand vous avez pris cet emploi, c'était très clair. Si vous ne pouvez pas me promettre cela, je me verrai forcé de vous engager à quitter mon bureau.

— Je ne peux pas me permettre de perdre mon travail !

A peine les mots avaient-ils franchi ses lèvres que Lainey sut qu'elle en avait trop dit. Mais, en toute honnêteté, la perspective de voir diminuer son salaire ou, pire encore, de ne plus du tout en percevoir était proprement terrifiante.

Si elle avait l'intention de se conformer au calendrier de remboursements établi avec Lee à des taux d'intérêt ridiculement élevés, compensables chaque jour, il lui fallait économiser et épargner chaque centime sur lequel elle pouvait mettre la main.

— Je vous en prie, j'admets avoir été un peu distraite ces derniers temps, mais je vais me reprendre.

Adam l'examina avec attention. La perspective de perdre son salaire l'avait franchement affolée. Le fait qu'elle ait admis avoir besoin d'argent — et qu'elle ne pouvait pas se permettre d'en perdre — en disait long sur sa situation.

A quel point sa dette envers Ling était-elle importante, se demanda-t-il, et comment diable de toute manière en était-elle arrivée à tomber entre les griffes de ce type ?

Avec le salaire qu'il lui versait, il n'aurait jamais soupçonné qu'elle puisse avoir des problèmes d'argent, mais encore une fois, se rappela-t-il, jamais il ne l'aurait suspectée non plus de passer de son plein gré du temps avec une canaille comme Ling.

Etait-elle accro au jeu ?

Cette perspective le mit carrément hors de lui. Avec tout ce que Palmer Enterprises avait perdu au profit de Tremont Corporation l'an dernier, Adam accordait une extrême attention à ce que les prétentions financières de ses employés n'aillent pas au-delà de leur revenu. Si pour des raisons d'argent quelqu'un se retrouvait en position de vulnérabilité, il était alors ouvert à toutes sortes de tentations, y compris celle de se vendre au plus offrant — un point à négocier sur lequel Ling était en parfaite position.

Adam avait cru Lainey au-dessus de ce genre de chose

mais, désormais, il en était moins sûr. Son salaire était proportionnel à celui de la plupart des cadres moyens, mais il attendait de l'or en retour de ce qu'il lui allouait. Sans partenaire ni enfants, et à moins d'avoir menti sur son CV, il s'était imaginé qu'elle s'en sortait plutôt bien. Et certainement pas qu'elle se trouvait dans la position que son exclamation lui avait laissé entrevoir.

A sa façon involontaire de presser les lèvres avec fermeté, il se rendait parfaitement compte qu'elle se sentait très mal à l'aise après ce qu'elle venait de lui avouer. Comme si, en faisant cela, elle pouvait s'interdire de se lancer dans d'autres déclarations intempestives.

Comment cette petite souris brune pouvait-elle être la même créature sensuelle qu'il avait admirée la nuit dernière ? Ses yeux la parcoururent de la tête aux pieds. Elle portait de sages chaussures beiges à petits talons, un collant beige, un ensemble beige sur un chemisier crème. Des yeux marron dépourvus de Rimmel, et à peine une touche de rouge à lèvres d'un rose pâle.

Et puis il y avait ces cheveux — cette masse lustrée d'une riche couleur châtaigne dont les vagues caressaient les épaules d'une veste qui était presque une insulte à une beauté aussi stupéfiante.

Comme cela s'était déjà passé la nuit précédente, l'envie démangea Adam de laisser courir ses doigts jusqu'à leur extrémité — afin de sentir s'ils étaient aussi doux, aussi soyeux qu'ils paraissaient l'être. De lui prendre la nuque dans le creux de sa paume pour tourner son visage vers le sien afin de pouvoir goûter à sa bouche, l'entrouvrir en la câlinant avec ses lèvres, avec sa langue.

« Reprends-toi, mon garçon, se reprocha-t-il. Elle est ton assistante et non ton jouet. »

Malgré tous ses efforts, il ne parvenait pas à s'empêcher de superposer la beauté de la femme qui l'avait attirée la nuit précédente à la façade que Lainey présentait dans son bureau.

Il se détourna d'elle, se réinstalla dans son fauteuil, heureux que la barrière du bureau puisse dissimuler sa réaction physique. Une réaction qu'il serait tout aussi incapable de contrôler qu'il ne pourrait empêcher le soleil de se lever à l'orient tous les matins.

Comment diable tout cela avait-il pu arriver ? se demanda-t-il. Jusqu'à quel point avait-il perdu la maîtrise de ses sens et laissé ses instincts primitifs le dominer ? Il était fou de rage d'avoir perdu sa ligne de défense et que Lainey ait eu la capacité de lui faire cela… à lui.

Auparavant, elle avait à peine existé à ses yeux tant elle se coulait discrètement dans le rouage de ses affaires. Il ne voulait pas la considérer comme une femme. Il ne voulait pas la désirer.

Mais c'était déjà fait.

— Qu'est-ce que Ling représente pour vous ? la défia-t-il d'une voix qui ne laissa à Lainey aucun doute sur sa volonté d'apprendre la vérité.

— Nous sommes… nous…

De nouveau, elle eut ce mouvement des lèvres dont Adam — fût-ce au prix de sa vie —, aurait été incapable de détacher son regard.

— Oui ? insista-t-il.

Lainey redressa les épaules et déploya toute sa taille, comme pour le mettre au défi de la traiter de menteuse.

— Je suis son… accompagnatrice.

— Son accompagnatrice ?

Adam haussa un sourcil.

— Vraiment ?

Lainey frémit sous le regard sceptique.

— En effet. Et alors ? Je n'ai vu aucune loi qui interdise d'accompagner quelqu'un.

— Et n'y aurait-il pas un lien financier à ce…

Adam fit une pause pour accroître son effet.

— … compagnonnage ?

Un flot rose et brûlant envahit les joues de Lainey, apportant à Adam la réponse attendue, bien qu'elle secoue la tête avec véhémence.

A la réception, le téléphone se mit à sonner. Lainey fit mine d'aller répondre.

— Laissez, ordonna sèchement Adam. Nous n'en avons pas encore terminé.

Il regarda les longs muscles de sa gorge se mouvoir à l'instant où elle avalait sa salive pour retenir la réplique qu'elle voulait lui jeter à la face.

Mais comment, se demanda-t-il, n'avait-il jamais remarqué auparavant à quel point sa peau était lisse et crémeuse ?

— A quelle fréquence exactement voyez-vous Ling en tant qu'« accompagnatrice » ? demanda-t-il.

— Plusieurs fois par semaine. Pourquoi ?

— Et les week-ends ?

— Parfois.

Une idée subite se fit jour dans l'esprit d'Adam, histoire de se rendre compte jusqu'à quel point elle était engagée vis-à-vis de Ling et quelle était la force de l'emprise qu'avait l'usurier sur elle.

Mordrait-elle à l'hameçon ? Une part dc lui-même espéra qu'elle n'en ferait rien. Espéra contre tout espoir qu'elle lui dirait non et qu'il pourrait revenir en arrière, là où ils en étaient restés hier. Avant qu'il l'ait vue comme elle était la nuit dernière. Avant qu'il ne l'ait vue et désirée avec une ardeur qui le consumait tout entier.

— Ce week-end ? dit-il.

— Pourquoi cette question, Adam ?

— J'ai l'intention d'emmener nos invités au nord de Russell, départ vendredi et trajet à bord de deux véhicules pour que je puisse, en chemin, leur faire visiter un peu le pays. Je désire que vous veniez. Vous conduirez la seconde voiture et assurerez le rôle d'hôtesse pendant toute la durée du week-end.

Lainey croisa les bras.

— Depuis quand mes heures de travail incluent-elles également le week-end ?

— Depuis que je suis prêt pour cela à vous offrir une bonne prime.

Comme il énonçait une somme de cinq chiffres, il la vit hausser les sourcils sous l'effet de la stupeur. Si ce qu'il y avait entre elle et Ling était une relation authentique elle n'accepterait pas la prime, songea-t-il. En revanche, si elle acceptait l'offre, cela signifiait qu'elle avait de très, très gros ennuis.

Les hommes tels que Ling avaient l'habitude de déplacer les cages juste au moment où vous étiez sur le point de marquer et la plupart de ses victimes n'avaient aucune idée des ennuis dans lesquels pouvaient les plonger des intérêts payés jour après jour. Si la mainmise de Ling sur Lainey était purement d'ordre financier, elle aurait besoin de tout l'argent supplémentaire qu'elle pourrait amasser pour régler les intérêts de ses remboursements, sans compter la dette initiale.

Adam maîtrisa avec soin son expression. Lainey ne devait surtout pas s'apercevoir qu'il était remonté à la racine de son problème.

— A quelle heure partons-nous ?

Il fut consterné. Elle acceptait.

— Je pensais que nous pourrions démarrer vers 11 heures et faire un arrêt à Puhoi avant d'aller déjeuner. M. Schuster a des liens avec certains des colons arrivés ici de Bohême dans les années 1860. Ce sera un détour plutôt sympathique pour eux.

— Et que ferons-nous à Russell ?

— Un peu de bateau, un tour samedi au Hole in the Rock pour voir les dauphins, si le temps le permet, et sans doute golf et tourisme dimanche. Nous reviendrons lundi en début d'après-midi et filerons tout droit à l'aéroport pour qu'ils puissent prendre leur vol de correspondance et rentrer chez eux.

— Dois-je mettre une tenue habillée ?

Adam eut un curieux sourire.

— Celle d'hier soir ?

Une nouvelle rougeur colora les joues de Lainey, bien qu'elle paraisse plus en rapport avec de la colère qu'avec de l'embarras.

— Non, ne vous inquiétez pas. Sport élégant sera le mot d'ordre ce week-end. Nous séjournerons à Whakamarie et...

Ici, Adam cita un luxueux complexe hôtelier de réputation mondiale, avant de poursuivre :

— ... nous serons en pension complète pendant toute la durée de notre séjour.

— Très bien. Je suppose que nous partirons d'ici ?

— Oui. Assurez-vous que les 4x4 seront en état et garés au parking vendredi matin.

Avant de la laisser s'éclipser, Adam déroula une liste de recommandations qu'il désirait lui voir exécuter en prévision du week-end. Puis il se renfonça dans son fauteuil, laissant son regard errer par la fenêtre d'où il avait une vue d'ensemble sur la ville d'Auckland et sur le port intérieur. Même en milieu de semaine, la mer grouillait de yachts et de voiliers et il leur envia d'être libres de tout souci.

Quittant ensuite son bureau, il se dirigea vers la réception où Lainey, le téléphone calé entre épaule et oreille, tapait rapidement sur son clavier. Adam s'appuya contre l'encadrement de la porte pour l'observer.

— Ce week-end, oui tout à fait, disait-elle. Non, je ne serai pas disponible. Non, je ne peux pas me décommander. C'est pour le travail.

A l'évidence, elle était en train d'informer Ling qu'elle ne serait pas à son entière disposition ce week-end. Adam comprit qu'il aurait dû triompher et, cependant, la victoire lui parut manquer de saveur.

— Ecoutez, je vous ai dit que je vous apporterai l'argent en début de semaine. Oui, je suis en retard, je le sais, mais je vous donne ma parole d'honneur que vous l'aurez dès mon retour.

Soudain, Lainey se raidit et détourna la tête. S'apercevant qu'Adam l'observait, ses pupilles s'élargirent légèrement.

— Je ne peux pas vous parler maintenant, conclut-elle. Je vous appellerai lundi soir.

Elle remit le téléphone en place et regarda Adam droit dans les yeux.

— Désirez-vous quelque chose, Adam ?

Son patron refoula les mots qui montaient au fond de sa gorge comme d'amères pilules.

— Oui, oubliez vos fripes et vos lentilles. Je vous veux au mieux de vous-même, ce week-end. En fait…

Il s'interrompit pour sortir son portefeuille de sa poche intérieure de veste et en tirer sa carte platine.

— … trouvez-vous quelque chose de convenable à vous mettre.

Lainey ne bougea pas, le regard fixé sur la carte à l'endroit où elle était tombée sur le bureau devant elle.

— Vous craignez que je n'aie rien de convenable à me mettre ?

Une note un peu aiguë dans sa voix fit songer à Adam qu'elle allait peut-être bien se lancer dans une discussion.

Mais il était bien décidé à la provoquer.

— Eh bien, dit-il d'un ton traînant, si ce que vous portez ici en est une indication, oui. Je suppose que Ling vous a procuré votre tenue d'hier soir ? Je vous fais simplement la même offre.

Il la vit se raidir un peu plus si cela pouvait encore être possible. Mais elle ne le lâcha pas du regard en avançant la main pour saisir la carte bancaire.

— Merci.

Le ton était compassé mais recelait une sorte de sous-entendu qui fit souhaiter à Adam d'avoir géré la situation d'une autre manière.

— Vous ne serez pas déçu, j'en suis certaine, lança Lainey.

Puis elle se leva et se dirigea vers le placard d'où elle sortit son sac pour y glisser la carte, d'une manière un peu théâtrale. En retournant vers son bureau, elle s'arrêta devant Adam qui remarqua les faibles frémissements qui parcouraient son corps.

— Cela ne vous ennuierait pas de m'expliquer en quelle qualité je dois travailler ce week-end pour que vous jugiez nécessaire de me fournir aussi ce que je devrai porter ?

Le ton mordant montrait à l'évidence à quel point en cet instant précis ses nerfs étaient tendus.

Adam prit tout son temps pour lui répondre.

— Mais… vous serez mon accompagnatrice, Lainey. Quoi d'autre ?

3

— Je ne comprends pas pourquoi tu dois t'absenter pendant tout le week-end ?

A l'intérieur de la serre, Hugh Delacorte, le grand-père de Lainey, continua à bouturer des plantes en pots. Même au bout de trente années de présentation d'un grand show télévisé de jardinage, il n'avait en rien perdu son amour pour les gestes basiques de son travail.

Lainey s'adossa au banc et poussa un soupir.

— Je te l'ai expliqué, grand-père. Nous avons des clients étrangers. C'est du pur business.

Du moins, l'espérait-elle !

— A mon époque, cela ne serait pas arrivé. Jamais entendu parler de ça… une secrétaire qui part en week-end avec son patron… A moins, bien entendu, qu'il y ait plus que cela…

Levant les yeux de sa besogne, il fixa Lainey presque de la même manière que lorsqu'elle avait brisé le couvre-feu pendant son adolescence rebelle.

— Non, rassure-toi, il n'y aura rien de plus. Promis.

— Eh bien, comme je l'ai déjà dit, ce ne se serait pas passé ainsi quand j'étais jeune.

Non, admit Lainey. A son époque, un lieu comme le casino n'aurait pas non plus existé en Nouvelle-Zélande. Au pire, son grand-père aurait parié une petite somme sur des chevaux ou bien au cours d'une amicale partie de poker avec quelques-uns de ses amis du studio de la télévision.

— Grand-père ?

Elle devait absolument mettre les choses au point avec lui.

— Ouiii…

— Promets-moi que tu n'iras pas en ville pendant mon absence.

De nouveau, les doigts du vieil homme interrompirent leur tâche et Lainey sentit son cœur se serrer. Hugh avait toujours été son roc, même lorsque, à treize ans, elle avait mis les limites de sa patience au défi, après la mort de ses parents dans un accident d'auto. Maintenant, cependant, les rôles étaient inversés et c'était lui qui dépendait d'elle.

— En ville ? répéta-t-il.

— Au casino, tu sais bien ce que je veux dire. S'il te plaît, promets-moi d'en rester éloigné. Avec ce qu'on va me payer pour travailler ce week-end, je serai à deux doigts de rembourser à Lee l'argent que tu lui dois.

— Ce n'est pas ton problème ! s'exclama Hugh, manifestement embarrassé par le refus de Lainey de continuer à tourner autour du pot.

— Mais si, c'est mon problème. Je ne veux plus que tu t'inquiètes pour ça, grand-père. Je t'ai dit que je t'aiderais et je le ferai.

— M'aider ? En passant le week-end avec ton patron ? Il doit te payer une sacrée somme d'argent, si, comme tu le prétends, nous ne sommes pas loin de me débarrasser de cet escroc. Juste les affaires ? Très vraisemblable, oui.

Des larmes piquèrent les yeux de Lainey, mais elle s'efforça de les refouler. Elle ne pouvait se permettre de pleurer devant Hugh. Il ne lui permettrait jamais de lui venir en aide s'il pensait qu'il lui faisait du mal. Son grand-père avait dû rabattre pas mal de sa fierté lorsqu'elle avait découvert à quel point il s'était endetté auprès de Lee Ling.

— Oui, rien que les affaires, martela-t-elle. Alors, est-ce que je peux te faire confiance pour que tu n'ailles pas au casino ?

Je serai incapable de me concentrer pendant le week-end si je dois aussi m'inquiéter de ce que tu serais tenté de faire.

— J'ai plutôt l'impression que c'est moi qui devrais m'inquiéter à ton sujet, grommela Hugh.

— Inutile de te faire de souci pour moi.

Lainey repoussa au fin fond de son esprit l'allusion précédente d'Adam au rôle « d'accompagnatrice ».

Il avait sûrement dû vouloir plaisanter. En aucune façon il n'attendait davantage d'elle que son travail d'assistante personnelle. Jusqu'à hier soir, il ne lui avait pas manifesté la moindre ombre d'intérêt en tant que femme et, de son côté, Lainey savait qu'il n'était pas son type d'homme. Alors pourquoi devrait-il commencer maintenant ?

Son regard quand il l'avait reconnue au casino flasha tout à coup dans sa tête. Mais non, elle n'était pas ce genre de personne. Peu importait ce qu'il attendait d'elle au cours de ce week-end, elle n'était pas du tout ce type de personne-là.

Lainey effleura d'un baiser la joue burinée de son grand-père.

— Je t'aime, grand-père.

— Je t'aime aussi, mon petit.

Elle l'observa un moment encore avant de revenir vers la maison. Au cours des deux derniers mois, Hugh avait vieilli de dix ans et elle s'inquiétait d'être obligée de le laisser seul pendant le week-end. Durant presque quatre semaines, il s'était bien tenu et était resté loin du casino. Pouvait-elle commencer à espérer qu'il allait continuer pour de bon, cette fois ?

A l'intérieur de la maison, elle jeta un coup d'œil en direction du manteau de la cheminée et des nombreuses récompenses qu'il avait gagnées pour son émission de jardinage et d'animation socioculturelle. La retraite ne lui convenait guère, mais la chaîne de télévision avait pensé, il y avait huit ans de cela, qu'à soixante-cinq ans, ses meilleures années étaient désormais derrière lui. On avait donc engagé quelqu'un de plus jeune pour présenter l'émission dont il avait été si longtemps la vedette. Maintenant encore, il recevait un courrier enthousiaste de ses fidèles téléspectateurs d'autrefois.

Le rôle qu'il avait joué en qualité de porte-parole d'une chaîne de jardinerie l'avait comblé encore quelques années après cela, mais il avait payé son tribut aux tournées de démonstrations à travers tout le pays et, à regret, il avait cessé à soixante-dix ans d'être quelqu'un en vue.

C'est alors qu'il avait découvert le casino et le frisson de la gagne — du moins pendant un temps. Quand le volume de ses gains s'était enflé au point qu'il avait été admis dans les salles de jeu des VIP, les choses avaient pris une tournure différente.

Lainey avait été horrifiée en découvrant jusqu'à quel point il s'était endetté dans un laps de temps relativement court. Elle avait exigé qu'il prenne sur ses propres économies pour rembourser une partie du prêt à six chiffres qu'il avait contracté auprès de Lee Ling. Après tout, elle ne payait pratiquement rien pour son entretien dans la maison — chose que son grand-père jugeait tout à fait inutile.

Mais elle était certaine que l'argent que ses parents leur avaient laissé grâce à une police d'assurance sur la vie s'était envolé depuis belle lurette. De même que le plus gros des économies qu'avait amassées Hugh lorsqu'il était au faîte de sa gloire.

En allant trouver Ling pour le rembourser, elle avait alors découvert toute l'étendue de la dette de son grand-père et proposé une alternative aux versements d'intérêts qui entravaient ses efforts pour éclaircir sa dette. Pour chaque soirée où elle accompagnerait Ling au casino, ce dernier ne compterait pas l'intérêt journalier habituel sur les remboursements de son grand-père.

Lainey aimait son grand-père plus que tout au monde. Il l'avait prise en charge et s'était occupé d'elle à la mort de ses parents. Il s'était accommodé de l'attitude rebelle dans laquelle elle s'était enferrée afin de dissimuler son chagrin. Et il était resté à ses côtés lorsqu'elle avait fini par s'apaiser et s'était tournée vers une nouvelle vie plus calme.

Une fois calmée l'hystérie du public concernant la mort de ses parents et qu'elle avait cessé de se battre contre le monde entier, Lainey avait ressenti un grand désir de solitude personnelle. Elle avait même changé d'école, fréquentant un nouvel établissement sous le nom de jeune fille de sa mère pour tenter d'échapper à l'œil avide du public — et Hugh l'avait soutenue à chaque instant. En toutes choses, elle avait été tributaire de lui.

Maintenant, elle se devait d'aider Hugh à se tirer de cette terrible situation avant qu'il ne se détruise complètement. Elle avait accepté la suggestion de Ling de jouer les accompagnatrices au casino, pour l'aider à mettre un peu de liant dans ses transactions d'affaires. Elle détestait chaque seconde passée en sa compagnie mais, tant que cela pouvait aider son grand-père, cela en valait la peine.

Comme par exemple ce week-end. Il était indispensable et voilà tout. Pourtant, ce ne fut pas avant de s'apprêter à aller au lit un peu plus tard ce soir-là qu'elle s'aperçut que son grand-père ne lui avait pas promis de se tenir éloigné du casino. Elle allait devoir se contenter d'espérer qu'il en serait ainsi. Il savait à quel point il était important pour lui de rester à l'écart. Il ne fallait pas tout risquer sur la croyance erronée qu'il pourrait jouer le bon numéro, parce que, s'il agissait ainsi, tout ce qu'elle faisait en ce moment serait peine perdue.

Lainey s'était inquiétée de savoir, pendant la préparation du week-end, jusqu'à quel point elle devrait se sentir à l'aise avec Adam, mais, en fait, elle n'aurait pas dû se faire de souci.

Les épouses des clients d'Adam avaient choisi de voyager dans le véhicule qu'elle conduisait, les hommes prenant la tête dans celui conduit par Adam. Durant les quarante premières minutes de trajet depuis l'hôtel du centre-ville où séjournaient les clients, les femmes parurent heureuses que Lainey reste concentrée sur la route tout en attirant de temps à autre leur attention sur des points intéressants.

Le convoi roula vers le nord pour traverser Orewa et Hatfields Beach et finalement descendre les lacets de la colline jusqu'au village thermal de Waiwera, avant de pointer vers une autre colline en direction du faubourg indigène de Puhoi.

Après le déjeuner au pub historique de Puhoi, le groupe se balada à pas lents, remontant quelques instants la rue principale, s'arrêtant ici et là dans des boutiques vendant des spécialités touristiques, avant d'arriver au cimetière.

Là, M. Schuster découvrit la dernière demeure d'un de ses lointains ancêtres. Il était clair, d'après les inscriptions gravées sur les tombes, que la vie menée par les premiers colons avait été extrêmement dure, lorsqu'ils avaient dû faire émerger une civilisation entière à partir de la rivière. Considérant le village de son propre point de vue positif, Lainey trouva qu'il était difficile de comparer le Puhoi d'aujourd'hui avec ce que ces gens-là avaient dû découvrir après leur voyage au départ de Prague qui leur avait pris plus de quatre mois.

Le client d'Adam n'en finissait pas de dire combien il appréciait cet arrêt qui lui donnait l'occasion de visiter une partie du monde où son ancêtre était arrivé presque cent cinquante ans plus tôt, tant il était évident que l'intention d'Adam l'avait ému.

Lainey connaissait très bien l'importance des exportations de laine de Palmer Enterprises à destination de la République tchèque, pays des premiers colons bohémiens qui s'étaient installés ici. Mais elle doutait que les affaires soient la seule raison d'Adam derrière cet arrêt sur leur route vers le nord.

Adam avait un sens profond de la famille et de l'héritage qu'elle véhiculait. C'était une veine qui courait fortement chez tous les Palmer. Quiconque travaillait pour Palmer Enterprises s'apercevait tout de suite à quel point ils étaient liés les uns avec les autres.

M. et Mme Palmer dirigeaient ensemble la société, mais Mme Palmer passait la majeure partie de son temps à travailler avec la fondation qui apportait son aide à divers foyers pour étrangers, afin de tirer certains adolescents d'un environnement difficile. Si Lainey n'avait pas eu son grand-père vers qui se tourner à la mort de ses parents, elle aurait sans doute échoué dans ce genre d'endroit.

Bien qu'Adam soit fils unique, la jeune femme savait de par ses contacts avec des cousins à lui, y compris l'entrepreneur Brent Colby qu'on avait beaucoup vu récemment dans les colonnes de la presse « people », qu'ils éprouvaient tous le même sentiment d'attachement mutuel. Pour eux, la famille était un lien qui ne pouvait être rompu et cela expliquait pourquoi Adam se donnait volontiers tant de mal pour M. Schuster — ou n'importe qui d'autre — sur ce genre de question.

Le reste du voyage vers le nord en direction de Russell se passa sans encombre. Lainey suivit Adam dans la luxueuse voiture noire qu'on lui avait permis de conduire aujourd'hui, adorant la souplesse de conduite et la puissance du véhicule.

Ils s'arrêtèrent une nouvelle fois en route au complexe portuaire de la ville de Whangarei où leurs invités furent ravis d'assister à une démonstration de soufflage de verre par l'un des artisans locaux, mais à Russell, au moment de pénétrer à l'intérieur du domaine privé de soixante-dix-sept acres, Lainey était un peu lassée du voyage et de la contrainte d'endosser en même temps le rôle de guide touristique et de chauffeur.

Descendant de voiture, elle la contourna par l'arrière pour commencer à décharger les cartons qui y avaient été entreposés pour le voyage.

— Laissez ça.

Adam se matérialisa à côté d'elle, mettant d'un seul coup tous ses sens en alerte. Il était si près d'elle qu'elle pouvait sentir la chaleur de son corps à travers le léger pull de soie qu'elle portait. Le pull qu'il avait payé.

— Le personnel s'occupera des bagages, poursuivit-il. Ici vous êtes mon accompagnatrice, rappelez-vous, pas mon esclave.

Lainey s'écarta de lui avec un léger hochement de tête, bien décidée à maintenir une nette distance entre eux pendant le déroulement du week-end.

Le mot d'accompagnatrice ne cessait de hanter son esprit. Elle souhaita s'être montrée très claire pour ce qui la concernait : tenir compagnie n'avait rien à voir avec être la compagne de quelqu'un. Malgré tout, une nouvelle petite voix intérieure lui demanda jusqu'à quel point elle ne serait pas d'accord s'il en attendait un peu plus d'elle.

Adam Palmer était, sans l'ombre d'un doute, un homme extrêmement séduisant. Depuis le sommet de sa tête sombre jusqu'aux semelles de ses chaussures cousues main, il était en tout point l'image même du pouvoir et de la réussite sous une enveloppe tout à fait captivante. Pourtant, il était resté célibataire au cours de toutes ces dernières années. A trente-quatre ans, il était de huit ans l'aîné de Lainey et, à sa connaissance, tout en ayant plusieurs relations à long terme et plus encore de brève durée, il n'avait jamais franchi le dernier pas pour se poser définitivement. Pour un homme chez qui l'idée de famille était aussi importante qu'elle l'était de toute évidence pour Adam, il était surprenant qu'il ne soit pas marié.

Néanmoins, se dit Lainey quand il posa une main tiède au creux de sa taille pour la guider vers la porte d'entrée de la maison où leurs hôtes et leurs employés les attendaient en ligne pour leur souhaiter la bienvenue, ce qu'il faisait de son temps libre ne la concernait pas.

Après la mort très médiatisée de ses parents et la manière dont elle s'était comportée ensuite, sans parler du regard éternellement fixé sur elle du public parce qu'elle était la petite-fille d'un personnage connu, Lainey protégeait farouchement sa vie privée.

C'était en partie la raison pour laquelle elle préférait mettre un bémol sur son lien avec son grand-père, sans parler du physique qu'elle avait hérité de sa mère. Une fois apaisée, Lainey avait trouvé bien plus facile de traverser la vie en se rendant virtuellement invisible et il lui avait sans aucun doute fallu un assez long moment avant de mettre un peu d'équilibre dans son existence.

Jusqu'à ce que l'addiction d'Hugh au jeu échappe à tout contrôle.

Une vague d'inquiétude lui fit froncer le front en se demandant si elle le retrouverait en bon état après le week-end.

— Un problème ? susurra Adam un peu penché vers son oreille.

D'un seul coup, la chair de son cou se hérissa, prolongée par un long frisson.

— Non, tout va bien.

Pourquoi réagissait-elle ainsi avec lui ? Bien qu'elle ne se soit pas privée d'admirer le spectacle qu'il offrait chaque jour de lui-même en travaillant à ses côtés, elle n'avait jamais encore ressenti cette conscience aiguë qu'elle avait maintenant de lui. Etait-ce parce qu'il avait reconnu la Lainey Delacorte qui se dissimulait sous la femme mal fagotée et les lentilles marron qu'elle portait pour travailler ? Etait-ce parce que, pour une fois, elle désirait vraiment qu'il la voie comme la femme qu'elle était ?

Lainey s'efforça de chasser ces pensées. Cette piste ne menait à rien d'autre qu'à des problèmes. Non, elle était ici pour faire son travail et pour le faire bien. Pour se comporter en hôtesse avec ses visiteurs de l'étranger et s'assurer que le week-end entier s'écoulerait avec la même douceur que cela se passait jour après jour à son bureau.

Elle savait que la famille Palmer et ses sociétés gagnaient des milliards de dollars, mais elle n'était pas préparée à l'élégance et à l'extraordinaire opulence de la demeure dans laquelle ils furent introduits. Des points de vue panoramiques sur la baie des Iles étaient visibles depuis pratiquement chaque fenêtre du bâtiment et les vingt-cinq mètres de piscine chauffée clapotant sous un ciel infini et brûlant donnaient l'impression que l'on était juché au bord d'un des lieux les plus exquis du monde.

Le domaine comportait plusieurs habitations luxueuses, et celle-ci en particulier était l'une des plus somptueusement installées. Lainey, qui avait déjà effectué certaines réservations pour Adam, savait qu'il existait quatre suites avec chambres individuelles, chacune avec sa salle de bains privée, mais elle n'était pas préparée à la beauté de la pièce dans laquelle on la fit entrer.

La décoration des murs à elle seule valait plus que la totalité de ses possessions personnelles réunies. En grandissant, Lainey n'avait jamais connu la pauvreté, mais il ne lui était encore jamais arrivé de faire l'expérience d'une telle opulence.

— Avez-vous une minute ? lui demanda Adam du seuil de la chambre.

— Bien sûr, dit-elle en se détournant du spectacle de la baie. Quelque chose qui cloche ?

— Non, rien ne cloche. Je voulais simplement vous montrer le bureau. Nous devons effectuer certaines modifications au contrat que nous sommes en train de négocier avec la société de M. Schuster.

Un imperceptible soupir de soulagement s'échappa des lèvres de Lainey. Le travail, ça elle pouvait assumer. C'était quelque chose de quantifiable et remettait les choses au même niveau entre eux. Quelque chose qu'elle pouvait traiter automatiquement sans en analyser chaque nuance à tout instant.

— Les Schuster et les Pesek vont-ils bien pour l'instant ? s'enquit-elle.

— Oui. Ils ont dit qu'ils allaient se dérouiller un peu les jambes avant de s'installer et ils sont donc partis faire un tour des lieux. Nous nous retrouverons ici sous la véranda pour l'apéritif à 6 heures. Cela nous laisse une heure et demie pour procéder à ces modifications et les faire valider sur le plan juridique avant de les donner à signer à MM. Schuster et Pesek.

— Vous êtes si près de conclure ? J'ai eu l'impression l'autre jour que cela ne se passait pas si bien.

— Au cours du trajet, nous avons fait en sorte de peaufiner quelques-unes des questions qui leur posaient problème.

— Etait-ce votre objectif depuis le début ? La raison pour laquelle nous avons voyagé dans des véhicules séparés ?

— J'aime bien faire les choses comme il faut et pas forcément dans un environnement professionnel. Ces gens ont été enfermés toute la semaine. La Tremont Corporation leur a aussi tourné autour et nous n'allons pas abandonner un autre contrat à Josh Tremont si je peux l'empêcher. Ce déplacement a procuré à nos deux clients une occasion de m'expliquer avec exactitude comment ils ressentaient les choses. Deux chiens pour un seul os, voilà qui devrait nous donner une certaine idée de la question. Mais nous avons surmonté le pire. Je suis confiant : nous serons très près de signer le contrat avant notre retour lundi.

Quand Adam fit entrer Lainey dans le bureau, la jeune femme fut agréablement surprise de découvrir que la pièce possédait un équipement très sophistiqué. Ensemble, il ne leur fallut pas longtemps pour procéder aux modifications nécessaires. Celles-ci, Lainey fut obligée de l'admettre, étaient rédigées dans des termes beaucoup plus amicaux qu'elle ne s'y était attendue concernant un contrat de cette amplitude. Elle avait presque terminé lorsque Adam se releva du bureau derrière lequel il était assis.

— Je vais aller prendre une douche et me changer. Quand vous aurez adressé cet e-mail au service juridique, vous devriez en faire autant. Prenez quelques minutes pour vous détendre avant le dîner.

— Vous ne voulez pas que j'attende le retour de l'e-mail ?

Adam tapota son portable.

— Je l'aurai ici. S'il doit y avoir des changements, je vous le ferai savoir. A propos…

Sur le seuil, il marqua une pause.

— … j'aime bien ce que vous portez aujourd'hui.

— Tant mieux. C'est vous qui avez payé, après tout, marmonna Lainey.

Elle écouta le bruit de ses pas diminuer le long du corridor sans pouvoir tout à fait réprimer l'élan de plaisir que lui procura le compliment.

Une fois son travail terminé, elle revint vers sa chambre. En entrant dans la pièce, elle s'arrêta un instant pour apprécier la beauté de la décoration et la vue qu'elle avait depuis l'immense fenêtre donnant sur la vaste véranda et la baie. Si jamais, se dit-elle, elle avait eu la chance de vivre dans un tel lieu, elle n'aurait sans aucun doute jamais pu s'en lasser. Il y avait quelque chose dans l'eau, qu'elle soit calme comme aujourd'hui, ou ridée par un orage, qui s'accordait toujours avec sa paix intérieure.

Lainey prit une profonde inspiration avant de relâcher très lentement son souffle.

Ce week-end allait être génial. Tout allait très bien se passer, c'était une certitude.

Sa valise déjà vidée était posée dans un coin de la spacieuse penderie. Lainey leva les yeux vers le portant afin de trouver une tenue adéquate pour la soirée. Au moment où elle levait la main pour écarter les portemanteaux, elle se figea. Ces affaires-là ne lui appartenaient pas.

Elle fouilla parmi les vêtements — des chemises d'homme, des pantalons et de longs shorts. Elle fouilla encore à la recherche de ses propres affaires. Que diable était-ce là ? Quelqu'un avait commis une terrible erreur. Elle était pourtant bien dans sa chambre ?

Elle se retourna pour fouiller encore dans les tiroirs encastrés. Sa lingerie était là, bien pliée et rangée à part dans le tiroir du dessus. Lainey hésita un instant avant d'ouvrir celui du dessous. Des boxers. Des chaussettes…

Son cœur se mit à tambouriner dans sa poitrine. Quelqu'un avait vraiment commis une erreur.

Arrachant ses vêtements du portant et sa lingerie du tiroir, elle quitta la chambre.

— Où allez-vous ?

Adam apparut, sortant de la salle de bains attenante.

En se retournant, Lainey faillit laisser tomber ce qu'elle portait. Adam venait de prendre une douche. Ses cheveux étaient ébouriffés comme s'il venait de les frotter pour les sécher avec une serviette. Sous le bronzage foncé, sa peau brillait des gouttelettes d'eau qui dans leur cheminement lent, inexorable, ruisselaient le long de son torse, passant sur l'abdomen plat qui habituellement restait bien dissimulé sous des costumes d'importation et des chemises sur mesure.

Un brusque flot de chaleur envahit Lainey et se rassembla

au centre de son être. Mais elle était trop déconcertée pour taxer cela de gêne ou pire… de désir.

Les mots moururent sur ses lèvres. Elle savait qu'elle aurait dû dire quelque chose, détourner les yeux, mais elle en fut incapable. Ses yeux se promenaient partout sur le corps d'Adam, sautant par-dessus la serviette nouée à la taille, jusqu'à ses pieds nus. Les poils sombres de ses jambes étaient mouillés et de l'eau miroitait sur ses pieds.

— Lainey ?

Les yeux de la jeune femme remontèrent avec difficulté le long du corps d'Adam vers la forte colonne de son cou et plus haut encore jusqu'à croiser la flamme bleue de son regard.

— Je… je… hum… mes vêtements étaient dans la penderie. J'allais les remettre dans ma chambre.

— Ramenez-les ici, Lainey. C'est votre chambre.

— Mais…, commença-t-elle.

— Ou bien, devrais-je dire, notre chambre.

4

Adam se détourna et repartit vers la salle de bains, après avoir refermé la porte d'un geste ferme, laissant Lainey plantée là, en état de choc. La soudaine chaleur qui avait embrasé son corps avait été très vite remplacée par un froid glacial qui la figea sur place.

Leur chambre ?

Son esprit s'enfiévra à l'évocation des possibles implications de la phrase d'Adam. S'attendait-il à ce qu'elle couche avec lui ? Elle se laissa choir sur l'immense lit king-size derrière elle avant de bondir de nouveau sur ses pieds en prenant conscience de ce qu'elle venait de faire. Le lit… *leur* lit ? Il devait y avoir quelque part une folle erreur. Pas question de coucher avec lui, non ! Cela n'avait jamais fait partie de leur accord.

Lainey se rua dans le dressing-room, décrocha ses affaires des portemanteaux et vida les tiroirs avant de jeter leur contenu pêle-mêle dans sa valise et de s'échapper de la chambre aussi vite qu'elle le put.

Un peu plus loin dans le corridor, elle poussa la porte de ce qu'elle savait être l'une des chambres à coucher. Parcourant rapidement la pièce du regard, elle n'y aperçut aucun signe d'effets personnels appartenant à une autre personne, non plus que dans les deux autres chambres qu'elle inspecta. Elle était donc seule avec Adam dans la luxueuse villa ? Elle fouilla sa mémoire, essayant de se rappeler avec exactitude ce qu'il avait dit à propos des invités.

Il avait dit qu'ils étaient partis faire un tour pour se dérouiller les jambes et qu'ils se retrouveraient pour prendre l'apéritif avant le dîner. A aucun moment il n'avait précisé qu'ils résideraient dans la villa avec eux. Lainey s'était imaginé qu'il avait loué la maison pour eux tous, sans penser un seul instant qu'il pouvait avoir prévu des maisons individuelles pour chacun des couples.

Des couples. Le mot résonna en écho à son oreille. Adam s'attendait donc à ce qu'ils se comportent en couple durant le week-end ? Etait-ce ce que les autres allaient penser aussi ? Les prenaient-ils Adam et elle pour des amants ?

Debout dans la dernière chambre inspectée — la plus éloignée possible de celle qu'elle avait cru être la sienne, celle-là même dont Adam apprécierait tous les charmes dans un splendide isolement —, Lainey reprit son calme. Puis, après avoir verrouillé rapidement la porte de ses mains tremblantes, elle accrocha ses affaires dans la penderie à l'exception de ce qu'elle comptait porter ce soir et rangea son linge dans les tiroirs.

Un peu plus maîtresse de ses nerfs, elle se rendit dans la salle de bains, heureuse de n'être pas obligée de retourner dans la chambre d'Adam y chercher des objets de toilette, car tout le nécessaire était fourni.

Après une douche rapide, elle se sentit plus fraîche, et rassérénée. En enfilant le pantalon large et le top style tunique vert pâle qu'elle avait choisi de porter, elle eut l'impression que sa pression sanguine revenait à la normale. L'étoffe coula sur sa peau avec une douceur, une délicatesse qui en disaient long sur la qualité de la lingerie qu'elle portait. Oui, elle avait utilisé à bon escient la carte de crédit d'Adam. Ce n'était pas moins que ce qu'il en avait attendu, se dit-elle comme un frisson de culpabilité courait le long de son échine.

Mais, en acceptant ces vêtements et l'argent qu'il avait prévu de lui octroyer pour couvrir ses frais à l'occasion de ce week-end, qu'avait-elle accepté d'autre enfin ?

Repoussant la question au fond de son esprit Lainey se passa un peigne dans les cheveux. Elle se sentirait bien mieux avec une touche de fond de teint et de rouge à lèvres, songea-t-elle en étudiant son reflet dans le miroir.

Adam serait-il par hasard déjà sorti de sa chambre ?

Un rapide coup d'œil à la pendulette de la table de chevet lui confirma que le moment approchait d'aller rejoindre leurs invités. Du point de vue différent et avantageux qu'offrait cette chambre, elle avait une vue précise sur le lac et la galerie qui l'entourait. Et oui, elle pouvait déjà voir qu'Adam était là au bar, aux côtés de M. et Mme Pesek.

Lainey se précipita dans la chambre d'Adam pour y prendre ses derniers effets, avec le sentiment, une fois revenue dans sa chambre et après avoir rangé ses effets personnels sur le rebord de la baignoire, d'avoir réussi une chose d'une importance capitale. Certes, cette chambre n'était pas aussi luxueuse que l'autre mais, au moins, elle était à elle et à elle seule.

Après un dernier coup d'œil critique dans la glace, elle traversa la maison pour gagner le vaste espace ouvert débouchant sur une spacieuse véranda. Elle constata avec plaisir que M. et Mme Schuster s'y trouvaient déjà. Le nombre était sécurisant, se dit-elle en allant les retrouver.

En dépit du coup d'œil perçant que lui jetait Adam, elle se joignit à la conversation et la soirée s'écoula agréablement. En fait, elle fut beaucoup plus relaxante que l'avait été le trajet en voiture en direction du nord. Une nouvelle atmosphère régnaient entre les hommes comme si, à l'approche d'un accord sur les termes définitifs du contrat, ils pouvaient désormais se détendre et profiter de leur délicieux environnement.

De grosses bougies flottantes avaient été allumées à la surface de la piscine et d'autres encore illuminèrent la véranda d'une profusion de lumière dorée à l'instant où le soleil disparaissait à l'horizon. Le cadre était d'une réelle magnificence et extrêmement romantique comme le remarqua Lainey. Elle ne pouvait s'empêcher de jeter des coups d'œil inquiets en direction d'Adam qui était lancé dans une conversation animée à la table où ils dînaient d'écrevisses et de salades bariolées en sirotant le meilleur des vins pétillants de Nouvelle-Zélande.

Elle pouvait presque se raconter des histoires, croire qu'elle faisait partie de tout cela, se dit-elle une fois leurs assiettes vidées et qu'on fit rouler vers eux le chariot des desserts.

Une fois bue la dernière goutte de liqueur et avalée la dernière cuillerée de mousse au chocolat, une délicieuse léthargie s'empara d'elle. Quand les invités se levèrent pour s'en aller, tous les nerfs de son corps se tendirent d'un seul coup.

Comme Adam fermait la porte d'entrée de la villa, Lainey commença à s'éloigner le long du couloir.

— Pressée, Lainey ?

La voix la poursuivit le long du corridor.

Lainey hésita avant de se retourner pour regarder Adam. D'une silencieuse foulée, il avait déjà couvert la distance qui les séparait et la jeune femme poussa un soupir à l'instant où il s'arrêta juste devant elle.

— Il est tard, commença-t-elle, et demain nous avons une grosse journée de travail.

— Nous nous occuperons de ça. Alors dites-moi donc, pourquoi avez-vous quitté la chambre ?

Lainey frémit.

— Vous savez fichtrement bien pourquoi je suis partie de votre chambre, Adam. J'ai donné mon accord pour passer le week-end avec vous en qualité d'accompagnatrice et d'hôtesse pour vos clients, et cela pour le bien de Palmer Enterprises. Mais, à aucun moment, je n'ai donné mon accord pour autre chose.

Quelque chose de froid traversa le regard bleu.

— Cependant, vous passez bien la plupart de vos nuits avec Ling. Alors de quoi s'agit-il ? Mon offre n'est pas suffisante ? N'avez-vous pas apprécié ce que vous avez vu ?

Les mains de Lainey se crispèrent, et elle serra les poings pour se retenir de faire ce qu'elle avait vraiment envie de faire en réponse à l'insinuation.

Adam suivit du doigt la ligne de sa joue, soulignant le saillant de la pommette avant de descendre plus bas en traversant sa joue puis encore plus bas jusqu'à ce qu'il caresse le côté du cou, là où le pouls de Lainey battait très vite.

— Eh bien ? la pressa-t-il d'une voix si basse qu'elle la perçut à peine.

Brisant le contact ténu, Lainey fit un pas en arrière avant de succomber à sa séduction.

— Tout ceci est ridicule, dit-elle.

Un sourire retroussa les lèvres d'Adam.

— C'est ce que vous pensez ?

Il fit un pas en avant et lui passant un bras autour de la taille, lui plaqua le bas du corps contre le sien.

— Pouvez-vous sentir l'effet que vous me faites, Lainey ? Cela vous paraît-il ridicule ?

Seigneur ! La dureté de son érection se pressait contre elle et, pour ses péchés, Lainey elle aussi sentit une vague de désir se propager dans son corps.

Une chaleur familière s'insinua le long de ses veines et ses membres s'alourdirent. Elle s'appuya contre Adam, très peu, si peu, mais elle entrevit la lueur de triomphe qui flambait dans ses yeux avant qu'il la relâche d'un geste brusque.

— Bonne nuit, Lainey. J'espère que vous pourrez bien dormir parce que, j'en suis certain, tel ne sera pas mon cas.

Comme il se détachait d'elle et s'éloignait, Lainey se laissa aller contre le mur, dans l'espoir que ses jambes allaient continuer à la porter. Des petits frissons parcouraient tout son corps.

Elle avait été sur le point de succomber et il s'en était rendu compte. Il l'avait perçu et il avait tourné les talons.

Lainey eut l'impression d'être une petite souris longtemps tourmentée par un chat jusqu'au moment où celui-ci n'avait plus eu envie de jouer.

Qu'allait-elle bien pouvoir faire lorsque ce singulier matou aurait faim ?

Le samedi matin, le ciel était d'azur et une brise légère agitait l'air encore tiède de ce précoce avril. C'était des journées comme celles-là qui avaient donné à la région son surnom de « Nord sans hiver ». A cette pensée, Lainey eut un sourire contraint. Après les pluies torrentielles et les inondations de l'hiver, elle imaginait que la plupart des habitants du coin auraient du mal à retrouver le moral. Mais tout le mauvais temps passé mis à part, cette journée était parfaite.

Etouffant un bâillement, elle gagna la cuisine, en quête d'un petit déjeuner.

— Pas bien dormi ?

Adam était assis à la table des petits déjeuners, son ordinateur portable devant lui, une tasse de café fumante dans une main. Lainey le dévora des yeux, depuis le bas de son cou dénudé par le col ouvert du polo crème jusqu'au pantalon étroit couleur bronze, qui drapait ses cuisses.

— J'ai très bien dormi, merci, mentit-elle sans vergogne en se servant une tasse du délicieux et odorant mélange.

Elle en but une gorgée, regrettant de ne pas avoir pris quelque chose de plus frais, comme du jus d'orange ou de l'eau glacée. Quelque chose dans un verre givré qu'elle pourrait poser contre sa joue et qui ferait baisser la flamme qu'Adam avait fait jaillir en elle.

— Les autres seront ici dans une demi-heure et ensuite nous irons jusqu'au quai, dit ce dernier.

— Parfait, j'attends ce moment avec impatience.

Adam la dévisagea avec attention. Elle avait des ombres mauves sous les yeux. Du coup, son cœur éprouva un malicieux pincement à l'idée qu'elle n'avait pas mieux dormi que lui. La veille au soir, il aurait pu l'embrasser et elle lui aurait rendu son baiser, il en était certain. Rendu, et davantage encore. Mais il avait préféré la laisser s'échapper. Il savait qu'en fin de compte ce serait lui le gagnant et, quand ce moment arriverait, la capitulation de Lainey serait totale.

Il la couvrit d'un regard affamé. Elle portait un top ajusté couleur corail qui mettait en valeur ses seins généreux avant de s'évaser sur la courbe de ses hanches. Quant à son jean Stretch blanc, il semblait avoir été peint sur elle. Cette journée allait être à la fois une épreuve et un plaisir, ce qu'Adam accepta en silence, parce qu'il ressentait déjà le tiraillement indubitable de la séduction qu'elle exerçait sur lui.

Elle le touchait de bien des manières qu'il se refusait à admettre. Des choses auxquelles il n'avait jamais voulu se laisser aller parce que, d'une certaine façon, cela le rendait vulnérable. Mais il était heureux pour l'instant de la laisser tranquille, car, il le savait, à la fin, il obtiendrait très exactement ce qu'il voulait et qu'alors, l'attente en aurait valu la peine.

Lorsqu'ils furent tous installés à bord du luxueux bateau, et s'éloignèrent du quai de Russell, Adam était tendu comme un ressort. Côté affaires, les choses ne pouvaient aller mieux. Schuster avait insisté pour que le contrat soit signé et finalisé avant de partir pour la journée, de manière à passer le reste du week-end sans plus aucun souci.

Adam ayant faxé le contrat signé à son service juridique ne put retenir un puissant sentiment de triomphe d'avoir damé le pion sur le fil à la Tremont Corporation. Josh Tremont était ces temps-ci devenu une véritable épine dans le pied de Palmer Enterprises et chaque victoire sur lui était une satisfaction majeure.

L'équipage du bateau leur servit un thé matinal tandis qu'ils se dirigeaient vers le point le plus éloigné de leur périple, la Roche Percée — The Hole in the Rock— une stupéfiante formation rocheuse sculptée par le vent et les marées près de Cape Brett. Adam fut agréablement satisfait de constater que Lainey prenait son rôle d'hôtesse très au sérieux en veillant au confort de chacun à bord. Si seulement, songea-t-il non sans regret, elle pouvait aussi veiller à son confort à lui ! Depuis le moment où il l'avait croisée au casino, le seul fait de se trouver en sa présence s'était transformé en une torture d'un subtil raffinement.

Ils étaient sur l'eau depuis une heure environ quand Adam entendit une des deux femmes pousser une exclamation de surprise. Lainey, un grand sourire aux lèvres, pointa quelque chose du doigt vers l'avant pour attirer l'attention des invités sur des dauphins qui nageaient gaiement en suivant la courbe des vagues formées par l'étrave du bateau.

Adam se posta derrière Lainey le long de la rambarde. La courbe de sa croupe le frôla et il faillit laisser échapper un grognement. Dans un réflexe d'autoconservation, il déplaça ses hanches un peu en diagonale. La dernière chose dont il avait besoin était de faire éclater au grand jour l'état de perpétuelle semi-érection qu'elle provoquait chez lui. Tout le monde présent pourrait s'en apercevoir.

— Le skipper dit que vous pouvez aller nager avec les dauphins si vous en avez envie, annonça-t-il.

Lainey se retourna avec vivacité.

— Vraiment ?

L'excitation de sa voix était contagieuse et, après avoir discuté de la proposition avec les Schuster et les Pesek, on leur fit enfiler leur combinaison de plongée avant de se mettre à l'eau.

Adam eut du mal à s'arracher à la contemplation de Lainey lorsqu'elle monta sur le pont « vêtue » d'un Bikini bleu saphir. Bien que peu risqué en soi, ce que dissimulait le maillot était largement suffisant pour lui faire perdre la tête. Ou, tout au moins, se jeter dans la plus proche étendue d'eau glacée. Adam refoula son irritation quand l'un des stewards du bord aida Lainey à se glisser dans l'étroite combinaison de plongée.

— Hé, laissez cela, dit-il en repoussant l'autre homme pour s'emparer de l'agrafe de la fermeture Eclair et la tirer sur la peau crémeuse.

Le rire qui avait fait étinceler les yeux de Lainey à peine quelques secondes avant s'éteignit. Se transforma. S'approfondit, devint quelque chose d'autre. Ses pupilles se dilatèrent, la couleur de ses yeux parut s'embraser, tel un feu vert. Un feu qui, en réponse, fit circuler plus vite le sang d'Adam.

Il se força à lâcher la fermeture et à faire un pas en arrière.

— Désirez-vous un coup de main pour les palmes ? demanda-t-il d'une voix inexplicablement bourrue.

— Non merci. Ça ira.

De nouveau, elle fuyait son regard. Peut-être avait-elle ainsi l'impression d'en avoir trop dit ? Eh bien, il était preneur. Et de bien plus encore.

Dans l'eau, les Schuster et les Pesek bavardaient avec volubilité entre eux dans leur langue maternelle tandis que les dauphins batifolaient autour d'eux. Lainey restait à la périphérie, en apparence heureuse de se contenter de flotter et d'observer.

Quant à Adam, eh bien, il était heureux de l'observer elle aussi ! Ses cheveux traînaient derrière elle dans l'eau claire et elle se mouvait dans la mer avec une telle grâce qu'Adam se demanda s'il en serait ainsi dans une chambre à coucher. Mais il le découvrirait avant la fin du week-end. De cela, il était absolument certain.

Au bout d'une quinzaine de minutes en compagnie des dauphins, tout le monde remonta à bord. Les visiteurs étrangers se retirèrent dans l'entrepont pour utiliser les douches de leurs somptueuses cabines. Adam défit sa combinaison et la fit glisser de ses épaules, la laissant pendre sur ses hanches. Il sentit les yeux de Lainey se poser sur lui avant même de capter son regard. Ce fut comme si de minuscules flammèches brûlantes lui caressaient la peau et, ainsi confiné dans son enveloppe de Néoprène, il sentit une certaine partie de son corps se développer d'une manière très inconfortable pour lui.

Lainey n'avait eu aucune peine à se dépouiller toute seule de sa combinaison, remarqua-t-il. Le tissu humide de son Bikini adhérait à son corps telle une seconde peau sans rien dissimuler de ses contours. Les yeux d'Adam s'attardèrent sur la rondeur pleine de ses seins, sur les mamelons aux bouts durcis qui pointaient sous les deux triangles bleus du soutien-gorge.

Comme il imaginait l'étoffe s'écartant sur le côté, exposant les durs tétons à son regard, à sa caresse, à sa langue, une bouffée de nostalgie l'envahit. Bon sang, songea-t-il, il était en train de devenir fou ! Il devait s'arrêter tout de suite sinon il n'arriverait jamais à reprendre ses esprits pendant le restant de la journée.

Se détournant de Lainey, il escalada les marches incurvées qui menaient à la passerelle. Rien à voir avec une fuite, se dit-il pour se consoler quand la forte brise fouetta sa peau devenue plus sensible. C'était une retraite tactique. Pour reprendre des forces jusqu'au moment où il serait certain de la victoire.

Et cette victoire, comme elle lui serait douce…

La fin du voyage vers la Roche Percée se passa agréablement. La mer était plate et calme et le bateau fendait l'eau avec une tranquille et régulière douceur. Adam était très content de sa décision de passer cette journée sur l'eau. Il fut moins content, toutefois, de l'attention dont Lainey était l'objet de la part d'un certain steward.

Il n'y avait qu'une chose à faire, conclut-il, et c'était de donner une très grande publicité à cette attention. Décochant au type un coup d'œil acéré, il fut satisfait d'obtenir l'effet escompté, à savoir que le regard du jeune homme se fit soudain plus inquiet.

Ensuite, Adam traversa le pont pour rejoindre Lainey sur la banquette arrondie à la proue du bateau où elle s'était allongée, le visage doré par le soleil et les cheveux soulevés par la brise volant derrière elle.

— Vous vous amusez bien ? demanda-t-il en s'efforçant d'instiller dans sa voix un sous-entendu quelque peu ironique.

— D'une manière surprenante, oui.

— Surprenante ?

— Eh bien, vous savez, ce n'est pas comme si c'était du travail, n'est-ce pas ? Je m'attendais à quelque chose de plus orienté vers les affaires, mais cela ressemble plutôt à une réunion amicale.

La réponse pleine de candeur amena un sourire sur les lèvres d'Adam.

— Que faites-vous en général de vos week-ends ? demanda-t-il.

— Oh, une chose et l'autre.

La réponse évasive fit naître chez Adam un courant d'irritation. Passait-elle son temps avec Ling ? Non, l'homme était un oiseau de nuit. Donc, quelqu'un ou quelque chose d'autre remplissait ses week-ends, il en était certain.

— Racontez-moi.

Lainey se tourna vers lui. Son visage était un masque inexpressif.

— Je ne crois pas que ce soit nécessaire.

— Peut-être ai-je simplement envie de vous connaître un peu mieux ?

Sourcils froncés, Lainey pesa ses paroles.

— Je ne le crois toujours pas. En dépit de ce que j'ai déjà dit, je dois me rappeler que tout ceci fait partie des affaires, même si cela semble très détendu. Je suis ici pour effectuer un travail et je m'y emploie.

— Et les paramètres de ce travail exigent que vous remplissiez vos fonctions et que cela me plaise.

Adam hésita un peu, lui laissant le temps de s'imprégner du sens profond de ses paroles.

— Donc, je vous repose la question : que faites-vous en général de vos week-ends ?

Il ressentit son irritation à la vibration qui, partie d'elle, lui arrivait maintenant par vagues. Lainey tenta de s'écarter un peu plus de lui, mais la forme du banc eut l'effet inverse et ses genoux vinrent frôler les siens.

— Je jardine, voilà. Alors, content ?

— Très.

Adam sourit et nouant ses mains derrière sa tête, étira les jambes, empêchant toute tentative de fuite de sa voisine.

— Et cela vous plaît de jardiner ?

Quelque chose — chagrin, regret ? — passa sur le visage de Lainey. Adam ne put le certifier, mais le comportement de la jeune femme se modifia aussitôt et toute agressivité la quitta pour se transformer en un très lourd soupir.

— Oui, en effet. Ces moments sont sans doute les seuls ces jours-ci où j'ai la possibilité de me perdre dans ce que je fais et de ne m'inquiéter de rien.

— Avez-vous beaucoup de sujets d'inquiétude ?

Inquiétude. Le mot resta en suspens dans l'air entre eux, témoin sans nul doute de l'emprise qu'avait Ling sur elle.

— Vraiment, je préférerais ne pas en parler maintenant, biaisa Lainey. Si vous voulez bien m'excuser, je voudrais aller jeter un œil sur les préparatifs du déjeuner.

Adam déplaça ses jambes pour la laisser passer. Elle fuyait. Elle fuyait en se dissimulant deux choses : leur attirance réciproque et la vérité.

Eh bien, parfait ! Il n'y avait rien qu'Adam aime davantage qu'un beau défi.

Même s'il en avait déjà rencontré un qu'il n'était pas parvenu à gagner.

5

Ils s'arrêtèrent pour déjeuner sur l'île de Urupukapuka. La plage de sable blond était baignée de soleil et l'équipage du bateau transporta des tentes de toile, des tables et des chaises et installa tout le monde sur le sable pour un apéritif dînatoire.

Par-dessus le rebord de son verre, Adam observa Lainey en train de charmer les visiteurs tchèques, leur posant des questions sur leur famille, en émettant les petits bruits admiratifs qui convenaient quand ils exhibèrent des photos de leurs enfants et, dans le cas des Schuster, de leurs petits-enfants.

Cette femme était une énigme, la chose était certaine, songeait Adam. Une femme différente le jour. Hôtesse consommée, parfaite assistante, calme, diplomate, compétente. Mais, la nuit, elle devenait tout autre. Elle devenait le genre de femme disposée à se promener au bras d'un homme comme Ling. Le genre de femme capable de contracter une dette si importante qu'un homme comme Ling lui tournait même autour. La nuit, elle se transformait en sirène. Sexy, aguichante, désirable. Et Adam, au plus profond de sa chair, désirait cette autre Lainey.

Mal à l'aise, il s'agita sur son siège et prit un autre verre d'eau minérale glacée. Il irait jusqu'au bout de sa recherche sur la personnalité de l'une ou l'autre des deux femmes qu'il connaissait en Lainey. Il finirait par découvrir laquelle était la véritable Lainey. Parce que, si l'une exécutait son travail à la perfection et était tout à fait équilibrée, l'autre menaçait l'existence même de Palmer Enterprises. Lainey était très bien placée pour obtenir le genre d'informations dont leurs adversaires pouvaient bénéficier, en particulier Tremont Corporation. Si elle devait de l'argent à Ling, se pouvait-il qu'elle soit tentée de vendre les secrets de Palmer à Josh Tremont ? Pire encore, était-elle déjà l'espionne de Tremont infiltrée chez lui ? Son problème de jeu était-il déjà si important qu'elle soit capable de trahir les Palmer ? Et Adam ?

Un flot de pensées confuses traversa son esprit tandis que la logique le forçait à repousser cette idée. Ling avait été ignorant du fait que Lainey travaillait pour Adam lorsqu'il les avait vus ensemble le lundi soir. Peut-être simplement avait-elle laissé traîner une énorme dette qui devait être remboursée ?

Mais aucun de ces scénarios ne plaisait à Adam qui soudain perdit tout appétit pour le repas qu'on posait devant eux, remplacé dans sa bouche par un goût d'amertume.

Un goût amer que seule la vérité pourrait chasser.

De retour à Russell, leurs invités se retirèrent dans leur villa personnelle, s'accordant pour se retrouver un peu plus tard dans la soirée pour boire un verre. Ensuite, il monterait sur le ferry pour faire la traversée et dîner dans l'un des restaurants de Paihia.

Comme Adam et Lainey attendaient sur le pont que leurs compagnons viennent les rejoindre, Lainey eut un rire tranquille.

— Qu'y a-t-il ? s'enquit Adam.

— C'est une bonne chose qu'il ne s'agisse que d'un week-end, répondit-elle. Si je continuais comme cela, je deviendrais grosse comme une tour en un clin d'œil.

Le regard d'Adam courut sur elle, embrassant la rondeur des seins pressés contre le tissu fin de sa robe bariolée, la courbe des hanches sur lesquelles se drapait l'étoffe avant de tomber juste au-dessous des genoux. Même si le vêtement ne hurlait pas tout à fait le mot « sexe » comme l'avait fait la robe rouge au casino, il avait tout de même le pouvoir de faire passer dans le corps d'Adam un frisson de désir plein de sensualité. Vêtue tout autrement qu'au bureau, Lainey avait une allure incroyablement provocante. Du coup, Adam se promit *in petto* de lui rappeler d'oublier de revêtir au bureau ses vieilles fripes.

— A mon avis, vous n'avez pas de souci à vous faire, Lainey. Vous êtes…

Il s'interrompit, histoire de s'assurer qu'elle était consciente de son regard insistant.

— … absolument parfaite.

— Merci, dit-elle, en baissant le menton d'un air emprunté.

Adam se réjouit de voir le flot de couleur qui remontait de la courbe de ses seins le long de la colonne lisse de son cou. C'était bon de se rendre compte qu'il était capable de la troubler un peu plus que par un regard et une phrase, et plutôt captivant de voir qu'elle pouvait encore rougir.

Il lui vint à l'esprit que sa capacité à être gênée était en contradiction directe avec la Lainey qu'il avait vue au casino ce soir-là. La femme à la robe rouge ne se serait pas plus empourprée qu'elle n'aurait porté de lingerie de coton blanc. Du moins était-ce l'impression qu'elle lui avait donnée en déambulant ainsi qu'elle le faisait autour de la salle.

Mais la Lainey qu'il connaissait au bureau était une créature réservée. Qui ressemblait beaucoup plus à la femme qui se tenait devant lui, même si les vêtements qu'elle portait maintenant étaient beaucoup plus à son goût. Ni trop échancrés ni trop révélateurs, mais avec suffisamment de ce petit quelque chose d'alléchant.

Adossé à la rambarde, Adam observa Lainey en train de s'occuper du plateau de boissons au bar en plein air. Elle semblait gênée d'attirer l'attention sur elle. Etrange. La robe rouge de l'autre nuit était en complète opposition avec la femme élégante qu'il avait devant lui. Et Adam s'aperçut qu'en fait, il en savait très peu sur la vie privée de la jeune femme. Non qu'il cherche en général à se mêler de la vie personnelle de ses employés, mais, maintenant que sa curiosité était éveillée, il était bien décidé à en savoir plus.

La soirée se déroula assez bien et se termina par une balade nonchalante sur le bord de mer de Paihia avant que le groupe reprenne le ferry pour Russell et regagne le domaine en voiture. Ils venaient juste de finir d'échanger des bonsoirs avec les Schuster et les Pesek, et Lainey s'était détournée pour regagner sa chambre, lorsque Adam la surprit en lui barrant le chemin, une main posée sur son bras.

— Où allez-vous ?

— Dans ma chambre.

« Au lit », corrigea-t-elle en silence. La journée en mer, combinée aux tensions que provoquait la proximité d'Adam, l'avaient épuisée et elle était plus que prête à goûter une solitude bien méritée.

— Non, il est trop tôt. Venez donc prendre un verre avec moi sous la véranda.

Lainey ravala la réplique qui lui montait aux lèvres, se rappelant que c'était lui qui payait pour avoir sa compagnie. Ce qu'elle désirait pour l'instant n'entrait pas en ligne de compte.

— Si vous insistez, répondit-elle aussi froidement qu'elle le put sans paraître insolente.

Elle sortit la première sous la vaste véranda. Les lumières de la piscine étaient allumées et l'eau, d'une alléchante couleur turquoise, miroitait. Ce serait sûrement un pur délice, avant de se coucher, de faire quelques brasses paresseuses dans la piscine, de sentir la douceur satinée de l'eau couler contre sa peau. Peut-être alors pourrait-elle décompresser un peu ?

— Que désirez-vous ? Un brandy ? demanda Adam, interrompant ses pensées.

— Ce sera parfait, merci.

— Tellement polie, railla-t-il d'une voix douce. Intéressant, alors que tout me dit que vous préféreriez tout sauf cela.

— Vous êtes mon patron. Vous me payez pour être ici. Pourquoi serais-je discourtoise ? Nous avons déjà établi que j'ai besoin de mon job.

— Ah oui, mais nous n'avons pas encore établi pour quelle raison, n'est-ce pas ?

Adam traversa le parquet de bois, deux ballons de brandy à la main. Il lui en tendit un et Lainey frissonna quand leurs doigts se frôlèrent, même si elle ne put identifier cette sensation qui fourmillait le long de son bras. C'était la même sensation qu'un peu plus tôt ce matin lorsqu'il lui avait remonté la fermeture de sa combinaison. Même éclair de conscience… du désir.

Il avait dit vouloir d'elle en qualité d'accompagnatrice et, dès le départ, il s'était arrangé pour qu'ils occupent la même chambre. Etait-ce un test ou était-ce ce qu'il voulait vraiment ?

Lainey leva vers ses lèvres le globe de cristal plein d'un liquide ambré et en but une toute petite gorgée qui coula lentement sur sa langue et descendit au fond de sa gorge.

— Dites-moi, Lainey, pourquoi votre job est-il si important ?

— Pourquoi un job est-il important pour chacun ? biaisa-t-elle. J'apprécie les éléments de mon travail et j'y excelle. Je serais bien bête de faire quoi que ce soit pour le perdre, n'est-ce pas ?

— Dans ce cas, pourquoi le mettez-vous en péril ?

Le ton fit passer en elle un frisson glacé.

— En péril ?

— En vous affichant avec un homme tel que Ling.

— Adam, je croyais que nous avions déjà établi que quelle que soit la personne que je choisis pendant mes heures de liberté, ce n'est pas votre affaire.

— Mais mon affaire, c'est vous ! Vous travaillez pour moi. Vous dites que vous adorez votre travail. Et si je mettais comme condition à votre engagement professionnel que vous ne soyez pas associée à…

S'interrompant, il lui jeta un coup d'œil perçant.

— … des personnes indésirables ?

Un rire forcé sortit de la gorge de Lainey.

— Faites-vous allusion à Lee ? Soyons sérieux, c'est un homme d'affaires. Il ne fait aucun secret de ce qu'il fait ou de ce à quoi il s'attend. En quoi cela le rend-il indésirable ?

— Parce que c'est le genre d'homme qui utilise n'importe

quoi et n'importe qui pour obtenir ce qu'il veut. Cela ne vous ennuie-t-il pas ?

L'insinuation d'Adam selon laquelle en quelque sorte on se servait d'elle déclencha chez Lainey une étincelle d'irritation. Elle répondit, s'efforçant de garder une voix sereine.

— Et vous, Adam ? Etes-vous si différent vous-même ? N'est-ce pas exactement ce que vous êtes en train de faire ?

Le coup avait porté, ce fut on ne peut plus clair à en juger par l'expression orageuse qui fit froncer les sourcils d'Adam. Il serra les lèvres et Lainey put voir les muscles de sa mâchoire se crisper comme s'il se retenait de répliquer.

Puis, en une fraction de seconde, sa colère disparut.

— Touché, murmura-t-il en choquant son verre contre le sien.

Il se laissa aller sur la chaise longue capitonnée. Lainey l'observa en douce comme il buvait une gorgée et que son regard s'échappait un instant vers les lumières de l'autre côté de l'eau.

— Pourquoi vous cachez-vous, Lainey ?

Sa question, comme venue de nulle part, la fit sursauter. Lainey prit une seconde ou deux pour reprendre son calme avant de parler.

— Me cacher ? Que voulez-vous dire ?

— Au bureau, vous vous dissimulez derrière ces nippes, et vous vous cachez même derrière des lentilles de contact marron.

Adam se leva et s'avança vers elle. Puis il lui releva le menton pour la forcer à le regarder dans les yeux.

— Pourquoi ça, je me le demande, alors que vous avez les plus magnifiques yeux verts ? Et vos cheveux ?

Ses doigts fermes s'enfoncèrent dans la chevelure chatoyante et lui encerclèrent la nuque. A ce contact, des flots de sensations envahirent la tête de Lainey et la minute durant laquelle elle avait eu tout à l'heure le souffle coupé devint une petite chose insignifiante comparée à ce qu'elle ressentait maintenant.

Sa peur se mêla de plaisir quand il lui massa la nuque et elle combattit le gémissement de volupté que le contact faisait naître en elle.

Puis, avec la même rapidité qu'Adam l'avait surprise par sa caresse, il la relâcha.

— Eh bien ? dit-il d'un ton insistant.

— Je n'aime guère me faire remarquer, finit-elle par répondre entre ses lèvres serrées.

Adam rapprocha sa chaise de la sienne, dans un grincement qui déchira l'air du soir, avant de se rallonger contre les coussins.

— Dites-moi pourquoi.

C'était un ordre, et même s'il l'avait énoncé d'une voix douce, ce fut aussi évident pour Lainey que s'il l'avait crié.

Elle s'agita sur son siège. Il était proche. Trop proche. Dans l'atmosphère qui se rafraîchissait, la chaleur de son corps lui parvenait par vagues. Elle pouvait aussi sentir le faible effluve de son parfum, de celui qui émanait de son corps.

— C'est… c'est compliqué, finit-elle par murmurer.

Le silence d'Adam l'encourageant à poursuivre, elle aspira une frémissante bouffée d'air, rassemblant tout son courage. Jamais auparavant elle n'avait révélé ceci à personne. Elle ne l'avait jamais souhaité. N'avait jamais eu à le faire.

— Mes parents sont morts dans un accident de voiture quand j'avais treize ans, commença-t-elle. J'étais dans la voiture mais, par un curieux tour du destin, je m'en suis tirée sans une égratignure. Tous deux sont morts sur le coup. Ensuite, je suis allée vivre avec mon grand-père. C'était quelqu'un de très connu à la télévision et, à cause de cela, l'accident a fait la une des journaux pendant un certain temps et, pour moi, cela a été plutôt dur à avaler.

Elle se mit à rire, d'un rire contenu qui manquait totalement d'humour.

— Parce qu'il était connu ? interrogea Adam.

— « Au jardin avec Hugh », c'était le titre de son émission. Ou l'était avant qu'il prenne sa retraite. En réalité, pour être franche, j'ai fait tout ce qui était en mon pouvoir pour faire de sa vie un véritable enfer. Et j'ai attiré l'attention sur moi. Une attention très négative.

Elle emplit d'air ses poumons avant de le chasser brusquement. Toujours sous le feu des projecteurs en raison de la renommée nationale de son grand-père, elle en avait profité. Les journaux en avaient fait des tonnes lorsqu'elle avait fini par aller trop loin. Avec un groupe de copains, elle avait été prise en virée dans une voiture volée. Jamais elle n'oublierait l'expression du visage de son grand-père quand la police l'avait ramenée sur son seuil — soulagement qu'elle aille bien, mêlé d'une très profonde déception.

Cette nuit-là, il avait établi une règle. Elle devrait effacer ce qu'elle avait fait sinon il la remettrait aux autorités. Ils n'avaient que l'un et l'autre, c'était tout ce qu'ils avaient, mais si elle n'était pas prête à respecter son foyer et à respecter son grand-père, c'en était fini. Hugh lui rappela la dernière fois où la police avait frappé à sa porte — la nuit où la voiture de son père avait été heurtée par un conducteur en état d'ivresse — et que, pour tout l'amour qu'il éprouvait pour elle, il refusait que cela se renouvelle avec elle.

Cela avait été le réveil dont elle avait besoin. Après cette discussion, Hugh était tombé d'accord pour qu'elle change d'école afin de l'éloigner des éléments mauvais qui l'avaient entraînée, mais c'était sur la promesse solennelle qu'elle améliorerait ses résultats scolaires et son comportement. Lainey était alors devenue une autre personne. Le genre qui ne changeait pas chaque mois de teinture de cheveux. Le genre qui ne portait pas de vêtements choquants faits pour attirer l'attention de tous. Le genre qui étudiait et obtenait d'excellentes notes dans toutes les matières. Le genre qui se fondait dans son environnement — un ciel nuageux plutôt qu'un flamboyant coucher de soleil.

Ainsi, après sept années sans la moindre anicroche, elle avait été rayée des fichiers de la police, ce qui signifiait qu'aucun employeur ne saurait jamais rien de ses errements passés.

— Quoi qu'il en soit, acheva Lainey, il était plus facile d'apprendre à se couler dans le moule.

— C'est criminel !

A ces mots, Lainey sursauta.

Adam se leva et lui tendit la main pour la relever et la mettre debout devant lui. Il retira le verre des doigts qui ne résistaient plus et le posa sur la table.

— Totalement criminel… de cacher ces yeux-là.

Son doigt suivit la courbe d'un sourcil. Lainey savait qu'elle devait reculer, rompre le contact entre eux, mais elle en aurait été tout à fait incapable. Le contact de cette main était léger et pourtant hypnotique. Le doigt d'Adam descendit sur sa joue, suivit la colonne du cou et le V profond du décolleté de sa robe jusqu'au sillon obscur entre ses seins.

— D'estomper les lignes de votre corps, acheva-t-il d'une voix devenue soudain un peu rauque dans l'air du soir.

Sur sa route, son doigt faisait naître de minuscules flambées de désir qui peu à peu prenaient force et chaleur, jusqu'au moment où la main tout entière d'Adam se déploya avec douceur à travers sa robe pour envelopper la poitrine de Lainey. D'un seul coup, ses mamelons durcirent — à la limite de la douleur — et se pressèrent contre la mince paroi de Nylon du soutien-gorge comme s'ils recherchaient un contact peau contre peau.

Lainey se cambra, se poussant d'instinct contre sa paume comme la chaleur du corps d'Adam se communiquait à elle à travers sa robe. Elle se rendit compte qu'il lui tenait toujours la main lorsqu'il l'attira vers lui et la plaqua contre son torse. Au bout de ses doigts, la jeune femme sentit son souffle le soulever et l'abaisser et, au-dessous, les battements forts et rapides de son cœur.

— Vous sentez cela ? demanda-t-il. Voilà l'effet que vous me faites.

Lainey poussa un soupir frémissant.

— M… moi ?

— Oui.

Il avait répondu d'une voix concise, les dents serrées.

— Dites-moi d'arrêter, Lainey, parce que si vous ne vous décidez pas, je vais faire ce que j'aurais dû faire hier soir. Je vais vous embrasser.

La vie de Lainey en aurait-elle dépendu en cet instant, elle aurait été tout à fait incapable de prononcer le moindre mot. A son expression, Adam avait dû constater sa reddition car, après avoir marmotté un juron, il baissa la tête et s'empara de ses lèvres.

Sensations, couleurs, saveurs… tout cela explosa en elle. Le contact rêche de la langue d'Adam sur ses dents quand il trouva la sienne. L'éclair lumineux derrière ses paupières closes. Le goût du brandy mêlé au goût propre à Adam.

Alors elle s'ouvrit à lui, le laissa explorer les recoins secrets de sa bouche, prendre et reprendre, tandis que leurs lèvres fusionnaient. Un feu liquide parut courir et grésiller le long de ses veines tandis que son corps se fondait dans le sien et qu'elle ressentait chaque mouvement de ses muscles. Un désir douloureux, tel qu'elle n'en avait jamais connu auparavant s'empara d'elle, exigeant d'être comblé. Ses hanches se pressèrent contre celles d'Adam et un gémissement s'échappa de sa gorge au moment où son pubis rencontrait la solide évidence de son désir pour elle.

Elle avait passé tant de temps à se rendre invisible qu'elle fut tout à coup heureuse de se rendre compte de la réaction qu'elle provoquait en lui. Ses mains se nouèrent derrière la tête d'Adam et ses doigts s'enfoncèrent dans les épais cheveux courts, pour le retenir contre elle comme si elle ne pouvait supporter de le laisser aller.

Adam arracha ses lèvres des siennes pour faire courir une ligne de baisers affamés le long de sa mâchoire et dans le creux entre son oreille et son cou. Un flot de plaisir menaça de l'emporter quand il passa la langue sur ce point sensible à l'excès, et ses muscles internes se crispèrent, faisant naître en elle un exquis flot de sensations qui lui coupèrent le souffle.

Puis les mains d'Adam passèrent derrière le dos de sa robe, firent petit à petit descendre la fermeture à glissière et retomber l'étoffe sur ses épaules jusqu'aux coudes, lui emprisonnant les bras tandis que ses dents descendaient le long du cou de Lainey, passaient sur son épaule. Il s'arrêtait de temps à autre pour tantôt lécher, tantôt presser les lèvres contre la peau dénudée.

D'un mouvement, Lainey se débarrassa de la robe qui l'entravait. L'étoffe descendit sur sa taille tandis que ses mains volaient vers les boutons de la chemise d'Adam. Elle devait absolument connaître sous ses doigts la sensation de cette peau dorée qui l'avait tant tourmentée aujourd'hui sur le bateau. Elle avait besoin de faire passer le bout de ses ongles sur les sillons de chaque côté de son abdomen et continuer plus bas.

Mais au moment précis où sa bouche encore une fois prenait la sienne et que ses lèvres se perdaient dans leur douceur, Adam lui prit les mains. Et puis il s'écarta d'elle. Et il remonta la robe pour la couvrir.

Tout en remontant la fermeture de sa robe, il coinça Lainey dans le creux entre ses hanches, l'enveloppa entre ses bras et déposa un baiser sur sa tempe. Il la retint ainsi jusqu'à ce que sa respiration reprenne un cours normal.

— Ne vous cachez plus, d'accord ? Pas de moi. Promis ?

— Promis, murmura Lainey, le nez enfoui dans son cou, plus que déconcertée qu'il se soit ainsi arrêté.

Avec douceur, Adam la repoussa.

— Nous avons une grosse journée demain. Nous ferions bien d'aller au lit.

Il la ramena dans la maison et le long du corridor en direction des chambres. A la porte de Lainey, il lui donna encore un bref baiser avant d'ouvrir et de la pousser doucement à l'intérieur.

— On se voit demain matin, dit-il. Dormez bien.

Mais le sommeil était bien loin de l'esprit de Lainey tandis qu'elle se tournait et se retournait entre les draps de coton égyptien jusqu'à ce que, dans un sursaut de frustration, elle les repousse et se lève pour rester debout devant la fenêtre, les yeux perdus dans la nuit.

Il l'avait embrassée ? La belle affaire !

Mais oui, c'était une grande affaire. Une énorme affaire. Parce que, tout à coup, elle comprenait qu'un baiser dans le noir était bien loin de lui suffire.

6

Bien qu'elle ait passé la plus grande partie de la nuit le regard fixé au plafond, Lainey s'éveilla le matin suivant avec un enthousiasme renouvelé pour la journée qui s'annonçait. Le groupe devait s'envoler pour la péninsule de Kari Kari où les hommes s'adonneraient à une partie de golf avant de retrouver les dames pour un délicieux déjeuner pris au complexe hôtelier local. Une voiture attendrait que Lainey emmène les dames découvrir les points de vue spectaculaires de la région. Mme Pesek avait déjà demandé s'il lui serait possible d'acheter des objets de bois de kauri datés au carbone 14 pour les ramener chez elle et les offrir en cadeau.

Comment Adam allait-il se comporter quand elle le reverrait aujourd'hui ? se demanda Lainey en se précipitant sous sa douche. Elle se sécha ensuite les cheveux et les laissa retomber en vagues douces sur ses épaules.

Chez elle, elle les aurait ramenés en chignon sur le sommet de la tête ou tout au moins en aurait-elle fait une queue-de-cheval. Mais, ce matin, elle s'était éveillée profondément persuadée de son pouvoir de séduction et, après des années passées à étouffer le besoin de se mettre en valeur, elle avait jugé qu'il était temps d'y donner libre cours.

En débouchant dans l'espace salon, elle fut un peu contrariée de constater que leurs invités étaient déjà arrivés, mais cette sensation diminua quelque peu lorsque Adam s'interrompit au milieu d'une conversation pour braquer sur elle un regard qui mit littéralement le feu à l'air entre eux.

En son for intérieur, Lainey se rengorgea. De toute évidence, le temps passé à choisir le top fuchsia assorti à une camisole et à un pantalon gris argent en valait la peine, même si cela l'avait fait arriver en retard pour prendre le petit déjeuner avant le départ.

Le vol en hélicoptère vers la péninsule de Kari Kari fut très stimulant et le pilote choisit un itinéraire qui permettait d'admirer de près l'époustouflant littoral. A l'héliport, des caddies avec leurs karts vinrent chercher les hommes pour les emmener immédiatement, tandis que Lainey et les autres dames prenaient un léger thé matinal avant de commencer leur expédition. Lainey fut heureuse de l'occasion qui lui était offerte de déguster une pâtisserie danoise et une tasse d'un délicieux café.

A sa seconde tasse, elle étala quelques brochures sur la table et ses invitées et elle discutèrent de leur plan d'attaque pour les quatre heures à venir pendant lesquelles les hommes seraient occupés de leur côté. Cela fait, on les conduisit à leur voiture et elles prirent la route.

Ces dames s'extasièrent devant le lit desséché du lac Ohia et son cimetière de souches de pins kauri fossilisés, mis à jour lors du drainage du lac au début du XXe siècle par des chercheurs de gomme. Lainey trouva le site étrange — la perspective qu'une dense forêt de kauri vieille de trente mille ans ait pu être décimée à un tel point lui fit froid dans le dos. Elle fut heureuse lorsque ses compagnes se lassèrent des lieux et elles continuèrent leur périple jusqu'à Kaitaia et ses boutiques spécialisées dans les objets de bois de kauri.

Après un bref détour sur Ahipara à la pointe sud de Ninety Mile Beach, elles entamèrent leur voyage de retour vers le domaine où elles retrouvèrent les hommes pour une dégustation de vin et un tardif déjeuner.

Lainey éprouva une certaine difficulté à adopter une conduite modérée et à respecter la limitation de vitesse. Maintenant qu'on approchait du domaine, elle ne pouvait plus attendre le moment de retrouver Adam pour voir si le regard qu'ils avaient échangé ce matin tenait toutes ses promesses.

Elle ne fut pas déçue. Après leur parcours de golf, les hommes avaient pris leur douche et s'étaient changés. Ils se tenaient dehors sur la terrasse couverte, dégustant un verre de vin quand les femmes les rejoignirent. A l'instant où Lainey posait le pied sur la terrasse de bois, Adam tourna la tête et ses yeux bleus tracèrent une route brûlante tout le long de son corps, la jaugeant des pieds à la tête, tandis qu'elle s'avançait vers la table.

Consciente de ce regard, frémissante, elle remercia son intuition qui lui avait soufflé de mettre un soutien-gorge légèrement rembourré qui dissimulait un peu les pointes de ses seins déjà durcies. Une chaleur lui monta aux joues quand elle se rendit compte que sa réaction avait été instantanée. Un seul baiser et voilà l'effet qu'Adam pouvait produire sur elle. Que serait-ce alors s'ils allaient plus loin ?

Lainey s'installa dans le fauteuil qu'Adam lui avançait et croisa les cuisses dans l'espoir futile de mettre fin à la soudaine palpitation de désir qui s'était rassemblée à un certain endroit de son corps.

Avant de réintégrer son siège à côté d'elle, Adam lui caressa légèrement le dos et, sous la table, laissa son genou se poser négligemment contre le sien.

L'après-midi s'écoula dans une sorte de brume. Chaque geste d'Adam attirait l'attention de Lainey. Son oreille captait chacun de ses mots. Et plus tard, pendant le vol vers Russell, elle ressentit sa présence de manière si aiguë qu'elle se demanda si cela ne se voyait pas aussi nettement que si elle l'avait inscrit au néon sur son visage. Elle se traita même d'amoureuse transie.

Amoureuse transie ? Elle ?

Elle devait prendre garde. Peut-être s'agissait-il plutôt d'un énorme besoin de sensualité. Cela oui, elle pourrait vivre avec, car elle désirait cet homme de tout son être.

Ce qui soulevait un nouvel ensemble de problèmes. Qu'allait-il devenir de leur relation professionnelle ? Serait-elle affectée s'ils s'embarquaient dans une liaison ? Et que penser au juste d'une liaison ? Qu'est-ce que cela lui coûterait à elle ? Elle, qui avait passé les dix dernières années de son existence à essayer d'être la fille qui n'était nulle part. D'un seul coup, elle allait s'exposer au regard de tous.

« Cesse donc d'extrapoler à propos de tout, Lainey Delacorte », se reprocha-t-elle en silence tandis que l'avion tournait autour de Whakamarie avant de se poser.

La nuit précédente avait peut-être bien été une simple aberration.

Une fois tout le monde regroupé pour dîner, Lainey en était presque arrivée à se convaincre qu'elle avait imaginé le brûlant baiser du soir précédent. Adam se comportait en hôte parfait. Empressé auprès des invités qui déploraient que cette nuit soit la dernière en Nouvelle-Zélande et encore davantage cet éblouissant rendez-vous ici à Russell.

Pour cette dernière soirée, il avait préféré un traditionnel barbecue kiwi très détendu et, tandis qu'il retournait les crevettes roses qui grésillaient sur la plaque chauffante, Lainey se laissa aller à le dévorer du regard : la chemise lâche qui mettait en valeur la largeur des épaules et le pantalon couleur de pierre qui se tendit sur ses fesses quand il étendit la main à travers la table pour prendre une bière.

S'obligeant à reprendre ses esprits, Lainey alla chercher un plat dans la cuisine pour y déposer les crevettes cuites que chacun allait pouvoir déguster en apéritif avant qu'Adam mette les steaks à cuire. Pour l'instant, ceux-ci baignaient dans une marinade dans un plat posé à côté de lui.

— Vous vous amusez ? murmura-t-il quand elle lui tendit le plat.

— Ce fut une journée grandiose, répliqua-t-elle d'un ton léger.

Elle désigna leurs invités d'un petit signe de tête.

— Je pense qu'ils ont vraiment apprécié leur week-end, vous ne croyez pas ?

— Si. Et merci d'avoir accompli un travail magnifique avec ces dames.

— C'est ce pourquoi vous me payez, répliqua-t-elle d'un ton léger.

Sauf que, au moment où elle prononçait les mots, elle se rappela avec précision la somme qu'il lui versait pour cela.

Un « service d'accompagnement », avec certaines frontières très brumeuses. Etait-ce tout ce qu'avait signifié pour lui la nuit dernière ? Sans doute.

Elle aurait été stupide de s'imaginer qu'un homme comme Adam Palmer pouvait attendre autre chose de plus de quelqu'un comme elle. Certes, son grand-père était une icône nationale, mais ils vivaient modestement. Elle n'était sûrement pas le genre de personne qui évoluait en temps normal dans la sphère d'Adam.

Ce qui semblait anormal, c'était d'avoir été achetée et payée.

Soudain, le plaisir de la soirée s'évanouit. Ce serait bon de rentrer à la maison et de revenir à la réalité. Retour au train-train quotidien.

Lainey se demanda comment son grand-père s'était débrouillé pendant son absence. Avait-il réussi à rester éloigné du casino ? Il avait esquivé avec soin de lui faire une véritable promesse et elle avait eu un week-end si chargé qu'elle lui avait à peine consacré une pensée.

Il était 10 heures passées lorsque la soirée s'acheva. Le discret personnel ayant enfin enlevé les derniers plats, Lainey et Adam se retrouvèrent seuls. Lainey se dit qu'elle aurait dû se sentir épuisée, mais elle savait que, si elle ne délivrait pas son corps d'un peu de l'angoisse qui y subsistait et qui l'avait assaillie toute la soirée, dormir lui serait tout à fait impossible.

— Je pense aller faire un plongeon avant d'aller me coucher, dit-elle en se levant de sa chaise.

Adam lui saisit la main et la tira vers lui.

— Cela me paraît une excellente idée. Je vais me joindre à vous.

Lainey s'écarta de lui.

— Je vais aller mettre mon maillot de bain.

— Si vous vous sentez obligée de le faire, dit Adam avec un soupçon d'interrogation dans les yeux.

Comme elle ne répondait pas, il poursuivit :

— Dans ce cas, je ferais bien d'aller moi aussi enfiler le mien. Je ne voudrais pas vous faire fuir en sortant de l'eau.

Il lui décocha un sourire taquin qui l'embarrassa tout en se demandant s'il plaisantait ou pas.

De retour dans sa chambre, elle enfila son Bikini et un peignoir et prit une serviette avant d'hésiter, soudain consciente de son apparence. Bien sûr, elle savait bien qu'il l'avait déjà vue en Bikini, mais ils étaient alors entourés d'autres personnes. Puis, d'un seul coup, elle se rappela la réaction d'Adam devant les attentions du steward à bord du bateau. Un léger sourire flotta sur ses lèvres. Il n'avait pas apprécié qu'un autre homme la regarde. Ce genre de possessivité n'était sûrement pas la marque d'un homme juste intéressé par une accompagnatrice.

Et puis, il y avait eu ce baiser, la nuit dernière… et ce qu'il lui avait dit… de ne plus se cacher de lui. S'il avait seulement été question d'argent, il ne le lui aurait sûrement pas demandé.

Quand Lainey revint au bord de la piscine, elle en était presque arrivée à s'imaginer qu'Adam la désirait pour elle-même. Une pensée qui l'enthousiasma et la terrifia tout à la fois.

Il n'y avait qu'une seule façon de s'en assurer : se jeter à l'eau.

Ce qu'elle fit, au sens littéral. Adam n'étant pas encore revenu, elle en profita pour se débarrasser de son peignoir et de le laisser ainsi que sa serviette, sur l'une des chaises longues avant d'exécuter un plongeon impeccable. Elle avait accompli deux paresseuses longueurs de bassin quand une sorte de sixième sens l'avertit : quelqu'un l'observait.

En approchant de l'extrémité de la piscine, elle ralentit l'allure et se laissa dériver vers le bord. Où Adam était assis, les jambes pendant dans l'eau.

— Vous n'allez pas nager ? s'enquit Lainey.

Un instant, il la contempla en silence puis son regard

s'intensifia et, se redressant, il plongea à côté d'elle dans un éclaboussement d'eau.

— Entre autres choses, répondit-il, énigmatique. Vous savez quoi ? On fait la course. Six tours.

— La course ? rit Lainey. Et qu'est-ce qu'on gagne ?

— Un baiser.

— Ah, mais qui dira qui sera le gagnant et qui sera le perdant ?

— Je vous le dirai quand je vous aurai battue, répliqua-t-il en souriant.

— Nous verrons bien.

D'une poussée, Lainey s'écarta du bord et partit en donnant toute sa puissance. Bien décidée à gagner sur toute la ligne leur petit challenge, elle nagea jusqu'à la limite de ses forces. Il ne fallut pas longtemps à Adam pour la rattraper, mais, au lieu de la dépasser, il se maintint à sa hauteur.

Peu habituée à un exercice aussi intense, Lainey sentait ses épaules la brûler à chaque brasse. Sa respiration devint aussi plus difficile, pendant qu'Adam nageait en se maintenant près d'elle. Lorsqu'ils eurent tous deux atteint en même temps le bout de la piscine, leurs mains touchèrent simultanément la paroi.

Lainey se redressa, s'accordant une minute pour récupérer son souffle.

— Vous avez triché, accusa-t-elle, prunelles rétrécies quand sa respiration fut de nouveau normale. Vous auriez pu facilement me battre.

— Je ne triche jamais, répliqua Adam.

L'eau clapota contre la taille de Lainey au moment où Adam se rapprochait d'elle. Ses cheveux mouillés plaqués sur sa tête paraissaient encore plus sombres et renforçaient l'énergie de son regard bleu. Un feu concentré brûlait au fond de ses yeux et Lainey eut la sensation que son sang courait plus vite à l'intérieur de son corps.

— Et je fais en sorte de toujours gagner, acheva Adam.

Réduisant la courte distance qui les séparait, il l'attira vers lui. Instantanément, le corps de Lainey se lova contre le sien et un désir ardent la transperça.

Ses mains se nouèrent autour de la tête d'Adam afin de l'attirer vers elle en une invite au baiser qu'elle réclamait. Les lèvres d'Adam étaient fraîches et fermes, mais, quand sa langue les caressa à petits coups, elles s'entrouvrirent et, soudain, Lainey se perdit dans la fournaise de sa bouche.

Un léger tiraillement derrière son cou et son dos, et le haut de son Bikini s'envola loin de son corps. Lainey eut le souffle coupé au moment où ses seins effleurèrent le torse d'Adam, et du coup, elle perdit la possession de ses lèvres. Une flamme courut sur sa peau, l'embrasant, menaçant de la consumer tout entière.

Adam l'éloigna un peu de lui, mais pas avant de lui avoir fait ressentir la forme de son érection qui saillait sous le short de bain. Il la tint à bout de bras. Ses yeux parcoururent son visage, sa gorge, ses épaules et enfin ses seins. Des seins qu'elle sentit s'épanouir, s'alourdir et dont les mamelons se durcirent davantage encore jusqu'à devenir douloureux du besoin d'être touchés.

— Magnifique, dit sobrement Adam.

Alors, pour la première fois, Lainey eut l'impression d'être belle. Elle aurait dû être embarrassée de se retrouver ainsi nue devant lui, mais elle éprouvait au contraire la sensation d'être une femme désirée. Et quand Adam, baissant la tête, attira dans sa bouche un téton pointu et empourpré, ses jambes faiblirent sous elle.

La ceinturant d'un bras, Adam la fit flotter contre lui dans l'eau. Elle entremêla ses jambes aux siennes, consciente à l'extrême de la proximité de son érection au moment où leurs corps se rejoignaient.

Adam prit le mamelon plus loin dans sa bouche, tirant, mouillant, suçant. Les mains de Lainey s'accrochèrent à ses épaules alors que, peu à peu, une sensation aiguë et douce à la fois s'enroulait autour de son corps.

Au bout de ses doigts, elle sentit ses muscles se nouer et

se durcir. Ses mains se mirent à vagabonder sur ses épaules, descendirent sur les plans solides du torse, et ses ongles grattèrent légèrement ses mamelons. La peau d'Adam se hérissa et, sous ses mains, sa respiration devint saccadée.

— Poursuivons cela hors de l'eau, grogna-t-il en la remettant sur ses pieds et en la guidant vers l'échelle.

Quand il la rejoignit, les mains posées juste à côté des siennes sur la rambarde, elle perçut la chaleur qui irradiait de son corps. En observant les longs doigts bronzés s'enrouler autour de l'acier, un nouveau frisson d'anticipation la traversa en les imaginant sur son corps. Il ne faudrait pas longtemps pour qu'il ne lui reste plus rien à imaginer. Elle pouvait à peine attendre.

Adam l'entraîna vers la douche près de la piscine. Il mélangea les deux robinets eau chaude-eau froide, produisant une délicieuse tiédeur et dirigea l'une des pommes de douche directement vers le corps de Lainey. Ses mains passèrent et repassèrent avec douceur sur ses seins, les enveloppèrent, les pétrirent. La rendant folle de désir. Puis la même main descendit plus bas, prenant le bas de son corps à travers le slip.

— J'ai envie de te goûter là, dit-il dans un murmure rauque.

A ces mots, un flot de désir se déversa dans le corps de Lainey et, soudain, il lui fut impossible d'attendre davantage.

— Moi d'abord, dit-elle d'une voix étouffée.

Ses mains descendirent sur ses épaules et sur les muscles longs des bras, remontant sur son torse avant de redescendre vers l'abdomen. En atteignant la ceinture du maillot de bain, elle n'hésita pas. Passant les doigts sous la ceinture élastique, elle les fit glisser sur les hanches et sur la chair tendue abritée derrière le tissu mouillé du short d'Adam.

Lainey s'agenouilla et, en partant des chevilles, remonta le long des jambes d'Adam. Ses doigts lui massèrent longuement l'arrière des cuisses, remontant en douceur vers les muscles durcis des fesses. Puis ses doigts s'orientèrent vers son pubis et la saillante évidence du désir qu'il avait d'elle. Ils s'enroulèrent autour de son sexe dont elle perçut d'un seul coup l'intense chaleur. Une chaleur gainée de velours. Sa main se déplaça, monta, redescendit, un geste qui fut récompensé par le sourd grondement qu'elle perçut au-dessus d'elle. Ainsi encouragée, elle pencha la tête et pointa le bout de la langue vers le sexe érigé.

Le frisson qui traversait le corps d'Adam, la tension de ses jambes, de ses fesses, et sa crispation pour se forcer à rester immobile se communiquèrent à elle.

Enroulant sa langue autour de lui, Lainey referma les lèvres pour le prendre plus profondément encore dans sa bouche. Soudain, les doigts d'Adam empoignèrent ses cheveux mouillés tandis qu'un nouveau frisson faisait trembler ses muscles. Alors de sa main refermée, elle répéta inlassablement sa caresse, en un doux va-et-vient.

Les lèvres de Lainey, sa langue, sa bouche, faisaient naître chez Adam des sensations incroyablement érotiques et il lutta contre la montée de l'orgasme qui pulsait à l'extrême limite de sa retenue. Puis l'instinct prenant le dessus sur son conscient, il s'abandonna aux vagues de plaisir qui exigeaient d'être libérées.

Comme si elle remontait depuis la plante de ses pieds, puis refluait avant de recommencer, la sensation le submergea. Une fois qu'elle fut passée, il s'adossa à la paroi de la cabine de douche et s'efforça de reprendre le contrôle de sa respiration.

Lainey l'avait fait exploser tant sur le plan physique que sur le plan mental.

Il lui prit les mains pour la relever tandis que la fin de son orgasme se dissipait, lui laissant encore d'une manière stupéfiante une véritable fringale de désir charnel.

Ses mains s'écartèrent sur le dos de Lainey, et il se délecta de la douceur de sa peau sous ses paumes en la caressant et en descendant vers le bas de ses reins. Prenant entre ses mains les deux fesses fermes, il la rapprocha de lui pour bien lui montrer qu'il se tenait encore prêt pour elle. Ses doigts se faufilèrent sous les lanières étroites de chaque côté de son Bikini et il écarta l'étoffe de sa peau, laissant le minuscule bout de tissu choir sur ses chevilles. Il comprit qu'elle le repoussait du pied et un flot de désir monta en lui lorsque, enfin, elle fut tout contre lui, peau contre peau.

Les doigts d'Adam coururent le long de son dos, remontant dans ses cheveux mouillés vers la courbe de sa nuque. Une fois sa tête emprisonnée entre ses mains, il tourna son visage vers celui de Lainey.

— Merci, murmura-t-il avant de lui prendre les lèvres.

Le baiser qu'il lui donna véhiculait la promesse de lui rendre une volupté équivalente à celle qu'elle lui avait offerte.

Et tandis qu'elle lui livrait sa bouche, quelque chose en lui se tendit, un lien d'affinité avec Lainey tel qu'il n'en avait jamais connu auparavant. Une affinité qui lui parut tout à la fois bonne et mauvaise et même un peu effrayante.

Repoussant cette notion loin de lui, il préféra savourer son contact un peu plus longtemps avant de couper l'eau des pommes de douche. S'emparant des serviettes, il en enroula une autour de Lainey avant d'en nouer une autre autour de sa taille. Puis, la soulevant entre ses bras, il l'emporta à l'intérieur de la maison vers sa chambre à coucher.

— J'ai les cheveux trempés, protesta Lainey au moment où il l'inclinait vers le lit.

— Là.

Adam la remit debout et dénouant sa serviette, tamponna en gestes doux le gros de l'humidité de sa chevelure.

— Satisfaite ? demanda-t-il ensuite.

Un petit sourire recourba les lèvres de Lainey.

— Pas encore tout à fait, répondit-elle avec un rire embarrassé.

Adam lui décocha un autre sourire, plein de compréhension.

— Alors, je crois que ma route est toute tracée.

Il la ramena vers le lit jusqu'à ce que l'arrière de ses genoux touchent le rebord du matelas. L'allongeant sur la surface ferme, il entrelaça ses doigts aux siens et lui écarta les bras.

Comme il se penchait sur le corps étendu, une sensation de puissance naquit en lui.

Lainey venait de lui procurer le plus intime, le plus secret des plaisirs… maintenant, il pouvait lui rendre la pareille.

7

Adam se baissa, et souffla avec douceur sur le ventre de Lainey, fasciné de voir sa peau se hérisser au fur et à mesure. Lui maintenant toujours les mains sur les côtés, il se pencha de nouveau et ce fut sa langue cette fois qui se faufila sous chacun de ses seins, un faible souffle d'air suivant aussitôt sa trace.

Lainey se tordit contre lui, essayant de pousser ses seins vers son torse. Ses mamelons s'étaient transformés en bourgeons serrés d'un rose foncé.

La langue d'Adam passa de l'un à l'autre et il hésita, percevant la tension du corps de Lainey sous le sien, avant de souffler sur les deux mamelons tour à tour ce qui les fit se contracter davantage.

Un long et doux gémissement s'échappa de la gorge de Lainey et, en même temps, quelque chose aussi chez Adam se contracta, tandis que son sexe se durcissait encore. Il s'obligea à régulariser son souffle. Il ne voulait pas perdre la maîtrise de lui-même ; il voulait que cela arrive d'abord à Lainey. Sous la douche, elle lui avait en quelque sorte tendu une embuscade. Oh, il ne lui en voulait certes pas, mais ce n'était pas ainsi qu'il avait prévu cette fin de soirée.

Et maintenant ? Maintenant, c'était lui qui lui faisait subir sa loi. Le corps de Lainey réagissait à chaque contact de sa main, chacun de ses nerfs se tendait dans l'attente de son prochain geste.

Il vit un frisson courir sur sa peau lorsqu'il se pencha et que ses dents effleurèrent ses mamelons, avant de céder la place à sa langue. Elle avait des seins magnifiques, pleins et fermes, et d'une couleur crème absolument splendide, légèrement foncés par le soleil auquel elle s'était exposée pendant le week-end.

Il aurait adoré la voir se faire bronzer nue. Voir son corps souple étendu sur une chaise longue. Le caresser en lui passant de la crème solaire avec une attention toute particulière pour les parties les plus claires de sa peau.

S'ils n'avaient pas été obligés de raccompagner leurs hôtes à Auckland le lendemain, c'est exactement ce qu'il aurait fait. Pour le moment, il se satisferait de ceci.

Sa langue décrivit une spirale à partir de chaque mamelon pour se diriger vers les bords extérieurs de ses seins, câlinant en particulier la courbe douce au-dessous, là où la peau était la plus tendre. Chacun de ses gestes déclenchait un nouveau soupir, un nouveau gémissement et Lainey se tordit entre ses mains, tendue à l'extrême vers d'autres plaisirs plus intenses encore.

Adam prit son temps, esquissant les contours de sa cage thoracique avant de descendre du centre de son corps jusqu'au nombril.

Il était reconnaissant à Lainey de ne pas avoir un de ces corps malingres dont les os saillaient sous la peau. Elle était au contraire honteusement pourvue de courbes voluptueuses et de longues jambes faites exprès pour s'enrouler autour de sa taille.

Mais, se rappela-t-il, ce temps-là n'était pas encore venu. Il viendrait, certes. Mais, pour l'instant, il voulait se concentrer pour lui donner les strates de plaisir qu'elle lui avait déjà offertes. Alors, et alors seulement, ils escaladeraient ensemble les degrés d'une passion mutuelle.

Les doigts de Lainey se crispèrent sur ceux d'Adam qui laissaient derrière eux une fine trace humide depuis le bas de son ventre jusqu'à l'échancrure en haut de la cuisse. Sous le corps d'Adam, le corps de Lainey ondula de plus belle, guettant son prochain mouvement.

Gardant la symétrie de son exploration, il revint en arrière et redescendit vers le pli de l'autre cuisse. Puis il hésita.

Chacun des muscles de Lainey se raidit. L'attendant.

Une fine pellicule de transpiration avait commencé à recouvrir sa peau. Ses paupières étaient étroitement fermées. Avec un petit sourire, Adam fit passer son souffle tiède sur les fines boucles à la jonction de ses cuisses et en fut récompensé par un gémissement bas et guttural.

Alors il abaissa sa langue, en titilla la chair chaude pour lui séparer les cuisses et pousser plus loin la caresse. Le corps de Lainey s'arc-bouta contre sa bouche, ses jambes se soulevèrent du lit, une réaction érotique qu'il savait instinctive.

Elle avait une saveur exquise. La chaleur de son corps et sa réactivité faillirent faire sortir Adam de ses gonds et lui faire renoncer à l'entraîner jusqu'au bord même de l'extase. Il lutta pour contrôler le frémissement qui commençait à balayer son corps, pour maîtriser l'envie de finir de jouer et d'aller droit au but, autrement dit de se donner l'un à l'autre un plaisir intense.

Quelque part, cependant, il trouva les réserves nécessaires pour se maîtriser. Se retenir. Respirant la douce odeur de sa peau, il se concentra sur Lainey et seulement sur elle.

De nouveau, sa langue se promena sur la peau humide, se rapprochant peu à peu du centre névralgique, là où il le savait, elle allait bientôt perdre tout contrôle en criant pour se précipiter dans le royaume de la félicité absolue.

Les lèvres d'Adam se refermèrent sur leur cible. Sa langue se mit en mouvement, tiraillant, taquinant, à petits coups fermes.

Le rythme de sa respiration se modifia, la température de son corps grimpa et si Adam avait cru auparavant que, sous l'effet de la tension, Lainey s'était déjà cambrée, ce n'était rien comparé à ce qui la raidissait à présent.

Il poursuivit son va-et-vient jusqu'à ce que d'un seul coup, avec un cri aigu, elle lâche prise, que son corps se mette à pulser sous la puissance de l'orgasme et ses cuisses à trembler sous l'onde de choc des vagues de plaisir qui la secouaient.

Délicatement, Adam adoucit la pression de sa bouche, ralentit le tempo qu'il lui imposait jusqu'au crescendo final. Une fois de plus, il se colla à elle, mais cette fois sans construire son assaut mais, au contraire, en relâchant toute sa puissance. De nouveau, le corps de Lainey se convulsa sous l'assaut d'un second orgasme tandis qu'un cri d'extase étonnée fusait de ses lèvres.

Adam détacha ses doigts des siens et se haussa un peu plus sur le lit avant de s'étendre à côté d'elle, ses mains reprenant à rebours le chemin que sa bouche avait suivi quelques instants plus tôt. Sous ses doigts, les muscles si tendus auparavant et désormais comblés s'étaient relâchés. Il sourit quand Lainey ouvrit les yeux et les tourna vers lui.

En général d'un pénétrant vert émeraude, leurs profondeurs étaient maintenant voilées, et ses pupilles étaient dilatées telles des fenêtres ouvertes sur les abysses de son esprit.

Adam dessina du doigt la courbe de son sourcil, surpris et satisfait lorsque, tournant son visage au creux de sa paume, elle y déposa un baiser. La sensation des lèvres si douces contre sa peau fit naître en lui une subite exigence semblable à la foudre qui s'abat, et il roula vers elle. Le baiser qu'il déroba à ses lèvres ne fit que lui faire perdre un peu plus la tête.

— Attends une petite seconde, grogna-t-il quand il parvint enfin à s'écarter d'elle.

Ouvrant le tiroir de sa table de chevet, il y chercha une protection. Il secoua le sachet, l'esprit tout occupé par Lainey dont les doigts montaient et descendaient le long de son dos, tandis qu'il plaçait le préservatif avec des mains soudain fébriles.

Lorsque enfin ce fut terminé, il roula vers elle, l'attira sous son corps, lui écarta les cuisses et s'installa entre ses hanches. Sa chaleur l'enveloppa, l'accueillant dans le miel de ses profondeurs.

Sans jamais rompre le contact de leurs yeux, tout en maintenant cette connexion si ténue, avant de se glisser en elle. Cette fois plus loin, plus profondément.

Lainey émit une sorte de grognement et ses hanches se soulevèrent, exigeant, suppliant. Adam consentit à accéder à la supplique et s'installa à son aise, savourant la sensation d'étroitesse tandis qu'elle ajustait son propre corps au sien. De nouveau elle fléchit contre lui, ses muscles internes se resserrèrent autour de lui. Adam perdit alors tout contrôle. Son seul objectif était désormais de les précipiter tous deux à corps perdu, oublieux de tout, dans les profondeurs de leurs sensations.

Il plongea en elle et, chaque fois, Adam sentit la puissance monter de plus en plus, tourbillonner en lui, et le plaisir se rapprocher au point d'en être presque douloureux.

Sous son corps, Lainey venait à la rencontre de chacun de ses coups de reins, les mains crispées sur ses épaules, les jambes superbement enroulées autour de ses hanches, le bassin renversé pour lui permettre d'aller plus loin en elle.

Puis ses doigts se crispèrent, ses ongles lui entamèrent la peau tandis que tout son corps se tendait, s'arc-boutait et se mettait à trembler. Alors Adam céda, oubliant sa retenue, laissant le tourbillon en lui se dérouler et de se dissoudre, vague après vague d'un plaisir infini.

Enfin, les bras tremblants, il retomba sur elle. Leurs corps mouillés de transpiration glissèrent l'un contre l'autre. Adam roula sur le dos, entraînant Lainey avec lui, plaquée contre son torse, leurs jambes emmêlées comme si aucun d'eux ne pouvait supporter qu'un centimètre de son corps ne soit pas en contact avec un centimètre de l'autre.

Et puis le sommeil réclama son dû.

Lainey s'éveilla et s'étira languissamment entre les draps. Le soleil éclaboussait le ciel. A côté d'elle, Adam dormait, oublieux de la lumière qui lentement s'étendait, pommelant son corps. Le regard de Lainey erra sur lui avant de remonter vers son visage et elle sourit.

Ils avaient fait l'amour à plusieurs reprises pendant la nuit, forgeant des liens nouveaux, recherchant de nouvelles possibilités d'extase. Ils avaient un petit peu parlé aussi. Elle, davantage, racontant la manière dont elle avait grandi dans la maison de son grand-père, toujours à essayer d'éviter le regard du public, et lui de sa propre enfance d'enfant solitaire.

Lainey se demanda comment le fait d'être l'enfant unique de parents qui étaient arrivés au sommet de la réussite sociale avait-il pu influencer Adam. Quelle part de cela l'avait poussé à devenir le meilleur d'entre tous ? Le plus compétitif des concurrents ?

A côté d'elle, il s'étira, et tendit le bras vers son dos pour la rapprocher de lui avant de retomber dans un sommeil encore plus profond.

C'était lundi. Le jour du retour à la maison. Lainey se prit à souhaiter de pouvoir préserver un peu plus longtemps cet instant, mais ils devaient démarrer tôt car ils avaient trois heures et demie de route vers l'aéroport d'Auckland où les Tchèques prendraient leur vol de retour.

La réalité allait faire irruption dans leur idylle ainsi qu'elle le faisait toujours ; en l'acceptant de mauvaise grâce, Lainey se demanda ce qui entraverait de nouveau son bonheur une fois de retour.

Elle n'avait pas soufflé mot à Adam des dettes de son grand-père. Pas alors que c'était le secret de Hugh et qu'il fallait le préserver, et surtout pas parce que c'était la cause même qui les avait tous deux rapprochés — cela précisément qui lui avait fait accepter une somme d'argent indécente pour ce qui avait été somme toute un week-end de vacances.

Des vacances qui avaient pris un nouveau tour avec la naissance de sa relation avec Adam.

A l'arrière-plan de son esprit, elle se rappela qu'il s'était attendu à ce qu'elle l'accompagne pendant tout le week-end. En fait, il avait prévu dès le début qu'elle partagerait sa chambre.

Mais ce qu'ils avaient connu ensemble durant la nuit était allé bien au-delà du sexe. Tout au moins pour elle. Sans être une vierge effarouchée, elle n'avait jamais connu avec quiconque une telle profondeur dans la passion. Elle avait senti un lien se nouer avec Adam, une fusion de leurs esprits qu'elle n'avait jamais ressenti avec un autre homme.

Au fur et à mesure qu'ils se donnaient du plaisir l'un à l'autre, sous les rayons de la lune qui paraient le lit d'argent, Lainey avait trouvé une nouvelle intimité avec Adam. Quelque chose qui transcendait la chair.

Désormais, il lui était impossible d'accepter son argent. Peu importait le montant de la somme que devait son grand-père ou l'imminence de la date où ils devraient la rembourser.

Vers quel futur se dirigeraient-ils à partir d'ici ? La question était posée, car, à l'évidence, il leur était impossible de retourner à leur statut de patron et de secrétaire qu'ils avaient connu auparavant.

Pelotonnée contre Adam, Lainey força son esprit à repousser les questions qui la harcelaient. Rien ne devait perturber ce moment ensemble.

Le juron d'Adam réveilla Lainey en sursaut.

— Que se passe-t-il ? demanda-t-elle en clignant des yeux.

— Nous avons trop dormi. Nous devons retrouver les autres dans environ un quart d'heure.

Adam sauta du lit et se dirigea vers le placard d'où Lainey put l'entendre fourrager parmi les cintres. A son tour elle se leva, enveloppée dans le drap de dessus.

— Je vais me préparer dans ma chambre, lui cria-t-elle en chemin.

— Attends !

Adam émergea de la penderie, ses vêtements sur le bras.

De sa main libre il l'attira vers lui et sa main remonta sur son bras nu et sur cou avant de lui envelopper la nuque. Penché sur elle, il l'embrassa avec ferveur. Sa langue s'empara de la sienne avec une possessivité qui lui donna l'impression que son sang chantait en courant le long de ses veines.

— Là, dit-il en s'écartant d'elle. Bonjour !

Lainey lui sourit.

— Et bonjour à toi.

Les yeux d'Adam devinrent aussi sombres que la nuit.

— J'aurais tellement voulu que nous ayons un peu plus de temps.

— Moi aussi, répondit simplement Lainey.

Elle se mit sur la pointe des pieds pour lui planter un chaste baiser sur la joue.

— Peut-être un peu plus tard ?

— Oui, plus tard, dit-il.

Après une légère caresse sur l'épaule de Lainey, il lui fit prendre la direction de la porte non sans lui donner une gentille petite tape sur le derrière au moment où elle se mettait en marche.

Dans sa salle de bains, Lainey prit une douche rapide, s'attardant rêveusement sur les parties de son corps les plus tendres, celles qui avaient été le plus sollicitées. Elle éprouvait la sensation d'être une femme que l'on a beaucoup aimée et qui a aimé aussi en retour. Elle se savonna les cheveux et les rinça avant de les lisser, en se rappelant les mains d'Adam lorsqu'il les avait séchés la nuit précédente, avant de la propulser dans un univers de plaisir.

Son corps tressaillit, ses seins lui parurent soudain lourds et pleins, ses mamelons se durcirent. Elle resserra les cuisses, et ses muscles internes se contractèrent quand le souvenir des caresses d'Adam commença à jouer dans sa tête. Un élan aigu de désir la parcourut, mais elle s'obligea à se concentrer sur ce que la journée allait apporter. Parvenue à ce point de la situation, il lui devenait aussi impossible de céder au désir féroce qu'elle éprouvait pour Adam que de résoudre les problèmes financiers de son grand-père.

Surtout maintenant qu'elle venait de décider de ne pas accepter l'argent d'Adam.

Elle finit rapidement de se rincer et sortit de la douche, une serviette drapée autour d'elle. Un léger sourire lui étira la bouche en remarquant dans le miroir de petites marques rouges sur son corps.

Elle dut faire un gros effort, mais elle parvint à finir de se sécher les cheveux et à s'habiller à temps pour l'heure précise sur laquelle ils s'étaient entendus.

Adam se trouvait déjà dans la salle à manger, vérifiant le petit déjeuner qui venait d'être servi juste un instant auparavant. A sa vue, le cœur de Lainey se mit à battre violemment à l'intérieur de sa poitrine.

Tout habillé de noir, Adam paraissait sombre et sévère, mais le feu bleu dans ses yeux lui révéla qu'il se consumait toujours pour elle en dépit de son air solitaire.

— Déjà prête pour le retour ? lui demanda-t-il au moment où elle pénétrait dans la pièce.

— J'aimerais beaucoup ne pas y être obligée, répondit-elle sans y penser.

Adam demeura silencieux, se bornant à fixer sur elle un regard qui fit monter une rougeur le long de sa gorge et agrandir ses pupilles. Il franchit la courte distance qui les séparait pour s'arrêter juste devant elle. Tout près, mais pas au point de la toucher.

A travers le fin coton du top rose pâle, il suivit des yeux la ligne de ses seins et ses mains le démangèrent de se tendre vers eux, de les prendre au creux de ses paumes, d'en frotter les mamelons avec ses pouces pour entendre encore le petit soupir qu'elle poussait quand il lui donnait du plaisir.

Elle avait des seins incroyablement sensibles et il avait eu de la peine à se rassasier de sa réaction chaque fois qu'il les avait touchés, un geste sans cesse répété tout au long de la nuit. Il en avait été de même de la gratification qu'il avait reçue d'elle en franchissant l'une après l'autre les enivrantes étapes qui les avaient menés à un plaisir mutuel.

Lainey poussa un brusque soupir et Adam comprit qu'elle pensait sans doute à la même chose que lui.

Il leva les yeux vers son visage, là où elle s'humectait les lèvres du bout de la langue, là où ses joues se paraient de la couleur du désir, là où ses yeux le suppliaient en silence.

Un bruit dans l'entrée rappela à Adam que le temps ne leur appartenait plus. Forçant sa libido déchaînée à se soumettre, il s'écarta de Lainey et se retourna afin d'accueillir ses hôtes qu'un employé de l'équipe de Whakamarie faisait entrer dans la salle à manger.

Une fois chacun installé devant le petit déjeuner, Adam se permit un soupir intérieur de satisfaction. Qu'elle en ait pris conscience ou pas, il avait amené Lainey Delacorte exactement là où il le voulait.

Devenue sa maîtresse, il allait s'assurer de l'éloigner de toute tentation de vendre le moindre secret de Palmer Enterprises à ses concurrents. Cela allait lui coûter cher certes, mais elle en valait la peine, alors peu importait le prix.

Donc, aussi longtemps qu'il s'en tiendrait à la sphère financière, il savait qu'il pourrait rester maître de ce désir qui bouillonnait en lui.

8

Adam jeta un coup d'œil dans son rétroviseur pour s'assurer que la voiture de Lainey suivait bien. Le temps, si idyllique dans le nord, s'était refermé sur une pluie battante dans les faubourgs de la ville d'Auckland et des trombes d'eau dévalaient sur l'autoroute tandis qu'ils traversaient la bifurcation, prenant la route qui devait les mener à l'aéroport par la bretelle sud.

Lainey était une conductrice expérimentée, il le savait déjà, mais cela n'effaçait pas l'irritant souci qui le harcelait en vérifiant une fois de plus sa présence dans la glace. S'il avait pu n'en faire qu'à sa guise, elle serait devant avec lui dans son 4x4, mais cela s'était avéré impossible.

Ils avaient laissé sa voiture à l'aéroport et ils rentreraient ensemble au bureau. Adam avait envoyé quelqu'un récupérer l'autre BMW.

Satisfait de sa décision, il laissa son esprit vagabonder sur la réussite du week-end. Lainey s'était comportée exactement comme il l'avait attendu de sa part — y compris son premier mouvement d'indignation lorsqu'il s'était arrangé pour qu'on porte ses bagages dans la chambre à coucher principale de sa villa. Il savait qu'elle s'était attendue à ce que tous les invités soient logés dans une seule demeure et sa machination pour assurer à chacun son intimité l'avait prise de court.

Mais elle avait su s'en accommoder comme elle l'avait fait

ensuite d'une manière parfaite de tout ce qui s'était passé tout au long du week-end.

Oui, elle avait fait exactement ce à quoi il s'était attendu, et à la perfection — jusqu'à ce baiser, le samedi soir. A ce souvenir, quelque chose se durcit en lui. Elle avait été tellement réactive, si diablement chaude et consentante. Du coup, il avait dû cette nuit-là rassembler tout le courage qu'il avait jamais possédé pour s'écarter d'elle. Mais cela avait été payant. Après la dernière nuit, il savait que l'attirance qu'il avait ressentie pour elle le soir où il l'avait aperçue au casino avait été quelque chose de totalement dingue.

Lainey était une créature sensuelle. Une femme capable de se délecter de son propre appétit charnel et d'aimer qu'il s'abandonne à son propre plaisir.

En fait, Adam avait de la peine à attendre l'instant de pousser un peu plus loin son exploration et de voir jusqu'à quel point pouvait aller cet appétit.

Adam et Lainey se tenaient derrière les barrières du comptoir d'enregistrement de la première classe pendant que leurs invités accomplissaient les dernières formalités. Cela fait, ils les escortèrent à l'étage vers la porte d'embarquement. L'adieu aux Schuster et aux Pesek se fit avec les habituelles exclamations et poignées de main. Après un dernier geste d'adieu, Adam et Lainey se détournèrent pour traverser le terminal et regagner le parking. Par bonheur, la pluie avait cessé.

Lainey pouvait à peine réfléchir sur un mode normal car la main d'Adam était posée au creux de son dos. La chaleur de sa peau s'infiltrait sous le léger blazer noir qu'elle avait assorti à un pantalon couleur taupe et à un chemisier crème, et faisait monter un picotement de chaleur à travers tout son corps.

Au moment où ils rejoignaient la voiture, Adam ouvrit la bouche.

— Prends tes affaires dans ton coffre et mets-les dans le mien.

— Mais que… ? commença-t-elle.

— Laisse. J'enverrai quelqu'un les prendre plus tard. Je veux que tu restes avec moi. Maintenant.

Il y avait dans sa voix quelque chose de tranchant qui fit naître chez Lainey une spirale de désir. Les choses allaient-elles se passer comme cela désormais ? Avec cette fringale constante qui frémissait en elle ? Et qui finirait par la consumer, elle le savait. Pouvait-elle espérer qu'il en en serait de même pour Adam ?

Ce matin, à son réveil, bras et jambes entremêlés aux siens, elle avait été tellement certaine qu'ils venaient de tourner une page imaginaire de leur relation ! Qu'ils pourraient effectivement avoir la possibilité de vivre une relation bien au-delà des heures de bureau — bien au-delà d'un simple « compagnonnage ».

Mais, depuis le petit déjeuner, Adam, eh bien… Adam s'était comporté comme l'ancien Adam. En aucun cas comme celui qui lui avait donné ce plaisir hédoniste tout au long de la nuit, pas comme l'homme qu'elle avait senti frémir sous ses doigts quand elle lui avait rendu la même faveur.

Le trajet de retour au bureau se passa dans les embouteillages et un silence qui s'étira entre Adam et Lainey, cette dernière étant occupée à méditer sur la suite des événements.

A leur arrivée, ils gagnèrent rapidement le bureau d'Adam, situé dans l'angle, à l'étage supérieur du bâtiment. Abandonnant ses bagages par terre, Lainey s'installa dans son fauteuil. Tout en attendant que sa boîte e-mail se décharge, elle se demandait si elle pouvait appeler son grand-père et lui faire savoir qu'elle était revenue à Auckland.

Cependant, quelque chose la retint.

Comme la plupart des gens possédés par une addiction, Hugh s'était transformé en un menteur accompli. Aussi, au moment où elle lui demanderait ce qu'il avait fait pendant le week-end, Lainey voulait pouvoir scruter son visage. Alors seulement, elle saurait s'il lui disait la vérité.

Soudain, la voix d'Adam lui parvint par la porte ouverte de son bureau.

— Lainey, voudrais-tu venir un instant dans mon bureau ?

S'emparant de son bloc-notes et d'un stylo, la jeune femme entra et ferma la porte derrière elle. Comme Adam se levait pour traverser la pièce dans sa direction, son cœur se mit à tambouriner dans sa poitrine. Lui prenant des mains le bloc et le stylo, il les jeta sur son bureau avant de l'attirer dans ses bras, tout contre lui.

D'un seul coup, ce fut comme si un feu liquide se répandait dans ses veines et elle fondit contre Adam. Elle poussa un petit gémissement en constatant au bas de son ventre l'évidence de son désir pour elle. Lèvres entrouvertes, elle leva le visage vers lui.

Le baiser qu'elle reçut ne la déçut pas.

Adam s'empara de sa bouche avec une faim qui fit grimper à toute vitesse son baromètre interne. Ses lèvres exigeaient une réponse semblable à la sienne, ses dents s'entrechoquaient aux siennes, sa langue explorait profondément sa bouche. Lainey répondit à son baiser avec la même ferveur et ressentit aussitôt la secousse qui le traversait.

Puis, aussi vite que tout avait commencé, ce fut terminé. Adam recula d'un pas, mais Lainey remarqua que ses mains tremblaient. Jamais auparavant elle n'avait éprouvé un tel pouvoir de séduction.

— Depuis ce matin, avant même le petit déjeuner, j'attendais de faire cela, dit-il avec un sourire un peu embarrassé. Mais cela ne m'a pas suffi. Il m'en faut davantage, Lainey. Je désire bien plus de toi.

Les mots s'entrechoquèrent dans la gorge de la jeune femme. Son corps éprouvait un tel désir de lui, de le goûter, de le toucher, qu'elle était incapable de les prononcer.

Adam se détourna et prenant un bout de papier sur son bureau le lui tendit.

— Tiens, c'est pour toi.

Lainey le prit et comme elle baissait les yeux dessus, un sang glacé parut courir dans ses veines.

En reconnaissant un chèque tiré sur le compte personnel

d'Adam, elle éprouva une confusion qui refroidit son désir. De sa haute écriture noire, il avait doublé la somme dont il avait fait mention la semaine précédente. Ainsi, se dit-elle, c'était donc cela qu'il pensait d'elle ?

Refoulant le nœud qui se formait au fond de sa gorge, elle s'efforça de reprendre ses esprits. A choisir chacun des mots épars dans sa tête et puis les aligner dans un semblant d'ordre.

— Que… qu'est-ce que c'est ?

— Tes honoraires, comme convenu.

Dans sa bouche, sa langue lui parut soudain lourde et incapable de répondre, mais Lainey comprit qu'elle devait absolument s'exprimer pour découvrir avec exactitude la signification de la phrase de son amant. Pour découvrir si elle s'était totalement et affreusement trompée dans l'analyse qu'elle avait faite de la nuit précédente — et d'eux.

— Mais… c'est le double de ce dont nous étions convenus. Je ne peux pas prendre ceci, Adam. Je… je ne peux rien prendre du tout. Pas après…

Sa voix faiblit et se tut devant l'expression d'Adam. Son visage était un masque froid d'indifférence, son langage corporel — lorsqu'il s'appuya contre le rebord de son bureau et se croisa les bras — était à l'opposé de l'amant empressé, désireux de poursuivre plus avant ce qu'ils venaient de partager.

— Pas après quoi ?

Rien dans son intonation n'indiquait ce qu'il pensait.

— Après ce week-end.

— C'est exactement la raison pour laquelle j'ai doublé la somme sur laquelle nous étions tombés d'accord. Tu as été…

Il lui adressa un sourire — sourire terrible qui se planta dans son cœur, telle une stalactite de glace.

— Tu as été exceptionnelle, Lainey. Bien meilleure que je m'y étais attendu. Tu as dépassé de très loin ce qui était de l'ordre de tes attributions.

Adam se redressa et contournant son fauteuil au haut dossier de cuir noir, s'y installa, tel un monarque sur son trône.

— J'ai donc décidé que tu valais bien plus que ce qui était entendu et je te veux — en exclusivité.

— En exclusivité ?

Un grand trouble envahit Lainey. Bien entendu, si elle s'engageait dans une relation avec Adam, elle ne pourrait être qu'exclusive. Elle ne faisait pas partie de ces femmes qui avaient deux hommes en même temps.

— Dis à Ling de se trouver une autre accompagnatrice. Je n'ai pas l'intention de te partager avec un autre. Bien entendu, je continuerai à te verser ton salaire et, dans la journée, tu seras mon assistante personnelle. Mais la nuit… la nuit, je veux que tu sois ma…

— Ta quoi ? Ta putain ?

La voix rauque de Lainey l'interrompant déchira l'atmosphère.

— C'est donc de cela qu'il s'agit ?

S'avançant à grands pas vers le bureau, elle lui secoua le chèque sous le nez.

— Tu as l'intention de me payer pour coucher avec toi ?

Des larmes brûlantes envahirent ses yeux, mais elle les refoula, refusant de lui montrer sa faiblesse.

— Je croyais… je croyais…

— Oui ? Que croyais-tu ?

Adam croisa les mains et leva les yeux vers elle. Alors, à cette minute précise, Lainey comprit qu'elle ne lui dirait jamais quels espoirs elle avait caressés pour eux deux.

Déchirant le chèque, elle en fit des morceaux de plus en plus petits et les jeta comme d'absurdes confettis sur le bureau d'Adam.

— Ce que j'ai cru n'a plus aucune sorte d'importance, dit-elle, reprenant son souffle. Ce qui compte, c'est ce que je sais, et je sais que je ne suis la putain d'aucun homme. Je ne travaillerai plus pour toi, Adam Palmer. En aucune manière.

Sur ce, elle tourna les talons et s'en fut avec autant de dignité qu'elle put en trouver vers son bureau où elle ramassa ses affaires avant de filer en direction de l'ascenseur.

Ce ne fut pas avant d'être montée en voiture que les tremblements et les larmes qu'elle avait retenus inondèrent ses joues d'un flot constant de chagrin. Elle dut s'arrêter au bord de la route et, baissant la tête, elle laissa les larmes ruisseler sur ses genoux — et sur le pantalon qu'il avait acheté pour elle, exactement comme il croyait avoir acheté quelques misérables morceaux de sa peau.

Mais que s'était-elle donc imaginé ? Les hommes comme Adam Palmer ne sortaient pas avec des femmes comme elle. En tout cas, pas « pour toujours ». Et, dans la mesure où il s'agissait d'une chose qu'elle n'avait jamais remis jusque-là, Lainey était en tout point le genre de fille qui croyait aux toujours.

Fouillant son sac, elle en sortit un mouchoir en papier chiffonné et le passa sur son visage en faisant la grimace devant les traces de maquillage qui avait coulé. Elle avait sûrement l'air d'une véritable épave.

Elle hasarda un coup d'œil vers le rétroviseur. Les dégâts de la dernière demi-heure lui renvoyèrent crûment son regard et elle se dit qu'elle aurait préféré n'en rien faire.

Elle devait absolument se reprendre avant de rentrer chez elle ou bien son grand-père allait se douter qu'il se passait quelque chose d'anormal.

Oh, Dieu ! Son grand-père ! Comment lui dire qu'elle avait rejeté l'argent qui aurait presque réglé sa dette ?

De nouveau, des larmes commencèrent à s'amasser sous ses paupières mais, cette fois, Lainey les repoussa résolument. Elle ne pouvait s'écrouler maintenant. Trop de choses la poussaient à se montrer forte — pour son grand-père et pour elle-même.

Elle fit une retouche rapide à son maquillage. Hugh Delacorte aurait sûrement des soupçons si elle rentrait de son travail un peu défraîchie, même si, comme elle en prit soudain conscience, il allait sans doute se demander pourquoi elle ne portait pas les vêtements habituels qu'elle mettait pour aller au bureau. Les apparences avaient toute leur importance pour un homme comme son grand-père. C'était même la raison première pour laquelle il s'était mis en si fâcheuse posture.

Lainey s'adressa un autre rapide coup d'œil dans la glace. Enfin satisfaite d'avoir réparé les ravages, elle fit une marche arrière et repartit en direction de son foyer. Elle se tirerait de tout ceci comme elle s'était arrangée pour se tirer de bien d'autres crises au cours de sa vie.

Pourtant, tout au fond de son être, une autre partie de son cœur était en train de se ratatiner et de mourir.

Lainey n'aurait pas dû s'inquiéter que Hugh remarque les signes de tension sur son visage lorsqu'elle arriva à la maison. En revanche, quand elle aperçut son grand-père assis dans le salon dans son fauteuil favori, elle fut effrayée.

Il était dans un état affreux. Sa peau était grise et une respiration difficile lui soulevait à peine la poitrine.

— Grand-père !

Laissant tomber ses affaires sur le seuil, Lainey tomba à genoux et prit ses mains noueuses entre les siennes. Sa peau était froide et humide au toucher.

— Es-tu malade ? demanda-t-elle. J'appelle le médecin.

Elle commença à se lever mais les doigts de son grand-père se resserrèrent autour des siens.

— Non.

Même sa voix semblait faible.

— Mais, grand-père, qu'y a-t-il ? Tu me fais peur !

— Le médecin ne pourra rien pour moi. Pas maintenant.

— Raconte-moi, supplia Lainey.

Ses propres ennuis passèrent à l'arrière-plan tandis que Lainey fouillait le regard de Hugh, à la recherche d'un quelconque indice du malheur qui lui était arrivé.

Et, soudain, elle sut. Sans avoir besoin qu'il émette le moindre mot, elle sut qu'il était retourné au casino.

Une terreur intense la figea sur place.

— Dis-moi, grand-père. Qu'as-tu fait ? insista-t-elle d'une voix maintenant plus ferme.

Refusant de croiser son regard, Hugh détourna un peu la tête et ses yeux se fixèrent au-dehors, sur son bien-aimé jardin.

— Je pensais que tout allait bien se passer. Vendredi soir tard, on m'a appelé du studio de télévision. Ils voulaient que je revienne pour tourner une série anniversaire de « Au jardin avec Hugh ». Six épisodes, Lainey. Tu sais ce que cela signifie, n'est-ce pas ? Je gagnerais de nouveau de l'argent. Alors je suis sorti pour fêter ça.

— Oh non ! Ne me dis pas que tu es retourné au casino, je t'en prie ?

— Au début, tout s'est bien passé. J'étais bien parti pour rembourser à Ling jusqu'au dernier centime que je lui devais, y compris ce que je lui avais emprunté samedi soir en me basant sur ce que j'allais gagner avec la nouvelle émission.

Lainey poussa une exclamation d'horreur quand il lui fit face et la dévisagea.

— Je ne pouvais pas supporter l'idée que tu te sois engagée à rembourser ma dette. Tu es ma petite-fille C'est moi qui suis censé te protéger et pas l'inverse. Je sais que tu travaillais pour Ling et je sais aussi que tu n'es partie ce week-end que pour essayer de gagner de l'argent pour rembourser. Non, laisse.

Il leva la main au moment où Lainey allait parler.

— Contente-toi de m'écouter. Je sais que tu as prétendu qu'il ne s'agissait que de travail, mais je comprends très bien comment ces hommes-là travaillent, ma chérie. Et je… eh bien, je désirais mieux pour toi.

Des larmes se massèrent dans ses yeux puis, une par une, les gouttes argentées débordèrent, traçant des sillons sur les joues ridées.

— J'ai manqué à mes devoirs envers toi, Lainey. Je suis tellement désolé.

Lainey se redressa un peu sur ses genoux et jeta les bras autour des épaules tremblantes de son grand-père. Même lorsque ses parents étaient morts, elle ne l'avait jamais vu dans une telle détresse. Il avait été son roc. Toujours disponible, toujours fort. Il avait dominé son chagrin pour lui venir en aide, elle le savait, et il avait même utilisé le besoin qu'elle avait de lui comme d'une béquille pour franchir les jours sombres et poignants après l'accident. Mais jamais, auparavant, elle ne l'avait vu craquer et pleurer.

Lorsqu'il commença à se calmer un peu, elle s'appuya de nouveau sur ses talons et posa la tête sur les genoux de son grand-père comme en ces premiers jours. La main de Hugh se souleva et ses doigts passèrent dans ses cheveux, mais, cette fois, il n'y avait plus dans ce contact aucun élément magique d'apaisement.

— Combien ? murmura Lainey.

Quand Hugh avoua le montant, son estomac se serra. Même avec son job, il n'existait aucun moyen sur terre pour qu'elle puisse réunir la somme qu'il venait de mentionner.

— Ma chance… elle a tourné c'est tout. Je t'assure, j'étais sur un bon filon pour gagner et puis…

— Oui, je sais, l'interrompit-elle.

Elle se sentait incapable de supporter ses tentatives pour justifier de nouveau ses actes.

— Cela doit cesser, grand-père. Tu ne peux pas continuer à espérer gagner assez d'argent pour rembourser Ling. Promets-moi de t'arrêter maintenant. Nous trouverons un autre moyen de le rembourser, de retomber sur nos pieds. Peut-être pourrai-je demander une avance sur mon salaire ou quelque chose comme ça ?

Les mots de réconfort eurent du mal à sortir de sa bouche. Comment pourrait-elle jamais demander une avance sur salaire alors qu'elle venait de démissionner ? Trouver un autre emploi allait être quasiment mission impossible une fois qu'on apprendrait ce qu'elle avait fait.

— Tu pourrais y arriver ? C'est une énorme somme d'argent, dit Hugh d'une toute petite voix.

— Je peux toujours demander, n'est-ce pas ? Et puis nous allons trouver quelqu'un pour nous aider, une aide véritable, pour venir à bout de cette addiction.

Une autre pensée lui traversa l'esprit. Comment diable son

grand-père était-il arrivé à obtenir ce prêt particulier de Lee Ling ? Lee avait clairement établi que Hugh n'obtiendrait plus aucun crédit autorisé. A la façon dont il avait joué, il lui restait très peu de chose à donner en garantie et il avait déjà engagé sa voiture.

Quelque chose comme une boule de plomb s'installa dans la poitrine de Lainey, et elle eut du mal à respirer.

Il fallait lui poser la question.

— Grand-père ? Comment as-tu obtenu l'accord de Lee pour te prêter l'argent ? Je croyais que tu n'aurais plus droit à aucun crédit jusqu'à ce que la dernière dette soit remboursée ?

— C'est bien ce qu'il fait, n'est-ce pas ? Prêter de l'argent ? esquiva son grand-père.

Il refusait de croiser son regard, mais, à voir ses lèvres trembler, Lainey comprit qu'il y avait bien davantage encore.

— Qu'a-t-il exigé cette fois en garantie ?

Les mots, quand il les prononça, n'en furent pas moins choquants en dépit de ce à quoi elle s'était attendue.

— La maison, Lainey. Je lui ai engagé le titre de propriété de la maison.

La maison ? Il avait engagé la seule chose qui lui restait d'une valeur d'importance ? La maison qu'il avait bâtie avec sa femme, le foyer dans lequel le père de Lainey avait grandi ?

Incapable de parler, elle leva les yeux vers son grand-père.

En revenant ici aujourd'hui, elle avait été bouleversée de s'apercevoir à quel point il paraissait avoir vieilli au cours du week-end, mais, maintenant, l'expression de son visage l'inquiéta beaucoup plus. La tension nerveuse avait une incidence sur sa santé et il avait déjà perdu du poids. Il n'était pas question de le perdre.

Tout en étudiant les traits usés par le temps, Lainey prit une décision. Elle allait tout faire pour arranger les choses et effacer du visage de son grand-père cette ombre grise rongée par l'inquiétude. Hugh était tout ce qui lui restait et, à la mémoire de ses parents, elle se devait de veiller sur lui.

Oui, elle le lui devait.

9

Adam se rendit vaguement compte qu'on frappait à sa porte. Supposant qu'il s'agissait de l'intérimaire envoyée par l'agence, il finit la page du rapport qu'il était en train de lire avant de lever la tête.

Lainey.

Sa vue lui donna comme un coup de poing dans le ventre. Depuis la minute où, la veille, elle avait quitté son bureau, elle n'avait cessé de hanter ses pensées et il la jugeait personnellement responsable du malaise physique qu'il éprouvait car il était incapable de la chasser de son esprit.

Il avait été à deux doigts de l'envoyer chercher quand le service des contrats lui avait expédié un e-mail urgent l'avertissant d'une nouvelle manœuvre imminente et hardie de la Tremont Corporation concernant l'accord qu'il espérait conclure à Melbourne après le week-end prochain.

Désormais, il allait devoir s'y rendre en personne et assurer à ses clients que Palmer Enterprises non seulement saurait se hausser au niveau de l'offre de Tremont mais allait encore améliorer l'accord sur les bénéfices supplémentaires. Il devait découvrir qui fournissait des informations à Tremont et les aider à parer le coup.

Cette fois, il savait que ce ne pouvait être Lainey — quelles que puissent être les raisons financières derrière son association avec Ling.

Le temps qu'il lui avait fallu pour traiter le fatras de paperasses en retard avait fait reculer Lainey sur la liste de ses priorités malgré les exigences de sa chair affamée.

Une fois encore elle avait revêtu une de ses horribles tenues à la « décrochez-moi-ça », mais, au moins, elle avait oublié les lentilles de contact. Adam se rappela lui avoir clairement indiqué qu'il ne voulait plus qu'elle se cache sous ces horribles nippes.

Une colère sourde l'empêcha de formuler intelligiblement les mots qui se formaient sur ses lèvres, effaçant l'excuse qu'il s'était promis de lui accorder s'il la revoyait. Non, corrigea-t-il, pas si, mais quand il la reverrait. Il n'avait pas l'habitude de perdre, surtout pas en ce qui concernait les femmes qui l'attiraient autant que Lainey.

« Alors, que veut-elle ? » se demanda-t-il.

Il n'eut pas à attendre longtemps pour obtenir une réponse.

— Je me suis trop pressée hier, annonça-t-elle avant de se figer, comme si elle ne parvenait pas à énoncer les mots qui se bousculaient au bout de sa langue.

Les yeux d'Adam se posèrent sur sa gorge et son cœur se gonfla d'orgueil en apercevant le reste d'un suçon sur sa peau. Il l'avait marquée, mais elle aussi, l'avait marqué. Ses épaules portaient encore les marques en forme de croissant laissées par ses ongles et, intérieurement, il la désirait encore avec un appétit qu'il n'avait jamais éprouvé pour aucune autre femme.

— Pressée ? répéta-t-il.

— Je devais être trop épuisée, enfin quelque chose comme ça. Je n'aurais jamais dû m'en aller ainsi, démissionner. Je…

Elle hésita, et mal à l'aise, s'agita.

— J'aimerais revenir au statut précédent.

Les yeux d'Adam coururent sur son visage, croisèrent son regard.

— D'avant le week-end ou avant que tu ne donnes ta démission ? interrogea-t-il d'un ton brutal.

Elle flancha légèrement.

— Que préférerais-tu ? demanda-t-elle d'une voix qu'étouffait le stress.

Ce son fut pour Adam comme une caresse. C'était ainsi qu'elle avait parlé lorsqu'elle l'avait supplié de la prendre, la dernière fois qu'ils avaient fait l'amour. Il hésita avant de répondre, prenant une seconde pour maîtriser son désir qui rugissait au fond de son être. Il allait garder la main dans cette affaire comme il le faisait toujours dans toutes ses négociations.

— Je te préférerais nue dans mon lit, dit-il.

Sa voix était basse et imprégnée de ce qu'il espérait assez de séduction pour assurer à Lainey que peu importait qu'elle s'éclipse souvent, il savait qu'elle reviendrait toujours pour en demander davantage.

Lainey retint brusquement son souffle. Adam prit cela comme une indication très sûre d'une reddition sans conditions et il observa le flot rose qui, remontant lentement de sa gorge, envahissait ses joues et faisait étinceler ses yeux.

— Est-ce la condition pour que je garde mon emploi ?

Elle n'avait pas rompu le contact des regards et il l'en applaudit en silence.

— Pas nécessairement, répondit-il avec un sévère sourire. Considère-le plutôt comme un bénéfice supplémentaire.

Ouvrant le tiroir du haut de son bureau, Adam en sortit le portefeuille de cuir qui contenait son chéquier. D'un geste nonchalant, il l'ouvrit avant de prendre un stylo à capuchon d'or. Il remplit un chèque à grands traits de plume rapides et le tendit à Lainey.

— Je crois te devoir ceci pour le week-end, comme convenu, dit-il en mettant une discrète emphase sur les deux derniers mots.

Au moment où Lainey tendait la main pour prendre le chèque, il tira un peu dessus et, le reprenant, barra la somme qu'il y avait inscrite. Les yeux de Lainey volèrent vers son visage et elle pâlit sous son regard scrutateur.

— Je suis prêt à le doubler encore si tu m'accompagnes à Melbourne ce week-end. Ton passeport est en règle, n'est-ce pas ?

Sous son regard observateur, des flammes vertes s'allumèrent dans les yeux de Lainey. Quoi qu'il puisse lui en coûter, se dit-il, les possibilités étaient infinies. Malgré tout, un élan d'inquiétude se mêla au goût de sa victoire, un regret qu'elle soit prête à accepter ses exigences pour de l'argent. Mais quel chemin à parcourir avant qu'elle ne lui fasse découvrir l'étendue de ses ennuis financiers et qu'elle soit prête à agir ainsi !

Il écrivit le nouveau montant sur le chèque et contresigna les modifications avant de le lui tendre. Lainey le prit avec empressement, sans même vérifier la somme, et l'enfonça dans sa poche de veste comme si elle ne pouvait supporter d'admettre qu'elle avait cédé à ses exigences.

Adam avait toujours été frappé par son côté extrêmement fier, mais, selon toute apparence, la fierté était passée à l'arrière-plan face à ses besoins d'argent. Ce qui lui rappela quelque chose.

— Simplement pour qu'il n'en soit plus question, dit-il. Je veux les droits exclusifs. Compris ?

— Les droits ?

Elle prit un air perdu.

— Tu m'appartiendras jusqu'à ce que j'en décide autrement. Je ne tolérerai pas que tu voies quelqu'un d'autre.

— Et, de mon côté, puis-je exiger la même exclusivité ? interrogea-t-elle, le menton levé dans un geste de défi.

— Oh, je pense que tu n'auras pas à craindre la compétition.

Adam se leva et contournant le bureau, s'approcha d'elle. Sa main se faufila dans ses cheveux pour lui enlever la barrette qui les retenait en torsade et ses doigts s'enfoncèrent dans sa chevelure avant d'en faire un nœud soyeux derrière sa tête.

— Aussi longtemps que je serai incapable de résister à faire cela chaque fois que je te verrai.

Penché vers elle, il l'embrassa, tirant sur sa lèvre inférieure du bout des dents avant de la caresser avec sa langue.

Un frisson soudain parcourut le corps de Lainey, relâchant le maintien stoïque qu'elle s'était efforcée de garder. Ses mains volèrent vers le torse d'Adam et ses poings se crispèrent sur sa chemise de coton.

Adam avait un mal fou à se rassasier d'elle. Mais pas ici, se dit-il, pas maintenant. Pendant le week-end alors ? Alors là oui, les choses risquaient d'être spectaculaires et il espérait pouvoir se satisfaire du corps de cette femme et parvenir enfin à contrôler le désir constant qu'il ressentait pour Lainey Delacorte.

Il s'écarta d'elle, satisfait de voir ses lèvres gonflées et humides après son baiser. Les yeux de la jeune femme avaient une expression un peu perdue et témoignaient de l'effet qu'il produisait sur elle.

— J'ai laissé quelques textes à dicter sur ton bureau. J'en ai besoin pour midi, indiqua-t-il.

Adam se réinstalla derrière le sien au moment où elle s'apprêtait à s'en aller. Il remua un peu afin d'apaiser une sensation d'inconfort au bas de son ventre.

— Et, Lainey ?

S'arrêtant net, elle se retourna lentement vers lui.

— Oui ?

Il eut un bref sourire. Même elle était incapable de retenir l'amertume d'avoir été bel et bien manipulée.

— Si tu ne te débarrasses pas de cet ensemble et des autres que tu possèdes dans le même genre, je viendrai personnellement chez toi pour les brûler. Ne te risque plus jamais à porter quoi que ce soit de ce genre devant moi.

Lainey abaissa le couvercle de sa valise et tira sur la fermeture pour la fermer. Adam avait dit qu'une voiture passerait la prendre à 5 heures du matin. Leur avion à destination de Melbourne devait s'envoler d'Auckland peu après 7 h 30 et, en comptant le temps de vol et le décalage horaire entre les deux pays, ils arriveraient à l'aéroport de Melbourne peu après 9 h 15, heure locale. Adam avait devant lui une journée bien remplie par des rendez-vous auxquels, il le lui avait bien fait comprendre, il attendait d'elle qu'elle prenne des notes complètes de tout ce qu'il aurait dit.

Le grand-père de Lainey n'avait guère été content de cette seconde escapade qui durerait tout le week-end, mais elle n'avait pas eu besoin de lui rappeler la raison pour laquelle elle faisait des heures supplémentaires.

Cette semaine, ses heures de bureau avaient été longues et épuisantes. A la fin de chaque journée, elle était revenue chez elle sans rien demander d'autre qu'un repas chaud et son lit. Par chance, Adam n'avait rien exigé d'elle que ce qu'elle lui donnait officiellement au bureau. Son exigence de la vouloir nue dans son lit n'avait pas encore abouti et, au fil des journées de travail, une terrible tension s'était installée en elle à se demander si cette nuit serait celle où il lui demanderait de rester en sa compagnie. Le mercredi soir, après avoir quitté le bureau, une extrême tension avait frémi entre eux telle une fusée attendant de mettre le feu à une énorme explosion incendiaire.

Le soir précédent, Lainey s'était rendue au casino pour verser à Lee Ling le montant du chèque que lui avait donné Adam. Les yeux sombres de l'homme avaient scintillé pendant qu'elle le payait, puis s'étaient promenés sur elle pendant qu'il réitérait son offre précédente de geler les intérêts cumulés de la dette si elle revenait travailler pour lui. Lainey en était encore révulsée. Elle savait très bien ce que sous-tendait pour Ling sa proposition de travailler pour lui. Lorsqu'elle s'était montrée à son bras précédemment en tout bien tout honneur, elle s'était toujours inquiétée en se disant que, tôt ou tard, il lui mettrait la pression pour exiger davantage d'elle.

Il était étrange de se dire que faire virtuellement la même chose avec Adam ne l'emplissait pas de la même crainte ni du même malaise. Pourtant, de quelque côté qu'elle envisage la chose, cela se terminerait de la même façon. Lainey savait que ses rêves naïfs du week-end dernier — qu'elle et Adam puissent devenir davantage qu'un patron et son assistante personnelle, davantage qu'un homme et sa maîtresse —, étaient totalement irréalistes. Cependant, un petit quelque chose en elle s'accrochait encore à l'espoir que peut-être, juste peut-être, la relation entre eux pourrait changer.

Secouant la tête, elle poussa un soupir. Il était aussi peu

probable que cela arrive que le fait que son grand-père puisse surmonter comme par magie son addiction au jeu.

Un Klaxon résonna dans la rue. Lainey souleva sa valise et se dirigea vers la porte d'entrée, hésitant un instant devant celle de la chambre de son grand-père. Elle posa sa main grande ouverte sur la surface peinte, comme si elle pouvait tisser une sorte d'enchantement propre à le garder en sécurité et éloigné de la tentation à laquelle, elle le savait, il lui serait difficile de résister pendant les trois prochains jours jusqu'à son retour.

Refermant les doigts pour former un poing, elle frappa un coup léger avant d'ouvrir la porte et de passer la tête dans l'entrebâillement.

— Je m'en vais maintenant, grand-père. Fais attention à toi, veux-tu ? Je reviendrai tard dimanche soir, alors ne m'attends pas, d'accord ?

Elle referma la porte pendant qu'il murmurait une réponse et, ramassant sa valise, elle se glissa hors de la maison vers la voiture qui attendait.

Adam était là, debout à l'arrière, et le coffre était déjà ouvert. Il fit un pas vers elle pour prendre son bagage et le mettre à côté du sien dans le coffre.

— Je croyais que tu envoyais un taxi, observa Lainey en s'installant avec lui dans la rutilante BMW.

— Changement de plans.

Du coin de l'œil, Lainey l'observa pendant qu'il démarrait. Etre assise à ses côtés dans un espace clos comme celui-ci était perturbant. Depuis qu'il l'avait embrassée le mardi, il ne l'avait plus touchée et elle avait commencé à se demander ce qu'il attendait d'elle au cours du week-end.

Il avait les cheveux encore un peu humides après sa douche et le subtil arôme de son eau de toilette imprégnait l'intérieur de la voiture, taquinant les narines de Lainey. Elle s'efforça d'éteindre l'étincelle d'excitation qui s'allumait tout au fond de son être en observant les mains solides posées sur le volant. Elle essaya même de tordre le cou à l'image brûlante de ces mêmes mains sur son corps, en train de la caresser.

Un léger son s'échappa de ses lèvres et Adam tourna la tête vers elle.

— Tu vas bien ?

— Je… oui, très bien.

Il hocha brièvement la tête avant de se concentrer sur la route devant lui. Le trajet en direction de l'aéroport fut rapide et, en très peu de temps, ils passèrent au comptoir d'enregistrement de la première classe avant d'aller s'installer dans la salle d'attente.

Lainey sirota distraitement une tasse de thé en grignotant un muffin aux myrtilles pendant qu'Adam parcourait son courrier professionnel, laissant son café refroidir dans sa tasse.

Lainey ne tenait pas en place. Elle avait du mal à supporter l'oisiveté. Toute cette attente autour d'elle la rendait nerveuse. Lui laissait trop de temps pour penser.

Trop de temps pour se souvenir.

En un peu plus d'une semaine, sa vie avait changé de manière irrémédiable et, durant tout ce temps, elle n'avait été qu'un jouet. Une victime involontaire des manipulations d'autrui. Et elle détestait cela. Cette impression d'incapacité, ce glissement — cela n'avait rien à voir avec cc à quoi elle était habituée et elle était bien décidée à remettre sa vie sur les rails, ses propres rails, dès que la dette de son grand-père serait apurée.

De l'autre côté de la table, elle jeta un coup d'œil à Adam, impeccable même à cette heure matinale et un soupir involontaire lui échappa. Une fois que tout ceci serait terminé, elle serait dans l'incapacité de continuer à travailler pour lui. Sous aucun prétexte. Tout au moins pas avant qu'elle puisse s'être persuadée qu'il avait eu un peu de respect pour elle.

Mais, pour l'heure, comment pourrait-elle croire qu'il la respecterait un jour de nouveau ? Elle s'était vendue à lui, il pouvait l'utiliser à sa guise, sans qu'elle puisse protester. Du point de vue d'Adam, elle avait eu sans le moindre doute l'image d'une femme cupide lorgnant sur la chance qui passe. Adam la soupçonnait, elle le savait, d'avoir des dettes de jeu et, pour être exacte, c'était bien le cas. Mais elle ne pourrait jamais lui avouer que ces dettes n'avaient aucun rapport direct avec elle.

Après son retour de Russell, elle avait évoqué devant Hugh son intention de demander un prêt personnel à sa banque, mais il n'avait pas voulu en entendre parler. Il était devenu paranoïaque en évoquant les grands pontes de la télévision s'ils venaient à avoir connaissance de son addiction au jeu. Pour Hugh, tout irait bien tant que les gens continueraient à croire qu'il contrôlait la situation et que ses pertes n'avaient aucun impact sur son style de vie.

Mais personne n'acceptait de s'associer avec un perdant. Si quelqu'un découvrait jamais qu'il n'était pas le flambeur toujours en veine pour lequel il s'était toujours pris, le studio ne réfléchirait pas deux minutes avant de le lâcher et il verrait toute la série anniversaire prévue lui passer sous le nez.

La honte personnelle serait pour lui un fardeau insupportable. En Nouvelle-Zélande, sa réputation de grand manitou adulé du jardinage était tout ce qu'il lui restait à quoi s'accrocher. Il n'était pas prêt à perdre le respect de la nation.

Ce qui inquiétait le plus Lainey était le refus de son grand-père d'accepter son addiction. Elle savait que, jusqu'à ce qu'il reconnaisse cette vérité, il ne serait plus jamais en position de demander ni de recevoir l'aide véritable dont il avait besoin pour renouer avec le cours normal de son existence.

Ce qui du coup ramena Lainey à l'instant présent. Elle glissa un regard en coin à Adam qui faisait la grimace en buvant une gorgée de son café froid.

— Attends, dit-elle. Je vais aller t'en chercher un autre.

Il leva les yeux et elle vit ses pupilles se rétrécir et se fixer sur son visage, presque comme s'il s'était soudain rappelé qu'elle était ici à l'aéroport avec lui.

— Merci, répondit-il, retournant presque aussitôt son attention vers le journal qu'il tenait.

Et voilà tout ce à quoi cela la ramenait, se dit-elle en allant lui chercher un café frais. A ses yeux, elle n'était rien d'autre qu'un intérêt passager. Tel un enfant devant la vitrine du confiseur, il avait aperçu quelque chose qui lui avait fait envie et il avait tout fait pour l'obtenir.

Au plus profond de son être, Lainey savait qu'en l'occurrence, elle s'était conduite en partenaire consentante. Et qui à sa place ne le serait pas avec une telle allure ? essaya-t-elle de rationaliser.

Le visage d'Adam était un chef-d'œuvre de symétrie, depuis la minuscule fente de son menton jusqu'aux creux dans ses joues et, plus haut, la ligne large et droite de ses sourcils. Elle se rappela d'avoir lu quelque part que les gens étaient surtout attirés par les visages aux traits réguliers. Sans doute devaient-ils se référer sur ce point à des hommes comme Adam Palmer ?

Il fallait aussi ajouter à cela sa force physique, cet air un peu lointain et l'aura de pouvoir et de richesse qui l'accompagnait partout où il allait.

Oui, on pouvait pardonner à une femme de tomber pour un tel homme.

Dans son lit ou en amour.

10

La main de Lainey trembla en versant le café qui jaillit, éclaboussant sa peau et la soucoupe. Avec vivacité, elle posa la tasse et la soucoupe et saisit des serviettes en papier pour essuyer le liquide brûlant avant de remplir de nouveau la tasse d'un geste automatique.

Oh non, pas question ! Elle n'était pas assez stupide pour se croire amoureuse d'Adam Palmer ! Sans doute devait-il s'agir de désir, mais d'amour ? L'amour naissait entre esprits semblables, il était le fruit d'intérêts communs. C'était un lien entre les individus qui n'en faisaient alors plus qu'un.

Or, leur seul lien dans cette affaire était celui du besoin physique et de ce qu'Adam était prêt à payer pour l'assouvir. Et cela, tant que Lainey accepterait de continuer à sortir avec un homme tel que lui.

Elle se demanda de quel genre de femme Adam pourrait un jour tomber amoureux et avec qui fonder une famille, et elle se surprit elle-même en ressentant une pointe d'envie se ficher dans son cœur.

Car elle désirait être cette femme. Elle le désirait désespérément et ce besoin outrepassait tout ce qu'elle avait pu souhaiter dans sa vie. Et bien qu'elle se laisse aller à rêver en se demandant ce que cela ferait de s'éveiller chaque matin à côté de lui, d'être sécurisée par son amour, elle repoussa cette idée. C'était à peu près aussi impossible que de pouvoir en battant les bras s'envoler de la travée centrale du pont enjambant le port d'Auckland.

Non, elle avait eu ce qu'elle avait eu avec lui et elle devrait chérir chaque souvenir de ce lien physique et l'enfermer bien en sûreté au fond de son esprit.

Parce que c'était tout ce qu'elle obtiendrait jamais de lui.

Lainey revint vers Adam en prenant soin, cette fois, de ne pas répandre la moindre goutte de café. Au moment où elle posait la tasse et la soucoupe sur la table devant lui, il leva les yeux.

— Merci.

— De rien.

Il se pencha pour saisir la tasse puis, interrompant son geste, lui saisit le poignet, et lui tourna et retourna la main pour inspecter les dommages.

— Que diable t'es-tu fait là ?

— Oh, rien du tout.

Lainey frotta les petites taches rouges sur sa peau pour les faire disparaître avant de tenter de se libérer de son étreinte.

— On dirait des brûlures. As-tu fait couler de l'eau froide dessus ?

— Non, bien sûr que non. Ce n'est rien de grave.

Sans la lâcher, il releva les yeux.

— J'espère que tu prends mieux soin de toi ?

— Inquiet que je ne gâche la marchandise ? répondit Lainey sans même y songer.

Les sourcils d'Adam se froncèrent.

— Ne fais pas ça.

— Faire quoi ?

La seule chose à laquelle elle pouvait penser en cet instant était la texture de ses doigts enroulés autour de son poignet. Pouvait-il sentir la manière dont son pouls prenait de la vitesse à son contact ? Pouvait-il ressentir les rais de chaleur qui naissaient de ce contact peau contre peau, remontant le long de son bras pour se répandre dans le reste de son corps, mettant le feu à chacune de ses terminaisons nerveuses d'une manière que lui seul, Adam, était capable d'éteindre ?

— Ne te dénigre pas ainsi, dit-il. Nous savons tous deux que tu as fait le choix de m'accompagner ici et que tu en seras très bien récompensée.

Oh oui, certes, bien récompensée ! Le rappel d'Adam ramenant tout à l'argent, fournit à Lainey l'armure dont elle avait besoin pour remettre de l'ordre dans des pensées qui s'égaraient.

Exactement jusqu'à la minute où, lui retournant le poignet, il le porta à ses lèvres, traçant sur la douce peau blanche sillonnée d'un réseau de veines bleues une caresse qui remua Lainey jusqu'au fond de son être.

Quand il la lâcha, elle tremblait comme une feuille.

— Je vais aller passer un peu d'eau froide là-dessus, dit-elle d'une voix blanche.

Durant tout le temps qu'il lui fallut pour traverser la salle en direction des toilettes pour dames, elle sentit son regard lui vriller le dos, comme s'ils étaient reliés par un fil invisible. Et, quand la porte se referma derrière elle, une sensation de soulagement la submergea.

En ouvrant le robinet d'eau froide pour soulager les petites brûlures de sa peau, elle commença à se demander comment elle allait parvenir à traverser le week-end sans que ses véritables sentiments pour Adam Palmer se manifestent. Parce que, et là-dessus elle n'avait aucun doute, il la rejetterait comme une vieille chaussette s'il soupçonnait un tant soit peu le fait que son assistante se mourait d'amour pour lui.

A l'aéroport de Melbourne, une limousine avec chauffeur les attendait qui les emmena rapidement vers le centre des affaires de la ville. Une fois entrés sous le porche de leur hôtel, un portier en livrée leur ouvrit la portière et appela un groom pour prendre leurs bagages. Saisissant Lainey par le coude, Adam l'entraîna à l'intérieur.

— Allons voir si notre suite est prête, dit-il. Nous disposons d'un peu de temps avant notre premier rendez-vous d'aujourd'hui et je veux auparavant passer en revue certains points avec toi.

Jamais de sa vie, Lainey n'oublierait le premier regard qu'elle posa sur le lobby de l'hôtel. Une miroitante structure aquatique en marbre dominait l'entrée avec, de chaque côté, des escaliers jumeaux qui s'enroulaient et remontaient paresseusement vers deux autres structures semblables, placées à des niveaux différents. D'immenses lustres de cristal suspendus au plafond diffusaient une lumière dorée sur l'ensemble et de grands miroirs dorés à l'or fin tapissaient les murs.

C'était comme de poser le pied dans un autre monde.

Et ce fut exactement ce que Lainey décida de faire pendant le week-end. Prétendre qu'il s'agissait d'un autre univers — un univers dans lequel Adam et elle seraient un couple, ensemble parce qu'ils désiraient l'être et non en raison d'une quelconque influence extérieure.

Dès l'entrée dans leur suite, son monde devint complet. Le point de vue étendu sur la rivière Yarra et la ligne d'horizon de la ville de Melbourne renforcèrent la sensation presque fantasmagorique qui avait frappé Lainey dans le lobby. Pour l'instant, le repos fut la dernière chose à laquelle elle songea.

Elle songeait plutôt à se retourner vers les bras d'un homme entré derrière elle dans la chambre et à lui montrer, par ses actes puisqu'elle ne pourrait jamais lui en dire autant avec des mots, ce qu'elle ressentait pour lui. De dérober un petit bout d'éternité et de le ranger au fond de sa mémoire pour ce moment où elle devrait s'en aller.

Tout de suite derrière eux, l'un des portiers arriva avec leurs bagages et Lainey laissa Adam s'en occuper, afin inspecter le reste de la suite. En pénétrant dans la salle de bains contiguë avec la chambre principale, elle retint son souffle.

Des dalles de marbre couleur vieil or recouvraient le sol et les murs et, même ici, un petit lustre de cristal répandait sa lumière dans toute la pièce. Un vaste spa pour deux personnes mit l'imagination de Lainey en émoi. Depuis l'épisode du week-end précédent, de la piscine et ensuite de la douche, elle pouvait à peine poser son regard sur de l'eau sans revivre les sensations douces-amères que lui évoquait le seul contact d'Adam.

Soudain, elle prit une conscience aiguë d'un frôlement sur sa peau nue en haut de ses cuisses. Une peau que découvraient les bas à jarretière qu'elle avait choisi de porter aujourd'hui sous l'ensemble de femme d'affaires bien coupé. Un ensemble sans ressemblance aucune avec ce qu'elle avait porté un peu plus tôt dans la semaine.

Accrochée au rebord du double lavabo, elle se regarda fixement dans le miroir. Elle avait les joues rouges et ses yeux lui renvoyaient un regard que le désir faisait briller. Rien à voir avec celui de la compétente assistante qu'attendait Adam pour l'accompagner dans la tournée des réunions prévues pour la journée.

Un mouvement près de la porte derrière elle l'obligea à lever les yeux.

Adam se tenait là, dans l'encadrement de la porte. Leurs yeux se croisèrent dans la glace, vert émeraude contre bleu saphir profond. Puis il fut tout près d'elle, les mains sur ses hanches. Ses doigts brûlaient littéralement le tissu de sa jupe et elle les sentit se crisper. Adam inclina la tête vers la courbe de sa nuque et lui pinça un peu la peau avec ses lèvres.

— Oui, gémit-elle avec une sorte de désir féroce arraché du fond de son être.

Penché sur elle, il recommença son manège. Maintenant, ses mains glissaient sur ses hanches vers l'ourlet de sa jupe. Quand il la remonta, découvrant le haut en dentelle de ses bas et le minuscule string, elle l'entendit retenir brusquement son souffle. Elle l'observa dans le miroir avec quelque chose qui ressemblait à l'émotion d'un voyeur, comme si ce n'était pas son corps ni ses jambes, qu'il touchait.

Une de ses mains lui effleura le haut des cuisses tandis que l'autre remontait en boule le tissu de la jupe jusqu'à la taille. Ses doigts traînèrent doucement sur sa peau, sur ses fesses, descendirent sous le pli d'étoffe qui dissimulait ce point central qui brûlait en elle. Lainey frissonna quand, toujours derrière elle, il la prit entre ses mains et du majeur la caressa sous le tissu devenu humide du slip.

Dans un mouvement de va-et-vient, il se mit à la masser. Chaque fois, la croupe de Lainey se pressait contre lui, contre la ferme et longue preuve de son excitation. Une tension se lovait en elle, se resserrait de plus en plus et elle vogua sur le flot d'un plaisir qui augmentait sans cesse.

Le doigt d'Adam se faufila sous le slip, effleurant son clitoris, faisant s'emballer la sensation dans le corps tout entier de Lainey, avant de le faire descendre sur ses hanches en suivant le liseré du string.

Puis ce fut au tour de sa jupe dont il se débarrassa, puis Lainey vit sa main voler vers sa ceinture, la détacher et s'occuper ensuite de sa fermeture Eclair. Ensuite, il se libéra de son slip.

Alors il fut contre sa peau, dur et chaud et elle le sentit frémir quand l'extrémité veloutée de son sexe caressa les doux globes de sa croupe. Elle le sentit partir en exploration entre ses jambes, se rapprocher encore plus près de cette partie d'elle-même qui mourait d'envie de se donner à lui.

Brusquement, il s'écarta d'elle.

— Ah zut, grommela-t-il. Protection. Ne bouge pas. Pas même d'un centimètre.

Dans le miroir, Lainey le regarda remonter son pantalon et quitter la pièce. Elle tremblait de désir, celui d'être possédée et de le prendre en elle. Elle s'observa dans la glace et ce fut un choc pour elle de constater avec quelle impudeur il reflétait sa fringale sexuelle.

Et puis, grâce au ciel, Adam revint. Une main sur la hanche de Lainey, retenant sa jupe dans son poing serré, il se replaça entre ses jambes, et Lainey bénit ses chaussures à talons qui la grandissaient légèrement, offrant à Adam un accès plus facile.

Elle se mordit durement les lèvres pour retenir le son qui se formait au plus profond de son être quand Adam se glissa en elle, s'y déploya, créant la plus délicieuse des sensations. Puis il s'y engloutit tout entier. Son bras se referma autour du bassin de Lainey pour la rapprocher un peu plus de lui et sa main se glissa sur son ventre, passant à travers sa toison, à la recherche d'une certaine chair qui s'y dissimulait.

Il se retira avant d'entrer de nouveau en elle et les yeux de Lainey s'envolèrent vers le miroir, quêtant une connexion avec lui qui dépasserait leurs deux corps ivres de désir, qui irait bien au-delà de l'absolu désir physique qui l'étreignait. Les coups de reins d'Adam commencèrent sur un tempo lent et régulier, véritable supplice pour elle, tandis que sa main continuait sans cesse à tirailler, à caresser le point très profond qui promettait un plaisir capable d'atteindre des hauteurs vertigineuses.

Puis le rythme s'accrut, devint frénésie et d'un seul coup, Lainey n'y tint plus. Les doigts d'Adam, sa manière de la posséder, leur reflet dans le miroir, tout cela disparut dans un spasme de plaisir qui la consuma, vague après vague, tellement intense que des larmes lui montèrent aux yeux. Elle se convulsa, perdant tout contrôle sur son propre corps et le bras d'Adam se resserra autour d'elle au moment où ses hanches, en réponse, étaient secouées contre sa croupe par son propre orgasme.

Ce fut comme un moment d'éternité avant que Lainey ne sente les battements de son cœur se ralentir et que ses jambes cessent de trembler. Adam était écroulé sur elle, son souffle chaud balayait sa nuque et sa chair était toujours profondément enfouie en elle. Lainey crispa ses muscles internes et le sentit se durcir de nouveau en réponse avant de se retirer. Puis il se libéra du préservatif et rabattit sa jupe sur ses hanches pendant qu'elle se redressait.

En dehors de la rougeur dont le plaisir avait coloré sa gorge et ses joues, et la légère trace de mascara fondu au-dessous de ses yeux, personne n'aurait pu deviner les cimes vertigineuses qu'elle venait d'atteindre.

Personne, sauf l'homme qui se lavait à côté d'elle. Et encore ne pouvait-il imaginer ce qu'elle ressentait pour lui en faisant l'amour avec lui.

— Nous ferions bien de revenir à nos notes, dit Adam en se séchant avec une serviette et en remettant de l'ordre dans ses vêtements — transformant sous ses yeux l'amant déchaîné en un homme d'affaires froid et posé.

Tout d'un coup, la magie avait disparu. Explosée en mille petits morceaux.

Adam sortit de la salle de bains sans rien d'autre qu'une négligente caresse de la main, histoire d'accréditer ce qu'ils venaient de partager. Dans le miroir, Lainey vérifia sa jupe, heureuse que l'étoffe soit infroissable. Un slip neuf et personne ne devinerait rien, songea-t-elle.

Mais elle savait, tout au fond de son cœur, qu'il lui faudrait bien plus qu'un slip neuf pour remettre les choses en ordre en ce qui la concernait.

Et elle se força à cesser de penser au tribut que ses émotions payaient à leur échange charnel et de quelle manière l'espoir mourait d'une petite mort chaque fois qu'Adam s'éloignait d'elle.

Elle procéda donc aux retouches nécessaires à son maquillage avant de le rejoindre dans l'espace salon de la suite, avec l'allure et le visage de la femme qu'il attendait.

Retour aux affaires, comme d'habitude.

De l'autre côté de la salle de jeu, Adam observa Lainey à l'instant où elle s'asseyait avec un groupe de gens de la société avec lesquels ils avaient passé la plus grande partie de la journée de la veille et ce jour même, et il essaya de réguler le flot de chaleur qui se rassemblait dans le bas de son corps. Il avait cru pouvoir se lasser d'elle pendant ce week-end, et il avait tout fait pour. Mais cela n'avait vraiment pas suffi. Chaque fois qu'il la goûtait, cela ne faisait que renforcer la faim qu'elle lui inspirait.

La robe du soir couleur thé qu'elle portait mettait en valeur l'éclat de ses yeux et Adam lutta contre un pincement de jalousie quand elle se pencha vers le P-DG du conglomérat d'import basé à Melbourne avec lequel ils étaient en négociations pour lui parler à l'oreille d'un air de conspirateur.

La jalousie fut vite remplacée par quelque chose de plus

obscur, quelque chose de presque primitif quand les yeux de l'homme mûr plongèrent dans le décolleté de Lainey et s'y attardèrent.

En cet instant précis, songea Adam, l'homme pouvait bien aller se faire pendre avec son affaire. Il n'avait aucun droit de regarder Lainey comme si elle était quelque délicieux morceau destiné à sa dégustation personnelle.

Et, soudain, Adam en eut assez. Assez des petits jeux, assez de jouer, assez de regarder les autres hommes dévorer sa femme des yeux.

Sa femme ? Quelle blague ! Elle ne lui appartenait qu'aussi longtemps qu'il la paierait et pour une certaine raison qui blessa quelque chose tout au fond de son esprit. La pensée qu'un autre homme pouvait venir la séduire en lui offrant un chèque plus important. Mais Adam en rejeta aussitôt l'idée. Il avait fait ce qu'il fallait pour la garder à ses côtés aussi longtemps qu'il la désirerait encore. Elle était celle qui l'accompagnait et, à la minute présente, il éprouvait justement le besoin d'un peu de sa compagnie.

En retournant dans leur suite à l'hôtel, Adam ne la lâcha pas, obsédé par un besoin incontrôlable de la posséder — d'imprimer sa marque sur son corps, sur son esprit. De la faire sienne de manière irrévocable. Et lorsque, après l'avoir amenée à un autre fracassant orgasme, Lainey cria son amour pour lui, il éprouva une sensation d'accomplissement inconnue de lui jusqu'à ce jour. Maintenant, elle était sienne. Totalement et absolument.

Plus tard, beaucoup plus tard, avec le corps de Lainey endormie étalé sur son corps comme une coulée de miel tiède, Adam leva les yeux vers le plafond de la chambre d'hôtel, essayant de mettre bout à bout les pièces qui faisaient de cette femme une énigme qui en quelques jours lui avait donné plus de plaisir qu'aucune de toutes ses précédentes maîtresses.

Son cri d'amour incontrôlé résonnait encore dans ses oreilles et un frisson glacé courut dans son dos. L'amour. Que savait-il de l'amour ? Et à quel point pouvait être réaliste cette déclaration lorsqu'elle allait de pair avec plusieurs milliers de dollars ? S'imaginait-elle qu'il attendait cela de sa part ? Qu'il allait se satisfaire d'un faux-semblant ?

Adam réfléchit à l'expérience qu'il avait faite de l'amour au sein de sa famille et à sa propre croyance au fait que l'amour vous arrivait avec des attentes et des responsabilités auxquelles on devait faire face. Des attentes et des responsabilités qu'il avait du mal à assumer chaque jour de sa vie.

En tant que jumeau survivant, il avait toujours eu l'impression qu'il avait dû compenser aux yeux de ses parents le fait qu'ils n'avaient pas eu deux fils à élever. Des complications *in utero* vers la fin de la grossesse de sa mère avaient signifié qu'il avait dérobé à son frère jumeau tous les éléments nutritifs dont il avait eu besoin, ce qui en avait fait un enfant plus chétif et plus petit à leur naissance. Ensuite, un virus avait touché l'unité de néonatalité de l'hôpital. Son frère n'avait pas eu la force de résister et était mort prématurément à peine âgé de cinq jours.

En homme réaliste, Adam savait très bien qu'il ne pouvait être tenu pour responsable de la mort de son jumeau, mais tout au fond de lui-même il s'était toujours imaginé que ses parents auraient mérité davantage que de l'élever seul. Il n'avait jamais eu le sentiment de leur suffire et, en grandissant, il avait compris que la perte de son frère avait eu un impact négatif sur la relation entre son père et sa mère.

Ils avaient vécu et travaillé côte à côte tout au long de leur mariage et cependant, comme le ressentait Adam, quelque chose leur avait manqué.

Toute son existence, il avait tendu vers l'excellence, afin d'être deux fois meilleur qu'un autre. Il était entré en compétition féroce avec son cousin Brent, à l'école privée où son père les avait envoyés, pendant et en dehors de l'année scolaire. Si Brent se lançait dans quelque chose de risqué et de totalement idiot pour mettre leur virilité à l'épreuve, Adam s'était toujours cassé la tête pour réussir à être le meilleur. Leur ami, Draco Sandrelli, avait toujours bien ri de ce dont ils rêvaient tous deux, avant d'arriver juste derrière eux.

Il avait disposé de peu de temps libre pour se lier avec

d'autres que ses meilleurs amis et ses parents. Il n'avait eu que peu d'inclination pour creuser davantage ce qu'il y avait autour de lui. Et cependant, il le savait, il manquait à son existence quelque chose de vital. Quelque chose qu'il venait de découvrir entre les bras de Lainey, sous ses caresses, dans son acceptation sans étonnement du besoin physique qu'ils éprouvaient l'un pour l'autre.

Lainey s'étira. Sa respiration n'était qu'un souffle doux sur son torse, ses cheveux effleuraient sa peau comme des fils de soie. Le bras d'Adam se resserra autour de sa taille et il la rapprocha de lui comme s'il pouvait d'une manière ou d'une autre faire passer quelque chose d'elle dans son grand son corps et que leurs deux corps fusionnent à jamais.

Elle était comme une drogue pour lui. Plus il la goûtait et plus il la désirait. Et plus elle se donnait. Sans réserve.

Pourtant, elle ne réclamait rien d'extraordinaire en retour. Ce week-end lui avait offert l'opportunité d'avoir le chéquier d'Adam à son entière disposition et, à sa surprise, elle n'avait paru prendre aucun intérêt à dépenser son argent. Bien que, réfléchit-il, si elle avait besoin d'argent pour rembourser ses dettes, faire du shopping ne devait pas faire partie de ses priorités.

Les questions se suivaient sans relâche dans l'esprit d'Adam. Il repensa à cet instant où il lui avait dit qu'ils devaient aller au casino ce soir, s'attendant à ce qu'elle déploie beaucoup d'enthousiasme pour la soirée qui s'annonçait. Au lieu de cela, elle était presque nerveuse lorsqu'ils avaient entraîné les VIP dans la salle de jeu et elle n'avait pas manifesté le moindre désir d'aller parier à l'une des tables.

Ce qui n'était pas du tout le comportement type d'une joueuse invétérée — à moins que, bien entendu, sa dette envers Ling soit si importante qu'elle ne pouvait se hasarder à l'aggraver davantage. Mais même alors, sa conduite avait été à l'opposé de ce à quoi il s'était attendu. Elle qui avait eu la chance de jouer avec de l'argent qui ne lui appartenait même pas, et donc où elle n'aurait pris aucun risque personnel, n'aurait-elle pas dû sauter sur la perspective d'en gagner encore plus ? L'autre jour au bureau, n'avait-elle pas bel et bien accepté son chèque avec empressement ? Et, comme Adam l'avait noté, elle l'avait encaissé tout aussi vite.

Quelque chose ne collait pas et il était irrité de ne pas pouvoir mettre le doigt dessus. Mais, tout en excitant lentement Lainey afin de lui prendre ce qu'elle lui offrait avec tant de générosité, Adam se promit que, d'une manière ou d'une autre, il tirerait les choses au clair.

11

Un mois seulement s'était écoulé depuis son retour de Melbourne et cependant Lainey avait l'impression qu'il y avait très longtemps de cela. Au cours des quatre dernières semaines, Adam s'était de jour en jour montré plus distant. C'était un homme différent de l'amant insatiable de leurs deux nuits à Melbourne. Le dimanche matin, ils s'étaient offert un petit déjeuner très tardif et avaient visité la galerie nationale de Victoria avant de retourner à l'hôtel pour prendre un thé d'origine anglo-indienne, propre à cette partie du monde.

Ils avaient regagné leur suite, officiellement pour terminer leurs bagages et se préparer pour le trajet de retour à l'aéroport et leur vol de nuit, mais tout s'était terminé entre les draps et leurs ébats avaient presque mis le feu au lit. A la fin, ils s'étaient contentés de jeter leurs affaires dans leurs valises et s'étaient traînés jusqu'au lobby où leur limousine les attendait.

Durant le vol de retour, Adam s'était plongé dans ses papiers et une fois les formalités d'arrivée terminées, il avait pris des dispositions pour qu'une autre voiture ramène Lainey chez elle.

Lainey avait donc regagné son domicile avec la sensation d'avoir été rejetée comme une paire de vieilles chaussures. Reléguée dans un coin sombre jusqu'à ce qu'une absolue nécessité se fasse sentir.

Au bureau, Adam s'était montré strictement professionnel. Pas une seule allusion n'avait été faite à leurs moments d'intimité, pas plus qu'à la déclaration d'amour inopinée de Lainey criée dans les affres de la passion pendant leur dernière nuit à Melbourne.

Lainey avait presque fini par se demander si elle n'avait pas imaginé tout ce qui s'était passé entre eux jusqu'à ce qu'Adam lui demande, le vendredi suivant, si elle pouvait lui accorder quelques heures supplémentaires. Juste après un rappel de l'équipe de Lee Ling lui indiquant que le paiement des intérêts hebdomadaires de la dette de son grand-père n'avait pas été effectué, elle avait donc accepté l'offre d'Adam sans la négocier, sans trop s'attarder sur son expression pendant qu'il lui rédigeait un autre chèque.

Ces week-ends passés ensemble étaient en quelque sorte devenus une habitude. Le vendredi après-midi, Lainey quittait le bureau avec Adam et elle revenait chaque dimanche pour dîner avec son grand-père.

Pendant les heures qu'elle passait chez Adam, ils donnaient l'impression d'être deux personnes totalement différentes de celles qui travaillaient côte à côte au bureau. Il n'y avait plus ni clients ni paperasses — rien qu'Adam et elle et ces heures interminables ensemble.

Ce jour-là, conformément à leur routine du dimanche après-midi, Adam avait ramené Lainey chez elle et, tandis qu'elle enfonçait sa clé dans la serrure de la porte d'entrée, elle espéra contre tout espoir que son grand-père ne soit pas là. Elle ne pouvait plus supporter d'être une fois encore la cible de ses critiques, surtout dans la mesure où c'était son comportement et ses choix qui dès le départ l'avaient placée dans cette position.

Si seulement il avait été prêt à ravaler son satané orgueil pendant cinq minutes et cherché de l'aide pour se guérir de son addiction, aucun des deux ne se trouverait dans la situation qui était la leur à ce jour !

Mais la triste vérité était que Hugh Delacorte avait placé son orgueil avant son foyer et sa famille. Lainey l'aimait bien trop pour être suffisamment sévère pour le laisser face à ses problèmes. La nuit précédente, pendant qu'elle nageait nue dans la piscine chauffée de la maison d'Adam dans la péninsule de Broomfield au sud-est du centre-ville, elle avait pris une décision. Etre avec Adam était devenu pour elle aussi nécessaire que l'air qu'elle respirait.

Elle désirait être avec lui, chaque fois et aussi longtemps qu'il souhaitait sa présence, mais, dans ces conditions, elle était devenue incapable d'accepter son argent plus longtemps.

Bien entendu, elle savait que nombreux étaient les hommes riches qui avaient des maîtresses, leur offraient des cadeaux, des vêtements, des voitures et même les logeaient. Ce qu'elle faisait n'était pas différent sur un strict plan technique, excepté que, au plus profond d'elle-même, là où cela comptait le plus, cela lui paraissait absolument et irrémédiablement mal. Alors accepter chaque vendredi l'argent d'Adam la déchirait.

Ce dernier week-end en sa compagnie lui avait paru différent — elle-même s'était sentie différente — et les heures passées ensemble lui avaient démontré qu'il était temps d'affronter Hugh et de lui dire qu'il devait demander à être aidé. Son propre bonheur, sa seule chance de faire quelque chose de constructif de ces heures passées avec Adam en dépendaient.

Si elle continuait à accepter l'argent de l'homme qu'elle aimait, simplement pour être avec lui, comment pourrait-elle jamais en attendre davantage de sa part ? Plus important encore, comment pourrait-elle le convaincre jamais qu'elle était là pour lui, et pour lui seul ?

Ouvrant la porte d'entrée, Lainey tendit l'oreille, attendant l'habituel « hello » de son grand-père. Seul le silence l'accueillit et, laissant tomber ses affaires dans sa chambre, elle traversa le salon. La pluie qui tombait régulièrement la retint de le chercher dans le jardin ; il devait donc être sorti.

Lainey se demanda s'il avait tenu sa promesse de rester éloigné du casino et son estomac se serra. Ils étaient en répétition pour la nouvelle série et elle savait à quel point c'était important pour lui. Elle ne pouvait qu'espérer que cela suffirait à l'écarter de tout problème.

Elle commença à confectionner un dîner léger pour deux. Ce fut seulement lorsqu'elle eut fini de préparer une salade pour accompagner les filets de poisson pané qu'elle avait tirés du congélateur qu'elle vit clignoter la boîte vocale du téléphone.

Il n'y avait qu'un seul message comme l'affichait la machine, mais pour une quelconque raison elle n'arrivait pas à presser sur le bouton pour l'écouter. Elle préféra mettre le couvert pour deux, glisser le poisson dans le four pour une cuisson lente, et préparer la sauce favorite de son grand-père pour la salade.

Et, pendant tout ce temps, le petit œil rouge du signal lumière continuait à clignoter dans sa direction.

Enfin, avec un soupir frustré, elle posa sur la table le petit bol de sauce et appuya sur le bouton.

Quand la voix de Lee Ling emplit la pièce, un frisson la parcourut des pieds là la tête.

« Ceci est un message pour Mlle Delacorte. Constatant votre incapacité à honorer les conditions qui avaient été prévues avec moi concernant les soirées et en raison de l'incapacité persistante de votre grand-père à rembourser les intérêts de sa dette, ce qui peut être considéré comme une rupture de paiement selon notre accord, j'en suis arrivé à la seule conclusion possible. Si vous ne parvenez pas à régler la totalité de la dette à la fin de ce mois, je me verrai forcé de récupérer mon argent par la vente de la propriété de votre grand-père. »

Le déclic du téléphone lorsqu'il avait raccroché, suivi du bip-bip continu avant que le message soit coupé, se répercuta dans la pièce. Pourquoi donc, se demanda Lainey, son grand-père n'avait-il pas utilisé l'argent qu'elle lui avait avancé sur son nouveau contrat, pour rembourser Lee comme il avait dit vouloir le faire ? Il y avait à cela une seule et unique conclusion : il avait dû recommencer à jouer.

Lainey se laissa choir dans un fauteuil, le visage enfoui entre les mains. Elle savait qu'elle aurait dû assurer le suivi de la promesse de son grand-père. Il avait manifesté très peu d'intérêt pour sa responsabilité concernant le remboursement du prêt consenti par Lee, alors pourquoi s'imaginer qu'il aurait pu changer ? Lainey songea aux quatre chèques d'Adam qu'elle avait toujours dans son sac. Des chèques qu'elle ne voulait plus accepter. Des chèques qui étaient le symbole du gouffre entre ce qu'elle désirait et ce qu'elle ne pourrait maintenant, et de toute évidence, plus jamais obtenir.

Ce ne fut pas avant d'avoir entendu s'éteindre le minuteur du four qu'elle s'obligea à bouger. Il ne lui restait plus qu'une chose à faire si elle voulait sauver leur maison. Elle devait appeler Ling pour lui demander de lui accorder un délai supplémentaire — et ensuite pourrait-elle peut-être trouver d'une manière ou d'une autre les fonds nécessaires pour rembourser les intérêts, en commençant par l'argent que lui avait donné Adam.

L'argent qu'elle avait prévu de lui rendre le lendemain au bureau.

En entendant la voiture de son grand-père entrer dans l'allée, elle se leva et alla effacer le message sur le répondeur. Après le dîner, elle ferait un saut au casino pour voir Ling et les choses pourraient peut-être s'arranger. Si elle pouvait le convaincre de reconsidérer sa menace de vendre le toit qui s'étendait au-dessus de leur tête, ils auraient alors un peu de temps pour respirer.

Lainey lissa sur ses hanches le long fourreau écarlate qu'elle avait porté la dernière fois qu'elle avait travaillé pour Ling avant de se diriger vers lui d'une allure nonchalante et de lui poser la main sur l'épaule. L'homme lui glissa un regard de côté et elle reconnut la lueur suffisante qui s'y allumait en la reconnaissant.

Ling retira la main de son épaule pour la nicher au creux de son coude, et se mit à la tapoter d'un air absent en terminant sa conversation avec un groupe de Chinois. Ling parlait couramment le mandarin, et comme Lainey ne comprenait pas leur discussion, elle ne put saisir la raison de l'éclat de rire qu'ils partagèrent tandis que Ling la tirait un peu de côté. De toute évidence, la raison de sa présence au bras de Ling leur paraissait très claire.

La jeune femme se força à se détendre et à sourire. Plutôt difficile à faire quand tout son être, jusqu'au moindre nerf, semblait lui crier qu'elle était en train de commettre une erreur fatale — qu'elle aurait dû parler à son grand-père de l'appel de Ling et exiger de savoir ce qu'il avait fait de l'argent avec lequel il prétendait l'avoir payé. Mais il était trop tard désormais. Elle était engagée.

— Comme c'est bon de vous revoir, ma chère.

Ling lui sourit pendant que son regard se promenait sur son corps et revenait se poser sur ses seins. Lainey sentit sa peau se révulser comme s'il l'avait touchée et elle se força à contenir un frisson de dégoût. Mais effacer de son visage une expression de mépris lui fut encore plus difficile quand elle fouilla à l'intérieur de sa pochette argentée pour en tirer les chèques que lui avait donnés Adam. Son estomac se noua en tendant la main vers la poche de poitrine de Ling pour en tirer le stylo en or.

— Je pense que ceci nous tirera d'embarras jusqu'à ce que je puisse vous faire un autre versement ? Et qu'il ne sera plus question de vendre la maison de mon grand-père, dit-elle d'une voix étouffée.

Ling baissa les yeux sur les chèques qu'elle lui tendait et ses lèvres minces s'étirèrent sur un léger sourire qui découvrait à peine ses dents.

— Pour l'instant, concéda-t-il. Je vais les accepter à une seule condition.

— Dites-moi ?

— Que nous en revenions à notre accord primitif et que vous m'escortiez chaque soir de ce week-end. J'attends des personnes très importantes. Elles…

Il s'interrompit et lui sourit.

— … apprécieront votre compagnie.

Tout en hochant la tête pour acquiescer, Lainey refoula le

flot de bile qui lui montait à la gorge. Elle ne voulait même pas songer à ce qui arriverait si jamais Adam découvrait qu'elle était revenue avec Ling. Il avait été très clair : il désirait qu'elle reste exclusivement à ses ordres. S'il apprenait ce qu'elle était en train de faire, même s'il ne s'agissait que de se comporter comme une sorte d'appât pour la clientèle de Ling, il serait fou de rage.

En fait, Lainey répugnait à encourager activement des gens à faire dans les moindres détails cela même qu'elle exigeait de son grand-père qu'il arrête avec une telle insistance. C'était vraiment très mal, mais elle n'avait plus le choix.

Lainey poussa un soupir en souhaitant contre tout espoir d'avoir eu la possibilité de dire la vérité à Adam depuis le tout début — de lui avoir raconté la véritable raison de sa présence en ces lieux ainsi vêtue. Elle aurait aimé lui raconter qu'elle était chargée de faire tout son possible pour persuader les associés de Ling de jouer encore plus gros et si, en fin de compte, la chance ne leur souriait plus, de se tourner vers lui pour qu'il leur prête l'argent nécessaire à les dépanner jusqu'à ce que Dame Chance leur sourie de nouveau.

Mais ce n'était pas à elle de dire la vérité, quelle que soit l'importance de son impact sur sa vie personnelle et les chances qu'elle aurait pu avoir qu'Adam voie en elle un peu plus que son assistante personnelle et sa maîtresse du week-end.

Le matin suivant, Lainey refréna un bâillement en rangeant son sac à main dans le placard de son bureau et en le fermant d'un geste automatique. A sa grande horreur, elle avait dormi presque après la sonnerie du réveil et dissimuler les ravages de sa nuit tardive avec du maquillage lui avait pris plus longtemps que prévu.

Elle poursuivit sa routine quotidienne, ouvrit le courrier d'Adam et déchargea ses e-mails, avant de tout rassembler pour l'emporter dans son bureau.

En posant le regard sur lui pour la première fois de la journée, son cœur battit la chamade. Le costume gris qu'il portait sur une chemise bleu pâle et une cravate de la même nuance que ses yeux était bien loin du corps puissant et chaud qui s'était mêlé au sien dans l'eau soyeuse de sa piscine seulement deux nuits auparavant. Lainey sentit une agréable chaleur se répandre dans son corps en se rappelant la sensation de son corps près du sien, autour d'elle, en elle. Cela aussi était à des années-lumière de ce qu'elle avait ressenti la nuit précédente au casino en travaillant pour Ling.

Adam leva les yeux de son ordinateur et elle s'arrêta net devant son expression. Terminé le week-end en amoureux. Fini le professionnel consommé avec qui elle travaillait côte à côte du lundi au vendredi.

Maintenant, ses yeux plongeaient dans le regard dur et froid d'un homme qui tentait désespérément de contenir une explosion de rage dont elle avait cru Adam difficilement capable.

— Est-ce que tout va bien ? demanda-t-elle en se forçant à avancer, un pas après l'autre, et en se penchant pour déposer le courrier sur le bureau.

Adam partit d'un rire étranglé qui manquait de la plus petite forme d'humour.

Un frisson glacé transperça Lainey.

— Bien ?

La voix d'Adam était plate et dépourvue d'émotion, même si la colère brûlait au fond de ses yeux tandis qu'un muscle minuscule sautait au coin de sa joue.

— A toi de me le dire, Lainey.

— Je ne vois pas de quoi tu parles, répondit-elle, en se forçant à refouler l'envie de s'enfuir à toutes jambes de son bureau.

Oh, oublier ce jour qui avait ainsi commencé et que tout reprenne au début, comme par miracle !

— Peut-être voudrais-tu m'expliquer ceci ?

Adam fit pivoter son ordinateur portable vers elle afin qu'elle puisse regarder l'écran. Lainey ne prêta aucune attention aux détails du grain de l'image de la caméra de sécurité. C'était inutile. Tout de suite, elle reconnut la salle de jeu du casino réservée aux personnalités. Pire encore, elle reconnut le couple qui s'inscrivait au centre de l'image.

Elle serra les lèvres. Comme elle aurait adoré expliquer l'image, songea-t-elle désespérée, mais elle ne le pouvait pas. Elle ne pouvait pas trahir le secret de son grand-père, pas quand elle avait donné sa parole. L'un d'eux, au moins, devait se montrer digne de foi.

De nouveau, elle regarda Adam, espérant contre tout espoir qu'il saurait voir au-delà des évidences et déchiffrerait la vérité au fond de ses yeux. Que, d'une manière ou d'une autre, il comprendrait qu'en l'occurrence, elle n'avait pas eu le choix.

— Alors ? demanda-t-il en se levant de son fauteuil et en contournant le bureau pour se poster juste devant elle.

Enfin, Lainey parvint à extraire une phrase de ses lèvres raides, incapables de l'aider.

— Oui, je suis allée au casino, hier soir. Est-ce un crime ?

— Un crime ? Question bien intéressante, Lainey.

— Et, de toute façon, comment t'es-tu procuré cette photo ? clama-t-elle, désarçonnée par sa réponse.

Adam haussa un sourcil et la regarda se tortiller sous ses yeux calmes.

Cet homme pouvait-il être celui qui avait crié son nom au moment de sa jouissance, il y avait moins de vingt-quatre heures de cela ? se demanda Lainey. Il la considérait comme si elle était une étrangère et non la personne avec qui il avait partagé d'exquis moments d'intimité.

— Dis-moi la vérité. Que diable faisais-tu avec cet homme la nuit dernière quand je t'avais expressément demandé de te tenir loin de lui ?

— C'est personnel.

— Personnel ?

Adam la lâcha avec une exclamation de dégoût.

— Et ce que tu as, ce n'est pas personnel ? Ou es-tu en train de me dire que tu joues avec nous en nous opposant l'un à l'autre ?

— Ce n'est pas de ça qu'il s'agit !

— Alors dis-moi. De quoi s'agit-il ?

— Comment peux-tu me demander cela alors que pendant la semaine je ne suis rien d'autre à tes yeux qu'un autre membre de ton personnel, et que pendant le week-end, c'est exactement le contraire ? Je ne sais même plus où j'en suis avec toi.

— Où tu en es ?

Il y avait quelque chose de terrible dans la voix d'Adam et Lainey aurait dû s'en méfier.

— Tu me demandes de te céder aussi la semaine alors que la seule chose que je peux faire est de me concentrer sur mon travail, tout en sachant que tu n'es qu'à quelques pas ? Sachant que si j'étends la main, tu seras là. Soumise. Me suppliant pour que je te fasse ceci…

D'une main, Adam la prit dans ses bras et la maintint contre lui tandis que de l'autre il faisait sauter la rangée de minuscules boutons de son chemisier, exposant le soutien-gorge vert menthe et la courbe de chair voluptueuse qui s'en dégageait.

Avant que Lainey puisse émettre la moindre protestation, ses doigts repoussèrent le bonnet de dentelle, exposant un mamelon. Quand il pinça entre le pouce et l'index le bourgeon rose distendu, Lainey se força à couper court au puissant flot de désir qui traversait son corps.

Le visage d'Adam était à quelques millimètres du sien, ses yeux la vrillaient tandis qu'il poursuivait son inlassable mouvement.

Puis, tout aussi vite, il la lâcha, la laissant rechercher son équilibre sur ses jambes chancelantes. La laissant débraillée, exposée, le souffle creux et rapide.

Luttant contre la violence de la réaction qu'il exerçait sur elle, les doigts tremblants, elle rajusta son soutien-gorge et reboutonna sa robe.

— Comment oses-tu ? dit-elle d'une voix basse et emplie de colère lorsqu'elle crut enfin avoir recouvré tout son sang-froid.

— J'ose parce que tu m'y pousses. Tu me désires autant que je te désire. Tu veux savoir pourquoi je me comporte avec toi de manière si différente au bureau ? Je fais comme s'il n'y avait rien entre nous parce que c'est le seul moyen à ma portée de passer chaque journée alors que je suis hanté par la pensée de tout ce que je voudrais faire en réalité. Boucler la porte et virer tout ce qu'il y a sur mon bureau pour pouvoir te prendre dessus. Te voir nue, offerte et folle de désir pour moi. Et répondre à tes désirs. C'est tout ce que j'ai trouvé pour passer la semaine, mais, sachant que tu seras là le week-end, eh bien oui, je peux m'en sortir. Mais rien de cela — l'argent ou moi — ne te suffit, n'est-ce pas ? Tu retournes toujours vers cette canaille ?

Adam secoua la tête d'un air de mépris.

— Pensais-tu vraiment ce que tu m'as dit lorsqu'à Melbourne tu as dit que tu m'aimais ?

Il l'avait donc entendue ? Lainey porta des doigts tremblants à ses lèvres. Elle avait essayé de se convaincre que sa folle exclamation s'était diluée dans les affres de la passion qu'ils éprouvaient l'un pour l'autre. Sur le moment, Adam n'avait rien dit. Il n'avait rien fait d'autre que l'amour, recommençant sans cesse. Lainey avait mis à nu ses sentiments les plus profonds, les plus secrets et l'avait tout aussi vite regretté. L'occasion lui était maintenant offerte de le convaincre.

— Bien sûr que je le pensais, dit-elle.

Elle prit une profonde inspiration. Tout désormais dépendait de sa capacité à persuader Adam qu'elle disait la vérité.

— Je n'aurais jamais dit que je t'aimais si cela avait été faux. Je voudrais bien pouvoir te dire la vérité à propos de Lee Ling, mais c'est impossible. Et cela n'a rien à voir avec toi et moi. Adam, je t'…

— Ne me mens pas.

Il secoua la tête. Son visage maintenant était un masque d'indifférence.

— Tu veux savoir comment j'ai eu cette photo ? Je vais te le dire. Je fais surveiller Ling. L'homme a l'habitude de marchander des informations. Des informations top secret touchant à notre industrie d'une façon que tu ne pourrais même pas imaginer. Des milliers d'emplois sont en jeu chaque fois qu'il se livre à ces sales petites tractations. Tu le prends pour un simple prêteur sur gages ? Cela commence ainsi avec lui. Et, quand les gens commencent à se heurter à ses exigences financières, il leur tombe dessus de bien d'autres manières. Dis-moi, est-ce ainsi qu'il te tient ? Combien lui dois-tu, Lainey ?

Peu à peu, Lainey commençait à s'apercevoir qu'en dissimulant la véritable raison de la prolongation de ses relations avec Ling, elle s'était jetée dans quelque chose de bien pire. Adam n'attendit pas qu'elle mette bout à bout ses réflexions. Il poursuivit du même ton ferme :

— Quelqu'un de Tremont Corporation obtient des informations à notre sujet avant même que l'encre ne sèche sur les documents. Je me suis persuadé qu'il ne pouvait s'agir de toi, je ne voulais pas croire que c'était possible — mais maintenant, à la lumière de ceci…

Il fit un geste vers la photo sur l'ordinateur.

— … je n'en suis plus aussi certain. Alors dis-moi, Lainey, combien te rapportent les informations que tu vends à Ling ?

Lainey secoua la tête avec vigueur. Il ne pouvait quand même pas la croire capable de cela ! C'était impossible. Malgré le flot de larmes qui refluaient dans sa gorge, elle s'obligea à parler.

— Non ! Ce n'est pas cela. Je ne lui révèle rien ! Adam, tu dois me croire. S'il monnaye des informations sur Palmer Enterprises, en tout cas il ne les obtient pas de moi.

— Te croire ?

En d'autres circonstances, l'exclamation d'Adam aurait pu passer pour un rire mais, au vu des circonstances, elle ne signifiait pas grand-chose.

— Comment te croire quand tu ne me dis rien ? Il est clair que cet homme te tient, sinon pourquoi nous dresserais-tu l'un contre l'autre ? Ou bien est-ce cela ? Aimes-tu t'encanailler ? Jouer double jeu ? Un seul homme ne te suffit donc pas ? Peut-être t'es-tu partagée entre nous pendant tout ce temps ?

— Non ! hurla Lainey.

Des larmes sillonnaient maintenant son visage.

— Ne fais pas cela, Adam. Je t'en prie, je t'en supplie. Je

t'aime — vraiment —, mais je ne peux pas te révéler la vérité sur ma relation avec Lee. Je ne peux tout simplement pas.

— Tu ne peux pas ? J'ai l'impression que tu n'as pas le choix. Ou tu me le dis ou notre histoire est finie.

— Je t'en prie, Adam, tu dois me faire confiance sur ce point.

— Je ne peux pas — je ne peux plus — et, dès l'instant où j'aurai la preuve de ton implication avec Ling, je prendrai toutes les mesures nécessaires afin de m'assurer que tu me le paieras.

— Et mon emploi ?

La peur étreignit le cœur de Lainey. Sans son travail, son grand-père et elle partiraient à la dérive.

— Pour l'instant, je préfère te garder là où je peux conserver un œil sur toi. Mais Lainey, si je découvre que tu as quoi que ce soit à voir avec Ling, et je pèse mes mots, tu pourras te considérer comme chômeuse.

12

Le restant de la journée s'écoula dans une sorte de brume. Tandis qu'Adam continuait à lui donner des instructions et recevait son travail, tout se passait comme si Lainey avait été absente de ce qu'il était en train de faire. Et, quand l'heure fut venue de rentrer chez elle, elle se sentait complètement vidée.

Sur le seuil de la maison qui avait été son sanctuaire au cours des plus sombres années de son existence, la maison qu'ils allaient certainement perdre, l'épuisement envahit tout son être. Elle s'adossa au solide panneau de bois et renversa la tête en arrière. Son sac à main glissa de ses doigts et tomba sans qu'elle le remarque sur le paillasson.

Qu'allait-elle bien pouvoir faire, au nom du ciel ? se demanda-t-elle désespérée. Elle avait appelé Ling sur son portable pour lui dire qu'elle n'irait pas au casino ce soir, ou n'importe quel autre soir. Il n'avait guère paru impressionné et lui avait rappelé en termes succincts les conséquences qui en découleraient.

Lainey se laissa glisser le long de la porte et atterrit sur son postérieur. La tête posée sur les genoux, accablée jusqu'au fond de l'âme, elle s'abandonna au plus complet désespoir.

— Lainey, mon petit ? Qu'est-ce qui ne va pas ?

Lainey entendit son grand-père traverser le salon et s'approcher d'elle aussi vite que ses jambes pouvaient le porter. Elle essaya de parler, de lui affirmer que tout allait bien, mais les mots ne parvinrent tout simplement pas à franchir l'horrible nœud de souffrance qui emplissait sa gorge.

Les bras de Hugh lui enveloppèrent les épaules et il l'attira vers lui. Alors, des sanglots incontrôlables la déchirèrent et tout son corps se mit à trembler pendant que la vieille main usée lui caressait les cheveux.

— Que t'a-t-il donc fait, ton patron ? Il t'a fait des avances et ensuite il t'a laissée tomber, je parie ? Je savais bien que rien de bon ne pouvait sortir de tout cela.

— Mais je l'aime, grand-père ! Je l'aime tant !

— Je sais, mon petit, je sais.

La voix bourrue se fit consolante ce qui n'eut pour effet que de la faire sangloter davantage.

Entre deux sanglots, Lainey respirait une bouffée d'air. Comment dire à son grand-père qu'elle avait continué à accepter de l'argent d'Adam ? De l'argent pour régler ses dettes. Le vieil homme serait anéanti en comprenant à quoi il l'avait réduite, même si elle avait été une partenaire consentante une fois qu'elle avait goûté aux délices de faire l'amour avec Adam ? Après lui avoir livré son cœur.

Quand ses sanglots s'apaisèrent un peu et que ses larmes cessèrent de couler, elle enroula ses bras autour de son grand-père et se serra contre lui. Son roc. Il avait toujours été un roc pour elle et maintenant, la seule fois où il avait eu besoin d'elle, elle l'avait trahi. Elle avait essayé de bien faire, elle avait tenté de résoudre ses problèmes — mais quand la nécessité s'en était fait sentir, elle avait échoué.

— Viens, dit Hugh en se remettant debout avec difficulté et en lui tendant la main. Allons boire une bonne tasse de thé et voir si nous pouvons mettre un peu d'ordre dans tout ça.

Lainey accepta son aide et tous deux enlacés se dirigèrent vers la cuisine où Hugh s'occupa de mettre la bouilloire en marche. Lainey l'observait, observait chaque geste, chaque petite habitude, ces choses si chères à son cœur.

Il fallait qu'elle lui parle de la menace que lui avait faite

Ling, l'autre soir. Ce n'était pas loyal de lui dissimuler la vérité. Pas maintenant.

Elle s'efforça de penser au moyen de le faire en douceur. Il avait quand même soixante-treize ans. Il était assez âgé, c'était certain, pour réfléchir à deux fois avant de jouer, réfléchit-elle. Mais, elle avait beau tourner tout cela dans sa tête, elle ne trouvait aucune bonne manière de le lui dire.

— Grand-père ?

— Oui ?

Il continuait à poser les tasses et les soucoupes sur un plateau garni d'un napperon de dentelle. Tout comme il fallait. Comme il l'avait toujours fait.

Lainey se demanda combien de temps il leur restait pour apprécier ce genre de menus détails, ces trésors qui composaient leur vie.

— Lee Ling a l'intention de vendre la maison. J'ai essayé de l'en empêcher, et il avait accepté de nous octroyer un délai, mais mon patron a découvert que je travaillais pour lui. Si je continue, je vais perdre mon job. Sinon, Lee mettra la maison aux enchères.

— Oh, mon petit cœur, ne te fais donc pas tant de souci. Lee ne vendra pas le toit au-dessus de nos têtes. C'était seulement une sécurité pour l'emprunt. Il sait que je gagne bien ma vie.

— Mais grand-père, tu ne vois donc pas que nous ne pouvons même pas rembourser les intérêts ? Nous ne serons jamais capables de rembourser le prêt ! Nous ne pouvons même pas emprunter à la banque en hypothéquant la maison parce que c'est lui qui détient les titres de propriété. Tu ne vois donc pas ? Nous sommes sur le point de tout perdre.

Le désespoir qui frémissait au fond de sa voix finit par toucher une corde sensible chez son grand-père qui, interrompant ses gestes, pâlit en croisant son regard soucieux.

Lainey poursuivit d'un ton pressant.

— Si tu me permettais juste d'expliquer à mon patron la raison pour laquelle je travaille pour Lee, je suis sûre qu'il…

— Non !

L'exclamation de Hugh était pleine de véhémence.

— Personne ne doit être au courant, Lainey. Tu m'as promis que tu n'en parlerais pas. Tu ne dois pas faire ça. Si les journaux ont vent de l'affaire, et tu sais très bien qu'ils l'auront, tout ce que je suis, tout ce pourquoi j'ai œuvré pendant plus de trente ans s'envolera. Je perdrai la série anniversaire, les gens me considéreront d'un autre œil, me traiteront autrement. Mon héritage, ma réputation, le respect de mon public, c'est tout ce qu'il me reste.

— Mais grand-père…

Comme il levait la main, elle s'interrompit. Lainey eut envie de crier, de railler son besoin de s'accrocher à une réputation que la plupart des gens avaient commencé à oublier. De lui demander si elle n'avait pas davantage de valeur à ses yeux que tout cela. Mais elle eut presque trop peur de lui poser la question.

— Viens prendre ton thé, là voilà, bonne petite fille. Nous allons démêler cette histoire avec Ling, tu verras. C'est un garçon raisonnable.

Lainey suivit son grand-père dans le salon et prit sa tasse de thé, mais elle fut incapable de l'avaler sans que son estomac se mette à se soulever et à menacer de se vider de son contenu.

Hugh ne pouvait comprendre que les hommes comme Ling ne jouaient pas pour s'amuser — ils jouaient en employant la tactique la plus brutale. Et il ne leur fallait pas longtemps avant de passer à un jeu plus dur.

Le lendemain matin, Lainey se trouvait dans la salle de bains lorsqu'elle entendit son grand-père tambouriner à la porte. Posant son séchoir à cheveux, elle resserra la ceinture de sa sortie-de-bain avant de lui ouvrir.

— Ling est ici, annonça Hugh.

Sa voix contenait une note qui glaça Lainey.

— Avec un agent immobilier, acheva Hugh. Ils sont venus faire une estimation. Il met la maison en vente… aujourd'hui.

Lainey et son grand-père se blottirent l'un contre l'autre sur le canapé du salon pendant que Ling et l'homme qui faisait l'estimation finissaient d'inspecter la maison. Lainey sentit un tremblement traverser le corps de Hugh lorsqu'il surprit les paroles que l'homme adressait à Lee au moment où ils allaient s'en aller.

— C'est une très belle propriété et avec ce jardin dessiné par le *grand* Hugh Delacorte, eh bien, je suis certain qu'il n'y aura aucun problème pour mettre la maison sur le marché pour vous, monsieur Ling.

La réponse de Lee se perdit dans le bruit que fit la porte en claquant derrière les deux hommes.

Lainey se sentit alors malade à en mourir. Ainsi donc, Lee avait mis sa menace à exécution. Certes il l'en avait menacée et, en toute logique, elle comprenait qu'il était le genre d'homme qui mettait ses menaces à exécution.

Mais si vite ?

La vie de son grand-père et la sienne étaient en train de s'écrouler comme un jeu de cartes. Avec leurs comptes en banque presque à sec, ils n'avaient plus aucun espoir. Son emploi était donc le seul revenu régulier qu'il lui restait, à condition qu'elle puisse encore compter dessus.

Lainey regarda son grand-père. Il n'était pas question de le laisser tout seul aujourd'hui. Il paraissait malade. La brutale réalité des prolongements de son addiction au jeu l'avait finalement rejoint.

La partie était finie.

D'un clic énergique, Adam ferma une fenêtre sur l'écran de son ordinateur. Donc le chef du personnel recherchait une assistante pour la journée parce que Lainey avait appelé pour dire qu'elle était malade. Comme c'était facile ! Un mouvement de colère monta en lui et, pendant un instant, il en ressentit le goût sur la langue.

Comment osait-elle se cacher ainsi ? Ne se rendait-elle pas compte que cela ne la rendait que plus coupable à ses yeux ?

Son informateur au casino lui avait rapporté qu'elle ne s'y

était pas rendue le soir précédent. Une supposition lui vint à l'esprit. Avait-elle pris la fuite ? Il n'y avait qu'un moyen de le savoir et de le savoir vite.

Adam appela la société de détectives privés de son cousin Brent qu'il utilisait lorsque cela s'avérait nécessaire. Ces gens étaient discrets et, mieux encore, rapides.

A l'heure du déjeuner, Adam parcourait les informations arrivées par courrier en réponse à son appel. L'information avait eu son prix, mais elle en valait la peine.

Devant lui s'étalait la preuve accablante de versements réguliers effectués à Lee Ling à partir des comptes courants personnels de Lainey Delacorte. Des comptes dont le montant avait diminué de façon spectaculaire au cours des derniers mois. Un voile rouge de colère brouilla la vue d'Adam en apercevant une copie du chèque qu'il avait rédigé à Lainey ce dernier vendredi. Un chèque qui avait été contresigné à destination en faveur de Lee Ling. Et, comme si cela ne suffisait pas, même la maison où elle vivait était tombée entre les mains de cet homme.

Poussant un juron bien senti, Adam balaya les papiers de la surface de son bureau. Il avait eu une pleine confiance en Lainey ici au bureau. Combien de secrets au juste avait-elle vendus ? Il s'efforça de se concentrer sur les dommages qu'elle aurait pu causer à Palmer Enterprises. Il était nettement plus facile d'en avoir un aperçu plutôt que de ressentir cette sensation qui se creusait au fond de sa poitrine ou des sentiments contre lesquels il avait dû lutter pour les laisser bouclés en lui, en faisant tout pour que sa relation avec Lainey, à l'extérieur du bureau, reste exclusivement d'ordre physique.

— Monsieur Palmer ?

Nerveuse, son assistante intérimaire se tenait sur le seuil.

— Est-ce que tout va bien ?

— Dehors ! s'écria Adam avant de fermer les yeux et de compter lentement jusqu'à dix.

Traversant son bureau, il tourna la tête d'un geste brusque

vers l'assistante pas très sûre de ce qu'elle avait fait pour mériter un pareil traitement.

— Ecoutez, je suis désolé. Accordez-moi quelques minutes, voulez-vous ?

— Certainement, monsieur Palmer. Désirez-vous que je ramasse les papiers qui sont tombés ?

— Non, je vais m'en occuper. Que diriez-vous d'aller trier en priorité le courrier qui se trouve sur le bureau ? Nous pourrons y jeter un coup d'œil ensemble quand j'aurai fini.

Adam traversa la moquette à grandes enjambées et se baissa vers le fouillis de papiers tombés sur le sol. La colère en lui s'était peu à peu transformée en une lente et bouillante coulée de lave. Il n'avait guère l'habitude de se livrer à des éclats comme celui auquel il venait de succomber devant l'intérimaire et il maudit en secret Lainey de l'y avoir réduit.

Puis sa diatribe intérieure stoppa net à l'instant où ses yeux se posaient sur la recherche de l'historique du titre de propriété de la maison de Lainey et qu'en même temps quelque chose venait titiller son inconscient.

Il étudia le document avec plus d'attention, surmontant l'accès de colère qui l'avait saisi de prime abord en y apercevant le nom de Lainey. Quelque chose dans les dates ne collait pas. Il relut le texte encore une fois et s'assit sur ses talons tandis qu'une bouffée d'air s'échappait de ses poumons en s'apercevant que le changement de propriétaire avait été enregistré seulement un jour après son retour de Russell avec Lainey. Il se rappela avoir regardé la jeune femme revenir dans son bureau un jour seulement après qu'elle ait repoussé son argent et renoncé à son emploi.

Que s'était-il passé pour qu'elle change ainsi d'avis ?

Une fois encore il relut l'acte, reconnaissant le nom du grand-père de Lainey, désigné comme étant l'ancien propriétaire de la maison. Pour l'avoir croisé à plusieurs reprises au casino, il avait reconnu en lui l'ancien présentateur de la télévision, sans se rendre compte à l'époque du lien de parenté qui existait entre le vieil homme et son assistante personnelle. Hugh

Delacorte était un flambeur, pariant toujours de très grosses sommes. Sans doute ne faudrait-il pas longtemps pour savoir s'il gagnait aussi gros qu'il perdait.

Quelque chose alors étreignit le cœur d'Adam. S'était-il trompé sur Lainey ? Et depuis si longtemps ? Se pouvait-il qu'elle représente l'élément innocent manipulé en raison de son amour et de son respect évidents pour son grand-père et ce, par les machinations dépourvues de tout scrupule d'une canaille telle que Ling ?

Pouvait-il commencer à croire qu'elle lui avait toujours dit la vérité sur tout — y compris sur les sentiments qu'elle éprouvait pour lui ?

Tout ce qu'il avait à faire était de passer un coup de fil à Lainey pour le découvrir. Remettant les derniers papiers en place dans l'enveloppe dans laquelle ils lui étaient arrivés, il se rassit derrière son bureau et entreprit de rechercher le numéro du domicile de Lainey dans la fiche de renseignements la concernant.

Après avoir tapé son numéro, il écouta la sonnerie en tambourinant sur son bureau.

— Allô ?

Le seul son de sa voix fit naître en lui une bouffée de désir. Arrachant le combiné de son support, il tenta d'égaliser sa respiration.

— Lainey, il faut que nous parlions.

— Je ne peux pas te parler maintenant, Adam. Je ne peux pas.

— Pas même à propos de ton emploi ?

Il l'entendit retenir brusquement sa respiration et attendit.

— Que se passe-t-il, Adam ?

Quelque chose venait de passer dans sa voix, une sorte d'inquiétude, mais sans qu'il puisse mettre le doigt dessus.

— Tu crois que tu n'en as pas eu assez pour ton argent ? Laisse-moi tranquille, s'il te plaît.

Ensuite, il n'eut plus dans l'oreille que le petit bip-bip indiquant la fin de la communication. Lentement, il raccrocha.

Ce fut la faille dans la voix de Lainey qui lui mit la puce à l'oreille. Elle était en train de craquer. Avec la pression qu'il lui avait fait supporter, sans mentionner ce que répondre aux exigences d'un homme comme Lee Ling impliquait, cela n'avait rien d'étonnant.

Tirant ses clés de voiture du tiroir supérieur de son bureau, il sortit en trombe de la pièce. D'une manière ou d'une autre, il allait régler la question — et une bonne fois pour toutes.

— Monsieur Palmer ?

A l'instant, où il passait en trombe devant elle, l'intérimaire bondit.

— Plus tard. Je vais revenir.

— Mais…

Ce qu'elle allait lui dire fut perdu pour lui quand les portes de l'ascenseur se refermèrent sur lui.

Le trajet vers la maison de Lainey lui fournit l'occasion de réfléchir à ce qu'il allait faire. Avant toutes choses, il avait besoin de savoir pourquoi il jugeait si fichtrement important de s'assurer qu'elle allait bien. Certes, elle avait été son assistante personnelle pendant deux ans et demi, mais elle était plus que cela. Tellement plus.

A la fin, Adam en vint à admettre en son for intérieur pourquoi la seule idée de partager Lainey avec n'importe qui d'autre était pour lui une véritable horreur. Il la voulait pour lui et il s'agissait de bien davantage que du désir. Quelque part en chemin, d'une manière ou d'une autre, et en dépit des meilleures intentions du monde, il était tombé amoureux d'elle. Maintenant, tout ce qu'il lui restait à faire c'était de l'en convaincre — et, considérant la manière dont il l'avait traitée, cela allait sans doute être la gageure la plus difficile de toute sa vie.

Adam arrêta sa BMW derrière la berline dernier modèle garée à l'extérieur du domicile de Lainey. Sur la pelouse, il aperçut un agent immobilier portant deux piquets, une pancarte et un marteau.

Ainsi, voilà à quoi jouait Ling. Il vendait leur maison.

Les poings d'Adam se crispèrent sur le cuir de son volant.

L'homme était une fripouille, cela ne faisait plus aucun doute. Comment s'étonner que Lainey ait paru si bouleversée au bout du fil ? Son univers était en train de s'écrouler et il n'y avait plus rien au monde qu'elle puisse faire pour l'empêcher.

En un instant, Adam modifia ses plans. En cours de route, il s'était sans cesse demandé comment s'y prendre pour convaincre Lainey de courir un nouveau risque avec lui. En cette minute précise, l'occasion parfaite lui en était offerte.

Descendant de voiture, il se dirigea vers l'agent immobilier. Il n'eut besoin que de quelques mots et, en deux temps et trois mouvements, il était de retour dans sa voiture et roulait vers son bureau, un large sourire sur le visage.

Ses avocats allaient sans doute discutailler sans fin de la chose quand ils apprendraient ce qu'il avait fait, mais Adam Palmer ne leur répondrait même pas. Il ne répondrait à personne.

Sauf à la femme qu'il aimait.

13

— Callie, je m'en vais et je ne reviendrai sans doute pas au bureau aujourd'hui. Vous pouvez regagner le bureau de ma mère cet après-midi si elle a besoin de vous.

La femme à laquelle Adam donnait ses instructions était la seule qui avait pu travailler avec lui pendant la semaine entière. Il s'était pris la tête avec chacune des intérimaires qui lui avaient été adressées et il avait bien essayé d'en faire autant avec Callie, mais elle faisait partie de la famille élargie des Palmer depuis si longtemps qu'il était quasiment impossible de la bousculer.

— Pouvons-nous espérer retrouver l'ancien Adam quand vous serez de retour au bureau ? demanda Callie, arquant un sourcil dans sa direction.

— J'ai vraiment été aussi infect ?

Elle ne dit rien, se contentant de soutenir son regard.

— Alors je l'ai vraiment été, reconnut Adam avec un sourire de regret.

— Oh oui, vous l'avez été. Maintenant, allez-vous-en et réglez ce problème qui vous rend fou, vous et tout le monde autour de vous.

Adam n'aurait jamais admis ce genre de remarque de la part de quiconque — sauf de Callie. Elle était l'une des plus grandes réussites parmi toutes les entreprises de sa mère. Depuis qu'elle avait été recueillie dans une des maisons sponsorisées par l'un des organismes de charité chapeautés par sa mère, elle avait été depuis l'adolescence d'Adam toujours proche de la famille à un titre ou à un autre.

— Je ferai ce que je pourrai, concéda Adam en se dirigeant vers la batterie d'ascenseurs.

Il devait bien l'admettre : durant toute la semaine, il s'était conduit comme un ours mal léché. Lainey n'étant toujours pas revenue au bureau, il avait dû lutter quotidiennement contre la déception de constater qu'elle le fuyait. Il ne pouvait qu'imaginer les tourments au travers desquels elle était passée. Mais, aujourd'hui, tout cela allait se terminer. Aujourd'hui, il mettrait fin à son supplice et, avec un peu de chance, elle mettrait aussi fin au sien.

Il maudit les embouteillages qui entravaient son trajet vers le domicile du grand-père de Lainey, mais il finit quand même par stopper devant la maison. Il franchit à grandes enjambées la distance séparant la voiture et la demeure. Maintenant qu'il était ici, il ne pouvait plus attendre pour voir Lainey.

Et la prendre encore une fois dans ses bras.

Adam appuya sur la sonnette et attendit, en tapant du pied avec impatience. Venu de l'intérieur de la maison, une sorte de bruissement lui parvint et puis enfin, la porte s'ouvrit avec lenteur.

Il reçut comme un choc en pleine poitrine en observant les ravages que la semaine avait causés sur le visage de Lainey. Elle paraissait réellement malade. Elle était pâle, ses yeux verts étaient mornes et sans expression et des ombres violettes telles des meurtrissures lui cernaient les yeux.

Adam tendit la main vers ce visage. Il voulait toucher Lainey, la rassurer et lui dire que tout irait bien, mais, à sa surprise, elle s'écarta de lui d'un pas mal assuré.

— Que veux-tu ? demanda-t-elle d'une voix totalement dénuée d'émotion.

— Pouvons-nous parler ?

— De quoi pourrions-nous parler ? Vraiment, Adam, cela ne peut-il attendre ?

— Jusqu'à ce que tu décides de cesser de te cacher et de revenir au bureau ?

« De me revenir », ajouta-t-il *in petto.*

— Me cacher ?

Une certaine satisfaction le gagna car, maintenant, un peu de couleur était revenue sur les joues de Lainey.

— Eh bien, comment nommer cela autrement ?

— Ecoute, je ne suis vraiment pas encore prête pour ça.

Elle commençait à fermer la porte mais Adam tendit la main pour la retenir.

— Tout ce que je désire, c'est te parler, Lainey. Tu me dois quand même bien ça ?

— Te devoir ?

Lainey se mit à rire, mais ce rire était amer et Adam se sentit encore plus déprimé.

— Je ne te dois rien. A moins que, comme je te l'ai dit au téléphone, tu penses que je ne t'en ai pas assez donné pour ton argent. Dans ce cas, j'ai bien cinq minutes et un préservatif quelque part par là.

Les prunelles d'Adam s'arrondirent. L'insulte délibérée de Lainey lui démontrait plus que n'importe quoi ce qui l'avait éloignée de lui. Sa voix baissa, se fit caressante.

— Lainey, tu sais que nous avons besoin de bien davantage. De bien plus que de cinq minutes.

Le rouge envahit les joues de Lainey et elle serra un peu plus son peignoir autour d'elle. Le regard d'Adam s'attarda sur son visage, refusant de regarder les contours de son corps nettement soulignés par la fine étoffe du vêtement. Il devait absolument lui faire comprendre qu'il était venu pour autre chose que le sexe.

Il était venu pour elle.

Une brève étincelle de défi s'alluma dans les yeux de Lainey.

— Alors peut-être désires-tu en remettre un peu plus en m'accusant de manquer à ma loyauté envers Palmer Enterprises et envers toi ?

— Je veux juste parler avec toi, Lainey, dit Adam d'une voix douce. Laisse-moi entrer, veux-tu ?

Etait-ce le ton de sa voix ou l'humilité avec laquelle il avait exprimé sa requête ? Toujours est-il qu'elle fit un pas de côté et ouvrit la porte en grand en lui faisant signe d'entrer.

— Tu ferais mieux de traverser le salon, dit-elle en fermant la porte et en le précédant dans l'entrée.

Adam remarqua ici et là des cartons entassés. Des étagères débarrassées de tous ces petits rien qui font un foyer. Un rouleau de papier collant d'emballage était posé sur une table basse, une paire de ciseaux pas loin.

Il se maudit de n'avoir pas été capable de venir plus tôt. De ne pas avoir empêché le lent démantèlement du foyer qui, il le savait, signifiait tant pour elle.

Il attendit que Lainey soit assise pour choisir le fauteuil juste en face d'elle. Il désirait son attention pleine et entière à chaque étape de ce qu'il était sur le point de lui dire. Il était vital qu'elle l'écoute et qu'elle comprenne exactement où il voulait en venir.

— Désolée pour le fouillis. Nous faisons nos paquets, dit Lainey.

De nouveau dans sa voix, cette note totalement dépourvue de vie.

Adam s'efforça de tenir bon. Il savait qu'avec quelques mots bien choisis, il avait le pouvoir d'effacer toute inquiétude de son visage, mais il avait d'abord d'autres choses très importantes à lui dire.

— Ce doit être terrible pour toi, remarqua-t-il. D'après ce que tu m'as raconté quand nous étions à Russell, je sais ce que cet endroit signifie pour toi.

Lainey acquiesça d'un signe de tête, les doigts étroitement noués sur ses genoux.

— Oui, mais en fin de compte, ce n'est qu'une maison, n'est-ce pas ? Grand-père et moi trouverons autre chose. Ce ne sera pas comme ici bien sûr, mais ce sont les gens qui font un foyer et nous aurons toujours nos souvenirs.

— Lainey, je suis au courant pour ton grand-père.

Elle sursauta comme si on lui avait tiré dessus.

— Quoi ? De quoi parles-tu ?

— Je sais qu'il joue. Je sais que tu as tout fait pour pouvoir rembourser ses dettes à Lee Ling, allant même jusqu'à accepter de jouer le rôle d'escorte pour Ling au casino.

Adam soupira.

— Et que tu es même allée jusqu'à coucher avec moi.

Il la regarda droit dans les yeux. Des yeux qui, maintenant, débordaient de larmes. Lainey secoua la tête, d'abord légèrement, puis avec plus de véhémence.

— Non, ça ne s'est pas passé comme ça.

— Quoi donc ?

— Je n'ai pas couché avec toi pour de l'argent.

La voix brisée par l'émotion, elle s'interrompit brusquement. Adam attendit qu'elle poursuive.

— Tu m'as demandé d'être ton accompagnatrice. Juste comme je l'étais avec Lee. Je n'ai jamais couché avec lui et je ne l'aurais jamais fait. Ce que j'ai fait pour lui était de me comporter comme une sorte d'appât.

Une expression de mépris passa sur son visage.

— Un appât pour des gens comme mon grand-père qui, flattés par la vue d'une jolie femme à leur bras, étaient prêts à prendre plus de risques et à parier plus gros. Alors, non. Je n'ai pas couché avec toi pour l'argent.

Adam hocha la tête.

— J'en suis heureux. J'aimerais dire que cela ne ferait pas de différence, mais si, cela en a fait une.

— Comment ? Comment as-tu trouvé pour mon grand-père ? Il m'avait fait promettre de ne pas le dire à âme qui vive. Il serait anéanti s'il pensait une seule minute que je t'en ai parlé. Et même, lundi dernier, je l'ai supplié de me laisser te l'avouer. Mais il ne voulait toujours pas — cela l'aurait détruit si je l'avais fait.

Adam ravala les mots très brefs qu'il se devait de dire à Hugh Delacorte. Si ce dernier s'était conduit en homme, s'il avait assumé son addiction, — s'il avait pris la responsabilité de ses dettes et de ce qu'il avait fait contre leur sécurité. Mais encore une fois, si Hugh avait été le saint que tout le monde imaginait, Lainey se cacherait encore derrière ces oripeaux et ces lentilles de contact et Adam serait encore aveugle et ne verrait pas ce qui se cachait au-dessous.

Aussi affreux que cela puisse paraître, Hugh Delacorte lui avait rendu service et c'était uniquement à cause de cela qu'Adam était prêt à composer avec lui.

Prenant une profonde inspiration, il relâcha peu à peu l'air de ses poumons avant de tirer de sa poche de poitrine le résultat de sa recherche concernant Ling Lee. Il le déplia avec lenteur avant de le tendre à Lainey.

— Où as-tu eu ça ? demanda-t-elle en lissant le papier sur ses genoux d'un air absent.

— J'avais besoin de savoir comment Ling avait barre sur toi. J'avais besoin de savoir si tu pouvais être la taupe qui dérobait des informations pour Tremont Corporation. Rien de très noble, je le sais, et ma méfiance était sans doute mal placée. Si je n'avais pas été aussi obsédé par toi, par tout ce qui te concerne, je n'aurais pas recherché la vérité avec tant d'acharnement. Mais, tu sais, je suis heureux d'avoir agi ainsi, parce que dans le cas contraire, je n'aurais pas eu la possibilité de faire ceci.

De nouveau, il fouilla sa poche et en retira le titre de propriété qui lui avait été faxé juste une heure avant. Il le lui passa, observant, attendant, osant à peine respirer pendant que Lainey dépliait le papier et lisait.

— Mais… je ne comprends pas. Sur cette feuille, la maison est enregistrée au nom de Hugh Delacorte.

Comme elle parcourait encore une fois le papier, ses mains se mirent à trembler.

— Et le transfert est daté d'aujourd'hui. Pourquoi ?

— J'ai racheté la maison à Ling et j'ai demandé à mon avoué de l'enregistrer au nom de ton grand-père. Sa dette est remboursée. Maintenant, vous êtes tous les deux libérés.

— Mais pourquoi ? Mon grand-père n'est rien pour toi ! Je ne suis rien pour toi.

Adam réduisit la distance qui les séparait et prit les deux mains de Lainey dans les siennes.

— Tu as au moins en partie raison. Ton grand-père ne m'est rien, sauf que c'est grâce à lui que j'ai appris à te voir sous un jour différent. A te regarder et à te désirer. Je l'ai fait pour toi, Lainey. Je devais te rendre ce qu'il avait perdu. Je devais te prouver que je m'étais trompé en me méfiant de toi et en te traitant comme je l'ai fait. Si je n'avais pas été tellement torturé par la jalousie à propos de toi et de Ling, j'aurais eu assez de courage pour m'avouer les sentiments que j'éprouvais pour toi. Je me suis convaincu qu'il était plus facile de te donner de l'argent que d'admettre ce que tu me faisais ressentir. Je t'aime, Lainey, et je suis affreusement désolé pour l'enfer que je t'ai fait traverser pendant que je luttais contre mes propres démons en apprenant à en prendre conscience.

— Tu m'aimes ?

— Plus que la vie même, avoua-t-il avec un sourire contraint.

— Mais…

Il lui posa un doigt sur les lèvres.

— Je t'aime. Je veux faire en sorte que tout aille bien pour toi, je veux veiller sur toi. Si cela signifie donner à ton grand-père de nouvelles munitions pour s'autodétruire encore une fois, j'y suis prêt. Mais je te le promets, Lainey, la prochaine fois, s'il y a une autre fois, il ne t'entraînera pas avec lui dans sa chute.

— Adam, c'est trop. Nous ne pouvons accepter. Nous ne pourrons pas te rembourser.

— Cela n'a rien à voir avec l'argent, Lainey, tu ne le vois pas ? Cela nous concerne, toi et moi. Il est grand temps que ton grand-père prenne ses responsabilités pour ce qu'il a fait ici. S'il désire te rembourser, il devra se faire aider. Il doit pour toujours cesser de jouer. Et toi…

Il hésita un instant. Ses yeux scrutèrent ceux de Lainey, attendant contre tout espoir qu'elle le comprendrait.

— … tu devras prendre conscience que tu ne peux être tenue responsable de ses comportements, de ses choix de vie.

— Mais c'est mon grand-père. Quand mes parents sont morts, il a tout abandonné pour moi. Je lui dois tellement, tu ne pourrais jamais comprendre.

— Mais si je comprends, Lainey. Je sais exactement ce que l'on ressent d'avoir une telle dette envers sa famille que l'on ferait n'importe quoi pour toujours faire passer son bonheur avant le nôtre. J'ai été l'un de deux jumeaux, mais mon frère est mort quelques jours après notre naissance. Cela a plongé mes parents dans un profond désespoir. Ma mère ne pouvait plus avoir d'enfants. En fait, on l'avait avertie qu'il ne fallait plus qu'elle en ait. Lorsqu'elle s'est trouvée enceinte de jumeaux, mes parents ont pensé que leurs prières pour pouvoir fonder une famille avaient été exaucées. Mais moi seul ai survécu. Je sais ce que tu ressens. Je comprends ce remords chez la personne qui survit. Je sais que tu te demandes sans doute encore pourquoi tu as survécu à cet accident et non tes parents, parce que, moi-même, je me demande pourquoi moi et non pas mon frère. Et plus encore, pourquoi n'avons-nous pas survécu tous les deux ?

Toute ma vie j'ai essayé de compenser cela aux yeux de mes parents. D'être deux fois meilleur que j'aurais dû l'être, d'être doublement le fils qu'ils ont fini par avoir. Mais tu sais, à la longue, cela n'a pas d'importance. Ils m'aiment à leur manière. Quand mon frère est mort, mon père a épanché tout son chagrin en s'investissant dans Palmer Enterprises et j'ai toujours su que je serais un jour au poste de commandement avec lui parce que c'était exactement là où était ma place. De son côté, ma mère a épanché le sien en venant en aide aux enfants qui n'avaient plus de parents. Je pense que cela a dû l'aider en bien des manières, mais quelque part j'ai toujours eu la sensation de ne pas lui suffire — qu'elle devait avoir ces autres enfants autour d'elle pour combler le vide laissé par la mort de mon frère. Moi, eh bien, je n'ai toujours été que la moitié de ce vide.

Saisie de compassion pour le petit garçon qu'avait été Adam, Lainey sentit son cœur se dilater presque au point d'éclater. Pour l'homme qu'il était devenu. Celui qui disait qu'il l'aimait.

— Adam, comment était-il possible qu'elle t'aime moins ? Tu es presque trop parfait et je suis sérieuse. Tu sais, au fond de moi, lorsque j'ai commencé à travailler pour toi, tu me terrifiais. J'avais si peur de ne pas te suffire que je m'étais enfermée en moi-même. Puis, au fil des mois, j'ai commencé à voir que, plutôt qu'un simple perfectionniste, c'était ton engagement profond envers ta famille, tes employés et tes clients qui avait fait ce que tu es devenu. J'étais déjà plus qu'à moitié amoureuse de toi avant même d'avoir travaillé six mois à ton bureau. Je sais que tu as raison en estimant que je ne suis pas responsable des erreurs de mon grand-père, mais tu peux comprendre pourquoi je dois veiller sur lui. Il est tout ce qu'il me reste Adam, et moi, je suis aussi tout ce qu'il a.

— Dans ce cas, nous allons gérer cela ensemble. Veux-tu me permettre de t'aider ?

— Oh, oui. Oui ! Je suis incapable désormais d'assumer tout cela, je le sais. Cela a été une telle galère. Plus je m'efforçais d'arranger les choses et pire cela devenait.

— Pour cela, au moins, je suis reconnaissant. S'il n'y avait pas eu la dette de ton grand-père, je n'aurais sans doute pas pris le temps de regarder au-delà de l'image que tu voulais projeter de toi, pour percevoir celle qui est vraie.

Adam passa la main sous le revers de la sortie-de-bain.

— Je n'aurais jamais rien su de la véritable Lainey Delacorte.

Lainey retint son souffle quand les doigts d'Adam effleurèrent son sein libre sous le vêtement et que son pouce tourna autour du mamelon en décrivant un arc délicat.

— Il y a encore autre chose.

Adam s'agenouilla et la fit mettre à genoux devant lui sur le parquet. Ses lèvres se rapprochèrent à quelques millimètres des siennes.

— Veux-tu m'épouser, Lainey ? Veux-tu faire de moi un être complet ?

— Oui, avec joie. Bien sûr que je vais t'épouser.

Lainey referma la distance entre leurs deux corps et chercha ses lèvres. Sa langue se glissa dans la niche tiède qu'était la bouche d'Adam pour se joindre à la sienne, à l'image du jour où ils seraient unis à jamais.

Épilogue

Les mains de Lainey tremblaient sur son bouquet. Le ciel de cette fin d'octobre les avait comblés d'une température clémente et le jardin éclatait de couleurs printanières. Lainey se tenait immobile au seuil d'une vie nouvelle, d'un nouveau commencement et elle ne se serait pas sentie plus heureuse, ni plus certaine d'une vie débordante de promesses.

Derrière le rideau de dentelle, elle aperçut son grand-père qui se dirigeait vers Adam et le prenait à part. Elle vit la tête sombre d'Adam se pencher de côté en écoutant le vieil homme. Son expression était intense. Lainey retint son souffle au moment où Hugh tirait une enveloppe blanche de sa poche de smoking et la donnait à Adam. Puis son souffle se transforma un soupir de soulagement quand Adam accepta l'enveloppe et attira le vieil homme contre lui en une accolade qui en disait des tonnes.

A ce moment précis, elle en aima encore davantage son fiancé — si cela pouvait être possible — qu'elle aurait pu l'imaginer un jour. Adam avait jaugé à sa mesure l'orgueil de son grand-père et lui avait permis de lui rendre son précieux don.

Aujourd'hui, Hugh avait remboursé en totalité à Adam le prix de la maison et pouvait enfin affirmer qu'elle était de nouveau à lui. Il y avait eu cinq longs mois plutôt difficiles à passer mais, en se faisant aider par des professionnels, son grand-père semblait enfin avoir repris le contrôle de ses actes.

Mieux encore, il avait accepté de devenir le porte-parole d'une campagne nationale pour la prise de conscience des méfaits du jeu, une initiative qui lui avait permis de vendre son histoire aux plus grands magazines pour de coquettes sommes.

Lainey savait à quel point il restait vulnérable à l'attrait du casino et au frisson que procurent les gros paris, mais elle savait aussi qu'avec le soutien permanent et le respect qu'il s'était attirés en luttant pour retrouver le contrôle de sa vie, Hugh était définitivement sur les bons rails.

Au bout du jardin, elle vit Adam échanger une poignée de main avec le professeur Woodley, l'un de ses anciens professeurs. Celui-ci paraissait aussi fier que s'il était le propre père d'Adam. Et son cœur palpita lorsque Adam vint se placer sous l'arc enguirlandé de fleurs, flanqué de ses deux meilleurs amis, Draco Sandrelli, dont l'épouse lourdement enceinte se tenait au premier rang de l'assistance, et Brent Colby qui n'avait d'yeux que pour sa femme Amira.

Avoir Draco et Julia à ses côtés avait été pour Adam une très heureuse surprise. Ils avaient prévu que leur bébé naîtrait en Toscane, mais avaient pu s'arranger autrement, en prenant un avion il y avait un peu plus d'un mois de cela — afin que Draco puisse épauler Adam pendant le jour le plus important de sa vie.

Lainey eut un sourire secret. Les journaux devraient désormais dénicher de nouveaux célibataires endurcis pour en faire leurs choux gras.

Comme la porte de la chambre s'ouvrait, Lainey se détourna de la fenêtre.

— Es-tu prête ? demanda son grand-père en traversant la pièce pour lui prendre la main et la glisser sous son bras.

— Tout à fait, répondit-elle en souriant.

— Je suis très fier de toi, tu sais, affirma Hugh, les yeux brillants. Et je sais que tes parents l'auraient été aussi.

— Merci, grand-père.

Lainey se pencha pour lui déposer un baiser sur la joue.

— Je crois ne pas trop m'avancer en disant que je partage en tout point ton sentiment.

La période durant laquelle il s'était colleté avec son addiction n'avait guère été facile pour aucun d'eux, mais il l'avait traversée et en était ressorti encore plus fort qu'avant. Plus aimé aussi qu'auparavant.

Ensemble, ils traversèrent la maison et débouchèrent sous la vaste véranda. Adam leva les yeux à l'instant où la silhouette de Lainey se détachait dans l'encadrement de la porte et comme leurs yeux se trouvaient et se fondaient dans un regard d'une extrême douceur, le cœur de Lainey se mit à palpiter. Il était là l'homme de ses rêves, de sa vraie vie, et elle avait du mal à attendre le moment de le proclamer aux yeux de leurs amis et de leur famille.

Un sourire flotta sur ses lèvres mais pour Adam seul, et elle s'avança à pas mesurés le long de l'allée semée de pétales de roses qui la menait vers tout ce que désirait son cœur. Une excitation bouillonna en elle lorsqu'elle anticipa la réaction d'Adam à la nouvelle d'ordre très intime qu'elle voulait partager avec lui dans quelques courts moments.

Quand son grand-père lui posa la main dans celle d'Adam, elle se pencha et lui chuchota à l'oreille :

— Félicitations.

— Pour avoir la bonne idée de t'épouser ? rétorqua-t-il dans un murmure.

— Hum, il y a de ça. Mais pas tout à fait ça.

Elle hésita une seconde avant de plonger son regard dans le sien.

— Tu vas être papa.

La surprise, suivie d'une joie intense, envahit le visage d'Adam qui la prit dans ses bras et l'embrassa.

— Retiens-toi une minute, cousin, dit Brent en riant, à côté d'Adam. Tu n'es censé faire cela qu'après la cérémonie.

— Certaines choses ne peuvent vraiment pas attendre, répliqua Adam sans quitter Lainey des yeux.

Le service fut simple, avec quelques mots choisis par chacun d'eux pour les lier l'un à l'autre à jamais et, au moment où Lainey joignit ses mains à celles de son mari tout neuf et se tourna vers le petit groupe réuni, elle sut que les mots eux-mêmes n'auraient jamais autant d'importance que la promesse qu'elle avait faite du plus profond de son cœur à l'homme qui se tenait à ses côtés.

Et le fait de savoir qu'il l'aimait aussi.

Composé et édité par HarperCollins France.

Achevé d'imprimer en juillet 2019.

BLACK PRINT

Barcelone

Dépôt légal : août 2019.

MIXTE
Papier issu de sources responsables
FSC® C108412

Pour limiter l'empreinte environnementale de ses livres, HarperCollins France s'engage à n'utiliser que du papier fabriqué à partir de bois provenant de forêts gérées durablement et de manière responsable.

Imprimé en Espagne.